U0083550

中國語言文字研究輯刊

十一編

許錟輝 主編

第9冊

漢越語和漢語的層次對應關係研究（下）

阮青松 著

花木蘭文化出版社

國家圖書館出版品預行編目資料

漢越語和漢語的層次對應關係研究（下）／阮青松 著 — 初版 — 新北市：花木蘭文化出版社，2016〔民105〕

目 10+226 面；21×29.7 公分

（中國語言文字研究輯刊 十一編；第9冊）

ISBN 978-986-404-736-9（精裝）

1. 漢語 2. 比較語言學

802.08　　105013766

ISBN-978-986-404-736-9

中國語言文字研究輯刊

十一編　第九冊　ISBN：978-986-404-736-9

漢越語和漢語的層次對應關係研究（下）

作　　者　阮青松

主　　編　許錟輝

總 編 輯　杜潔祥

副總編輯　楊嘉樂

編　　輯　許郁翎、王筑　美術編輯　陳逸婷

出　　版　花木蘭文化出版社

社　　長　高小娟

聯絡地址　235 新北市中和區中安街七二號十三樓

電話：02-2923-1455／傳真：02-2923-1452

網　　址　http://www.huamulan.tw 信箱 hml 810518@gmail.com

印　　刷　普羅文化出版廣告事業

初　　版　2016年9月

全書字數　434860字

定　　價　十一編17冊（精裝）台幣42,000元

漢越語和漢語的層次對應關係研究（下）

阮青松 著

目次

附錄一

No	漢字	漢越語	IPA	聲調	拼音	攝別	四聲	韻目	字母	開合	等第	清濁	上字	下字
1	一	Nhất	ɲɤt7	銳入	yī	臻	入	質	影	開	三	全清	於	悉
2	丨	Cổn	kon3	問聲	gŭn	臻	上	混	見	合	一	全清	古	本
3	丶	Chủ	tʂu3	問聲	zhŭ	遇	上	麌	知	合	三	全清	知	庾
4	丿	Phiệt	fiet8	重入	piĕ	山	入	屑	滂	開	四	次清	普	蔑
5	乀	Phật	fɤt8	重入	fú	臻	入	物	敷	合	三	次清	敷	勿
6	乙	Ất	ɤt7	銳入	yĭ	臻	入	質	影	開	三	全清	於	筆
7	亅	Quyết	kwiet7	銳入	jué	山	入	月	群	合	三	全濁	其	月
8	丁	Tranh	tʂa:ɲ1	平聲	zhēng	梗	平	耕	知	開	二	全清	中	莖
9	丁	Đinh	diɲ1	平聲	dīng	梗	平	青	端	開	四	全清	當	經
10	丂	Khảo	xa:w3	問聲	kăo	效	上	晧	溪	開	一	次清	苦	浩
11	七	Thất	t'ɤt7	銳入	qī	臻	入	質	清	開	三	次清	親	吉
12	乂	Nghệ	ŋe6	重聲	yì	蟹	去	廢	疑	開	三	次濁	魚	肺
13	乃	Nãi	na:j4	跌聲	năi	蟹	上	海	泥	開	一	次濁	奴	亥
14	九	Cửu	kɯw3	問聲	jiŭ	流	上	有	見	開	三	全清	舉	有
15	了	Liễu	liew4	跌聲	liăo	效	上	篠	來	開	四	次濁	盧	鳥
16	二	Nhị	ɲi6	重聲	èr	止	去	至	日	開	三	次濁	而	至
17	人	Nhân	ɲɤn1	平聲	rén	臻	平	眞	日	開	三	次濁	如	鄰
18	入	Nhập	ɲɤp8	重入	rù	深	入	緝	日	開	三	次濁	人	執
19	八	Bát	ba:t7	銳入	bā	山	入	黠	幫	合	二	全清	博	拔
20	冖	Mịch	mitʃ8	重入	mì	梗	入	錫	明	開	四	次濁	莫	狄

21	冫	Băng	baŋ1	平聲	bīng	曾	平	蒸	幫	開	三	全清	筆	陵
22	几	Kỉ	ki3	問聲	jī	止	上	旨	見	開	三	全清	居	履
23	凵	Khảm	xa:m3	問聲	qū	咸	上	范	溪	合	三	次清	丘	犯
24	刀	Đao	da:w1	平聲	dāo	效	平	豪	端	開	一	全清	都	牢
25	刁	Điêu	diew1	平聲	diāo	效	平	蕭	端	開	四	全清	都	聊
26	力	Lực	lɯk8	重入	lì	曾	入	職	來	開	三	次濁	林	直
27	勹	Bao	ba:w1	平聲	bāo	效	平	肴	幫	開	二	全清	布	交
28	匕	Chủy	tʂwi3	問聲	bǐ	止	上	旨	幫	開	三	全清	卑	履
29	匚	Phương	fɯɤŋ1	平聲	fāng	宕	平	陽	非	開	三	全清	府	良
30	匸	Hệ	he6	重聲	xǐ	蟹	上	薺	匣	開	四	全濁	胡	禮
31	十	Thập	t'ɤp8	重入	shí	深	入	緝	禪	開	三	全濁	是	執
32	卜	Bốc	bok7	銳入	bǔ	通	入	屋	幫	合	一	全清	博	木
33	厂	Hán	ha:n5	銳聲	hàn	山	去	翰	曉	開	一	次清	呼	旰
34	厶	Tư	tɯ1	平聲	sī	止	平	脂	心	開	三	全清	息	夷
35	又	Hựu	hɯw6	重聲	yòu	流	去	宥	云	開	三	次濁	于	救
36	廴	Dẫn	zɤn4	跌聲	yǐn	臻	上	軫	以	開	三	次濁	余	忍
37	万	Mặc	mak8	重入	mò	曾	入	德	明	開	一	次濁	莫	北
38	丈	Trượng	tʂɯɤŋ6	重聲	zhàng	宕	上	養	澄	開	三	全濁	直	兩
39	三	Tam	ta:m1	平聲	sān	咸	平	談	心	開	一	全清	蘇	甘
40	上	Thượng	t'ɯɤŋ6	重聲	shàng	宕	去	漾	禪	開	三	全濁	時	亮
41	上	Thướng	t'ɯɤŋ5	銳聲	shǎng	宕	上	養	禪	開	三	全濁	時	掌
42	下	Hạ	ha:6	重聲	xià	假	去	禡	匣	開	二	全濁	胡	駕
43	丫	A	a:1	平聲	yā	假	平	麻	影	開	二	全清	於	加
44	丸	Hoàn	hwa:n2	弦聲	wán	山	平	桓	匣	合	一	全濁	胡	官
45	久	Cửu	kɯw3	問聲	jiǔ	流	上	有	見	開	三	全清	舉	有
46	乞	Khất	xɤt7	銳入	qǐ	臻	入	迄	溪	開	三	次清	去	訖
47	也	Dã	za:4	跌聲	yě	假	上	馬	以	開	三	次濁	羊	者
48	亍	Xúc	suk7	銳入	chù	通	入	燭	徹	合	三	次清	丑	玉
49	于	Vu	vu1	平聲	yú	遇	平	虞	云	合	三	次濁	羽	俱
50	亡	Vong	vɔŋ1	平聲	wáng	宕	平	陽	微	開	三	次濁	武	方
51	兀	Ngột	ŋot8	重入	wù	臻	入	沒	疑	合	一	次濁	五	忽
52	凡	Phàm	fa:m2	弦聲	fán	咸	平	凡	奉	合	三	全濁	符	芝
53	刃	Nhận	ɲɤn6	重聲	rèn	臻	去	震	日	開	三	次濁	而	振
54	勺	Thược	t'ɯɤk8	重入	sháo	宕	入	藥	禪	開	三	全濁	市	若
55	千	Thiên	t'ien1	平聲	qiān	山	平	先	清	開	四	次清	蒼	先
56	叉	Xoa	swa:1	平聲	chā	蟹	平	佳	初	開	二	次清	楚	佳
57	口	Khẩu	xɤw3	問聲	kǒu	流	上	厚	溪	開	一	次清	苦	后
58	囗	Vi	vi1	平聲	wéi	止	平	微	云	合	三	次濁	雨	非

59	土	Thổ	t'o3	問聲	tǔ	遇	上	姥	透	合	一	次清	他	魯
60	土	Độ	do6	重聲	tǔ	遇	上	姥	定	合	一	全濁	徒	古
61	士	Sĩ	ʂi4	跌聲	shì	止	上	止	崇	開	三	全濁	鉏	里
62	夂	Truy	tʂwi1	平聲	zhǐ	止	上	旨	知	開	三	全清	豬	几
63	夊	Tuy	twi1	平聲	suī	止	平	支	初	合	三	次清	楚	危
64	夕	Tịch	titʃ8	重入	xī	梗	入	昔	邪	開	三	全濁	祥	易
65	大	Đại	da:j6	重聲	dài	蟹	去	泰	定	開	一	全濁	徒	蓋
66	大	Đại	da:j6	重聲	dà	果	去	箇	定	開	一	全濁	唐	佐
67	女	Nữ	nɯ4	跌聲	nǚ	遇	上	語	娘	開	三	次濁	尼	呂
68	女	Nứ	nɯ5	銳聲	nǜ	遇	去	御	娘	開	三	次濁	尼	據
69	子	Tử	tɯ3	問聲	zǐ	止	上	止	精	開	三	全清	即	里
70	孑	Kiết	kiet7	銳入	jié	山	入	薛	見	開	三	全清	居	列
71	孓	Quyết	kwiet7	銳入	jué	山	入	月	見	合	三	全清	居	月
72	宀	Miên	mien1	平聲	mián	山	平	仙	明	開	三	次濁	武	延
73	寸	Thốn	t'on5	銳聲	cùn	臻	去	慁	清	合	一	次清	倉	困
74	小	Tiểu	tiew3	問聲	xiǎo	效	上	小	心	開	三	全清	私	兆
75	尸	Thi	t'i1	平聲	shī	止	平	之	書	開	三	全清	式	之
76	屮	Triệt	tʂiet8	重入	chè	山	入	薛	徹	開	三	次清	丑	列
77	山	San	ʂa:n1	平聲	shān	山	平	山	生	開	二	全清	所	閒
78	川	Xuyên	swien1	平聲	chuān	山	平	仙	昌	合	三	次清	昌	緣
79	工	Công	koŋ1	平聲	gōng	通	平	東	見	合	一	全清	古	紅
80	己	Kỉ	ki3	問聲	jǐ	止	上	止	見	開	三	全清	居	理
81	已	Dĩ	zi4	問聲	yǐ	止	上	止	以	開	三	次濁	羊	己
82	巳	Tị	ti6	重聲	sì	止	上	止	邪	開	三	全濁	詳	里
83	巾	Cân	kɤn1	平聲	jīn	臻	平	眞	見	開	三	全清	居	銀
84	干	Can	ka:n1	平聲	gān	山	平	寒	見	開	一	全清	古	寒
85	幺	Yêu	iew1	平聲	yāo	效	平	蕭	影	開	四	全清	於	堯
86	广	Nghiễm	ŋiem4	跌聲	yǎn	咸	上	琰	疑	開	三	次濁	魚	檢
87	廾	Củng	kuŋ3	問聲	gòng	通	上	腫	見	合	三	全清	居	悚
88	弋	Dặc	zak8	重入	yì	曾	入	職	以	開	三	次濁	與	職
89	弓	Cung	kuŋ1	平聲	gōng	通	平	東	見	合	三	全清	居	戎
90	彐	Kí	ki5	銳聲	jì	蟹	去	祭	見	開	三	全清	居	例
91	彡	Sam	ʂa:m1	平聲	shān	咸	平	銜	生	開	二	全清	所	銜
92	彳	Xích	sitʃ7	銳入	chì	梗	入	昔	徹	開	三	次清	丑	亦
93	才	Tài	ta:j2	弦聲	cái	蟹	平	咍	從	開	一	全濁	昨	哉
94	不	Bất	bɤt7	銳入	bù	臻	入	物	非	合	三	全清	分	勿
95	丐	Cái	ka:j5	銳聲	gài	蟹	去	泰	見	開	一	全清	古	太
96	丑	Sửu	ʂɯw3	問聲	chǒu	流	上	有	徹	開	三	次清	敕	久

97	中	Trung	tʂuŋ1	平聲	zhōng	通	平	東	知	合	三	全清	陟	弓
98	中	Trúng	tʂuŋ5	銳聲	zhòng	通	去	送	知	合	三	全清	陟	仲
99	丯	Phong	fɔŋ1	平聲	jiè	蟹	去	怪	見	開	二	全清	古	拜
100	丹	Đan	da:n1	平聲	dān	山	平	寒	端	開	一	全清	都	寒
101	之	Chi	tʂi1	平聲	zhī	止	平	之	章	開	三	全清	止	而
102	予	Dư	zɯ1	平聲	yú	遇	平	魚	以	開	三	次濁	以	諸
103	予	Dữ	zɯ4	跌聲	yǔ	遇	上	語	以	開	三	次濁	余	呂
104	云	Vân	vɤn1	平聲	yún	臻	平	文	云	合	三	次濁	王	分
105	互	Hỗ	ho4	跌聲	hù	遇	去	暮	匣	合	一	全濁	胡	誤
106	五	Ngũ	ŋu4	跌聲	wǔ	遇	上	姥	疑	合	一	次濁	疑	古
107	井	Tỉnh	tiɲ3	問聲	jǐng	梗	上	靜	精	開	三	全清	子	郢
108	亢	Cang	ka:ŋ1	平聲	gāng	宕	平	唐	見	開	一	全清	古	郎
109	亢	Kháng	xa:ŋ5	銳聲	kàng	宕	去	宕	溪	開	一	次清	苦	浪
110	什	Thập	t'ɤp8	重入	shí	深	入	緝	禪	開	三	全濁	是	執
111	仁	Nhân	ɲɤn1	平聲	rén	臻	平	眞	日	開	三	次濁	如	鄰
112	仃	Đinh	diɲ1	平聲	dīng	梗	平	青	端	開	四	全清	當	經
113	仄	Trắc	tʂak7	銳入	zè	曾	入	職	莊	開	三	全清	阻	力
114	仆	Phó	fɔ5	銳聲	fù	遇	去	遇	敷	合	三	次清	芳	遇
115	仇	Cừu	kɯw2	弦聲	chóu	流	平	尤	羣	開	三	全濁	巨	鳩
116	仉	Chưởng	tʂɯɤŋ3	問聲	zhǎng	宕	上	養	章	開	三	全清	諸	兩
117	今	Kim	kim1	平聲	jīn	深	平	侵	見	開	三	全清	居	吟
118	介	Giới	ʑɤ:j5	銳聲	jiè	蟹	去	怪	見	開	二	全清	古	拜
119	仍	Nhưng	ɲɯŋ1	平聲	réng	曾	平	蒸	日	開	三	次濁	如	乘
120	允	Duẫn	zuɤn4	跌聲	yǔn	臻	上	準	以	合	三	次濁	余	準
121	允	Doãn	zwa:n4	跌聲	yǔn	臻	上	準	以	合	三	次濁	余	準
122	元	Nguyên	ŋwien1	平聲	yuán	山	平	元	疑	合	三	次濁	愚	袁
123	內	Nội	noj6	重聲	nèi	蟹	去	隊	泥	合	一	次濁	奴	對
124	公	Công	koŋ1	平聲	gōng	通	平	東	見	合	一	全清	古	紅
125	六	Lục	luk8	重入	liù	通	入	屋	來	合	三	次濁	力	竹
126	兮	Hề	he2	弦聲	xī	蟹	平	齊	匣	開	四	全濁	胡	雞
127	内	Nội	noj6	重聲	nèi	蟹	去	隊	泥	合	一	次濁	奴	對
128	冈	Cương	kɯɤŋ1	平聲	gāng	宕	平	唐	見	開	一	全清	古	郎
129	冗	Nhũng	ɲuŋ4	跌聲	rǒng	通	上	腫	日	合	三	次濁	而	隴
130	凶	Hung	huŋ1	平聲	xiōng	通	平	鍾	曉	合	三	次清	許	容
131	分	Phân	fɤn1	平聲	fēn	臻	平	文	非	合	三	全清	府	文
132	分	Phận	fɤn6	重聲	fèn	臻	去	問	奉	合	三	全濁	扶	問
133	切	Thế	t'e5	銳聲	qiē	蟹	去	霽	清	開	四	次清	七	計
134	切	Thiết	t'iet7	銳入	qiē	山	入	屑	清	開	四	次清	千	結

135	刈	Ngải	ŋa:j3	問聲	yì	蟹	去	廢	疑	開	三	次濁	魚	肺
136	勻	Quân	kwɤn1	平聲	yún	臻	平	諄	以	合	三	次濁	羊	倫
137	勿	Vật	vɤt8	重入	wù	臻	入	物	微	合	三	次濁	文	弗
138	化	Hóa	hwa:5	銳聲	huà	假	去	禡	曉	合	二	次清	呼	霸
139	匹	Thất	t'ɤt7	銳入	pǐ	臻	入	質	滂	開	三	次清	譬	吉
140	卅	Tạp	ta:p8	重入	sà	咸	入	盍	心	開	一	全清	私	盍
141	升	Thăng	t'aŋ1	平聲	shēng	曾	平	蒸	書	開	三	全清	識	蒸
142	午	Ngọ	ŋɔ6	重聲	wǔ	遇	上	姥	疑	合	一	次濁	疑	古
143	卞	Biện	bien6	重聲	biàn	山	去	線	並	合	三	全濁	皮	變
144	卬	Ngang	ŋa:ŋ1	平聲	áng	宕	平	唐	疑	開	一	次濁	五	剛
145	厄	Ách	a:ʧ7	銳入	è	梗	入	麥	影	開	二	全清	於	革
146	及	Cập	kɤp8	重入	jí	深	入	緝	羣	開	三	全濁	其	立
147	友	Hữu	hɯw4	跌聲	yǒu	流	上	有	云	開	三	次濁	云	久
148	反	Phiên	fien1	平聲	fān	山	平	元	敷	合	三	次清	孚	袁
149	反	Phản	fa:n3	問聲	fǎn	山	上	阮	非	合	三	全清	府	遠
150	壬	Nhâm	ɲɤm1	平聲	rén	深	平	侵	日	開	三	次濁	如	林
151	天	Thiên	t'ien1	平聲	tiān	山	平	先	透	開	四	次清	他	前
152	太	Thái	t'a:j5	銳聲	tài	蟹	去	泰	透	開	一	次清	他	蓋
153	夫	Phu	fu1	平聲	fū	遇	平	虞	非	合	三	全清	甫	無
154	夬	Quái	kwa:j5	銳聲	guài	蟹	去	夬	見	合	二	全清	古	邁
155	夭	Yêu	iew1	平聲	yāo	效	平	宵	影	開	三	全清	於	喬
156	夭	Yểu	iew3	問聲	yǎo	效	上	小	影	開	三	全清	於	兆
157	孔	Khổng	koŋ3	問聲	kǒng	通	上	董	溪	合	一	次清	康	董
158	少	Thiểu	t'iew3	問聲	shǎo	效	上	小	書	開	三	全清	書	沼
159	少	Thiếu	t'iew5	銳聲	shào	效	去	笑	書	開	三	全清	失	照
160	尤	Vưu	vɯw1	平聲	yóu	流	平	尤	云	開	三	次濁	羽	求
161	尹	Duẫn	zuɤn4	跌聲	yǐn	臻	上	準	以	合	三	次濁	余	準
162	尺	Xích	siʧ7	銳入	chǐ	梗	入	昔	昌	開	三	次清	昌	石
163	屯	Đồn	don2	弦聲	tún	臻	平	魂	定	合	一	全濁	徒	渾
164	屯	Truân	tʂwɤn1	平聲	zhūn	臻	平	諄	知	合	三	全清	陟	綸
165	巴	Ba	ba:1	平聲	bā	假	平	麻	幫	開	二	全清	伯	加
166	巿	Phất	fɤt7	銳入	fú	臻	入	物	非	合	三	全清	分	勿
167	帀	Táp	ta:p7	銳入	zā	咸	入	合	精	開	一	全清	子	荅
168	幻	Huyễn	hwien4	跌聲	huàn	山	去	襉	匣	合	二	全濁	胡	辨
169	廿	Nhập	ɲɤp8	重入	niàn	深	入	緝	日	開	三	次濁	人	執
170	弌	Nhất	ɲɤt7	銳入	yī	臻	入	質	影	開	三	全清	於	悉
171	弔	Điếu	diew5	銳聲	diào	效	去	嘯	端	開	四	全清	多	嘯
172	弔	Đích	diʧ7	銳入	diào	梗	入	錫	端	開	四	全清	都	歷

173	引	Dẫn	zɤn4	跌聲	yǐn	臻	上	軫	以	開	三	次濁	余	忍
174	心	Tâm	tɤm1	平聲	xīn	深	平	侵	心	開	三	全清	息	林
175	戈	Qua	qwa:1	平聲	gē	果	平	戈	見	合	一	全清	古	禾
176	戶	Hộ	ho6	重聲	hù	遇	上	姥	匣	合	一	全濁	侯	古
177	手	Thủ	t'u3	問聲	shǒu	流	上	有	書	開	三	全清	書	九
178	扎	Trát	tʂa:t7	銳入	zhā	山	入	黠	莊	開	二	全清	側	八
179	支	Chi	tʂi1	平聲	zhī	止	平	支	章	開	三	全清	章	移
180	攴	Phộc	fok8	重入	pū	通	入	屋	滂	合	一	次清	普	木
181	文	Văn	van1	平聲	wén	臻	平	文	微	合	三	次濁	無	分
182	斗	Đẩu	dɤw3	問聲	dǒu	流	上	厚	端	開	一	全清	當	口
183	斤	Cân	kɤn1	平聲	jīn	臻	平	欣	見	開	三	全清	舉	欣
184	方	Phương	fuɯɤŋ1	平聲	fāng	宕	平	陽	非	開	三	全清	府	良
185	旡	Kí	ki5	銳聲	jì	止	去	未	見	開	三	全清	居	豙
186	日	Nhật	ɲɤt8	重入	rì	臻	入	質	日	開	三	次濁	人	質
187	曰	Viết	viet7	銳入	yuē	山	入	月	云	合	三	次濁	王	伐
188	月	Nguyệt	ŋwiet8	重入	yuè	山	入	月	疑	合	三	次濁	魚	厥
189	木	Mộc	mok8	重入	mù	通	入	屋	明	合	一	次濁	莫	卜
190	欠	Khiếm	xiem5	銳聲	qiàn	咸	去	梵	溪	合	三	次清	去	劍
191	止	Chỉ	tʂi3	問聲	zhǐ	止	上	止	章	開	三	全清	諸	市
192	歹	Ngạt	ŋa:t8	重入	è	山	入	曷	疑	開	一	次濁	五	割
193	殳	Thù	t'u2	弦聲	shū	遇	平	虞	禪	合	三	全濁	市	朱
194	毋	Vô	vo1	平聲	wú	遇	平	虞	微	合	三	次濁	武	夫
195	比	Tỉ	ti3	問聲	bǐ	止	上	旨	幫	開	三	全清	卑	履
196	毛	Mao	ma:w1	平聲	máo	效	平	豪	明	開	一	次濁	莫	袍
197	氏	Thị	t'i6	重聲	shì	止	上	紙	禪	開	三	全濁	承	紙
198	水	Thủy	t'wi3	問聲	shuǐ	止	上	旨	書	合	三	全清	式	軌
199	火	Hỏa	hwa:3	問聲	huǒ	果	上	果	曉	合	一	次清	呼	果
200	爪	Trảo	tʂa:w3	問聲	zhuǎ	效	上	巧	莊	開	二	全清	側	絞
201	父	Phủ	fu3	問聲	fǔ	遇	上	麌	非	合	三	全清	方	矩
202	父	Phụ	fu6	重聲	fù	遇	上	麌	奉	合	三	全濁	扶	雨
203	爻	Hào	ha:w2	弦聲	yáo	效	平	肴	匣	開	二	全濁	胡	茅
204	片	Phiến	fien5	銳聲	piàn	山	去	霰	滂	開	四	次清	普	麵
205	牙	Nha	ɲa:1	平聲	yá	假	平	麻	疑	開	二	次濁	五	加
206	牛	Ngưu	ŋɯw1	平聲	niú	流	平	尤	疑	開	三	次濁	語	求
207	犬	Khuyển	xwien3	問聲	quǎn	山	上	銑	溪	合	四	次清	苦	泫
208	王	Vương	vuɯɤŋ1	平聲	wáng	宕	平	陽	云	合	三	次濁	雨	方
209	王	Vượng	vuɯɤŋ6	重聲	wàng	宕	去	漾	云	合	三	次濁	于	放
210	瓦	Ngõa	ŋwa:4	跌聲	wǎ	假	上	馬	疑	合	二	次濁	五	寡

211	且	Thả	t'a:3	問聲	qiě	假	上	馬	清	開	三	次清	七	也
212	且	Thư	t'ɯ1	平聲	qiě	遇	平	魚	精	開	三	全清	子	魚
213	丕	Phi	fi1	平聲	pī	止	平	脂	滂	開	三	次清	敷	悲
214	世	Thế	t'e5	銳聲	shì	蟹	去	祭	書	開	三	全清	舒	制
215	丘	Khưu	xɯw1	平聲	qiū	流	平	尤	溪	開	三	次清	去	鳩
216	丙	Bính	biɲ5	銳聲	bǐng	梗	上	梗	幫	開	三	全清	兵	永
217	丱	Quán	kwa:n5	銳聲	guàn	山	去	諫	見	合	二	全清	古	患
218	主	Chủ	tʂu3	問聲	zhǔ	遇	上	麌	章	合	三	全清	之	庾
219	乍	Sạ	ʂa:6	重聲	zhà	假	去	禡	崇	開	二	全濁	鋤	駕
220	乎	Hồ	ho2	弦聲	hú	遇	平	模	匣	合	一	全濁	戶	吳
221	乏	Phạp	fa:p8	重入	fá	咸	入	乏	奉	合	三	全濁	房	法
222	仔	Tử	tɯ3	問聲	zǐ	止	上	止	精	開	三	全清	即	里
223	仕	Sĩ	ʂi4	跌聲	shì	止	上	止	崇	開	三	全濁	鉏	里
224	他	Tha	t'a:1	平聲	tā	果	平	歌	透	開	一	次清	託	何
225	仗	Trượng	tʂɯɤŋ6	重聲	zhàng	宕	去	漾	澄	開	三	全濁	直	亮
226	付	Phó	fɔ5	銳聲	fù	遇	去	遇	非	合	三	全清	方	遇
227	仙	Tiên	tien1	平聲	xiān	山	平	仙	心	開	三	全清	相	然
228	仝	Đồng	doŋ2	弦聲	tóng	通	平	東	定	合	一	全濁	徒	紅
229	仞	Nhận	ɲɤn6	重聲	rèn	臻	去	震	日	開	三	次濁	而	振
230	仟	Thiên	t'ien1	平聲	qiān	山	平	先	清	開	四	次清	蒼	先
231	仡	Ngật	ŋɤt8	重入	yì	臻	入	迄	疑	開	三	次濁	魚	迄
232	代	Đại	da:j6	重聲	dài	蟹	去	代	定	開	一	全濁	徒	耐
233	令	Lệnh	leɲ6	重聲	lìng	梗	去	徑	來	開	四	次濁	郎	定
234	以	Dĩ	zi4	跌聲	yǐ	止	上	止	以	開	三	次濁	羊	己
235	兄	Huynh	hwiɲ1	平聲	xiōng	梗	平	庚	曉	合	三	次清	許	榮
236	冉	Nhiễm	ɲiem4	跌聲	rǎn	咸	上	琰	日	開	三	次濁	而	琰
237	册	Sách	ʂa:ʧ7	銳入	cè	梗	入	麥	初	開	二	次清	楚	革
238	冬	Đông	doŋ1	平聲	dōng	通	平	冬	端	合	一	全清	都	宗
239	凷	Khối	xoj5	銳聲	kuài	蟹	去	隊	溪	合	一	次清	苦	對
240	凸	Đột	dot8	重入	tū	臻	入	沒	定	合	一	全濁	陀	骨
241	凹	Ao	a:w1	平聲	āo	咸	入	洽	影	開	二	全清	烏	洽
242	出	Xuất	swɤt7	銳入	chū	臻	入	術	昌	合	三	次清	赤	律
243	刊	San	ʂa:n1	平聲	kān	山	平	寒	溪	開	一	次清	苦	寒
244	功	Công	koŋ1	平聲	gōng	通	平	東	見	合	一	全清	古	紅
245	加	Gia	ʑa:1	平聲	jiā	假	平	麻	見	開	二	全清	古	牙
246	匄	Cái	ka:j5	銳聲	gài	蟹	去	泰	見	開	一	全清	古	太
247	包	Bao	ba:w1	平聲	bāo	效	平	肴	幫	開	二	全清	布	交
248	北	Bắc	bak7	銳入	běi	曾	入	德	幫	開	一	全清	博	墨

249	匜	Di	zi1	平聲	yí	止	平	支	以	開	三	次濁	弋	支
250	卉	Hủy	hwi3	問聲	huì	止	上	尾	曉	合	三	次清	許	偉
251	半	Bán	ba:n5	鋭聲	bàn	山	去	換	幫	合	一	全清	博	慢
252	卌	Tấp	tɤp7	鋭入	xì	深	入	緝	心	開	三	全清	先	立
253	占	Chiêm	tʂiem1	平聲	zhān	咸	平	鹽	章	開	三	全清	職	廉
254	占	Chiếm	tʂiem5	鋭聲	zhàn	咸	去	豔	章	開	三	全清	章	豔
255	卮	Chi	tʂi1	平聲	zhī	止	平	支	章	開	三	全清	章	移
256	卯	Mão	ma:w4	跌聲	mǎo	效	上	巧	明	開	二	次濁	莫	飽
257	去	Khử	xɯ3	問聲	qù	遇	上	語	溪	開	三	次清	羌	舉
258	去	Khứ	xɯ5	鋭聲	qù	遇	去	御	溪	開	三	次清	近	倨
259	古	Cổ	ko3	問聲	gǔ	遇	上	姥	見	合	一	全清	公	戶
260	句	Câu	kɤw1	平聲	gōu	流	平	侯	見	開	一	全清	古	侯
261	句	Cú	ku5	鋭聲	jù	遇	去	遇	見	合	三	全清	九	遇
262	叨	Đao	da:w1	平聲	tāo	效	平	豪	透	開	一	次清	土	刀
263	叩	Khấu	xɤw5	鋭聲	kòu	流	上	厚	溪	開	一	次清	苦	后
264	只	Chỉ	tʂi3	問聲	zhǐ	止	上	紙	章	開	三	全清	諸	氏
265	叫	Khiếu	xiew5	鋭聲	jiào	效	去	嘯	見	開	四	全清	古	弔
266	召	Triệu	tʂiew6	重聲	zhào	效	去	笑	澄	開	三	全濁	直	照
267	叮	Đinh	diɲ1	平聲	dīng	梗	平	青	端	開	四	全清	當	經
268	可	Khả	xa:3	問聲	kě	果	上	哿	溪	開	一	次清	枯	我
269	台	Di	zi1	平聲	yí	止	平	之	以	開	三	次濁	與	之
270	台	Thai	t'a:j1	平聲	tái	蟹	平	咍	透	開	一	次清	土	來
271	叱	Sất	ʂɤt5	鋭入	chì	臻	入	質	昌	開	三	次清	昌	栗
272	史	Sử	ʂɯ3	問聲	shǐ	止	上	止	生	開	三	全清	踈	士
273	右	Hữu	hɯw4	跌聲	yòu	流	上	有	云	開	三	次濁	云	久
274	叵	Phả	fa:3	問聲	pǒ	果	上	果	滂	合	一	次清	普	火
275	叶	Hiệp	hiep8	重入	xié	咸	入	帖	匣	開	四	全濁	胡	頰
276	司	Tư	tɯ1	平聲	sī	止	平	之	心	開	三	全清	息	茲
277	囚	Tù	tu2	弦聲	qiú	流	平	尤	邪	開	三	全濁	似	由
278	四	Tứ	tɯ5	鋭聲	sì	止	去	至	心	開	三	全清	息	利
279	外	Ngoại	ŋwa:j6	重聲	wài	蟹	去	泰	疑	合	一	次濁	五	會
280	央	Ương	ɯɤŋ1	平聲	yāng	宕	平	陽	影	開	三	全清	於	良
281	失	Thất	t'ɤt7	鋭入	shī	臻	入	質	書	開	三	全清	式	質
282	夲	Thao	t'a:w1	平聲	tāo	效	平	豪	透	開	一	次清	土	刀
283	奴	Nô	no1	平聲	nú	遇	平	模	泥	合	一	次濁	乃	都
284	孕	Dựng	zɯŋ6	重聲	yùn	曾	去	證	以	開	三	次濁	以	證
285	宁	Trữ	tʂɯ4	跌聲	zhù	遇	上	語	澄	開	三	全濁	直	呂
286	宂	Nhũng	ɲuŋ4	跌聲	rǒng	通	上	腫	日	合	三	次濁	而	隴

287	它	Tha	t'a:1	平聲	tā	果	平	歌	透	開	一	次清	託	何
288	宄	Quỹ	kwi4	跌聲	guǐ	止	上	旨	見	合	三	全清	居	洧
289	介	Nhĩ	ɲi4	跌聲	ěr	止	上	紙	日	開	三	次濁	兒	氏
290	尻	Khào	xa:w2	弦聲	kāo	效	平	豪	溪	開	一	次清	苦	刀
291	尼	Ni	ni1	平聲	ní	止	平	脂	娘	開	三	次濁	女	夷
292	屴	Lực	lɯk8	重入	lì	曾	入	職	來	開	三	次濁	林	直
293	左	Tả	ta:3	問聲	zuǒ	果	上	哿	精	開	一	全清	臧	可
294	巧	Xảo	sa:w3	問聲	qiǎo	效	上	巧	溪	開	二	次清	苦	絞
295	巨	Cự	kɯ6	重聲	jù	遇	上	語	羣	開	三	全濁	其	呂
296	市	Thị	t'i6	重聲	shì	止	上	止	禪	開	三	全濁	時	止
297	布	Bố	bo5	銳聲	bù	遇	去	暮	幫	合	一	全清	博	故
298	平	Bình	biɲ2	弦聲	píng	梗	平	庚	並	開	三	全濁	符	兵
299	幼	Ấu	ɤw5	銳聲	yòu	流	去	幼	影	開	三	全清	伊	謬
300	庀	Phỉ	fi3	問聲	pǐ	止	上	紙	滂	開	三	次清	匹	婢
301	弁	Biền	bien2	弦聲	biàn	山	去	線	並	合	三	全濁	皮	變
302	弍	Nhị	ɲi6	重聲	èr	止	去	至	日	開	三	次濁	而	至
303	弗	Phất	fɤt7	銳入	fú	臻	入	物	非	合	三	全清	分	勿
304	弘	Hoẳng	hwaŋ2	弦聲	hóng	曾	平	登	匣	合	一	全濁	胡	肱
305	必	Tất	tɤt7	銳入	bì	臻	入	質	幫	開	三	全清	卑	吉
306	忉	Đao	da:w1	平聲	dāo	效	平	豪	端	開	一	全清	都	牢
307	戊	Mậu	mɤw6	重聲	wù	流	去	候	明	開	一	次濁	莫	候
308	戹	Ách	a:ʧ7	銳入	è	梗	入	麥	影	開	二	全清	於	革
309	扒	Bái	ba:j5	銳聲	bā	蟹	去	怪	幫	合	二	全清	博	怪
310	打	Đả	da:3	問聲	dá	梗	上	梗	端	開	二	全清	德	冷
311	扔	Nhưng	ɲɯŋ1	平聲	rēng	曾	平	蒸	日	開	三	次濁	如	乘
312	扔	Nhận	ɲɤn6	重聲	rèng	曾	去	證	日	開	三	次濁	而	證
313	斥	Xích	siʧ7	銳入	chì	梗	入	昔	昌	開	三	次清	昌	石
314	旦	Đán	da:n5	銳聲	dàn	山	去	翰	端	開	一	全清	得	按
315	未	Vị	vi6	重聲	wèi	止	去	未	微	合	三	次濁	無	沸
316	末	Mạt	ma:t8	重入	mò	山	入	末	明	合	一	次濁	莫	撥
317	本	Bổn	bon3	問聲	běn	臻	上	混	幫	合	一	全清	布	忖
318	札	Trát	tʂa:t7	銳入	zhá	山	入	黠	莊	開	二	全清	側	八
319	朮	Truật	tʂwɤt8	重入	zhú	臻	入	術	澄	合	三	全濁	直	律
320	正	Chính	tʂiɲ5	銳聲	zhèng	梗	去	勁	章	開	三	全清	之	盛
321	正	Chinh	tʂiɲ1	平聲	zhēng	梗	平	清	章	開	三	全清	諸	盈
322	母	Mẫu	mɤw4	跌聲	mǔ	流	上	厚	明	開	一	次濁	莫	厚
323	氐	Đê	de1	平聲	dī	蟹	平	齊	端	開	四	全清	都	奚
324	民	Dân	zɤn1	平聲	mín	臻	平	眞	明	開	三	次濁	彌	鄰

325	永	Vĩnh	viɲ4	跌聲	yǒng	梗	上	梗	云	合	三	次濁	于	憬
326	氾	Phiếm	fiem5	銳聲	fàn	咸	去	梵	敷	合	三	次清	孚	梵
327	汀	Đinh	diɲ1	平聲	tīng	梗	平	青	透	開	四	次清	他	丁
328	汁	Trấp	tʂɤp7	銳入	zhī	深	入	緝	章	開	三	全清	之	入
329	犯	Phạm	fa:m6	重聲	fàn	咸	上	范	奉	合	三	全濁	防	錽
330	玄	Huyền	hwien2	弦聲	xuán	山	平	先	匣	合	四	全濁	胡	涓
331	玉	Ngọc	ŋɔk8	重入	yù	通	入	燭	疑	合	三	次濁	魚	欲
332	瓜	Qua	qwa:1	平聲	guā	假	平	麻	見	合	二	全清	古	華
333	甘	Cam	ka:m1	平聲	gān	咸	平	談	見	開	一	全清	古	三
334	生	Sinh	ʂiɲ1	平聲	shēng	梗	平	庚	生	開	二	全清	所	庚
335	用	Dụng	zuŋ6	重聲	yòng	通	去	用	以	合	三	次濁	余	頌
336	田	Điền	dien2	弦聲	tián	山	平	先	定	開	四	全濁	徒	年
337	由	Do	zɔ1	平聲	yóu	流	平	尤	以	開	三	次濁	以	周
338	甲	Giáp	ʑa:p7	銳入	jiǎ	咸	入	狎	見	開	二	全清	古	狎
339	申	Thân	t'ɤn1	平聲	shēn	臻	平	眞	書	開	三	全清	失	人
340	疋	Nhã	ɲa:4	跌聲	pǐ	假	上	馬	疑	開	二	次濁	五	下
341	疋	Sơ	ʂɤ:1	平聲	pǐ	遇	平	魚	生	開	三	全清	所	葅
342	疒	Nạch	na:ʧ8	重入	nè	梗	入	麥	娘	開	二	次濁	尼	戹
343	癶	Bát	ba:t7	銳入	bō	山	入	末	幫	合	一	全清	北	末
344	白	Bạch	ba:ʧ8	重入	bái	梗	入	陌	並	開	二	全濁	傍	陌
345	皮	Bì	bi2	弦聲	pí	止	平	支	並	開	三	全濁	符	羈
346	皿	Mãnh	ma:ɲ4	跌聲	mǐn	梗	上	梗	明	開	三	次濁	武	永
347	目	Mục	muk8	重入	mù	通	入	屋	明	合	三	次濁	莫	六
348	矛	Mâu	mɤw1	平聲	máo	流	平	尤	明	開	三	次濁	莫	浮
349	矢	Thỉ	t'i3	問聲	shǐ	止	上	旨	書	開	三	全清	式	視
350	石	Thạch	t'a:ʧ8	重入	shí	梗	入	昔	禪	開	三	全濁	常	隻
351	示	Kì	ki2	弦聲	qí	止	平	支	羣	開	三	全濁	巨	支
352	示	Thị	t'i6	重聲	shì	止	去	至	船	開	三	全濁	神	至
353	禾	Hòa	hwa:2	弦聲	hé	果	平	戈	匣	合	一	全濁	戶	戈
354	穴	Huyệt	hwiet8	重入	xué	山	入	屑	匣	合	四	全濁	胡	決
355	立	Lập	lɤp8	重入	lì	深	入	緝	來	開	三	次濁	力	入
356	艽	Giao	ʑa:w1	平聲	jiāo	效	平	肴	見	開	二	全清	古	肴
357	艽	Cừu	kɯw2	弦聲	qiú	流	平	尤	羣	開	三	全濁	巨	鳩
358	邘	Vu	vu1	平聲	yú	遇	平	虞	云	合	三	次濁	羽	俱
359	邙	Mang	ma:ŋ1	平聲	máng	宕	平	唐	明	開	一	次濁	莫	郎
360	邛	Cung	kuŋ1	平聲	qióng	通	平	鍾	羣	合	三	全濁	渠	容
361	阡	Thiên	t'ien1	平聲	qiān	山	平	先	清	開	四	次清	蒼	先
362	阤	Đà	da:2	弦聲	tuó	止	上	紙	澄	開	三	全濁	池	爾

363	丞	Thừa	t'ɯɤ2	弦聲	chéng	曾	平	蒸	禪	開	三	全濁	署	陵
364	丞	Chưng	tʂɯŋ1	平聲	chéng	曾	平	蒸	禪	開	三	全濁	署	陵
365	乩	Kê	ke1	平聲	jī	蟹	平	齊	見	開	四	全清	古	奚
366	亙	Cắng	kaŋ5	銳聲	gèng	曾	去	嶝	見	開	一	全清	古	鄧
367	交	Giao	ʑa:w1	平聲	jiāo	效	平	肴	見	開	二	全清	古	肴
368	亥	Hợi	hɤ:j6	重聲	hài	蟹	上	海	匣	開	一	全濁	胡	改
369	亦	Diệc	ziek8	重入	yì	梗	入	昔	以	開	三	次濁	羊	益
370	仰	Ngưỡng	ŋɯɤŋ4	跌聲	yǎng	宕	上	養	疑	開	三	次濁	魚	兩
371	仲	Trọng	tʂɔŋ6	重聲	zhòng	通	去	送	澄	合	三	全濁	直	眾
372	仳	Tỉ	ti3	問聲	pǐ	止	上	紙	滂	開	三	次清	匹	婢
373	仵	Ngỗ	ŋo4	跌聲	wǔ	遇	上	姥	疑	合	一	次濁	疑	古
374	件	Kiện	kien6	重聲	jiàn	山	上	獮	羣	開	三	全濁	其	輦
375	任	Nhậm	ɲɤm6	重聲	rèn	深	去	沁	日	開	三	次濁	汝	鴆
376	份	Phân	fɤn1	平聲	fèn	臻	平	眞	幫	開	三	全清	府	巾
377	仿	Phảng	fa:ŋ3	問聲	fǎng	宕	上	養	敷	開	三	次清	妃	兩
378	企	Xí	si5	銳聲	qǐ	止	去	寘	溪	開	三	次清	去	智
379	伃	Dư	zɯ1	平聲	yú	遇	平	魚	以	開	三	次濁	以	諸
380	伉	Kháng	xa:ŋ5	銳聲	kàng	宕	去	宕	溪	開	一	次清	苦	浪
381	伊	Y	i1	平聲	yī	止	平	脂	影	開	三	全清	於	脂
382	伋	Cấp	kɤp7	銳入	jí	深	入	緝	見	開	三	全清	居	立
383	伍	Ngũ	ŋu4	跌聲	wǔ	遇	上	姥	疑	合	一	次濁	疑	古
384	伎	Kĩ	ki4	跌聲	jì	止	上	紙	羣	開	三	全濁	渠	綺
385	伏	Phục	fuk8	重入	fú	通	入	屋	奉	合	三	全濁	房	六
386	伐	Phạt	fa:t8	重入	fá	山	入	月	奉	合	三	全濁	房	越
387	休	Hưu	hɯw1	平聲	xiū	流	平	尤	曉	開	三	次清	許	尤
388	充	Sung	ʂuŋ1	平聲	chōng	通	平	東	昌	合	三	次清	昌	終
389	兆	Triệu	tʂiew6	重聲	zhào	效	上	小	澄	開	三	全濁	治	小
390	兇	Hung	huŋ1	平聲	xiōng	通	平	鍾	曉	合	三	次清	許	容
391	先	Tiên	tien1	平聲	xiān	山	平	先	心	開	四	全清	蘇	前
392	光	Quang	kwa:ŋ1	平聲	guāng	宕	平	唐	見	合	一	全清	古	黃
393	全	Toàn	twa:n2	弦聲	quán	山	平	仙	從	合	三	全濁	疾	緣
394	共	Cộng	koŋ6	重聲	gòng	通	去	用	羣	合	三	全濁	渠	用
395	再	Tái	ta:j5	銳聲	zài	蟹	去	代	精	開	一	全清	作	代
396	冰	Băng	baŋ1	平聲	bīng	曾	平	蒸	幫	開	三	全清	筆	陵
397	冱	Hộ	ho6	重聲	hù	遇	去	暮	匣	合	一	全濁	胡	誤
398	冲	Xung	suŋ1	平聲	chōng	通	平	鍾	昌	合	三	次清	尺	容
399	刎	Vẫn	vɤn4	跌聲	wěn	臻	上	吻	微	合	三	次濁	武	粉
400	刑	Hình	hiɲ2	弦聲	xíng	梗	平	青	匣	開	四	全濁	戶	經

401	刓	Ngoan	ŋwa:n1	平聲	wán	山	平	桓	疑	合	一	次濁	五	丸
402	刖	Ngoạt	ŋwa:t8	重入	yuè	山	入	鎋	疑	合	二	次濁	五	刮
403	列	Liệt	liet8	重入	liè	山	入	薛	來	開	三	次濁	良	辥
404	劣	Liệt	liet8	重入	liè	山	入	薛	來	合	三	次濁	力	輟
405	匈	Hung	huŋ1	平聲	xiōng	通	平	鍾	曉	合	三	次清	許	容
406	匠	Tượng	tɯɤŋ6	重聲	jiàng	宕	去	漾	從	開	三	全濁	疾	亮
407	匡	Khuông	xuoŋ1	平聲	kuāng	宕	平	陽	溪	合	三	次清	去	王
408	印	Ấn	ɤn5	鋭聲	yìn	臻	去	震	影	開	三	全清	於	刃
409	危	Nguy	ŋwi1	平聲	wēi	止	平	支	疑	合	三	次濁	魚	爲
410	吁	Hu	hu1	平聲	xū	遇	平	虞	曉	合	三	次清	況	于
411	吃	Ngật	ŋɤt8	重入	chī	臻	入	迄	見	開	三	全清	居	乞
412	各	Các	ka:k7	鋭入	gè	宕	入	鐸	見	開	一	全清	古	落
413	合	Hợp	hɤ:p8	重入	hé	咸	入	合	匣	開	一	全濁	侯	閤
414	吉	Cát	ka:t7	鋭入	jí	臻	入	質	見	開	三	全清	居	質
415	同	Đồng	doŋ2	弦聲	tóng	通	平	東	定	合	一	全濁	徒	紅
416	名	Danh	za:ɲ1	平聲	míng	梗	平	清	明	開	三	次濁	武	并
417	后	Hậu	hɤw6	重聲	hòu	流	去	候	匣	開	一	全濁	胡	遘
418	吏	Lại	la:j6	重聲	lì	止	去	志	來	開	三	次濁	力	置
419	吐	Thổ	t'o3	問聲	tǔ	遇	上	姥	透	合	一	次清	他	魯
420	向	Hướng	hɯɤŋ5	鋭聲	xiàng	宕	去	漾	曉	開	三	次清	許	亮
421	吒	Trá	tʂa5	鋭聲	zhà	假	去	禡	知	開	二	全清	陟	駕
422	回	Hồi	hoj2	弦聲	huí	蟹	平	灰	匣	合	一	全濁	戶	恢
423	囟	Tín	tin5	鋭聲	xìn	臻	去	震	心	開	三	全清	息	晉
424	因	Nhân	ɲɤn1	平聲	yīn	臻	平	眞	影	開	三	全清	於	眞
425	在	Tại	ta:j6	重聲	zài	蟹	去	代	從	開	一	全濁	昨	代
426	圬	Ô	o1	平聲	wū	遇	平	模	影	合	一	全清	哀	都
427	圭	Khuê	xwe1	平聲	guī	蟹	平	齊	見	合	四	全清	古	攜
428	圮	Bĩ	bi4	跌聲	pǐ	止	上	旨	並	開	三	全濁	符	鄙
429	圯	Di	zi1	平聲	yí	止	平	之	以	開	三	次濁	與	之
430	地	Địa	die6	重聲	dì	止	去	至	定	開	三	全濁	徒	四
431	壮	Tráng	tʂa:ŋ5	鋭聲	zhuàng	宕	去	漾	莊	開	三	全清	側	亮
432	夙	Túc	tuk7	鋭入	sù	通	入	屋	心	合	三	全清	息	逐
433	多	Đa	da:1	平聲	duō	果	平	歌	端	開	一	全清	得	何
434	夷	Di	zi1	平聲	yí	止	平	脂	以	開	三	次濁	以	脂
435	夸	Khoa	xwa:1	平聲	kuā	假	平	麻	溪	合	二	次清	苦	瓜
436	奼	Xá	sa:5	鋭聲	chà	假	去	禡	知	開	二	全清	陟	駕
437	好	Hảo	ha:w3	問聲	hǎo	效	上	晧	曉	開	一	次清	呼	晧
438	好	Hiếu	hiew5	鋭聲	hào	效	去	號	曉	開	一	次清	呼	到

439	妁	Chước	tʂɯɤk7	銳入	shuò	宕	入	藥	章	開	三	全清	之	若
440	如	Như	ɲɯ1	平聲	rú	遇	平	魚	日	開	三	次濁	人	諸
441	妃	Phi	fi1	平聲	fēi	止	平	微	敷	合	三	次清	芳	非
442	妄	Vọng	vɔŋ6	重聲	wàng	宕	去	漾	微	開	三	次濁	巫	放
443	字	Tự	tɯ6	重聲	zì	止	去	志	從	開	三	全濁	疾	置
444	存	Tồn	ton2	弦聲	cún	臻	平	魂	從	合	一	全濁	徂	尊
445	孙	Tôn	ton1	平聲	sūn	臻	平	魂	心	合	一	全清	思	渾
446	宅	Trạch	tʂa:ʧ8	重入	zhái	梗	入	陌	澄	開	二	全濁	場	伯
447	宇	Vũ	vu4	跌聲	yǔ	遇	上	麌	云	合	三	次濁	王	矩
448	守	Thủ	t'u3	問聲	shǒu	流	上	有	書	開	三	全清	書	九
449	守	Thú	t'u5	銳聲	shǒu	流	去	宥	書	開	三	全清	舒	救
450	安	An	a:n1	平聲	ān	山	平	寒	影	開	一	全清	烏	寒
451	寺	Tự	tɯ6	重聲	sì	止	去	志	邪	開	三	全濁	祥	吏
452	尖	Tiêm	tiem1	平聲	jiān	咸	平	鹽	精	開	三	全清	子	廉
453	屹	Ngật	ŋɤt8	重入	yì	臻	入	迄	疑	開	三	次濁	魚	迄
454	屺	Dĩ	zi4	跌聲	qǐ	止	上	止	溪	開	三	次清	墟	里
455	屼	Ngột	ŋot8	重入	wù	臻	入	沒	疑	合	一	次濁	五	忽
456	岌	Ngập	ŋɤp8	重入	jí	深	入	緝	疑	開	三	次濁	魚	及
457	州	Châu	tʂɤw1	平聲	zhōu	流	平	尤	章	開	三	全清	職	流
458	巡	Tuần	twɤn2	弦聲	xún	臻	平	諄	邪	合	三	全濁	詳	遵
459	帆	Phàm	fa:m2	弦聲	fán	咸	平	凡	奉	合	三	全濁	符	芝
460	年	Niên	nien1	平聲	nián	山	平	先	泥	開	四	次濁	奴	顚
461	延	Diên	zien1	平聲	yán	山	平	仙	以	開	三	次濁	以	然
462	廷	Đình	diɲ2	弦聲	tíng	梗	平	青	定	開	四	全濁	特	丁
463	弎	Tam	ta:m1	平聲	sān	咸	平	談	心	開	一	全清	蘇	甘
464	式	Thức	t'ɯk7	銳入	shì	曾	入	職	書	開	三	全清	賞	職
465	弛	Thỉ	t'i3	問聲	chí	止	上	紙	書	開	三	全清	施	是
466	忖	Thốn	t'on5	銳聲	cǔn	臻	上	混	清	合	一	次清	倉	本
467	忙	Mang	ma:ŋ1	平聲	máng	宕	平	唐	明	開	一	次濁	莫	郎
468	戌	Tuất	twɤt7	銳入	xū	臻	入	術	心	合	三	全清	辛	聿
469	戍	Thú	t'u5	銳聲	shù	遇	去	遇	書	合	三	全清	傷	遇
470	戎	Nhung	ɲuŋ1	平聲	róng	通	平	東	日	合	三	次濁	如	融
471	成	Thành	t'a:ɲ2	弦聲	chéng	梗	平	清	禪	開	三	全濁	是	征
472	扛	Giang	ʐa:ŋ1	平聲	káng	江	平	江	見	開	二	全清	古	雙
473	扞	Hãn	ha:n4	跌聲	hàn	山	去	翰	匣	開	一	全濁	侯	旰
474	扢	Cột	kot8	重入	gē	臻	入	沒	見	合	一	全清	古	忽
475	扣	Khấu	xɤw5	銳聲	kòu	流	去	候	溪	開	一	次清	苦	候
476	扱	Tráp	tʂa:p7	銳入	chā	咸	入	洽	初	開	二	次清	楚	洽

477	收	Thu	t'u1	平聲	shōu	流	平	尤	書	開	三	全清	式	州
478	攷	Khảo	xa:w3	問聲	kǎo	效	上	晧	溪	開	一	次清	苦	浩
479	旨	Chỉ	tʂi3	問聲	zhǐ	止	上	旨	章	開	三	全清	職	雉
480	早	Tảo	ta:w3	問聲	zǎo	效	上	晧	精	開	一	全清	子	晧
481	旬	Tuần	twɤn2	弦聲	xún	臻	平	諄	邪	合	三	全濁	詳	遵
482	旭	Húc	huk7	銳入	xù	通	入	燭	曉	合	三	次清	許	玉
483	曲	Khúc	xuk7	銳入	qǔ	通	入	燭	溪	合	三	次清	丘	玉
484	有	Hữu	hɯw4	跌聲	yǒu	流	上	有	云	開	三	次濁	云	久
485	朱	Chu	tʂu1	平聲	zhū	遇	平	虞	章	合	三	全清	章	俱
486	朴	Phác	fa:k7	銳入	pò	江	入	覺	滂	開	二	次清	匹	角
487	朵	Đóa	dwa:5	銳聲	duǒ	果	上	果	端	合	一	全清	丁	果
488	朽	Hủ	hu3	問聲	xiǔ	流	上	有	曉	開	三	次清	許	久
489	次	Thứ	t'ɯ5	銳聲	cì	止	去	至	清	開	三	次清	七	四
490	此	Thử	t'ɯ3	問聲	cǐ	止	上	紙	清	開	三	次清	雌	氏
491	死	Tử	tɯ3	問聲	sǐ	止	上	旨	心	開	三	全清	息	姊
492	汊	Xá	sa:5	銳聲	chà	蟹	去	卦	初	開	二	次清	楚	懈
493	汍	Hoàn	hwa:n2	弦聲	wán	山	平	桓	匣	合	一	全濁	胡	官
494	汎	Phiếm	fiem5	銳聲	fàn	咸	去	梵	敷	合	三	次清	孚	梵
495	汐	Tịch	titʃ8	重入	xì	梗	入	昔	邪	開	三	全濁	祥	易
496	汕	Sán	ʂa:n5	銳聲	shàn	山	去	諫	生	開	二	全清	所	晏
497	汗	Hãn	ha:n4	跌聲	hàn	山	去	翰	匣	開	一	全濁	侯	旰
498	汙	Ố	o5	銳聲	wù	遇	去	暮	影	合	一	全清	烏	路
499	汛	Tấn	tɤn5	銳聲	xùn	臻	去	震	心	開	三	全清	息	晉
500	汜	Tỉ	ti3	問聲	sì	止	上	止	邪	開	三	全濁	詳	里
501	汝	Nhữ	ɲɯ4	跌聲	rǔ	遇	上	語	日	開	三	次濁	人	渚
502	江	Giang	ʑa:ŋ1	平聲	jiāng	江	平	江	見	開	二	全清	古	雙
503	池	Trì	tʂi2	弦聲	chí	止	平	支	澄	開	三	全濁	直	離
504	污	Ô	o1	平聲	wū	遇	平	模	影	合	一	全清	哀	都
505	汲	Cấp	kɤp7	銳入	jí	深	入	緝	見	開	三	全清	居	立
506	灰	Hôi	hoj1	平聲	huī	蟹	平	灰	曉	合	一	次清	呼	恢
507	灰	Khôi	xoj1	平聲	huī	蟹	平	灰	曉	合	一	次清	呼	恢
508	牝	Tẫn	tɤn4	跌聲	pìn	臻	上	軫	並	開	三	全濁	毗	忍
509	牟	Mâu	mɤw1	平聲	móu	流	平	尤	明	開	三	次濁	莫	浮
510	犴	Ngạn	ŋa:n6	重聲	àn	山	去	翰	疑	開	一	次濁	五	旰
511	犴	Ngan	ŋa:n1	平聲	àn	山	平	寒	疑	開	一	次濁	俄	寒
512	百	Bách	ba:tʃ7	銳入	bǎi	梗	入	陌	幫	開	二	全清	博	陌
513	礽	Nhưng	ɲɯŋ1	平聲	réng	曾	平	蒸	日	開	三	次濁	如	乘
514	祁	Kì	ki2	弦聲	qí	止	平	脂	羣	開	三	全濁	渠	脂

515	空	Ấp	ɤp7	銳入	wā	山	入	黠	影	合	二	全清	烏	八
516	空	Oạt	wa:t8	重入	wā	山	入	黠	影	開	二	全清	烏	黠
517	竹	Trúc	tʂuk7	銳入	zhú	通	入	屋	知	合	三	全清	張	六
518	米	Mễ	me4	跌聲	mǐ	蟹	上	薺	明	開	四	次濁	莫	禮
519	糸	Mịch	mitʃ8	重入	mì	梗	入	錫	明	開	四	次濁	莫	狄
520	缶	Phẫu	fɤw4	跌聲	fǒu	流	上	有	非	開	三	全清	方	久
521	羊	Dương	zɯɤŋ1	平聲	yáng	宕	平	陽	以	開	三	次濁	與	章
522	羽	Vũ	vu4	跌聲	yǔ	遇	上	麌	云	合	三	次濁	王	矩
523	老	Lão	la:w4	跌聲	lǎo	效	上	晧	來	開	一	次濁	盧	晧
524	考	Khảo	xa:w3	問聲	kǎo	效	上	晧	溪	開	一	次清	苦	浩
525	而	Nhi	ɲi1	平聲	ér	止	平	之	日	開	三	次濁	如	之
526	耒	Lỗi	loj4	跌聲	lěi	止	上	旨	來	合	三	次濁	力	軌
527	耳	Nhĩ	ɲi4	跌聲	ěr	止	上	止	日	開	三	次濁	而	止
528	聿	Duật	zuɤt8	重入	yù	臻	入	術	以	合	三	次濁	餘	律
529	肉	Nhục	ɲuk8	重入	ròu	通	入	屋	日	合	三	次濁	如	六
530	肋	Lặc	lak8	重入	lè	曾	入	德	來	開	一	次濁	盧	則
531	肌	Cơ	kɤ:1	平聲	jī	止	平	脂	見	開	三	全清	居	夷
532	肎	Khẳng	xaŋ3	問聲	kěn	曾	上	等	溪	開	一	次清	苦	等
533	臣	Thần	t'ɤn2	弦聲	chén	臻	平	眞	禪	開	三	全濁	植	鄰
534	自	Tự	tɯ6	重聲	zì	止	去	至	從	開	三	全濁	疾	二
535	至	Chí	tʂi5	銳聲	zhì	止	去	至	章	開	三	全清	脂	利
536	臼	Cữu	kɯw4	跌聲	jiù	流	上	有	羣	開	三	全濁	其	九
537	舌	Thiệt	t'iet8	重入	shé	山	入	薛	船	開	三	全濁	食	列
538	舛	Suyễn	ʂwien4	跌聲	chuǎn	山	上	獮	昌	合	三	次清	昌	兗
539	舟	Châu	tʂɤw1	平聲	zhōu	流	平	尤	章	開	三	全清	職	流
540	艮	Cấn	kɤn5	銳聲	gèn	臻	去	恨	見	開	一	全清	古	恨
541	色	Sắc	ʂak7	銳入	sè	曾	入	職	生	開	三	全清	所	力
542	艸	Thảo	t'a:w3	問聲	cǎo	效	上	晧	清	開	一	次清	采	老
543	芃	Bồng	boŋ2	弦聲	péng	通	平	東	並	合	一	全濁	薄	紅
544	芄	Hoàn	hwa:n2	弦聲	wán	山	平	桓	匣	合	一	全濁	胡	官
545	芊	Thiên	t'ien1	平聲	qiān	山	平	先	清	開	四	次清	蒼	先
546	芋	Hu	hu1	平聲	xū	遇	平	虞	云	合	三	次濁	羽	俱
547	芋	Dụ	zu6	重聲	yù	遇	去	遇	云	合	三	次濁	王	遇
548	芍	Thược	t'ɯɤk8	重入	sháo	宕	入	藥	禪	開	三	全濁	市	若
549	芎	Khung	xuŋ1	平聲	xiōng	通	平	東	溪	合	三	次清	去	宮
550	芑	Khỉ	xi3	問聲	qǐ	止	上	止	溪	開	三	次清	墟	里
551	芒	Mang	ma:ŋ1	平聲	máng	宕	平	唐	明	開	一	次濁	莫	郎
552	芝	Chi	tʂi1	平聲	zhī	止	平	之	章	開	三	全清	止	而

553	芨	Cập	kɤp8	重入	jī	深	入	緝	見	開	三	全清	居	立
554	虍	Hô	ho1	平聲	hū	遇	平	模	曉	合	一	次清	荒	烏
555	虫	Hủy	hwi3	問聲	huǐ	止	上	尾	曉	合	三	次清	許	偉
556	血	Huyết	hwiet7	銳入	xiě	山	入	屑	曉	合	四	次清	呼	決
557	血	Huyết	hwiet7	銳入	xuè	山	入	屑	曉	合	四	次清	呼	決
558	行	Hàng	ha:ŋ2	弦聲	háng	宕	平	唐	匣	開	一	全濁	胡	郎
559	行	Hành	ha:ɲ2	弦聲	xíng	梗	平	庚	匣	開	二	全濁	戶	庚
560	行	Hạnh	ha:ɲ6	重聲	xìng	梗	去	映	匣	開	二	全濁	下	更
561	衣	Y	i1	平聲	yī	止	平	微	影	開	三	全清	於	希
562	衣	Ý	i5	銳聲	yì	止	去	未	影	開	三	全清	於	既
563	襾	Á	a:5	銳聲	yà	假	去	禡	影	開	二	全清	衣	嫁
564	西	Tê (Tây)	te1	平聲	xī	蟹	平	齊	心	開	四	全清	先	稽
565	迂	Vu	vu1	平聲	yū	遇	平	虞	云	合	三	次濁	羽	俱
566	迄	Hất	hɤt7	銳入	qì	臻	入	迄	曉	開	三	次清	許	訖
567	迅	Tấn	tɤn5	銳聲	xùn	臻	去	震	心	開	三	全清	息	晉
568	迤	Dĩ	zi4	跌聲	yǐ	止	上	紙	以	開	三	次濁	移	爾
569	邠	Bân	bɤn1	平聲	bīn	臻	平	眞	幫	開	三	全清	府	巾
570	邡	Phương	fɯɤŋ1	平聲	fāng	宕	平	陽	非	開	三	全清	府	良
571	邢	Hình	hiɲ2	弦聲	xíng	梗	平	青	匣	開	四	全濁	戶	經
572	那	Na	na:1	平聲	nà	果	平	歌	泥	開	一	次濁	諾	何
573	邦	Bang	ba:ŋ1	平聲	bāng	江	平	江	幫	開	二	全清	博	江
574	邨	Thôn	t'on1	平聲	cūn	臻	平	魂	定	合	一	全濁	徒	渾
575	邪	Tà	ta:2	弦聲	xié	假	平	麻	邪	開	三	全濁	似	嗟
576	邪	Da	za:1	平聲	yé	假	平	麻	以	開	三	次濁	以	遮
577	阪	Phản	fa:n3	問聲	bǎn	山	上	潸	並	合	二	全濁	扶	板
578	阬	Khanh	xa:ɲ1	平聲	gāng	梗	平	庚	溪	開	二	次清	客	庚
579	阮	Nguyễn	ŋwien4	跌聲	ruǎn	山	上	阮	疑	合	三	次濁	虞	遠
580	阯	Chỉ	tʂi3	問聲	zhǐ	止	上	止	章	開	三	全清	諸	市
581	阱	Tịnh	tiɲ6	重聲	jǐng	梗	上	靜	從	開	三	全濁	疾	郢
582	防	Phòng	fɔŋ2	弦聲	fáng	宕	平	陽	奉	開	三	全濁	符	方
583	并	Tinh	tiɲ1	平聲	bīng	梗	平	清	幫	開	三	全清	府	盈
584	并	Tịnh	tiɲ6	重聲	bìng	梗	去	勁	幫	開	三	全清	畀	政
585	丣	Dậu	zɤw6	重聲	yǒu	流	上	有	以	開	三	次濁	與	久
586	串	Xuyến	swien5	銳聲	chuàn	山	去	諫	見	合	二	全清	古	患
587	亨	Hanh	ha:ɲ1	平聲	hēng	梗	平	庚	曉	開	二	次清	許	庚
588	伯	Bá	ba:5	銳聲	bó	梗	入	陌	幫	開	二	全清	博	陌
589	估	Cổ	ko3	問聲	gǔ	遇	上	姥	見	合	一	全清	公	戶

590	伱	Nễ	ne4	跌聲	nǐ	止	上	止	娘	開	三	次濁	乃	里
591	伴	Bạn	ba:n6	重聲	bàn	山	去	換	並	合	一	全濁	薄	半
592	伶	Linh	liɲ1	平聲	líng	梗	平	青	來	開	四	次濁	郎	丁
593	伸	Thân	t'ɤn1	平聲	shēn	臻	平	眞	書	開	三	全清	失	人
594	伺	Tứ	tɯ5	鋭聲	sì	止	去	志	心	開	三	全清	相	吏
595	伻	Bình	biɲ2	弦聲	bēng	梗	平	耕	滂	開	二	次清	普	耕
596	似	Tự	tɯ6	重聲	sì	止	上	止	邪	開	三	全濁	詳	里
597	伽	Già	ʑa:2	弦聲	qié	果	平	戈	羣	開	三	全濁	求	迦
598	佃	Điền	dien2	弦聲	tián	山	平	先	定	開	四	全濁	徒	年
599	但	Đãn	da:n4	跌聲	dàn	山	上	旱	定	開	一	全濁	徒	旱
600	佇	Trữ	tʂɯ4	跌聲	zhù	遇	上	語	澄	開	三	全濁	直	呂
601	佈	Bố	bo5	鋭聲	bù	遇	去	暮	幫	合	一	全清	博	故
602	佉	Khư	xɯ1	平聲	qū	果	平	戈	溪	開	三	次清	丘	伽
603	佋	Thiệu	t'iew6	重聲	shào	效	上	小	禪	開	三	全濁	市	沼
604	位	Vị	vi6	重聲	wèi	止	去	至	云	合	三	次濁	于	愧
605	低	Đê	de1	平聲	dī	蟹	平	齊	端	開	四	全清	都	奚
606	住	Trụ	tʂu6	重聲	zhù	遇	去	遇	澄	合	三	全濁	持	遇
607	住	Trú	tʂu5	鋭聲	zhù	遇	去	遇	知	合	三	全清	中	句
608	佐	Tá	ta:5	鋭聲	zuǒ	果	去	箇	精	開	一	全清	則	箇
609	佑	Hựu	hɯw6	重聲	yòu	流	去	宥	云	開	三	次濁	于	救
610	佔	Chiếm	tʂiem5	鋭聲	zhàn	咸	平	添	端	開	四	全清	丁	兼
611	何	Hà	ha:2	弦聲	hé	果	平	歌	匣	開	一	全濁	胡	歌
612	佗	Đà	da:2	弦聲	tuō	果	平	歌	定	開	一	全濁	徒	河
613	佗	Tha	t'a:1	平聲	tuō	果	平	歌	透	開	一	次清	託	何
614	余	Dư	zɯ1	平聲	yú	遇	平	魚	以	開	三	次濁	以	諸
615	佚	Dật	zɤt8	重入	yì	臻	入	質	以	開	三	次濁	夷	質
616	佛	Phật	fɤt8	重入	fó	臻	入	物	奉	合	三	全濁	符	弗
617	作	Tác	ta:k7	鋭入	zuò	宕	入	鐸	精	開	一	全清	則	落
618	佞	Nịnh	niɲ6	重聲	nìng	梗	去	徑	泥	開	四	次濁	乃	定
619	佟	Đông	doŋ1	平聲	tóng	通	平	冬	定	合	一	全濁	徒	冬
620	你	Nhĩ	ɲi4	跌聲	nǐ	止	上	止	娘	開	三	次濁	乃	里
621	克	Khắc	xak7	鋭入	kè	曾	入	德	溪	開	一	次清	苦	得
622	兌	Đoài	dwa:j2	弦聲	duì	蟹	去	泰	定	合	一	全濁	杜	外
623	免	Miễn	mien4	跌聲	miǎn	山	上	獮	明	開	三	次濁	亡	辨
624	兕	Hủy	hwi3	問聲	sì	止	上	旨	邪	開	三	全濁	徐	姊
625	兵	Binh	biɲ1	平聲	bīng	梗	平	庚	幫	開	三	全清	甫	明
626	况	Huống	huoŋ5	鋭聲	kuàng	宕	去	漾	曉	合	三	次清	許	訪
627	冶	Dã	za:4	跌聲	yě	假	上	馬	以	開	三	次濁	羊	者

628	冷	Lãnh	la:ɲ4	跌聲	lěng	梗	上	梗	來	開	二	次濁	魯	打
629	初	Sơ	ʂɤ:1	平聲	chū	遇	平	魚	初	開	三	次清	楚	居
630	刪	San	ʂa:n1	平聲	shān	山	平	刪	生	開	二	全清	所	姦
631	判	Phán	fa:n5	銳聲	pàn	山	去	換	滂	合	一	次清	普	半
632	別	Biệt	biet8	重入	bié	山	入	薛	並	開	三	全濁	皮	列
633	利	Lợi	lɤ:j6	重聲	lì	止	去	至	來	開	三	次濁	力	至
634	助	Trợ	tʂɤ:6	重聲	zhù	遇	去	御	崇	開	三	全濁	牀	據
635	努	Nỗ	no4	跌聲	nǔ	遇	上	姥	泥	合	一	次濁	奴	古
636	劫	Kiếp	kiep7	銳入	jié	咸	入	業	見	開	三	全清	居	怯
637	劬	Cù	ku2	弦聲	qú	遇	平	虞	羣	合	三	全濁	其	俱
638	劭	Thiệu	t'iew6	重聲	shào	效	去	笑	禪	開	三	全濁	寔	照
639	匣	Hạp	ha:p8	重入	xiá	咸	入	狎	匣	開	二	全濁	胡	甲
640	卣	Dữu	zɯw4	跌聲	yǒu	流	上	有	以	開	三	次濁	與	久
641	卲	Thiệu	t'iew6	重聲	shào	效	去	笑	禪	開	三	全濁	寔	照
642	即	Tức	tɯk7	銳入	jí	曾	入	職	精	開	三	全清	子	力
643	卵	Noãn	nwa:n4	跌聲	luǎn	山	上	緩	來	合	一	次濁	盧	管
644	厎	Chỉ	tʂi3	問聲	zhǐ	止	上	旨	章	開	三	全清	職	雉
645	君	Quân	kwɤn1	平聲	jūn	臻	平	文	見	合	三	全清	舉	云
646	吝	Lận	lɤn6	重聲	lìn	臻	去	震	來	開	三	次濁	良	刃
647	呑	Thôn	t'on1	平聲	tūn	臻	平	痕	透	開	一	次清	吐	根
648	吟	Ngâm	ŋɤm1	平聲	yín	深	平	侵	疑	開	三	次濁	魚	金
649	吠	Phệ	fe6	重聲	fèi	蟹	去	廢	奉	合	三	全濁	符	廢
650	否	Phủ	fu3	問聲	fǒu	流	上	有	非	開	三	全清	方	久
651	否	Bĩ	bi4	跌聲	pǐ	止	上	旨	並	開	三	全濁	符	鄙
652	吧	Ba	ba:1	平聲	bā	假	平	痲	滂	開	二	次清	普	巴
653	吪	Ngoa	ŋwa:1	平聲	é	果	平	戈	疑	合	一	次濁	五	禾
654	含	Hàm	ha:m2	弦聲	hán	咸	平	覃	匣	開	一	全濁	胡	男
655	吭	Hàng	ha:ŋ2	弦聲	háng	宕	平	唐	匣	開	一	全濁	胡	郎
656	吮	Duyện	zwien6	重聲	shǔn	臻	上	準	船	合	三	全濁	食	尹
657	启	Khải	xa:j3	問聲	qǐ	蟹	上	薺	溪	開	四	次清	康	禮
658	吱	Chi	tʂi1	平聲	zhī	止	去	寘	溪	開	三	次清	去	智
659	吳	Ngô	ŋo1	平聲	wú	遇	平	模	疑	合	一	次濁	五	乎
660	吵	Sảo	ʂa:w3	問聲	chǎo	效	上	巧	初	開	二	次清	初	爪
661	吶	Niệt	niet8	重入	nè	山	入	薛	娘	合	三	次濁	女	劣
662	吸	Hấp	hɤp7	銳入	xī	深	入	緝	曉	開	三	次清	許	及
663	吹	Xuy	swi1	平聲	chuī	止	平	支	昌	合	三	次清	昌	垂
664	吹	Xúy	swi5	銳聲	chuī	止	去	寘	昌	合	三	次清	尺	僞
665	吻	Vẫn	vɤn4	跌聲	wěn	臻	上	吻	微	合	三	次濁	武	粉

666	吼	Hống	hoŋ5	銳聲	hǒu	流	上	厚	曉	開	一	次清	呼	后
667	吽	Hồng	hoŋ2	弦聲	hōng	流	上	厚	曉	開	一	次清	呼	后
668	吾	Ngô	ŋo1	平聲	wú	遇	平	模	疑	合	一	次濁	五	乎
669	呀	Nha	ɲa:1	平聲	yā	假	平	麻	疑	開	二	次濁	五	加
670	呂	Lữ	lɯ4	跌聲	lǚ	遇	上	語	來	開	三	次濁	力	舉
671	呃	Ách	a:ʧ7	銳入	è	蟹	去	怪	影	開	二	全清	烏	界
672	呈	Trình	tʂiɲ2	弦聲	chéng	梗	平	清	澄	開	三	全濁	直	貞
673	告	Cáo	ka:w5	銳聲	gào	效	去	號	見	開	一	全清	古	到
674	告	Cốc	kok7	銳入	gào	通	入	沃	見	合	一	全清	古	沃
675	囤	Độn	don6	重聲	dùn	臻	上	混	定	合	一	全濁	徒	損
676	囪	Thông	t'oŋ1	平聲	cōng	通	平	東	清	合	一	次清	倉	紅
677	囪	Song	ʂɔŋ1	平聲	cōng	江	平	江	初	開	二	次清	楚	江
678	囮	Ngoa	ŋwa:1	平聲	yóu	果	平	戈	疑	合	一	次濁	五	禾
679	困	Khốn	xon5	銳聲	kùn	臻	去	慁	溪	合	一	次清	苦	悶
680	圻	Kì	ki2	弦聲	qí	止	平	微	羣	開	三	全濁	渠	希
681	址	Chỉ	tʂi3	問聲	zhǐ	止	上	止	章	開	三	全清	諸	市
682	坂	Phản	fa:n3	問聲	bǎn	山	上	阮	非	合	三	全清	府	遠
683	均	Quân	kwɤn1	平聲	jūn	臻	平	諄	見	合	三	全清	居	匀
684	坊	Phường	fɯɤŋ2	弦聲	fāng	宕	平	陽	奉	開	三	全濁	符	方
685	坌	Bộn	bon6	重聲	bèn	臻	去	慁	並	合	一	全濁	蒲	悶
686	坍	Than	t'a:n1	平聲	tān	咸	平	談	透	開	一	次清	他	酣
687	坎	Khảm	xa:m3	問聲	kǎn	咸	上	感	溪	開	一	次清	苦	感
688	坏	Phôi	foj1	平聲	pī	蟹	平	灰	滂	合	一	次清	芳	杯
689	坐	Tọa	twa:6	重聲	zuò	果	去	過	從	合	一	全濁	徂	臥
690	坑	Khanh	xa:ɲ1	平聲	kēng	梗	平	庚	溪	開	二	次清	客	庚
691	块	Khối	xoj5	銳聲	kuài	蟹	去	隊	溪	合	一	次清	苦	對
692	壯	Tráng	tʂa:ŋ5	銳聲	zhuàng	宕	去	漾	莊	開	三	全清	側	亮
693	夆	Phùng	fuŋ2	弦聲	fēng	通	平	鍾	奉	合	三	全濁	符	容
694	夾	Giáp	ʐa:p7	銳入	jiā	咸	入	洽	見	開	二	全清	古	洽
695	妊	Nhâm	ɲɤm1	平聲	rèn	深	去	沁	日	開	三	次濁	汝	鴆
696	妍	Nghiên	ŋien1	平聲	yán	山	平	先	疑	開	四	次濁	五	堅
697	妒	Đố	do5	銳聲	dù	遇	去	暮	端	合	一	全清	當	故
698	妓	Kĩ	ki4	跌聲	jì	止	上	紙	羣	開	三	全濁	渠	綺
699	妖	Yêu	iew1	平聲	yāo	效	平	宵	影	開	三	全清	於	喬
700	妙	Diệu	ziew6	重聲	miào	效	去	笑	明	開	三	次濁	彌	笑
701	妝	Trang	tʂa:ŋ1	平聲	zhuāng	宕	平	陽	莊	開	三	全清	側	羊
702	妣	Tỉ	ti3	問聲	bǐ	止	上	旨	幫	開	三	全清	卑	履
703	妤	Dư	zɯ1	平聲	yú	遇	平	魚	以	開	三	次濁	以	諸

704	妥	Thỏa	t'wa:3	問聲	tuǒ	果	上	果	透	合	一	次清	他	果
705	妨	Phương	fuɯɤŋ1	平聲	fáng	宕	平	陽	敷	開	三	次清	敷	方
706	姊	Tỉ	ti3	問聲	zǐ	止	上	旨	精	開	三	全清	將	几
707	姒	Tự	tɯ6	重聲	sì	止	上	止	邪	開	三	全濁	詳	里
708	孚	Phu	fu1	平聲	fū	遇	平	虞	敷	合	三	次清	芳	無
709	孛	Bột	bot8	重入	bó	臻	入	沒	並	合	一	全濁	蒲	沒
710	孜	Tư	tɯ1	平聲	zī	止	平	之	精	開	三	全清	子	之
711	孝	Hiếu	hiew5	銳聲	xiào	效	去	效	曉	開	二	次清	呼	教
712	宋	Tống	toŋ5	銳聲	sòng	通	去	宋	心	合	一	全清	蘇	統
713	完	Hoàn	hwa:n2	弦聲	wán	山	平	桓	匣	合	一	全濁	胡	官
714	宏	Hoằng	hwaŋ2	弦聲	hóng	梗	平	耕	匣	合	二	全濁	戶	萌
715	尨	Mang	ma:ŋ1	平聲	máng	江	平	江	明	開	二	次濁	莫	江
716	尪	Uông	uoŋ1	平聲	wāng	宕	平	唐	影	合	一	全清	烏	光
717	尬	Giới	ʑɤ:j5	銳聲	gà	蟹	去	怪	見	開	二	全清	古	拜
718	尾	Vĩ	vi4	跌聲	wěi	止	上	尾	微	合	三	次濁	無	匪
719	尿	Niệu	niew6	重聲	niào	效	去	嘯	泥	開	四	次濁	奴	弔
720	局	Cục	kuk8	重入	jú	通	入	燭	羣	合	三	全濁	渠	玉
721	屁	Thí	t'i5	銳聲	pì	止	去	至	滂	開	三	次清	匹	寐
722	岐	Kì	ki2	弦聲	qí	止	平	支	羣	開	三	全濁	巨	支
723	岑	Sầm	ʂɤm2	弦聲	cén	深	平	侵	崇	開	三	全濁	鋤	針
724	岔	Xóa	swa:5	銳聲	chà	蟹	平	佳	初	開	二	次清	楚	佳
725	岔	Xá	sa:5	銳聲	chà	假	平	麻	初	開	二	次清	初	牙
726	巵	Chi	tʂi1	平聲	zhī	止	平	支	章	開	三	全清	章	移
727	希	Hi	hi1	平聲	xī	止	平	微	曉	開	三	次清	香	衣
728	庇	Tí	ti5	銳聲	bì	止	去	至	幫	開	三	全清	必	至
729	床	Sàng	ʂa:ŋ2	弦聲	chuáng	宕	平	陽	崇	開	三	全濁	士	莊
730	庋	Quỷ	kwi3	問聲	guǐ	止	上	紙	見	合	三	全清	過	委
731	庋	Kĩ	ki4	跌聲	jǐ	止	上	紙	見	開	三	全清	居	綺
732	序	Tự	tɯ6	重聲	xù	遇	上	語	邪	開	三	全濁	徐	呂
733	弄	Lộng	loŋ6	重聲	lòng	通	去	送	來	合	一	次濁	盧	貢
734	弟	Để	de4	跌聲	dì	蟹	上	薺	定	開	四	全濁	徒	禮
735	弟	Đệ	de6	重聲	dì	蟹	去	霽	定	開	四	全濁	特	計
736	形	Hình	hiɲ2	弦聲	xíng	梗	平	青	匣	開	四	全濁	戶	經
737	彤	Đồng	doŋ2	弦聲	tóng	通	平	冬	定	合	一	全濁	徒	冬
738	彷	Bàng	ba:ŋ2	弦聲	páng	宕	平	唐	並	開	一	全濁	步	光
739	彷	Phảng	fa:ŋ3	問聲	páng	宕	上	養	敷	開	三	次清	妃	兩
740	役	Dịch	zitʃ8	重入	yì	梗	入	昔	以	合	三	次濁	營	隻
741	忌	Kị	ki6	重聲	jì	止	去	志	羣	開	三	全濁	渠	記

742	忍	Nhẫn	ɲɤn4	跌聲	rěn	臻	上	軫	日	開	三	次濁	而	軫
743	忒	Thắc	t'ak7	銳入	tè	曾	入	德	透	開	一	次清	他	德
744	志	Chí	tʂi5	銳聲	zhì	止	去	志	章	開	三	全清	職	吏
745	忘	Vong	vɔŋ1	平聲	wàng	宕	平	陽	微	開	三	次濁	武	方
746	忡	Xung	suŋ1	平聲	chōng	通	平	東	徹	合	三	次清	敕	中
747	忤	Ngỗ	ŋo4	跌聲	wǔ	遇	去	暮	疑	合	一	次濁	五	故
748	快	Khoái	xwa:j5	銳聲	kuài	蟹	去	夬	溪	合	二	次清	苦	夬
749	忭	Biện	bien6	重聲	biàn	山	去	線	並	合	三	全濁	皮	變
750	忮	Kĩ	ki4	跌聲	zhì	止	去	寘	章	開	三	全清	支	義
751	忱	Thầm	t'ɤm2	弦聲	chén	深	平	侵	禪	開	三	全濁	氏	任
752	忸	Nữu	nɯw4	跌聲	niǔ	通	入	屋	娘	合	三	次濁	女	六
753	忻	Hân	hɤn1	平聲	xīn	臻	平	欣	曉	開	三	次清	許	斤
754	忼	Khảng	xa:ŋ3	問聲	kāng	宕	上	蕩	溪	開	一	次清	苦	朗
755	我	Ngã	ŋa:4	跌聲	wǒ	果	上	哿	疑	開	一	次濁	五	可
756	戒	Giới	ʑɤ:j5	銳聲	jiè	蟹	去	怪	見	開	二	全清	古	拜
757	丣	Mão	ma:w4	跌聲	mǎo	效	上	巧	明	開	二	次濁	莫	飽
758	扭	Nữu	nɯw4	跌聲	niǔ	流	上	有	娘	開	三	次濁	女	久
759	扮	Bán	ba:n5	銳聲	bàn	山	去	襇	幫	開	二	全清	晡	幻
760	扯	Xả	sa:3	問聲	chě	假	上	馬	昌	開	三	次清	昌	者
761	扳	Ban	ba:n1	平聲	bān	山	平	刪	滂	合	二	次清	普	班
762	扲	Ư	ɯ1	平聲	yú	遇	平	魚	影	開	三	全清	央	居
763	扶	Phù	fu2	弦聲	fú	遇	平	虞	奉	合	三	全濁	防	無
764	批	Phê	fe1	平聲	pī	蟹	平	齊	滂	開	四	次清	匹	迷
765	抵	Chỉ	tʂi3	問聲	zhǐ	止	上	紙	章	開	三	全清	諸	氏
766	扼	Ách	a:ʧ7	銳入	è	梗	入	麥	影	開	二	全清	於	革
767	技	Kĩ	ki4	跌聲	jì	止	上	紙	羣	開	三	全濁	渠	綺
768	抃	Biện	bien6	重聲	biàn	山	去	線	並	合	三	全濁	皮	變
769	抄	Sao	ʂa:w1	平聲	chāo	效	平	肴	初	開	二	次清	楚	交
770	抆	Vấn	vɤn5	銳聲	wèn	臻	去	問	微	合	三	次濁	亡	運
771	抉	Quyết	kwiet7	銳入	jué	山	入	屑	見	合	四	全清	古	穴
772	把	Bả	ba:3	問聲	bǎ	假	上	馬	幫	開	二	全清	博	下
773	抑	Ức	ɯk7	銳入	yì	曾	入	職	影	開	三	全清	於	力
774	抒	Trữ	tʂɯ4	跌聲	shū	遇	上	語	邪	開	三	全濁	徐	呂
775	抓	Trao	tʂa:w1	平聲	zhuā	效	平	肴	莊	開	二	全清	側	交
776	抓	Trảo	tʂa:w3	問聲	zhuā	效	上	巧	莊	開	二	全清	側	絞
777	抔	Bồi	boj2	弦聲	bào	蟹	平	灰	滂	合	一	次清	芳	杯
778	投	Đầu	dɤw2	弦聲	tóu	流	平	侯	定	開	一	全濁	度	侯
779	抖	Đẩu	dɤw3	問聲	dǒu	流	上	厚	端	開	一	全清	當	口

780	抗	Kháng	xa:ŋ5	銳聲	kàng	宕	去	宕	溪	開	一	次清	苦	浪
781	折	Chiết	tʂiet7	銳入	zhé	山	入	薛	章	開	三	全清	旨	熱
782	抛	Phao	fa:w1	平聲	pāo	效	平	肴	滂	開	二	次清	匹	交
783	拒	Cự	kɯ6	重聲	jù	遇	上	語	羣	開	三	全濁	其	呂
784	拟	Nghĩ	ŋi4	跌聲	nǐ	止	上	止	疑	開	三	次濁	魚	紀
785	攸	Du	zu1	平聲	yōu	流	平	尤	以	開	三	次濁	以	周
786	改	Cải	ka:j3	問聲	gǎi	蟹	上	海	見	開	一	全清	古	亥
787	攻	Công	koŋ1	平聲	gōng	通	平	冬	見	合	一	全清	古	冬
788	旰	Cán	ka:n5	銳聲	gàn	山	去	翰	見	開	一	全清	古	案
789	旱	Hạn	ha:n6	重聲	hàn	山	上	旱	匣	開	一	全濁	胡	笴
790	更	Canh	ka:ɲ1	平聲	gēng	梗	平	庚	見	開	二	全清	古	行
791	更	Cánh	ka:ɲ5	銳聲	gèng	梗	去	映	見	開	二	全清	古	孟
792	杅	Vu	vu1	平聲	yú	遇	平	虞	云	合	三	次濁	羽	俱
793	杆	Can	ka:n1	平聲	gān	山	去	翰	見	開	一	全清	古	案
794	杇	Ô	o1	平聲	wū	遇	平	模	影	合	一	全清	哀	都
795	杈	Xoa	swa:1	平聲	chā	假	平	麻	初	開	二	次清	初	牙
796	杉	Sam	ʂa:m1	平聲	shān	咸	平	咸	生	開	二	全清	所	咸
797	杌	Ngột	ŋot8	重入	wù	臻	入	沒	疑	合	一	次濁	五	忽
798	李	Lí	li5	銳聲	lǐ	止	上	止	來	開	三	次濁	良	士
799	杏	Hạnh	ha:ɲ6	重聲	xìng	梗	上	梗	匣	開	二	全濁	何	梗
800	材	Tài	ta:j2	弦聲	cái	蟹	平	咍	從	開	一	全濁	昨	哉
801	村	Thôn	t'on1	平聲	cūn	臻	平	魂	清	合	一	次清	此	尊
802	杓	Thược	t'ɯɤk8	重入	sháo	宕	入	藥	禪	開	三	全濁	市	若
803	杕	Đệ	de6	重聲	dì	蟹	去	霽	定	開	四	全濁	特	計
804	杖	Trượng	tʂɯɤŋ6	重聲	zhàng	宕	上	養	澄	開	三	全濁	直	兩
805	杗	Mang	ma:ŋ1	平聲	máng	宕	平	唐	明	開	一	次濁	莫	郎
806	杙	Dặc	zak8	重入	yì	曾	入	職	以	開	三	次濁	與	職
807	杜	Đỗ	do4	跌聲	dù	遇	上	姥	定	合	一	全濁	徒	古
808	杞	Kỉ	ki3	問聲	qǐ	止	上	止	溪	開	三	次清	墟	里
809	束	Thúc	t'uk7	銳入	shù	通	入	燭	書	合	三	全清	書	玉
810	杠	Giang	ʑa:ŋ1	平聲	gāng	江	平	江	見	開	二	全清	古	雙
811	步	Bộ	bo6	重聲	bù	遇	去	暮	並	合	一	全濁	薄	故
812	毎	Mỗi	moj4	跌聲	měi	蟹	上	賄	明	合	一	次濁	武	罪
813	求	Cầu	kɤw2	弦聲	qiú	流	平	尤	羣	開	三	全濁	巨	鳩
814	汞	Hống	hoŋ5	銳聲	gǒng	通	上	董	匣	合	一	全濁	胡	孔
815	汧	Khiên	xien1	平聲	qiā	山	平	先	溪	開	四	次清	苦	堅
816	汨	Mịch	mitʃ8	重入	mì	梗	入	錫	明	開	四	次濁	莫	狄
817	汩	Cốt	kot7	銳入	gǔ	臻	入	沒	見	合	一	全清	古	忽

818	汪	Uông	uoŋ1	平聲	wāng	宕	平	唐	影	合	一	全清	烏	光
819	汭	Nhuế	ɲwe5	銳聲	ruì	蟹	去	祭	日	合	三	次濁	而	銳
820	汰	Thải	t'a:j3	問聲	tài	蟹	去	泰	透	開	一	次清	他	蓋
821	汴	Biện	bien6	重聲	biàn	山	去	線	並	合	三	全濁	皮	變
822	汶	Vấn	vɤn5	銳聲	wèn	臻	去	問	微	合	三	次濁	亡	運
823	決	Quyết	kwiet7	銳入	jué	山	入	屑	見	合	四	全清	古	穴
824	汾	Phần	fɤn2	弦聲	fén	臻	平	文	奉	合	三	全濁	符	分
825	沁	Thấm	t'ɤm5	銳聲	qìn	深	去	沁	清	開	三	次清	七	鴆
826	沂	Nghi	ŋi1	平聲	yí	止	平	微	疑	開	三	次濁	魚	衣
827	沃	Ốc	ok7	銳入	wò	通	入	沃	影	合	一	全清	烏	酷
828	沅	Nguyên	ŋwien1	平聲	yuán	山	平	元	疑	合	三	次濁	愚	袁
829	沆	Hàng	ha:ŋ2	弦聲	háng	宕	平	唐	匣	開	一	全濁	胡	郎
830	沆	Hãng	ha:ŋ4	跌聲	háng	宕	上	蕩	匣	開	一	全濁	胡	朗
831	沇	Duyện	zwien6	重聲	yǎn	山	上	獮	以	合	三	次濁	以	轉
832	沉	Trầm	tʂɤm2	弦聲	chén	深	平	侵	澄	開	三	全濁	直	深
833	沌	Độn	don6	重聲	dùn	臻	上	混	定	合	一	全濁	徒	損
834	沐	Mộc	mok8	重入	mù	通	入	屋	明	合	一	次濁	莫	卜
835	沒	Một	mot8	重入	méi	臻	入	沒	明	合	一	次濁	莫	勃
836	沔	Miện	mien6	重聲	miǎn	山	上	獮	明	開	三	次濁	彌	兗
837	沖	Xung	suŋ1	平聲	chōng	通	平	東	澄	合	三	全濁	直	弓
838	沙	Sa	ʂa:1	平聲	shā	假	平	麻	生	開	二	全清	所	加
839	沚	Chỉ	tʂi3	問聲	zhǐ	止	上	止	章	開	三	全清	諸	市
840	沛	Bái	ba:j5	銳聲	pèi	蟹	去	泰	幫	開	一	全清	博	蓋
841	泐	Lặc	lak8	重入	lè	曾	入	德	來	開	一	次濁	盧	則
842	泛	Phiếm	fiem5	銳聲	fàn	咸	去	梵	敷	合	三	次清	孚	梵
843	灸	Cứu	kɯw5	銳聲	jiǔ	流	去	宥	見	開	三	全清	居	祐
844	灼	Chước	tʂɯɤk7	銳入	zhuó	宕	入	藥	章	開	三	全清	之	若
845	災	Tai	ta:j1	平聲	zāi	蟹	平	咍	精	開	一	全清	祖	才
846	牡	Mẫu	mɤw4	跌聲	mǔ	流	上	厚	明	開	一	次濁	莫	厚
847	牢	Lao	la:w1	平聲	láo	效	平	豪	來	開	一	次濁	魯	刀
848	牣	Nhận	ɲɤn6	重聲	rèn	臻	去	震	日	開	三	次濁	而	振
849	狁	Duẫn	zuɤn4	跌聲	yǔn	臻	上	準	以	合	三	次濁	余	準
850	狂	Cuồng	kuoŋ2	弦聲	kuáng	宕	平	陽	羣	合	三	全濁	巨	王
851	狃	Nữu	nɯw4	跌聲	niǔ	流	上	有	娘	開	三	次濁	女	久
852	狄	Địch	ditʃ8	重入	dí	梗	入	錫	定	開	四	全濁	徒	歷
853	玕	Can	ka:n1	平聲	gān	山	平	寒	見	開	一	全清	古	寒
854	玖	Cửu	kɯw3	問聲	jiǔ	流	上	有	見	開	三	全清	舉	有
855	甫	Phủ	fu3	問聲	fǔ	遇	上	麌	非	合	三	全清	方	矩

856	甬	Dũng	zuŋ4	跌聲	yǒng	通	上	腫	以	合	三	次濁	余	隴
857	男	Nam	na:m1	平聲	nán	咸	平	覃	泥	開	一	次濁	那	含
858	甸	Điện	dien6	重聲	diàn	山	去	霰	定	開	四	全濁	堂	練
859	町	Đinh	diŋ1	平聲	dīng	梗	平	青	透	開	四	次清	他	丁
860	疓	Đinh	diŋ1	平聲	nǎi	蟹	上	海	日	開	三	次濁	如	亥
861	皁	Tạo	ta:w6	重聲	zào	效	上	晧	從	開	一	全濁	昨	早
862	盯	Trành	tʂa:ɲ2	弦聲	chéng	梗	平	庚	澄	開	二	全濁	直	庚
863	盯	Đinh	diŋ1	平聲	dīng	梗	平	庚	澄	開	二	全濁	直	庚
864	矣	Hĩ	hi4	跌聲	yǐ	止	上	止	云	開	三	次濁	于	紀
865	社	Xã	sa:4	跌聲	shè	假	上	馬	禪	開	三	全濁	常	者
866	礿	Dược	zuɯɤk8	重入	yuè	宕	入	藥	以	開	三	次濁	以	灼
867	祀	Tự	tɯ6	重聲	sì	止	上	止	邪	開	三	全濁	詳	里
868	禿	Ngốc	ŋok7	銳入	tū	通	入	屋	透	合	一	次清	他	谷
869	秀	Tú	tu5	銳聲	xiù	流	去	宥	心	開	三	全清	息	救
870	私	Tư	tɯ1	平聲	sī	止	平	脂	心	開	三	全清	息	夷
871	究	Cứu	kɯw5	銳聲	jiù	流	去	宥	見	開	三	全清	居	祐
872	穷	Cùng	kuŋ2	弦聲	qióng	通	平	東	羣	合	三	全濁	渠	弓
873	系	Hệ	he6	重聲	xì	蟹	去	霽	匣	開	四	全濁	胡	計
874	罕	Hãn	ha:n4	跌聲	hǎn	山	上	旱	曉	開	一	次清	呼	旱
875	芈	Mị	mi6	重聲	miē	止	上	紙	明	開	三	次濁	綿	婢
876	羌	Khương	xɯɤŋ1	平聲	qiāng	宕	平	陽	溪	開	三	次清	去	羊
877	肓	Hoang	hwan:ŋ1	平聲	huāng	宕	平	唐	曉	合	一	次清	呼	光
878	肖	Tiếu	tiew5	銳聲	xiào	效	去	笑	心	開	三	全清	私	妙
879	肘	Trửu	tʂɯw3	問聲	zhǒu	流	上	有	知	開	三	全清	陟	柳
880	肚	Đỗ	do4	跌聲	dù	遇	上	姥	定	合	一	全濁	徒	古
881	肛	Giang	ʐa:ŋ1	平聲	gāng	江	平	江	見	開	二	全清	古	雙
882	肝	Can	ka:n1	平聲	gān	山	平	寒	見	開	一	全清	古	寒
883	良	Lương	lɯɤŋ1	平聲	liáng	宕	平	陽	來	開	三	次濁	呂	張
884	芘	Tỉ	ti3	問聲	pí	止	平	脂	並	開	三	全濁	房	脂
885	芘	Tí	ti5	銳聲	bì	止	去	至	並	開	三	全濁	毗	至
886	芙	Phù	fu2	弦聲	fú	遇	平	虞	奉	合	三	全濁	防	無
887	芟	Sam	ʂa:m1	平聲	shān	咸	平	銜	生	開	二	全清	所	銜
888	芡	Khiếm	xiem5	銳聲	qiàn	咸	上	琰	羣	開	三	全濁	巨	險
889	芣	Phù	fu2	弦聲	fǒu	流	平	尤	奉	開	三	全濁	縛	謀
890	芥	Giới	ʐɤ:j5	銳聲	jiè	蟹	去	怪	見	開	二	全清	古	拜
891	芧	Trữ	tʂɯ4	跌聲	zhù	遇	上	語	澄	開	三	全濁	直	呂
892	芩	Cầm	kɤm2	弦聲	qín	深	平	侵	羣	開	三	全濁	巨	金
893	芪	Kì	ki2	弦聲	qí	止	平	支	羣	開	三	全濁	巨	支

894	芫	Nguyên	ŋwien1	平聲	yuán	山	平	元	疑	合	三	次濁	愚	袁
895	芬	Phân	fɤn1	平聲	fēn	臻	平	文	非	合	三	全清	府	文
896	芭	Ba	ba:1	平聲	bā	假	平	麻	幫	開	二	全清	伯	加
897	芮	Nhuế	ɲwe5	銳聲	rùi	蟹	去	祭	日	合	三	次濁	而	銳
898	芰	Kị	ki6	重聲	jì	止	去	寘	羣	開	三	全濁	奇	寄
899	花	Hoa	hwa:1	平聲	huā	假	平	麻	曉	合	二	次清	呼	瓜
900	芳	Phương	fuɯɤŋ1	平聲	fāng	宕	平	陽	敷	開	三	次清	敷	方
901	芷	Chỉ	tʂi3	問聲	zhǐ	止	上	止	章	開	三	全清	諸	市
902	芸	Vân	vɤn1	平聲	yún	臻	平	文	云	合	三	次濁	王	分
903	芹	Cần	kɤn2	弦聲	qín	臻	平	欣	羣	開	三	全濁	巨	斤
904	芼	Mạo	ma:w6	重聲	mào	效	去	號	明	開	一	次濁	莫	報
905	芽	Nha	ɲa:1	平聲	yá	假	平	麻	疑	開	二	次濁	五	加
906	芾	Phất	fɤt7	銳入	fèi	臻	入	物	非	合	三	全清	分	勿
907	苡	Dĩ	zi4	跌聲	yǐ	止	上	止	以	開	三	次濁	羊	己
908	苣	Cự	kɯ6	重聲	jù	遇	上	語	羣	開	三	全濁	其	呂
909	見	Kiến	kien5	銳聲	jiàn	山	去	霰	見	開	四	全清	古	電
910	角	Giác	ʑa:k7	銳入	jiǎo	江	入	覺	見	開	二	全清	古	岳
911	言	Ngôn	ŋon1	平聲	yán	山	平	元	疑	開	三	次濁	語	軒
912	谷	Cốc	kok7	銳入	gǔ	通	入	屋	見	合	一	全清	古	祿
913	豆	Đậu	dɤw6	重聲	dòu	流	去	候	定	開	一	全濁	徒	候
914	豕	Thỉ	t'i3	問聲	shǐ	止	上	紙	書	開	三	全清	施	是
915	豸	Trại	tʂa:j6	重聲	zhì	蟹	上	蟹	澄	開	二	全濁	宅	買
916	豸	Trĩ	tʂi4	跌聲	zhì	止	上	紙	澄	開	三	全濁	池	爾
917	貝	Bối	boj5	銳聲	bèi	蟹	去	泰	幫	開	一	全清	博	蓋
918	赤	Xích	sitʃ7	銳入	chì	梗	入	昔	昌	開	三	次清	昌	石
919	走	Tẩu	tɤw3	問聲	zǒu	流	上	厚	精	開	一	全清	子	苟
920	足	Túc	tuk7	銳入	zú	通	入	燭	精	合	三	全清	即	玉
921	身	Thân	t'ɤn1	平聲	shēn	臻	平	眞	書	開	三	全清	失	人
922	車	Xa	sa:1	平聲	chē	假	平	麻	昌	開	三	次清	尺	遮
923	辛	Tân	tɤn1	平聲	xīn	臻	平	眞	心	開	三	全清	息	鄰
924	辰	Thần	t'ɤn2	弦聲	chén	臻	平	眞	禪	開	三	全濁	植	鄰
925	辵	Xước	sɯɤk7	銳入	chuò	宕	入	藥	徹	開	三	次清	丑	略
926	迍	Truân	tʂwɤn1	平聲	zhūn	臻	平	諄	知	合	三	全清	陟	綸
927	迎	Nghênh	ŋeɲ1	平聲	yíng	梗	平	庚	疑	開	三	次濁	語	京
928	迎	Nghịnh	ŋiɲ6	重聲	yìng	梗	去	映	疑	開	三	次濁	魚	敬
929	近	Cận	kɤn6	重聲	jìn	臻	上	隱	羣	開	三	全濁	其	謹
930	迒	Hàng	ha:ŋ2	弦聲	háng	宕	平	唐	匣	開	一	全濁	胡	郎
931	迓	Nhạ	ɲa:6	重聲	yà	假	去	禡	疑	開	二	次濁	吾	駕

932	返	Phản	fa:n3	問聲	fǎn	山	上	阮	非	合	三	全清	府	遠
933	迕	Ngỗ	ŋo4	跌聲	wú	遇	去	暮	疑	合	一	次濁	五	故
934	邑	Ấp	ɤp7	銳入	yì	深	入	緝	影	開	三	全清	於	汲
935	邯	Hàm	ha:m2	弦聲	hán	咸	平	談	匣	開	一	全濁	胡	甘
936	邰	Thai	t'a:j1	平聲	tái	蟹	平	咍	透	開	一	次清	土	來
937	邱	Khâu	xɤw1	平聲	qiū	流	平	尤	溪	開	三	次清	去	鳩
938	邲	Bật	bɤt8	重入	bì	臻	入	質	並	開	三	全濁	毗	必
939	邳	Bi	bi1	平聲	péi	止	平	脂	並	開	三	全濁	符	悲
940	邵	Thiệu	t'iew6	重聲	shào	效	去	笑	禪	開	三	全濁	寔	照
941	邶	Bội	boj6	重聲	bèi	蟹	去	隊	並	合	一	全濁	蒲	昧
942	邸	Để	de3	問聲	dǐ	蟹	上	薺	端	開	四	全清	都	禮
943	邹	Trâu	tʂɤw1	平聲	zōu	流	平	尤	莊	開	三	全清	側	鳩
944	酉	Dậu	zɤw6	重聲	yǒu	流	上	有	以	開	三	次濁	與	久
945	釆	Biện	bien6	重聲	biàn	山	去	襉	並	開	二	全濁	蒲	莧
946	里	Lí	li5	銳聲	lǐ	止	上	止	來	開	三	次濁	良	士
947	阨	Ách	a:tʃ7	銳入	è	梗	入	麥	影	開	二	全清	於	革
948	阻	Trở	tʂɤ:3	問聲	zǔ	遇	上	語	莊	開	三	全清	側	呂
949	阼	Tộ	to6	重聲	zuò	遇	去	暮	從	合	一	全濁	昨	誤
950	阽	Diêm	ziem1	平聲	yán	咸	平	鹽	以	開	三	次濁	余	廉
951	阿	A	a:1	平聲	ā	果	平	歌	影	開	一	全清	烏	何
952	陀	Đà	da:2	弦聲	tuó	果	平	歌	定	開	一	全濁	徒	河
953	陂	Bi	bi1	平聲	pí	止	平	支	幫	開	三	全清	彼	爲
954	陂	Bí	bi5	銳聲	bì	止	去	寘	幫	開	三	全清	彼	義
955	附	Phụ	fu6	重聲	fù	遇	去	遇	奉	合	三	全濁	符	遇
956	並	Tịnh	tiɲ6	重聲	bìng	梗	上	迥	並	開	四	全濁	蒲	迥
957	乖	Quai	kwa:j1	平聲	guāi	蟹	平	皆	見	合	二	全清	古	懷
958	乳	Nhũ	ɲu4	跌聲	rǔ	遇	上	麌	日	合	三	次濁	而	主
959	事	Sự	ʂɯ6	重聲	shì	止	去	志	崇	開	三	全濁	鉏	吏
960	些	Ta	ta:1	平聲	xiē	假	平	麻	心	開	三	全清	寫	邪
961	亞	Á	a:5	銳聲	yà	假	去	禡	影	開	二	全清	衣	嫁
962	亟	Khí	xi5	銳聲	qì	止	去	志	溪	開	三	次清	去	吏
963	亟	Cức	kɯk7	銳入	jí	曾	入	職	見	開	三	全清	紀	力
964	享	Hưởng	hɯɤŋ3	問聲	xiǎng	宕	上	養	曉	開	三	次清	許	兩
965	京	Kinh	kiɲ1	平聲	jīng	梗	平	庚	見	開	三	全清	舉	卿
966	佩	Bội	boj6	重聲	pèi	蟹	去	隊	並	合	一	全濁	蒲	昧
967	佯	Dương	zɯɤŋ1	平聲	yáng	宕	平	陽	以	開	三	次濁	與	章
968	佰	Bách	ba:tʃ7	銳入	bǎi	梗	入	陌	明	開	二	次濁	莫	白
969	佳	Giai	ʐa:j1	平聲	jiā	蟹	平	佳	見	開	二	全清	古	佳

970	佶	Cát	ka:t7	銳入	jí	臻	入	質	羣	開	三	全濁	巨	乙
971	佺	Thuyên	t'wien1	平聲	quán	山	平	仙	清	合	三	次清	此	緣
972	佻	Điêu	diew1	平聲	tiāo	效	平	蕭	定	開	四	全濁	徒	聊
973	佼	Giảo	ʐa:w3	問聲	jiǎo	效	上	巧	見	開	二	全清	古	巧
974	佽	Thứ	t'ɯ5	銳聲	cì	止	去	至	清	開	三	次清	七	四
975	佾	Dật	zɤt8	重入	yì	臻	入	質	以	開	三	次濁	夷	質
976	使	Sử	ʂɯ3	問聲	shǐ	止	上	止	生	開	三	全清	踈	士
977	使	Sứ	ʂɯ5	銳聲	shǐ	止	去	志	生	開	三	全清	踈	吏
978	侁	Sân	ʂɤn1	平聲	shēn	臻	平	臻	生	開	二	全清	所	臻
979	侃	Khản	xa:n3	問聲	kǎn	山	上	旱	溪	開	一	次清	空	旱
980	侄	Chất	tʂɤt7	銳入	zhí	臻	入	質	章	開	三	全清	之	日
981	來	Lai	la:j1	平聲	lái	蟹	平	咍	來	開	一	次濁	落	哀
982	侈	Xỉ	si3	問聲	chǐ	止	上	紙	昌	開	三	次清	尺	氏
983	例	Lệ	le6	重聲	lì	蟹	去	祭	來	開	三	次濁	力	制
984	侍	Thị	t'i6	重聲	shì	止	去	志	禪	開	三	全濁	時	吏
985	侏	Chu	tʂu1	平聲	zhū	遇	平	虞	章	合	三	全清	章	俱
986	侑	Hựu	hɯw6	重聲	yòu	流	去	宥	云	開	三	次濁	于	救
987	侔	Mâu	mɤw1	平聲	móu	流	平	尤	明	開	三	次濁	莫	浮
988	侖	Lôn	lon1	平聲	lún	臻	平	諄	來	合	三	次濁	力	迍
989	侗	Đồng	doŋ2	弦聲	tóng	通	平	東	定	合	一	全濁	徒	紅
990	侗	Thống	t'oŋ5	銳聲	tóng	通	平	東	透	合	一	次清	他	紅
991	侘	Sá	ʂa:5	銳聲	chà	假	去	禡	徹	開	二	次清	丑	亞
992	侚	Tuẫn	twɤn4	跌聲	xùn	臻	去	稕	邪	合	三	全濁	辭	閏
993	供	Cung	kuŋ1	平聲	gōng	通	平	鍾	見	合	三	全清	九	容
994	依	Y	i1	平聲	yī	止	平	微	影	開	三	全清	於	希
995	兒	Nhi	ɲi1	平聲	ér	止	平	支	日	開	三	次濁	汝	移
996	兔	Thố	t'o5	銳聲	tù	遇	去	暮	透	合	一	次清	湯	故
997	兩	Lưỡng	lɯɤŋ4	跌聲	liǎng	宕	上	養	來	開	三	次濁	良	獎
998	兩	Lượng	lɯɤŋ6	重聲	liǎng	宕	去	漾	來	開	三	次濁	力	讓
999	其	Kì	ki2	弦聲	qí	止	平	之	羣	開	三	全濁	渠	之
1000	典	Điển	dien3	問聲	diǎn	山	上	銑	端	開	四	全清	多	殄
1001	典	Điển	dien3	問聲	diǎn	山	上	銑	端	開	四	全清	多	殄
1002	冽	Liệt	liet8	重入	liè	山	入	薛	來	開	三	次濁	良	辥
1003	凭	Bằng	baŋ2	弦聲	píng	曾	平	蒸	並	開	三	全濁	扶	冰
1004	函	Hàm	ha:m2	弦聲	hán	咸	平	咸	匣	開	二	全濁	胡	讒
1005	刮	Quát	kwa:t7	銳入	guā	山	入	鎋	見	合	二	全清	古	頒
1006	到	Đáo	da:w5	銳聲	dào	效	去	號	端	開	一	全清	都	導
1007	刱	Sáng	ʂa:ŋ5	銳聲	chuàng	宕	去	漾	初	開	三	次清	初	亮

1008	刲	Khuê	xwe1	平聲	kuī	蟹	平	齊	溪	合	四	次清	苦	圭
1009	刳	Khô	ko1	平聲	kū	遇	平	模	溪	合	一	次清	苦	胡
1010	剁	Đóa	dwa:5	銳聲	duò	果	去	過	端	合	一	全清	都	唾
1011	刵	Nhĩ	ɲi4	跌聲	èr	止	去	志	日	開	三	次濁	仍	吏
1012	制	Chế	tʂe5	銳聲	zhì	蟹	去	祭	章	開	三	全清	征	例
1013	刷	Loát	lwa:t7	銳入	shuā	山	入	鎋	生	合	二	全清	數	刮
1014	券	Khoán	xwa:n5	銳聲	quàn	山	去	願	溪	合	三	次清	去	願
1015	刺	Thứ	t'ɯ5	銳聲	cì	止	去	寘	清	開	三	次清	七	賜
1016	刺	Thích	t'itʃ7	銳入	cì	梗	入	昔	清	開	三	次清	七	迹
1017	刻	Khắc	xak7	銳入	kè	曾	入	德	溪	開	一	次清	苦	得
1018	効	Hiệu	hiew6	重聲	xiào	效	去	效	匣	開	二	全濁	胡	教
1019	劻	Khuông	xuoŋ1	平聲	kuāng	宕	平	陽	溪	合	三	次清	去	王
1020	劼	Cật	kɤt8	重入	jié	山	入	黠	溪	開	二	次清	恪	八
1021	劾	Hặc	hak8	重入	hé	曾	入	德	匣	開	一	全濁	胡	得
1022	势	Thế	t'e5	銳聲	shì	蟹	去	祭	書	開	三	全清	舒	制
1023	匊	Cúc	kuk7	銳入	jú	通	入	屋	見	合	三	全清	居	六
1024	卑	Ti	ti1	平聲	bēi	止	平	支	幫	開	三	全清	府	移
1025	卒	Tốt	tot7	銳入	zú	臻	入	沒	精	合	一	全清	臧	沒
1026	卓	Trác	tʂa:k7	銳入	zhuó	江	入	覺	知	開	二	全清	竹	角
1027	協	Hiệp	hiep8	重入	xié	咸	入	帖	匣	開	四	全濁	胡	頰
1028	卦	Quái	kwa:j5	銳聲	guà	蟹	去	卦	見	合	二	全清	古	賣
1029	卷	Quyển	kwien3	問聲	juàn	山	上	獮	見	合	三	全清	居	轉
1030	卹	Tuất	twɤt7	銳入	xù	臻	入	術	心	合	三	全清	辛	聿
1031	卺	Cẩn	kɤn3	問聲	jǐn	臻	上	隱	見	開	三	全清	居	隱
1032	厓	Nhai	ɲa:j1	平聲	yá	蟹	平	佳	疑	開	二	次濁	五	佳
1033	叔	Thúc	t'uk7	銳入	shū	通	入	屋	書	合	三	全清	式	竹
1034	叕	Chuyết	tʂwiet7	銳入	zhóu	山	入	薛	知	合	三	全清	陟	劣
1035	取	Thủ	t'u3	問聲	qǔ	流	上	厚	清	開	一	次清	倉	苟
1036	呃	Ách	a:tʃ7	銳入	è	梗	入	麥	影	開	二	全清	於	革
1037	呢	Ni	ni1	平聲	ní	止	平	脂	娘	開	三	次濁	女	夷
1038	呦	U	u1	平聲	yōu	流	平	幽	影	開	三	全清	於	虯
1039	周	Chu	tʂu1	平聲	zhōu	流	平	尤	章	開	三	全清	職	流
1040	呪	Chú	tʂu5	銳聲	zhòu	流	去	宥	章	開	三	全清	職	救
1041	呫	Chiếp	tʂiep7	銳入	tiē	咸	入	帖	透	開	四	次清	他	協
1042	呱	Oa	wa:1	平聲	gū	遇	平	模	見	合	一	全清	古	胡
1043	味	Vị	vi6	重聲	wèi	止	去	未	微	合	三	次濁	無	沸
1044	呴	Ha	ha:1	平聲	xū	流	上	厚	曉	開	一	次清	呼	后
1045	呵	A	a:1	平聲	hē	果	平	歌	曉	開	一	次清	虎	何

1046	呶	Nao	na:w1	平聲	náo	效	平	肴	娘	開	二	次濁	女	交
1047	呷	Hạp	ha:p8	重入	xiā	咸	入	狎	曉	開	二	次清	呼	甲
1048	呸	Phi	fi1	平聲	pēi	蟹	上	海	滂	開	一	次清	匹	愷
1049	呻	Thân	t'ɤn1	平聲	shēn	臻	平	眞	書	開	三	全清	失	人
1050	呼	Hô	ho1	平聲	hū	遇	平	模	曉	合	一	次清	荒	烏
1051	命	Mệnh	meɲ6	重聲	mìng	梗	去	映	明	開	三	次濁	眉	病
1052	呿	Khư	xɯ1	平聲	qū	果	平	戈	溪	開	三	次清	丘	伽
1053	咀	Trớ	tʂɤ:5	銳聲	jŭ	遇	上	語	從	開	三	全濁	慈	呂
1054	咀	Tứ	tɯ5	銳聲	jŭ	遇	上	語	精	開	三	全清	子	與
1055	咄	Đốt	dot7	銳入	duō	臻	入	沒	端	合	一	全清	當	沒
1056	咄	Đoát	dwa:t7	銳入	duō	山	入	末	端	合	一	全清	丁	括
1057	咆	Bào	ba:w2	弦聲	páo	效	平	肴	並	開	二	全濁	薄	交
1058	咈	Phất	fɤt7	銳入	fú	臻	入	物	奉	合	三	全濁	符	弗
1059	咋	Trách	tʂa:ʧ7	銳入	zhà	梗	入	麥	莊	開	二	全清	側	革
1060	和	Hòa	hwa:2	弦聲	hé	果	平	戈	匣	合	一	全濁	戶	戈
1061	和	Họa	hwa:6	重聲	hè	果	去	過	匣	合	一	全濁	胡	臥
1062	咍	Hai	ha:j1	平聲	hāi	蟹	平	咍	曉	開	一	次清	呼	來
1063	咎	Cữu	kɯw4	跌聲	jiù	流	上	有	羣	開	三	全濁	其	九
1064	咏	Vịnh	viɲ6	重聲	yǒng	梗	去	映	云	合	三	次濁	爲	命
1065	囷	Khuân	xwɤn1	平聲	qūn	臻	平	眞	溪	開	三	次清	去	倫
1066	囹	Linh	liɲ1	平聲	líng	梗	平	青	來	開	四	次濁	郎	丁
1067	固	Cố	ko5	銳聲	gù	遇	去	暮	見	合	一	全清	古	暮
1068	坡	Pha	fa:1	平聲	pō	果	平	戈	滂	合	一	次清	滂	禾
1069	坤	Khôn	xon1	平聲	kūn	臻	平	魂	溪	合	一	次清	苦	昆
1070	坦	Thản	t'a:n3	問聲	tăn	山	上	旱	透	開	一	次清	他	但
1071	坩	Kham	xa:m1	平聲	gān	咸	平	談	溪	開	一	次清	苦	甘
1072	坪	Bình	biɲ2	弦聲	píng	梗	平	庚	並	開	三	全濁	符	兵
1073	坫	Điếm	diem5	銳聲	diàn	咸	去	㮇	端	開	四	全清	都	念
1074	坯	Bôi	boj1	平聲	pī	蟹	平	灰	滂	合	一	次清	芳	杯
1075	坰	Quynh	kwiɲ1	平聲	jiōng	梗	平	青	見	合	四	全清	古	螢
1076	坳	Ao	a:w1	平聲	ào	效	平	肴	影	開	二	全清	於	交
1077	坷	Khả	xa:3	問聲	kě	果	上	哿	溪	開	一	次清	枯	我
1078	坺	Bạt	ba:t8	重入	bá	山	入	末	並	合	一	全濁	蒲	撥
1079	坻	Trì	tʂi2	弦聲	chí	止	平	脂	澄	開	三	全濁	直	尼
1080	坻	Để	de3	問聲	dĭ	蟹	上	薺	端	開	四	全清	都	禮
1081	坼	Sách	ʂa:ʧ7	銳入	chè	梗	入	陌	徹	開	二	次清	丑	格
1082	坿	Phụ	fu6	重聲	fù	遇	去	遇	奉	合	三	全濁	符	遇
1083	垂	Thùy	t'wi2	弦聲	chuí	止	平	支	禪	合	三	全濁	是	爲

1084	夌	Lăng	laŋ1	平聲	líng	曾	平	蒸	來	開	三	次濁	力	膺
1085	夜	Dạ	za:6	重聲	yè	假	去	禡	以	開	三	次濁	羊	謝
1086	奄	Yểm	iem3	問聲	yǎn	咸	上	琰	影	開	三	全清	衣	儉
1087	奇	Kì	ki2	弦聲	qí	止	平	支	羣	開	三	全濁	渠	羈
1088	奈	Nại	na:j6	重聲	nài	蟹	去	泰	泥	開	一	次濁	奴	帶
1089	奉	Bổng	boŋ3	問聲	fèng	通	上	腫	奉	合	三	全濁	扶	隴
1090	奔	Bôn	bon1	平聲	bēn	臻	平	魂	幫	合	一	全清	博	昆
1091	妒	Đố	do5	銳聲	dù	遇	去	暮	端	合	一	全清	當	故
1092	妯	Trục	tʂuk8	重入	zhóu	通	入	屋	澄	合	三	全濁	直	六
1093	妯	Trừu	tʂɯw2	銳聲	zhú	流	平	尤	徹	開	三	次清	丑	鳩
1094	妲	Đát	da:t7	銳入	dá	山	入	曷	端	開	一	全清	當	割
1095	妸	A	a:1	平聲	ē	果	平	歌	影	開	一	全清	烏	何
1096	妹	Muội	muoj6	重聲	mèi	蟹	去	隊	明	合	一	次濁	莫	佩
1097	妻	Thê	t'e1	平聲	qī	蟹	平	齊	清	開	四	次清	七	稽
1098	妾	Thiếp	t'iep7	銳入	qiè	咸	入	葉	清	開	三	次清	七	接
1099	姁	Hủ	hu3	問聲	xǔ	遇	上	麌	曉	合	三	次清	況	羽
1100	姆	Mỗ	mo4	跌聲	mǔ	流	去	候	明	開	一	次濁	莫	候
1101	始	Thủy	t'wi3	問聲	shǐ	止	上	止	書	開	三	全清	詩	止
1102	姍	San	ʂa:n1	平聲	shān	山	平	寒	心	開	一	全清	蘇	干
1103	姐	Tả	ta:3	問聲	jiě	假	上	馬	精	開	三	全清	茲	野
1104	姑	Cô	ko1	平聲	gū	遇	平	模	見	合	一	全清	古	胡
1105	姓	Tính	tiɲ5	銳聲	xìng	梗	去	勁	心	開	三	全清	息	正
1106	委	Ủy	wi3	問聲	wěi	止	上	紙	影	合	三	全清	於	詭
1107	孟	Mạnh	ma:ɲ6	重聲	mèng	梗	去	映	明	開	二	次濁	莫	更
1108	季	Quý	kwi5	銳聲	jì	止	去	至	見	合	三	全清	居	悸
1109	孤	Cô	ko1	平聲	gū	遇	平	模	見	合	一	全清	古	胡
1110	孥	Nô	no1	平聲	nú	遇	平	模	泥	合	一	次濁	乃	都
1111	宓	Mật	mɤt8	重入	mì	臻	入	質	明	開	三	次濁	彌	畢
1112	宕	Đãng	da:ŋ4	跌聲	dàng	宕	去	宕	定	開	一	全濁	徒	浪
1113	宗	Tông	toŋ1	平聲	zōng	通	平	冬	精	合	一	全清	作	冬
1114	官	Quan	kwa:n1	平聲	guān	山	平	桓	見	合	一	全清	古	丸
1115	宙	Trụ	tʂu6	重聲	zhòu	流	去	宥	澄	開	三	全濁	直	祐
1116	定	Định	diɲ6	重聲	dìng	梗	去	徑	定	開	四	全濁	徒	徑
1117	宛	Uyển	wien3	問聲	wǎn	山	上	阮	影	合	三	全清	於	阮
1118	宜	Nghi	ŋi1	平聲	yí	止	平	支	疑	開	三	次濁	魚	羈
1119	尚	Thượng	t'ɯɤŋ6	重聲	shàng	宕	去	漾	禪	開	三	全濁	時	亮
1120	居	Cư	kɯ1	平聲	jū	遇	平	魚	見	開	三	全清	九	魚
1121	屆	Giới	ʑɤ:j5	銳聲	jiè	蟹	去	怪	見	開	二	全清	古	拜

1122	屈	Khuất	xwɤt7	銳入	qū	臻	入	物	溪	合	三	次清	區	勿
1123	届	Giới	ʑɤ:j5	銳聲	jiè	蟹	去	怪	見	開	二	全清	古	拜
1124	岡	Cương	kɯɤŋ1	平聲	gāng	宕	平	唐	見	開	一	全清	古	郎
1125	岢	Khả	xa:3	問聲	kě	果	上	哿	溪	開	一	次清	枯	我
1126	岣	Cẩu	kɤw3	問聲	gǒu	流	上	厚	見	開	一	全清	古	厚
1127	岧	Thiều	t'iew2	弦聲	tiáo	效	平	蕭	定	開	四	全濁	徒	聊
1128	岫	Tụ	tu6	重聲	xiù	流	去	宥	邪	開	三	全濁	似	祐
1129	岱	Đại	da:j6	重聲	dài	蟹	去	代	定	開	一	全濁	徒	耐
1130	岳	Nhạc	ɲa:k8	重入	yuè	江	入	覺	疑	開	二	次濁	五	角
1131	岵	Hỗ	ho4	跌聲	hù	遇	上	姥	匣	合	一	全濁	侯	古
1132	岷	Dân	zɤn1	平聲	mín	臻	平	眞	明	開	三	次濁	武	巾
1133	岸	Ngạn	ŋa:n6	重聲	àn	山	去	翰	疑	開	一	次濁	五	旰
1134	巫	Vu	vu1	平聲	wū	遇	平	虞	微	合	三	次濁	武	夫
1135	帑	Thảng	t'a:ŋ3	問聲	tǎng	宕	上	蕩	透	開	一	次清	他	朗
1136	帓	Mạt	ma:t8	重入	mà	山	入	鎋	明	開	二	次濁	莫	鎋
1137	帔	Bí	bi5	銳聲	pèi	止	去	寘	滂	開	三	次清	披	義
1138	帕	Phách	fa:tʃ7	銳入	pà	山	入	鎋	明	開	二	次濁	莫	鎋
1139	帖	Thiếp	t'iep7	銳入	tiē	咸	入	帖	透	開	四	次清	他	協
1140	帙	Trật	tʂɤt8	重入	zhì	臻	入	質	澄	開	三	全濁	直	一
1141	帚	Chửu	tʂɯw3	問聲	zhǒu	流	上	有	章	開	三	全清	之	九
1142	帛	Bạch	ba:tʃ8	重入	bó	梗	入	陌	並	開	二	全濁	傍	陌
1143	幷	Tinh	tiɲ1	平聲	bīng	梗	平	清	幫	開	三	全清	府	盈
1144	幷	Bình	biɲ2	弦聲	bìng	梗	去	勁	幫	開	三	全清	畀	政
1145	幸	Hạnh	ha:ɲ6	重聲	xìng	梗	上	耿	匣	開	二	全濁	胡	耿
1146	底	Để	de3	問聲	dǐ	蟹	上	薺	端	開	四	全清	都	禮
1147	庖	Bào	ba:w2	弦聲	páo	效	平	肴	並	開	二	全濁	薄	交
1148	店	Điếm	diem5	銳聲	diàn	咸	去	㮇	端	開	四	全清	都	念
1149	庚	Canh	ka:ɲ1	平聲	gēng	梗	平	庚	見	開	二	全清	古	行
1150	府	Phủ	fu3	問聲	fǔ	遇	上	麌	非	合	三	全清	方	矩
1151	建	Kiến	kien5	銳聲	jiàn	山	去	願	見	開	三	全清	居	万
1152	弆	Khí	xi5	銳聲	jǔ	遇	上	語	溪	開	三	次清	羌	舉
1153	弢	Thao	t'a:w1	平聲	tāo	效	平	豪	透	開	一	次清	土	刀
1154	弤	Để	de3	問聲	dǐ	蟹	上	薺	端	開	四	全清	都	禮
1155	弦	Huyền	hwien2	弦聲	xián	山	平	先	匣	開	四	全濁	胡	田
1156	弧	Hồ	ho2	弦聲	hú	遇	平	模	匣	合	一	全濁	戶	吳
1157	弩	Nỗ	no4	跌聲	nǔ	遇	上	姥	泥	合	一	次濁	奴	古
1158	彔	Lục	luk8	重入	lù	通	入	屋	來	合	一	次濁	盧	谷
1159	彼	Bỉ	bi3	問聲	bǐ	止	上	紙	幫	開	三	全清	甫	委

1160	彿	Phất	fɤt7	銳入	fú	臻	入	物	敷	合	三	次清	敷	勿
1161	往	Vãng	va:ŋ4	跌聲	wǎng	宕	上	養	云	合	三	次濁	于	兩
1162	征	Chinh	tʂiɲ1	平聲	zhēng	梗	平	清	章	開	三	全清	諸	盈
1163	徂	Tồ	to2	弦聲	cú	遇	平	模	從	合	一	全濁	昨	胡
1164	忝	Thiểm	t'iem3	問聲	tiǎn	咸	上	忝	透	開	四	次清	他	玷
1165	忠	Trung	tʂuŋ1	平聲	zhōng	通	平	東	知	合	三	全清	陟	弓
1166	悤	Thông	t'oŋ1	平聲	cōng	通	平	東	清	合	一	次清	倉	紅
1167	念	Niệm	niem6	重聲	niàn	咸	去	㮇	泥	開	四	次濁	奴	店
1168	忽	Hốt	hot7	銳入	hū	臻	入	沒	曉	合	一	次清	呼	骨
1169	忿	Phẫn	fɤn4	跌聲	fèn	臻	上	吻	敷	合	三	次清	敷	粉
1170	怍	Tạc	ta:k8	重入	zuò	宕	入	鐸	從	開	一	全濁	在	各
1171	怏	Ưởng	ɯɤŋ3	問聲	yàng	宕	上	養	影	開	三	全清	於	兩
1172	怔	Chinh	tʂiɲ1	平聲	zhēng	梗	平	清	章	開	三	全清	諸	盈
1173	怕	Phạ	fa:6	重聲	pà	假	去	禡	滂	開	二	次清	普	駕
1174	怖	Bố	bo5	銳聲	bù	遇	去	暮	滂	合	一	次清	普	故
1175	怙	Hỗ	ho4	跌聲	hù	遇	上	姥	匣	合	一	全濁	侯	古
1176	怛	Đát	da:t7	銳入	dá	山	入	曷	端	開	一	全清	當	割
1177	怡	Di	zi1	平聲	yí	止	平	之	以	開	三	次濁	與	之
1178	怦	Phanh	fa:ɲ1	平聲	pēng	梗	平	耕	滂	開	二	次清	普	耕
1179	性	Tính	tiɲ5	銳聲	xìng	梗	去	勁	心	開	三	全清	息	正
1180	怩	Ni	ni1	平聲	ní	止	平	脂	娘	開	三	次濁	女	夷
1181	怪	Quái	kwa:j5	銳聲	guài	蟹	去	怪	見	合	二	全清	古	壞
1182	怫	Phí	fi5	銳聲	fèi	止	去	未	奉	合	三	全濁	扶	沸
1183	怫	Phật	fɤt8	重入	fú	臻	入	物	奉	合	三	全濁	符	弗
1184	怯	Khiếp	xiep7	銳入	qiè	咸	入	業	溪	開	三	次清	去	劫
1185	怳	Hoảng	hwan:ŋ3	問聲	huǎng	宕	上	養	曉	合	三	次清	許	昉
1186	怵	Truật	tʂwɤt8	重入	chù	臻	入	術	徹	合	三	次清	丑	律
1187	戔	Tàn	ta:n2	弦聲	cán	山	平	寒	從	開	一	全濁	昨	干
1188	戕	Tường	tɯɤŋ2	弦聲	qiáng	宕	平	陽	從	開	三	全濁	在	良
1189	或	Hoặc	hwak8	重入	huò	曾	入	德	匣	合	一	全濁	胡	國
1190	戽	Hố	ho5	銳聲	hù	遇	去	暮	曉	合	一	次清	荒	故
1191	戾	Lệ	le6	重聲	lì	蟹	去	霽	來	開	四	次濁	郎	計
1192	戾	Liệt	liet8	重入	lì	山	入	屑	來	開	四	次濁	練	結
1193	房	Phòng	fɔŋ2	弦聲	fáng	宕	平	陽	奉	開	三	全濁	符	方
1194	所	Sở	ʂɤ:3	問聲	suǒ	遇	上	語	生	開	三	全清	踈	舉
1195	承	Thừa	t'ɯɤ2	弦聲	chéng	曾	平	蒸	禪	開	三	全濁	署	陵
1196	抨	Phanh	fa:ɲ1	平聲	pēng	梗	平	耕	滂	開	二	次清	普	耕
1197	披	Phi	fi1	平聲	pī	止	平	支	滂	開	三	次清	敷	羈

1198	抱	Bão	ba:w4	跌聲	bào	效	上	晧	並	開	一	全濁	薄	浩
1199	抵	Để	de3	問聲	dǐ	蟹	上	薺	端	開	四	全清	都	禮
1200	抶	Sất	ʂɤt5	銳入	chì	臻	入	質	徹	開	三	次清	丑	栗
1201	抹	Mạt	ma:t8	重入	mǒ	山	入	末	明	合	一	次濁	莫	撥
1202	押	Áp	a:p7	銳入	yā	咸	入	狎	影	開	二	全清	烏	甲
1203	抽	Trừu	tʂɯw2	弦聲	chōu	流	平	尤	徹	開	三	次清	丑	鳩
1204	拂	Phất	fɤt7	銳入	fú	臻	入	物	敷	合	三	次清	敷	勿
1205	拄	Trụ	tʂu6	重聲	zhǔ	遇	上	麌	知	合	三	全清	知	庾
1206	拇	Mẫu	mɤw4	跌聲	mǔ	流	上	厚	明	開	一	次濁	莫	厚
1207	拈	Niêm	niem1	平聲	nián	咸	平	添	泥	開	四	次濁	奴	兼
1208	拉	Lạp	la:p8	重入	lā	咸	入	合	來	開	一	次濁	盧	合
1209	拊	Phụ	fu6	重聲	fǔ	遇	上	麌	敷	合	三	次清	芳	武
1210	拌	Bạn	ba:n6	重聲	bàn	山	上	緩	並	合	一	全濁	蒲	旱
1211	拍	Phách	fa:ʧ7	銳入	pāi	梗	入	陌	滂	開	二	次清	普	伯
1212	拎	Linh	liɲ1	平聲	līng	梗	平	青	來	開	四	次濁	郎	丁
1213	拏	Noa	nwa:1	平聲	ná	假	平	麻	娘	開	二	次濁	女	加
1214	拐	Quải	kwa:j3	問聲	guǎi	蟹	上	蟹	羣	開	二	全濁	求	蟹
1215	拑	Kiềm	kiem2	弦聲	qián	咸	平	鹽	羣	開	三	全濁	巨	淹
1216	拓	Thác	t'a:k7	銳入	tuò	宕	入	鐸	透	開	一	次清	他	各
1217	拔	Bạt	ba:t8	重入	bá	山	入	黠	並	合	二	全濁	蒲	八
1218	拕	Tha	t'a:1	平聲	tuō	果	平	歌	透	開	一	次清	託	何
1219	拖	Tha	t'a:1	平聲	tuō	果	去	箇	透	開	一	次清	吐	邏
1220	拗	Áo	a:w5	銳聲	ào	效	上	巧	影	開	二	全清	於	絞
1221	拘	Câu	kɤw1	平聲	jū	遇	平	虞	見	合	三	全清	舉	朱
1222	拙	Chuyết	tʂwiet7	銳入	zhuó	山	入	薛	章	合	三	全清	職	悅
1223	拚	Biện	bien6	重聲	pàn	山	去	線	並	合	三	全濁	皮	變
1224	招	Chiêu	tʂiew1	平聲	zhāo	效	平	宵	章	開	三	全清	止	遙
1225	放	Phỏng	fɔŋ3	問聲	fǎng	宕	上	養	非	開	三	全清	分	网
1226	放	Phóng	fɔŋ5	銳聲	fàng	宕	去	漾	非	開	三	全清	甫	妄
1227	斧	Phủ	fu3	問聲	fǔ	遇	上	麌	非	合	三	全清	方	矩
1228	斨	Thương	t'ɯɤŋ1	平聲	qiāng	宕	平	陽	清	開	三	次清	七	羊
1229	於	Ư	ɯ1	平聲	yú	遇	平	魚	影	開	三	全清	央	居
1230	於	Ô	o1	平聲	yú	遇	平	模	影	合	一	全清	哀	都
1231	旹	Thì	t'i2	弦聲	shí	止	平	之	禪	開	三	全濁	市	之
1232	旺	Vượng	vɯɤŋ6	重聲	wàng	宕	去	漾	云	合	三	次濁	于	放
1233	旻	Mân	mɤn1	平聲	mín	臻	平	眞	明	開	三	次濁	武	巾
1234	昂	Ngang	ŋa:ŋ1	平聲	áng	宕	平	唐	疑	開	一	次濁	五	剛
1235	昃	Trắc	tʂak7	銳入	zè	曾	入	職	莊	開	三	全清	阻	力

1236	昆	Côn	kon1	平聲	kūn	臻	平	魂	見	合	一	全清	古	渾
1237	昇	Thăng	t'aŋ1	平聲	shēng	曾	平	蒸	書	開	三	全清	識	蒸
1238	昉	Phưởng	fɯɤŋ3	問聲	fǎng	宕	上	養	非	開	三	全清	分	网
1239	昊	Hạo	ha:w6	重聲	hào	效	上	晧	匣	開	一	全濁	胡	老
1240	昌	Xương	sɯɤŋ1	平聲	chāng	宕	平	陽	昌	開	三	次清	尺	良
1241	明	Minh	miɲ1	平聲	míng	梗	平	庚	明	開	三	次濁	武	兵
1242	昏	Hôn	hon1	平聲	hūn	臻	平	魂	曉	合	一	次清	呼	昆
1243	易	Dị	zi6	重聲	yì	止	去	寘	以	開	三	次濁	以	豉
1244	易	Dịch	ziʧ8	重入	yì	梗	入	昔	以	開	三	次濁	羊	益
1245	昔	Tích	tiʧ7	銳入	xí	梗	入	昔	心	開	三	全清	思	積
1246	昕	Hân	hɤn1	平聲	xīn	臻	平	欣	曉	開	三	次清	許	斤
1247	朋	Bằng	baŋ2	弦聲	péng	曾	平	登	並	開	一	全濁	步	崩
1248	服	Phục	fuk8	重入	fú	通	入	屋	奉	合	三	全濁	房	六
1249	杪	Diểu	ziew3	問聲	miǎo	效	上	小	明	開	三	次濁	亡	沼
1250	杭	Hàng	ha:ŋ2	弦聲	háng	宕	平	唐	匣	開	一	全濁	胡	郎
1251	杯	Bôi	boj1	平聲	bēi	蟹	平	灰	幫	合	一	全清	布	回
1252	杰	Kiệt	kiet8	重入	jié	山	入	薛	羣	開	三	全濁	渠	列
1253	東	Đông	doŋ1	平聲	dōng	通	平	東	端	合	一	全清	德	紅
1254	杲	Cảo	ka:w3	問聲	gǎo	效	上	晧	見	開	一	全清	古	老
1255	杳	Yểu	iew3	問聲	yǎo	效	上	篠	影	開	四	全清	烏	皎
1256	杵	Xử	sɯ3	問聲	chǔ	遇	上	語	昌	開	三	次清	昌	與
1257	杶	Suân	ʂwɤn1	平聲	qūn	臻	平	諄	徹	合	三	次清	丑	倫
1258	杷	Bà	ba:2	弦聲	pá	假	平	麻	並	開	二	全濁	蒲	巴
1259	杻	Nữu	nɯw4	跌聲	chǒu	流	上	有	娘	開	三	次濁	女	久
1260	杼	Trữ	tʂɯ4	跌聲	zhù	遇	上	語	澄	開	三	全濁	直	呂
1261	松	Tùng	tuŋ2	弦聲	sōng	通	平	鍾	邪	合	三	全濁	祥	容
1262	板	Bản	ba:n3	問聲	bǎn	山	上	潸	幫	合	二	全清	布	綰
1263	枅	Phanh	fa:ɲ1	平聲	jī	蟹	平	齊	見	開	四	全清	古	奚
1264	枇	Tì	ti2	弦聲	pí	止	平	脂	並	開	三	全濁	房	脂
1265	枉	Uổng	uoŋ3	問聲	wǎng	宕	上	養	影	合	三	全清	紆	往
1266	枋	Phương	fɯɤŋ1	平聲	fāng	宕	平	陽	非	開	三	全清	府	良
1267	枌	Phần	fɤn2	弦聲	fén	臻	平	文	奉	合	三	全濁	符	分
1268	析	Tích	tiʧ7	銳入	xī	梗	入	錫	心	開	四	全清	先	擊
1269	枑	Hộ	ho6	重聲	hù	遇	去	暮	匣	合	一	全濁	胡	誤
1270	枕	Chẩm	tʂɤm3	問聲	zhěn	深	上	寑	章	開	三	全清	章	荏
1271	林	Lâm	lɤm1	平聲	lín	深	平	侵	來	開	三	次濁	力	尋
1272	枘	Nhuế	ɲwe5	銳聲	rùi	蟹	去	祭	日	合	三	次濁	而	銳
1273	枚	Mai	ma:j1	平聲	méi	蟹	平	灰	明	合	一	次濁	莫	杯

1274	果	Quả	qwa:3	問聲	guǒ	果	上	果	見	合	一	全清	古	火
1275	枝	Chi	tʂi1	平聲	zhī	止	平	支	章	開	三	全清	章	移
1276	枝	Kì	ki2	弦聲	qí	止	平	支	羣	開	三	全濁	渠	羈
1277	柜	Cự	kɯ6	重聲	jǔ	遇	上	語	見	開	三	全清	居	許
1278	欣	Hân	hɤn1	平聲	xīn	臻	平	欣	曉	開	三	次清	許	斤
1279	武	Vũ	vu4	跌聲	wǔ	遇	上	麌	微	合	三	次濁	文	甫
1280	歧	Kì	ki2	弦聲	qí	止	平	支	羣	開	三	全濁	巨	支
1281	歿	Một	mot8	重入	mò	臻	入	沒	明	合	一	次濁	莫	勃
1282	殀	Yểu	iew3	問聲	yǎo	效	上	小	影	開	三	全清	於	兆
1283	氓	Manh	ma:ɲ1	平聲	máng	梗	平	耕	明	開	二	次濁	莫	耕
1284	氛	Phân	fɤn1	平聲	fēn	臻	平	文	非	合	三	全清（次清）	府	文
1285	沓	Đạp	da:p8	重入	tà	咸	入	合	定	開	一	全濁	徒	合
1286	沫	Mạt	ma:t8	重入	mò	山	入	末	明	合	一	次濁	莫	撥
1287	沬	Muội	muoj6	重聲	mèi	止	去	未	微	合	三	次濁	無	沸
1288	沭	Thuật	t'wɤt8	重入	shù	臻	入	術	船	合	三	全濁	食	聿
1289	沮	Thư	t'ɯ1	平聲	jū	遇	平	魚	清	開	三	次清	七	余
1290	沮	Trở	tʂɤ:3	問聲	jǔ	遇	上	語	從	開	三	全濁	慈	呂
1291	沮	Tự	tɯ6	重聲	jū	遇	去	御	精	開	三	全清	將	預
1292	沱	Đà	da:2	弦聲	tuó	果	平	歌	定	開	一	全濁	徒	河
1293	河	Hà	ha:2	弦聲	hé	果	平	歌	匣	開	一	全濁	胡	歌
1294	沴	Lệ	le6	重聲	lì	蟹	去	霽	來	開	四	次濁	郎	計
1295	沸	Phí	fi5	銳聲	fèi	止	去	未	非	合	三	全清	方	味
1296	油	Du	zu1	平聲	yóu	流	平	尤	以	開	三	次濁	以	周
1297	治	Trị	tʂi6	重聲	zhì	止	去	至	澄	開	三	全濁	直	利
1298	沼	Chiểu	tʂiew3	問聲	zhǎo	效	上	小	章	開	三	全清	之	少
1299	沽	Cô	ko1	平聲	gū	遇	平	模	見	合	一	全清	古	胡
1300	沾	Triêm	tʂiem1	平聲	zhān	咸	平	鹽	知	開	三	全清	張	廉
1301	沿	Duyên	zwien1	平聲	yán	山	平	仙	以	合	三	次濁	與	專
1302	況	Huống	huoŋ5	銳聲	kuàng	宕	去	漾	曉	合	三	次清	許	訪
1303	泂	Huýnh	hwiɲ5	銳聲	jiǒng	梗	上	迥	匣	合	四	全濁	戶	頂
1304	泄	Tiết	tiet7	銳入	xiè	山	入	薛	心	開	三	全清	私	列
1305	泄	Duệ	zwe6	重聲	yì	蟹	去	祭	以	開	三	次濁	餘	制
1306	泅	Tù	tu2	弦聲	qiú	流	平	尤	邪	開	三	全濁	似	由
1307	泆	Dật	zɤt8	重入	yì	臻	入	質	以	開	三	次濁	夷	質
1308	泊	Bạc	ba:k8	重入	bó	宕	入	鐸	並	開	一	全濁	傍	各
1309	泌	Bí	bi5	銳聲	mì	止	去	至	幫	開	三	全清	兵	媚
1310	泑	Ửu	ɯw3	問聲	yǒu	流	上	黝	影	開	三	全清	於	糾

1311	泒	Cô	ko1	平聲	gū	遇	平	模	見	合	一	全清	古	胡
1312	泓	Hoằng	hwaŋ2	弦聲	hóng	梗	平	耕	影	合	二	全清	烏	宏
1313	泔	Cam	ka:m1	平聲	gān	咸	平	談	見	開	一	全清	古	三
1314	法	Pháp	fa:p7	銳入	fǎ	咸	入	乏	非	合	三	全清	方	乏
1315	泖	Mão	ma:w4	跌聲	mǎo	效	上	巧	明	開	二	次濁	莫	飽
1316	泗	Tứ	tɯ5	銳聲	sì	止	去	至	心	開	三	全清	息	利
1317	泝	Tố	to5	銳聲	sù	遇	去	暮	心	合	一	全清	桑	故
1318	泠	Linh	liɲ1	平聲	líng	梗	平	青	來	開	四	次濁	郎	丁
1319	泡	Phao	fa:w1	平聲	pāo	效	平	肴	滂	開	二	次清	匹	交
1320	泡	Bào	ba:w2	弦聲	pào	效	平	肴	並	開	二	全濁	薄	交
1321	波	Ba	ba:1	平聲	bō	果	平	戈	幫	合	一	全清	博	禾
1322	泣	Khấp	xɤp7	銳入	qì	深	入	緝	溪	開	三	次清	去	急
1323	泥	Nê	ne1	平聲	ní	蟹	平	齊	泥	開	四	次濁	奴	低
1324	注	Chú	tʂu5	銳聲	zhù	遇	去	遇	章	合	三	全清	之	戍
1325	泫	Huyễn	hwien4	跌聲	xuàn	山	上	銑	匣	合	四	全濁	胡	畎
1326	泮	Phán	fa:n5	銳聲	pàn	山	去	換	滂	合	一	次清	普	半
1327	泯	Dân	zɤn1	平聲	mǐn	臻	平	眞	明	開	三	次濁	彌	鄰
1328	泯	Mẫn	mɤn4	跌聲	mǐn	臻	上	軫	明	開	三	次濁	武	盡
1329	泱	Ương	ɯɤŋ1	平聲	yāng	宕	平	陽	影	開	三	全清	於	良
1330	泳	Vịnh	viɲ6	重聲	yǒng	梗	去	映	云	合	三	次濁	爲	命
1331	炁	Khí	xi5	銳聲	qì	止	去	未	溪	開	三	次清	去	既
1332	炊	Xuy	swi1	平聲	chuī	止	平	支	昌	合	三	次清	昌	垂
1333	炎	Viêm	viem1	平聲	yán	咸	平	鹽	云	開	三	次濁	于	廉
1334	炒	Sao	ʂa:w1	平聲	chǎo	效	上	巧	初	開	二	次清	初	爪
1335	炕	Kháng	xa:ŋ5	銳聲	kàng	宕	去	宕	溪	開	一	次清	苦	浪
1336	炙	Chích	tʂitʃ7	銳入	zhì	梗	入	昔	章	開	三	全清	之	石
1337	炙	Chá	tʂa:5	銳聲	zhì	假	去	禡	章	開	三	全清	之	夜
1338	炬	Cự	kɯ6	重聲	jù	遇	上	語	羣	開	三	全濁	其	呂
1339	爬	Ba	ba:1	平聲	pá	假	平	麻	並	開	二	全濁	蒲	巴
1340	爭	Tranh	tʂa:ɲ1	平聲	zhēng	梗	平	耕	莊	開	二	全清	側	莖
1341	爸	Ba	ba:1	平聲	bà	果	上	果	並	合	一	全濁	捕	可
1342	牀	Sàng	ʂa:ŋ2	弦聲	chuáng	宕	平	陽	崇	開	三	全濁	士	莊
1343	版	Bản	ba:n3	問聲	bǎn	山	上	潸	幫	合	二	全清	布	綰
1344	牧	Mục	muk8	重入	mù	通	入	屋	明	合	三	次濁	莫	六
1345	物	Vật	vɤt8	重入	wù	臻	入	物	微	合	三	次濁	文	弗
1346	狀	Trạng	tʂa:ŋ6	重聲	zhuàng	宕	去	漾	崇	開	三	全濁	鋤	亮
1347	狌	Tinh	tiɲ1	平聲	xīng	梗	平	庚	生	開	二	全清	所	庚
1348	狎	Hiệp	hiep8	重入	xiá	咸	入	狎	匣	開	二	全濁	胡	甲

1349	狐	Hồ	ho2	弦聲	hú	遇	平	模	匣	合	一	全濁	戶	吳
1350	狒	Phí	fi5	銳聲	fèi	止	去	未	奉	合	三	全濁	扶	沸
1351	狓	Phi	fi1	平聲	pī	止	平	支	滂	開	三	次清	敷	羈
1352	狖	Dứu	zɯw5	銳聲	yòu	流	去	宥	以	開	三	次濁	余	救
1353	狗	Cẩu	kɤw3	問聲	gǒu	流	上	厚	見	開	一	全清	古	厚
1354	狙	Thư	t'ɯ1	平聲	jū	遇	平	魚	清	開	三	次清	七	余
1355	狚	Đán	da:n5	銳聲	dàn	山	去	翰	端	開	一	全清	得	按
1356	玞	Phu	fu1	平聲	fū	遇	平	虞	非	合	三	全清	甫	無
1357	玦	Quyết	kwiet7	銳入	jué	山	入	屑	見	合	四	全清	古	穴
1358	珏	Giác	ʑa:k7	銳入	jué	江	入	覺	見	開	二	全清	古	岳
1359	玩	Ngoạn	ŋwa:n6	重聲	wán	山	去	換	疑	合	一	次濁	五	換
1360	玫	Mân	mɤn1	平聲	méi	蟹	平	灰	明	合	一	次濁	莫	杯
1361	瓬	Phưởng	fuɪɤŋ3	問聲	fǎng	宕	上	養	非	開	三	全清	分	网
1362	瓮	Úng	uŋ5	銳聲	wèng	通	去	送	影	合	一	全清	烏	貢
1363	畀	Tí	ti5	銳聲	bì	止	去	至	幫	開	三	全清	必	至
1364	畂	Điền	dien2	弦聲	mǔ	流	去	宥	來	開	三	次濁	力	救
1365	疘	Giang	ʑa:ŋ1	平聲	gōng	通	平	東	見	合	一	全清	古	紅
1366	疙	Ngật	ŋɤt8	重入	gē	臻	入	迄	疑	開	三	次濁	魚	迄
1367	疚	Cứu	kɯw5	銳聲	jiù	流	去	宥	見	開	三	全清	居	祐
1368	疝	Sán	ʂa:n5	銳聲	shàn	山	去	諫	生	開	二	全清	所	晏
1369	的	Đích	ditʃ7	銳入	dì	梗	入	錫	端	開	四	全清	都	歷
1370	盂	Vu	vu1	平聲	yú	遇	平	虞	云	合	三	次濁	羽	俱
1371	盱	Hu	hu1	平聲	xū	遇	平	虞	曉	合	三	次清	況	于
1372	盲	Manh	ma:ɲ1	平聲	máng	梗	平	庚	明	開	二	次濁	武	庚
1373	直	Trực	tʂɯk8	重入	zhí	曾	入	職	澄	開	三	全濁	除	力
1374	知	Tri	tʂi1	平聲	zhī	止	平	支	知	開	三	全清	陟	離
1375	矻	Ngột	ŋot8	重入	kù	臻	入	沒	溪	合	一	次清	苦	骨
1376	矼	Cang	ka:ŋ1	平聲	jiāng	江	平	江	見	開	二	全清	古	雙
1377	祇	Kì	ki2	弦聲	qí	止	平	支	羣	開	三	全濁	巨	支
1378	衹	Chi	tʂi1	平聲	zhǐ	止	平	支	章	開	三	全清	章	移
1379	祈	Kì	ki2	弦聲	qí	止	平	微	羣	開	三	全濁	渠	希
1380	祉	Chỉ	tʂi3	問聲	zhǐ	止	上	止	徹	開	三	次清	敕	里
1381	祊	Banh	ba:ɲ1	平聲	bēng	梗	平	庚	幫	開	二	全清	甫	盲
1382	秆	Cán	ka:n5	銳聲	gǎn	山	上	旱	見	開	一	全清	古	旱
1383	秈	Tiên	tien1	平聲	xiān	山	平	仙	心	開	三	全清	相	然
1384	秉	Bỉnh	biŋ3	問聲	bǐng	梗	上	梗	幫	開	三	全清	兵	永
1385	秊	Niên	nien1	平聲	nián	山	平	先	泥	開	四	次濁	奴	顛
1386	穸	Tịch	titʃ8	重入	xì	梗	入	昔	邪	開	三	全濁	祥	易

1387	穹	Khung	xuŋ1	平聲	qióng	通	平	東	溪	合	三	次清	去	宮
1388	空	Không	koŋ1	平聲	kōng	通	平	東	溪	合	一	次清	苦	紅
1389	空	Khống	koŋ5	銳聲	kòng	通	去	送	溪	合	一	次清	苦	貢
1390	竺	Trúc	tʂuk7	銳入	zhú	通	入	屋	知	合	三	全清	張	六
1391	竺	Đốc	dok7	銳入	zhú	通	入	沃	端	合	一	全清	冬	毒
1392	糾	Củ	ku3	問聲	jiū	流	上	黝	見	開	三	全清	居	黝
1393	罔	Võng	vɔŋ4	跌聲	wǎng	宕	上	養	微	開	三	次濁	文	兩
1394	者	Giả	ʐa:3	問聲	zhě	假	上	馬	章	開	三	全清	章	也
1395	耶	Da	za:1	平聲	yé	假	平	麻	以	開	三	次濁	以	遮
1396	股	Cổ	ko3	問聲	gǔ	遇	上	姥	見	合	一	全清	公	戶
1397	肢	Chi	tʂi1	平聲	zhī	止	平	支	章	開	三	全清	章	移
1398	肥	Phì	fi2	弦聲	féi	止	平	微	奉	合	三	全濁	符	非
1399	肧	Phôi	foj1	平聲	pēi	蟹	平	灰	滂	合	一	次清	芳	杯
1400	肩	Kiên	kien1	平聲	jiān	山	平	先	見	開	四	全清	古	賢
1401	肪	Phương	fɯɤŋ1	平聲	fáng	宕	平	陽	非	開	三	全清	府	良
1402	肫	Truân	tʂwɤn1	平聲	zhūn	臻	平	諄	章	合	三	全清	章	倫
1403	肬	Vưu	vɯw1	平聲	yóu	流	平	尤	云	開	三	次濁	羽	求
1404	肭	Nạp	na:p8	重入	nà	山	入	黠	娘	合	二	次濁	女	滑
1405	肯	Khẳng	xaŋ3	問聲	kěn	曾	上	等	溪	開	一	次清	苦	等
1406	肱	Quăng	kwaŋ1	平聲	gōng	曾	平	登	見	合	一	全清	古	弘
1407	育	Dục	zuk8	重入	yù	通	入	屋	以	合	三	次濁	余	六
1408	肴	Hào	ha:w2	弦聲	yáo	效	平	肴	匣	開	二	全濁	胡	茅
1409	肸	Hật	hɤt8	重入	xì	臻	入	迄	曉	開	三	次清	許	訖
1410	肺	Phế	fe5	銳聲	fèi	蟹	去	廢	敷	合	三	次清	芳	廢
1411	胏	Chỉ	tʂi3	問聲	zǐ	止	上	止	莊	開	三	全清	阻	史
1412	臥	Ngọa	ŋwa:6	重聲	wò	果	去	過	疑	合	一	次濁	吾	貨
1413	臾	Du	zu1	平聲	yú	遇	平	虞	以	合	三	次濁	羊	朱
1414	舍	Xả	sa:3	問聲	shě	假	上	馬	書	開	三	全清	書	冶
1415	舍	Xá	sa:5	銳聲	shè	假	去	禡	書	開	三	全清	始	夜
1416	舠	Đao	da:w1	平聲	dāo	效	平	豪	端	開	一	全清	都	牢
1417	苑	Uyển	wien3	問聲	yuàn	山	上	阮	影	合	三	全清	於	阮
1418	苒	Nhiễm	ɲiem4	跌聲	rǎn	咸	上	琰	日	開	三	次濁	而	琰
1419	苓	Linh	liɲ1	平聲	líng	梗	平	青	來	開	四	次濁	郎	丁
1420	苔	Đài	da:j2	弦聲	tái	蟹	平	咍	定	開	一	全濁	徒	哀
1421	苕	Thiều	t'iew2	弦聲	tiáo	效	平	蕭	定	開	四	全濁	徒	聊
1422	苗	Địch	ditʃ8	重入	dí	梗	入	錫	定	開	四	全濁	徒	歷
1423	苗	Miêu	miew1	平聲	miáo	效	平	宵	明	開	三	次濁	武	瀌
1424	苙	Lập	lɤp8	重入	lì	深	入	緝	來	開	三	次濁	力	入

1425	苛	Hà	ha:2	弦聲	kē	果	平	歌	匣	開	一	全濁	胡	歌
1426	苜	Mục	muk8	重入	mù	通	入	屋	明	合	三	次濁	莫	六
1427	苞	Bao	ba:w1	平聲	bāo	效	平	肴	幫	開	二	全清	布	交
1428	苟	Cẩu	kɤw3	問聲	gǒu	流	上	厚	見	開	一	全清	古	厚
1429	苢	Dĩ	zi4	跌聲	yǐ	止	上	止	以	開	三	次濁	羊	己
1430	若	Nhã	ɲa:4	跌聲	rè	假	上	馬	日	開	三	次濁	人	者
1431	若	Nhược	ɲɯɤk8	重入	ruò	宕	入	藥	日	開	三	次濁	而	灼
1432	苦	Khổ	ko3	問聲	kǔ	遇	上	姥	溪	合	一	次清	康	杜
1433	苧	Trữ	tʂɯ4	跌聲	zhù	遇	上	語	澄	開	三	全濁	直	呂
1434	苫	Thiêm	t'iem1	平聲	shān	咸	平	鹽	書	開	三	全清	失	廉
1435	苯	Bổn	bon3	問聲	běn	臻	上	混	幫	合	一	全清	布	忖
1436	英	Anh	a:ɲ1	平聲	yīng	梗	平	庚	影	開	三	全清	於	驚
1437	苴	Tư	tɯ1	平聲	jū	遇	平	魚	精	開	三	全清	子	魚
1438	苶	Niết	niet7	銳入	nié	山	入	屑	泥	開	四	次濁	奴	結
1439	苹	Bình	biɲ2	弦聲	píng	梗	平	庚	並	開	三	全濁	符	兵
1440	苺	Môi	moj1	平聲	méi	流	去	候	明	開	一	次濁	莫	候
1441	苻	Phù	fu2	弦聲	fú	遇	平	虞	奉	合	三	全濁	防	無
1442	苽	Cô	ko1	平聲	gū	遇	平	模	見	合	一	全清	古	胡
1443	苾	Bật	bɤt8	重入	bì	臻	入	質	並	開	三	全濁	毗	必
1444	茀	Phất	fɤt7	銳入	fú	臻	入	物	敷	合	三	次清	敷	勿
1445	茁	Truất	tʂwɤt7	銳入	zhuó	臻	入	術	莊	合	三	全清	鄒	律
1446	茂	Mậu	mɤw6	重聲	mào	流	去	候	明	開	一	次濁	莫	候
1447	范	Phạm	fa:m6	重聲	fàn	咸	上	范	奉	合	三	全濁	防	錽
1448	茄	Gia	ʐa:1	平聲	qié	假	平	麻	見	開	二	全清	古	牙
1449	茅	Mao	ma:w1	平聲	máo	效	平	肴	明	開	二	次濁	莫	交
1450	茆	Lữu	lɯw4	跌聲	mǎo	流	上	有	來	開	三	次濁	力	久
1451	茇	Bạt	ba:t8	重入	bá	山	入	末	並	合	一	全濁	蒲	撥
1452	虎	Hổ	ho3	問聲	hǔ	遇	上	姥	曉	合	一	次清	呼	古
1453	虯	Cầu	kɤw2	弦聲	qiú	流	平	幽	羣	開	三	全濁	渠	幽
1454	表	Biểu	biew3	問聲	biǎo	效	上	小	幫	開	三	全清	陂	矯
1455	衩	Xái	sa:j5	銳聲	chà	蟹	去	卦	初	開	二	次清	楚	懈
1456	衫	Sam	ʂa:m1	平聲	shān	咸	平	銜	生	開	二	全清	所	銜
1457	軋	Yết	iet7	銳入	yà	山	入	黠	影	開	二	全清	烏	黠
1458	迢	Điều	diew2	弦聲	tiáo	效	平	蕭	定	開	四	全濁	徒	聊
1459	迥	Huýnh	hwiɲ5	銳聲	jiǒng	梗	上	迥	匣	合	四	全濁	戶	頂
1460	迦	Ca	ka:1	平聲	jiā	果	平	戈	見	開	三	全清	居	伽
1461	迦	Già	ʐa:2	弦聲	jiā	假	平	麻	見	開	二	全清	古	牙
1462	迨	Đãi	da:j4	跌聲	dài	蟹	上	海	定	開	一	全濁	徒	亥

1463	迪	Địch	diʧ8	重入	dí	梗	入	錫	定	開	四	全濁	徒	歷
1464	迫	Bách	ba:ʧ7	銳入	pò	梗	入	陌	幫	開	二	全清	博	陌
1465	迭	Điệt	diet8	重入	dié	山	入	屑	定	開	四	全濁	徒	結
1466	述	Thuật	t'wɤt8	重入	shù	臻	入	術	船	合	三	全濁	食	聿
1467	邾	Chu	tʂu1	平聲	zhū	遇	平	虞	知	合	三	全清	陟	輸
1468	郁	Úc	uk7	銳入	yù	通	入	屋	影	合	三	全清	於	六
1469	郃	Cáp	ka:p7	銳入	gé	咸	入	合	見	開	一	全清	古	沓
1470	郅	Chất	tʂɤt7	銳入	zhì	臻	入	質	章	開	三	全清	之	日
1471	郇	Tuân	twɤn1	平聲	xún	臻	平	諄	心	合	三	全清	相	倫
1472	郈	Hậu	hɤw6	重聲	hòu	流	上	厚	匣	開	一	全濁	胡	口
1473	邢	Hình	hiɲ2	弦聲	xíng	山	平	先	溪	開	四	次清	苦	堅
1474	郊	Giao	ʐa:w1	平聲	jiāo	效	平	肴	見	開	二	全清	古	肴
1475	郎	Lang	la:ŋ1	平聲	láng	宕	平	唐	來	開	一	次濁	魯	當
1476	采	Thải	t'a:j3	問聲	cǎi	蟹	上	海	清	開	一	次清	倉	宰
1477	金	Kim	kim1	平聲	jīn	深	平	侵	見	開	三	全清	居	吟
1478	長	Trường	tʂɯɤŋ2	弦聲	cháng	宕	平	陽	澄	開	三	全濁	直	良
1479	長	Trưởng	tʂɯɤŋ3	問聲	zhăng	宕	上	養	知	開	三	全清	知	丈
1480	門	Môn	mon1	平聲	mén	臻	平	魂	明	合	一	次濁	莫	奔
1481	阜	Phụ	fu6	重聲	fù	流	上	有	奉	開	三	全濁	房	久
1482	陋	Lậu	lɤw6	重聲	lòu	流	去	候	來	開	一	次濁	盧	候
1483	陌	Mạch	ma:ʧ8	重入	mò	梗	入	陌	明	開	二	次濁	莫	白
1484	降	Giáng	ʐa:ŋ5	銳聲	jiàng	江	去	絳	見	開	二	全清	古	巷
1485	降	Hàng	ha:ŋ2	弦聲	jiàng	江	平	江	匣	開	二	全濁	下	江
1486	限	Hạn	ha:n6	重聲	xiàn	山	上	產	匣	開	二	全濁	胡	簡
1487	陔	Cai	ka:j1	平聲	gāi	蟹	平	咍	見	開	一	全清	古	哀
1488	陝	Thiểm	t'iem3	問聲	shǎn	咸	上	琰	書	開	三	全清	失	冉
1489	隶	Đãi	da:j4	跌聲	dài	蟹	去	代	定	開	一	全濁	徒	耐
1490	隹	Chuy	tʂwi1	平聲	zhuī	止	平	脂	章	合	三	全清	職	追
1491	雨	Vũ	vu4	跌聲	yǔ	遇	上	麌	云	合	三	次濁	王	矩
1492	雨	Vú	vu5	銳聲	yù	遇	去	遇	云	合	三	次濁	王	遇
1493	青	Thanh	t'a:ɲ1	平聲	qīng	梗	平	青	清	開	四	次清	倉	經
1494	非	Phi	fi1	平聲	fēi	止	平	微	非	合	三	全清	甫	微
1495	亭	Đình	diɲ2	弦聲	tíng	梗	平	青	定	開	四	全濁	特	丁
1496	亮	Lượng	lɯɤŋ6	重聲	liàng	宕	去	漾	來	開	三	次濁	力	讓
1497	亯	Hanh	ha:ɲ1	平聲	xiǎng	宕	上	養	曉	開	三	次清	許	兩
1498	侮	Vũ	vu4	跌聲	wǔ	遇	上	麌	微	合	三	次濁	文	甫
1499	侯	Hầu	hɤw2	弦聲	hóu	流	平	侯	匣	開	一	全濁	戶	鉤
1500	侵	Xâm	sɤm1	平聲	qīn	深	平	侵	清	開	三	次清	七	林

1501	侶	Lữ	lɯ4	跌聲	lǚ	遇	上	語	來	開	三	次濁	力	舉
1502	侷	Cục	kuk8	重入	jú	通	入	燭	羣	合	三	全濁	渠	玉
1503	便	Tiện	tien6	重聲	biàn	山	去	線	並	開	三	全濁	婢	面
1504	係	Hệ	he6	重聲	xì	蟹	去	霽	見	開	四	全清	古	詣
1505	促	Thúc	t'uk7	銳入	cù	通	入	燭	清	合	三	次清	七	玉
1506	俄	Nga	ŋa:1	平聲	é	果	平	歌	疑	開	一	次濁	五	何
1507	俊	Tuấn	twɤn5	銳聲	jùn	臻	去	稕	精	合	三	全清	子	峻
1508	俎	Trở	tʂɤ:3	問聲	zǔ	遇	上	語	莊	開	三	全清	側	呂
1509	俏	Tiếu	tiew5	銳聲	qiào	效	去	笑	清	開	三	次清	七	肖
1510	俑	Dũng	zuŋ4	跌聲	yǒng	通	上	腫	以	合	三	次濁	余	隴
1511	俗	Tục	tuk8	重入	sú	通	入	燭	邪	合	三	全濁	似	足
1512	俘	Phu	fu1	平聲	fú	遇	平	虞	敷	合	三	次清	芳	無
1513	俚	Lí	li5	銳聲	lǐ	止	上	止	來	開	三	次濁	良	士
1514	俛	Miễn	mien4	跌聲	miǎn	山	上	獮	明	開	三	次濁	亡	辨
1515	俜	Binh	biɲ1	平聲	pīng	梗	平	青	滂	開	四	次清	普	丁
1516	保	Bảo	ba:w3	問聲	bǎo	效	上	晧	幫	開	一	全清	博	抱
1517	俞	Du	zu1	平聲	yú	遇	平	虞	以	合	三	次濁	羊	朱
1518	俟	Sĩ	ʂi4	跌聲	sì	止	上	止	俟	開	三	全濁	牀	史
1519	俠	Hiệp	hiep8	重入	xiá	咸	入	帖	匣	開	四	全濁	胡	頰
1520	信	Tín	tin5	銳聲	xìn	臻	去	震	心	開	三	全清	息	晉
1521	修	Tu	tu1	平聲	xiū	流	平	尤	心	開	三	全清	息	流
1522	兗	Duyện	zwien6	重聲	yǎn	山	上	獮	以	合	三	次濁	以	轉
1523	兹	Tư	tɯ1	平聲	zī	止	平	之	精	開	三	全清	子	之
1524	冑	Trụ	tʂu6	重聲	zhòu	流	去	宥	澄	開	三	全濁	直	祐
1525	冒	Mạo	ma:w6	重聲	mào	效	去	號	明	開	一	次濁	莫	報
1526	冒	Mặc	mak8	重入	mào	曾	入	德	明	開	一	次濁	莫	北
1527	冠	Quan	kwa:n1	平聲	guān	山	平	桓	見	合	一	全清	古	丸
1528	冠	Quán	kwa:n5	銳聲	guàn	山	去	換	見	合	一	全清	古	玩
1529	剃	Thế	t'e5	銳聲	tì	蟹	去	霽	透	開	四	次清	他	計
1530	剄	Hĩnh	hiɲ4	跌聲	jǐng	梗	上	迥	見	開	四	全清	古	挺
1531	則	Tắc	tak7	銳入	zé	曾	入	德	精	開	一	全清	子	德
1532	剉	Tỏa	twa:3	問聲	cuò	果	去	過	清	合	一	次清	麤	臥
1533	削	Tước	tɯɤk7	銳入	xuē	宕	入	藥	心	開	三	全清	息	約
1534	剋	Khắc	xak7	銳入	kè	曾	入	德	溪	開	一	次清	苦	得
1535	剌	Lạt	la:t8	重入	là	山	入	曷	來	開	一	次濁	盧	達
1536	前	Tiền	tien2	弦聲	qián	山	平	先	從	開	四	全濁	昨	先
1537	刹	Sát	ʂa:t7	銳入	chà	山	入	鎋	初	開	二	次清	初	鎋
1538	勁	Kính	kiɲ5	銳聲	jìng	梗	去	勁	見	開	三	全清	居	正

1539	勃	Bột	bot8	重入	bó	臻	入	沒	並	合	一	全濁	蒲	沒
1540	勅	Sắc	ʂak7	銳入	chì	曾	入	職	徹	開	三	次清	恥	力
1541	勇	Dũng	zuŋ4	跌聲	yǒng	通	上	腫	以	合	三	次濁	余	隴
1542	勉	Miễn	mien4	跌聲	miǎn	山	上	獮	明	開	三	次濁	亡	辨
1543	匍	Bồ	bo2	弦聲	pú	遇	平	模	並	合	一	全濁	薄	胡
1544	南	Nam	na:m1	平聲	nán	咸	平	覃	泥	開	一	次濁	那	含
1545	卸	Tá	ta:5	銳聲	xiè	假	去	禡	心	開	三	全清	司	夜
1546	卻	Khước	xɯɤk7	銳入	què	宕	入	藥	溪	開	三	次清	去	約
1547	卼	Ngột	ŋot8	重入	wù	臻	入	沒	疑	合	一	次濁	五	忽
1548	卽	Tức	tɯk7	銳入	jí	曾	入	職	精	開	三	全清	子	力
1549	厖	Mang	ma:ŋ1	平聲	máng	江	平	江	明	開	二	次濁	莫	江
1550	厙	Xá	sa:5	銳聲	shè	假	去	禡	昌	開	三	次清	昌	舍
1551	厚	Hậu	hɤw6	重聲	hòu	流	去	候	匣	開	一	全濁	胡	遘
1552	受	Thụ	t'u6	重聲	shòu	流	上	有	禪	開	三	全濁	殖	酉
1553	叚	Giả	ʑa:3	問聲	jiǎ	假	上	馬	見	開	二	全清	古	疋
1554	叛	Bạn	ba:n6	重聲	pàn	山	去	換	並	合	一	全濁	薄	半
1555	呰	Tử	tɯ3	問聲	zǐ	止	上	紙	精	開	三	全清	將	此
1556	咤	Trá	tʂa5	銳聲	zhà	假	去	禡	知	開	二	全清	陟	駕
1557	咥	Điệt	diet8	重入	dié	山	入	屑	定	開	四	全濁	徒	結
1558	咥	Hí	hi1	銳聲	xì	止	去	至	曉	開	三	次清	火	至
1559	咦	Di	zi1	平聲	yí	止	平	脂	曉	開	三	次清	喜	夷
1560	咨	Tư	tɯ1	平聲	zī	止	平	脂	精	開	三	全清	即	夷
1561	咫	Chỉ	tʂi3	問聲	zhǐ	止	上	紙	章	開	三	全清	諸	氏
1562	咬	Giảo	ʑa:w3	問聲	yǎo	效	平	肴	見	開	二	全清	古	肴
1563	咯	Khách	xa:tʃ7	銳入	gē	梗	入	陌	疑	開	二	次濁	五	陌
1564	咳	Khái	xa:j5	銳聲	ké	蟹	平	咍	匣	開	一	全濁	戶	來
1565	咷	Đào	da:w2	弦聲	táo	效	平	豪	定	開	一	全濁	徒	刀
1566	咸	Hàm	ha:m2	弦聲	xián	咸	平	咸	匣	開	二	全濁	胡	讒
1567	咻	Hưu	hɯw1	平聲	xiū	流	平	尤	曉	開	三	次清	許	尤
1568	咻	Hủ	hu3	問聲	xǔ	遇	上	麌	曉	合	三	次清	況	羽
1569	咽	Yết	iet7	銳入	yān	山	入	屑	影	開	四	全清	烏	結
1570	咿	Y	i1	平聲	yī	止	平	脂	影	開	三	全清	於	脂
1571	哀	Ai	a:j1	平聲	āi	蟹	平	咍	影	開	一	全清	烏	開
1572	品	Phẩm	fɤm3	問聲	pǐn	深	上	寑	滂	開	三	次清	丕	飲
1573	哂	Sẩn	ʂɤn3	問聲	shěn	臻	上	軫	書	開	三	全清	式	忍
1574	哄	Hống	hoŋ5	銳聲	hōng	通	去	送	匣	合	一	全濁	胡	貢
1575	哆	Sỉ	ʂi3	問聲	chǐ	止	上	紙	昌	開	三	次清	尺	氏
1576	哆	Đá	da:5	銳聲	duō	果	去	箇	端	開	一	全清	丁	佐

1577	哇	Oa	wa:1	平聲	wā	假	平	麻	影	合	二	全清	烏	瓜
1578	哈	Cáp	ka:p7	銳入	hā	咸	入	合	疑	開	一	次濁	五	合
1579	哉	Tai	ta:j1	平聲	zāi	蟹	平	咍	精	開	一	全清	祖	才
1580	囿	Hữu	hɯw4	跌聲	yòu	流	去	宥	云	開	三	次濁	于	救
1581	型	Hình	hiɲ2	弦聲	xíng	梗	平	青	匣	開	四	全濁	戶	經
1582	垓	Cai	ka:j1	平聲	gāi	蟹	平	咍	見	開	一	全清	古	哀
1583	垛	Đóa	dwa:5	銳聲	duǒ	果	上	果	定	合	一	全濁	徒	果
1584	垠	Ngân	ŋɤn1	平聲	yín	臻	平	眞	疑	開	三	次濁	語	巾
1585	垢	Cấu	kɤw5	銳聲	gòu	流	上	厚	見	開	一	全清	古	厚
1586	垣	Viên	vien1	平聲	yuán	山	平	元	云	合	三	次濁	雨	元
1587	垤	Điệt	diet8	重入	dié	山	入	屑	定	開	四	全濁	徒	結
1588	城	Thành	t'a:ɲ2	弦聲	chéng	梗	平	清	禪	開	三	全濁	是	征
1589	埏	Duyên	zwien1	平聲	yán	山	平	仙	以	開	三	次濁	以	然
1590	奎	Khuê	xwe1	平聲	kuí	蟹	平	齊	溪	合	四	次清	苦	圭
1591	奏	Tấu	tɤw5	銳聲	zòu	流	去	候	精	開	一	全清	則	候
1592	奐	Hoán	hwa:n5	銳聲	huàn	山	去	換	曉	合	一	次清	火	貫
1593	契	Khế	xe5	銳聲	qì	蟹	去	霽	溪	開	四	次清	苦	計
1594	契	Khất	xɤt7	銳入	qì	臻	入	迄	溪	開	三	次清	去	訖
1595	契	Khiết	xiep7	銳入	qì	山	入	屑	溪	開	四	次清	苦	結
1596	奕	Dịch	ziʧ8	重入	yì	梗	入	昔	以	開	三	次濁	羊	益
1597	姘	Phanh	fa:ɲ1	平聲	pīn	梗	平	耕	滂	開	二	次清	普	耕
1598	姚	Diêu	ziew1	平聲	yáo	效	平	宵	以	開	三	次濁	餘	昭
1599	姜	Khương	xɯɤŋ1	平聲	jiāng	宕	平	陽	見	開	三	全清	居	良
1600	姝	Xu	su1	平聲	shū	遇	平	虞	昌	合	三	次清	昌	朱
1601	姞	Cật	kɤt8	重入	jí	臻	入	質	羣	開	三	全濁	巨	乙
1602	姣	Giảo	ʑa:w3	問聲	jiāo	效	上	巧	見	開	二	全清	古	巧
1603	姤	Cấu	kɤw5	銳聲	gòu	流	去	候	見	開	一	全清	古	候
1604	姥	Mỗ	mo4	跌聲	mǔ	遇	上	姥	明	合	一	次濁	莫	補
1605	姥	Lão	la:w4	跌聲	lǎo	遇	上	姥	明	合	一	次濁	莫	補
1606	姦	Gian	ʑa:n1	平聲	jiān	山	平	刪	見	開	二	全清	古	顏
1607	姨	Di	zi1	平聲	yí	止	平	脂	以	開	三	次濁	以	脂
1608	姪	Điệt	diet8	重入	zhí	山	入	屑	定	開	四	全濁	徒	結
1609	姱	Khoa	xwa:1	平聲	kuā	假	平	麻	溪	合	二	次清	苦	瓜
1610	姹	Xá	sa:5	銳聲	chà	假	去	禡	知	開	二	全清	陟	駕
1611	姻	Nhân	ɲɤn1	平聲	yīn	臻	平	眞	影	開	三	全清	於	眞
1612	姿	Tư	tɯ1	平聲	zī	止	平	脂	精	開	三	全清	即	夷
1613	娍	Tung	tuŋ1	平聲	sōng	通	平	東	心	合	三	全清	息	弓
1614	威	Uy	wi1	平聲	wēi	止	平	微	影	合	三	全清	於	非

1615	娃	Oa	wa:1	平聲	wá	蟹	平	佳	影	開	二	全清	於	佳
1616	娜	Na	na:1	平聲	nuó	果	上	哿	泥	開	一	次濁	奴	可
1617	孩	Hài	ha:j2	弦聲	hái	蟹	平	咍	匣	開	一	全濁	戶	來
1618	客	Khách	xa:ʧ7	銳入	kè	梗	入	陌	溪	開	二	次清	苦	格
1619	宣	Tuyên	twien1	平聲	xuān	山	平	仙	心	合	三	全清	須	緣
1620	室	Thất	t'ɤt7	銳入	shì	臻	入	質	書	開	三	全清	式	質
1621	宥	Hựu	hɯw6	重聲	yòu	流	去	宥	云	開	三	次濁	于	救
1622	宦	Hoạn	hwa:n6	重聲	huàn	山	去	諫	匣	合	二	全濁	胡	慣
1623	封	Phong	fɔŋ1	平聲	fēng	通	平	鍾	非	合	三	全清	府	容
1624	屋	Ốc	ok7	銳入	wū	通	入	屋	影	合	一	全清	烏	谷
1625	屍	Thi	t'i1	平聲	shī	止	平	之	書	開	三	全清	式	之
1626	屎	Thỉ	t'i3	問聲	shǐ	止	上	旨	書	開	三	全清	式	視
1627	屏	Bình	biŋ2	弦聲	píng	梗	平	青	並	開	四	全濁	薄	經
1628	峋	Tuân	twɤn1	平聲	xún	臻	平	諄	心	合	三	全清	相	倫
1629	峒	Đồng	doŋ2	弦聲	tóng	通	平	東	定	合	一	全濁	徒	紅
1630	峒	Động	doŋ6	重聲	dòng	通	去	送	定	合	一	全濁	徒	弄
1631	峙	Trĩ	tʂi4	跌聲	zhì	止	上	止	澄	開	三	全濁	直	里
1632	峛	Lệ	le6	重聲	lǐ	止	上	紙	來	開	三	次濁	力	紙
1633	差	Si	ʂi1	平聲	cī	止	平	支	初	開	三	次清	楚	宜
1634	差	Sai	ʂa:j1	平聲	chāi	蟹	平	佳	初	開	二	次清	楚	佳
1635	差	Sai	ʂa:j1	平聲	chā	蟹	平	皆	初	開	二	次清	楚	皆
1636	差	Sái	ʂa:j5	銳聲	chà	蟹	去	卦	初	開	二	次清	楚	懈
1637	巷	Hạng	ha:ŋ6	重聲	xiàng	江	去	絳	匣	開	二	全濁	胡	絳
1638	巹	Cẩn	kɤn3	問聲	jǐn	臻	上	隱	見	開	三	全清	居	隱
1639	帝	Đế	de5	銳聲	dì	蟹	去	霽	端	開	四	全清	都	計
1640	帢	Kháp	xa:p7	銳入	qià	咸	入	洽	溪	開	二	次清	苦	洽
1641	帥	Soái	ʂwa:j5	銳聲	shuài	止	去	至	生	合	三	全清	所	類
1642	帥	Suất	ʂwɤt7	銳入	shuài	臻	入	質	生	合	三	全清	所	律
1643	幽	U	u1	平聲	yōu	流	平	幽	影	開	三	全清	於	虯
1644	庠	Tường	tɯɤŋ2	弦聲	xiáng	宕	平	陽	邪	開	三	全濁	似	羊
1645	庥	Hưu	hɯw1	平聲	xiū	流	平	尤	曉	開	三	次清	許	尤
1646	度	Độ	do6	重聲	dù	遇	去	暮	定	合	一	全濁	徒	故
1647	度	Đạc	da:k8	重入	duó	宕	入	鐸	定	開	一	全濁	徒	落
1648	庭	Đình	diŋ2	弦聲	tíng	梗	平	青	定	開	四	全濁	特	丁
1649	弇	Yểm	iem3	問聲	yǎn	咸	上	琰	影	開	三	全清	衣	儉
1650	弈	Dịch	ziʧ8	重入	yì	梗	入	昔	以	開	三	次濁	羊	益
1651	弭	Nhị	ɲi6	重聲	mǐ	止	上	紙	明	開	三	次濁	綿	婢
1652	彖	Thoán	t'wa:n5	銳聲	tuàn	山	去	換	透	合	一	次清	通	貫

1653	彥	Ngạn	ŋa:n6	重聲	yàn	山	去	線	疑	開	三	次濁	魚	變
1654	彧	Úc	uk7	銳入	yù	通	入	屋	影	合	三	全清	於	六
1655	彪	Bưu	bɯw1	平聲	biāo	流	平	幽	幫	開	三	全清	甫	烋
1656	待	Đãi	da:j4	跌聲	dài	蟹	上	海	定	開	一	全濁	徒	亥
1657	徇	Tuẫn	twɤn4	跌聲	xùn	臻	去	稕	邪	合	三	全濁	辭	閏
1658	很	Ngận	ŋɤn6	重聲	hěn	臻	上	很	匣	開	一	全濁	胡	墾
1659	徉	Dương	zɯɤŋ1	平聲	yáng	宕	平	陽	以	開	三	次濁	與	章
1660	徊	Hồi	hoj2	弦聲	huái	蟹	平	灰	匣	合	一	全濁	戶	恢
1661	律	Luật	lwɤt8	重入	lǜ	臻	入	術	來	合	三	次濁	呂	卹
1662	後	Hậu	hɤw6	重聲	hòu	流	去	候	匣	開	一	全濁	胡	遘
1663	怒	Nộ	no6	重聲	nù	遇	去	暮	泥	合	一	次濁	乃	故
1664	思	Tư	tɯ1	平聲	sī	止	平	之	心	開	三	全清	息	茲
1665	怠	Đãi	da:j4	跌聲	dài	蟹	上	海	定	開	一	全濁	徒	亥
1666	急	Cấp	kɤp7	銳入	jí	深	入	緝	見	開	三	全清	居	立
1667	怨	Oán	wa:n5	銳聲	yuàn	山	去	願	影	合	三	全清	於	願
1668	怱	Thông	t'oŋ1	平聲	cōng	通	平	東	清	合	一	次清	倉	紅
1669	恂	Tuân	twɤn1	平聲	xún	臻	平	諄	心	合	三	全清	相	倫
1670	恃	Thị	t'i6	重聲	shì	止	上	止	禪	開	三	全濁	時	止
1671	恆	Hằng	haŋ2	弦聲	héng	曾	平	登	匣	開	一	全濁	胡	登
1672	恇	Khuông	xuoŋ1	平聲	kuāng	宕	平	陽	溪	合	三	次清	去	王
1673	恉	Chỉ	tʂi3	問聲	zhǐ	止	上	旨	章	開	三	全清	職	雉
1674	恍	Hoảng	hwan:ŋ3	問聲	huǎng	宕	平	唐	見	合	一	全清	古	黃
1675	恒	Hằng	haŋ2	弦聲	héng	曾	平	登	匣	開	一	全濁	胡	登
1676	恔	Hiệu	hiew6	重聲	xiào	效	上	篠	見	開	四	全清	古	了
1677	恟	Hung	huŋ1	平聲	xiōng	通	平	鍾	曉	合	三	次清	許	容
1678	恠	Quái	kwa:j5	銳聲	guài	蟹	去	怪	見	合	二	全清	古	壞
1679	恢	Khôi	xoj1	平聲	huī	蟹	平	灰	溪	合	一	次清	苦	回
1680	恤	Tuất	twɤt7	銳入	xù	臻	入	術	心	合	三	全清	辛	聿
1681	恨	Hận	hɤn6	重聲	hèn	臻	去	恨	匣	開	一	全濁	胡	艮
1682	恪	Khác	xa:k7	銳入	kè	宕	入	鐸	溪	開	一	次清	苦	各
1683	恫	Đỗng	doŋ4	跌聲	dòng	通	去	送	定	合	一	全濁	徒	弄
1684	恬	Điềm	diem2	弦聲	tián	咸	平	添	定	開	四	全濁	徒	兼
1685	恰	Kháp	xa:p7	銳入	qià	咸	入	洽	溪	開	二	次清	苦	洽
1686	扁	Biển	bien3	問聲	biǎn	山	上	銑	幫	開	四	全清	方	典
1687	扃	Quynh	kwiɲ1	平聲	jiōng	梗	平	青	見	合	四	全清	古	螢
1688	拜	Bái	ba:j5	銳聲	bài	蟹	去	怪	幫	開	二	全清	博	怪
1689	括	Quát	kwa:t7	銳入	guā	山	入	末	見	合	一	全清	古	活
1690	拭	Thức	t'ɯk7	銳入	shì	曾	入	職	書	開	三	全清	賞	職

1691	拮	Kiết	kiet7	鋭入	jié	山	入	屑	見	開	四	全清	古	屑
1692	拯	Chửng	tʂɯŋ3	問聲	zhěng	曾	上	拯	章	開	三	全清	煮	拯
1693	拱	Củng	kuŋ3	問聲	gǒng	通	上	腫	見	合	三	全清	居	悚
1694	拴	Thuyên	t'wien1	平聲	shuān	山	平	仙	清	合	三	次清	此	緣
1695	拶	Tạt	ta:t8	重入	zǎn	山	入	末	精	開	一	全清	姊	末
1696	拼	Bính	biɲ5	鋭聲	pīn	梗	平	耕	幫	開	二	全清	北	萌
1697	拾	Thập	t'ɤp8	重入	shí	深	入	緝	禪	開	三	全濁	是	執
1698	持	Trì	tʂi2	弦聲	chí	止	平	之	澄	開	三	全濁	直	之
1699	挂	Quải	kwa:j3	問聲	guà	蟹	去	卦	見	合	二	全清	古	賣
1700	挅	Đỏa	dwa:3	問聲	duò	果	去	過	端	合	一	全清	都	唾
1701	指	Chỉ	tʂi3	問聲	zhǐ	止	上	旨	章	開	三	全清	職	雉
1702	按	Án	a:n5	鋭聲	àn	山	去	翰	影	開	一	全清	烏	旰
1703	挑	Khiêu	xiew1	平聲	tiāo	效	平	蕭	透	開	四	次清	吐	彫
1704	挑	Thiểu	t'iew3	問聲	tiǎo	效	上	篠	定	開	四	全濁	徒	了
1705	挪	Na	na:1	平聲	nuó	果	平	歌	泥	開	一	次濁	諾	何
1706	挺	Đĩnh	diɲ4	跌聲	tǐng	梗	上	迥	定	開	四	全濁	徒	鼎
1707	政	Chính	tʂiɲ5	鋭聲	zhèng	梗	去	勁	章	開	三	全清	之	盛
1708	战	Điêm	diem1	平聲	diān	咸	平	添	端	開	四	全清	丁	兼
1709	敂	Khẩu	xɤw5	鋭聲	kòu	流	上	厚	見	開	一	全清	古	厚
1710	故	Cố	ko5	鋭聲	gù	遇	去	暮	見	合	一	全清	古	暮
1711	斫	Chước	tʂɯɤk7	鋭入	zhuó	宕	入	藥	章	開	三	全清	之	若
1712	施	Thi	t'i1	平聲	shī	止	平	支	書	開	三	全清	式	支
1713	施	Dị	zi6	重聲	yì	止	去	寘	以	開	三	次濁	以	寘
1714	施	Thí	t'i5	鋭聲	shī	止	去	寘	書	開	三	全清	施	智
1715	斿	Du	zu1	平聲	yóu	流	平	尤	以	開	三	次濁	以	周
1716	既	Kí	ki5	鋭聲	jì	止	去	未	見	開	三	全清	居	豙
1717	昚	Thận	t'ɤn6	重聲	shèn	臻	去	震	禪	開	三	全濁	時	刃
1718	昜	Dương	zɯɤŋ1	平聲	yàng	宕	平	陽	以	開	三	次濁	與	章
1719	星	Tinh	tiɲ1	平聲	xīng	梗	平	青	心	開	四	全清	桑	經
1720	映	Ánh	a:ɲ5	鋭聲	yìng	梗	去	映	影	開	三	全清	於	敬
1721	春	Xuân	swɤn1	平聲	chūn	臻	平	諄	昌	合	三	次清	昌	脣
1722	昧	Muội	muoj6	重聲	mèi	蟹	去	隊	明	合	一	次濁	莫	佩
1723	昨	Tạc	ta:k8	重入	zuó	宕	入	鐸	從	開	一	全濁	在	各
1724	昫	Hú	hu5	鋭聲	xù	遇	去	遇	曉	合	三	次清	香	句
1725	昭	Chiêu	tʂiew1	平聲	zhāo	效	平	宵	章	開	三	全清	止	遙
1726	是	Thị	t'i6	重聲	shì	止	上	紙	禪	開	三	全濁	承	紙
1727	昱	Dục	zuk8	重入	yù	通	入	屋	以	合	三	次濁	余	六
1728	昳	Điệt	diet8	重入	dié	山	入	屑	定	開	四	全濁	徒	結

1729	昴	Mão	ma:w4	跌聲	mǎo	效	上	巧	明	開	二	次濁	莫	飽
1730	昵	Nật	nɤt8	重入	nì	臻	入	質	娘	開	三	次濁	尼	質
1731	昶	Sưởng	ʂɯɤŋ3	問聲	chǎng	宕	上	養	徹	開	三	次清	丑	兩
1732	曷	Hạt	ha:t8	重入	hé	山	入	曷	匣	開	一	全濁	胡	葛
1733	枯	Khô	ko1	平聲	kū	遇	平	模	溪	合	一	次清	苦	胡
1734	枰	Bình	biɲ2	弦聲	píng	梗	平	庚	並	開	三	全濁	符	兵
1735	枰	Bính	biɲ5	銳聲	píng	梗	去	映	並	開	三	全濁	皮	命
1736	枲	Tỉ	ti3	問聲	xǐ	止	上	止	心	開	三	全清	胥	里
1737	枳	Chỉ	tʂi3	問聲	zhī	止	上	紙	章	開	三	全清	諸	氏
1738	枴	Quải	kwa:j3	問聲	guǎi	蟹	上	蟹	見	合	二	全清	乖	買
1739	枵	Hiêu	hiew1	平聲	xiāo	效	平	宵	曉	開	三	次清	許	嬌
1740	架	Giá	ʑa:5	銳聲	jià	假	去	禡	見	開	二	全清	古	訝
1741	枷	Gia	ʑa:1	平聲	jiā	假	平	痲	見	開	二	全清	古	牙
1742	枸	Cẩu	kɤw3	問聲	gǒu	流	上	厚	見	開	一	全清	古	厚
1743	枹	Phu	fu1	平聲	fū	遇	平	虞	奉	合	三	全濁	防	無
1744	枹	Bao	ba:w1	平聲	bāo	效	平	肴	幫	開	二	全清	布	交
1745	枹	Phù	fu2	弦聲	fú	流	平	尤	奉	開	三	全濁	縛	謀
1746	枻	Duệ	zwe6	重聲	yì	蟹	去	祭	以	開	三	次濁	餘	制
1747	枼	Diệp	ziep8	重入	yè	咸	入	葉	以	開	三	次濁	與	涉
1748	柁	Đả	da:3	問聲	duò	果	上	哿	定	開	一	全濁	徒	可
1749	柄	Bính	biɲ5	銳聲	bǐng	梗	去	映	幫	開	三	全清	陂	病
1750	柈	Bàn	ba:n2	弦聲	pán	山	平	桓	並	合	一	全濁	薄	官
1751	柎	Phu	fu1	平聲	fū	遇	平	虞	非	合	三	全清	甫	無
1752	柏	Bách	ba:ʧ7	銳入	bó	梗	入	陌	幫	開	二	全清	博	陌
1753	某	Mỗ	mo4	跌聲	mǒu	流	上	厚	明	開	一	次濁	莫	厚
1754	柑	Cam	ka:m1	平聲	gān	咸	平	談	見	開	一	全清	古	三
1755	柒	Thất	t'ɤt7	銳入	qī	臻	入	質	清	開	三	次清	親	吉
1756	染	Nhiễm	ɲiem4	跌聲	rǎn	咸	上	琰	日	開	三	次濁	而	琰
1757	柔	Nhu	ɲu1	平聲	róu	流	平	尤	日	開	三	次濁	耳	由
1758	柘	Chá	tʂa:5	銳聲	zhè	假	去	禡	章	開	三	全清	之	夜
1759	柙	Hiệp	hiep8	重入	xiá	咸	入	狎	匣	開	二	全濁	胡	甲
1760	柚	Trục	tʂuk8	重入	zhú	通	入	屋	澄	合	三	全濁	直	六
1761	柚	Dữu	zɯw4	跌聲	yòu	流	去	宥	以	開	三	次濁	余	救
1762	柝	Thác	t'a:k7	銳入	tuò	宕	入	鐸	透	開	一	次清	他	各
1763	柞	Tạc	ta:k8	重入	zuò	宕	入	鐸	從	開	一	全濁	在	各
1764	柟	Nam	na:m1	平聲	nán	咸	平	覃	泥	開	一	次濁	那	含
1765	柠	Nịnh	niɲ6	重聲	níng	遇	上	語	徹	開	三	次清	丑	呂
1766	柢	Để	de3	問聲	dǐ	蟹	上	薺	端	開	四	全清	都	禮

1767	柢	Để	de5	銳聲	dǐ	蟹	去	霽	端	開	四	全清	都	計
1768	查	Tra	tʂa1	平聲	zhā	蟹	平	佳	崇	開	二	全濁	士	佳
1769	查	Tra	tʂa1	平聲	chá	假	平	麻	崇	開	二	全濁	鉏	加
1770	柩	Cữu	kɯw4	跌聲	jiù	流	去	宥	羣	開	三	全濁	巨	救
1771	柬	Giản	ʐa:n3	問聲	jiǎn	山	上	產	見	開	二	全清	古	限
1772	柮	Đốt	dot7	銳入	duò	臻	入	沒	端	合	一	全清	當	沒
1773	柯	Kha	xa:1	平聲	kē	果	平	歌	見	開	一	全清	古	俄
1774	柰	Nại	na:j6	重聲	nài	蟹	去	泰	泥	開	一	次濁	奴	帶
1775	柱	Trụ	tʂu6	重聲	zhù	遇	上	麌	澄	合	三	全濁	直	主
1776	柳	Liễu	liew4	跌聲	liǔ	流	上	有	來	開	三	次濁	力	久
1777	柵	Sách	ʂa:ʧ7	銳入	cè	梗	入	麥	初	開	二	次清	楚	革
1778	柷	Chúc	tʂuk7	銳入	zhù	通	入	屋	章	合	三	全清	之	六
1779	柿	Thị	t'i6	重聲	shì	止	上	止	崇	開	三	全濁	鉏	里
1780	歪	Oai	wa:1	平聲	wāi	蟹	平	佳	曉	合	二	次清	火	媧
1781	殂	Tồ	to2	弦聲	cú	遇	平	模	從	合	一	全濁	昨	胡
1782	殃	Ương	ɯɤŋ1	平聲	yāng	宕	平	陽	影	開	三	全清	於	良
1783	殄	Điễn	dien4	跌聲	tiǎn	山	上	銑	定	開	四	全濁	徒	典
1784	殆	Đãi	da:j4	跌聲	dài	蟹	上	海	定	開	一	全濁	徒	亥
1785	段	Đoạn	dwa:n6	重聲	duàn	山	去	換	定	合	一	全濁	徒	玩
1786	毒	Độc	dok8	重入	dú	通	入	沃	定	合	一	全濁	徒	沃
1787	毖	Bí	bi5	銳聲	bì	止	去	至	幫	開	三	全清	兵	媚
1788	毗	Tì	ti2	弦聲	pí	止	平	脂	並	開	三	全濁	房	脂
1789	毡	Chiên	tʂien1	平聲	zhān	山	平	仙	章	開	三	全清	諸	延
1790	泉	Tuyền	twien2	弦聲	quán	山	平	仙	從	合	三	全濁	疾	緣
1791	泚	Thử	t'ɯ3	問聲	cǐ	止	上	紙	清	開	三	次清	雌	氏
1792	洄	Hồi	hoj2	弦聲	huí	蟹	平	灰	匣	合	一	全濁	戶	恢
1793	洊	Tiến	tien5	銳聲	jiàn	山	去	霰	從	開	四	全濁	在	甸
1794	洋	Dương	zɯɤŋ1	平聲	yáng	宕	平	陽	以	開	三	次濁	與	章
1795	洌	Liệt	liet8	重入	liè	山	入	薛	來	開	三	次濁	良	辥
1796	洎	Kịp	kip8	重入	jì	止	去	至	見	開	三	全清	几	利
1797	洑	Phục	fuk8	重入	fú	通	入	屋	奉	合	三	全濁	房	六
1798	洒	Sái	ʂa:j5	銳聲	sǎ	蟹	去	卦	生	開	二	全清	所	賣
1799	洗	Tẩy	tɤj3	問聲	xǐ	蟹	上	薺	心	開	四	全清	先	禮
1800	洗	Tiển	tien3	問聲	xiǎn	山	上	銑	心	開	四	全清	蘇	典
1801	洙	Thù	t'u2	弦聲	zhū	遇	平	虞	禪	合	三	全濁	市	朱
1802	洚	Giáng	ʐa:ŋ5	銳聲	jiàng	江	去	絳	見	開	二	全清	古	巷
1803	洛	Lạc	la:k8	重入	luò	宕	入	鐸	來	開	一	次濁	盧	各
1804	洞	Động	doŋ6	重聲	dòng	通	去	送	定	合	一	全濁	徒	弄

1805	洟	Di	zi1	平聲	yí	止	平	脂	以	開	三	次濁	以	脂
1806	洟	Thế	t'e5	銳聲	tì	蟹	去	霽	透	開	四	次清	他	計
1807	津	Tân	tɤn1	平聲	jīn	臻	平	眞	精	開	三	全清	將	鄰
1808	洧	Vị	vi6	重聲	wěi	止	上	旨	云	合	三	次濁	榮	美
1809	洨	Hào	ha:w2	弦聲	xiáo	效	平	肴	匣	開	二	全濁	胡	茅
1810	洩	Duệ	zwe6	重聲	xiè	蟹	去	祭	以	開	三	次濁	餘	制
1811	洪	Hồng	hoŋ2	弦聲	hóng	通	平	東	匣	合	一	全濁	戶	公
1812	洫	Hức	hɯk7	銳入	xù	曾	入	職	曉	合	三	次清	況	逼
1813	洮	Thao	t'a:w1	平聲	tāo	效	平	豪	透	開	一	次清	土	刀
1814	洱	Nhị	ɲi6	重聲	ěr	止	上	止	日	開	三	次濁	而	止
1815	洲	Châu	tʂɤw1	平聲	zhōu	流	平	尤	章	開	三	全清	職	流
1816	洳	Như	ɲɯ1	平聲	rù	遇	平	魚	日	開	三	次濁	人	諸
1817	洴	Bình	biɲ2	弦聲	píng	梗	平	青	並	開	四	全濁	薄	經
1818	洵	Tuân	twɤn1	平聲	xún	臻	平	諄	心	合	三	全清	相	倫
1819	洶	Hung	huŋ1	平聲	xiōng	通	平	鍾	曉	合	三	次清	許	容
1820	洸	Quang	kwa:ŋ1	平聲	guāng	宕	平	唐	見	合	一	全清	古	黃
1821	洹	Hoàn	hwa:n2	弦聲	huán	山	平	桓	匣	合	一	全濁	胡	官
1822	活	Hoạt	hwa:t8	重入	huó	山	入	末	匣	合	一	全濁	戶	括
1823	洽	Hiệp	hiep8	重入	qià	咸	入	洽	匣	開	二	全濁	侯	夾
1824	派	Phái	fa:j5	銳聲	pài	蟹	去	卦	滂	合	二	次清	匹	卦
1825	洿	Ô	o1	平聲	wū	遇	平	模	影	合	一	全清	哀	都
1826	涎	Duyên	zwien1	平聲	xián	山	平	仙	邪	開	三	全濁	夕	連
1827	涎	Diện	zien6	重聲	xián	山	去	線	以	開	三	次濁	予	線
1828	炤	Chiếu	tʂiew5	銳聲	zhào	效	去	笑	章	開	三	全清	之	少
1829	炫	Huyễn	hwien4	跌聲	xuàn	山	去	霰	匣	合	四	全濁	黃	絢
1830	炭	Thán	t'a:n5	銳聲	tàn	山	去	翰	透	開	一	次清	他	旦
1831	炮	Bào	ba:w2	弦聲	páo	效	平	肴	並	開	二	全濁	薄	交
1832	炮	Pháo	fa:w5	銳聲	pào	效	去	效	滂	開	二	次清	匹	皃
1833	炯	Quýnh	kwiɲ5	銳聲	jiǒng	梗	上	迥	見	合	四	全清	古	迥
1834	炰	Bào	ba:w2	弦聲	páo	效	平	肴	並	開	二	全濁	薄	交
1835	炱	Đài	da:j2	弦聲	tái	蟹	平	咍	定	開	一	全濁	徒	哀
1836	炳	Bỉnh	biɲ3	問聲	bǐng	梗	上	梗	幫	開	三	全清	兵	永
1837	炷	Chú	tʂu5	銳聲	zhù	遇	去	遇	章	合	三	全清	之	戍
1838	爰	Viên	vien1	平聲	yuán	山	平	元	云	合	三	次濁	雨	元
1839	狙	Trở	tʂɤ:3	問聲	zǔ	遇	上	語	莊	開	三	全清	側	呂
1840	牁	Ca	ka:1	平聲	gē	果	平	歌	見	開	一	全清	古	俄
1841	牯	Cổ	ko3	問聲	gǔ	遇	上	姥	見	合	一	全清	公	戶
1842	牲	Sinh	ʂiɲ1	平聲	shēng	梗	平	庚	生	開	二	全清	所	庚

1843	柢	Để	de3	問聲	dǐ	蟹	上	薺	端	開	四	全清	都	禮
1844	牵	Khiên	xien1	平聲	qiān	山	平	先	溪	開	四	次清	苦	堅
1845	狡	Giảo	ʑa:w3	問聲	jiǎo	效	上	巧	見	開	二	全清	古	巧
1846	狨	Nhung	ɲuŋ1	平聲	róng	通	平	東	日	合	三	次濁	如	融
1847	狩	Thú	t'u5	銳聲	shòu	流	去	宥	書	開	三	全清	舒	救
1848	妙	Diệu	ziew6	重聲	miào	效	去	笑	明	開	三	次濁	彌	笑
1849	玲	Linh	liɲ1	平聲	líng	梗	平	青	來	開	四	次濁	郎	丁
1850	玳	Đại	da:j6	重聲	dài	蟹	去	代	定	開	一	全濁	徒	耐
1851	玷	Điếm	diem5	銳聲	diàn	咸	上	忝	端	開	四	全清	多	忝
1852	玻	Pha	fa:1	平聲	bō	果	平	戈	滂	合	一	次清	滂	禾
1853	珀	Phách	fa:ʧ7	銳入	pò	梗	入	陌	滂	開	二	次清	普	伯
1854	珂	Kha	xa:1	平聲	kē	果	平	歌	溪	開	一	次清	苦	何
1855	珈	Già	ʑa:2	弦聲	jiā	假	平	麻	見	開	二	全清	古	牙
1856	珉	Mân	mɤn1	平聲	mín	臻	平	眞	明	開	三	次濁	武	巾
1857	珊	San	ʂa:n1	平聲	shān	山	平	寒	心	開	一	全清	蘇	干
1858	珍	Trân	tʂɤn1	平聲	zhēn	臻	平	眞	知	開	三	全清	陟	鄰
1859	瓴	Linh	liɲ1	平聲	líng	梗	平	青	來	開	四	次濁	郎	丁
1860	甚	Thậm	t'ɤm6	重聲	shèn	深	去	沁	禪	開	三	全濁	時	鴆
1861	畋	Điền	dien2	弦聲	tián	山	平	先	定	開	四	全濁	徒	年
1862	界	Giới	ʑɤ:j5	銳聲	jiè	蟹	去	怪	見	開	二	全清	古	拜
1863	畎	Quyến	kwien5	銳聲	quǎn	山	上	銑	見	合	四	全清	姑	泫
1864	畏	Úy	wi5	銳聲	wèi	止	去	未	影	合	三	全清	於	胃
1865	疢	Sấn	ʂɤn5	銳聲	chèn	臻	去	震	徹	開	三	次清	丑	刃
1866	疣	Vưu	vɯw1	平聲	yóu	流	平	尤	云	開	三	次濁	羽	求
1867	疤	Ba	ba:1	平聲	bā	假	平	麻	幫	開	二	全清	伯	加
1868	疥	Giới	ʑɤ:j5	銳聲	jiè	蟹	去	怪	見	開	二	全清	古	拜
1869	疫	Dịch	ziʧ8	重入	yì	梗	入	昔	以	合	三	次濁	營	隻
1870	癸	Quý	kwi5	銳聲	guǐ	止	上	旨	見	合	三	全清	居	誄
1871	皆	Giai	ʑa:j1	平聲	jiē	蟹	平	皆	見	開	二	全清	古	諧
1872	皇	Hoàng	hwan:ŋ2	弦聲	huáng	宕	平	唐	匣	合	一	全濁	胡	光
1873	盃	Bôi	boj1	平聲	bēi	蟹	平	灰	幫	合	一	全清	布	回
1874	盅	Chung	tʂuŋ1	平聲	zhōng	通	平	東	徹	合	三	次清	敕	中
1875	盆	Bồn	bon2	弦聲	pén	臻	平	魂	並	合	一	全濁	蒲	奔
1876	盈	Doanh	zwa:ɲ1	平聲	yíng	梗	平	清	以	開	三	次濁	以	成
1877	相	Tương	tɯɤŋ1	平聲	xiāng	宕	平	陽	心	開	三	全清	息	良
1878	相	Tướng	tɯɤŋ5	銳聲	xiàng	宕	去	漾	心	開	三	全清	息	亮
1879	盹	Truân	tʂwɤn1	平聲	dǔn	臻	去	稕	章	合	三	全清	之	閏
1880	盻	Hễ	he4	跌聲	xì	蟹	去	霽	匣	開	四	全濁	胡	計

1881	盼	Phán	fa:n5	銳聲	pàn	山	去	襉	滂	開	二	次清	匹	莧
1882	盾	Thuẫn	t'wɤn4	跌聲	dùn	臻	上	混	定	合	一	全濁	徒	損
1883	省	Tỉnh	tiɲ3	問聲	shěng	梗	上	梗	生	開	二	全清	所	景
1884	省	Tỉnh	tiɲ3	問聲	xǐng	梗	上	靜	心	開	三	全清	息	井
1885	眄	Miện	mien6	重聲	miǎn	山	上	銑	明	開	四	次濁	彌	殄
1886	眇	Miễu	miew4	跌聲	miǎo	效	上	小	明	開	三	次濁	亡	沼
1887	眈	Đam	da:m1	平聲	dān	咸	平	覃	端	開	一	全清	丁	含
1888	眉	Mi	mi1	平聲	méi	止	平	脂	明	開	三	次濁	武	悲
1889	眊	Mạo	ma:w6	重聲	mào	效	去	號	明	開	一	次濁	莫	報
1890	看	Khán	xa:n5	銳聲	kàn	山	去	翰	溪	開	一	次清	苦	旰
1891	看	Khan	xa:n1	平聲	kān	山	平	寒	溪	開	一	次清	苦	寒
1892	眨	Trát	tʂa:t7	銳入	zhǎ	咸	入	洽	莊	開	二	全清	側	洽
1893	矜	Căng	kaŋ1	平聲	jīn	曾	平	蒸	見	開	三	全清	居	陵
1894	矦	Hầu	hɤw2	弦聲	hóu	流	平	侯	匣	開	一	全濁	戶	鉤
1895	矧	Thẩn	t'ɤn3	問聲	shěn	臻	上	軫	書	開	三	全清	式	忍
1896	矩	Củ	ku3	問聲	jǔ	遇	上	麌	見	合	三	全清	俱	雨
1897	砂	Sa	ʂa:1	平聲	shā	假	平	麻	生	開	二	全清	所	加
1898	砉	Hoạch	hwa:ʧ8	重入	huò	梗	入	陌	曉	合	二	次清	虎	伯
1899	砌	Thế	t'e5	銳聲	qì	蟹	去	霽	清	開	四	次清	七	計
1900	砑	Nhạ	ɲa:6	重聲	yà	假	去	禡	疑	開	二	次濁	吾	駕
1901	砒	Tì	ti2	弦聲	pī	蟹	平	齊	滂	開	四	次清	匹	迷
1902	研	Nghiên	ŋien1	平聲	yán	山	平	先	疑	開	四	次濁	五	堅
1903	砭	Biêm	biem1	平聲	biān	咸	平	鹽	幫	開	三	全清	府	廉
1904	祐	Hữu	hɯw4	跌聲	yòu	流	去	宥	云	開	三	次濁	于	救
1905	祓	Phất	fɤt7	銳入	fú	臻	入	物	敷	合	三	次清	敷	勿
1906	祔	Phụ	fu6	重聲	fù	遇	去	遇	奉	合	三	全濁	符	遇
1907	祕	Bí	bi5	銳聲	mì	止	去	至	幫	開	三	全清	兵	媚
1908	祖	Tổ	to3	問聲	zǔ	遇	上	姥	精	合	一	全清	則	古
1909	祗	Chi	tʂi1	平聲	zhī	止	平	脂	章	開	三	全清	旨	夷
1910	祚	Tộ	to6	重聲	zuò	遇	去	暮	從	合	一	全濁	昨	誤
1911	祛	Khư	xɯ1	平聲	qū	遇	平	魚	溪	開	三	次清	去	魚
1912	祜	Hỗ	ho4	跌聲	hù	遇	上	姥	匣	合	一	全濁	侯	古
1913	祝	Chú	tʂu5	銳聲	zhù	流	去	宥	章	開	三	全清	職	救
1914	祝	Chúc	tʂuk7	銳入	zhù	通	入	屋	章	合	三	全清	之	六
1915	神	Thần	t'ɤn2	弦聲	shén	臻	平	眞	船	開	三	全濁	食	鄰
1916	祠	Từ	tɯ2	弦聲	cí	止	平	之	邪	開	三	全濁	似	茲
1917	祢	Nỉ	ni3	問聲	mí	蟹	上	薺	泥	開	四	次濁	奴	禮
1918	禹	Vũ	vu4	跌聲	yǔ	遇	上	麌	云	合	三	次濁	王	矩

1919	禺	Ngu	ŋu1	平聲	yú	遇	平	虞	疑	合	三	次濁	遇	俱
1920	秋	Thu	t'u1	平聲	qiū	流	平	尤	清	開	三	次清	七	由
1921	科	Khoa	xwa:1	平聲	kē	果	平	戈	溪	合	一	次清	苦	禾
1922	秒	Miểu	miew3	問聲	miǎo	效	上	小	明	開	三	次濁	亡	沼
1923	秔	Canh	ka:ɲ1	平聲	gēng	梗	平	庚	見	開	二	全清	古	行
1924	秕	Bỉ	bi3	問聲	bǐ	止	上	旨	幫	開	三	全清	卑	履
1925	秬	Cự	kɯ6	重聲	jù	遇	上	語	羣	開	三	全濁	其	呂
1926	秭	Tỉ	ti3	問聲	zǐ	止	上	旨	精	開	三	全清	將	几
1927	穽	Tỉnh	tiɲ3	問聲	jǐng	梗	上	靜	從	開	三	全濁	疾	郢
1928	穿	Xuyên	swien1	平聲	chuān	山	平	仙	昌	合	三	次清	昌	緣
1929	窀	Truân	tʂwɤn1	平聲	zhūn	臻	平	諄	知	合	三	全清	陟	綸
1930	突	Đột	dot8	重入	tú	臻	入	沒	定	合	一	全濁	陀	骨
1931	窆	Biếm	biem5	銳聲	biǎn	咸	去	豔	幫	開	三	全清	方	驗
1932	竽	Vu	vu1	平聲	yú	遇	平	虞	云	合	三	次濁	羽	俱
1933	竿	Can	ka:n1	平聲	gān	山	平	寒	見	開	一	全清	古	寒
1934	笈	Cấp	kɤp7	銳入	jí	深	入	緝	羣	開	三	全濁	其	立
1935	紀	Kỉ	ki3	問聲	jì	止	上	止	見	開	三	全清	居	理
1936	紂	Trụ	tʂu6	重聲	zhòu	流	上	有	澄	開	三	全濁	除	柳
1937	紃	Xuyên	swien1	平聲	xún	臻	平	諄	邪	合	三	全濁	詳	遵
1938	約	Ước	ɯɤk7	銳入	yuē	宕	入	藥	影	開	三	全清	於	略
1939	紅	Hồng	hoŋ2	弦聲	hóng	通	平	東	匣	合	一	全濁	戶	公
1940	紆	Hu	hu1	平聲	yū	遇	平	虞	影	合	三	全清	憶	俱
1941	紇	Hột	hot8	重入	hé	臻	入	沒	匣	開	一	全濁	下	沒
1942	紈	Hoàn	hwa:n2	弦聲	wán	山	平	桓	匣	合	一	全濁	胡	官
1943	紉	Nhân	ɲɤn1	平聲	rèn	臻	平	眞	娘	開	三	次濁	女	鄰
1944	級	Cấp	kɤp7	銳入	jí	深	入	緝	見	開	三	全清	居	立
1945	缸	Cang	ka:ŋ1	平聲	gāng	江	平	江	匣	開	二	全濁	下	江
1946	罘	Phù	fu2	弦聲	fóu	流	平	尤	奉	開	三	全濁	縛	謀
1947	美	Mĩ	mi4	跌聲	měi	止	上	旨	明	開	三	次濁	無	鄙
1948	羑	Dũ	zu4	跌聲	yǒu	流	上	有	以	開	三	次濁	與	久
1949	羾	Hồng	hoŋ2	弦聲	gòng	通	去	送	見	合	一	全清	古	送
1950	羿	Nghệ	ŋe6	重聲	yì	蟹	去	霽	疑	開	四	次濁	五	計
1951	耇	Cẩu	kɤw3	問聲	gǒu	流	上	厚	見	開	一	全清	古	厚
1952	耎	Nhuyễn	ɲwien4	跌聲	ruǎn	山	上	獮	日	合	三	次濁	而	兖
1953	耐	Nại	na:j6	重聲	nài	蟹	去	代	泥	開	一	次濁	奴	代
1954	耔	Tỉ	ti3	問聲	zǐ	止	上	止	精	開	三	全清	即	里
1955	胃	Vị	vi6	重聲	wèi	止	去	未	云	合	三	次濁	于	貴
1956	冑	Trụ	tʂu6	重聲	zhòu	流	去	宥	澄	開	三	全濁	直	祐

1957	背	Bội	boj6	重聲	bèi	蟹	去	隊	並	合	一	全濁	蒲	昧
1958	背	Bối	boj5	銳聲	bèi	蟹	去	隊	幫	合	一	全清	補	妹
1959	胎	Thai	t'a:j1	平聲	tāi	蟹	平	咍	透	開	一	次清	土	來
1960	胖	Bàn	ba:n2	弦聲	pàng	山	去	換	滂	合	一	次清	普	半
1961	胙	Tộ	to6	重聲	zuò	遇	去	暮	從	合	一	全濁	昨	誤
1962	胚	Phôi	foj1	平聲	pēi	蟹	平	灰	滂	合	一	次清	芳	杯
1963	胛	Giáp	ʑa:p7	銳入	jiǎ	咸	入	狎	見	開	二	全清	古	狎
1964	胝	Chi	tʂi1	平聲	zhī	止	平	脂	知	開	三	全清	丁	尼
1965	胞	Bào	ba:w2	弦聲	bāo	效	平	肴	幫	開	二	全清	布	交
1966	胠	Khư	xɯ1	平聲	qū	遇	平	魚	溪	開	三	次清	去	魚
1967	胡	Hồ	ho2	弦聲	hú	遇	平	模	匣	合	一	全濁	戶	吳
1968	胤	Dận	zɤn6	重聲	yìn	臻	去	震	以	開	三	次濁	羊	晉
1969	胥	Tư	tɯ1	平聲	xū	遇	平	魚	心	開	三	全清	相	居
1970	臿	Tráp	tʂa:p7	銳入	chā	咸	入	洽	初	開	二	次清	楚	洽
1971	舁	Dư	zɯ1	平聲	yú	遇	平	魚	以	開	三	次濁	以	諸
1972	舡	Hang	ha:ŋ1	平聲	gāng	江	平	江	曉	開	二	次清	許	江
1973	茈	Sài	ʂa:j2	弦聲	chái	蟹	平	佳	崇	開	二	全濁	士	佳
1974	茗	Mính	miɲ5	銳聲	míng	梗	上	迥	明	開	四	次濁	莫	迥
1975	茜	Thiến	t'ien5	銳聲	qiàn	山	去	霰	清	開	四	次清	倉	甸
1976	茨	Tì	ti2	弦聲	cí	止	平	脂	從	開	三	全濁	疾	資
1977	茫	Mang	ma:ŋ1	平聲	máng	宕	平	唐	明	開	一	次濁	莫	郎
1978	茭	Giao	ʑa:w1	平聲	jiāo	效	平	肴	見	開	二	全清	古	肴
1979	茯	Phục	fuk8	重入	fú	通	入	屋	奉	合	三	全濁	房	六
1980	茱	Thù	t'u2	弦聲	zhū	遇	平	虞	禪	合	三	全濁	市	朱
1981	茲	Tư	tɯ1	平聲	zī	止	平	之	精	開	三	全清	子	之
1982	茴	Hồi	hoj2	弦聲	huí	蟹	平	灰	匣	合	一	全濁	戶	恢
1983	茵	Nhân	ɲɤn1	平聲	yīn	臻	平	眞	影	開	三	全清	於	眞
1984	茶	Trà	tʂa2	弦聲	chá	假	平	麻	澄	開	二	全濁	宅	加
1985	茸	Nhung	ɲuŋ1	平聲	róng	通	平	鍾	日	合	三	次濁	而	容
1986	茹	Như	ɲɯ1	平聲	rú	遇	平	魚	日	開	三	次濁	人	諸
1987	茹	Nhự	ɲɯ6	重聲	rù	遇	去	御	日	開	三	次濁	人	恕
1988	茺	Sung	ʂuŋ1	平聲	chōng	通	平	東	昌	合	三	次清	昌	終
1989	荀	Tuần	twɤn2	弦聲	xún	臻	平	諄	心	合	三	全清	相	倫
1990	荃	Thuyên	t'wien1	平聲	quán	山	平	仙	清	合	三	次清	此	緣
1991	荄	Cai	ka:j1	平聲	gāi	蟹	平	皆	見	開	二	全清	古	諧
1992	荅	Đáp	da:p7	銳入	dā	咸	入	合	端	開	一	全清	都	合
1993	荇	Hạnh	ha:ɲ6	重聲	xìng	梗	上	梗	匣	開	二	全濁	何	梗
1994	荈	Suyễn	ʂwien4	跌聲	quàn	山	上	獮	昌	合	三	次清	昌	兗

1995	草	Thảo	t'a:w3	問聲	cǎo	效	上	晧	清	開	一	次清	采	老
1996	荊	Kinh	kiɲ1	平聲	jīng	梗	平	庚	見	開	三	全清	舉	卿
1997	荏	Nhẫm	ɲɤm4	跌聲	rěn	深	上	寑	日	開	三	次濁	如	甚
1998	荐	Tiến	tien5	銳聲	jiàn	山	去	霰	從	開	四	全濁	在	甸
1999	荑	Di	zi1	平聲	tí	止	平	脂	以	開	三	次濁	以	脂
2000	荑	Đề	de2	弦聲	tí	蟹	平	齊	定	開	四	全濁	杜	奚
2001	荒	Hoang	hwan:ŋ1	平聲	huāng	宕	平	唐	曉	合	一	次清	呼	光
2002	荔	Lệ	le6	重聲	lì	蟹	去	霽	來	開	四	次濁	郎	計
2003	莒	Cử	kɯ3	問聲	jǔ	遇	上	語	見	開	三	全清	居	許
2004	莛	Đình	diɲ2	弦聲	tíng	梗	平	青	定	開	四	全濁	特	丁
2005	虐	Ngược	ŋɯɤk8	重入	nuè	宕	入	藥	疑	開	三	次濁	魚	約
2006	虹	Hồng	hoŋ2	弦聲	hóng	通	平	東	匣	合	一	全濁	戶	公
2007	虺	Hôi	hoj1	平聲	huī	蟹	平	灰	曉	合	一	次清	呼	恢
2008	虺	Hủy	hwi3	問聲	huǐ	止	上	尾	曉	合	三	次清	許	偉
2009	蚤	Tảo	ta:w3	問聲	zǎo	止	上	尾	曉	合	三	次清	許	偉
2010	衁	Hoang	hwan:ŋ1	平聲	huāng	宕	平	唐	曉	合	一	次清	呼	光
2011	衍	Diễn	zien4	跌聲	yǎn	山	上	獮	以	開	三	次濁	以	淺
2012	衎	Khản	xa:n3	問聲	kàn	山	上	旱	溪	開	一	次清	空	旱
2013	衭	Phu	fu1	平聲	fū	遇	平	虞	非	合	三	全清	甫	無
2014	衲	Nạp	na:p8	重入	nà	咸	入	合	泥	開	一	次濁	奴	荅
2015	衵	Nật	nɤt8	重入	rì	臻	入	質	娘	開	三	次濁	尼	質
2016	衽	Nhẫm	ɲɤm4	跌聲	rèn	深	去	沁	日	開	三	次濁	汝	鴆
2017	衿	Câm	kɤm1	平聲	jīn	深	平	侵	見	開	三	全清	居	吟
2018	袂	Mệ	me6	重聲	mèi	蟹	去	祭	明	開	三	次濁	彌	獘
2019	袂	Duệ	zwe6	重聲	mèi	蟹	去	祭	明	開	三	次濁	彌	獘
2020	袄	Áo	a:w5	銳聲	ǎo	效	上	晧	影	開	一	全清	烏	晧
2021	要	Yêu	iew1	平聲	yāo	效	平	宵	影	開	三	全清	於	霄
2022	要	Yếu	iew5	銳聲	yào	效	去	笑	影	開	三	全清	於	笑
2023	訂	Đính	diɲ5	銳聲	dìng	梗	去	徑	端	開	四	全清	丁	定
2024	訃	Phó	fɔ5	銳聲	fù	遇	去	遇	敷	合	三	次清	芳	遇
2025	訇	Hoanh	hwa:ɲ1	平聲	hōng	梗	平	耕	曉	合	二	次清	呼	宏
2026	計	Kế	ke5	銳聲	jì	蟹	去	霽	見	開	四	全清	古	詣
2027	貞	Trinh	tʂiɲ1	平聲	zhēn	梗	平	清	知	開	三	全清	陟	盈
2028	負	Phụ	fu6	重聲	fù	流	上	有	奉	開	三	全濁	房	久
2029	赳	Củ	ku3	問聲	jiǔ	流	上	黝	見	開	三	全清	居	黝
2030	赴	Phó	fɔ5	銳聲	fù	遇	去	遇	敷	合	三	次清	芳	遇
2031	軌	Quỹ	kwi4	跌聲	guǐ	止	上	旨	見	合	三	全清	居	洧
2032	軍	Quân	kwɤn1	平聲	jūn	臻	平	文	見	合	三	全清	舉	云

2033	迷	Mê	me1	平聲	mí	蟹	平	齊	明	開	四	次濁	莫	兮
2034	迸	Bính	biɲ5	銳聲	bèng	梗	去	諍	幫	開	二	全清	比	諍
2035	迹	Tích	titʃ7	銳入	jī	梗	入	昔	精	開	三	全清	資	昔
2036	迺	Nãi	na:j4	跌聲	nǎi	蟹	上	海	泥	開	一	次濁	奴	亥
2037	迻	Di	zi1	平聲	yí	止	平	支	以	開	三	次濁	弋	支
2038	追	Truy	tʂwi1	平聲	zhuī	止	平	脂	知	合	三	全清	陟	隹
2039	退	Thoái	t'wa:j5	銳聲	tuì	蟹	去	隊	透	合	一	次清	他	內
2040	送	Tống	toŋ5	銳聲	sòng	通	去	送	心	合	一	全清	蘇	弄
2041	适	Quát	kwa:t7	銳入	guā	山	入	末	見	合	一	全清	古	活
2042	逃	Đào	da:w2	弦聲	táo	效	平	豪	定	開	一	全濁	徒	刀
2043	逄	Bàng	ba:ŋ2	弦聲	páng	江	平	江	並	開	二	全濁	薄	江
2044	逅	Cấu	kɤw5	銳聲	gòu	流	去	候	匣	開	一	全濁	胡	遘
2045	逆	Nghịch	ŋitʃ8	重入	nì	梗	入	陌	疑	開	三	次濁	宜	戟
2046	郛	Phu	fu1	平聲	fú	遇	平	虞	敷	合	三	次清	芳	無
2047	郜	Cáo	ka:w5	銳聲	gào	效	去	號	見	開	一	全清	古	到
2048	郝	Hác	ha:k7	銳入	hǎo	宕	入	鐸	曉	開	一	次清	呵	各
2049	郟	Giáp	ʐa:p7	銳入	jiá	咸	入	洽	見	開	二	全清	古	洽
2050	郡	Quận	kwɤn6	重聲	jùn	臻	去	問	羣	合	三	全濁	渠	運
2051	郢	Dĩnh	ziɲ4	跌聲	yǐng	梗	上	靜	以	開	三	次濁	以	整
2052	郤	Khích	xitʃ7	銳入	xì	梗	入	陌	溪	開	三	次清	綺	戟
2053	酊	Đính	diɲ5	銳聲	dǐng	梗	上	迥	端	開	四	全清	都	挺
2054	酋	Tù	tu2	弦聲	qiú	流	平	尤	從	開	三	全濁	自	秋
2055	重	Trùng	tʂuŋ2	弦聲	chóng	通	平	鍾	澄	合	三	全濁	直	容
2056	重	Trọng	tʂɔŋ6	重聲	zhòng	通	去	用	澄	合	三	全濁	柱	用
2057	閂	Soan	ʂwa:n1	平聲	shuān	山	平	刪	生	合	二	全清	數	還
2058	陛	Bệ	be6	重聲	bì	蟹	上	薺	並	開	四	全濁	傍	禮
2059	陜	Thiểm	t'iem3	問聲	xiá	咸	入	洽	匣	開	二	全濁	侯	夾
2060	陝	Thiểm	t'iem3	問聲	shǎn	咸	上	琰	書	開	三	全清	失	冉
2061	陞	Thăng	t'aŋ1	平聲	shēng	曾	平	蒸	書	開	三	全清	識	蒸
2062	陟	Trắc	tʂak7	銳入	zhì	曾	入	職	知	開	三	全清	竹	力
2063	陡	Đẩu	dɤw3	問聲	dǒu	流	上	厚	端	開	一	全清	當	口
2064	院	Viện	vien6	重聲	yuàn	山	去	線	云	合	三	次濁	王	眷
2065	陣	Trận	tʂɤn6	重聲	zhèn	臻	去	震	澄	開	三	全濁	直	刃
2066	除	Trừ	tʂɯ2	弦聲	chú	遇	平	魚	澄	開	三	全濁	直	魚
2067	面	Diện	zien6	重聲	miàn	山	去	線	明	開	三	次濁	彌	箭
2068	革	Cách	ka:tʃ7	銳入	gé	梗	入	麥	見	開	二	全清	古	核
2069	韋	Vi	vi1	平聲	wéi	止	平	微	云	合	三	次濁	雨	非
2070	韭	Cửu	kɯw3	問聲	jiǔ	流	上	有	見	開	三	全清	舉	有

2071	音	Âm	ɤm1	平聲	yīn	深	平	侵	影	開	三	全清	於	金
2072	頁	Hiệt	hiet8	重入	yè	山	入	屑	匣	開	四	全濁	胡	結
2073	風	Phong	fɔŋ1	平聲	fēng	通	平	東	非	合	三	全清	方	戎
2074	飛	Phi	fi1	平聲	fēi	止	平	微	非	合	三	全清	甫	微
2075	食	Thực	t'ɯk8	重入	shí	曾	入	職	船	開	三	全濁	乘	力
2076	首	Thủ	t'u3	問聲	shǒu	流	上	有	書	開	三	全清	書	九
2077	首	Thú	t'u5	銳聲	shǒu	流	去	宥	書	開	三	全清	舒	救
2078	香	Hương	hɯɤŋ1	平聲	xiāng	宕	平	陽	曉	開	三	次清	許	良
2079	骨	Cốt	kot7	銳入	gǔ	臻	入	沒	見	合	一	全清	古	忽
2080	鬼	Quỷ	kwi3	問聲	guǐ	止	上	尾	見	合	三	全清	居	偉
2081	凫	Phù	fu2	弦聲	fú	遇	平	虞	奉	合	三	全濁	防	無
2082	乘	Thừa	t'ɯɤ2	弦聲	chéng	曾	平	蒸	船	開	三	全濁	食	陵
2083	乘	Thặng	t'aŋ6	重聲	shèng	曾	去	證	船	開	三	全濁	實	證
2084	亳	Bạc	ba:k8	重入	bó	宕	入	鐸	並	開	一	全濁	傍	各
2085	俯	Phủ	fu3	問聲	fǔ	遇	上	麌	非	合	三	全清	方	矩
2086	俱	Câu	kɤw1	平聲	jù	遇	平	虞	見	合	三	全清	舉	朱
2087	俳	Bài	ba:j2	弦聲	pái	蟹	平	皆	並	開	二	全濁	步	皆
2088	俵	Biểu	biew3	問聲	biào	效	去	笑	幫	開	三	全清	方	廟
2089	俶	Thục	t'uk8	重入	chù	通	入	屋	昌	合	三	次清	昌	六
2090	俸	Bổng	boŋ3	問聲	fèng	通	上	董	幫	合	一	全清	邊	孔
2091	俺	Yêm	iem1	平聲	ǎn	咸	去	豔	影	開	三	全清	於	驗
2092	俾	Tỉ	ti3	問聲	bǐ	止	上	紙	幫	開	三	全清	并	弭
2093	倀	Trành	tʂa:ɲ2	弦聲	chāng	梗	去	映	知	開	二	全清	豬	孟
2094	倅	Thối	t'oj5	銳聲	cuì	蟹	去	隊	清	合	一	次清	七	內
2095	倅	Tốt	tot7	銳入	cuì	臻	入	沒	精	合	一	全清	臧	沒
2096	倈	Lai	la:j1	平聲	lái	止	平	之	來	開	三	次濁	里	之
2097	倉	Thương	t'ɯɤŋ1	平聲	cāng	宕	平	唐	清	開	一	次清	七	岡
2098	個	Cá	ka:5	銳聲	gè	果	去	箇	見	開	一	全清	古	賀
2099	倌	Quan	kwa:n1	平聲	guān	山	平	桓	見	合	一	全清	古	丸
2100	倍	Bội	boj6	重聲	bèi	蟹	上	海	並	開	一	全濁	薄	亥
2101	倏	Thúc	t'uk7	銳入	shū	通	入	屋	書	合	三	全清	式	竹
2102	倒	Đảo	da:w3	問聲	dǎo	效	上	晧	端	開	一	全清	都	晧
2103	倒	Đảo	da:w3	問聲	dào	效	去	號	端	開	一	全清	都	導
2104	倔	Quật	kwɤt8	重入	jué	臻	入	物	羣	合	三	全濁	衢	物
2105	倖	Hãnh	ha:ɲ4	跌聲	xìng	梗	上	耿	匣	開	二	全濁	胡	耿
2106	候	Hậu	hɤw6	重聲	hòu	流	去	候	匣	開	一	全濁	胡	遘
2107	倚	Ỷ	i3	問聲	yǐ	止	上	紙	影	開	三	全清	於	綺
2108	倜	Thích	t'itʃ7	銳入	tì	梗	入	錫	透	開	四	次清	他	歷

2109	借	Tá	ta:5	鋭聲	jiè	假	去	禡	精	開	三	全清	子	夜
2110	倡	Xướng	sɯɤŋ5	鋭聲	chàng	宕	去	漾	昌	開	三	次清	尺	亮
2111	倢	Tiệp	tiep8	重入	jié	咸	入	葉	從	開	三	全濁	疾	葉
2112	倣	Phỏng	fɔŋ3	問聲	fǎng	宕	上	養	非	開	三	全清	分	网
2113	倥	Không	koŋ1	平聲	kōng	通	平	東	溪	合	一	次清	苦	紅
2114	倦	Quyện	kwien6	重聲	juàn	山	去	線	羣	合	三	全濁	渠	卷
2115	倨	Cứ	kɯ5	鋭聲	jù	遇	去	御	見	開	三	全清	居	御
2116	倩	Thiến	t'ien5	鋭聲	qiàn	山	去	霰	清	開	四	次清	倉	甸
2117	倪	Nghê	ŋe1	平聲	ní	蟹	平	齊	疑	開	四	次濁	五	稽
2118	倫	Luân	lwɤn1	平聲	lún	臻	平	諄	來	合	三	次濁	力	迍
2119	倬	Trác	tʂa:k7	鋭入	zhuō	江	入	覺	知	開	二	全清	竹	角
2120	倭	Oa	wa:1	平聲	wō	果	平	戈	影	合	一	全清	烏	禾
2121	値	Trị	tʂi6	重聲	zhí	止	去	志	澄	開	三	全濁	直	吏
2122	健	Kiện	kien6	重聲	jiàn	山	去	願	羣	開	三	全濁	渠	建
2123	兼	Kiêm	kiem1	平聲	jiān	咸	平	添	見	開	四	全清	古	甜
2124	冓	Cấu	kɤw5	鋭聲	gòu	流	去	候	見	開	一	全清	古	候
2125	冔	Hu	hu1	平聲	xǔ	遇	上	麌	曉	合	三	次清	況	羽
2126	冢	Trủng	tʂuŋ3	問聲	zhǒng	通	上	腫	知	合	三	全清	知	隴
2127	冤	Oan	wa:n1	平聲	yuān	山	平	元	影	合	三	全清	於	袁
2128	冥	Minh	miɲ1	平聲	míng	梗	平	青	明	開	四	次濁	莫	經
2129	凄	Thê	t'e1	平聲	qī	蟹	平	齊	清	開	四	次清	七	稽
2130	准	Chuẩn	tʂwɤn3	問聲	zhǔn	臻	上	準	章	合	三	全清	之	尹
2131	凇	Tùng	tuŋ2	弦聲	sòng	通	平	鍾	邪	合	三	全濁	祥	容
2132	凉	Lương	lɯɤŋ1	平聲	liáng	宕	平	陽	來	開	三	次濁	呂	張
2133	凊	Sảnh	ʂa:ɲ3	問聲	qìng	梗	去	勁	清	開	三	次清	七	政
2134	凋	Điêu	diew1	平聲	diāo	效	平	蕭	端	開	四	全清	都	聊
2135	凌	Lăng	laŋ1	平聲	líng	曾	平	蒸	來	開	三	次濁	力	膺
2136	凍	Đống	doŋ5	鋭聲	dòng	通	去	送	端	合	一	全清	多	貢
2137	剔	Dịch	zitʃ8	重入	tī	梗	入	錫	透	開	四	次清	他	歷
2138	剕	Phí	fi5	鋭聲	fèi	止	去	未	奉	合	三	全濁	扶	沸
2139	剖	Phẫu	fɤw4	跌聲	pōu	流	上	厚	滂	開	一	次清	普	后
2140	剗	Sản	ʂa:n3	問聲	chǎn	山	上	產	初	開	二	次清	初	限
2141	剚	Chí	tʂi5	鋭聲	zì	止	去	志	莊	開	三	全清	側	吏
2142	剛	Cương	kɯɤŋ1	平聲	gāng	宕	平	唐	見	開	一	全清	古	郎
2143	剜	Oan	wa:n1	平聲	wān	山	平	桓	影	合	一	全清	一	丸
2144	剝	Bác	ba:k7	鋭入	bō	江	入	覺	幫	開	二	全清	北	角
2145	剞	Ỷ	i3	問聲	jī	止	上	紙	見	開	三	全清	居	綺
2146	剟	Xuyết	swiet7	鋭入	duō	山	入	薛	知	合	三	全清	陟	劣

2147	剡	Diệm	ziem6	重聲	yǎn	咸	上	琰	以	開	三	次濁	以	冉
2148	剮	Quả	qwa:3	問聲	guǎ	假	上	馬	見	合	二	全清	古	瓦
2149	勑	Lai	la:j1	平聲	lài	蟹	去	代	來	開	一	次濁	洛	代
2150	務	Vụ	vu6	重聲	wù	遇	去	遇	微	合	三	次濁	亡	遇
2151	匪	Phỉ	fi3	問聲	fěi	止	上	尾	非	合	三	全清	府	尾
2152	匿	Nặc	nak8	重入	nì	曾	入	職	娘	開	三	次濁	女	力
2153	卿	Khanh	xa:ɲ1	平聲	qīng	梗	平	庚	溪	開	三	次清	去	京
2154	厝	Thố	t'o5	銳聲	cuò	遇	去	暮	清	合	一	次清	倉	故
2155	原	Nguyên	ŋwien1	平聲	yuán	山	平	元	疑	合	三	次濁	愚	袁
2156	叟	Tẩu	tɤw3	問聲	sǒu	流	上	厚	心	開	一	全清	蘇	后
2157	員	Viên	vien1	平聲	yuán	山	平	仙	云	合	三	次濁	王	權
2158	哢	Lộng	loŋ6	重聲	lòng	通	去	送	來	合	一	次濁	盧	貢
2159	哥	Ca	ka:1	平聲	gē	果	平	歌	見	開	一	全清	古	俄
2160	哦	Nga	ŋa:1	平聲	é	果	平	歌	疑	開	一	次濁	五	何
2161	哨	Tiêu	tiew1	平聲	shào	效	平	宵	心	開	三	全清	相	邀
2162	哨	Tiếu	tiew5	銳聲	shào	效	去	笑	清	開	三	次清	七	肖
2163	哭	Khốc	xok7	銳入	kū	通	入	屋	溪	合	一	次清	空	谷
2164	哮	Hao	ha:w1	平聲	xiāo	效	平	肴	曉	開	二	次清	許	交
2165	哲	Triết	tʂiet7	銳入	zhé	山	入	薛	知	開	三	全清	陟	列
2166	哳	Triết	tʂiet7	銳入	zhā	山	入	鎋	知	開	二	全清	陟	鎋
2167	哺	Bộ	bo6	重聲	bǔ	遇	去	暮	並	合	一	全濁	薄	故
2168	哽	Ngạnh	ŋa:ɲ6	重聲	gěng	梗	上	梗	見	開	二	全清	古	杏
2169	哿	Khả	xa:3	問聲	gě	果	上	哿	見	開	一	全清	古	我
2170	唁	Nghiễn	ŋien4	跌聲	yàn	山	去	線	疑	開	三	次濁	魚	變
2171	唄	Bái	ba:j5	銳聲	bài	蟹	去	夬	並	合	二	全濁	薄	邁
2172	唅	Hám	ha:m5	銳聲	hán	咸	平	覃	曉	開	一	次清	火	含
2173	唆	Toa	twa:1	平聲	suō	果	平	戈	心	合	一	全清	蘇	禾
2174	唇	Thần	t'ɤn2	弦聲	chún	臻	平	眞	莊	開	三	全清	側	鄰
2175	唈	Ấp	ɤp7	銳入	yì	深	入	緝	影	開	三	全清	於	汲
2176	唉	Ai	a:j1	平聲	āi	蟹	平	咍	影	開	一	全清	烏	開
2177	唏	Hí	hi1	銳聲	xī	止	去	未	曉	開	三	次清	許	既
2178	唐	Đường	dɯɤŋ2	弦聲	táng	宕	平	唐	定	開	一	全濁	徒	郎
2179	唧	Tức	tɯk7	銳入	jī	曾	入	職	精	開	三	全清	子	力
2180	圃	Phố	fo5	銳聲	pǔ	遇	去	暮	幫	合	一	全清	博	故
2181	圄	Ngữ	ŋɯ4	跌聲	yǔ	遇	上	語	疑	開	三	次濁	魚	巨
2182	圅	Hàm	ha:m2	弦聲	hán	咸	平	覃	匣	開	一	全濁	胡	男
2183	垻	Bá	ba:5	銳聲	bà	假	去	禡	幫	開	二	全清	必	駕
2184	埂	Canh	ka:ɲ1	平聲	gěng	梗	平	庚	見	開	二	全清	古	行

2185	埃	Ai	a:j1	平聲	āi	蟹	平	咍	影	開	一	全清	烏	開
2186	埋	Mai	ma:j1	平聲	mái	蟹	平	皆	明	開	二	次濁	莫	皆
2187	埒	Liệt	liet8	重入	lèi	山	入	薛	來	合	三	次濁	力	輟
2188	夏	Hạ	ha:6	重聲	xià	假	去	禡	匣	開	二	全濁	胡	駕
2189	套	Sáo	ʂa:w5	銳聲	tào	效	上	晧	透	開	一	次清	他	浩
2190	奘	Trang	tʂa:ŋ1	平聲	zàng	宕	去	宕	從	開	一	全濁	徂	浪
2191	奚	Hề	he2	弦聲	xī	蟹	平	齊	匣	開	四	全濁	胡	雞
2192	姬	Cơ	kɤ:1	平聲	jī	止	平	之	見	開	三	全清	居	之
2193	娉	Phinh	fiɲ1	平聲	pīng	梗	去	勁	滂	開	三	次清	匹	正
2194	娌	Lí	li5	銳聲	lǐ	止	上	止	來	開	三	次濁	良	士
2195	娑	Sa	ʂa:1	平聲	suō	果	平	歌	心	開	一	全清	素	何
2196	娓	Vỉ	vi3	問聲	wěi	止	上	尾	微	合	三	次濁	無	匪
2197	娘	Nương	nɯɤŋ1	平聲	niáng	宕	平	陽	娘	開	三	次濁	女	良
2198	娛	Ngu	ŋu1	平聲	yú	遇	平	虞	疑	合	三	次濁	遇	俱
2199	娟	Quyên	kwien1	平聲	juān	山	平	仙	影	合	三	全清	於	緣
2200	娠	Thần	t'ɤn2	弦聲	shēn	臻	平	眞	書	開	三	全清	失	人
2201	娥	Nga	ŋa:1	平聲	é	果	平	歌	疑	開	一	次濁	五	何
2202	娩	Vãn	va:n4	跌聲	wǎn	山	上	阮	微	合	三	次濁	無	遠
2203	娩	Miễn	mien4	跌聲	miǎn	山	上	獮	明	開	三	次濁	亡	辨
2204	孫	Tôn	ton1	平聲	sūn	臻	平	魂	心	合	一	全清	思	渾
2205	宮	Cung	kuŋ1	平聲	gōng	通	平	東	見	合	三	全清	居	戎
2206	宰	Tể	te3	問聲	zǎi	蟹	上	海	精	開	一	全清	作	亥
2207	害	Hại	ha:j6	重聲	hài	蟹	去	泰	匣	開	一	全濁	胡	蓋
2208	宴	Yến	ien5	銳聲	yàn	山	去	霰	影	開	四	全清	於	甸
2209	宵	Tiêu	tiew1	平聲	xiāo	效	平	宵	心	開	三	全清	相	邀
2210	家	Gia	ʐa:1	平聲	jiā	假	平	麻	見	開	二	全清	古	牙
2211	宸	Thần	t'ɤn2	弦聲	chén	臻	平	眞	禪	開	三	全濁	植	鄰
2212	容	Dung	zuŋ1	平聲	róng	通	平	鍾	以	合	三	次濁	餘	封
2213	射	Dạ	za:6	重聲	yè	假	去	禡	以	開	三	次濁	羊	謝
2214	射	Xạ	sa:6	重聲	shè	假	去	禡	船	開	三	全濁	神	夜
2215	射	Dịch	zitʃ8	重入	yì	梗	入	昔	以	開	三	次濁	羊	益
2216	將	Tương	tɯɤŋ1	平聲	jiāng	宕	平	陽	精	開	三	全清	即	良
2217	將	Tướng	tɯɤŋ5	銳聲	jiàng	宕	去	漾	精	開	三	全清	子	亮
2218	屐	Kịch	kitʃ8	重入	jī	梗	入	陌	羣	開	三	全濁	奇	逆
2219	屑	Tiết	tiet7	銳入	xiè	山	入	屑	心	開	四	全清	先	結
2220	展	Triển	tʂien3	問聲	zhǎn	山	上	獮	知	開	三	全清	知	演
2221	屙	A	a:1	平聲	ē	果	平	歌	影	開	一	全清	烏	何
2222	峨	Nga	ŋa:1	平聲	é	果	平	歌	疑	開	一	次濁	五	何

2223	峭	Tiểu	tiew4	跌聲	qiào	效	去	笑	清	開	三	次清	七	肖
2224	峯	Phong	fɔŋ1	平聲	fēng	通	平	鍾	敷	合	三	次清	敷	容
2225	峴	Hiện	hien6	重聲	xiàn	山	上	銑	匣	開	四	全濁	胡	典
2226	島	Đảo	da:w3	問聲	dǎo	效	上	晧	端	開	一	全清	都	晧
2227	峻	Tuấn	twɤn5	銳聲	jùn	臻	去	稕	心	合	三	全清	私	閏
2228	峽	Hạp	ha:p8	重入	xiá	咸	入	洽	匣	開	二	全濁	侯	夾
2229	崍	Lai	la:j1	平聲	lái	蟹	平	咍	來	開	一	次濁	落	哀
2230	帨	Thuế	t'we5	銳聲	shuì	蟹	去	祭	書	合	三	全清	舒	芮
2231	師	Sư	ʂɯ1	平聲	shī	止	平	脂	生	開	三	全清	疎	夷
2232	席	Tịch	titʃ8	重入	xí	梗	入	昔	邪	開	三	全濁	祥	易
2233	座	Tọa	twa:6	重聲	zuò	果	去	過	從	合	一	全濁	徂	臥
2234	庫	Khố	ko5	銳聲	kù	遇	去	暮	溪	合	一	次清	苦	故
2235	弱	Nhược	ɲɯɤk8	重入	ruò	宕	入	藥	日	開	三	次濁	而	灼
2236	徐	Từ	tɯ2	弦聲	xú	遇	平	魚	邪	開	三	全濁	似	魚
2237	徑	Kính	kiŋ5	銳聲	jìng	梗	去	徑	見	開	四	全清	古	定
2238	徒	Đồ	do2	弦聲	tú	遇	平	模	定	合	一	全濁	同	都
2239	恁	Nhẫm	ɲɤm4	跌聲	rèn	深	上	寑	日	開	三	次濁	如	甚
2240	恐	Khủng	xuŋ3	問聲	kǒng	通	上	腫	溪	合	三	次清	丘	隴
2241	恐	Khúng	xuŋ5	銳聲	kǒng	通	去	用	溪	合	三	次清	區	用
2242	恕	Thứ	t'ɯ5	銳聲	shù	遇	去	御	書	開	三	全清	商	署
2243	恙	Dạng	za:ŋ6	重聲	yàng	宕	去	漾	以	開	三	次濁	餘	亮
2244	恚	Khuể	xwe3	問聲	huì	止	去	寘	影	合	三	全清	於	避
2245	恣	Tứ	tɯ5	銳聲	zì	止	去	至	精	開	三	全清	資	四
2246	恥	Sỉ	ʂi3	問聲	chǐ	止	上	止	徹	開	三	次清	敕	里
2247	恧	Nục	nuk8	重入	nù	通	入	屋	娘	合	三	次濁	女	六
2248	恩	Ân	ɤn1	平聲	ēn	臻	平	痕	影	開	一	全清	烏	痕
2249	恭	Cung	kuŋ1	平聲	gōng	通	平	鍾	見	合	三	全清	九	容
2250	息	Tức	tɯk7	銳入	xī	曾	入	職	心	開	三	全清	相	即
2251	悁	Quyên	kwien1	平聲	ˊyuān	山	平	仙	影	合	三	全清	於	緣
2252	悃	Khổn	xon3	問聲	kǔn	臻	上	混	溪	合	一	次清	苦	本
2253	悄	Tiễu	tiew4	跌聲	qiǎo	效	上	小	清	開	三	次清	親	小
2254	悅	Duyệt	zwiet8	重入	yuè	山	入	薛	以	合	三	次濁	弋	雪
2255	悌	Để	de4	跌聲	tì	蟹	上	薺	定	開	四	全濁	徒	禮
2256	悍	Hãn	ha:n4	跌聲	hàn	山	去	翰	匣	開	一	全濁	侯	旰
2257	悒	Ấp	ɤp7	銳入	yì	深	入	緝	影	開	三	全清	於	汲
2258	悔	Hổi	hoj3	問聲	huǐ	蟹	上	賄	曉	合	一	次清	呼	罪
2259	悔	Hối	hoj5	銳聲	huǐ	蟹	去	隊	曉	合	一	次清	荒	內
2260	悖	Bội	boj6	重聲	bèi	蟹	去	隊	並	合	一	全濁	蒲	昧

2261	悚	Tủng	tuŋ3	問聲	sǒng	通	上	腫	心	合	三	全清	息	拱
2262	悛	Thuân	t'wɤn1	平聲	quān	山	平	仙	清	合	三	次清	此	緣
2263	悝	Khôi	xoj1	平聲	kuī	蟹	平	灰	溪	合	一	次清	苦	回
2264	悝	Lí	li5	銳聲	lǐ	止	上	止	來	開	三	次濁	良	士
2265	悞	Ngộ	ŋo6	重聲	wù	遇	去	暮	疑	合	一	次濁	五	故
2266	悟	Ngộ	ŋo6	重聲	wù	遇	去	暮	疑	合	一	次濁	五	故
2267	悢	Lượng	lɯɤŋ6	重聲	liàng	宕	去	漾	來	開	三	次濁	力	讓
2268	扆	Ỷ	i3	問聲	yǐ	止	上	尾	影	開	三	全清	於	豈
2269	扇	Thiên	t'ien1	平聲	shān	山	平	仙	書	開	三	全清	式	連
2270	扇	Phiến	fien5	銳聲	shàn	山	去	線	書	開	三	全清	式	戰
2271	拳	Quyền	kwien2	弦聲	quán	山	平	仙	羣	合	三	全濁	巨	員
2272	挈	Khiết	xiep7	銳入	qiè	山	入	屑	溪	開	四	次清	苦	結
2273	拏	Noa	nwa:1	平聲	rú	假	平	麻	娘	開	二	次濁	女	加
2274	拏	Nư	nɯ1	平聲	rú	遇	平	魚	娘	開	三	次濁	女	余
2275	挨	Ải	a:j3	問聲	āi	蟹	上	海	影	開	一	全清	於	改
2276	挫	Tỏa	twa:3	問聲	cuò	果	去	過	精	合	一	全清	則	臥
2277	振	Chấn	tʂɤn5	銳聲	zhèn	臻	去	震	章	開	三	全清	章	刃
2278	抄	Sa	ʂa:1	平聲	suō	果	平	歌	心	開	一	全清	素	何
2279	挹	Ấp	ɤp7	銳入	yì	深	入	緝	影	開	三	全清	伊	入
2280	挼	Noa	nwa:1	平聲	nuò	蟹	平	灰	心	合	一	全清	素	回
2281	挽	Vãn	va:n4	跌聲	wǎn	山	上	阮	微	合	三	次濁	無	遠
2282	挾	Hiệp	hiep8	重入	xié	咸	入	帖	匣	開	四	全濁	胡	頰
2283	捃	Quấn	kwɤn5	銳聲	jùn	臻	去	問	見	合	三	全清	居	運
2284	捉	Tróc	tʂɔk7	銳入	zhuō	江	入	覺	莊	開	二	全清	側	角
2285	捋	Loát	lwa:t7	銳入	lè	山	入	末	來	合	一	次濁	郎	括
2286	捌	Bát	ba:t7	銳入	bā	山	入	黠	幫	合	二	全清	博	拔
2287	捍	Hãn	ha:n4	跌聲	hàn	山	上	潸	匣	開	二	全濁	下	赧
2288	捎	Sao	ʂa:w1	平聲	shāo	效	平	肴	生	開	二	全清	所	交
2289	捏	Niết	niet7	銳入	niē	山	入	屑	泥	開	四	次濁	奴	結
2290	捐	Quyên	kwien1	平聲	juān	山	平	仙	以	合	三	次濁	與	專
2291	捕	Bộ	bo6	重聲	bǔ	遇	去	暮	並	合	一	全濁	薄	故
2292	效	Hiệu	hiew6	重聲	xiào	效	去	效	匣	開	二	全濁	胡	教
2293	敉	Mị	mi6	重聲	mǐ	止	上	紙	明	開	三	次濁	綿	婢
2294	敖	Ngao	ŋa:w1	平聲	áo	效	平	豪	疑	開	一	次濁	五	勞
2295	料	Liệu	liew6	重聲	liào	效	去	嘯	來	開	四	次濁	力	弔
2296	旁	Bàng	ba:ŋ2	弦聲	páng	宕	平	唐	並	開	一	全濁	步	光
2297	旂	Kì	ki2	弦聲	qí	止	平	微	羣	開	三	全濁	渠	希
2298	旃	Chiên	tʂien1	平聲	zhān	山	平	仙	章	開	三	全清	諸	延

2299	旄	Mao	ma:w1	平聲	máo	效	平	豪	明	開	一	次濁	莫	袍
2300	旄	Mạo	ma:w6	重聲	mào	效	去	號	明	開	一	次濁	莫	報
2301	旅	Lữ	lɯ4	跌聲	lǚ	遇	上	語	來	開	三	次濁	力	舉
2302	旆	Bái	ba:j5	銳聲	pèi	蟹	去	泰	並	開	一	全濁	蒲	蓋
2303	晁	Triều	tʂiew2	弦聲	cháo	效	平	宵	澄	開	三	全濁	直	遙
2304	時	Thời	t'ɤ:j2	弦聲	shí	止	平	之	禪	開	三	全濁	市	之
2305	晃	Hoảng	hwan:ŋ3	問聲	huàng	宕	上	蕩	匣	合	一	全濁	胡	廣
2306	晉	Tấn	tɤn5	銳聲	jìn	臻	去	震	精	開	三	全清	即	刃
2307	晏	Yến	ien5	銳聲	yàn	山	去	諫	影	開	二	全清	烏	澗
2308	晚	Vãn	va:n4	跌聲	wǎn	山	上	阮	微	合	三	次濁	無	遠
2309	晜	Côn	kon1	平聲	kūn	臻	平	魂	見	合	一	全清	古	渾
2310	晝	Trú	tʂu5	銳聲	zhòu	流	去	宥	知	開	三	全清	陟	救
2311	晞	Hi	hi1	平聲	xī	止	平	微	曉	開	三	次清	香	衣
2312	晟	Thịnh	t'iɲ6	重聲	chéng	梗	去	勁	禪	開	三	全濁	承	正
2313	書	Thư	t'ɯ1	平聲	shū	遇	平	魚	書	開	三	全清	傷	魚
2314	朒	Nục	nuk8	重入	nǜ	通	入	屋	娘	合	三	次濁	女	六
2315	朔	Sóc	ʂɔk7	銳入	shuò	江	入	覺	生	開	二	全清	所	角
2316	朕	Trẫm	tʂɤm4	跌聲	zhèn	深	上	寑	澄	開	三	全濁	直	稔
2317	朗	Lãng	la:ŋ4	跌聲	lǎng	宕	上	蕩	來	開	一	次濁	盧	黨
2318	柴	Sài	ʂa:j2	弦聲	chái	蟹	平	佳	崇	開	二	全濁	士	佳
2319	栓	Xuyên	swien1	平聲	shuān	山	平	仙	生	合	三	全清	山	員
2320	栖	Thê	t'e1	平聲	qī	蟹	平	齊	心	開	四	全清	先	稽
2321	栖	Tê	te1	平聲	qī	蟹	平	齊	心	開	四	全清	先	稽
2322	栗	Lật	lɤt8	重入	lì	臻	入	質	來	開	三	次濁	力	質
2323	栘	Di	zi1	平聲	yí	止	平	支	以	開	三	次濁	弋	支
2324	栝	Quát	kwa:t7	銳入	guā	咸	入	末	見	合	一	全清	古	活
2325	栞	San	ʂa:n1	平聲	kān	山	平	寒	溪	開	一	次清	苦	寒
2326	栟	Kiên	kien1	平聲	bīng	梗	平	清	幫	開	三	全清	府	盈
2327	校	Hiệu	hiew6	重聲	xiào	效	去	效	匣	開	二	全濁	胡	教
2328	校	Giáo	ʐa:w5	銳聲	jiào	效	去	效	見	開	二	全清	古	孝
2329	栩	Hủ	hu3	問聲	xǔ	遇	上	麌	曉	合	三	次清	況	羽
2330	株	Chu	tʂu1	平聲	zhū	遇	平	虞	知	合	三	全清	陟	輸
2331	栱	Củng	kuŋ3	問聲	gǒng	通	上	腫	見	合	三	全清	居	悚
2332	栲	Khảo	xa:w3	問聲	kǎo	效	上	晧	溪	開	一	次清	苦	浩
2333	栳	Lão	la:w4	跌聲	lǎo	效	上	晧	來	開	一	次濁	盧	晧
2334	栴	Chiên	tʂien1	平聲	zhān	山	平	仙	章	開	三	全清	諸	延
2335	核	Hạch	ha:ʧ8	重入	hé	梗	入	麥	匣	開	二	全濁	下	革
2336	根	Căn	kan1	平聲	gēn	臻	平	痕	見	開	一	全清	古	痕

2337	格	Cách	ka:ʧ7	銳入	gé	梗	入	陌	見	開	二	全清	古	伯
2338	栽	Tài	ta:j2	弦聲	zāi	蟹	平	咍	精	開	一	全清	祖	才
2339	桀	Kiệt	kiet8	重入	jié	山	入	薛	羣	開	三	全濁	渠	列
2340	桁	Hành	ha:ɲ2	弦聲	héng	宕	平	唐	匣	開	一	全濁	胡	郎
2341	桁	Hàng	ha:ŋ2	弦聲	héng	梗	平	庚	匣	開	二	全濁	戶	庚
2342	桂	Quế	kwe5	銳聲	guì	蟹	去	霽	見	合	四	全清	古	惠
2343	桃	Đào	da:w2	弦聲	táo	效	平	豪	定	開	一	全濁	徒	刀
2344	桄	Quang	kwa:ŋ1	平聲	guāng	宕	平	唐	見	合	一	全清	古	黃
2345	桄	Quáng	kwa:ŋ5	銳聲	guàng	宕	去	宕	見	合	一	全清	古	曠
2346	桅	Nguy	ŋwi1	平聲	wéi	蟹	平	灰	疑	合	一	次濁	五	灰
2347	框	Khuông	xuoŋ1	平聲	kuàng	宕	平	陽	溪	合	三	次清	去	王
2348	案	Án	a:n5	銳聲	àn	山	去	翰	影	開	一	全清	烏	旰
2349	桌	Trác	tʂa:k7	銳入	zhuō	江	入	覺	知	開	二	全清	竹	角
2350	桎	Chất	tʂɤt7	銳入	zhí	臻	入	質	章	開	三	全清	之	日
2351	桐	Đồng	doŋ2	弦聲	tóng	通	平	東	定	合	一	全濁	徒	紅
2352	桑	Tang	ta:ŋ1	平聲	sāng	宕	平	唐	心	開	一	全清	息	郎
2353	桓	Hoàn	hwa:n2	弦聲	huán	山	平	桓	匣	合	一	全濁	胡	官
2354	桔	Kết	ket7	銳入	jié	山	入	屑	見	開	四	全清	古	屑
2355	梃	Đĩnh	diɲ4	跌聲	tǐng	梗	上	迥	定	開	四	全濁	徒	鼎
2356	梆	Bang	ba:ŋ1	平聲	bāng	江	平	江	幫	開	二	全清	博	江
2357	條	Điều	diew2	弦聲	tiáo	效	平	蕭	定	開	四	全濁	徒	聊
2358	梠	Lữ	lɯ4	跌聲	lǚ	遇	上	語	來	開	三	次濁	力	舉
2359	梢	Sao	ʂa:w1	平聲	shāo	效	平	肴	生	開	二	全清	所	交
2360	梧	Ngô	ŋo1	平聲	wú	遇	平	模	疑	合	一	次濁	五	乎
2361	梨	Lê	le1	平聲	lí	止	平	脂	來	開	三	次濁	力	脂
2362	欬	Khái	xa:j5	銳聲	kài	蟹	去	代	溪	開	一	次清	苦	愛
2363	歬	Tiền	tien2	弦聲	qián	山	平	先	從	開	四	全濁	昨	先
2364	殉	Tuẫn	twɤn4	跌聲	xùn	臻	去	稕	邪	合	三	全濁	辭	閏
2365	殊	Thù	t'u2	弦聲	shū	遇	平	虞	禪	合	三	全濁	市	朱
2366	殷	Ân	ɤn1	平聲	yīn	臻	平	欣	影	開	三	全清	於	斤
2367	殺	Sát	ʂa:t7	銳入	shā	山	入	黠	生	開	二	全清	所	八
2368	氣	Khí	xi5	銳聲	qì	止	去	未	溪	開	三	次清	去	既
2369	氤	Nhân	ɲɤn1	平聲	yīn	臻	平	眞	影	開	三	全清	於	眞
2370	泰	Thái	t'a:j5	銳聲	tài	蟹	去	泰	透	開	一	次清	他	蓋
2371	流	Lưu	lɯw1	平聲	liú	流	平	尤	來	開	三	次濁	力	求
2372	浙	Chiết	tʂiet7	銳入	zhè	山	入	薛	章	開	三	全清	旨	熱
2373	浚	Tuấn	twɤn5	銳聲	jùn	臻	去	稕	心	合	三	全清	私	閏
2374	浜	Banh	ba:ɲ1	平聲	bāng	梗	平	耕	幫	開	二	全清	布	耕

2375	浞	Trác	tʂa:k7	銳入	zhuó	江	入	覺	崇	開	二	全濁	士	角
2376	浡	Bột	bot8	重入	bó	臻	入	沒	並	合	一	全濁	蒲	沒
2377	浣	Hoán	hwa:n5	銳聲	wǎn	山	上	緩	匣	合	一	全濁	胡	管
2378	浥	Ấp	ɤp7	銳入	yì	深	入	緝	影	開	三	全清	於	汲
2379	浦	Phố	fo5	銳聲	pǔ	遇	上	姥	滂	合	一	次清	滂	古
2380	浩	Hạo	ha:w6	重聲	hào	效	上	晧	匣	開	一	全濁	胡	老
2381	浪	Lang	la:ŋ5	銳聲	láng	宕	平	唐	來	開	一	次濁	魯	當
2382	浪	Lãng	la:ŋ4	跌聲	làng	宕	去	宕	來	開	一	次濁	來	宕
2383	浭	Canh	ka:ɲ1	平聲	gēng	梗	平	庚	見	開	二	全清	古	行
2384	浮	Phù	fu2	弦聲	fú	流	平	尤	奉	開	三	全濁	縛	謀
2385	浰	Lợi	lɤ:j6	重聲	liàn	山	去	霰	來	開	四	次濁	郎	甸
2386	浴	Dục	zuk8	重入	yù	通	入	燭	以	合	三	次濁	余	蜀
2387	海	Hải	ha:j3	問聲	hǎi	蟹	上	海	曉	開	一	次清	呼	改
2388	浸	Tẩm	tɤm3	問聲	jìn	深	去	沁	精	開	三	全清	子	鴆
2389	浹	Tiếp	tiep7	銳入	jiá	咸	入	帖	精	開	四	全清	子	協
2390	浺	Xung	suŋ1	平聲	chōng	通	平	東	徹	合	三	次清	敕	中
2391	浼	Miễn	mien4	跌聲	měi	蟹	上	賄	明	合	一	次濁	武	罪
2392	浽	Tuy	twi1	平聲	suī	止	平	脂	心	合	三	全清	息	遺
2393	浿	Phái	fa:j5	銳聲	pèi	蟹	去	泰	滂	開	一	次清	普	蓋
2394	浿	Phối	foj5	銳聲	pèi	蟹	去	怪	滂	合	二	次清	普	拜
2395	涂	Đồ	do2	弦聲	tú	遇	平	魚	澄	開	三	全濁	直	魚
2396	涅	Niết	niet7	銳入	niè	山	入	屑	泥	開	四	次濁	奴	結
2397	涇	Kinh	kiɲ1	平聲	jīng	梗	平	青	見	開	四	全清	古	靈
2398	消	Tiêu	tiew1	平聲	xiāo	效	平	宵	心	開	三	全清	相	邀
2399	涉	Thiệp	t'iep8	重入	shè	咸	入	葉	禪	開	三	全濁	時	攝
2400	涊	Niễn	nien4	跌聲	niǎn	山	上	銑	泥	開	四	次濁	乃	殄
2401	涌	Dũng	zuŋ4	跌聲	yǒng	通	上	腫	以	合	三	次濁	余	隴
2402	涑	Tốc	tok7	銳入	sù	通	入	屋	心	合	一	全清	桑	谷
2403	涓	Quyên	kwien1	平聲	juān	山	平	先	見	合	四	全清	古	玄
2404	涔	Sầm	ʂɤm2	弦聲	cén	深	平	侵	崇	開	三	全濁	鋤	針
2405	涕	Thế	t'e5	銳聲	tì	蟹	去	霽	透	開	四	次清	他	計
2406	涖	Lị	li6	重聲	lì	止	去	至	來	開	三	次濁	力	至
2407	涘	Sĩ	ʂi4	跌聲	sì	止	上	止	俟	開	三	全濁	牀	史
2408	烈	Liệt	liet8	重入	liè	山	入	薛	來	開	三	次濁	良	辥
2409	烊	Dương	zuɯɤŋ1	平聲	yáng	宕	平	陽	以	開	三	次濁	與	章
2410	烏	Ô	o1	平聲	wū	遇	平	模	影	合	一	全清	哀	都
2411	烖	Tai	ta:j1	平聲	zāi	蟹	平	咍	精	開	一	全清	祖	才
2412	烘	Hồng	hoŋ2	弦聲	hōng	通	平	東	匣	合	一	全濁	戶	公

2413	烙	Lạc	la:k8	重入	luò	宕	入	鐸	來	開	一	次濁	盧	各
2414	烝	Chưng	tʂɯŋ1	平聲	zhēng	曾	平	蒸	章	開	三	全清	煮	仍
2415	烟	Yên	ien1	平聲	yān	山	平	先	影	開	四	全清	烏	前
2416	爹	Đa	da:1	平聲	diē	假	平	麻	知	開	三	全清	陟	邪
2417	牂	Tang	ta:ŋ1	平聲	zāng	宕	平	唐	精	開	一	全清	則	郎
2418	牸	Tự	tɯ6	重聲	zì	止	去	志	從	開	三	全濁	疾	置
2419	特	Đặc	dak8	重入	tè	曾	入	德	定	開	一	全濁	徒	得
2420	狴	Bệ	be6	重聲	bì	蟹	平	齊	幫	開	四	全清	邊	兮
2421	狷	Quyến	kwien5	銳聲	juàn	山	去	霰	見	合	四	全清	古	縣
2422	狸	Li	li1	平聲	lí	止	平	之	來	開	三	次濁	里	之
2423	狹	Hiệp	hiep8	重入	xiá	咸	入	洽	匣	開	二	全濁	侯	夾
2424	狺	Ngân	ŋɤn1	平聲	yín	臻	平	真	疑	開	三	次濁	語	巾
2425	狻	Toan	twa:n1	平聲	suān	山	平	桓	心	合	一	全清	素	官
2426	狼	Lang	la:ŋ1	平聲	láng	宕	平	唐	來	開	一	次濁	魯	當
2427	狽	Bái	ba:j5	銳聲	bèi	蟹	去	泰	幫	開	一	全清	博	蓋
2428	珙	Củng	kuŋ3	問聲	gǒng	通	上	腫	見	合	三	全清	居	悚
2429	珞	Lạc	la:k8	重入	luò	宕	入	鐸	來	開	一	次濁	盧	各
2430	珠	Châu	tʂɤw1	平聲	zhū	遇	平	虞	章	合	三	全清	章	俱
2431	珥	Nhị	ɲi6	重聲	ěr	止	去	志	日	開	三	次濁	仍	吏
2432	珧	Diêu	ziew1	平聲	yáo	效	平	宵	以	開	三	次濁	餘	昭
2433	珩	Hành	ha:ɲ2	弦聲	héng	梗	平	庚	匣	開	二	全濁	戶	庚
2434	珪	Khuê	xwe1	平聲	guī	蟹	平	齊	見	合	四	全清	古	攜
2435	班	Ban	ba:n1	平聲	bān	山	平	刪	幫	開	二	全清	布	還
2436	珮	Bội	boj6	重聲	pèi	蟹	去	隊	並	合	一	全濁	蒲	昧
2437	琊	Gia	ʐa:1	平聲	yé	假	平	麻	以	開	三	次濁	以	遮
2438	瓞	Điệt	diet8	重入	dié	山	入	屑	定	開	四	全濁	徒	結
2439	瓶	Bình	biɲ2	弦聲	píng	梗	平	青	並	開	四	全濁	薄	經
2440	瓷	Từ	tɯ2	弦聲	cí	止	平	脂	從	開	三	全濁	疾	資
2441	甡	Sân	ʂɤn1	平聲	shēng	臻	平	臻	生	開	二	全清	所	臻
2442	畔	Bạn	ba:n6	重聲	pàn	山	去	換	並	合	一	全濁	薄	半
2443	留	Lưu	lɯw1	平聲	líu	流	平	尤	來	開	三	次濁	力	求
2444	畚	Bổn	bon3	問聲	běn	臻	上	混	幫	合	一	全清	布	忖
2445	畛	Chẩn	tʂɤn3	問聲	zhěn	臻	上	軫	章	開	三	全清	章	忍
2446	畜	Súc	ʂuk7	銳入	chù	流	去	宥	徹	開	三	次清	丑	救
2447	畜	Húc	huk7	銳入	xù	通	入	屋	曉	合	三	次清	許	竹
2448	畝	Mẫu	mɤw4	跌聲	mǔ	流	上	厚	明	開	一	次濁	莫	厚
2449	畢	Tất	tɤt7	銳入	bì	臻	入	質	幫	開	三	全清	卑	吉
2450	疰	Chú	tʂu5	銳聲	zhù	遇	去	遇	章	合	三	全清	之	戍

2451	疲	Bì	bi2	弦聲	pí	止	平	支	並	開	三	全濁	符	羈
2452	疴	Kha	xa:1	平聲	kē	假	去	禡	溪	開	二	次清	枯	駕
2453	疸	Đản	da:n3	問聲	dǎn	山	上	旱	端	開	一	全清	多	旱
2454	疹	Chẩn	tʂɤn3	問聲	zhěn	臻	上	軫	章	開	三	全清	章	忍
2455	疼	Đông	doŋ1	平聲	téng	通	平	冬	定	合	一	全濁	徒	冬
2456	疽	Thư	t'ɯ1	平聲	jū	遇	平	魚	清	開	三	次清	七	余
2457	疾	Tật	tɤt8	重入	jí	臻	入	質	從	開	三	全濁	秦	悉
2458	疿	Phi	fi1	平聲	fèi	止	去	未	非	合	三	全清	方	味
2459	痀	Câu	kɤw1	平聲	jū	遇	平	虞	見	合	三	全清	舉	朱
2460	痁	Thiêm	t'iem1	平聲	shān	咸	平	鹽	書	開	三	全清	失	廉
2461	痁	Thiêm	t'iem1	平聲	diàn	咸	去	㮇	端	開	四	全清	都	念
2462	痂	Già	ʑa:2	弦聲	jiā	假	平	麻	見	開	二	全清	古	牙
2463	痃	Huyền	hwien2	弦聲	xuán	山	平	先	匣	開	四	全濁	胡	田
2464	痄	Chá	tʂa:5	銳聲	zhà	假	上	馬	莊	開	二	全清	側	下
2465	病	Bệnh	beɲ6	重聲	bìng	梗	去	映	並	開	三	全濁	皮	命
2466	臯	Cao	ka:w1	平聲	gāo	效	平	豪	見	開	一	全清	古	勞
2467	皰	Pháo	fa:w5	銳聲	pào	效	去	效	滂	開	二	次清	匹	皃
2468	益	Ích	itʃ7	銳入	yì	梗	入	昔	影	開	三	全清	伊	昔
2469	盍	Hạp	ha:p8	重入	hé	咸	入	盍	匣	開	一	全濁	胡	臘
2470	盎	Áng	a:ŋ5	銳聲	àng	宕	去	宕	影	開	一	全清	烏	浪
2471	眙	Di	zi1	平聲	yí	止	平	之	以	開	三	次濁	與	之
2472	眙	Dị	zi6	重聲	chì	止	去	志	徹	開	三	次清	丑	吏
2473	眚	Sảnh	ʂa:ɲ3	問聲	shěng	梗	上	梗	生	開	二	全清	所	景
2474	眛	Muội	muoj6	重聲	mèi	蟹	去	隊	明	合	一	次濁	莫	佩
2475	眞	Chân	tʂɤn1	平聲	zhēn	臻	平	眞	莊	開	三	全清	側	鄰
2476	眠	Miên	mien1	平聲	mián	山	平	先	明	開	四	次濁	莫	賢
2477	眢	Oan	wa:n1	平聲	yuān	山	平	桓	影	合	一	全清	一	丸
2478	眩	Huyễn	hwien4	跌聲	xuàn	山	去	霰	匣	合	四	全濁	黃	絢
2479	砝	Pháp	fa:p7	銳入	fá	咸	入	盍	見	開	一	全清	居	盍
2480	砥	Chỉ	tʂi3	問聲	dǐ	止	上	旨	章	開	三	全清	職	雉
2481	砧	Châm	tʂɤm1	平聲	zhēn	深	平	侵	知	開	三	全清	知	林
2482	砮	Nỗ	no4	跌聲	nǔ	遇	上	姥	泥	合	一	次濁	奴	古
2483	破	Phá	fa:5	銳聲	pò	果	去	過	滂	合	一	次清	普	過
2484	祟	Trúy	tʂwi5	銳聲	suì	止	去	至	心	合	三	全清	雖	遂
2485	祥	Tường	tɯɤŋ2	弦聲	xiáng	宕	平	陽	邪	開	三	全濁	似	羊
2486	祧	Thiêu	t'iew1	平聲	tiāo	效	平	蕭	透	開	四	次清	吐	彫
2487	祫	Hợp	hɤ:p8	重入	xiá	咸	入	洽	匣	開	二	全濁	侯	夾
2488	秘	Bí	bi5	銳聲	mì	止	去	至	幫	開	三	全清	兵	媚

2489	租	Tô	to1	平聲	zū	遇	平	模	精	合	一	全清	則	吾
2490	秣	Mạt	ma:t8	重入	mò	山	入	末	明	合	一	次濁	莫	撥
2491	秤	Xứng	sɯŋ5	銳聲	chèng	曾	去	證	昌	開	三	次清	昌	孕
2492	秦	Tần	tɤn2	弦聲	qín	臻	平	眞	從	開	三	全濁	匠	鄰
2493	秧	Ương	ɯɤŋ1	平聲	yāng	宕	平	陽	影	開	三	全清	於	良
2494	秩	Trật	tʂɤt8	重入	zhì	臻	入	質	澄	開	三	全濁	直	一
2495	秫	Thuật	t'wɤt8	重入	shú	臻	入	術	船	合	三	全濁	食	聿
2496	窄	Trách	tʂa:ʧ7	銳入	zhǎi	梗	入	陌	莊	開	二	全清	側	伯
2497	窅	Yểu	iew3	問聲	yǎo	效	上	篠	影	開	四	全清	烏	皎
2498	窈	Yểu	iew3	問聲	yǎo	效	上	篠	影	開	四	全清	烏	皎
2499	站	Trạm	tʂa:m6	重聲	zhàn	咸	去	陷	知	開	二	全清	陟	陷
2500	竚	Trữ	tʂɯ4	跌聲	zhù	遇	上	語	澄	開	三	全濁	直	呂
2501	竝	Tịnh	tiɲ6	重聲	bìng	梗	上	迥	並	開	四	全濁	蒲	迥
2502	笄	Kê	ke1	平聲	jī	蟹	平	齊	見	開	四	全清	古	奚
2503	笆	Ba	ba:1	平聲	bā	假	平	麻	幫	開	二	全清	伯	加
2504	笇	Toán	twa:n5	銳聲	suàn	山	去	換	心	合	一	全清	蘇	貫
2505	笊	Tráo	tʂa:w5	銳聲	zhào	效	去	效	莊	開	二	全清	側	教
2506	笋	Tuẩn	twɤn3	問聲	sǔn	臻	上	準	心	合	三	全清	思	尹
2507	笏	Hốt	hot7	銳入	hù	臻	入	沒	曉	合	一	次清	呼	骨
2508	笑	Tiếu	tiew5	銳聲	xiào	效	去	笑	心	開	三	全清	私	妙
2509	笫	Chỉ	tʂi3	問聲	zǐ	止	上	旨	莊	開	三	全清	側	几
2510	粉	Phấn	fɤn5	銳聲	fěn	臻	上	吻	非	合	三	全清	方	吻
2511	紊	Vặn	van6	重聲	wèn	臻	去	問	微	合	三	次濁	亡	運
2512	紋	Văn	van1	平聲	wén	臻	平	文	微	合	三	次濁	無	分
2513	納	Nạp	na:p8	重入	nà	咸	入	合	泥	開	一	次濁	奴	荅
2514	紐	Nữu	nɯw4	跌聲	niǔ	流	上	有	娘	開	三	次濁	女	久
2515	紓	Thư	t'ɯ1	平聲	shū	遇	平	魚	書	開	三	全清	傷	魚
2516	純	Thuần	t'wɤn2	弦聲	chún	臻	平	諄	禪	合	三	全濁	常	倫
2517	紕	Bì	bi2	弦聲	pí	止	平	支	並	開	三	全濁	符	支
2518	紗	Sa	ʂa:1	平聲	shā	假	平	麻	生	開	二	全清	所	加
2519	紘	Hoành	hwa:ɲ2	弦聲	hóng	梗	平	耕	匣	合	二	全濁	戶	萌
2520	紙	Chỉ	tʂi3	問聲	zhǐ	止	上	紙	章	開	三	全清	諸	氏
2521	紛	Phân	fɤn1	平聲	fēn	臻	平	文	非	合	三	全清（次清）	府	文
2522	紜	Vân	vɤn1	平聲	yún	臻	平	文	云	合	三	次濁	王	分
2523	紝	Nhâm	ɲɤm1	平聲	rén	深	平	侵	日	開	三	次濁	如	林
2524	素	Tố	to5	銳聲	sù	遇	去	暮	心	合	一	全清	桑	故
2525	紡	Phưởng	fɯɤŋ3	問聲	fǎng	宕	上	養	敷	開	三	次清	妃	兩

2526	索	Tác	ta:k7	銳入	suǒ	宕	入	鐸	心	開	一	全清	蘇	各
2527	索	Sách	ʂa:ʧ7	銳入	suǒ	梗	入	麥	生	開	二	全清	山	責
2528	缺	Khuyết	xwiet7	銳入	quē	山	入	薛	溪	合	三	次清	傾	雪
2529	罛	Cô	ko1	平聲	gū	遇	平	模	見	合	一	全清	古	胡
2530	罝	Ta	ta:1	平聲	jū	假	平	麻	精	開	三	全清	子	邪
2531	罟	Cổ	ko3	問聲	gǔ	遇	上	姥	見	合	一	全清	公	戶
2532	罠	Mân	mɤn1	平聲	mín	臻	平	眞	明	開	三	次濁	武	巾
2533	羔	Cao	ka:w1	平聲	gāo	效	平	豪	見	開	一	全清	古	勞
2534	羖	Cổ	ko3	問聲	gǔ	遇	上	姥	見	合	一	全清	公	戶
2535	羞	Tu	tu1	平聲	xiū	流	平	尤	心	開	三	全清	息	流
2536	翁	Ông	oŋ1	平聲	wēng	通	平	東	影	合	一	全清	烏	紅
2537	翃	Hoành	hwa:ɲ2	弦聲	hóng	梗	平	耕	匣	合	二	全濁	戶	萌
2538	翅	Sí	ʂi5	銳聲	chì	止	去	寘	書	開	三	全清	施	智
2539	耄	Mạo	ma:w6	重聲	mào	效	去	號	明	開	一	次濁	莫	報
2540	耆	Kì	ki2	弦聲	qí	止	平	脂	羣	開	三	全濁	渠	脂
2541	耕	Canh	ka:ɲ1	平聲	gēng	梗	平	耕	見	開	二	全清	古	莖
2542	耘	Vân	vɤn1	平聲	yún	臻	平	文	云	合	三	次濁	王	分
2543	耸	Tủng	tuŋ3	問聲	sǒng	通	上	腫	心	合	三	全清	息	拱
2544	耽	Đam	da:m1	平聲	dān	咸	平	覃	端	開	一	全清	丁	含
2545	耿	Cảnh	ka:ɲ3	問聲	gěng	梗	上	耿	見	開	二	全清	古	幸
2546	胭	Yên	ien1	平聲	yān	山	平	先	影	開	四	全清	烏	前
2547	胯	Khóa	xwa:5	銳聲	kuà	假	去	禡	溪	合	二	次清	苦	化
2548	胰	Di	zi1	平聲	yí	止	平	脂	以	開	三	次濁	以	脂
2549	胱	Quang	kwa:ŋ1	平聲	guāng	宕	平	唐	見	合	一	全清	古	黃
2550	胴	Đỗng	doŋ4	跌聲	dòng	通	去	送	定	合	一	全濁	徒	弄
2551	胸	Hung	huŋ1	平聲	xiōng	通	平	鍾	曉	合	三	次清	許	容
2552	胹	Nhi	ɲi1	平聲	ér	止	平	之	日	開	三	次濁	如	之
2553	胼	Biền	bien2	弦聲	pián	山	平	先	並	開	四	全濁	部	田
2554	能	Năng	naŋ1	平聲	néng	曾	平	登	泥	開	一	次濁	奴	登
2555	脂	Chi	tʂi1	平聲	zhī	止	平	脂	章	開	三	全清	旨	夷
2556	脃	Thúy	t'wi5	銳聲	cuì	蟹	去	祭	清	合	三	次清	此	芮
2557	脅	Hiếp	hiep7	銳入	xié	咸	入	業	曉	開	三	次清	虛	業
2558	脆	Thúy	t'wi5	銳聲	cuì	蟹	去	祭	清	合	三	次清	此	芮
2559	脊	Tích	tiʧ7	銳入	jǐ	梗	入	昔	精	開	三	全清	資	昔
2560	脡	Đĩnh	diɲ4	跌聲	tǐng	梗	上	迥	透	開	四	次清	他	鼎
2561	脩	Tu	tu1	平聲	xiū	流	平	尤	心	開	三	全清	息	流
2562	臬	Nghiệt	ŋiet8	重入	niè	山	入	屑	疑	開	四	次濁	五	結
2563	臭	Xú	su5	銳聲	chòu	流	去	宥	昌	開	三	次清	尺	救

2564	致	Trí	tʂi5	銳聲	zhì	止	去	至	知	開	三	全清	陟	利
2565	舀	Yểu	iew3	問聲	yǎo	效	上	小	以	開	三	次濁	以	沼
2566	舐	Thỉ	t'i3	問聲	shì	止	上	紙	船	開	三	全濁	神	紙
2567	舩	Thuyền	t'wien2	弦聲	chuán	山	平	仙	船	合	三	全濁	食	川
2568	航	Hàng	ha:ŋ2	弦聲	háng	宕	平	唐	匣	開	一	全濁	胡	郎
2569	舫	Phảng	fa:ŋ3	問聲	fǎng	宕	去	漾	非	開	三	全清	甫	妄
2570	般	Ban	ba:n1	平聲	bān	山	平	桓	幫	合	一	全清	北	潘
2571	般	Bát	ba:t7	鋭入	bō	山	入	末	幫	合	一	全清	北	末
2572	芻	Sô	ʂo1	平聲	chú	遇	平	虞	初	合	三	次清	測	隅
2573	茝	Chỉ	tʂi3	問聲	zhǐ	止	上	止	章	開	三	全清	諸	市
2574	荳	Đậu	dɤw6	重聲	dòu	流	去	候	定	開	一	全濁	徒	候
2575	荷	Hà	ha:2	弦聲	hé	果	平	歌	匣	開	一	全濁	胡	歌
2576	荻	Địch	ditʃ8	重入	dí	梗	入	錫	定	開	四	全濁	徒	歷
2577	荼	Đồ	do2	弦聲	tú	遇	平	模	定	合	一	全濁	同	都
2578	荽	Tuy	twi1	平聲	suī	止	平	脂	心	合	三	全清	息	遺
2579	莅	Lị	li6	重聲	lì	止	去	至	來	開	三	次濁	力	至
2580	莆	Phủ	fu3	問聲	fǔ	遇	上	麌	非	合	三	全清	方	矩
2581	莉	Lị	li6	重聲	lì	蟹	平	齊	來	開	四	次濁	郎	奚
2582	莊	Trang	tʂa:ŋ1	平聲	zhuāng	宕	平	陽	莊	開	三	全清	側	羊
2583	莎	Sa	ʂa:1	平聲	shā	果	平	戈	心	合	一	全清	蘇	禾
2584	莓	Môi	moj1	平聲	méi	蟹	平	灰	明	合	一	次濁	莫	杯
2585	莖	Hành	ha:ɲ2	弦聲	jīng	梗	平	耕	匣	開	二	全濁	戶	耕
2586	莘	Sân	ʂɤn1	平聲	xīn	梗	平	耕	影	開	二	全清	烏	莖
2587	莘	Tân	tɤn1	平聲	xīn	臻	平	臻	生	開	二	全清	所	臻
2588	莙	Quân	kwɤn1	平聲	jūn	臻	平	文	見	合	三	全清	舉	云
2589	莝	Toả	twa:3	問聲	cuò	果	去	過	清	合	一	次清	麤	臥
2590	莞	Hoàn	hwa:n2	弦聲	wǎn	山	平	桓	匣	合	一	全濁	胡	官
2591	莞	Hoản	hwa:n3	問聲	wǎn	山	上	潸	匣	合	二	全濁	戶	板
2592	莠	Dửu	zɯw3	問聲	yǒu	流	上	有	以	開	三	次濁	與	久
2593	莢	Giáp	ʑa:p7	鋭入	jiá	咸	入	帖	見	開	四	全清	古	協
2594	莧	Hiện	hien6	重聲	xiàn	山	去	襉	匣	開	二	全濁	侯	襉
2595	莨	Lang	la:ŋ1	平聲	láng	宕	平	唐	來	開	一	次濁	魯	當
2596	莩	Phu	fu1	平聲	fú	遇	平	虞	敷	合	三	次清	芳	無
2597	莩	Biễu	biew4	跌聲	piǎo	效	上	小	並	開	三	全濁	平	表
2598	莪	Nga	ŋa:1	平聲	é	果	平	歌	疑	開	一	次濁	五	何
2599	莫	Mạc	ma:k8	重入	mò	宕	入	鐸	明	開	一	次濁	慕	各
2600	莽	Mãng	ma:ŋ4	跌聲	mǎng	宕	上	蕩	明	開	一	次濁	模	朗
2601	華	Hoa	hwa:1	平聲	huá	假	平	麻	曉	合	二	次清	呼	瓜

2602	虒	Ti	ti1	平聲	sī	止	平	支	心	開	三	全清	息	移
2603	虓	Hao	ha:w1	平聲	xiāo	效	平	肴	曉	開	二	次清	許	交
2604	虔	Kiền	kien2	弦聲	qián	山	平	仙	羣	開	三	全濁	渠	焉
2605	蚊	Văn	van1	平聲	wén	臻	平	文	微	合	三	次濁	無	分
2606	蚋	Nhuế	ɲwe5	銳聲	ruì	蟹	去	祭	日	合	三	次濁	而	銳
2607	蚌	Bạng	ba:ŋ6	重聲	bàng	江	上	講	並	開	二	全濁	步	項
2608	蚍	Tì	ti2	弦聲	pí	止	平	脂	並	開	三	全濁	房	脂
2609	蚑	Kì	ki2	弦聲	qí	止	平	支	羣	開	三	全濁	巨	支
2610	蚓	Dẫn	zɤn4	跌聲	yǐn	臻	上	軫	以	開	三	次濁	余	忍
2611	蚖	Ngoan	ŋwa:n1	平聲	yuán	山	平	桓	疑	合	一	次濁	五	丸
2612	蚘	Hồi	hoj2	弦聲	huí	蟹	平	灰	匣	合	一	全濁	戶	恢
2613	蚣	Công	koŋ1	平聲	gōng	通	平	東	見	合	一	全清	古	紅
2614	蚨	Phù	fu2	弦聲	fú	遇	平	虞	奉	合	三	全濁	防	無
2615	蚩	Xi	si1	平聲	chī	止	平	之	昌	開	三	次清	赤	之
2616	蚪	Đẩu	dɤw3	問聲	dǒu	流	上	厚	端	開	一	全清	當	口
2617	衄	Nục	nuk8	重入	nǜ	通	入	屋	娘	合	三	次濁	女	六
2618	衰	Suy	ʂwi1	平聲	shuāi	止	平	脂	生	合	三	全清	所	追
2619	衷	Trung	tʂuŋ1	平聲	zhōng	通	平	東	知	合	三	全清	陟	弓
2620	衷	Trúng	tʂuŋ5	銳聲	zhòng	通	去	送	知	合	三	全清	陟	仲
2621	衺	Tà	ta:2	弦聲	xié	假	平	麻	邪	開	三	全濁	似	嗟
2622	衾	Khâm	xɤm1	平聲	qīn	深	平	侵	溪	開	三	次清	去	金
2623	袁	Viên	vien1	平聲	yuán	山	平	元	云	合	三	次濁	雨	元
2624	袍	Bào	ba:w2	弦聲	páo	效	平	豪	並	開	一	全濁	薄	褒
2625	袒	Đản	da:n3	問聲	tǎn	山	上	旱	定	開	一	全濁	徒	旱
2626	袖	Tụ	tu6	重聲	xiù	流	去	宥	邪	開	三	全濁	似	祐
2627	袗	Chẩn	tʂɤn3	問聲	zhěn	臻	上	軫	章	開	三	全清	章	忍
2628	袪	Khư	xɯ1	平聲	qū	遇	平	魚	溪	開	三	次清	去	魚
2629	被	Bị	bi6	重聲	bèi	止	去	寘	並	開	三	全濁	平	義
2630	訊	Tấn	tɤn5	銳聲	xùn	臻	去	震	心	開	三	全清	息	晉
2631	訌	Hồng	hoŋ2	弦聲	hóng	通	平	東	匣	合	一	全濁	戶	公
2632	討	Thảo	t'a:w3	問聲	tǎo	效	上	晧	透	開	一	次清	他	浩
2633	訏	Hu	hu1	平聲	xū	遇	平	虞	曉	合	三	次清	況	于
2634	訐	Kiết	kiet7	銳入	jié	山	入	薛	見	開	三	全清	居	列
2635	訒	Nhẫn	ɲɤn4	跌聲	rèn	臻	去	震	日	開	三	次濁	而	振
2636	訓	Huấn	hwɤn5	銳聲	xùn	臻	去	問	曉	合	三	次清	許	運
2637	訕	Sán	ʂa:n5	銳聲	shàn	山	去	諫	生	開	二	全清	所	晏
2638	訖	Ngật	ŋɤt8	重入	qì	臻	入	迄	見	開	三	全清	居	乞
2639	託	Thác	t'a:k7	銳入	tuō	宕	入	鐸	透	開	一	次清	他	各

2640	記	Kí	ki5	鋭聲	jì	止	去	志	見	開	三	全清	居	吏
2641	豇	Giang	ʑa:ŋ1	平聲	jiāng	江	平	江	見	開	二	全清	古	雙
2642	豈	Khởi	xɤ:j3	問聲	qǐ	止	上	尾	溪	開	三	次清	祛	狶
2643	豗	Hôi	hoj1	平聲	huī	蟹	平	灰	曉	合	一	次清	呼	恢
2644	豹	Báo	ba:w5	鋭聲	bào	效	去	效	幫	開	二	全清	北	教
2645	豺	Sài	ʂa:j2	弦聲	chái	蟹	平	皆	崇	開	二	全濁	士	皆
2646	豻	Ngan	ŋa:n1	平聲	hàn	山	平	寒	疑	開	一	次濁	俄	寒
2647	財	Tài	ta:j2	弦聲	cái	蟹	平	咍	從	開	一	全濁	昨	哉
2648	貢	Cống	koŋ5	鋭聲	gòng	通	去	送	見	合	一	全清	古	送
2649	貤	Dị	zi6	重聲	yì	止	去	寘	以	開	三	次濁	以	豉
2650	貤	Di	zi1	平聲	yí	止	去	至	以	開	三	次濁	羊	至
2651	起	Khởi	xɤ:j3	問聲	qǐ	止	上	止	溪	開	三	次清	墟	里
2652	趵	Bác	ba:k7	鋭入	bào	江	入	覺	幫	開	二	全清	北	角
2653	趿	Táp	ta:p7	鋭入	sà	咸	入	合	心	開	一	全清	蘇	合
2654	躬	Cung	kuŋ1	平聲	gōng	通	平	東	見	合	三	全清	居	戎
2655	軏	Nguyệt	ŋwiet8	重入	yuè	山	入	月	疑	合	三	次濁	魚	厥
2656	軏	Ngột	ŋot8	重入	yuè	臻	入	沒	疑	合	一	次濁	五	忽
2657	軒	Hiên	hien1	平聲	xuān	山	平	元	曉	開	三	次清	虛	言
2658	軔	Nhận	ɲɤn6	重聲	rèn	臻	去	震	日	開	三	次濁	而	振
2659	辱	Nhục	ɲuk8	重入	rù	通	入	燭	日	合	三	次濁	而	蜀
2660	逋	Bô	bo1	平聲	bū	遇	平	模	幫	合	一	全清	博	孤
2661	逍	Tiêu	tiew1	平聲	xiāo	效	平	宵	心	開	三	全清	相	邀
2662	透	Thấu	t'ɤw5	鋭聲	tòu	流	去	候	透	開	一	次清	他	候
2663	逐	Trục	tʂuk8	重入	zhú	通	入	屋	澄	合	三	全濁	直	六
2664	逑	Cầu	kɤw2	弦聲	qiú	流	平	尤	羣	開	三	全濁	巨	鳩
2665	途	Đồ	do2	弦聲	tú	遇	平	模	定	合	一	全濁	同	都
2666	逕	Kính	kiɲ5	鋭聲	jìng	梗	去	徑	見	開	四	全清	古	定
2667	逖	Địch	ditʃ8	重入	tì	梗	入	錫	透	開	四	次清	他	歷
2668	逗	Đậu	dɤw6	重聲	dòu	流	去	候	定	開	一	全濁	徒	候
2669	這	Giá	ʑa:5	鋭聲	zhè	山	去	線	疑	開	三	次濁	魚	變
2670	通	Thông	t'oŋ1	平聲	tōng	通	平	東	透	合	一	次清	他	紅
2671	逛	Cuống	kuoŋ5	鋭聲	guàng	宕	上	養	見	合	三	全清	俱	往
2672	逝	Thệ	t'e6	重聲	shì	蟹	去	祭	禪	開	三	全濁	時	制
2673	逞	Sính	ʂiɲ5	鋭聲	chěng	梗	上	靜	徹	開	三	次清	丑	郢
2674	速	Tốc	tok7	鋭入	sù	通	入	屋	心	合	一	全清	桑	谷
2675	造	Tạo	ta:w6	重聲	zào	效	上	晧	從	開	一	全濁	昨	早
2676	逡	Thuân	t'wɤn1	平聲	qūn	臻	平	諄	清	合	三	次清	七	倫
2677	逢	Phùng	fuŋ2	弦聲	féng	通	平	鍾	奉	合	三	全濁	符	容

2678	連	Liên	lien1	平聲	lián	山	平	仙	來	開	三	次濁	力	延
2679	邕	Ung	uŋ1	平聲	yōng	通	平	鍾	影	合	三	全清	於	容
2680	部	Bộ	bo6	重聲	bù	遇	上	姥	並	合	一	全濁	裴	古
2681	郫	Bì	bi2	弦聲	pí	止	平	支	並	開	三	全濁	符	支
2682	郭	Quách	kwa:ʧ7	鋭入	guō	宕	入	鐸	見	合	一	全清	古	博
2683	郯	Đàm	da:m2	弦聲	tán	咸	平	談	定	開	一	全濁	徒	甘
2684	郰	Châu	tʂɤw1	平聲	zōu	流	平	尤	莊	開	三	全清	側	鳩
2685	郴	Sâm	ʂɤm1	平聲	chēn	深	平	侵	徹	開	三	次清	丑	林
2686	郵	Bưu	bɯw1	平聲	yóu	流	平	尤	云	開	三	次濁	羽	求
2687	都	Đô	do1	平聲	dū	遇	平	模	端	合	一	全清	當	孤
2688	鄀	Nhược	ɲɯɤk8	重入	ruò	宕	入	藥	日	開	三	次濁	而	灼
2689	酌	Chước	tʂɯɤk7	鋭入	zhuó	宕	入	藥	章	開	三	全清	之	若
2690	配	Phối	foj5	鋭聲	pèi	蟹	去	隊	滂	合	一	次清	滂	佩
2691	酎	Trữu	tʂɯw4	跌聲	zhòu	流	去	宥	澄	開	三	全濁	直	祐
2692	酒	Tửu	tɯw3	問聲	jiǔ	流	上	有	精	開	三	全清	子	酉
2693	釘	Đinh	diɲ1	平聲	dīng	梗	平	青	端	開	四	全清	當	經
2694	釘	Đính	diɲ5	鋭聲	dìng	梗	去	徑	端	開	四	全清	丁	定
2695	釜	Phủ	fu3	問聲	fǔ	遇	上	麌	奉	合	三	全濁	扶	雨
2696	針	Châm	tʂɤm1	平聲	zhēn	深	平	侵	章	開	三	全清	職	深
2697	閃	Thiểm	t'iem3	問聲	shǎn	咸	上	琰	書	開	三	全清	失	冉
2698	陪	Bồi	boj2	弦聲	péi	蟹	平	灰	並	合	一	全濁	薄	回
2699	陬	Tưu	tɯw1	平聲	zōu	遇	平	虞	精	合	三	全清	子	于
2700	陰	Âm	ɤm1	平聲	yīn	流	平	侯	精	開	一	全清	子	侯
2701	陲	Thùy	t'wi2	弦聲	chuí	止	平	支	禪	合	三	全濁	是	爲
2702	陳	Trần	tʂɤn2	弦聲	chén	臻	平	眞	澄	開	三	全濁	直	珍
2703	陴	Bì	bi2	弦聲	pí	止	平	支	並	開	三	全濁	符	支
2704	陵	Lăng	laŋ1	平聲	líng	曾	平	蒸	來	開	三	次濁	力	膺
2705	陶	Dao	za:w1	平聲	yáo	效	平	宵	以	開	三	次濁	餘	昭
2706	陶	Đào	da:w2	弦聲	táo	效	平	豪	定	開	一	全濁	徒	刀
2707	陷	Hãm	ha:m4	跌聲	xiàn	咸	去	陷	匣	開	二	全濁	戶	韽
2708	陸	Lục	luk8	重入	lù	通	入	屋	來	合	三	次濁	力	竹
2709	陼	Chử	tʂɯ3	問聲	zhǔ	遇	上	語	章	開	三	全清	章	与
2710	隻	Chích	tʂiʧ7	鋭入	zhī	梗	入	昔	章	開	三	全清	之	石
2711	隼	Chuẩn	tʂwɤn3	問聲	zhǔn	臻	上	準	心	合	三	全清	思	尹
2712	飢	Cơ	kɤ:1	平聲	jī	止	平	脂	見	開	三	全清	居	夷
2713	飣	Đính	diɲ5	鋭聲	dìng	梗	去	徑	端	開	四	全清	丁	定
2714	馬	Mã	ma:4	跌聲	mǎ	假	上	馬	明	開	二	次濁	莫	下
2715	高	Cao	ka:w1	平聲	gāo	效	平	豪	見	開	一	全清	古	勞

2716	髟	Bưu	bɯw1	平聲	biāo	效	平	宵	幫	開	三	全清	甫	遙
2717	鬥	Đấu	dɤw5	銳聲	dòu	流	去	候	端	開	一	全清	都	豆
2718	鬯	Sưởng	ʂɯɤŋ3	問聲	chàng	宕	去	漾	徹	開	三	次清	丑	亮
2719	鬲	Cách	ka:ʧ7	銳入	gé	梗	入	麥	見	開	二	全清	古	核
2720	鬲	Lịch	liʧ8	重入	lì	梗	入	錫	來	開	四	次濁	郎	擊
2721	乾	Can	ka:n1	平聲	gān	山	平	寒	見	開	一	全清	古	寒
2722	乾	Càn	ka:n2	弦聲	qián	山	平	仙	羣	開	三	全濁	渠	焉
2723	偁	Xưng	sɯŋ1	平聲	chēng	曾	平	蒸	昌	開	三	次清	處	陵
2724	偃	Yển	ien3	問聲	yǎn	山	上	阮	影	開	三	全清	於	幰
2725	假	Giả	ʑa:3	問聲	jiǎ	假	上	馬	見	開	二	全清	古	疋
2726	假	Giá	ʑa:5	銳聲	jià	假	去	禡	見	開	二	全清	古	訝
2727	偈	Kệ	ke6	重聲	jì	蟹	去	祭	羣	開	三	全濁	其	憩
2728	偉	Vĩ	vi4	跌聲	wěi	止	上	尾	云	合	三	次濁	于	鬼
2729	偎	Ôi	oj1	平聲	wēi	蟹	平	灰	影	合	一	全清	烏	恢
2730	偏	Thiên	t'ien1	平聲	piān	山	平	仙	滂	開	三	次清	芳	連
2731	偓	Ác	a:k7	銳入	wò	江	入	覺	影	開	二	全清	於	角
2732	偕	Giai	ʑa:j1	平聲	xié	蟹	平	皆	見	開	二	全清	古	諧
2733	停	Đình	diɲ2	弦聲	tíng	梗	平	青	定	開	四	全濁	特	丁
2734	偪	Bức	bɯk7	銳入	bī	曾	入	職	幫	開	三	全清	彼	側
2735	偬	Tổng	toŋ3	問聲	zǒng	通	上	董	精	合	一	全清	作	孔
2736	偭	Mạn	ma:n6	重聲	miǎn	山	上	獮	明	開	三	次濁	彌	兗
2737	偲	Ti	ti1	平聲	sī	止	平	之	心	開	三	全清	息	茲
2738	偲	Tai	ta:j1	平聲	sāi	蟹	平	咍	清	開	一	次清	倉	才
2739	側	Trắc	tʂak7	銳入	cè	曾	入	職	莊	開	三	全清	阻	力
2740	偵	Trinh	tʂiɲ1	平聲	zhēn	梗	平	清	徹	開	三	次清	丑	貞
2741	偶	Ngẫu	ŋɤw4	跌聲	ǒu	流	上	厚	疑	開	一	次濁	五	口
2742	偷	Thâu	t'ɤw1	平聲	tōu	流	平	侯	透	開	一	次清	託	侯
2743	傀	Khôi	xoj1	平聲	guī	蟹	平	灰	見	合	一	全清	公	回
2744	傀	Quỷ	kwi3	問聲	kuǐ	蟹	上	賄	溪	合	一	次清	口	猥
2745	兜	Đâu	dɤw1	平聲	dōu	流	平	侯	端	開	一	全清	當	侯
2746	冕	Miện	mien6	重聲	miǎn	山	上	獮	明	開	三	次濁	亡	辨
2747	凰	Hoàng	hwan:ŋ2	弦聲	huáng	宕	平	唐	匣	合	一	全濁	胡	光
2748	剪	Tiễn	tien4	跌聲	jiǎn	山	上	獮	精	開	三	全清	即	淺
2749	副	Phó	fɔ5	銳聲	fù	流	去	宥	敷	開	三	次清	敷	救
2750	勒	Lặc	lak8	重入	lè	曾	入	德	來	開	一	次濁	盧	則
2751	動	Động	doŋ6	重聲	dòng	通	上	董	定	合	一	全濁	徒	揔
2752	勗	Úc	uk7	銳入	xù	通	入	燭	曉	合	三	次清	許	玉
2753	勘	Khám	xa:m5	銳聲	kān	咸	去	勘	溪	開	一	次清	苦	紺

2754	匏	Bào	ba:w2	弦聲	páo	效	平	肴	並	開	二	全濁	薄	交
2755	匐	Bặc	bak8	重入	fú	曾	入	德	並	開	一	全濁	蒲	北
2756	匙	Thi	t'i1	平聲	chí	止	平	支	禪	開	三	全濁	是	支
2757	匭	Quỹ	kwi4	跌聲	guǐ	止	上	旨	見	合	三	全清	居	洧
2758	匱	Quỹ	kwi4	跌聲	guì	止	去	至	羣	合	三	全濁	求	位
2759	匾	Biển	bien3	問聲	biǎn	山	上	銑	幫	開	四	全清	方	典
2760	區	Khu	xu1	平聲	qū	遇	平	虞	溪	合	三	次清	豈	俱
2761	區	Âu	ɤw1	平聲	qū	流	平	侯	影	開	一	全清	烏	侯
2762	參	Sâm	ʂɤm1	平聲	shēn	深	平	侵	初	開	三	次清	楚	簪
2763	參	Tham	t'a:m1	平聲	cān	咸	平	覃	清	開	一	次清	倉	含
2764	參	Tam	ta:m1	平聲	sān	咸	平	談	心	開	一	全清	蘇	甘
2765	唪	Phủng	fuŋ3	問聲	fěng	通	上	腫	奉	合	三	全濁	扶	隴
2766	唭	Cức	kɯk7	銳入	qì	止	去	志	溪	開	三	次清	去	吏
2767	售	Thụ	t'u6	重聲	shòu	流	去	宥	禪	開	三	全濁	承	呪
2768	唯	Duy	zwi1	平聲	wéi	止	平	脂	以	合	三	次濁	以	追
2769	唱	Xướng	sɯɤŋ5	銳聲	chàng	宕	去	漾	昌	開	三	次清	尺	亮
2770	唳	Lệ	le6	重聲	lì	蟹	去	霽	來	開	四	次濁	郎	計
2771	唵	Úm	um5	銳聲	ǎn	咸	上	感	影	開	一	全清	烏	感
2772	唾	Thóa	t'wa:5	銳聲	tuò	果	去	過	透	合	一	次清	湯	臥
2773	啀	Nhai	ɲa:j1	平聲	ái	蟹	平	佳	疑	開	二	次濁	五	佳
2774	啁	Trù	tʂu2	弦聲	zhōu	流	平	尤	知	開	三	全清	張	流
2775	啄	Trác	tʂa:k7	銳入	zhuó	江	入	覺	知	開	二	全清	竹	角
2776	商	Thương	t'ɯɤŋ1	平聲	shāng	宕	平	陽	書	開	三	全清	式	羊
2777	問	Vấn	vɤn5	銳聲	wèn	臻	去	問	微	合	三	次濁	亡	運
2778	啐	Thối	t'oj5	銳聲	cuì	蟹	去	隊	清	合	一	次清	七	內
2779	啑	Xiệp	siep8	重入	shà	咸	入	狎	生	開	二	全清	所	甲
2780	啕	Đào	da:w2	弦聲	táo	效	平	豪	定	開	一	全濁	徒	刀
2781	啖	Đạm	da:m6	重聲	dàn	咸	去	闞	定	開	一	全濁	徒	濫
2782	啗	Đạm	da:m6	重聲	dàn	咸	去	闞	定	開	一	全濁	徒	濫
2783	啚	Bỉ	bi3	問聲	bǐ	止	上	旨	幫	開	三	全清	方	美
2784	啚	Đồ	do2	弦聲	tú	遇	平	模	定	合	一	全濁	同	都
2785	啜	Xuyết	swiet7	銳入	chuò	山	入	薛	昌	合	三	次清	昌	悅
2786	啞	Á	a:5	銳聲	yǎ	假	去	禡	影	開	二	全清	衣	嫁
2787	啞	Ách	a:ʧ7	銳入	è	梗	入	麥	影	開	二	全清	於	革
2788	啓	Khải	xa:j3	問聲	qǐ	蟹	上	薺	溪	開	四	次清	康	禮
2789	啡	Phê	fe1	平聲	pēi	蟹	上	海	滂	開	一	次清	匹	愷
2790	喎	Oa	wa:1	平聲	wāi	蟹	平	佳	溪	合	二	次清	苦	緺
2791	喏	Nhạ	ɲa:6	重聲	rě	假	上	馬	日	開	三	次濁	人	者

2792	圈	Khuyên	xwien1	平聲	quān	山	上	獮	羣	合	三	全濁	渠	篆
2793	圉	Ngữ	ŋɯ4	跌聲	yǔ	遇	上	語	疑	開	三	次濁	魚	巨
2794	圊	Thanh	t'a:ɲ1	平聲	qīng	梗	平	清	清	開	三	次清	七	情
2795	國	Quốc	kwok7	鋭入	guó	曾	入	德	見	合	一	全清	古	或
2796	埝	Niệm	niem6	重聲	niàn	咸	去	㮇	端	開	四	全清	都	念
2797	域	Vực	vɯk8	重入	yù	咸	入	帖	泥	開	四	次濁	奴	協
2798	埤	Bì	bi2	弦聲	pí	止	平	支	並	開	三	全濁	符	支
2799	埧	Cụ	ku6	重聲	jù	遇	去	遇	羣	合	三	全濁	其	遇
2800	埭	Đại	da:j6	重聲	dài	蟹	去	代	定	開	一	全濁	徒	耐
2801	埰	Thái	t'a:j5	鋭聲	cài	蟹	去	代	清	開	一	次清	倉	代
2802	埴	Thực	t'ɯk8	重入	zhí	曾	入	職	禪	開	三	全濁	常	職
2803	埵	Đỏa	dwa:3	問聲	duǒ	果	上	果	端	合	一	全清	丁	果
2804	埶	Nghệ	ŋe6	重聲	yì	蟹	去	祭	疑	開	三	次濁	魚	祭
2805	執	Chấp	tʂɤp7	鋭入	zhí	深	入	緝	章	開	三	全清	之	入
2806	埸	Dịch	zitʃ8	重入	yì	梗	入	昔	以	開	三	次濁	羊	益
2807	培	Bồi	boj2	弦聲	péi	蟹	平	灰	並	合	一	全濁	薄	回
2808	基	Cơ	kɤ:1	平聲	jī	止	平	之	見	開	三	全清	居	之
2809	堀	Quật	kwɤt8	重入	kū	臻	入	物	羣	合	三	全濁	衢	物
2810	堂	Đường	dɯɤŋ2	弦聲	táng	宕	平	唐	定	開	一	全濁	徒	郎
2811	堅	Kiên	kien1	平聲	jiān	山	平	先	見	開	四	全清	古	賢
2812	堆	Đôi	doj1	平聲	duī	蟹	平	灰	端	合	一	全清	都	回
2813	堊	Ác	a:k7	鋭入	è	宕	入	鐸	影	開	一	全清	烏	各
2814	堝	Qua	qwa:1	平聲	guō	果	平	戈	見	合	一	全清	古	禾
2815	堵	Đổ	do3	問聲	dǔ	遇	上	姥	端	合	一	全清	當	古
2816	夠	Cú	ku5	鋭聲	gòu	流	平	侯	見	開	一	全清	古	侯
2817	奢	Xa	sa:1	平聲	shē	假	平	麻	書	開	三	全清	式	車
2818	娬	Vũ	vu4	跌聲	wǔ	遇	上	麌	微	合	三	次濁	文	甫
2819	娶	Thú	t'u5	鋭聲	qǔ	遇	去	遇	清	合	三	次清	七	句
2820	婁	Lâu	lɤw1	平聲	lóu	流	平	侯	來	開	一	次濁	落	侯
2821	婆	Bà	ba:2	弦聲	pó	果	平	戈	並	合	一	全濁	薄	波
2822	婉	Uyển	wien3	問聲	wǎn	山	上	阮	影	合	三	全清	於	阮
2823	婕	Tiệp	tiep8	重入	jié	咸	入	葉	精	開	三	全清	即	葉
2824	婚	Hôn	hon1	平聲	hūn	臻	平	魂	曉	合	一	次清	呼	昆
2825	婢	Tì	ti2	弦聲	bì	止	上	紙	並	開	三	全濁	便	俾
2826	婥	Sước	ʂɯɤk7	鋭入	chuò	宕	入	藥	昌	開	三	次清	昌	約
2827	婦	Phụ	fu6	重聲	fù	流	上	有	奉	開	三	全濁	房	久
2828	婪	Lam	la:m1	平聲	lán	咸	平	覃	來	開	一	次濁	盧	含
2829	婬	Dâm	zɤm1	平聲	yín	深	平	侵	以	開	三	次濁	餘	針

2830	娅	Á	a:5	鋭聲	yà	假	去	禡	影	開	二	全清	衣	嫁
2831	媧	Oa	wa:1	平聲	wā	蟹	平	佳	見	合	二	全清	古	蛙
2832	孰	Thục	t'uk8	重入	shú	通	入	屋	禪	合	三	全濁	殊	六
2833	宿	Túc	tuk7	鋭入	sù	通	入	屋	心	合	三	全清	息	逐
2834	宿	Tú	tu5	鋭聲	xiù	流	去	宥	心	開	三	全清	息	救
2835	寀	Thái	t'a:j5	鋭聲	cǎi	蟹	上	海	清	開	一	次清	倉	宰
2836	寂	Tịch	titʃ8	重入	jì	梗	入	錫	從	開	四	全濁	前	歷
2837	寄	Kí	ki5	鋭聲	jì	止	去	寘	見	開	三	全清	居	義
2838	寅	Dần	zɤn2	弦聲	yín	臻	平	真	以	開	三	次濁	翼	真
2839	密	Mật	mɤt8	重入	mì	臻	入	質	明	開	三	次濁	美	筆
2840	寇	Khấu	xɤw5	鋭聲	kòu	流	去	候	溪	開	一	次清	苦	候
2841	専	Chuyên	tʂwien1	平聲	zhuān	山	平	仙	章	合	三	全清	職	緣
2842	尉	Úy	wi5	鋭聲	wèi	止	去	未	影	合	三	全清	於	胃
2843	尉	Uất	wɤt7	鋭入	wèi	臻	入	物	影	合	三	全清	紆	物
2844	屝	Phỉ	fi3	問聲	fèi	止	去	未	奉	合	三	全濁	扶	沸
2845	屠	Chư	tʂɯ1	平聲	chú	遇	平	魚	澄	開	三	全濁	直	魚
2846	屠	Đồ	do2	弦聲	tú	遇	平	模	定	合	一	全濁	同	都
2847	崆	Không	koŋ1	平聲	kōng	江	平	江	溪	開	二	次清	苦	江
2848	崇	Sùng	ʂuŋ2	弦聲	chóng	通	平	東	崇	合	三	全濁	鋤	弓
2849	崍	Lai	la:j1	平聲	lái	蟹	平	咍	來	開	一	次濁	落	哀
2850	崎	Khi	xi1	平聲	qí	止	平	支	溪	開	三	次清	去	奇
2851	崑	Côn	kon1	平聲	kūn	臻	平	魂	見	合	一	全清	古	渾
2852	崔	Thôi	t'oj1	平聲	cuī	蟹	平	灰	清	合	一	次清	倉	回
2853	崖	Nhai	ɲa:j1	平聲	yái	蟹	平	佳	疑	開	二	次濁	五	佳
2854	崗	Cương	kɯɤŋ1	平聲	gāng	宕	平	唐	見	開	一	全清	古	郎
2855	崙	Lôn	lon1	平聲	lún	臻	平	魂	來	合	一	次濁	盧	昆
2856	崚	Lăng	laŋ1	平聲	léng	曾	平	蒸	來	開	三	次濁	力	膺
2857	崛	Quật	kwɤt8	重入	jué	臻	入	物	羣	合	三	全濁	衢	物
2858	崞	Quách	kwa:tʃ7	鋭入	guō	宕	入	鐸	見	合	一	全清	古	博
2859	崢	Tranh	tʂa:ɲ1	平聲	zhēng	梗	平	耕	清 （崇）	開	二	次清 （全濁）	七 （士）	耕
2860	崤	Hào	ha:w2	弦聲	yáo	效	平	肴	匣	開	二	全濁	胡	茅
2861	崦	Yêm	iem1	平聲	yān	咸	平	鹽	影	開	三	全清	央	炎
2862	崧	Tủng	tuŋ3	問聲	sōng	通	平	東	心	合	三	全清	息	弓
2863	崩	Băng	baŋ1	平聲	bēng	曾	平	登	幫	開	一	全清	北	滕
2864	巢	Sào	ʂa:w2	弦聲	cháo	效	平	肴	崇	開	二	全濁	鉏	交
2865	帳	Trướng	tʂɯɤŋ5	鋭聲	zhàng	宕	去	漾	知	開	三	全清	知	亮
2866	惋	Oan	wa:n1	平聲	wān	山	平	桓	影	合	一	全清	一	丸

2867	帶	Đái	da:j5	銳聲	dài	蟹	去	泰	端	開	一	全清	當	蓋
2868	帷	Duy	zwi1	平聲	wéi	止	平	脂	云	合	三	次濁	洧	悲
2869	常	Thường	t'ɯɤŋ2	弦聲	cháng	宕	平	陽	禪	開	三	全濁	市	羊
2870	啚	Bỉ	bi3	問聲	bǐ	止	上	旨	幫	開	三	全清	方	美
2871	庳	Tì	ti2	弦聲	bēi	止	平	支	幫	開	三	全清	府	移
2872	庳	Bỉ	bi3	問聲	bì	止	上	紙	並	開	三	全濁	便	俾
2873	庵	Am	a:m1	平聲	ān	咸	平	覃	影	開	一	全清	烏	含
2874	庶	Thứ	t'ɯ5	銳聲	shù	遇	去	御	書	開	三	全清	商	署
2875	康	Khang	xa:ŋ1	平聲	kāng	宕	平	唐	溪	開	一	次清	苦	岡
2876	庸	Dung	zuŋ1	平聲	yōng	通	平	鍾	以	合	三	次濁	餘	封
2877	庾	Dũu	zɯw4	跌聲	yǔ	遇	上	麌	以	合	三	次濁	以	主
2878	廊	Lang	la:ŋ1	平聲	láng	宕	平	唐	來	開	一	次濁	魯	當
2879	張	Trương	tʂɯɤŋ1	平聲	zhāng	宕	平	陽	知	開	三	全清	陟	良
2880	強	Cường	kɯɤŋ2	弦聲	qiáng	宕	平	陽	羣	開	三	全濁	巨	良
2881	彗	Tuệ	twe6	重聲	huì	蟹	去	祭	邪	合	三	全濁	祥	歲
2882	彩	Thái	t'a:j5	銳聲	cǎi	蟹	上	海	清	開	一	次清	倉	宰
2883	彫	Điêu	diew1	平聲	diāo	效	平	蕭	端	開	四	全清	都	聊
2884	彬	Bân	bɤn1	平聲	bīn	臻	平	眞	幫	開	三	全清	府	巾
2885	得	Đắc	dak7	銳入	dé	曾	入	德	端	開	一	全清	多	則
2886	徘	Bồi	boj2	弦聲	pái	蟹	平	灰	並	合	一	全濁	薄	回
2887	徙	Tỉ	ti3	問聲	xǐ	止	上	紙	心	開	三	全清	斯	氏
2888	徜	Thảng	t'a:ŋ3	問聲	cháng	宕	平	陽	禪	開	三	全濁	市	羊
2889	從	Tùng	tuŋ2	弦聲	cóng	通	平	鍾	從	合	三	全濁	疾	容
2890	從	Thung	t'uŋ1	平聲	cōng	通	平	鍾	清	合	三	次清	七	恭
2891	徠	Lai	la:j1	平聲	lái	蟹	平	咍	來	開	一	次濁	落	哀
2892	徠	Lại	la:j6	重聲	lài	蟹	去	代	來	開	一	次濁	洛	代
2893	恿	Dũng	zuŋ4	跌聲	yǒng	通	上	腫	以	合	三	次濁	余	隴
2894	悉	Tất	tɤt7	銳入	xī	臻	入	質	心	開	三	全清	息	七
2895	悠	Du	zu1	平聲	yōu	流	平	尤	以	開	三	次濁	以	周
2896	患	Hoạn	hwa:n6	重聲	huàn	山	去	諫	匣	合	二	全濁	胡	慣
2897	悤	Thông	t'oŋ1	平聲	cōng	通	平	東	清	合	一	次清	倉	紅
2898	悰	Tông	toŋ1	平聲	cóng	通	平	冬	從	合	一	全濁	藏	宗
2899	悱	Phỉ	fi3	問聲	fěi	止	上	尾	敷	合	三	次清	敷	尾
2900	悴	Tụy	twi6	重聲	cuì	止	去	至	從	合	三	全濁	秦	醉
2901	悵	Trướng	tʂɯɤŋ5	銳聲	chàng	宕	去	漾	徹	開	三	次清	丑	亮
2902	悸	Quý	kwi5	銳聲	jì	止	去	至	羣	合	三	全濁	其	季
2903	悻	Hãnh	ha:ɲ4	跌聲	xìng	梗	上	迥	匣	開	四	全濁	胡	頂
2904	悼	Điệu	diew6	重聲	dào	效	去	號	定	開	一	全濁	徒	到

2905	悽	Thê	t'e1	平聲	qī	蟹	平	齊	清	開	四	次清	七	稽
2906	悾	Không	koŋ1	平聲	kōng	江	平	江	溪	開	二	次清	苦	江
2907	情	Tình	tiŋ2	弦聲	qíng	梗	平	清	從	開	三	全濁	疾	盈
2908	惆	Trù	tʂu2	弦聲	chóu	流	平	尤	徹	開	三	次清	丑	鳩
2909	惇	Đôn	don1	平聲	dūn	臻	平	魂	端	合	一	全清	都	昆
2910	惋	Oản	wa:n3	問聲	wǎn	山	去	換	影	合	一	全清	烏	貫
2911	惔	Đàm	da:m2	弦聲	tán	咸	平	談	定	開	一	全濁	徒	甘
2912	惕	Dịch	zitʃ8	重入	tì	梗	入	錫	透	開	四	次清	他	歷
2913	惘	Võng	vɔŋ4	跌聲	wǎng	宕	上	養	微	開	三	次濁	文	兩
2914	惚	Hốt	hot7	銳入	bū	臻	入	沒	曉	合	一	次清	呼	骨
2915	惛	Hôn	hon1	平聲	hūn	臻	平	魂	曉	合	一	次清	呼	昆
2916	惜	Tích	titʃ7	銳入	xī	梗	入	昔	心	開	三	全清	思	積
2917	惟	Duy	zwi1	平聲	wéi	止	平	脂	以	合	三	次濁	以	追
2918	惧	Cụ	ku6	重聲	jù	遇	去	遇	羣	合	三	全濁	其	遇
2919	戚	Thích	t'itʃ7	銳入	qī	梗	入	錫	清	開	四	次清	倉	歷
2920	戛	Kiết	kiet7	銳入	jiá	山	入	黠	見	開	二	全清	古	黠
2921	扈	Hỗ	ho4	跌聲	hù	遇	上	姥	匣	合	一	全濁	侯	古
2922	挲	Sa	ʂa:1	平聲	suō	果	平	歌	心	開	一	全清	素	何
2923	捥	Oản	wa:n3	問聲	wàn	山	去	換	影	合	一	全清	烏	貫
2924	捧	Phủng	fuŋ3	問聲	pěng	通	上	腫	敷	合	三	次清	敷	奉
2925	捨	Xả	sa:3	問聲	shě	假	上	馬	書	開	三	全清	書	冶
2926	捩	Lệ	le6	重聲	liè	蟹	去	霽	來	開	四	次濁	郎	計
2927	捩	Liệt	liet8	重入	liè	山	入	屑	來	開	四	次濁	練	結
2928	捫	Môn	mon1	平聲	mén	臻	平	魂	明	合	一	次濁	莫	奔
2929	捭	Bãi	ba:j4	跌聲	bǎi	蟹	上	蟹	幫	開	二	全清	北	買
2930	据	Cư	kɯ1	平聲	jū	遇	平	魚	見	開	三	全清	九	魚
2931	捲	Quyển	kwien3	問聲	juǎn	山	上	獮	見	合	三	全清	居	轉
2932	捶	Chúy	tʂwi5	銳聲	chuí	止	上	紙	章	合	三	全清	之	累
2933	捷	Tiệp	tiep8	重入	jié	咸	入	葉	從	開	三	全濁	疾	葉
2934	捺	Nại	na:j6	重聲	nà	山	入	曷	泥	開	一	次濁	奴	曷
2935	捻	Niệp	niep8	重入	niē	咸	入	帖	泥	開	四	次濁	奴	協
2936	挼	Noa	nwa:1	平聲	nuó	果	平	戈	泥	合	一	次濁	奴	禾
2937	捽	Tốt	tot7	銳入	zuó	臻	入	沒	從	合	一	全濁	昨	沒
2938	掀	Hiên	hien1	平聲	xiān	山	平	元	曉	開	三	次清	虛	言
2939	掃	Tảo	ta:w3	問聲	sǎo	效	上	晧	心	開	一	全清	蘇	老
2940	掄	Luân	lwɤn1	平聲	lún	臻	平	諄	來	合	三	次濁	力	迍
2941	掇	Xuyết	swiet7	銳入	duó	山	入	薛	知	合	三	全清	陟	劣
2942	授	Thụ	t'u6	重聲	shòu	流	去	宥	禪	開	三	全濁	承	呪

2943	掉	Điệu	diew6	重聲	diào	效	去	嘯	定	開	四	全濁	徒	弔
2944	掊	Bồi	boj2	弦聲	póu	流	平	侯	並	開	一	全濁	薄	侯
2945	掊	Phẫu	fɤw4	跌聲	pǒu	流	上	厚	幫	開	一	全清	方	垢
2946	掎	Kỉ	ki3	問聲	jǐ	止	上	紙	見	開	三	全清	居	綺
2947	掏	Đào	da:w2	弦聲	tāo	效	平	豪	定	開	一	全濁	徒	刀
2948	掐	Kháp	xa:p7	銳入	qiā	咸	入	洽	溪	開	二	次清	苦	洽
2949	排	Bài	ba:j2	弦聲	pái	蟹	平	皆	並	開	二	全濁	步	皆
2950	掖	Dịch	zitʃ8	重入	yì	梗	入	昔	以	開	三	次濁	羊	益
2951	掘	Quật	kwɤt8	重入	jué	臻	入	物	羣	合	三	全濁	衢	物
2952	掛	Quải	kwa:j3	問聲	guà	蟹	去	卦	見	合	二	全清	古	賣
2953	掞	Thiểm	t'iem3	問聲	shàn	咸	去	豔	書	開	三	全清	舒	贍
2954	掠	Lược	lɯɤk8	重入	luè	宕	入	藥	來	開	三	次濁	離	灼
2955	採	Thái	t'a:j5	銳聲	cǎi	蟹	上	海	清	開	一	次清	倉	宰
2956	探	Thám	t'a:m5	銳聲	tàn	咸	平	覃	透	開	一	次清	他	含
2957	接	Tiếp	tiep7	銳入	jiē	咸	入	葉	精	開	三	全清	即	葉
2958	控	Khống	koŋ5	銳聲	kòng	通	去	送	溪	合	一	次清	苦	貢
2959	推	Thôi	t'oj1	平聲	tuī	蟹	平	灰	透	合	一	次清	他	回
2960	推	Suy	ʂwi1	平聲	tuī	止	平	脂	初	合	三	次清	叉	佳
2961	掩	Yểm	iem3	問聲	yǎn	咸	上	琰	影	開	三	全清	衣	儉
2962	措	Thố	t'o5	銳聲	cuò	遇	去	暮	清	合	一	次清	倉	故
2963	掫	Tưu	tɯw1	平聲	zōu	流	平	侯	精	開	一	全清	子	侯
2964	掬	Cúc	kuk7	銳入	jú	通	入	屋	見	合	三	全清	居	六
2965	敏	Mẫn	mɤn4	跌聲	mǐn	臻	上	軫	明	開	三	次濁	眉	殞
2966	救	Cứu	kɯw5	銳聲	jiù	流	去	宥	見	開	三	全清	居	祐
2967	敔	Ngữ	ŋɯ4	跌聲	yǔ	遇	上	語	疑	開	三	次濁	魚	巨
2968	敕	Sắc	ʂak7	銳入	chì	曾	入	職	徹	開	三	次清	恥	力
2969	敗	Bại	ba:j6	重聲	bài	蟹	去	夬	並	開	二	全濁	薄	邁
2970	敘	Tự	tɯ6	重聲	xù	遇	上	語	邪	開	三	全濁	徐	呂
2971	教	Giao	ʐa:w1	平聲	jiāo	效	平	肴	見	開	二	全清	古	肴
2972	教	Giáo	ʐa:w5	銳聲	jiào	效	去	效	見	開	二	全清	古	孝
2973	敝	Tệ	te6	重聲	bì	蟹	去	祭	並	開	三	全濁	毗	祭
2974	敢	Cảm	ka:m3	問聲	gǎn	咸	上	敢	見	開	一	全清	古	覽
2975	斛	Hộc	hok8	重入	hú	通	入	屋	匣	合	一	全濁	胡	谷
2976	斜	Tà	ta:2	弦聲	xié	假	平	麻	邪	開	三	全濁	似	嗟
2977	斬	Trảm	tʂa:m3	問聲	zhǎn	咸	上	豏	莊	開	二	全清	側	減
2978	旋	Toàn	twa:n2	弦聲	xuán	山	平	仙	邪	合	三	全濁	似	宣
2979	旌	Tinh	tiŋ1	平聲	jīng	梗	平	清	精	開	三	全清	子	盈
2980	旎	Nỉ	ni3	問聲	nǐ	止	上	紙	娘	開	三	次濁	女	氏

2981	族	Tộc	tok8	重入	zú	通	入	屋	從	合	一	全濁	昨	木
2982	既	Kí	ki5	銳聲	jì	止	去	未	見	開	三	全清	居	豙
2983	晡	Bô	bo1	平聲	bū	遇	平	模	幫	合	一	全清	博	孤
2984	晤	Ngộ	ŋo6	重聲	wù	遇	去	暮	疑	合	一	次濁	五	故
2985	晦	Hối	hoj5	銳聲	huì	蟹	去	隊	曉	合	一	次清	荒	內
2986	晨	Thần	t'ɤn2	弦聲	chén	臻	平	真	船	開	三	全濁	食	鄰
2987	曹	Tào	ta:w2	弦聲	cáo	效	平	豪	從	開	一	全濁	昨	勞
2988	曼	Man	ma:n1	平聲	màn	山	平	桓	明	合	一	次濁	母	官
2989	曼	Mạn	ma:n6	重聲	màn	山	去	願	微	合	三	次濁	無	販
2990	望	Vọng	vɔŋ6	重聲	wàng	宕	去	漾	微	開	三	次濁	巫	放
2991	桫	Sa	ʂa:1	平聲	suō	果	平	歌	心	開	一	全清	素	何
2992	桬	Sa	ʂa:1	平聲	shā	假	平	麻	生	開	二	全清	所	加
2993	桮	Bôi	boj1	平聲	bēi	蟹	平	灰	幫	合	一	全清	布	回
2994	桲	Bột	bot8	重入	bó	臻	入	沒	並	合	一	全濁	蒲	沒
2995	桴	Phù	fu2	弦聲	fú	遇	平	虞	敷	合	三	次清	芳	無
2996	桶	Dũng	zuŋ4	跌聲	tǒng	通	上	董	定	合	一	全濁	徒	揔
2997	桷	Giác	ʑa:k7	銳入	jué	江	入	覺	見	開	二	全清	古	岳
2998	桹	Lang	la:ŋ1	平聲	láng	宕	平	唐	來	開	一	次濁	魯	當
2999	梁	Lương	lɯɤŋ1	平聲	liáng	宕	平	陽	來	開	三	次濁	呂	張
3000	梅	Mai	ma:j1	平聲	méi	蟹	平	灰	明	合	一	次濁	莫	杯
3001	梏	Cốc	kok7	銳入	gù	通	入	沃	見	合	一	全清	古	沃
3002	梐	Bệ	be6	重聲	bì	蟹	平	齊	幫	開	四	全清	邊	兮
3003	梓	Tử	tɯ3	問聲	zǐ	止	上	止	精	開	三	全清	即	里
3004	梔	Chi	tʂi1	平聲	zhī	止	平	支	章	開	三	全清	章	移
3005	梗	Ngạnh	ŋa:ɲ6	重聲	gěng	梗	上	梗	見	開	二	全清	古	杏
3006	梟	Kiêu	kiew1	平聲	xiāo	效	平	蕭	見	開	四	全清	古	堯
3007	梭	Thoa	t'wa:1	平聲	suō	果	平	戈	心	合	一	全清	蘇	禾
3008	梯	Thê	t'e1	平聲	tī	蟹	平	齊	透	開	四	次清	土	雞
3009	械	Giới	ʑɤ:j5	銳聲	xiè	蟹	去	怪	匣	開	二	全濁	胡	介
3010	梱	Khổn	xon3	問聲	kǔn	臻	上	混	溪	合	一	次清	苦	本
3011	棁	Chuyết	tʂwiet7	銳入	zhuó	山	入	薛	章	合	三	全清	職	悅
3012	梳	Sơ	ʂɤ:1	平聲	shū	遇	平	魚	生	開	三	全清	所	葅
3013	梵	Phạm	fa:m6	重聲	fàn	咸	去	梵	奉	合	三	全濁	扶	泛
3014	欲	Dục	zuk8	重入	yù	通	入	燭	以	合	三	次濁	余	蜀
3015	欵	Khoản	xwa:n3	問聲	kuǎn	山	上	緩	溪	合	一	次清	苦	管
3016	欷	Hi	hi1	平聲	xī	止	平	微	曉	開	三	次清	香	衣
3017	欸	Ai	a:j1	平聲	ǎi	蟹	平	咍	影	開	一	全清	烏	開
3018	殍	Biểu	biew4	跌聲	piǎo	效	上	小	並	開	三	全濁	平	表

3019	毫	Hào	ha:w2	弦聲	háo	效	平	豪	匣	開	一	全濁	胡	刀
3020	毬	Cầu	kɤw2	弦聲	qiú	流	平	尤	羣	開	三	全濁	巨	鳩
3021	涪	Phù	fu2	弦聲	fú	流	平	尤	奉	開	三	全濁	縛	謀
3022	涯	Nhai	ɲa:j1	平聲	yá	蟹	平	佳	疑	開	二	次濁	五	佳
3023	液	Dịch	zitʃ8	重入	yè	梗	入	昔	以	開	三	次濁	羊	益
3024	涳	Không	koŋ1	平聲	kōng	江	平	江	溪	開	二	次清	苦	江
3025	涵	Hàm	ha:m2	弦聲	hán	咸	平	覃	匣	開	一	全濁	胡	男
3026	涸	Hạc	ha:k8	重入	hé	宕	入	鐸	匣	開	一	全濁	下	各
3027	涼	Lương	lɯɤŋ1	平聲	liáng	宕	平	陽	來	開	三	次濁	呂	張
3028	涿	Trác	tʂa:k7	銳入	zhuó	江	入	覺	知	開	二	全清	竹	角
3029	淄	Truy	tʂwi1	平聲	zī	止	平	之	莊	開	三	全清	側	持
3030	淅	Tích	titʃ7	銳入	xī	梗	入	錫	心	開	四	全清	先	擊
3031	淆	Hào	ha:w2	弦聲	yáo	效	平	肴	匣	開	二	全濁	胡	茅
3032	淇	Kì	ki2	弦聲	qí	止	平	之	羣	開	三	全濁	渠	之
3033	淋	Lâm	lɤm1	平聲	lín	深	平	侵	來	開	三	次濁	力	尋
3034	淑	Thục	t'uk8	重入	shú	通	入	屋	禪	合	三	全濁	殊	六
3035	淒	Thê	t'e1	平聲	qī	蟹	平	齊	清	開	四	次清	七	稽
3036	淖	Náo	na:w5	銳聲	nào	效	去	效	娘	開	二	次濁	奴	教
3037	淙	Tông	toŋ1	平聲	cóng	通	平	冬	從	合	一	全濁	藏	宗
3038	淚	Lệ	le6	重聲	lèi	止	去	至	來	合	三	次濁	力	遂
3039	淝	Phì	fi2	弦聲	féi	止	平	微	奉	合	三	全濁	符	非
3040	淞	Tùng	tuŋ2	弦聲	sōng	通	平	鍾	邪	合	三	全濁	祥	容
3041	淟	Điến	dien5	銳聲	tiǎn	山	上	銑	透	開	四	次清	他	典
3042	淡	Đạm	da:m6	重聲	dàn	咸	去	闞	定	開	一	全濁	徒	濫
3043	淤	Ứ	ɯ5	銳聲	yū	遇	去	御	影	開	三	全清	依	倨
3044	淥	Lục	luk8	重入	lù	通	入	燭	來	合	三	次濁	力	玉
3045	淦	Cam	ka:m1	平聲	gàn	咸	平	覃	見	開	一	全清	古	南
3046	淨	Tịnh	tiɲ6	重聲	jìng	梗	去	勁	從	開	三	全濁	疾	政
3047	淩	Lăng	laŋ1	平聲	líng	曾	平	蒸	來	開	三	次濁	力	膺
3048	淪	Luân	lwɤn1	平聲	lún	臻	平	諄	來	合	三	次濁	力	迍
3049	淫	Dâm	zɤm1	平聲	yín	深	平	侵	以	開	三	次濁	餘	針
3050	淬	Thối	t'oj5	銳聲	cuì	蟹	去	隊	清	合	一	次清	七	內
3051	淮	Hoài	hwa:j2	弦聲	huái	蟹	平	皆	匣	合	二	全濁	戶	乖
3052	深	Thâm	t'ɤm1	平聲	shēn	深	平	侵	書	開	三	全清	式	針
3053	淳	Thuần	t'wɤn2	弦聲	chún	臻	平	諄	禪	合	三	全濁	常	倫
3054	淶	Lai	la:j1	平聲	lái	蟹	平	咍	來	開	一	次濁	落	哀
3055	混	Hỗn	hon4	跌聲	hǔn	臻	上	混	匣	合	一	全濁	胡	本
3056	淹	Yêm	iem1	平聲	yān	咸	平	鹽	影	開	三	全清	央	炎

3057	淺	Tiên	tien1	平聲	jiān	山	平	先	精	開	四	全清	則	前
3058	淺	Thiển	t'ien3	問聲	qiǎn	山	上	獮	清	開	三	次清	士	演
3059	添	Thiêm	t'iem1	平聲	tiān	咸	平	添	透	開	四	次清	他	兼
3060	清	Thanh	t'a:ɲ1	平聲	qīng	梗	平	清	清	開	三	次清	七	情
3061	渚	Chử	tʂɯ3	問聲	zhǔ	遇	上	語	章	開	三	全清	章	与
3062	渠	Cừ	kɯ2	弦聲	qú	遇	平	魚	羣	開	三	全濁	強	魚
3063	渦	Qua	qwa:1	平聲	guō	果	平	戈	見	合	一	全清	古	禾
3064	渦	Oa	wa:1	平聲	wō	果	平	戈	影	合	一	全清	烏	禾
3065	滒	Ca	ka:1	平聲	gē	果	平	歌	見	開	一	全清	古	俄
3066	烰	Phù	fu2	弦聲	fú	流	平	尤	奉	開	三	全濁	縛	謀
3067	烹	Phanh	fa:ɲ1	平聲	pēng	梗	平	庚	滂	開	二	次清	撫	庚
3068	烽	Phong	fɔŋ1	平聲	fēng	通	平	鍾	敷	合	三	次清	敷	容
3069	焉	Yên	ien1	平聲	yān	山	平	仙	影	開	三	全清	於	乾
3070	爽	Sảng	ʂa:ŋ3	問聲	shuǎng	宕	上	養	生	開	三	全清	踈	兩
3071	牼	Khanh	xa:ɲ1	平聲	kēng	梗	平	耕	溪	開	二	次清	口	莖
3072	牽	Khiên	xien1	平聲	qiān	山	平	先	溪	開	四	次清	苦	堅
3073	犁	Lê	le1	平聲	lí	蟹	平	齊	來	開	四	次濁	郎	奚
3074	猊	Nghê	ɲe1	平聲	ní	蟹	平	齊	疑	開	四	次濁	五	稽
3075	猖	Xương	sɯɤŋ1	平聲	chāng	宕	平	陽	昌	開	三	次清	尺	良
3076	猗	Y	i1	平聲	yī	止	平	支	影	開	三	全清	於	離
3077	猘	Chế	tʂe5	銳聲	zhì	蟹	去	祭	見	開	三	全清	居	例
3078	猙	Tranh	tʂa:ɲ1	平聲	zhēng	梗	平	耕	莊	開	二	全清	側	莖
3079	猛	Mãnh	ma:ɲ4	跌聲	měng	梗	上	耿	明	開	二	次濁	莫	幸
3080	猜	Sai	ʂa:j1	平聲	cāi	蟹	平	咍	清	開	一	次清	倉	才
3081	猝	Thốt	t'ot7	銳入	cù	臻	入	沒	清	合	一	次清	倉	沒
3082	猪	Trư	tʂɯ1	平聲	zhū	遇	平	魚	知	開	三	全清	陟	魚
3083	猫	Miêu	miew1	平聲	māo	效	平	宵	明	開	三	次濁	武	瀌
3084	率	Súy	ʂwi5	銳聲	shuài	止	去	至	生	合	三	全清	所	類
3085	率	Suất	ʂwɤt7	銳入	lǜ	臻	入	質	生	合	三	全清	所	律
3086	旅	Lô	lo1	平聲	lú	遇	平	模	來	合	一	次濁	落	胡
3087	現	Hiện	hien6	重聲	xiàn	山	去	霰	匣	開	四	全濁	胡	甸
3088	琁	Tuyền	twien2	弦聲	xuán	山	平	仙	邪	合	三	全濁	似	宣
3089	球	Cầu	kɤw2	弦聲	qiú	流	平	尤	羣	開	三	全濁	巨	鳩
3090	琅	Lang	la:ŋ1	平聲	láng	宕	平	唐	來	開	一	次濁	魯	當
3091	理	Lí	li5	銳聲	lǐ	止	上	止	來	開	三	次濁	良	士
3092	琇	Tú	tu5	銳聲	xiù	流	去	宥	心	開	三	全清	息	救
3093	琉	Lưu	lɯw1	平聲	liú	流	上	有	來	開	三	次濁	力	久
3094	瓠	Hồ	ho2	弦聲	hù	遇	平	模	匣	合	一	全濁	戶	吳

3095	瓻	Hi	hi1	平聲	chī	止	平	脂	徹	開	三	次清	丑	飢
3096	甜	Điềm	diem2	弦聲	tián	咸	平	添	定	開	四	全濁	徒	兼
3097	產	Sản	ṣa:n3	問聲	chǎn	山	上	產	生	開	二	全清	所	簡
3098	畣	Đáp	da:p7	銳入	dá	咸	入	合	端	開	一	全清	都	合
3099	略	Lược	lɯɤk8	重入	luè	宕	入	藥	來	開	三	次濁	離	灼
3100	畦	Huề	hwe2	弦聲	qí	蟹	平	齊	匣	合	四	全濁	戶	圭
3101	異	Dị	zi6	重聲	yì	止	去	志	以	開	三	次濁	羊	吏
3102	疵	Tì	ti2	弦聲	cí	止	平	支	從	開	三	全濁	疾	移
3103	痊	Thuyên	t'wien1	平聲	quán	山	平	仙	清	合	三	次清	此	緣
3104	痌	Đồng	doŋ2	弦聲	tōng	通	平	東	透	合	一	次清	他	紅
3105	痍	Di	zi1	平聲	yí	止	平	脂	以	開	三	次濁	以	脂
3106	痎	Giai	ẓa:j1	平聲	kāi	蟹	平	皆	見	開	二	全清	古	諧
3107	痏	Vị	vi6	重聲	wěi	止	上	旨	云	合	三	次濁	榮	美
3108	痔	Trĩ	tṣi4	跌聲	zhì	止	上	止	澄	開	三	全濁	直	里
3109	痕	Ngân	ŋɤn1	平聲	hén	臻	平	痕	匣	開	一	全濁	戶	恩
3110	皎	Kiểu	kiew3	問聲	jiǎo	效	上	篠	見	開	四	全清	古	了
3111	皐	Cao	ka:w1	平聲	gāo	效	平	豪	見	開	一	全清	古	勞
3112	盒	Hạp	ha:p8	重入	hé	咸	入	合	匣	開	一	全濁	侯	閤
3113	盔	Khôi	xoj1	平聲	kuī	蟹	平	灰	溪	合	一	次清	苦	回
3114	盛	Thịnh	t'iɲ6	重聲	shèng	梗	去	勁	禪	開	三	全濁	承	正
3115	眥	Tí	ti5	銳聲	zì	止	去	寘	從	開	三	全濁	疾	智
3116	眯	Mị	mi6	重聲	mǐ	蟹	上	薺	明	開	四	次濁	莫	禮
3117	眱	Di	zi1	平聲	yí	止	平	脂	以	開	三	次濁	以	脂
3118	眴	Thuấn	t'wɤn5	銳聲	shùn	臻	去	稕	書	合	三	全清	舒	閏
3119	眵	Si	ṣi1	平聲	chī	止	平	支	昌	開	三	次清	叱	支
3120	眶	Khuông	xuoŋ1	平聲	kuàng	宕	平	陽	溪	合	三	次清	去	王
3121	眷	Quyến	kwien5	銳聲	juàn	山	去	線	見	合	三	全清	居	倦
3122	眸	Mâu	mɤw1	平聲	móu	流	平	尤	明	開	三	次濁	莫	浮
3123	眺	Thiếu	t'iew5	銳聲	tiào	效	去	嘯	透	開	四	次清	他	弔
3124	眼	Nhãn	ɲa:n4	跌聲	yǎn	山	上	產	疑	開	二	次濁	五	限
3125	眽	Mạch	ma:tʃ8	重入	mò	梗	入	麥	明	開	二	次濁	莫	獲
3126	眾	Chúng	tṣuŋ5	銳聲	zhòng	通	去	送	章	合	三	全清	之	仲
3127	砦	Trại	tṣa:j6	重聲	zhài	蟹	去	夬	崇	開	二	全濁	豺	夬
3128	硃	Chu	tṣu1	平聲	zhū	遇	平	虞	章	合	三	全清	章	俱
3129	硇	Nao	na:w1	平聲	náo	效	平	肴	娘	開	二	次濁	女	交
3130	硎	Hình	hiɲ2	弦聲	xíng	梗	平	青	匣	開	四	全濁	戶	經
3131	硐	Đồng	doŋ2	弦聲	tóng	通	平	東	定	合	一	全濁	徒	紅
3132	票	Phiếu	fiew5	銳聲	piào	效	平	宵	滂	開	三	次清	撫	招

3133	祭	Tế	te5	銳聲	jì	蟹	去	祭	精	開	三	全清	子	例
3134	祭	Sái	ʂa:j5	銳聲	zhài	蟹	去	怪	莊	開	二	全清	側	界
3135	祲	Tẩm	tɤm3	問聲	jīn	深	去	沁	精	開	三	全清	子	鴆
3136	祴	Cai	ka:j1	平聲	gāi	蟹	平	咍	見	開	一	全清	古	哀
3137	秸	Kiết	kiet7	銳入	jiē	山	入	黠	見	開	二	全清	古	黠
3138	移	Di	zi1	平聲	yí	止	平	支	以	開	三	次濁	弋	支
3139	窑	Diêu	ziew1	平聲	yáo	效	平	宵	以	開	三	次濁	餘	昭
3140	窒	Trất	tʂɤt7	銳入	zhì	臻	入	質	知	開	三	全清	陟	栗
3141	窓	Song	ʂɔŋ1	平聲	chuāng	江	平	江	初	開	二	次清	楚	江
3142	窔	Yểu	iew3	問聲	yào	效	去	嘯	影	開	四	全清	烏	叫
3143	窕	Điệu	diew6	重聲	tiǎo	效	上	篠	定	開	四	全濁	徒	了
3144	竟	Cánh	ka:ɲ5	銳聲	jìng	梗	去	映	見	開	三	全清	居	慶
3145	章	Chương	tʂɯɤŋ1	平聲	zhāng	宕	平	陽	章	開	三	全清	諸	良
3146	竫	Tĩnh	tiɲ4	跌聲	jìng	梗	上	靜	從	開	三	全濁	疾	郢
3147	笘	Thiêm	t'iem1	平聲	shān	咸	入	帖	端	開	四	全清	丁	愜
3148	笙	Sanh	ʂa:ɲ1	平聲	shēng	梗	平	庚	生	開	二	全清	所	庚
3149	笛	Địch	ditʃ8	重入	dí	梗	入	錫	定	開	四	全濁	徒	歷
3150	笞	Si	ʂi1	平聲	chī	止	平	之	徹	開	三	次清	丑	之
3151	笠	Lạp	la:p8	重入	lì	深	入	緝	來	開	三	次濁	力	入
3152	笥	Tứ	tɯ5	銳聲	sì	止	去	志	心	開	三	全清	相	吏
3153	符	Phù	fu2	弦聲	fú	遇	平	虞	奉	合	三	全濁	防	無
3154	笨	Bổn	bon3	問聲	bèn	臻	上	混	幫	合	一	全清	布	忖
3155	笪	Đát	da:t7	銳入	dá	山	入	曷	端	開	一	全清	當	割
3156	第	Đệ	de6	重聲	dì	蟹	去	霽	定	開	四	全濁	特	計
3157	笱	Cẩu	kɤw3	問聲	gǒu	流	上	厚	見	開	一	全清	古	厚
3158	笳	Già	ʐa:2	弦聲	jiā	假	平	麻	見	開	二	全清	古	牙
3159	笵	Phạm	fa:m6	重聲	fàn	咸	上	范	奉	合	三	全濁	防	錽
3160	筇	Cung	kuŋ1	平聲	qióng	通	平	鍾	羣	合	三	全濁	渠	容
3161	粒	Lạp	la:p8	重入	lì	深	入	緝	來	開	三	次濁	力	入
3162	粕	Phách	fa:tʃ7	銳入	pò	宕	入	鐸	滂	開	一	次清	匹	各
3163	粗	Thô	t'o1	平聲	cū	遇	平	模	清	合	一	次清	千	胡
3164	粘	Niêm	niem1	平聲	nián	咸	平	鹽	娘	開	三	次濁	女	廉
3165	紬	Trừu	tʂɯw2	弦聲	chóu	流	平	尤	澄	開	三	全濁	直	由
3166	紮	Trát	tʂa:t7	銳入	zhá	山	入	黠	莊	開	二	全清	側	八
3167	累	Lụy	lwi6	重聲	lèi	止	去	寘	來	合	三	次濁	良	偽
3168	累	Lũy	lwi4	跌聲	lěi	止	上	紙	來	合	三	次濁	力	委
3169	細	Tế	te5	銳聲	xì	蟹	去	霽	心	開	四	全清	蘇	計
3170	紱	Phất	fɤt7	銳入	fú	臻	入	物	非	合	三	全清	分	勿

3171	紲	Tiết	tiet7	銳入	xiè	山	入	薛	心	開	三	全清	私	列
3172	紳	Thân	t'ɤn1	平聲	shēn	臻	平	眞	書	開	三	全清	失	人
3173	紵	Trữ	tʂɯ4	跌聲	zhù	遇	上	語	澄	開	三	全濁	直	呂
3174	紹	Thiệu	t'iew6	重聲	shào	效	上	小	禪	開	三	全濁	市	沼
3175	紺	Cám	ka:m5	銳聲	gàn	咸	去	勘	見	開	一	全清	古	暗
3176	紼	Phất	fɤt7	銳入	fú	臻	入	物	非	合	三	全清	分	勿
3177	紾	Chẩn	tʂɤn3	問聲	zhěn	臻	上	軫	章	開	三	全清	章	忍
3178	紾	Diễn	zien4	跌聲	zhěn	山	上	獮	知	開	三	全清	知	演
3179	紿	Đãi	da:j4	跌聲	dài	蟹	上	海	定	開	一	全濁	徒	亥
3180	絀	Truất	tʂwɤt7	銳入	chù	臻	入	術	知	合	三	全清	竹	律
3181	絁	Thi	t'i1	平聲	shī	止	平	支	書	開	三	全清	式	支
3182	終	Chung	tʂuŋ1	平聲	zhōng	通	平	東	章	合	三	全清	職	戎
3183	絃	Huyền	hwien2	弦聲	xián	山	平	先	匣	開	四	全濁	胡	田
3184	組	Tổ	to3	問聲	zǔ	遇	上	姥	精	合	一	全清	則	古
3185	絅	Quýnh	kwiɲ5	銳聲	jiǒng	梗	平	青	見	合	四	全清	古	螢
3186	絆	Bán	ba:n5	銳聲	bàn	山	去	換	幫	合	一	全清	博	慢
3187	缽	Bát	ba:t7	銳入	bō	山	入	末	幫	合	一	全清	北	末
3188	罣	Quái	kwa:j5	銳聲	guà	蟹	去	卦	見	合	二	全清	古	賣
3189	羚	Linh	liɲ1	平聲	líng	梗	平	青	來	開	四	次濁	郎	丁
3190	羜	Trữ	tʂɯ4	跌聲	zhù	遇	上	語	澄	開	三	全濁	直	呂
3191	羝	Đê	de1	平聲	dī	蟹	平	齊	端	開	四	全清	都	奚
3192	翊	Dực	zɯk8	重入	yì	曾	入	職	以	開	三	次濁	與	職
3193	翌	Dực	zɯk8	重入	yì	曾	入	職	以	開	三	次濁	與	職
3194	翎	Linh	liɲ1	平聲	líng	梗	平	青	來	開	四	次濁	郎	丁
3195	習	Tập	tɤp8	重入	xí	深	入	緝	邪	開	三	全濁	似	入
3196	耚	Bà	ba:2	弦聲	pī	止	平	支	滂	開	三	次清	敷	羈
3197	耜	Cử	kɯ3	問聲	sì	止	上	止	邪	開	三	全濁	詳	里
3198	聃	Đam	da:m1	平聲	dān	咸	平	談	透	開	一	次清	他	酣
3199	聆	Linh	liɲ1	平聲	líng	梗	平	青	來	開	四	次濁	郎	丁
3200	聊	Liêu	liew1	平聲	liáo	效	平	蕭	來	開	四	次濁	落	蕭
3201	脖	Bột	bot8	重入	bó	臻	入	沒	並	合	一	全濁	蒲	沒
3202	脗	Vẫn	vɤn4	跌聲	wěn	臻	上	軫	明	開	三	次濁	武	盡
3203	脘	Quản	kwa:n3	問聲	guǎn	山	上	緩	見	合	一	全清	古	滿
3204	脚	Cước	kɯɤk7	銳入	jiǎo	宕	入	藥	見	開	三	全清	居	勺
3205	脛	Hĩnh	hiɲ4	跌聲	jìng	梗	上	迥	匣	開	四	全濁	胡	頂
3206	脝	Hanh	ha:ɲ1	平聲	hēng	梗	平	庚	曉	開	二	次清	許	庚
3207	脞	Tỏa	twa:3	問聲	cuǒ	果	上	果	清	合	一	次清	倉	果
3208	脣	Thần	t'ɤn2	弦聲	chún	臻	平	諄	船	合	三	全濁	食	倫

3209	脤	Thận	t'ɤn6	重聲	shèn	臻	上	軫	禪	開	三	全濁	時	忍
3210	朘	Tuyên	twien1	平聲	juān	山	平	仙	精	合	三	全清	子	泉
3211	朘	Thôi	t'oj1	平聲	zuī	蟹	平	灰	精	合	一	全清	臧	回
3212	脫	Thoát	t'wa:t7	銳入	tuō	山	入	末	透	合	一	次清	他	括
3213	脬	Phao	fa:w1	平聲	pāo	效	平	肴	滂	開	二	次清	匹	交
3214	脯	Bô	bo1	平聲	fǔ	遇	上	麌	非	合	三	全清	方	矩
3215	脰	Đậu	dɤw6	重聲	dòu	流	去	候	定	開	一	全濁	徒	候
3216	舂	Thung	t'uŋ1	平聲	chōng	通	平	鍾	書	合	三	全清	書	容
3217	舲	Linh	liŋ1	平聲	líng	梗	平	青	來	開	四	次濁	郎	丁
3218	舳	Trục	tʂuk8	重入	zhú	通	入	屋	澄	合	三	全濁	直	六
3219	舴	Trách	tʂa:ʧ7	銳入	zé	梗	入	陌	知	開	二	全清	陟	格
3220	舵	Đả	da:3	問聲	duò	果	上	哿	定	開	一	全濁	徒	可
3221	舶	Bạc	ba:k8	重入	bó	梗	入	陌	並	開	二	全濁	傍	陌
3222	舷	Huyền	hwien2	弦聲	xián	山	平	先	匣	開	四	全濁	胡	田
3223	舸	Khả	xa:3	問聲	gě	果	上	哿	見	開	一	全清	古	我
3224	船	Thuyền	t'wien2	弦聲	chuán	山	平	仙	船	合	三	全濁	食	川
3225	艴	Phật	fɤt8	重入	fú	臻	入	物	敷	合	三	次清	敷	勿
3226	苑	Uyển	wien3	問聲	wǎn	山	上	阮	影	合	三	全清	於	阮
3227	菁	Tinh	tiŋ1	平聲	jīng	梗	平	清	精	開	三	全清	子	盈
3228	菅	Gian	ʐa:n1	平聲	jiān	山	平	刪	見	開	二	全清	古	顏
3229	菉	Lục	luk8	重入	lù	通	入	燭	來	合	三	次濁	力	玉
3230	菊	Cúc	kuk7	銳入	jú	通	入	屋	見	合	三	全清	居	六
3231	菌	Khuẩn	xwɤn3	問聲	jùn	臻	上	軫	羣	合	三	全濁	渠	殞
3232	菓	Quả	qwa:3	問聲	guǒ	果	上	果	見	合	一	全清	古	火
3233	菔	Bặc	bak8	重入	fú	曾	入	德	並	開	一	全濁	蒲	北
3234	菖	Xương	sɯɤŋ1	平聲	chāng	宕	平	陽	昌	開	三	次清	尺	良
3235	菘	Tùng	tuŋ2	弦聲	sōng	通	平	東	心	合	三	全清	息	弓
3236	菜	Thái	t'a:j5	銳聲	cài	蟹	去	代	清	開	一	次清	倉	代
3237	菟	Thố	t'o5	銳聲	tù	遇	去	暮	透	合	一	次清	湯	故
3238	菤	Quyển	kwien3	問聲	juǎn	山	上	獮	見	合	三	全清	居	轉
3239	菩	Bồ	bo2	弦聲	pú	遇	平	模	並	合	一	全濁	薄	胡
3240	菪	Đãng	da:ŋ4	跌聲	dàng	宕	去	宕	定	開	一	全濁	徒	浪
3241	菰	Cô	ko1	平聲	gū	遇	平	模	見	合	一	全清	古	胡
3242	菱	Lăng	laŋ1	平聲	líng	曾	平	蒸	來	開	三	次濁	力	膺
3243	菲	Phi	fi1	平聲	fēi	止	平	微	敷	合	三	次清	芳	非
3244	菲	Phỉ	fi3	問聲	fěi	止	上	尾	敷	合	三	次清	敷	尾
3245	菸	Ư	ɯ1	平聲	yū	遇	去	御	影	開	三	全清	依	倨
3246	菹	Trư	tʂɯ1	平聲	jū	遇	平	魚	莊	開	三	全清	側	魚

3247	菼	Thảm	t'a:m3	問聲	tǎn	咸	上	敢	透	開	一	次清	吐	敢
3248	菽	Thục	t'uk8	重入	shú	通	入	屋	書	合	三	全清	式	竹
3249	菾	Điềm	diem2	弦聲	tián	咸	平	添	定	開	四	全濁	徒	兼
3250	萁	Ki	ki1	平聲	qí	止	平	之	見	開	三	全清	居	之
3251	萃	Tụy	twi6	重聲	cuì	止	去	至	從	合	三	全濁	秦	醉
3252	萄	Đào	da:w2	弦聲	táo	效	平	豪	定	開	一	全濁	徒	刀
3253	萆	Tì	ti2	弦聲	bēi	止	上	止	心	開	三	全清	胥	里
3254	萇	Trường	tʂɯɤŋ2	弦聲	cháng	宕	平	陽	澄	開	三	全濁	直	良
3255	萉	Phì	fi2	弦聲	féi	臻	平	文	奉	合	三	全濁	符	分
3256	萉	Phí	fi5	銳聲	fèi	止	去	未	奉	合	三	全濁	扶	沸
3257	萊	Lai	la:j1	平聲	lái	蟹	平	咍	來	開	一	次濁	落	哀
3258	萋	Thê	t'e1	平聲	qī	蟹	平	齊	清	開	四	次清	七	稽
3259	萌	Manh	ma:ɲ1	平聲	méng	梗	平	耕	明	開	二	次濁	莫	耕
3260	萍	Bình	biŋ2	弦聲	píng	梗	平	青	並	開	四	全濁	薄	經
3261	萎	Nuy	nwi1	平聲	wēi	止	平	支	影	合	三	全清	於	為
3262	萏	Đạm	da:m6	重聲	dàn	咸	上	感	定	開	一	全濁	徒	感
3263	萐	Tiệp	tiep8	重入	shà	咸	入	葉	生	開	三	全清	山	輒
3264	萑	Hoàn	hwa:n2	弦聲	huán	止	平	脂	章	合	三	全清	職	追
3265	萸	Du	zu1	平聲	yú	遇	平	虞	以	合	三	次濁	羊	朱
3266	著	Trứ	tʂɯ5	銳聲	zhù	遇	去	御	知	開	三	全清	陟	慮
3267	著	Trước	tʂɯɤk7	銳入	zhuó	宕	入	藥	知	開	三	全清	張	略
3268	處	Xử	sɯ3	問聲	chǔ	遇	上	語	昌	開	三	次清	昌	與
3269	處	Xứ	sɯ5	銳聲	chù	遇	去	御	昌	開	三	次清	昌	據
3270	虖	Hô	ho1	平聲	hū	遇	平	模	曉	合	一	次清	荒	烏
3271	虙	Mật	mɤt8	重入	fú	通	入	屋	奉	合	三	全濁	房	六
3272	蚯	Khâu	xɤw1	平聲	qiū	流	平	尤	溪	開	三	次清	去	鳩
3273	蚰	Du	zu1	平聲	yóu	流	平	尤	以	開	三	次濁	以	周
3274	蚱	Trách	tʂa:tʃ7	銳入	zhà	梗	入	陌	莊	開	二	全清	側	伯
3275	蚳	Chỉ	tʂi3	問聲	chí	止	平	脂	澄	開	三	全濁	直	尼
3276	蚶	Ham	ha:m1	平聲	hān	咸	平	談	曉	開	一	次清	呼	談
3277	蚺	Nhiêm	ɲiem1	平聲	rán	咸	平	鹽	日	開	三	次濁	汝	鹽
3278	蚿	Huyền	hwien2	弦聲	xián	山	平	先	匣	開	四	全濁	胡	田
3279	蛀	Chú	tʂu5	銳聲	zhù	遇	去	遇	章	合	三	全清	之	戍
3280	蛄	Cô	ko1	平聲	gū	遇	平	模	見	合	一	全清	古	胡
3281	蛆	Thư	t'ɯ1	平聲	qū	遇	平	魚	清	開	三	次清	七	余
3282	蛇	Di	zi1	平聲	yí	止	平	支	以	開	三	次濁	弋	支
3283	蛇	Xà	sa:2	弦聲	shé	假	平	麻	船	開	三	全濁	食	遮
3284	蛉	Linh	liŋ1	平聲	líng	梗	平	青	來	開	四	次濁	郎	丁

3285	蛋	Đản	da:n3	問聲	dàn	山	去	翰	端	開	一	全清	得	按
3286	衅	Hấn	hɤn5	銳聲	xìn	臻	去	震	曉	開	三	次清	許	覲
3287	衒	Huyễn	hwien4	跌聲	xuàn	山	去	霰	匣	合	四	全濁	黃	絢
3288	術	Thuật	t'wɤt8	重入	shù	臻	入	術	船	合	三	全濁	食	聿
3289	袈	Ca	ka:1	平聲	jiā	假	平	麻	見	開	二	全清	古	牙
3290	袋	Đại	da:j6	重聲	dài	蟹	去	代	定	開	一	全濁	徒	耐
3291	褒	Bão	ba:w4	跌聲	bào	效	去	號	並	開	一	全濁	薄	報
3292	袞	Cổn	kon3	問聲	gǔn	臻	上	混	見	合	一	全清	古	本
3293	袠	Trật	tʂɤt8	重入	zhì	臻	入	質	澄	開	三	全濁	直	一
3294	袤	Mậu	mɤw6	重聲	mào	流	去	候	明	開	一	次濁	莫	候
3295	袴	Khố	ko5	銳聲	kù	遇	去	暮	溪	合	一	次清	苦	故
3296	衽	Nhẫm	ɲɤm4	跌聲	rèn	深	上	寑	日	開	三	次濁	如	甚
3297	袷	Giáp	ʐa:p7	銳入	jiá	咸	入	洽	見	開	二	全清	古	洽
3298	袷	Kiếp	kiep7	銳入	jié	咸	入	業	見	開	三	全清	居	怯
3299	袺	Kết	ket7	銳入	jié	山	入	屑	見	開	四	全清	古	屑
3300	袽	Như	ɲɯ1	平聲	rú	遇	平	魚	日	開	三	次濁	人	諸
3301	袿	Khuê	xwe1	平聲	guī	蟹	平	齊	見	合	四	全清	古	攜
3302	裀	Nhân	ɲɤn1	平聲	yīn	臻	平	眞	影	開	三	全清	於	真
3303	規	Quy	kwi1	平聲	guī	止	平	支	見	合	三	全清	居	隋
3304	覓	Mịch	mitʃ8	重入	mì	梗	入	錫	明	開	四	次濁	莫	狄
3305	視	Thị	t'i6	重聲	shì	止	去	至	禪	開	三	全濁	常	利
3306	觖	Quyết	kwiet7	銳入	jué	山	入	屑	見	合	四	全清	古	穴
3307	訛	Ngoa	ŋwa:1	平聲	é	果	平	戈	疑	合	一	次濁	五	禾
3308	訝	Nhạ	ɲa:6	重聲	yà	假	去	禡	疑	開	二	次濁	吾	駕
3309	訟	Tụng	tuŋ6	重聲	sòng	通	去	用	邪	合	三	全濁	似	用
3310	訢	Hi	hi1	平聲	xī	臻	平	欣	曉	開	三	次清	許	斤
3311	訢	Hân	hɤn1	平聲	xīn	臻	平	欣	曉	開	三	次清	許	斤
3312	訣	Quyết	kwiet7	銳入	jué	山	入	屑	見	合	四	全清	古	穴
3313	訥	Nột	not8	重入	nà	臻	入	沒	泥	合	一	次濁	內	骨
3314	訩	Hung	huŋ1	平聲	xiōng	通	平	鍾	曉	合	三	次清	許	容
3315	訪	Phóng	fɔŋ5	銳聲	fǎng	宕	去	漾	敷	開	三	次清	敷	亮
3316	設	Thiết	t'iet7	銳入	shè	山	入	薛	書	開	三	全清	識	列
3317	許	Hứa	hɯɤ5	銳聲	xǔ	遇	上	語	曉	開	三	次清	虛	呂
3318	詎	Cự	kɯ6	重聲	jù	遇	去	御	羣	開	三	全濁	其	據
3319	豉	Thị	t'i6	重聲	shì	止	去	寘	禪	開	三	全濁	是	義
3320	豚	Đồn	don2	弦聲	tún	臻	平	魂	定	合	一	全濁	徒	渾
3321	豝	Ba	ba:1	平聲	bā	假	平	麻	幫	開	二	全清	伯	加
3322	象	Tượng	tɯɤŋ6	重聲	xiàng	宕	上	養	邪	開	三	全濁	徐	兩

3323	貧	Bần	bɤn2	弦聲	pín	臻	平	真	並	開	三	全濁	符	巾
3324	貨	Hóa	hwa:5	銳聲	huò	果	去	過	曉	合	一	次清	呼	臥
3325	販	Phiến	fien5	銳聲	fàn	山	去	願	非	合	三	全清	方	願
3326	貪	Tham	t'a:m1	平聲	tān	咸	平	覃	透	開	一	次清	他	含
3327	貫	Quán	kwa:n5	銳聲	guàn	山	去	換	見	合	一	全清	古	玩
3328	責	Trách	tʂa:ʧ7	銳入	zé	梗	入	麥	莊	開	二	全清	側	革
3329	貶	Biếm	biem5	銳聲	biǎn	咸	上	琰	幫	開	三	全清	方	斂
3330	赦	Xá	sa:5	銳聲	shè	假	去	禡	書	開	三	全清	始	夜
3331	赧	Noản	nwa:n3	問聲	nǎn	山	上	潸	娘	開	二	次濁	奴	板
3332	趹	Quyết	kwiet7	銳入	jué	山	入	屑	見	合	四	全清	古	穴
3333	趺	Phu	fu1	平聲	fū	遇	平	虞	非	合	三	全清	甫	無
3334	趼	Nghiễn	ŋien4	跌聲	jiǎn	山	去	霰	疑	開	四	次濁	吾	甸
3335	趾	Chỉ	tʂi3	問聲	zhǐ	止	上	止	章	開	三	全清	諸	市
3336	跁	Bả	ba:3	問聲	bà	假	上	馬	並	開	二	全濁	傍	下
3337	跂	Kì	ki2	弦聲	qí	止	平	支	羣	開	三	全濁	巨	支
3338	距	Cự	kɯ6	重聲	jù	遇	上	語	羣	開	三	全濁	其	呂
3339	軛	Ách	a:ʧ7	銳入	è	梗	入	麥	影	開	二	全清	於	革
3340	軟	Nhuyễn	ɲwien4	跌聲	ruǎn	山	上	獮	日	合	三	次濁	而	兗
3341	迸	Bính	biɲ5	銳聲	bèng	梗	去	諍	幫	開	二	全清	比	諍
3342	逭	Hoán	hwa:n5	銳聲	huàn	山	去	換	匣	合	一	全濁	胡	玩
3343	逮	Đãi	da:j4	跌聲	dài	蟹	去	代	定	開	一	全濁	徒	耐
3344	逯	Lục	luk8	重入	lù	通	入	燭	來	合	三	次濁	力	玉
3345	進	Tiến	tien5	銳聲	jìn	臻	去	震	精	開	三	全清	即	刃
3346	逴	Trác	tʂa:k7	銳入	chuò	江	入	覺	徹	開	二	次清	敕	角
3347	逴	Sước	ʂɯɤk7	銳入	chuò	宕	入	藥	徹	開	三	次清	丑	略
3348	逵	Quỳ	kwi2	弦聲	kuí	止	平	脂	羣	合	三	全濁	渠	追
3349	逶	Uy	wi1	平聲	wēi	止	平	支	影	合	三	全清	於	為
3350	逸	Dật	zɤt8	重入	yì	臻	入	質	以	開	三	次濁	夷	質
3351	過	Quá	qwa:5	銳聲	guò	果	去	過	見	合	一	全清	古	臥
3352	郾	Yển	ien3	問聲	yǎn	山	上	阮	影	開	三	全清	於	幰
3353	郿	Mi	mi1	平聲	méi	止	平	脂	明	開	三	次濁	武	悲
3354	鄂	Ngạc	ŋa:k8	重入	è	宕	入	鐸	疑	開	一	次濁	五	各
3355	鄆	Vận	vɤn6	重聲	yùn	臻	去	問	云	合	三	次濁	王	問
3356	鄉	Hương	hɯɤŋ1	平聲	xiāng	宕	平	陽	曉	開	三	次清	許	良
3357	酖	Đam	da:m1	平聲	dān	咸	平	覃	端	開	一	全清	丁	含
3358	酗	Húng	huŋ5	銳聲	xù	遇	去	遇	曉	合	三	次清	香	句
3359	野	Dã	za:4	跌聲	yě	假	上	馬	以	開	三	次濁	羊	者
3360	釣	Điếu	diew5	銳聲	diào	效	去	嘯	端	開	四	全清	多	嘯

3361	釦	Khẩu	xɤw3	問聲	kòu	流	上	厚	溪	開	一	次清	苦	后
3362	釧	Xuyến	swien5	銳聲	chuàn	山	去	線	昌	合	三	次清	尺	絹
3363	釬	Hạn	ha:n6	重聲	hàn	山	去	翰	匣	開	一	全濁	侯	旰
3364	釭	Công	koŋ1	平聲	gōng	通	平	冬	見	合	一	全清	古	冬
3365	釭	Cang	ka:ŋ1	平聲	gāng	江	平	江	見	開	二	全清	古	雙
3366	釵	Xoa	swa:1	平聲	chāi	蟹	平	佳	初	開	二	次清	楚	佳
3367	閈	Hãn	ha:n4	跌聲	hàn	山	去	翰	匣	開	一	全濁	侯	旰
3368	閉	Bế	be5	銳聲	bì	蟹	去	霽	幫	開	四	全清	博	計
3369	陻	Nhân	ɲɤn1	平聲	yīn	臻	平	眞	影	開	三	全清	於	真
3370	陽	Dương	zɯɤŋ1	平聲	yáng	宕	平	陽	以	開	三	次濁	與	章
3371	陜	Hiệp	hiep8	重入	shǎn	咸	入	洽	匣	開	二	全濁	侯	夾
3372	隃	Du	zu1	平聲	yú	遇	平	虞	以	合	三	次濁	羊	朱
3373	隄	Đê	de1	平聲	dī	蟹	平	齊	端	開	四	全清	都	奚
3374	隄	Đê	de1	平聲	tí	蟹	平	齊	端	開	四	全清	都	奚
3375	隅	Ngung	ŋuŋ1	平聲	yú	遇	平	虞	疑	合	三	次濁	遇	俱
3376	隆	Long	lɔŋ1	平聲	lóng	通	平	東	來	合	三	次濁	力	中
3377	隈	Ôi	oj1	平聲	wēi	蟹	平	灰	影	合	一	全清	烏	恢
3378	隉	Niết	niet7	銳入	niè	山	入	屑	疑	開	四	次濁	五	結
3379	隊	Đội	doj6	重聲	duì	蟹	去	隊	定	合	一	全濁	徒	對
3380	隋	Tùy	twi2	弦聲	suí	止	平	支	邪	合	三	全濁	旬	為
3381	隍	Hoàng	hwan:ŋ2	弦聲	huáng	宕	平	唐	匣	合	一	全濁	胡	光
3382	階	Giai	ʐa:j1	平聲	jiē	蟹	平	皆	見	開	二	全清	古	諧
3383	随	Tùy	twi2	弦聲	suí	止	平	支	邪	合	三	全濁	旬	為
3384	隗	Ngôi	ŋoj1	平聲	wěi	蟹	上	賄	疑	合	一	次濁	五	罪
3385	雀	Tước	tɯɤk7	銳入	què	宕	入	藥	精	開	三	全清	即	略
3386	雩	Vu	vu1	平聲	yú	遇	平	虞	云	合	三	次濁	羽	俱
3387	雩	Vu	vu1	平聲	yù	遇	平	虞	曉	合	三	次清	況	于
3388	雪	Tuyết	twiet7	銳入	xuě	山	入	薛	心	合	三	全清	相	絕
3389	頂	Đỉnh	diɲ5	銳聲	dǐng	梗	上	迥	端	開	四	全清	都	挺
3390	頃	Khoảnh	xwa:ɲ3	問聲	qǐng	梗	上	靜	溪	合	三	次清	去	穎
3391	飥	Thác	t'a:k7	銳入	tuō	宕	入	鐸	透	開	一	次清	他	各
3392	馗	Quỳ	kwi2	弦聲	kuí	止	平	脂	羣	合	三	全濁	渠	追
3393	魚	Ngư	ŋɯ1	平聲	yú	遇	平	魚	疑	開	三	次濁	語	居
3394	鳥	Điểu	diew3	問聲	niǎo	效	上	篠	端	開	四	全清	都	了
3395	鹵	Lỗ	lo4	跌聲	lǔ	遇	上	姥	來	合	一	次濁	郎	古
3396	鹿	Lộc	lok8	重入	lù	通	入	屋	來	合	一	次濁	盧	谷
3397	麥	Mạch	ma:tʃ8	重入	mài	梗	入	麥	明	開	二	次濁	莫	獲
3398	麻	Ma	ma:1	平聲	má	假	平	麻	明	開	二	次濁	莫	霞

3399	黃	Hoàng	hwan:ŋ2	弦聲	huáng	宕	平	唐	匣	合	一	全濁	胡	光
3400	傅	Phó	fɔ5	鋭聲	fù	遇	去	遇	非	合	三	全清	方	遇
3401	傍	Bàng	ba:ŋ2	弦聲	bàng	宕	平	唐	並	開	一	全濁	步	光
3402	傎	Điên	dien1	平聲	diān	山	平	先	端	開	四	全清	都	年
3403	傑	Kiệt	kiet8	重入	jié	山	入	薛	羣	開	三	全濁	渠	列
3404	傒	Hề	he2	弦聲	xī	蟹	平	齊	匣	開	四	全濁	胡	雞
3405	傔	Khiểm	xiem3	問聲	qiàn	咸	去	㮇	溪	開	四	次清	苦	念
3406	傖	Sanh	ʂa:ɲ1	平聲	cāng	梗	平	庚	崇	開	二	全濁	助	庚
3407	傘	Tản	ta:n3	問聲	sǎn	山	上	旱	心	開	一	全清	蘇	旱
3408	備	Bị	bi6	重聲	bèi	止	去	至	並	開	三	全濁	平	祕
3409	傚	Hiệu	hiew6	重聲	xiào	效	去	效	匣	開	二	全濁	胡	教
3410	傲	Ngạo	ŋa:w6	重聲	ào	效	去	號	疑	開	一	次濁	五	到
3411	凓	Lật	lɤt8	重入	lì	臻	入	質	來	開	三	次濁	力	質
3412	凔	Sương	ʂɯɤŋ1	平聲	cāng	宕	平	唐	清	開	一	次清	七	岡
3413	凱	Khải	xa:j3	問聲	kǎi	蟹	上	海	溪	開	一	次清	苦	亥
3414	剩	Thặng	t'aŋ6	重聲	shèng	曾	去	證	船	開	三	全濁	實	證
3415	割	Cát	ka:t7	鋭入	gē	山	入	曷	見	開	一	全清	古	達
3416	剴	Cai	ka:j1	平聲	kǎi	蟹	平	咍	見	開	一	全清	古	哀
3417	創	Sáng	ʂa:ŋ5	鋭聲	chuàng	宕	去	漾	初	開	三	次清	初	亮
3418	創	Sang	ʂa:ŋ1	平聲	chuāng	宕	平	陽	初	開	三	次清	初	良
3419	勛	Huân	hwɤn1	平聲	xūn	臻	平	文	曉	合	三	次清	許	云
3420	勝	Thắng	t'aŋ5	鋭聲	shèng	曾	去	證	書	開	三	全清	詩	證
3421	勝	Thăng	t'aŋ1	平聲	shēng	曾	平	蒸	書	開	三	全清	識	蒸
3422	勞	Lao	la:w1	平聲	láo	效	平	豪	來	開	一	次濁	魯	刀
3423	勞	Lạo	la:w6	重聲	lào	效	去	號	來	開	一	次濁	郎	到
3424	募	Mộ	mo6	重聲	mù	遇	去	暮	明	合	一	次濁	莫	故
3425	博	Bác	ba:k7	鋭入	bó	宕	入	鐸	幫	開	一	全清	補	各
3426	厤	Lịch	liʧ8	重入	lì	梗	入	錫	來	開	四	次濁	郎	擊
3427	厥	Quyết	kwiet7	鋭入	jué	山	入	月	見	合	三	全清	居	月
3428	啻	Thí	t'i5	鋭聲	chì	止	去	寘	書	開	三	全清	施	智
3429	啼	Đề	de2	弦聲	tí	蟹	平	齊	定	開	四	全濁	杜	奚
3430	啾	Thu	t'u1	平聲	jiū	流	平	尤	精	開	三	全清	即	由
3431	喀	Khách	xa:ʧ7	鋭入	kè	梗	入	陌	溪	開	二	次清	苦	格
3432	喁	Ngung	ŋuŋ1	平聲	yóng	通	平	鍾	疑	合	三	次濁	魚	容
3433	喁	Ngu	ŋu1	平聲	yú	通	平	鍾	疑	合	三	次濁	魚	容
3434	喃	Nam	na:m1	平聲	nán	咸	平	咸	娘	開	二	次濁	女	咸
3435	善	Thiện	t'ien6	重聲	shàn	山	上	獮	禪	開	三	全濁	常	演
3436	喈	Dê	ze1	平聲	jiē	蟹	平	皆	見	開	二	全清	古	諧

3437	喉	Hầu	hɤw2	弦聲	hóu	流	平	侯	匣	開	一	全濁	戶	鉤
3438	喊	Hảm	ha:m3	問聲	hăn	咸	上	豏	曉	開	二	次清	呼	豏
3439	喋	Điệp	diep8	重入	dié	咸	入	帖	定	開	四	全濁	徒	協
3440	喑	Âm	ɤm1	平聲	yīn	深	平	侵	影	開	三	全清	於	金
3441	喔	Ác	a:k7	銳入	wò	江	入	覺	影	開	二	全清	於	角
3442	喘	Suyễn	ʂwien4	跌聲	chuăn	山	上	獮	昌	合	三	次清	昌	兗
3443	喙	Uế	we5	銳聲	huì	蟹	去	廢	曉	合	三	次清	許	穢
3444	喚	Hoán	hwa:n5	銳聲	huàn	山	去	換	曉	合	一	次清	火	貫
3445	喜	Hỉ	hi3	問聲	xĭ	止	上	止	曉	開	三	次清	虛	里
3446	喝	Hát	ha:t7	銳入	hē	山	入	曷	曉	開	一	次清	許	葛
3447	喟	Vị	vi6	重聲	kuì	蟹	去	怪	溪	合	二	次清	苦	怪
3448	煦	Hú	hu5	銳聲	xŭ	遇	上	麌	曉	合	三	次清	況	羽
3449	喤	Hoàng	hwan:ŋ2	弦聲	huáng	梗	平	庚	匣	合	二	全濁	戶	盲
3450	喧	Huyên	hwien1	平聲	xuān	山	平	元	曉	合	三	次清	況	袁
3451	喪	Tang	ta:ŋ1	平聲	sāng	宕	平	唐	心	開	一	全清	息	郎
3452	喪	Táng	ta:ŋ5	銳聲	sàng	宕	去	宕	心	開	一	全清	蘇	浪
3453	喫	Khiết	xiep7	銳入	chī	梗	入	錫	溪	開	四	次清	苦	擊
3454	喬	Kiều	kiew2	弦聲	qiáo	效	平	宵	羣	開	三	全濁	巨	嬌
3455	喭	Ngạn	ŋa:n6	重聲	yàn	山	去	翰	疑	開	一	次濁	五	旰
3456	單	Đan	da:n1	平聲	dān	山	平	寒	端	開	一	全清	都	寒
3457	單	Thiền	t'ien2	弦聲	chán	山	平	仙	禪	開	三	全濁	市	連
3458	單	Thiện	t'ien6	重聲	shàn	山	去	線	禪	開	三	全濁	時	戰
3459	喻	Dụ	zu6	重聲	yù	遇	去	遇	以	合	三	次濁	羊	戍
3460	嗟	Ta	ta:1	平聲	jiē	假	平	麻	精	開	三	全清	子	邪
3461	嗢	Ốt	ot7	銳入	wà	臻	入	沒	影	合	一	全清	烏	沒
3462	嘅	Khái	xa:j5	銳聲	kăi	蟹	去	代	溪	開	一	次清	苦	愛
3463	圌	Thùy	t'wi2	弦聲	chuán	山	平	仙	禪	合	三	全濁	市	緣
3464	圍	Vi	vi1	平聲	wéi	止	平	微	云	合	三	次濁	雨	非
3465	堙	Nhân	ɲɤn1	平聲	yīn	臻	平	眞	影	開	三	全清	於	真
3466	堞	Điệp	diep8	重入	dié	咸	入	帖	定	開	四	全濁	徒	協
3467	堠	Hậu	hɤw6	重聲	hòu	流	去	候	匣	開	一	全濁	胡	遘
3468	堡	Bảo	ba:w3	問聲	băo	效	上	晧	幫	開	一	全清	博	抱
3469	堤	Đê	de1	平聲	dī	蟹	平	齊	端	開	四	全清	都	奚
3470	堦	Giai	ʐa:j1	平聲	jiē	蟹	平	皆	見	開	二	全清	古	諧
3471	堪	Kham	xa:m1	平聲	kān	咸	平	覃	溪	開	一	次清	口	含
3472	堯	Nghiêu	ŋiew1	平聲	yáo	效	平	蕭	疑	開	四	次濁	五	聊
3473	堰	Yển	ien3	問聲	yàn	山	上	阮	影	開	三	全清	於	幰
3474	報	Báo	ba:w5	銳聲	bào	效	去	號	幫	開	一	全清	博	耗

3475	瑒	Trường	tʂɯɤŋ2	弦聲	cháng	宕	平	陽	澄	開	三	全濁	直	良
3476	塊	Khối	xoj5	銳聲	kuài	蟹	去	隊	溪	合	一	次清	苦	對
3477	塔	Tháp	t'a:p7	銳入	tă	咸	入	盍	透	開	一	次清	吐	盍
3478	壹	Nhất	ɲɤt7	銳入	yī	臻	入	質	影	開	三	全清	於	悉
3479	壺	Hồ	ho2	弦聲	hú	遇	平	模	匣	合	一	全濁	戶	吳
3480	壻	Tế	te5	銳聲	xù	蟹	去	霽	心	開	四	全清	蘇	計
3481	奠	Điện	dien6	重聲	diàn	山	去	霰	定	開	四	全濁	堂	練
3482	奡	Ngạo	ŋa:w6	重聲	ào	效	去	號	疑	開	一	次濁	五	到
3483	婣	Nhân	ɲɤn1	平聲	yīn	臻	平	眞	影	開	三	全清	於	真
3484	婺	Vụ	vu6	重聲	wù	遇	去	遇	微	合	三	次濁	亡	遇
3485	媒	Môi	moj1	平聲	méi	蟹	平	灰	明	合	一	次濁	莫	杯
3486	媚	Mị	mi6	重聲	mèi	止	去	至	明	開	三	次濁	明	祕
3487	媛	Viên	vien1	平聲	yuán	山	平	元	云	合	三	次濁	雨	元
3488	媛	Viện	vien6	重聲	yuàn	山	去	線	云	合	三	次濁	王	眷
3489	媟	Tiết	tiet7	銳入	xiè	山	入	薛	心	開	三	全清	私	列
3490	媢	Mạo	ma:w6	重聲	mào	效	去	號	明	開	一	次濁	莫	報
3491	嬀	Quy	kwi1	平聲	guī	止	平	支	見	合	三	全清	居	為
3492	媿	Quý	kwi5	銳聲	kuì	止	去	至	見	合	三	全清	俱	位
3493	嫂	Tẩu	tɤw3	問聲	săo	效	上	晧	心	開	一	全清	蘇	老
3494	孱	Sàn	ʂa:n2	弦聲	chán	山	平	山	崇	開	二	全濁	士	山
3495	孶	Tư	tɯ1	平聲	zī	止	平	之	精	開	三	全清	子	之
3496	富	Phú	fu5	銳聲	fù	流	去	宥	非	開	三	全清	方	副
3497	寐	Mị	mi6	重聲	mèi	止	去	至	明	開	三	次濁	彌	二
3498	寒	Hàn	ha:n2	弦聲	hán	山	平	寒	匣	開	一	全濁	胡	安
3499	寓	Ngụ	ŋu6	重聲	yù	遇	去	遇	疑	合	三	次濁	牛	具
3500	寔	Thật	t'ɤt8	重入	shí	曾	入	職	禪	開	三	全濁	常	職
3501	尊	Tôn	ton1	平聲	zūn	臻	平	魂	精	合	一	全清	祖	昆
3502	尋	Tầm	tɤm2	弦聲	xún	深	平	侵	邪	開	三	全濁	徐	林
3503	就	Tựu	tɯw6	重聲	jiù	流	去	宥	從	開	三	全濁	疾	僦
3504	崱	Trắc	tʂak7	銳入	zé	曾	入	職	崇	開	三	全濁	士	力
3505	崴	Uy	wi1	平聲	wēi	蟹	平	皆	影	開	二	全清	乙	皆
3506	崺	Dĩ	zi4	跌聲	yǐ	止	上	紙	以	開	三	次濁	移	爾
3507	崽	Tể	te3	問聲	zǎi	蟹	平	皆	生	開	二	全清	山	皆
3508	嵇	Kê	ke1	平聲	jī	蟹	平	齊	匣	開	四	全濁	胡	雞
3509	嵋	Mi	mi1	平聲	méi	止	平	脂	明	開	三	次濁	武	悲
3510	嵌	Khảm	xa:m3	問聲	qiàn	咸	平	銜	溪	開	二	次清	口	銜
3511	嵎	Ngung	ŋuŋ1	平聲	yú	遇	平	虞	疑	合	三	次濁	遇	俱
3512	嵏	Tông	toŋ1	平聲	zōng	通	平	東	精	合	一	全清	子	紅

3513	嵐	Lam	la:m1	平聲	lán	咸	平	覃	來	開	一	次濁	盧	含
3514	嵒	Nham	ɲa:m1	平聲	yán	咸	入	葉	日	開	三	次濁	而	涉
3515	嵫	Tư	tɯ1	平聲	zī	止	平	之	精	開	三	全清	子	之
3516	嵬	Ngôi	ŋoj1	平聲	wéi	蟹	平	灰	疑	合	一	次濁	五	灰
3517	嵯	Tha	t'a:1	平聲	cuó	止	平	支	初	開	三	次清	楚	宜
3518	巽	Tốn	ton5	銳聲	xùn	臻	去	慁	心	合	一	全清	蘇	困
3519	帽	Mạo	ma:w6	重聲	mào	效	去	號	明	開	一	次濁	莫	報
3520	幀	Tránh	tʂa:ɲ5	銳聲	zhèng	梗	去	映	知	開	二	全清	豬	孟
3521	幃	Vi	vi1	平聲	wéi	止	平	微	云	合	三	次濁	雨	非
3522	幄	Ác	a:k7	銳入	wò	江	入	覺	影	開	二	全清	於	角
3523	幅	Phúc	fuk7	銳入	fú	通	入	屋	非	合	三	全清	方	六
3524	幾	Cơ	kɤ:1	平聲	jī	止	平	微	見	開	三	全清	居	依
3525	幾	Ki	ki3	問聲	jǐ	止	上	尾	見	開	三	全清	居	狶
3526	幾	Kí	ki5	銳聲	jì	止	去	未	羣	開	三	全濁	其	既
3527	廋	Sưu	ʂɯw1	平聲	sōu	流	上	厚	心	開	一	全清	蘇	后
3528	廁	Xí	si5	銳聲	cè	止	去	志	初	開	三	次清	初	吏
3529	廂	Sương	ʂɯɤŋ1	平聲	xiāng	宕	平	陽	心	開	三	全清	息	良
3530	廄	Cứu	kɯw5	銳聲	jiù	流	去	宥	見	開	三	全清	居	祐
3531	廋	Sưu	ʂɯw1	平聲	sōu	流	平	尤	生	開	三	全清	所	鳩
3532	弼	Bật	bɤt8	重入	bì	臻	入	質	並	開	三	全濁	房	密
3533	彘	Trệ	tʂe6	重聲	zhì	蟹	去	祭	澄	開	三	全濁	直	例
3534	彭	Bành	ba:ɲ2	弦聲	péng	梗	平	庚	並	開	二	全濁	薄	庚
3535	御	Ngự	ŋɯ6	重聲	yù	遇	去	御	疑	開	三	次濁	牛	倨
3536	徧	Biến	bien5	銳聲	biàn	山	去	線	幫	開	三	全清	方	見
3537	徨	Hoàng	hwan:ŋ2	弦聲	huáng	宕	平	唐	匣	合	一	全濁	胡	光
3538	復	Phú	fu5	銳聲	fù	流	去	宥	奉	開	三	全濁	扶	富
3539	復	Phúc	fuk7	銳入	fù	通	入	屋	奉	合	三	全濁	房	六
3540	循	Tuần	twɤn2	弦聲	xún	臻	平	諄	邪	合	三	全濁	詳	遵
3541	悲	Bi	bi1	平聲	bēi	止	平	脂	幫	開	三	全清	府	眉
3542	悶	Muộn	muon6	重聲	mèn	臻	去	慁	明	合	一	次濁	莫	困
3543	惄	Nịch	nitʃ8	重入	nì	梗	入	錫	泥	開	四	次濁	奴	歷
3544	惎	Kị	ki6	重聲	jì	止	去	志	羣	開	三	全濁	渠	記
3545	惑	Hoặc	hwak8	重入	huò	曾	入	德	匣	合	一	全濁	胡	國
3546	惠	Huệ	hwe6	重聲	huì	蟹	去	霽	匣	合	四	全濁	胡	桂
3547	惡	Ác	a:k7	銳入	è	宕	入	鐸	影	開	一	全清	烏	各
3548	惡	Ố	o5	銳聲	wù	遇	去	暮	影	合	一	全清	烏	路
3549	惢	Nhị	ɲi6	重聲	suǒ	果	上	果	心	合	一	全清	蘇	果
3550	悳	Đức	dɯk7	銳入	dé	曾	入	德	端	開	一	全清	多	則

3551	惰	Nọa	nwa:6	重聲	duò	果	去	過	定	合	一	全濁	徒	臥
3552	惱	Não	na:w4	跌聲	nǎo	效	上	晧	泥	開	一	次濁	奴	晧
3553	惲	Uẩn	wɤn3	問聲	yùn	臻	上	吻	影	合	三	全清	於	粉
3554	惴	Chúy	tʂwi5	銳聲	zhuì	止	去	寘	章	合	三	全清	之	睡
3555	惶	Hoàng	hwan:ŋ2	弦聲	huáng	宕	平	唐	匣	合	一	全濁	胡	光
3556	惸	Quỳnh	kwiɲ2	弦聲	qióng	梗	平	清	羣	合	三	全濁	渠	營
3557	惹	Nhạ	ɲa:6	重聲	rě	假	上	馬	日	開	三	次濁	人	者
3558	惺	Tinh	tiɲ1	平聲	xīng	梗	平	青	心	開	四	全清	桑	經
3559	惻	Trắc	tʂak7	銳入	cè	曾	入	職	初	開	三	次清	初	力
3560	愀	Thiểu	t'iew3	問聲	qiǎo	效	上	小	清	開	三	次清	親	小
3561	愉	Du	zu1	平聲	yú	遇	平	虞	以	合	三	次濁	羊	朱
3562	愊	Phức	fɯk7	銳入	bì	曾	入	職	滂	開	三	次清	芳	逼
3563	愎	Phức	fɯk7	銳入	bì	曾	入	職	並	開	三	全濁	符	逼
3564	愒	Khái	xa:j5	銳聲	kài	蟹	去	泰	溪	開	一	次清	苦	蓋
3565	愔	Âm	ɤm1	平聲	yīn	深	平	侵	影	開	三	全清	挹	淫
3566	愕	Ngạc	ŋa:k8	重入	è	宕	入	鐸	疑	開	一	次濁	五	各
3567	愜	Thiếp	t'iep7	銳入	qiè	咸	入	帖	溪	開	四	次清	苦	協
3568	慍	Uấn	wɤn5	銳聲	yùn	臻	去	問	影	合	三	全清	於	問
3569	愧	Quý	kwi5	銳聲	kuì	止	去	至	見	合	三	全清	俱	位
3570	慌	Hoảng	hwan:ŋ3	問聲	huāng	宕	上	蕩	曉	合	一	次清	呼	晃
3571	慨	Khái	xa:j5	銳聲	kǎi	蟹	去	代	溪	開	一	次清	苦	愛
3572	戟	Kích	kitʃ7	銳入	jǐ	梗	入	陌	見	開	三	全清	几	劇
3573	戡	Kham	xa:m1	平聲	kān	咸	平	覃	溪	開	一	次清	口	含
3574	戢	Tập	tɤp8	重入	jí	深	入	緝	莊	開	三	全清	阻	立
3575	扉	Phi	fi1	平聲	fēi	止	平	微	非	合	三	全清	甫	微
3576	掌	Chưởng	tʂɯɤŋ3	問聲	zhǎng	宕	上	養	章	開	三	全清	諸	兩
3577	掣	Xế	se5	銳聲	chè	蟹	去	祭	昌	開	三	次清	尺	制
3578	掣	Xiết	siet7	銳入	chè	山	入	薛	昌	開	三	次清	昌	列
3579	掾	Duyện	zwien6	重聲	yuàn	山	去	線	以	合	三	次濁	以	絹
3580	揀	Giản	ʑa:n3	問聲	jiǎn	山	上	產	見	開	二	全清	古	限
3581	揃	Tiễn	tien4	跌聲	jiǎn	山	上	獮	精	開	三	全清	即	淺
3582	揄	Du	zu1	平聲	yú	遇	平	虞	以	合	三	次濁	羊	朱
3583	揆	Quỹ	kwi4	跌聲	kuí	止	上	旨	羣	合	三	全濁	求	癸
3584	揉	Nhu	ɲu1	平聲	róu	流	平	尤	日	開	三	次濁	耳	由
3585	揌	Tai	ta:j1	平聲	sāi	蟹	平	咍	心	開	一	全清	蘇	來
3586	揎	Tuyên	twien1	平聲	xuān	山	平	仙	心	合	三	全清	須	緣
3587	描	Miêu	miew1	平聲	miáo	效	平	肴	明	開	二	次濁	莫	交
3588	提	Thì	t'i2	弦聲	shí	止	平	支	禪	開	三	全濁	是	支

3589	提	Đề	de2	弦聲	tí	蟹	平	齊	定	開	四	全濁	杜	奚
3590	插	Sáp	ʂa:p7	銳入	chā	咸	入	洽	初	開	二	次清	楚	洽
3591	揔	Tổng	toŋ3	問聲	zǒng	通	上	董	精	合	一	全清	作	孔
3592	揕	Chấm	tʂɤm5	銳聲	zhèn	深	去	沁	知	開	三	全清	知	鴆
3593	揖	Ấp	ɤp7	銳入	yī	深	入	緝	影	開	三	全清	伊	入
3594	揗	Tuần	twɤn2	弦聲	xún	臻	平	諄	邪	合	三	全濁	詳	遵
3595	揚	Dương	zɯɤŋ1	平聲	yáng	宕	平	陽	以	開	三	次濁	與	章
3596	換	Hoán	hwa:n5	銳聲	huàn	山	去	換	匣	合	一	全濁	胡	玩
3597	揜	Yểm	iem3	問聲	yǎn	咸	上	琰	影	開	三	全清	衣	儉
3598	揞	Yêm	iem1	平聲	ǎn	咸	上	感	影	開	一	全清	烏	感
3599	揠	Yết	iet7	銳入	yà	山	入	黠	影	開	二	全清	烏	黠
3600	握	Ác	a:k7	銳入	wò	江	入	覺	影	開	二	全清	於	角
3601	揢	Khách	xa:ʧ7	銳入	kè	梗	入	陌	溪	開	二	次清	苦	格
3602	揣	Sủy	ʂwi3	問聲	chuǎi	止	上	紙	初	合	三	次清	初	委
3603	揩	Khai	xa:j1	平聲	kāi	蟹	平	皆	溪	開	二	次清	口	皆
3604	揭	Yết	iet7	銳入	jiē	山	入	月	羣	開	三	全濁	其	謁
3605	揮	Huy	hwi1	平聲	huī	止	平	微	曉	合	三	次清	許	歸
3606	揲	Thiệt	t'iet8	重入	shé	山	入	薛	船	開	三	全濁	食	列
3607	揲	Diệp	ziep8	重入	yè	咸	入	葉	以	開	三	次濁	與	涉
3608	揲	Điệp	diep8	重入	dié	咸	入	帖	定	開	四	全濁	徒	協
3609	援	Viên	vien1	平聲	yuán	山	平	元	云	合	三	次濁	雨	元
3610	援	Viện	vien6	重聲	yuán	山	去	線	云	合	三	次濁	王	眷
3611	搓	Tha	t'a:1	平聲	cuō	果	平	歌	清	開	一	次清	七	何
3612	搔	Tao	ta:w1	平聲	sāo	效	平	豪	心	開	一	全清	蘇	遭
3613	搜	Sưu	ʂɯw1	平聲	sōu	流	平	尤	生	開	三	全清	所	鳩
3614	搥	Đôi	doj1	平聲	chuí	蟹	平	灰	端	合	一	全清	都	回
3615	搭	Đáp	da:p7	銳入	dā	咸	入	盍	透	開	一	次清	吐	盍
3616	搰	Hột	hot8	重入	hú	臻	入	沒	匣	合	一	全濁	戶	骨
3617	摒	Bính	biɲ5	銳聲	bìng	梗	去	勁	幫	開	三	全清	畀	政
3618	攲	Khi	xi1	平聲	qī	止	平	支	溪	開	三	次清	去	奇
3619	敞	Sưởng	ʂɯɤŋ3	問聲	chǎng	宕	上	養	昌	開	三	次清	昌	兩
3620	散	Tản	ta:n3	問聲	sǎn	山	上	旱	心	開	一	全清	蘇	旱
3621	散	Tán	ta:n5	銳聲	sàn	山	去	翰	心	開	一	全清	蘇	旰
3622	敦	Đôi	doj1	平聲	duī	蟹	平	灰	端	合	一	全清	都	回
3623	敦	Đôn	don1	平聲	dūn	臻	平	魂	端	合	一	全清	都	昆
3624	敦	Độn	don6	重聲	dùn	臻	去	慁	端	合	一	全清	都	困
3625	敬	Kính	kiɲ5	銳聲	jìng	梗	去	映	見	開	三	全清	居	慶
3626	斌	Bân	bɤn1	平聲	bīn	臻	平	眞	幫	開	三	全清	府	巾

3627	斐	Phỉ	fi3	問聲	fěi	止	上	尾	敷	合	三	次清	敷	尾
3628	斑	Ban	ba:n1	平聲	bān	山	平	刪	幫	合	二	全清	布	還
3629	斝	Giả	ʑa:3	問聲	jiă	假	上	馬	見	開	二	全清	古	疋
3630	斮	Trác	tʂa:k7	銳入	zhuó	江	入	覺	莊	開	二	全清	側	角
3631	斯	Tư	tɯ1	平聲	sī	止	平	支	心	開	三	全清	息	移
3632	旐	Triệu	tʂiew6	重聲	zhào	效	上	小	澄	開	三	全濁	治	小
3633	晬	Tối	toj5	銳聲	zuì	蟹	去	隊	精	合	一	全清	子	對
3634	普	Phổ	fo3	問聲	pŭ	遇	上	姥	滂	合	一	次清	滂	古
3635	景	Cảnh	ka:ɲ3	問聲	jĭng	梗	上	梗	見	開	三	全清	居	影
3636	晴	Tình	tiɲ2	弦聲	qíng	梗	平	清	從	開	三	全濁	疾	盈
3637	晶	Tinh	tiɲ1	平聲	jīng	梗	平	清	精	開	三	全清	子	盈
3638	晷	Quỹ	kwi4	跌聲	guĭ	止	上	旨	見	合	三	全清	居	洧
3639	智	Trí	tʂi5	銳聲	zhì	止	去	寘	知	開	三	全清	知	義
3640	晻	Yểm	iem3	問聲	ăn	咸	上	感	影	開	一	全清	烏	感
3641	晻	Yểm	iem3	問聲	yăn	咸	上	琰	影	開	三	全清	衣	儉
3642	暎	Ánh	a:ɲ5	銳聲	yìng	梗	去	映	影	開	三	全清	於	敬
3643	暑	Thử	t'ɯ3	問聲	shŭ	遇	上	語	書	開	三	全清	舒	呂
3644	曾	Tăng	taŋ1	平聲	zēng	曾	平	登	精	開	一	全清	作	滕
3645	曾	Tằng	taŋ2	弦聲	céng	曾	平	登	從	開	一	全濁	昨	棱
3646	替	Thế	t'e5	銳聲	tì	蟹	去	霽	透	開	四	次清	他	計
3647	最	Tối	toj5	銳聲	zuì	蟹	去	泰	精	合	一	全清	祖	外
3648	朝	Triêu	tʂiew1	平聲	zhāo	效	平	宵	知	開	三	全清	陟	遙
3649	朝	Triều	tʂiew2	弦聲	cháo	效	平	宵	澄	開	三	全濁	直	遙
3650	期	Ki	ki1	平聲	jī	止	平	之	見	開	三	全清	居	之
3651	期	Kì	ki2	弦聲	qí	止	平	之	羣	開	三	全濁	渠	之
3652	棃	Lê	le1	平聲	lí	止	平	脂	來	開	三	次濁	力	脂
3653	棄	Khí	xi5	銳聲	qì	止	去	至	溪	開	三	次清	詰	利
3654	棉	Miên	mien1	平聲	mián	山	平	仙	明	開	三	次濁	武	延
3655	棋	Kì	ki2	弦聲	qí	止	平	之	羣	開	三	全濁	渠	之
3656	棍	Côn	kon1	平聲	gùn	臻	上	混	匣	合	一	全濁	胡	本
3657	棐	Phỉ	fi3	問聲	fěi	止	上	尾	非	合	三	全清	府	尾
3658	棒	Bổng	boŋ3	問聲	bàng	江	上	講	並	開	二	全濁	步	項
3659	棖	Tranh	tʂa:ɲ1	平聲	chéng	梗	平	庚	澄	開	二	全濁	直	庚
3660	棗	Tảo	ta:w3	問聲	zăo	效	上	晧	精	開	一	全清	子	晧
3661	棘	Cức	kɯk7	銳入	jí	曾	入	職	見	開	三	全清	紀	力
3662	棚	Bằng	baŋ2	弦聲	péng	曾	平	登	並	開	一	全濁	步	崩
3663	棟	Đống	doŋ5	銳聲	dòng	通	去	送	端	合	一	全清	多	貢
3664	棠	Đường	dɯɤŋ2	弦聲	táng	宕	平	唐	定	開	一	全濁	徒	郎

3665	棣	Đệ	de6	重聲	dì	蟹	去	霽	定	開	四	全濁	特	計
3666	棧	Sạn	ʂa:n6	重聲	zhàn	山	去	諫	崇	開	二	全濁	士	諫
3667	棨	Khể	xe3	問聲	qǐ	蟹	上	薺	溪	開	四	次清	康	禮
3668	棫	Vực	vɯk8	重入	yù	曾	入	職	云	合	三	次濁	雨	逼
3669	棬	Khuyên	xwien1	平聲	quān	山	平	仙	溪	合	三	次清	丘	圓
3670	森	Sâm	ʂɤm1	平聲	sēn	深	平	侵	生	開	三	全清	所	今
3671	棱	Lăng	laŋ1	平聲	léng	曾	平	登	來	開	一	次濁	魯	登
3672	棲	Thê	t'e1	平聲	qī	蟹	平	齊	心	開	四	全清	先	稽
3673	棵	Khỏa	xwa:3	問聲	kē	山	上	緩	溪	合	一	次清	苦	管
3674	棹	Trạo	tʂa:w6	重聲	zhuō	效	去	效	澄	開	二	全濁	直	教
3675	棺	Quan	kwa:n1	平聲	guān	山	平	桓	見	合	一	全清	古	丸
3676	棺	Quán	kwa:n5	銳聲	guàn	山	去	換	見	合	一	全清	古	玩
3677	棼	Phần	fɤn2	弦聲	fén	臻	平	文	奉	合	三	全濁	符	分
3678	椀	Oản	wa:n3	問聲	wǎn	山	上	緩	影	合	一	全清	烏	管
3679	椁	Quách	kwa:ʧ7	銳入	guǒ	宕	入	鐸	見	合	一	全清	古	博
3680	椅	Y	i1	平聲	yī	止	平	支	影	開	三	全清	於	離
3681	椅	Ỷ	i3	問聲	yǐ	止	上	紙	影	開	三	全清	於	綺
3682	椇	Củ	ku3	問聲	jǔ	遇	上	麌	見	合	三	全清	俱	雨
3683	植	Thực	t'ɯk8	重入	zhí	曾	入	職	禪	開	三	全濁	常	職
3684	椎	Truy	tʂwi1	平聲	zhuī	止	平	脂	澄	合	三	全濁	直	追
3685	椏	Nha	ɲa:1	平聲	yā	假	平	麻	影	開	二	全清	於	加
3686	椐	Cư	kɯ1	平聲	jū	遇	平	魚	見	開	三	全清	九	魚
3687	椒	Tiêu	tiew1	平聲	jiāo	效	平	宵	精	開	三	全清	即	消
3688	椓	Trạc	tʂa:k8	重入	zhuó	江	入	覺	知	開	二	全清	竹	角
3689	椰	Gia	ʐa:1	平聲	yé	假	平	麻	以	開	三	次濁	以	遮
3690	楛	Khổ	ko3	問聲	hù	遇	上	姥	匣	合	一	全濁	侯	古
3691	楮	Chử	tʂɯ3	問聲	chǔ	遇	上	語	徹	開	三	次清	丑	呂
3692	極	Cực	kɯk8	重入	jí	曾	入	職	羣	開	三	全濁	渠	力
3693	榔	Lang	la:ŋ1	平聲	láng	宕	平	唐	來	開	一	次濁	魯	當
3694	欹	Y	i1	平聲	yī	止	平	支	影	開	三	全清	於	離
3695	欺	Khi	xi1	平聲	qī	止	平	之	溪	開	三	次清	去	其
3696	欻	Hốt	hot7	銳入	hū	臻	入	物	曉	合	三	次清	許	勿
3697	欽	Khâm	xɤm1	平聲	qīn	深	平	侵	溪	開	三	次清	去	金
3698	款	Khoản	xwa:n3	問聲	kuǎn	山	上	緩	溪	合	一	次清	苦	管
3699	欿	Khảm	xa:m3	問聲	kǎn	咸	上	感	匣	開	一	全濁	胡	感
3700	殖	Thực	t'ɯk8	重入	zhí	曾	入	職	禪	開	三	全濁	常	職
3701	殘	Tàn	ta:n2	弦聲	cán	山	平	寒	從	開	一	全濁	昨	干
3702	殛	Cức	kɯk7	銳入	jí	曾	入	職	見	開	三	全清	紀	力

3703	殽	Hào	ha:w2	弦聲	yáo	效	平	肴	匣	開	二	全濁	胡	茅
3704	毯	Thảm	t'a:m3	問聲	tǎn	咸	上	敢	透	開	一	次清	吐	敢
3705	毳	Thuế	t'we5	銳聲	cuì	蟹	去	祭	清	合	三	次清	此	芮
3706	氮	Đạm	da:m6	重聲	dàn	咸	去	闞	定	開	一	全濁	徒	濫
3707	淵	Uyên	wien1	平聲	yuān	山	平	先	影	合	四	全清	烏	玄
3708	淼	Miểu	miew3	問聲	miǎo	效	上	小	明	開	三	次濁	亡	沼
3709	渙	Hoán	hwa:n5	銳聲	huàn	山	去	換	曉	合	一	次清	火	貫
3710	減	Giảm	ʐa:m3	問聲	jiǎn	咸	上	豏	見	開	二	全清	古	斬
3711	渝	Du	zu1	平聲	yú	遇	平	虞	以	合	三	次濁	羊	朱
3712	渟	Đình	diŋ2	弦聲	tíng	梗	平	青	定	開	四	全濁	特	丁
3713	渡	Độ	do6	重聲	dù	遇	去	暮	定	合	一	全濁	徒	故
3714	渣	Tra	tʂa1	平聲	zhā	假	平	麻	莊	開	二	全清	側	加
3715	渤	Bột	bot8	重入	bó	臻	入	沒	並	合	一	全濁	蒲	沒
3716	渥	Ác	a:k7	銳入	wò	江	入	覺	影	開	二	全清	於	角
3717	測	Trắc	tʂak7	銳入	cè	曾	入	職	初	開	三	次清	初	力
3718	渭	Vị	vi6	重聲	wèi	止	去	未	云	合	三	次濁	于	貴
3719	港	Cảng	ka:ŋ3	問聲	gǎng	江	上	講	見	開	二	全清	古	項
3720	渲	Tuyển	twien3	問聲	xuàn	山	去	線	心	合	三	全清	息	絹
3721	渴	Khát	xa:t7	銳入	kě	山	入	曷	溪	開	一	次清	苦	曷
3722	渴	Kiệt	kiet8	重入	jié	山	入	薛	羣	開	三	全濁	渠	列
3723	游	Du	zu1	平聲	yóu	流	平	尤	以	開	三	次濁	以	周
3724	渺	Diểu	ziew3	問聲	miǎo	效	上	小	明	開	三	次濁	亡	沼
3725	渻	Tỉnh	tiŋ3	問聲	xǐng	梗	上	靜	心	開	三	全清	息	井
3726	渻	Tỉnh	tiŋ3	問聲	shěng	梗	上	梗	生	開	二	全清	所	景
3727	渼	Mĩ	mi4	跌聲	měi	止	上	旨	明	開	三	次濁	無	鄙
3728	渾	Hồn	hon2	弦聲	hún	臻	平	魂	匣	合	一	全濁	戶	昆
3729	湃	Phái	fa:j5	銳聲	pài	蟹	去	怪	滂	合	二	次清	普	拜
3730	湄	Mi	mi1	平聲	méi	止	平	脂	明	開	三	次濁	武	悲
3731	湅	Luyện	lwien6	重聲	liàn	山	去	霰	來	開	四	次濁	郎	甸
3732	湊	Thấu	t'ɤw5	銳聲	còu	流	去	候	清	開	一	次清	倉	奏
3733	湌	Xan	sa:n1	平聲	cān	山	平	寒	清	開	一	次清	七	安
3734	湍	Thoan	t'wa:n1	平聲	tuān	山	平	桓	透	合	一	次清	他	端
3735	湎	Miện	mien6	重聲	miǎn	山	上	獮	明	開	三	次濁	彌	兗
3736	湑	Tư	tɯ1	平聲	xǔ	遇	平	魚	心	開	三	全清	相	居
3737	湓	Bồn	bon2	弦聲	pén	臻	平	魂	並	合	一	全濁	蒲	奔
3738	湔	Tiên	tien1	平聲	jiān	山	平	仙	精	開	三	全清	子	仙
3739	湖	Hồ	ho2	弦聲	hú	遇	平	模	匣	合	一	全濁	戶	吳
3740	湘	Tương	tɯɤŋ1	平聲	xiāng	宕	平	陽	心	開	三	全清	息	良

3741	湛	Đam	da:m1	平聲	dān	咸	平	覃	端	開	一	全清	丁	含
3742	湛	Trạm	tʂa:m6	重聲	zhàn	咸	上	豏	澄	開	二	全濁	徒	減
3743	湜	Thực	t'ɯk8	重入	shí	曾	入	職	禪	開	三	全濁	常	職
3744	湞	Trinh	tʂiɲ1	平聲	zhēn	梗	平	清	知	開	三	全清	陟	盈
3745	湟	Hoàng	hwan:ŋ2	弦聲	huáng	宕	平	唐	匣	合	一	全濁	胡	光
3746	湩	Chúng	tʂuŋ5	銳聲	dòng	通	去	送	端	合	一	全清	多	貢
3747	湫	Tưu	tɯw1	平聲	jiū	流	平	尤	精	開	三	全清	即	由
3748	湫	Tiểu	tiew3	問聲	jiǎo	效	上	篠	精	開	四	全清	子	了
3749	湮	Yên	ien1	平聲	yīn	山	平	先	影	開	四	全清	烏	前
3750	湯	Sương	ʂɯɤŋ1	平聲	shāng	宕	平	陽	書	開	三	全清	式	羊
3751	湯	Thang	t'a:ŋ1	平聲	tāng	宕	平	唐	透	開	一	次清	吐	郎
3752	湯	Thãng	t'a:ŋ4	跌聲	tàng	宕	去	宕	透	開	一	次清	他	浪
3753	湲	Viên	vien1	平聲	yuán	山	平	仙	云	合	三	次濁	王	權
3754	溉	Cái	ka:j5	銳聲	gài	蟹	去	代	見	開	一	全清	古	代
3755	溲	Sưu	ʂɯw1	平聲	sōu	流	平	尤	生	開	三	全清	所	鳩
3756	溲	Sửu	ʂɯw3	問聲	sǒu	流	上	有	生	開	三	全清	踈	有
3757	滁	Trừ	tʂɯ2	弦聲	chú	遇	平	魚	澄	開	三	全濁	直	魚
3758	滋	Tư	tɯ1	平聲	zī	止	平	之	精	開	三	全清	子	之
3759	滑	Cốt	kot7	銳入	gǔ	臻	入	沒	見	合	一	全清	古	忽
3760	滑	Hoạt	hwa:t8	重入	huá	山	入	黠	匣	合	二	全濁	戶	八
3761	焚	Phần	fɤn2	弦聲	fén	臻	平	文	奉	合	三	全濁	符	分
3762	焜	Hỗn	hon4	跌聲	kūn	臻	上	混	匣	合	一	全濁	胡	本
3763	焠	Thối	t'oj5	銳聲	cuì	蟹	去	隊	清	合	一	次清	七	內
3764	無	Vô	vo1	平聲	wú	遇	平	虞	微	合	三	次濁	武	夫
3765	焦	Tiêu	tiew1	平聲	jiāo	效	平	宵	精	開	三	全清	即	消
3766	焮	Hân	hɤn1	平聲	xìn	臻	去	焮	曉	開	三	次清	香	靳
3767	焰	Diệm	ziem6	重聲	yàn	咸	去	豔	以	開	三	次濁	以	贍
3768	焱	Diễm	ziem4	跌聲	yàn	咸	去	豔	以	開	三	次濁	以	贍
3769	然	Nhiên	ɲien1	平聲	rán	山	平	仙	日	開	三	次濁	如	延
3770	煮	Chử	tʂɯ3	問聲	zhǔ	遇	上	語	章	開	三	全清	章	与
3771	爲	Vi	vi1	平聲	wéi	止	平	支	云	開	三	次濁	薳	支
3772	爲	Vị	vi6	重聲	wèi	止	去	寘	云	合	三	次濁	于	偽
3773	爺	Gia	ʐa:1	平聲	yé	假	平	麻	以	開	三	次濁	以	遮
3774	牋	Tiên	tien1	平聲	jiān	山	平	先	精	開	四	全清	則	前
3775	牌	Bài	ba:j2	弦聲	pái	蟹	平	佳	並	開	二	全濁	薄	佳
3776	牚	Xanh	sa:ɲ1	平聲	chēng	梗	去	映	徹	開	二	次清	他	孟
3777	犀	Tê	te1	平聲	xī	蟹	平	齊	心	開	四	全清	先	稽
3778	犂	Lê	le1	平聲	lí	蟹	平	齊	來	開	四	次濁	郎	奚

3779	犇	Bôn	bon1	平聲	bēn	臻	平	魂	幫	合	一	全清	博	昆
3780	犍	Kiền	kien2	弦聲	jiān	山	平	仙	羣	開	三	全濁	渠	焉
3781	猢	Hồ	ho2	弦聲	hú	遇	平	模	匣	合	一	全濁	戶	吳
3782	猥	Ổi	oj3	問聲	wěi	蟹	上	賄	影	合	一	全清	烏	賄
3783	猩	Tinh	tiɲ1	平聲	xīng	梗	平	青	心	開	四	全清	桑	經
3784	猱	Nhu	ɲu1	平聲	náo	效	平	豪	泥	開	一	次濁	奴	刀
3785	猴	Hầu	hɤw2	弦聲	hóu	流	平	侯	匣	開	一	全濁	戶	鉤
3786	猶	Do	zɔ1	平聲	yóu	流	平	尤	以	開	三	次濁	以	周
3787	猶	Dứu	zɯw5	銳聲	yóu	流	去	宥	以	開	三	次濁	余	救
3788	猾	Hoạt	hwa:t8	重入	huá	山	入	黠	匣	合	二	全濁	戶	八
3789	獀	Sưu	ʂɯw1	平聲	sōu	流	平	尤	生	開	三	全清	所	鳩
3790	珷	Vũ	vu4	跌聲	wǔ	遇	上	麌	微	合	三	次濁	文	甫
3791	琖	Trản	tʂa:n3	問聲	zhǎn	山	上	產	莊	開	二	全清	阻	限
3792	琚	Cư	kɯ1	平聲	jū	遇	平	魚	見	開	三	全清	九	魚
3793	琛	Sâm	ʂɤm1	平聲	chēn	深	平	侵	徹	開	三	次清	丑	林
3794	琢	Trác	tʂa:k7	銳入	zhuó	江	入	覺	知	開	二	全清	竹	角
3795	琤	Tranh	tʂa:ɲ1	平聲	chēng	梗	平	庚	初	開	二	次清	楚	庚
3796	琥	Hổ	ho3	問聲	hǔ	遇	上	姥	曉	合	一	次清	呼	古
3797	琦	Kì	ki2	弦聲	qí	止	平	支	羣	開	三	全濁	渠	羈
3798	琨	Côn	kon1	平聲	kūn	臻	平	魂	見	合	一	全清	古	渾
3799	琪	Kì	ki2	弦聲	qí	止	平	之	羣	開	三	全濁	渠	之
3800	琫	Bổng	boŋ3	問聲	běng	通	上	董	幫	合	一	全清	邊	孔
3801	琬	Uyển	wien3	問聲	wǎn	山	上	阮	影	合	三	全清	於	阮
3802	琮	Tông	toŋ1	平聲	cóng	通	平	冬	從	合	一	全濁	藏	宗
3803	琯	Quản	kwa:n3	問聲	guǎn	山	上	緩	見	合	一	全清	古	滿
3804	琰	Diễm	ziem4	跌聲	yǎn	咸	上	琰	以	開	三	次濁	以	冉
3805	琲	Bội	boj6	重聲	bèi	蟹	上	賄	並	合	一	全濁	蒲	罪
3806	琳	Lâm	lɤm1	平聲	lín	深	平	侵	來	開	三	次濁	力	尋
3807	琴	Cầm	kɤm2	弦聲	qín	深	平	侵	羣	開	三	全濁	巨	金
3808	琵	Tì	ti2	弦聲	pí	止	平	脂	並	開	三	全濁	房	脂
3809	琶	Bà	ba:2	弦聲	pá	假	平	麻	並	開	二	全濁	蒲	巴
3810	瑛	Anh	a:ɲ1	平聲	yīng	梗	平	庚	影	開	三	全清	於	驚
3811	瑯	Lang	la:ŋ1	平聲	láng	宕	平	唐	來	開	一	次濁	魯	當
3812	瓿	Phẫu	fɤw4	跌聲	pǒu	流	上	厚	並	開	一	全濁	蒲	口
3813	甥	Sanh	ʂa:ɲ1	平聲	shēng	梗	平	庚	生	開	二	全清	所	庚
3814	寗	Nịnh	niɲ6	重聲	nìng	梗	去	徑	泥	開	四	次濁	乃	定
3815	番	Phiên	fien1	平聲	fān	山	平	元	敷	合	三	次清	孚	袁
3816	番	Phan	fa:n1	平聲	pān	山	平	桓	滂	合	一	次清	普	官

3817	畫	Họa	hwa:6	重聲	huà	蟹	去	卦	匣	合	二	全濁	胡	卦
3818	畫	Hoạch	hwa:ʧ8	重入	huà	梗	入	麥	匣	合	二	全濁	胡	麥
3819	畬	Dư	zɯ1	平聲	yú	遇	平	魚	以	開	三	次濁	以	諸
3820	畮	Mẫu	mɤw4	跌聲	mǔ	流	上	厚	明	開	一	次濁	莫	厚
3821	畯	Tuấn	twɤn5	銳聲	jùn	臻	去	稕	精	合	三	全清	子	峻
3822	疏	Sơ	ʂɤ:1	平聲	shū	遇	平	魚	生	開	三	全清	所	葅
3823	疏	Sớ	ʂɤ:5	銳聲	shù	遇	去	御	生	開	三	全清	所	去
3824	痗	Mội	moj6	重聲	mèi	蟹	去	隊	明	合	一	次濁	莫	佩
3825	痙	Kinh	kiŋ1	平聲	jìng	梗	上	靜	羣	開	三	全濁	巨	郢
3826	痛	Thống	t'oŋ5	銳聲	tòng	通	去	送	透	合	一	次清	他	貢
3827	痞	Bĩ	bi4	跌聲	pǐ	止	上	旨	並	開	三	全濁	符	鄙
3828	痟	Tiêu	tiew1	平聲	xiāo	效	平	宵	心	開	三	全清	相	邀
3829	痠	Toan	twa:n1	平聲	suān	山	平	桓	心	合	一	全清	素	官
3830	痡	Phô	fo1	平聲	pū	遇	平	虞	敷	合	三	次清	芳	無
3831	痢	Lị	li6	重聲	lì	止	去	至	來	開	三	次濁	力	至
3832	痣	Chí	tʂi5	銳聲	zhì	止	去	志	章	開	三	全清	職	吏
3833	痤	Tọa	twa:6	重聲	cuó	果	平	戈	從	合	一	全濁	昨	禾
3834	痾	Kha	xa:1	平聲	kē	果	平	歌	影	開	一	全清	烏	何
3835	登	Đăng	daŋ1	平聲	dēng	曾	平	登	端	開	一	全清	都	滕
3836	發	Phát	fa:t7	銳入	fā	山	入	月	非	合	三	全清	方	伐
3837	皓	Hạo	ha:w6	重聲	hào	效	上	晧	匣	開	一	全濁	胡	老
3838	皖	Hoàn	hwa:n2	弦聲	wǎn	山	上	潸	匣	合	二	全濁	戶	板
3839	皴	Thuân	t'wɤn1	平聲	cūn	臻	平	諄	清	合	三	次清	七	倫
3840	盜	Đạo	da:w6	重聲	dào	效	去	號	定	開	一	全濁	徒	到
3841	睂	Mi	mi1	平聲	méi	止	平	脂	明	開	三	次濁	武	悲
3842	睅	Hạn	ha:n6	重聲	hàn	山	上	潸	匣	合	二	全濁	戶	板
3843	睆	Hoản	hwa:n3	問聲	huǎn	山	上	潸	匣	合	二	全濁	戶	板
3844	睇	Thê	t'e1	平聲	dì	蟹	平	齊	透	開	四	次清	土	雞
3845	睊	Quyến	kwien5	銳聲	juàn	山	去	霰	見	合	四	全清	古	縣
3846	睍	Hiển	hien3	問聲	xiàn	山	上	銑	匣	開	四	全濁	胡	典
3847	睎	Hi	hi1	平聲	xī	止	平	微	曉	開	三	次清	香	衣
3848	矞	Duật	zuɤt8	重入	yù	臻	入	術	以	合	三	次濁	餘	律
3849	矟	Sác	ʂa:k7	銳入	shuò	江	入	覺	生	開	二	全清	所	角
3850	矬	Tọa	twa:6	重聲	cuó	果	平	戈	從	合	一	全濁	昨	禾
3851	短	Đoản	dwa:n3	問聲	duǎn	山	上	緩	端	合	一	全清	都	管
3852	硜	Khanh	xa:ɲ1	平聲	kēng	梗	平	耕	溪	開	二	次清	口	莖
3853	硝	Tiêu	tiew1	平聲	xiāo	效	平	宵	心	開	三	全清	相	邀
3854	硨	Xa	sa:1	平聲	chē	假	平	麻	昌	開	三	次清	尺	遮

3855	硫	Lưu	luɯw1	平聲	liú	流	平	尤	來	開	三	次濁	力	求
3856	硬	Ngạnh	ŋa:ɲ6	重聲	yìng	梗	去	諍	疑	開	二	次濁	五	諍
3857	硯	Nghiễn	ŋien4	跌聲	yàn	山	去	霰	疑	開	四	次濁	吾	甸
3858	祺	Kì	ki2	弦聲	qí	止	平	之	羣	開	三	全濁	渠	之
3859	祼	Quán	kwa:n5	銳聲	guàn	山	去	換	見	合	一	全清	古	玩
3860	祿	Lộc	lok8	重入	lù	通	入	屋	來	合	一	次濁	盧	谷
3861	禍	Họa	hwa:6	重聲	huò	果	上	果	匣	合	一	全濁	胡	果
3862	禽	Cầm	kɤm2	弦聲	qín	深	平	侵	羣	開	三	全濁	巨	金
3863	稀	Hi	hi1	平聲	xī	止	平	微	曉	開	三	次清	香	衣
3864	稂	Lang	la:ŋ1	平聲	láng	宕	平	唐	來	開	一	次濁	魯	當
3865	稃	Phù	fu2	弦聲	fū	遇	平	虞	敷	合	三	次清	芳	無
3866	稅	Thuế	t'we5	銳聲	shuì	蟹	去	祭	書	合	三	全清	舒	芮
3867	稈	Cán	ka:n5	銳聲	gǎn	山	上	旱	見	開	一	全清	古	旱
3868	稊	Đề	de2	弦聲	tí	蟹	平	齊	定	開	四	全濁	杜	奚
3869	程	Trình	tʂiɲ2	弦聲	chéng	梗	平	清	澄	開	三	全濁	直	貞
3870	稌	Đồ	do2	弦聲	tú	遇	平	模	透	合	一	次清	他	胡
3871	稍	Sao	ʂa:w1	平聲	shāo	效	去	效	生	開	二	全清	所	教
3872	窖	Diếu	ziew5	銳聲	jiào	效	去	效	見	開	二	全清	古	孝
3873	窗	Song	ʂɔŋ1	平聲	chuāng	江	平	江	初	開	二	次清	楚	江
3874	窘	Quẫn	kwɤn4	跌聲	jiǒng	臻	上	準	羣	合	三	全濁	渠	殞
3875	竢	Sĩ	ʂi4	跌聲	sì	止	上	止	俟	開	三	全濁	牀	史
3876	竣	Thuân	t'wɤn1	平聲	jùn	臻	平	諄	清	合	三	次清	七	倫
3877	童	Đồng	doŋ2	弦聲	tóng	通	平	東	定	合	一	全濁	徒	紅
3878	竦	Tủng	tuŋ3	問聲	sǒng	通	上	腫	心	合	三	全清	息	拱
3879	筅	Tiển	tien3	問聲	xiǎn	山	上	銑	心	開	四	全清	蘇	典
3880	筆	Bút	but7	銳入	bǐ	臻	入	質	幫	開	三	全清	鄙	密
3881	等	Đẳng	daŋ3	問聲	děng	曾	上	等	端	開	一	全清	多	肯
3882	筋	Cân	kɤn1	平聲	jīn	臻	平	欣	見	開	三	全清	舉	欣
3883	筌	Thuyên	t'wien1	平聲	quán	山	平	仙	清	合	三	次清	此	緣
3884	筍	Tuẩn	twɤn3	問聲	sǔn	臻	上	準	心	合	三	全清	思	尹
3885	筏	Phiệt	fiet8	重入	fá	山	入	月	奉	合	三	全濁	房	越
3886	筐	Khuông	xuoŋ1	平聲	kuāng	宕	平	陽	溪	合	三	次清	去	王
3887	筑	Trúc	tʂuk7	銳入	zhú	通	入	屋	知	合	三	全清	張	六
3888	筒	Đồng	doŋ2	弦聲	tǒng	通	平	東	定	合	一	全濁	徒	紅
3889	筓	Kê	ke1	平聲	jī	止	平	支	禪	開	三	全濁	是	支
3890	答	Đáp	da:p7	銳入	dá	咸	入	合	端	開	一	全清	都	合
3891	策	Sách	ʂa:ʧ7	銳入	cè	梗	入	麥	初	開	二	次清	楚	革
3892	筥	Cử	kɯ3	問聲	jǔ	遇	上	語	見	開	三	全清	居	許

3893	筳	Đình	diɲ2	弦聲	tíng	梗	平	青	定	開	四	全濁	特	丁
3894	筵	Diên	zien1	平聲	yán	山	平	仙	以	開	三	次濁	以	然
3895	粞	Tê	te1	平聲	qī	蟹	平	齊	心	開	四	全清	先	稽
3896	粟	Túc	tuk7	銳入	sù	通	入	燭	心	合	三	全清	相	玉
3897	粢	Tư	tɯ1	平聲	zī	止	平	脂	精	開	三	全清	即	夷
3898	粥	Dục	zuk8	重入	yù	通	入	屋	以	合	三	次濁	余	六
3899	粥	Chúc	tʂuk7	銳入	zhōu	通	入	屋	章	合	三	全清	之	六
3900	紫	Tử	tɯ3	問聲	zǐ	止	上	紙	精	開	三	全清	將	此
3901	結	Kết	ket7	銳入	jié	山	入	屑	見	開	四	全清	古	屑
3902	絕	Tuyệt	twiet8	重入	jué	山	入	薛	從	合	三	全濁	情	雪
3903	絛	Thao	t'a:w1	平聲	tāo	效	平	豪	透	開	一	次清	土	刀
3904	絜	Khiết	xiep7	銳入	jié	山	入	屑	見	開	四	全清	古	屑
3905	絜	Hiệt	hiet8	重入	xié	山	入	屑	匣	開	四	全濁	胡	結
3906	絝	Khố	ko5	銳聲	kù	遇	去	暮	溪	合	一	次清	苦	故
3907	絞	Giảo	ʑa:w3	問聲	jiǎo	效	上	巧	見	開	二	全清	古	巧
3908	絡	Lạc	la:k8	重入	luò	宕	入	鐸	來	開	一	次濁	盧	各
3909	絢	Huyến	hwien5	銳聲	xuàn	山	去	霰	曉	合	四	次清	許	縣
3910	給	Cấp	kɤp7	銳入	jǐ	深	入	緝	見	開	三	全清	居	立
3911	絨	Nhung	ɲuŋ1	平聲	róng	通	平	東	日	合	三	次濁	如	融
3912	絪	Nhân	ɲɤn1	平聲	yīn	臻	平	真	影	開	三	全清	於	真
3913	絫	Lũy	lwi4	跌聲	lěi	止	上	紙	來	合	三	次濁	力	委
3914	絮	Nhứ	ɲɯ5	銳聲	xù	遇	去	御	娘	開	三	次濁	尼	攄
3915	絰	Điệt	diet8	重入	dié	山	入	屑	定	開	四	全濁	徒	結
3916	統	Thống	t'oŋ5	銳聲	tǒng	通	去	宋	透	合	一	次清	他	綜
3917	絲	Ti	ti1	平聲	sī	止	平	之	心	開	三	全清	息	茲
3918	絳	Giáng	ʑa:ŋ5	銳聲	jiàng	江	去	絳	見	開	二	全清	古	巷
3919	缾	Bình	biɲ2	弦聲	píng	梗	平	青	並	開	四	全濁	薄	經
3920	罥	Quyến	kwien5	銳聲	juàn	山	去	霰	見	合	四	全清	古	縣
3921	罦	Phù	fu2	弦聲	fū	流	平	尤	奉	開	三	全濁	縛	謀
3922	翔	Tường	tɯɤŋ2	弦聲	xiáng	宕	平	陽	邪	開	三	全濁	似	羊
3923	翕	Hấp	hɤp7	銳入	xì	深	入	緝	曉	開	三	次清	許	及
3924	翛	Tiêu	tiew1	平聲	xiāo	效	平	蕭	心	開	四	全清	蘇	彫
3925	耋	Điệt	diet8	重入	diè	山	入	屑	定	開	四	全濁	徒	結
3926	聒	Quát	kwa:t7	銳入	guā	山	入	末	見	合	一	全清	古	活
3927	胔	Tí	ti5	銳聲	zì	止	去	寘	從	開	三	全濁	疾	智
3928	胾	Chí	tʂi5	銳聲	zì	止	去	志	莊	開	三	全清	側	吏
3929	脹	Trướng	tʂɯɤŋ5	銳聲	zhàng	宕	去	漾	知	開	三	全清	知	亮
3930	脾	Tì	ti2	弦聲	pí	止	平	支	並	開	三	全濁	符	支

3931	腆	Thiển	t'ien3	問聲	tiăn	山	上	銑	透	開	四	次清	他	典
3932	腋	Dịch	ziʧ8	重入	yì	梗	入	昔	以	開	三	次濁	羊	益
3933	腌	Yêm	iem1	平聲	yān	咸	平	嚴	影	開	三	全清	於	嚴
3934	腎	Thận	t'ɤn6	重聲	shèn	臻	上	軫	禪	開	三	全濁	時	忍
3935	腑	Phủ	fu3	問聲	fŭ	遇	上	麌	非	合	三	全清	方	矩
3936	腓	Phì	fi2	弦聲	féi	止	平	微	奉	合	三	全濁	符	非
3937	腔	Xoang	swa:ŋ1	平聲	qiāng	江	平	江	溪	開	二	次清	苦	江
3938	腕	Oản	wa:n3	問聲	wàn	山	去	換	影	合	一	全清	烏	貫
3939	腱	Kiện	kien6	重聲	jiàn	山	去	願	羣	開	三	全濁	渠	建
3940	腴	Du	zu1	平聲	yú	遇	平	虞	以	合	三	次濁	羊	朱
3941	舄	Tích	tiʧ7	銳入	xì	梗	入	昔	心	開	三	全清	思	積
3942	舒	Thư	t'ɯ1	平聲	shū	遇	平	魚	書	開	三	全清	傷	魚
3943	舜	Thuấn	t'wɤn5	銳聲	shùn	臻	去	稕	書	合	三	全清	舒	閏
3944	艇	Đĩnh	diŋ4	跌聲	tĭng	梗	上	迥	定	開	四	全濁	徒	鼎
3945	萩	Thu	t'u1	平聲	qiū	流	平	尤	清	開	三	次清	七	由
3946	萬	Vạn	va:n6	重聲	wàn	山	去	願	微	合	三	次濁	無	販
3947	萱	Huyên	hwien1	平聲	xuān	山	平	元	曉	合	三	次清	況	袁
3948	萹	Phiên	fien1	平聲	piān	山	平	仙	滂	開	三	次清	芳	連
3949	萼	Ngạc	ŋa:k8	重入	è	宕	入	鐸	疑	開	一	次濁	五	各
3950	落	Lạc	la:k8	重入	luò	宕	入	鐸	來	開	一	次濁	盧	各
3951	葆	Bảo	ba:w3	問聲	băo	效	上	晧	幫	開	一	全清	博	抱
3952	葉	Diệp	ziep8	重入	yè	咸	入	葉	以	開	三	次濁	與	涉
3953	葉	Diếp	ziep7	銳入	shè	咸	入	葉	書	開	三	全清	書	涉
3954	葑	Phong	fɔŋ1	平聲	fēng	通	平	鍾	非	合	三	全清	府	容
3955	葖	Đột	dot8	重入	tú	臻	入	沒	定	合	一	全濁	陀	骨
3956	菑	Tai	ta:j1	平聲	zāi	蟹	平	咍	精	開	一	全清	祖	才
3957	菑	Truy	tʂwi1	平聲	zī	止	平	之	莊	開	三	全清	側	持
3958	葙	Tương	tɯɤŋ1	平聲	xiāng	宕	平	陽	心	開	三	全清	息	良
3959	葚	Thậm	t'ɤm6	重聲	shèn	深	上	寑	船	開	三	全濁	食	荏
3960	葛	Cát	ka:t7	銳入	gé	山	入	曷	見	開	一	全清	古	達
3961	董	Đổng	doŋ3	問聲	dŏng	通	上	董	端	合	一	全清	多	動
3962	葦	Vĩ	vi4	跌聲	wĕi	止	上	尾	云	合	三	次濁	于	鬼
3963	葩	Ba	ba:1	平聲	pā	假	平	麻	滂	開	二	次清	普	巴
3964	葫	Hồ	ho2	弦聲	hú	遇	平	模	匣	合	一	全濁	戶	吳
3965	葬	Táng	ta:ŋ5	銳聲	zàng	宕	去	宕	精	開	一	全清	則	浪
3966	葭	Gia	ʐa:1	平聲	jiā	假	平	麻	見	開	二	全清	古	牙
3967	葯	Ước	ɯɤk7	銳入	yào	宕	入	藥	影	開	三	全清	於	略
3968	葱	Thông	t'oŋ1	平聲	cōng	通	平	東	清	合	一	次清	倉	紅

3969	葳	Uy	wi1	平聲	wēi	止	平	微	影	合	三	全清	於	非
3970	葵	Quỳ	kwi2	弦聲	kuí	止	平	脂	羣	合	三	全濁	渠	追
3971	葶	Đình	diɲ2	弦聲	tíng	梗	平	青	定	開	四	全濁	特	丁
3972	葷	Huân	hwɤn1	平聲	hūn	臻	平	文	曉	合	三	次清	許	云
3973	葸	Tỉ	ti3	問聲	xǐ	止	上	止	心	開	三	全清	胥	里
3974	葹	Thi	t'i1	平聲	shī	止	平	支	書	開	三	全清	式	支
3975	葺	Tập	tɤp8	重入	qì	深	入	緝	從	開	三	全濁	秦	入
3976	蒂	Đế	de5	銳聲	dì	蟹	去	霽	端	開	四	全清	都	計
3977	蒐	Sưu	ʂɯw1	平聲	sōu	流	平	尤	生	開	三	全清	所	鳩
3978	蓇	Cốt	kot7	銳入	gǔ	臻	入	沒	見	合	一	全清	古	忽
3979	蓱	Bình	biɲ2	弦聲	píng	梗	平	青	並	開	四	全濁	薄	經
3980	虛	Hư	hɯ1	平聲	xū	遇	平	魚	曉	開	三	次清	朽	居
3981	蛑	Mâu	mɤw1	平聲	móu	流	平	尤	明	開	三	次濁	莫	浮
3982	蛔	Hồi	hoj2	弦聲	huí	蟹	平	灰	匣	合	一	全濁	戶	恢
3983	蛕	Hồi	hoj2	弦聲	huí	蟹	平	灰	匣	合	一	全濁	戶	恢
3984	蛘	Dạng	za:ŋ6	重聲	yáng	宕	平	陽	以	開	三	次濁	與	章
3985	蛙	Oa	wa:1	平聲	wā	假	平	麻	影	合	二	全清	烏	瓜
3986	蛛	Chu	tʂu1	平聲	zhū	遇	平	虞	知	合	三	全清	陟	輸
3987	蛞	Khoát	xwa:t7	銳入	kuò	山	入	末	溪	合	一	次清	苦	栝
3988	蛟	Giao	ʑa:w1	平聲	jiāo	效	平	肴	見	開	二	全清	古	肴
3989	蛤	Cáp	ka:p7	銳入	gé	咸	入	合	見	開	一	全清	古	沓
3990	蛩	Cung	kuŋ1	平聲	qióng	通	平	鍾	羣	合	三	全濁	渠	容
3991	蛭	Điệt	diet8	重入	zhì	山	入	屑	端	開	四	全清	丁	結
3992	蜑	Đản	da:n3	問聲	dàn	山	上	旱	定	開	一	全濁	徒	旱
3993	蜒	Diên	zien1	平聲	yán	山	平	仙	以	開	三	次濁	以	然
3994	蜓	Đình	diɲ2	弦聲	tíng	梗	平	青	定	開	四	全濁	特	丁
3995	衆	Chúng	tʂuŋ5	銳聲	zhòng	通	去	送	章	合	三	全清	之	仲
3996	衇	Mạch	ma:tʃ8	重入	mò	梗	入	麥	明	開	二	次濁	莫	獲
3997	衕	Đồng	doŋ2	弦聲	tóng	通	平	東	定	合	一	全濁	徒	紅
3998	衖	Hạng	ha:ŋ6	重聲	lòng	江	去	絳	匣	開	二	全濁	胡	絳
3999	街	Nhai	ɲa:j1	平聲	jiē	蟹	平	佳	見	開	二	全清	古	佳
4000	裁	Tài	ta:j2	弦聲	cái	蟹	平	咍	從	開	一	全濁	昨	哉
4001	裂	Liệt	liet8	重入	liè	山	入	薛	來	開	三	次濁	良	辥
4002	裋	Thụ	t'u6	重聲	shù	遇	上	麌	禪	合	三	全濁	臣	庾
4003	裎	Trình	tʂiɲ2	弦聲	chéng	梗	平	清	澄	開	三	全濁	直	貞
4004	裒	Bầu	bɤw2	弦聲	póu	流	平	侯	並	開	一	全濁	薄	侯
4005	裕	Dụ	zu6	重聲	yù	遇	去	遇	以	合	三	次濁	羊	戍
4006	裙	Quần	kwɤn2	弦聲	qún	臻	平	文	羣	合	三	全濁	渠	云

4007	補	Bổ	bo3	問聲	bǔ	遇	上	姥	幫	合	一	全清	博	古
4008	覃	Đàm	da:m2	弦聲	tán	咸	平	覃	定	開	一	全濁	徒	含
4009	覘	Chiêm	tʂiem1	平聲	zhān	咸	平	鹽	徹	開	三	次清	丑	廉
4010	觚	Cô	ko1	平聲	gū	遇	平	模	見	合	一	全清	古	胡
4011	觝	Để	de3	問聲	dǐ	蟹	上	薺	端	開	四	全清	都	禮
4012	訴	Tố	to5	銳聲	sù	遇	去	暮	心	合	一	全清	桑	故
4013	訶	Ha	ha:1	平聲	hē	果	平	歌	曉	開	一	次清	虎	何
4014	診	Chẩn	tʂɤn3	問聲	zhěn	臻	上	軫	章	開	三	全清	章	忍
4015	註	Chú	tʂu5	銳聲	zhù	遇	去	遇	章	合	三	全清	之	戍
4016	証	Chứng	tʂɯŋ5	銳聲	zhèng	梗	去	勁	章	開	三	全清	之	盛
4017	詁	Cổ	ko3	問聲	gǔ	遇	上	姥	見	合	一	全清	公	戶
4018	詆	Để	de3	問聲	dǐ	蟹	上	薺	端	開	四	全清	都	禮
4019	詈	Lị	li6	重聲	lì	止	去	寘	來	開	三	次濁	力	智
4020	詐	Trá	tʂa5	銳聲	zhà	假	去	禡	莊	開	二	全清	側	駕
4021	詒	Di	zi1	平聲	yí	止	平	之	以	開	三	次濁	與	之
4022	詔	Chiếu	tʂiew5	銳聲	zhào	效	去	笑	章	開	三	全清	之	少
4023	評	Bình	biɲ2	弦聲	píng	梗	平	庚	並	開	三	全濁	符	兵
4024	詖	Bí	bi5	銳聲	bì	止	去	寘	幫	開	三	全清	彼	義
4025	詗	Huýnh	hwiɲ5	銳聲	xiòng	梗	去	勁	曉	合	三	次清	休	正
4026	詘	Truất	tʂwɤt7	銳入	qù	臻	入	物	溪	合	三	次清	區	勿
4027	詛	Trớ	tʂɤ:5	銳聲	zǔ	遇	去	御	莊	開	三	全清	莊	助
4028	詞	Từ	tɯ2	弦聲	cí	止	平	之	邪	開	三	全濁	似	茲
4029	詠	Vịnh	viɲ6	重聲	yǒng	梗	去	映	云	合	三	次濁	爲	命
4030	貂	Điêu	diew1	平聲	diāo	效	平	蕭	端	開	四	全清	都	聊
4031	貯	Trữ	tʂɯ4	跌聲	zhǔ	遇	上	語	知	開	三	全清	丁	呂
4032	貰	Thế	t'e5	銳聲	shì	蟹	去	祭	書	開	三	全清	舒	制
4033	貳	Nhị	ɲi6	重聲	èr	止	去	至	日	開	三	次濁	而	至
4034	貴	Quý	kwi5	銳聲	guì	止	去	未	見	合	三	全清	居	胃
4035	買	Mãi	ma:j4	跌聲	mǎi	蟹	上	蟹	明	開	二	次濁	莫	蟹
4036	貸	Thải	t'a:j3	問聲	dài	蟹	去	代	透	開	一	次清	他	代
4037	貺	Huống	huoŋ5	銳聲	kuàng	宕	去	漾	曉	合	三	次清	許	訪
4038	費	Phí	fi5	銳聲	fèi	止	去	未	敷	合	三	次清	芳	未
4039	貼	Thiếp	t'iep7	銳入	tiē	咸	入	帖	透	開	四	次清	他	協
4040	貽	Di	zi1	平聲	yí	止	平	之	以	開	三	次濁	與	之
4041	貿	Mậu	mɤw6	重聲	mào	流	去	候	明	開	一	次濁	莫	候
4042	賀	Hạ	ha:6	重聲	hè	果	去	箇	匣	開	一	全濁	胡	箇
4043	賁	Phần	fɤn2	弦聲	fén	臻	平	文	奉	合	三	全濁	符	分
4044	賁	Bôn	bon1	平聲	bēn	臻	平	魂	幫	合	一	全清	博	昆

4045	賁	Bí	bi5	銳聲	bì	止	去	寘	幫	開	三	全清	彼	義
4046	赓	Canh	ka:ɲ1	平聲	gēng	梗	平	庚	見	開	二	全清	古	行
4047	趁	Sấn	ʂɤn5	銳聲	chèn	臻	去	震	徹	開	三	次清	丑	刃
4048	趄	Thư	t'ɯ1	平聲	jū	遇	平	魚	清	開	三	次清	七	余
4049	超	Siêu	ʂiew1	平聲	chāo	效	平	宵	徹	開	三	次清	敕	宵
4050	越	Việt	viet8	重入	yuè	山	入	月	云	合	三	次濁	王	伐
4051	跅	Thác	t'a:k7	銳入	tuò	宕	入	鐸	透	開	一	次清	他	各
4052	跋	Bạt	ba:t8	重入	bá	山	入	末	並	合	一	全濁	蒲	撥
4053	跌	Điệt	diet8	重入	dié	山	入	屑	定	開	四	全濁	徒	結
4054	跎	Đà	da:2	弦聲	tuó	果	平	歌	定	開	一	全濁	徒	河
4055	跏	Già	ʐa:2	弦聲	jiā	假	平	麻	見	開	二	全清	古	牙
4056	跑	Bào	ba:w2	弦聲	pǎo	效	平	肴	並	開	二	全濁	薄	交
4057	跕	Thiếp	t'iep7	銳入	tiē	咸	入	帖	透	開	四	次清	他	協
4058	跖	Chích	tʂitʃ7	銳入	zhí	梗	入	昔	章	開	三	全清	之	石
4059	跗	Phụ	fu6	重聲	fū	遇	去	遇	奉	合	三	全濁	符	遇
4060	跚	San	ʂa:n1	平聲	shān	山	平	寒	心	開	一	全清	蘇	干
4061	跛	Bả	ba:3	問聲	bǒ	果	上	果	幫	合	一	全清	布	火
4062	跛	Bí	bi5	銳聲	bì	止	去	寘	幫	開	三	全清	彼	義
4063	軨	Linh	liɲ1	平聲	líng	梗	平	青	來	開	四	次濁	郎	丁
4064	軫	Chẩn	tʂɤn3	問聲	zhěn	臻	上	軫	章	開	三	全清	章	忍
4065	軱	Cô	ko1	平聲	gū	遇	平	模	見	合	一	全清	古	胡
4066	軶	Ách	a:tʃ7	銳入	è	梗	入	麥	影	開	二	全清	於	革
4067	軸	Trục	tʂuk8	重入	zhóu	通	入	屋	澄	合	三	全濁	直	六
4068	軹	Chỉ	tʂi3	問聲	zhǐ	止	上	紙	章	開	三	全清	諸	氏
4069	軺	Diêu	ziew1	平聲	yáo	效	平	宵	以	開	三	次濁	餘	昭
4070	軻	Kha	xa:1	平聲	kē	果	平	歌	溪	開	一	次清	苦	何
4071	軼	Dật	zɤt8	重入	yì	臻	入	質	以	開	三	次濁	夷	質
4072	軼	Điệt	diet8	重入	dié	山	入	屑	定	開	四	全濁	徒	結
4073	辜	Cô	ko1	平聲	gū	遇	平	模	見	合	一	全清	古	胡
4074	辝	Từ	tɯ2	弦聲	cí	止	平	之	邪	開	三	全濁	似	茲
4075	逼	Bức	bɯk7	銳入	bī	曾	入	職	幫	開	三	全清	彼	側
4076	逾	Du	zu1	平聲	yú	遇	平	虞	以	合	三	次濁	羊	朱
4077	遁	Độn	don6	重聲	dùn	臻	去	慁	定	合	一	全濁	徒	困
4078	遂	Toại	twa:j6	重聲	suì	止	去	至	邪	合	三	全濁	徐	醉
4079	遄	Thuyên	t'wien1	平聲	chuán	山	平	仙	禪	合	三	全濁	市	緣
4080	遇	Ngộ	ŋo6	重聲	yù	遇	去	遇	疑	合	三	次濁	牛	具
4081	遉	Trình	tʂiɲ2	弦聲	zhēn	梗	去	勁	徹	開	三	次清	丑	鄭
4082	遊	Du	zu1	平聲	yóu	流	平	尤	以	開	三	次濁	以	周

4083	運	Vận	vɤn6	重聲	yùn	臻	去	問	云	合	三	次濁	王	問
4084	遌	Ngạc	ŋa:k8	重入	è	宕	入	鐸	疑	開	一	次濁	五	各
4085	遍	Biến	bien5	銳聲	biàn	山	去	線	幫	開	三	全清	方	見
4086	遏	Át	a:t7	銳入	è	山	入	曷	影	開	一	全清	烏	葛
4087	遐	Hà	ha:2	弦聲	xiá	假	平	麻	匣	開	二	全濁	胡	加
4088	遑	Hoàng	hwan:ŋ2	弦聲	huáng	宕	平	唐	匣	合	一	全濁	胡	光
4089	遒	Tù	tu2	弦聲	qiú	流	平	尤	從	開	三	全濁	自	秋
4090	道	Đạo	da:w6	重聲	dào	效	上	晧	定	開	一	全濁	徒	晧
4091	達	Đạt	da:t8	重入	dá	山	入	曷	定	開	一	全濁	唐	割
4092	違	Vi	vi1	平聲	wéi	止	平	微	云	合	三	次濁	雨	非
4093	鄏	Nhục	ɲuk8	重入	rù	通	入	燭	日	合	三	次濁	而	蜀
4094	鄒	Trâu	tʂɤw1	平聲	zōu	流	平	尤	莊	開	三	全清	側	鳩
4095	鄔	Ổ	o3	問聲	wū	遇	上	姥	影	合	一	全清	安	古
4096	鄖	Vân	vɤn1	平聲	yún	臻	平	文	云	合	三	次濁	王	分
4097	酡	Đà	da:2	弦聲	tuó	果	平	歌	定	開	一	全濁	徒	河
4098	酢	Tạc	ta:k8	重入	zuò	宕	入	鐸	從	開	一	全濁	在	各
4099	酣	Hàm	ha:m2	弦聲	hān	咸	平	談	匣	開	一	全濁	胡	甘
4100	酤	Cô	ko1	平聲	gū	遇	平	模	見	合	一	全清	古	胡
4101	酥	Tô	to1	平聲	sū	遇	平	模	心	合	一	全清	素	姑
4102	釉	Dứu	zɯw5	銳聲	yòu	流	去	宥	以	開	三	次濁	余	救
4103	量	Lương	lɯɤŋ1	平聲	liáng	宕	平	陽	來	開	三	次濁	呂	張
4104	量	Lượng	lɯɤŋ6	重聲	liàng	宕	去	漾	來	開	三	次濁	力	讓
4105	鈀	Ba	ba:1	平聲	bǎ	假	平	麻	滂	開	二	次清	普	巴
4106	鈇	Phu	fu1	平聲	fū	遇	平	虞	非	合	三	全清	甫	無
4107	鈉	Nột	not8	重入	nà	蟹	去	祭	日	合	三	次濁	而	銳
4108	鈌	Quyết	kwiet7	銳入	jué	山	入	屑	見	合	四	全清	古	穴
4109	鈍	Độn	don6	重聲	dùn	臻	去	慁	定	合	一	全濁	徒	困
4110	鈐	Kiềm	kiem2	弦聲	qián	咸	平	鹽	羣	開	三	全濁	巨	淹
4111	鈔	Sao	ʂa:w1	平聲	chāo	效	平	肴	初	開	二	次清	楚	交
4112	鈕	Nữu	nɯw4	跌聲	niǔ	流	上	有	娘	開	三	次濁	女	久
4113	鈞	Quân	kwɤn1	平聲	jūn	臻	平	諄	見	合	三	全清	居	勻
4114	鉅	Cự	kɯ6	重聲	jù	遇	上	語	羣	開	三	全濁	其	呂
4115	開	Khai	xa:j1	平聲	kāi	蟹	平	咍	溪	開	一	次清	苦	哀
4116	閎	Hoành	hwa:ɲ2	弦聲	hóng	梗	平	耕	匣	合	二	全濁	戶	萌
4117	閏	Nhuận	ɲwɤn6	重聲	rùn	臻	去	稕	日	合	三	次濁	如	順
4118	閑	Nhàn	ɲa:n2	弦聲	xián	山	平	山	匣	開	二	全濁	戶	閒
4119	閒	Nhàn	ɲa:n2	弦聲	xián	山	平	山	見	開	二	全清	古	閑
4120	閒	Gián	ʐa:n5	銳聲	jiàn	山	去	襉	見	開	二	全清	古	莧

4121	閔	Mẫn	mɤn4	跌聲	mǐn	臻	上	軫	明	開	三	次濁	眉	殞
4122	隔	Cách	ka:ʧ7	鋭入	gé	梗	入	麥	見	開	二	全清	古	核
4123	隕	Vẫn	vɤn4	跌聲	yǔn	臻	上	軫	云	開	三	次濁	于	敏
4124	隖	Ổ	o3	問聲	wǔ	遇	上	姥	影	合	一	全清	安	古
4125	隘	Ải	a:j3	問聲	ài	蟹	去	卦	影	開	二	全清	烏	懈
4126	隙	Khích	xiʧ7	鋭入	xì	梗	入	陌	溪	開	三	次清	綺	戟
4127	雁	Nhạn	ɲa:n6	重聲	yàn	山	去	諫	疑	開	二	次濁	五	晏
4128	雄	Hùng	huŋ2	弦聲	xióng	通	平	東	云	合	三	次濁	羽	弓
4129	雅	Nhã	ɲa:4	跌聲	yǎ	假	上	馬	疑	開	二	次濁	五	下
4130	集	Tập	tɤp8	重入	jí	深	入	緝	從	開	三	全濁	秦	入
4131	雇	Cố	ko5	鋭聲	gù	遇	去	暮	見	合	一	全清	古	暮
4132	雋	Tuyển	twien3	問聲	jùn	山	上	獮	從	合	三	全濁	徂	兖
4133	雯	Văn	van1	平聲	wén	臻	平	文	微	合	三	次濁	無	分
4134	雰	Phân	fɤn1	平聲	fēn	臻	平	文	非	合	三	全清（次清）	府	文
4135	雱	Bàng	ba:ŋ2	弦聲	páng	宕	平	唐	滂	開	一	次清	普	郎
4136	雲	Vân	vɤn1	平聲	yún	臻	平	文	云	合	三	次濁	王	分
4137	靮	Đích	diʧ7	鋭入	dí	梗	入	錫	端	開	四	全清	都	歷
4138	靭	Nhận	ɲɤn6	重聲	rèn	臻	去	震	日	開	三	次濁	而	振
4139	項	Hạng	ha:ŋ6	重聲	xiàng	江	上	講	匣	開	二	全濁	胡	講
4140	順	Thuận	t'wɤn6	重聲	shùn	臻	去	稕	船	合	三	全濁	食	閏
4141	頇	Han	ha:n1	平聲	hān	山	平	寒	曉	開	一	次清	許	干
4142	須	Tu	tu1	平聲	xū	遇	平	虞	心	合	三	全清	相	俞
4143	飧	Tôn	ton1	平聲	sūn	臻	平	魂	心	合	一	全清	思	渾
4144	飩	Đồn	don2	弦聲	tún	臻	平	魂	定	合	一	全濁	徒	渾
4145	飪	Nhẫm	ɲɤm4	跌聲	rèn	深	上	寑	日	開	三	次濁	如	甚
4146	飫	Ứ	ɯ5	鋭聲	yù	遇	去	御	影	開	三	全清	依	倨
4147	飭	Sức	ʂɯk7	鋭入	chì	曾	入	職	徹	開	三	次清	恥	力
4148	飯	Phãn	fa:n4	跌聲	fǎn	山	上	阮	奉	合	三	全濁	扶	晚
4149	飯	Phạn	fa:n6	重聲	fàn	山	去	願	奉	合	三	全濁	符	万
4150	飲	Ẩm	ɤm3	問聲	yǐn	深	上	寑	影	開	三	全清	於	錦
4151	飲	Ấm	ɤm5	鋭聲	yìn	深	去	沁	影	開	三	全清	於	禁
4152	馭	Ngự	ŋɯ6	重聲	yù	遇	去	御	疑	開	三	次濁	牛	倨
4153	馮	Phùng	fuŋ2	弦聲	féng	通	平	東	奉	合	三	全濁	房	戎
4154	馮	Bằng	baŋ2	弦聲	féng	曾	平	蒸	並	開	三	全濁	扶	冰
4155	骫	Ủy	wi3	問聲	wěi	止	上	紙	影	合	三	全清	於	詭
4156	骭	Cán	ka:n5	鋭聲	gàn	山	去	翰	見	開	一	全清	古	案
4157	黍	Thử	t'ɯ3	問聲	shǔ	遇	上	語	書	開	三	全清	舒	呂

4158	黑	Hắc	hak7	銳入	hēi	曾	入	德	曉	開	一	次清	呼	北
4159	黹	Chỉ	tʂi3	問聲	zhǐ	止	上	旨	知	開	三	全清	豬	几
4160	鼎	Đỉnh	diɲ3	問聲	dǐng	梗	上	迥	端	開	四	全清	都	挺
4161	亂	Loạn	lwa:n6	重聲	luàn	山	去	換	來	合	一	次濁	郎	段
4162	亶	Đản	da:n3	問聲	dǎn	山	上	旱	端	開	一	全清	多	旱
4163	催	Thôi	t'oj1	平聲	cuī	蟹	平	灰	清	合	一	次清	倉	回
4164	傭	Dong	zɔŋ1	平聲	yōng	通	平	鍾	以	合	三	次濁	餘	封
4165	傯	Tổng	toŋ3	問聲	zǒng	通	上	董	精	合	一	全清	作	孔
4166	傳	Truyền	tʂwien2	弦聲	chuán	山	平	仙	澄	合	三	全濁	直	攣
4167	傳	Truyện	tʂwien6	重聲	zhuàn	山	去	線	澄	合	三	全濁	直	戀
4168	傳	Truyến	tʂwien5	銳聲	zhuàn	山	去	線	知	合	三	全清	知	戀
4169	傴	Ủ	u3	問聲	yǔ	遇	上	麌	影	合	三	全清	於	武
4170	債	Trái	tʂa:j5	銳聲	zhài	蟹	去	卦	莊	開	二	全清	側	賣
4171	傷	Thương	t'ɯɤŋ1	平聲	shāng	宕	平	陽	書	開	三	全清	式	羊
4172	傺	Sế	ʂe5	銳聲	chì	蟹	去	祭	徹	開	三	次清	丑	例
4173	傻	Sọa	ʂwa:6	重聲	shǎ	假	上	馬	生	合	二	全清	沙	瓦
4174	傾	Khuynh	xwiɲ1	平聲	qīng	梗	平	清	溪	合	三	次清	去	營
4175	僂	Lũ	lu4	跌聲	lǚ	遇	上	麌	來	合	三	次濁	力	主
4176	僅	Cận	kɤn6	重聲	jǐn	臻	去	震	羣	開	三	全濁	渠	遴
4177	僇	Lục	luk8	重入	lù	通	入	屋	來	合	三	次濁	力	竹
4178	僉	Thiêm	t'iem1	平聲	qiān	咸	平	鹽	清	開	三	次清	七	廉
4179	像	Tượng	tɯɤŋ6	重聲	xiàng	宕	上	養	邪	開	三	全濁	徐	兩
4180	剸	Chuyên	tʂwien1	平聲	tuán	山	去	線	章	合	三	全清	之	囀
4181	剸	Chuyển	tʂwien3	問聲	zhuān	山	上	獮	章	合	三	全清	旨	兗
4182	剺	Li	li1	平聲	lí	止	平	之	來	開	三	次濁	里	之
4183	剽	Phiếu	fiew5	銳聲	piào	效	去	笑	滂	開	三	次清	匹	妙
4184	剿	Tiễu	tiew4	跌聲	jiǎo	效	上	小	精	開	三	全清	子	小
4185	勠	Lục	luk8	重入	lù	通	入	屋	來	合	三	次濁	力	竹
4186	勢	Thế	t'e5	銳聲	shì	蟹	去	祭	書	開	三	全清	舒	制
4187	勣	Tích	titʃ7	銳入	jī	梗	入	錫	精	開	四	全清	則	歷
4188	勤	Cần	kɤn2	弦聲	qín	臻	平	欣	羣	開	三	全濁	巨	斤
4189	勦	Tiễu	tiew4	跌聲	jiǎo	效	上	小	精	開	三	全清	子	小
4190	匯	Hối	hoj5	銳聲	huì	蟹	上	賄	匣	合	一	全濁	胡	罪
4191	嗁	Đề	de2	弦聲	tí	蟹	平	齊	定	開	四	全濁	杜	奚
4192	嗃	Hao	ha:w1	平聲	xiāo	效	平	肴	曉	開	二	次清	許	交
4193	嗃	Hạc	ha:k8	重入	hè	宕	入	鐸	曉	開	一	次清	呵	各
4194	嗄	Hạ	ha:6	重聲	á	蟹	去	夬	影	開	二	全清	於	犗
4195	嗄	Sá	ʂa:5	銳聲	shà	假	去	禡	生	開	二	全清	所	嫁

4196	嗅	Khứu	xɯw5	銳聲	xiù	流	去	宥	曉	開	三	次清	許	救
4197	嗇	Sắc	ʂak7	銳入	sè	曾	入	職	生	開	三	全清	所	力
4198	嗉	Tố	to5	銳聲	sù	遇	去	暮	心	合	一	全清	桑	故
4199	嗌	Ách	a:ʧ7	銳入	yì	梗	入	昔	影	開	三	全清	伊	昔
4200	嗑	Hạp	ha:p8	重入	kè	咸	入	盍	匣	開	一	全濁	胡	臘
4201	嗒	Tháp	t'a:p7	銳入	tà	咸	入	盍	透	開	一	次清	吐	盍
4202	嗔	Sân	ʂɤn1	平聲	chēn	臻	平	眞	昌	開	三	次清	昌	真
4203	嗔	Điền	dien2	弦聲	tián	山	平	先	定	開	四	全濁	徒	年
4204	嗚	Ô	o1	平聲	wū	遇	平	模	影	合	一	全清	哀	都
4205	嗛	Khiểm	xiem3	問聲	qiǎn	咸	上	忝	溪	開	四	次清	苦	簟
4206	嗜	Thị	t'i6	重聲	shì	止	去	至	禪	開	三	全濁	常	利
4207	嗣	Tự	tɯ6	重聲	sì	止	去	志	邪	開	三	全濁	祥	吏
4208	嗤	Xuy	swi1	平聲	chī	止	平	之	昌	開	三	次清	赤	之
4209	嗥	Hào	ha:w2	弦聲	háo	效	平	豪	匣	開	一	全濁	胡	刀
4210	嗷	Ngao	ŋa:w1	平聲	áo	效	平	豪	疑	開	一	次濁	五	勞
4211	嗸	Ngao	ŋa:w1	平聲	áo	效	平	豪	疑	開	一	次濁	五	勞
4212	嘩	Hoa	hwa:1	平聲	huā	假	去	禡	匣	合	二	全濁	胡	化
4213	園	Viên	vien1	平聲	yuán	山	平	元	云	合	三	次濁	雨	元
4214	圓	Viên	vien1	平聲	yuán	山	平	仙	云	合	三	次濁	王	權
4215	塋	Doanh	zwa:ɲ1	平聲	yíng	梗	平	清	以	合	三	次濁	余	傾
4216	塍	Thăng	t'aŋ1	平聲	chéng	曾	平	蒸	船	開	三	全濁	食	陵
4217	塏	Khải	xa:j3	問聲	kǎi	蟹	上	海	溪	開	一	次清	苦	亥
4218	塑	Tố	to5	銳聲	sù	遇	去	暮	心	合	一	全清	桑	故
4219	塒	Thì	t'i2	弦聲	shí	止	平	之	禪	開	三	全濁	市	之
4220	塗	Đồ	do2	弦聲	tú	遇	平	模	定	合	一	全濁	同	都
4221	塘	Đường	dɯɤŋ2	弦聲	táng	宕	平	唐	定	開	一	全濁	徒	郎
4222	塚	Trủng	tʂuŋ3	問聲	zhǒng	通	上	腫	知	合	三	全清	知	隴
4223	塞	Tắc	tak7	銳入	sè	曾	入	德	心	開	一	全清	蘇	則
4224	塞	Tái	ta:j5	銳聲	sài	蟹	去	代	心	開	一	全清	先	代
4225	塢	Ổ	o3	問聲	wù	遇	上	姥	影	合	一	全清	安	古
4226	塤	Huân	hwɤn1	平聲	xūn	山	平	元	曉	合	三	次清	況	袁
4227	塡	Điền	dien2	弦聲	tián	山	平	先	定	開	四	全濁	徒	年
4228	墓	Mộ	mo6	重聲	mù	遇	去	暮	明	合	一	次濁	莫	故
4229	壼	Khổn	xon3	問聲	kǔn	臻	上	混	溪	合	一	次清	苦	本
4230	夢	Mộng	moŋ6	重聲	mèng	通	去	送	明	合	三	次濁	莫	鳳
4231	媲	Bễ	be4	跌聲	pì	蟹	去	霽	滂	開	四	次清	匹	詣
4232	媵	Dắng	zaŋ5	銳聲	yìng	曾	去	證	以	開	三	次濁	以	證
4233	媸	Xuy	swi1	平聲	chī	止	平	之	昌	開	三	次清	赤	之

4234	媪	Ảo	a:w3	問聲	ǎo	效	上	晧	影	開	一	全清	烏	晧
4235	媽	Ma	ma:1	平聲	mā	遇	上	姥	明	合	一	次濁	莫	補
4236	媾	Cấu	kɤw5	鋭聲	gòu	流	去	候	見	開	一	全清	古	候
4237	嫁	Giá	ʑa:5	鋭聲	jià	假	去	禡	見	開	二	全清	古	訝
4238	嫄	Nguyên	ŋwien1	平聲	yuán	山	平	元	疑	合	三	次濁	愚	袁
4239	嫉	Tật	tɤt8	重入	jí	臻	入	質	從	開	三	全濁	秦	悉
4240	嫋	Niệu	niew6	重聲	niǎo	效	上	篠	泥	開	四	次濁	奴	鳥
4241	嫌	Hiềm	hiem2	弦聲	xián	咸	平	添	匣	開	四	全濁	戶	兼
4242	嫫	Mô	mo1	平聲	mó	遇	平	模	明	合	一	次濁	莫	胡
4243	嬋	Thiền	t'ien2	弦聲	chán	山	平	仙	禪	開	三	全濁	市	連
4244	寘	Trí	tʂi5	鋭聲	zhì	止	去	寘	章	開	三	全清	支	義
4245	寞	Mịch	mitʃ8	重入	mò	宕	入	鐸	明	開	一	次濁	慕	各
4246	尟	Tiển	tien3	問聲	xiǎn	山	上	獮	心	開	三	全清	息	淺
4247	尲	Giam	ʑa:m1	平聲	gān	咸	平	咸	見	開	二	全清	古	咸
4248	嵩	Tung	tuŋ1	平聲	sōng	通	平	東	心	合	三	全清	息	弓
4249	幌	Hoảng	hwan:ŋ3	問聲	huǎng	宕	上	蕩	匣	合	一	全濁	胡	廣
4250	幕	Mạc	ma:k8	重入	mù	宕	入	鐸	明	開	一	次濁	慕	各
4251	幹	Cán	ka:n5	鋭聲	gàn	山	去	翰	見	開	一	全清	古	案
4252	廈	Hạ	ha:6	重聲	shà	假	上	馬	匣	開	二	全濁	胡	雅
4253	廉	Liêm	liem1	平聲	lián	咸	平	鹽	來	開	三	次濁	力	鹽
4254	廌	Trĩ	tʂi4	跌聲	zhì	止	上	紙	澄	開	三	全濁	池	爾
4255	廌	Trãi	tʂa:j4	跌聲	zhì	蟹	上	蟹	澄	開	二	全濁	宅	買
4256	廓	Khuếch	xwetʃ7	鋭入	kuò	宕	入	鐸	溪	合	一	次清	苦	郭
4257	廕	Ấm	ɤm5	鋭聲	yīn	深	去	沁	影	開	三	全清	於	禁
4258	弑	Thí	t'i5	鋭聲	shì	止	去	志	書	開	三	全清	式	吏
4259	彀	Cấu	kɤw5	鋭聲	gòu	流	去	候	見	開	一	全清	古	候
4260	彙	Vị	vi6	重聲	huì	止	去	未	云	合	三	次濁	于	貴
4261	徬	Bạng	ba:ŋ6	重聲	páng	宕	去	宕	並	開	一	全濁	蒲	浪
4262	微	Vi	vi1	平聲	wēi	止	平	微	微	合	三	次濁	無	非
4263	徯	Hề	he2	弦聲	xī	蟹	平	齊	匣	開	四	全濁	胡	雞
4264	想	Tưởng	tɯɤŋ3	問聲	xiǎng	宕	上	養	心	開	三	全清	息	兩
4265	愁	Sầu	ʂɤw2	弦聲	chóu	流	平	尤	崇	開	三	全濁	士	尤
4266	愆	Khiên	xien1	平聲	qiān	山	平	仙	溪	開	三	次清	去	乾
4267	愈	Dũ	zu4	跌聲	yù	遇	上	麌	以	合	三	次濁	以	主
4268	愍	Mẫn	mɤn4	跌聲	mǐn	臻	上	軫	明	開	三	次濁	眉	殞
4269	意	Ý	i5	鋭聲	yì	止	去	志	影	開	三	全清	於	記
4270	愚	Ngu	ŋu1	平聲	yú	遇	平	虞	疑	合	三	次濁	遇	俱
4271	愛	Ái	a:j5	鋭聲	ài	蟹	去	代	影	開	一	全清	烏	代

4272	感	Cảm	ka:m3	問聲	gǎn	咸	上	感	見	開	一	全清	古	禫
4273	愴	Sảng	ʂa:ŋ3	問聲	chuàng	宕	上	養	初	開	三	次清	初	兩
4274	愷	Khải	xa:j3	問聲	kǎi	蟹	上	海	溪	開	一	次清	苦	亥
4275	愾	Hi	hi1	平聲	xì	止	去	未	曉	開	三	次清	許	既
4276	愾	Khái	xa:j5	銳聲	kài	蟹	去	代	溪	開	一	次清	苦	愛
4277	慄	Lật	lɤt8	重入	lì	臻	入	質	來	開	三	次濁	力	質
4278	慆	Thao	t'a:w1	平聲	tāo	效	平	豪	透	開	一	次清	土	刀
4279	慈	Từ	tɯ2	弦聲	cí	止	平	之	從	開	三	全濁	疾	之
4280	慊	Khiểm	xiem3	問聲	qiàn	咸	上	忝	溪	開	四	次清	苦	簟
4281	慍	Uấn	wɤn5	銳聲	yùn	臻	去	問	影	合	三	全清	於	問
4282	慎	Thận	t'ɤn6	重聲	shèn	臻	去	震	禪	開	三	全濁	時	刃
4283	慥	Tháo	t'a:w5	銳聲	zào	效	去	號	清	開	一	次清	七	到
4284	揅	Nghiên	ŋien1	平聲	yán	山	平	先	疑	開	四	次濁	五	堅
4285	揫	Thu	t'u1	平聲	jiū	流	平	尤	精	開	三	全清	即	由
4286	搆	Cấu	kɤw5	銳聲	gòu	流	去	候	見	開	一	全清	古	候
4287	搉	Giác	ʑa:k7	銳入	jué	江	入	覺	見	開	二	全清	古	岳
4288	搉	Xác	sa:k7	銳入	què	江	入	覺	溪	開	二	次清	苦	角
4289	搊	Xâu	sɤw1	平聲	chōu	流	平	尤	初	開	三	次清	楚	鳩
4290	損	Tổn	ton3	問聲	sǔn	臻	上	混	心	合	一	全清	蘇	本
4291	搏	Bác	ba:k7	銳入	bó	宕	入	鐸	幫	開	一	全清	補	各
4292	搒	Bang	ba:ŋ1	平聲	bàng	宕	去	宕	幫	開	一	全清	補	曠
4293	搕	Khạp	xa:p8	重入	kè	咸	入	合	影	開	一	全清	烏	合
4294	搖	Dao	za:w1	平聲	yáo	效	平	宵	以	開	三	次濁	餘	昭
4295	搗	Đảo	da:w3	問聲	dǎo	效	上	晧	端	開	一	全清	都	晧
4296	搢	Tấn	tɤn5	銳聲	jìn	臻	去	震	精	開	三	全清	即	刃
4297	搤	Ách	a:ʧ7	銳入	è	梗	入	麥	影	開	二	全清	於	革
4298	搦	Nạch	na:ʧ8	重入	nuò	梗	入	陌	娘	開	二	次濁	女	白
4299	搨	Tháp	t'a:p7	銳入	tà	咸	入	盍	端	開	一	全清	都	榼
4300	搪	Đường	dɯɤŋ2	弦聲	táng	宕	平	唐	定	開	一	全濁	徒	郎
4301	搲	Oa	wa:1	平聲	wā	假	去	禡	影	合	二	全清	烏	吴
4302	搵	Uấn	wɤn5	銳聲	wǎn	臻	去	慁	影	合	一	全清	烏	困
4303	搶	Thương	t'ɯɤŋ1	平聲	qiāng	宕	平	陽	清	開	三	次清	七	羊
4304	搶	Thưởng	t'ɯɤŋ3	問聲	qiǎng	宕	上	養	清	開	三	次清	七	兩
4305	携	Huề	hwe2	弦聲	xī	蟹	平	齊	匣	合	四	全濁	戶	圭
4306	摛	Si	ʂi1	平聲	chī	止	平	支	徹	開	三	次清	丑	知
4307	摸	Mạc	ma:k8	重入	mō	宕	入	鐸	明	開	一	次濁	慕	各
4308	摸	Mô	mo1	平聲	mó	遇	平	模	明	合	一	次濁	莫	胡
4309	敭	Dương	zɯɤŋ1	平聲	yáng	宕	平	陽	以	開	三	次濁	與	章

4310	媥	Ban	ba:n1	平聲	bān	山	平	山	幫	開	二	全清	方	閑
4311	斟	Châm	tʂɤm1	平聲	zhēn	深	平	侵	章	開	三	全清	職	深
4312	新	Tân	tɤn1	平聲	xīn	臻	平	眞	心	開	三	全清	息	鄰
4313	旒	Lưu	lɯw1	平聲	liú	流	平	尤	來	開	三	次濁	力	求
4314	旓	Sao	ʂa:w1	平聲	shāo	效	平	肴	生	開	二	全清	所	交
4315	暄	Huyên	hwien1	平聲	xuān	山	平	元	曉	合	三	次清	況	袁
4316	暇	Hạ	ha:6	重聲	xiá	假	去	禡	匣	開	二	全濁	胡	駕
4317	暈	Vựng	vɯŋ6	重聲	yùn	臻	去	問	云	合	三	次濁	王	問
4318	暉	Huy	hwi1	平聲	huī	止	平	微	曉	合	三	次清	許	歸
4319	暋	Mẫn	mɤn4	跌聲	mǐn	臻	上	軫	明	開	三	次濁	眉	殞
4320	暍	Yết	iet7	銳入	hè	山	入	月	影	開	三	全清	於	歇
4321	暍	Hát	ha:t7	銳入	hè	山	入	曷	曉	開	一	次清	許	葛
4322	暖	Noãn	nwa:n4	跌聲	nuǎn	山	上	緩	泥	合	一	次濁	乃	管
4323	暗	Ám	a:m5	銳聲	àn	咸	去	勘	影	開	一	全清	烏	紺
4324	暘	Dương	zɯɤŋ1	平聲	yáng	宕	平	陽	以	開	三	次濁	與	章
4325	會	Hội	hoj6	重聲	huì	蟹	去	泰	匣	合	一	全濁	黄	外
4326	會	Cối	koi5	銳聲	guì	蟹	去	泰	見	合	一	全清	古	外
4327	椳	Ôi	oj1	平聲	wēi	蟹	平	灰	影	合	一	全清	烏	恢
4328	椶	Tông	toŋ1	平聲	zōng	通	平	東	精	合	一	全清	子	紅
4329	椷	Giam	ʑa:m1	平聲	jiān	咸	平	咸	匣	開	二	全濁	胡	讒
4330	椷	Hàm	ha:m2	弦聲	hán	咸	平	咸	匣	開	二	全濁	胡	讒
4331	椸	Di	zi1	平聲	yí	止	平	支	以	開	三	次濁	弋	支
4332	椹	Châm	tʂɤm1	平聲	zhēn	深	平	侵	知	開	三	全清	知	林
4333	椽	Chuyên	tʂwien1	平聲	chuán	山	平	仙	澄	合	三	全濁	直	攣
4334	椿	Xuân	swɤn1	平聲	chūn	臻	平	諄	徹	合	三	次清	丑	倫
4335	楂	Tra	tʂa1	平聲	zhā	假	平	麻	崇	開	二	全濁	鉏	加
4336	楄	Biên	bien1	平聲	pián	山	平	先	並	開	四	全濁	部	田
4337	楊	Dương	zɯɤŋ1	平聲	yáng	宕	平	陽	以	開	三	次濁	與	章
4338	楓	Phong	fɔŋ1	平聲	fēng	通	平	東	非	合	三	全清	方	戎
4339	楔	Tiết	tiet7	銳入	xiè	山	入	屑	心	開	四	全清	先	結
4340	楘	Mộc	mok8	重入	mù	通	入	屋	明	合	一	次濁	莫	卜
4341	楙	Mậu	mɤw6	重聲	mào	流	去	候	明	開	一	次濁	莫	候
4342	楚	Sở	ʂɤ:3	問聲	chǔ	遇	上	語	初	開	三	次清	創	舉
4343	楝	Luyện	lwien6	重聲	liàn	山	去	霰	來	開	四	次濁	郎	甸
4344	楞	Lăng	laŋ1	平聲	léng	曾	平	登	來	開	一	次濁	魯	登
4345	楠	Nam	na:m1	平聲	nán	咸	平	覃	泥	開	一	次濁	那	含
4346	楢	Do	zɔ1	平聲	yóu	流	平	尤	以	開	三	次濁	以	周
4347	楣	Mi	mi1	平聲	méi	止	平	脂	明	開	三	次濁	武	悲

4348	楦	Tuyên	twien1	平聲	xuàn	山	去	願	曉	合	三	次清	虛	願
4349	楨	Trinh	tʂiŋ1	平聲	zhēn	梗	平	清	知	開	三	全清	陟	盈
4350	楫	Tiếp	tiep7	銳入	jí	咸	入	葉	精	開	三	全清	即	葉
4351	楬	Kiệt	kiet8	重入	jié	山	入	薛	羣	開	三	全濁	渠	列
4352	業	Nghiệp	ŋiep8	重入	yè	咸	入	業	疑	開	三	次濁	魚	怯
4353	楯	Thuẫn	t'wɤn4	跌聲	shǔn	臻	上	準	船	合	三	全濁	食	尹
4354	楷	Giai	ʐa:j1	平聲	jiē	蟹	平	皆	見	開	二	全清	古	諧
4355	楷	Khải	xa:j3	問聲	kǎi	蟹	上	駭	溪	開	二	次清	苦	駭
4356	楸	Thu	t'u1	平聲	qiū	流	平	尤	清	開	三	次清	七	由
4357	楹	Doanh	zwa:ɲ1	平聲	yíng	梗	平	清	以	開	三	次濁	以	成
4358	概	Khái	xa:j5	銳聲	gài	蟹	去	代	見	開	一	全清	古	代
4359	榆	Du	zu1	平聲	yú	遇	平	虞	以	合	三	次濁	羊	朱
4360	榘	Củ	ku3	問聲	jǔ	遇	上	麌	見	合	三	全清	俱	雨
4361	榾	Cốt	kot7	銳入	gǔ	臻	入	沒	見	合	一	全清	古	忽
4362	槌	Chùy	tʂwi2	弦聲	chuí	止	平	脂	澄	合	三	全濁	直	追
4363	槎	Tra	tʂa1	平聲	chá	假	平	麻	崇	開	二	全濁	鉏	加
4364	槐	Hòe	hwɛ2	弦聲	huái	蟹	平	皆	匣	合	二	全濁	戶	乖
4365	歃	Sáp	ʂa:p7	銳入	shà	咸	入	洽	生	開	二	全清	山	洽
4366	歆	Hâm	hɤm1	平聲	xīn	深	平	侵	曉	開	三	次清	許	金
4367	歇	Hiết	hiet7	銳入	xiē	山	入	月	曉	開	三	次清	許	竭
4368	歈	Du	zu1	平聲	yú	遇	平	虞	以	合	三	次濁	羊	朱
4369	歌	Ca	ka:1	平聲	gē	果	平	歌	見	開	一	全清	古	俄
4370	歱	Chủng	tʂuŋ3	問聲	zhǒng	通	上	腫	章	合	三	全清	之	隴
4371	歲	Tuế	twe5	銳聲	suì	蟹	去	祭	心	合	三	全清	相	銳
4372	殿	Điện	dien6	重聲	diàn	山	去	霰	定	開	四	全濁	堂	練
4373	毀	Hủy	hwi3	問聲	huǐ	止	上	紙	曉	合	三	次清	許	委
4374	毹	Du	zu1	平聲	yú	遇	平	虞	生	合	三	全清	山	芻
4375	溏	Đường	dɯɤŋ2	弦聲	táng	宕	平	唐	定	開	一	全濁	徒	郎
4376	源	Nguyên	ŋwien1	平聲	yuán	山	平	元	疑	合	三	次濁	愚	袁
4377	準	Chuẩn	tʂwɤn3	問聲	zhǔn	臻	上	準	章	合	三	全清	之	尹
4378	溘	Khạp	xa:p8	重入	kè	咸	入	合	溪	開	一	次清	口	荅
4379	溝	Câu	kɤw1	平聲	gōu	流	平	侯	見	開	一	全清	古	侯
4380	溟	Minh	miŋ1	平聲	míng	梗	平	青	明	開	四	次濁	莫	經
4381	溢	Dật	zɤt8	重入	yì	臻	入	質	以	開	三	次濁	夷	質
4382	溥	Phổ	fo3	問聲	pǔ	遇	上	姥	滂	合	一	次清	滂	古
4383	溧	Lật	lɤt8	重入	lì	臻	入	質	來	開	三	次濁	力	質
4384	溪	Khê	xe1	平聲	xī	蟹	平	齊	溪	開	四	次清	苦	奚
4385	溫	Ôn	on1	平聲	wēn	臻	平	魂	影	合	一	全清	烏	渾

4386	溯	Tố	to5	銳聲	sù	遇	去	暮	心	合	一	全清	桑	故
4387	溱	Trăn	tʂan1	平聲	zhēn	臻	平	臻	莊	開	二	全清	側	詵
4388	溶	Dong	zɔŋ1	平聲	róng	通	平	鍾	以	合	三	次濁	餘	封
4389	溷	Hỗn	hon4	跌聲	hùn	臻	去	慁	匣	合	一	全濁	胡	困
4390	溺	Nịch	niʧ8	重入	nì	梗	入	錫	泥	開	四	次濁	奴	歷
4391	溼	Thấp	t'ɤp7	銳入	shī	深	入	緝	書	開	三	全清	失	入
4392	溽	Nhục	ɲuk8	重入	rù	通	入	燭	日	合	三	次濁	而	蜀
4393	滂	Bàng	ba:ŋ2	弦聲	pāng	宕	平	唐	滂	開	一	次清	普	郎
4394	滃	Ổng	oŋ3	問聲	wěng	通	上	董	影	合	一	全清	烏	孔
4395	滄	Thương	t'ɯɤŋ1	平聲	cāng	宕	平	唐	清	開	一	次清	七	岡
4396	滅	Diệt	ziet8	重入	miè	山	入	薛	明	開	三	次濁	亡	列
4397	滇	Điền	dien2	弦聲	diān	山	平	先	定	開	四	全濁	徒	年
4398	滈	Hao	ha:w1	平聲	hào	效	上	晧	匣	開	一	全濁	胡	老
4399	滉	Hoảng	hwan:ŋ3	問聲	huǎng	宕	上	蕩	匣	合	一	全濁	胡	廣
4400	滌	Địch	diʧ8	重入	dí	梗	入	錫	定	開	四	全濁	徒	歷
4401	滏	Phũ	fu4	跌聲	fǔ	遇	上	麌	奉	合	三	全濁	扶	雨
4402	滓	Chỉ	tʂi3	問聲	zǐ	止	上	止	莊	開	三	全清	阻	史
4403	滔	Thao	t'a:w1	平聲	tāo	效	平	豪	透	開	一	次清	土	刀
4404	漓	Li	li1	平聲	lí	止	平	支	來	開	三	次濁	呂	支
4405	漠	Mạc	ma:k8	重入	mò	宕	入	鐸	明	開	一	次濁	慕	各
4406	漣	Liên	lien1	平聲	lián	山	平	仙	來	開	三	次濁	力	延
4407	煆	Hạ	ha:6	重聲	xià	假	去	禡	曉	開	二	次清	呼	訝
4408	煉	Luyện	lwien6	重聲	liàn	山	去	霰	來	開	四	次濁	郎	甸
4409	煌	Hoàng	hwan:ŋ2	弦聲	huáng	宕	平	唐	匣	合	一	全濁	胡	光
4410	煎	Tiên	tien1	平聲	jiān	山	平	仙	精	開	三	全清	子	仙
4411	煏	Phức	fɯk7	銳入	bì	曾	入	職	並	開	三	全濁	符	逼
4412	煒	Vĩ	vi4	跌聲	wěi	止	上	尾	云	合	三	次濁	于	鬼
4413	煖	Huyên	hwien1	平聲	xuān	山	平	元	曉	合	三	次清	況	袁
4414	煖	Noãn	nwa:n4	跌聲	nuǎn	山	上	緩	泥	合	一	次濁	乃	管
4415	煙	Yên	ien1	平聲	yān	山	平	先	影	開	四	全清	烏	前
4416	煜	Dục	zuk8	重入	yù	通	入	屋	以	合	三	次濁	余	六
4417	煞	Sát	ʂa:t7	銳入	shà	山	入	黠	生	開	二	全清	所	八
4418	煠	Diếp	ziep7	銳入	yè	咸	入	葉	以	開	三	次濁	與	涉
4419	煠	Sáp	ʂa:p7	銳入	zhá	咸	入	洽	崇	開	二	全濁	士	洽
4420	煢	Quỳnh	kwiɲ2	弦聲	qióng	梗	平	清	羣	合	三	全濁	渠	營
4421	煤	Môi	moj1	平聲	méi	蟹	平	灰	明	合	一	次濁	莫	杯
4422	煥	Hoán	hwa:n5	銳聲	huàn	山	去	換	曉	合	一	次清	火	貫
4423	煦	Hú	hu5	銳聲	xǔ	遇	去	遇	曉	合	三	次清	香	句

4424	照	Chiếu	tʂiew5	銳聲	zhào	效	去	笑	章	開	三	全清	之	少
4425	煨	Ổi	oj3	問聲	wēi	蟹	平	灰	影	合	一	全清	烏	恢
4426	煩	Phiền	fien2	弦聲	fán	山	平	元	奉	合	三	全濁	附	袁
4427	煬	Dương	zuɯɤŋ1	平聲	yáng	宕	平	陽	以	開	三	次濁	與	章
4428	煬	Dượng	zuɯɤŋ6	重聲	yàng	宕	去	漾	以	開	三	次濁	餘	亮
4429	牏	Du	zu1	平聲	yú	遇	平	虞	以	合	三	次濁	羊	朱
4430	牐	Sáp	ʂa:p7	銳入	zhá	咸	入	洽	崇	開	二	全濁	士	洽
4431	牒	Điệp	diep8	重入	dié	咸	入	帖	定	開	四	全濁	徒	協
4432	犎	Phong	fɔŋ1	平聲	fēng	通	平	鍾	非	合	三	全清	府	容
4433	猷	Du	zu1	平聲	yóu	流	平	尤	以	開	三	次濁	以	周
4434	猺	Dao	za:w1	平聲	yáo	效	平	宵	以	開	三	次濁	餘	昭
4435	猻	Tôn	ton1	平聲	sūn	臻	平	魂	心	合	一	全清	思	渾
4436	猿	Viên	vien1	平聲	yuán	山	平	元	云	合	三	次濁	雨	元
4437	獅	Sư	ʂɯ1	平聲	shī	止	平	脂	生	開	三	全清	疎	夷
4438	獒	Ngao	ŋa:w1	平聲	áo	效	平	豪	疑	開	一	次濁	五	勞
4439	琿	Hồn	hon2	弦聲	hún	臻	平	魂	匣	合	一	全濁	戶	昆
4440	瑀	Vũ	vu4	跌聲	yǔ	遇	上	麌	云	合	三	次濁	王	矩
4441	瑁	Mội	moj6	重聲	mèi	蟹	去	隊	明	合	一	次濁	莫	佩
4442	瑁	Mạo	ma:w6	重聲	mào	效	去	號	明	開	一	次濁	莫	報
4443	瑄	Tuyên	twien1	平聲	xuān	山	平	仙	心	合	三	全清	須	緣
4444	瑋	Vĩ	vi4	跌聲	wěi	止	上	尾	云	合	三	次濁	于	鬼
4445	瑑	Triện	tʂien6	重聲	zhuàn	山	上	獮	澄	合	三	全濁	持	兗
4446	瑕	Hà	ha:2	弦聲	xiá	假	平	麻	匣	開	二	全濁	胡	加
4447	瑗	Viện	vien6	重聲	yuàn	山	去	願	云	合	三	次濁	于	願
4448	瑙	Não	na:w4	跌聲	nǎo	效	上	晧	泥	開	一	次濁	奴	晧
4449	瑚	Hồ	ho2	弦聲	hú	遇	平	模	匣	合	一	全濁	戶	吳
4450	瑚	Hô	ho1	平聲	hú	遇	平	模	匣	合	一	全濁	戶	吳
4451	瑜	Du	zu1	平聲	yú	遇	平	虞	以	合	三	次濁	羊	朱
4452	瑞	Thụy	t'wi6	重聲	ruì	止	去	寘	禪	合	三	全濁	是	偽
4453	瑟	Sắt	ʂat5	銳入	sè	臻	入	櫛	生	開	二	全清	所	櫛
4454	瑰	Khôi	xoj1	平聲	guī	蟹	平	灰	見	合	一	全清	公	回
4455	瑰	Côi	koi1	平聲	guī	蟹	平	灰	見	合	一	全清	公	回
4456	甃	Trứu	tʂɯw5	銳聲	zhòu	流	去	宥	莊	開	三	全清	側	救
4457	甄	Chân	tʂɤn1	平聲	zhēn	臻	平	眞	莊	開	三	全清	側	鄰
4458	當	Đang	da:ŋ1	平聲	dāng	宕	平	唐	端	開	一	全清	都	郎
4459	當	Đáng	da:ŋ5	銳聲	dàng	宕	去	宕	端	開	一	全清	丁	浪
4460	畸	Ki	ki1	平聲	jī	止	平	支	見	開	三	全清	居	宜
4461	畹	Uyển	wien3	問聲	wǎn	山	上	阮	影	合	三	全清	於	阮

4462	痰	Đàm	da:m2	弦聲	tán	咸	平	談	定	開	一	全濁	徒	甘
4463	痱	Phỉ	fi3	問聲	fèi	蟹	上	賄	並	合	一	全濁	蒲	罪
4464	痲	Ma	ma:1	平聲	má	假	平	痲	明	開	二	次濁	莫	霞
4465	痳	Lâm	lɤm1	平聲	lín	深	平	侵	來	開	三	次濁	力	尋
4466	痴	Si	ʂi1	平聲	chī	止	平	之	徹	開	三	次清	丑	之
4467	痹	Tí	ti5	銳聲	bì	止	去	至	幫	開	三	全清	必	至
4468	痼	Cố	ko5	銳聲	gū	遇	去	暮	見	合	一	全清	古	暮
4469	痿	Nuy	nwi1	平聲	wěi	止	平	支	影	合	三	全清	於	為
4470	瘀	Ứ	ɯ5	銳聲	yū	遇	去	御	影	開	三	全清	依	倨
4471	瘁	Tụy	twi6	重聲	cuì	止	去	至	從	合	三	全濁	秦	醉
4472	瘃	Chúc	tʂuk7	銳入	zhǔ	通	入	燭	知	合	三	全清	陟	玉
4473	瘏	Đồ	do2	弦聲	tú	遇	平	模	定	合	一	全濁	同	都
4474	晳	Tích	titʃ7	銳入	xī	梗	入	錫	心	開	四	全清	先	擊
4475	盞	Trản	tʂa:n3	問聲	zhǎn	山	上	產	莊	開	二	全清	阻	限
4476	盟	Minh	miɲ1	平聲	méng	梗	平	庚	明	開	三	次濁	武	兵
4477	睚	Nhai	ɲa:j1	平聲	yái	蟹	平	佳	疑	開	二	次濁	五	佳
4478	睛	Tinh	tiɲ1	平聲	jīng	梗	平	清	精	開	三	全清	子	盈
4479	睜	Tĩnh	tiɲ4	跌聲	zhēng	梗	上	靜	從	開	三	全濁	疾	郢
4480	睞	Lãi	la:j4	跌聲	lài	蟹	去	代	來	開	一	次濁	洛	代
4481	睟	Túy	twi5	銳聲	suì	止	去	至	心	合	三	全清	雖	遂
4482	睡	Thụy	t'wi6	重聲	shuì	止	去	寘	禪	合	三	全濁	是	偽
4483	睢	Tuy	twi1	平聲	suī	止	平	脂	心	合	三	全清	息	遺
4484	督	Đốc	dok7	銳入	dū	通	入	沃	端	合	一	全清	冬	毒
4485	睥	Bễ	be4	跌聲	bì	蟹	去	霽	滂	開	四	次清	匹	詣
4486	睦	Mục	muk8	重入	mù	通	入	屋	明	合	三	次濁	莫	六
4487	睨	Nghễ	ŋe4	跌聲	nì	蟹	去	霽	疑	開	四	次濁	五	計
4488	睪	Dịch	zitʃ8	重入	yì	梗	入	昔	以	開	三	次濁	羊	益
4489	睫	Tiệp	tiep8	重入	jié	咸	入	葉	精	開	三	全清	即	葉
4490	睬	Thải	t'a:j3	問聲	cǎi	蟹	上	海	清	開	一	次清	倉	宰
4491	睹	Đổ	do3	問聲	dǔ	遇	上	姥	端	合	一	全清	當	古
4492	矮	Ải	a:j3	問聲	ǎi	蟹	上	蟹	影	開	二	全清	烏	蟹
4493	碇	Đĩnh	diɲ4	跌聲	dìng	梗	去	徑	端	開	四	全清	丁	定
4494	碌	Lục	luk8	重入	lù	通	入	燭	來	合	三	次濁	力	玉
4495	碍	Ngại	ŋa:j6	重聲	ài	蟹	去	代	疑	開	一	次濁	五	溉
4496	碎	Toái	twa:j5	銳聲	suì	蟹	去	隊	心	合	一	全清	蘇	內
4497	碑	Bi	bi1	平聲	bēi	止	平	支	幫	開	三	全清	彼	為
4498	碓	Đối	doj5	銳聲	duì	蟹	去	隊	端	合	一	全清	都	隊
4499	碔	Vũ	vu4	跌聲	wǔ	遇	上	麌	微	合	三	次濁	文	甫

4500	椀	Oản	wa:n3	問聲	wǎn	山	上	緩	影	合	一	全清	烏	管
4501	磧	Thích	t'itʃ7	銳入	qì	梗	入	昔	清	開	三	次清	七	迹
4502	禁	Câm	kɤm1	平聲	jīn	深	平	侵	見	開	三	全清	居	吟
4503	禁	Cấm	kɤm5	銳聲	jìn	深	去	沁	見	開	三	全清	居	蔭
4504	禊	Hễ	he4	跌聲	xì	蟹	去	霽	匣	開	四	全濁	胡	計
4505	禋	Nhân	ɲɤn1	平聲	yīn	臻	平	眞	影	開	三	全清	於	真
4506	禎	Trinh	tʂiɲ1	平聲	zhēn	梗	平	清	知	開	三	全清	陟	盈
4507	福	Phúc	fuk7	銳入	fú	通	入	屋	非	合	三	全清	方	六
4508	禔	Đề	de2	弦聲	tí	蟹	平	齊	定	開	四	全濁	杜	奚
4509	禕	Y	i1	平聲	yī	止	平	支	影	開	三	全清	於	離
4510	禖	Môi	moj1	平聲	méi	蟹	平	灰	明	合	一	次濁	莫	杯
4511	禘	Đế	de5	銳聲	dì	蟹	去	霽	定	開	四	全濁	特	計
4512	稔	Nhẫm	ɲɤm4	跌聲	rěn	深	上	寑	日	開	三	次濁	如	甚
4513	稗	Bại	ba:j6	重聲	bài	蟹	去	卦	並	合	二	全濁	傍	卦
4514	稚	Trĩ	tʂi4	跌聲	zhì	止	去	至	澄	開	三	全濁	直	利
4515	稜	Lăng	laŋ1	平聲	léng	曾	平	登	來	開	一	次濁	魯	登
4516	稞	Khoa	xwa:1	平聲	kē	果	平	戈	溪	合	一	次清	苦	禾
4517	稟	Bẩm	bɤm3	問聲	bǐng	深	上	寑	幫	開	三	全清	筆	錦
4518	稠	Trù	tʂu2	弦聲	chóu	流	平	尤	澄	開	三	全濁	直	由
4519	窞	Đạm	da:m6	重聲	dàn	咸	上	感	定	開	一	全濁	徒	感
4520	窟	Quật	kwɤt8	重入	kū	臻	入	沒	溪	合	一	次清	苦	骨
4521	窠	Khoa	xwa:1	平聲	kē	果	平	戈	溪	合	一	次清	苦	禾
4522	窣	Tốt	tot7	銳入	sù	臻	入	沒	心	合	一	全清	蘇	骨
4523	窩	Oa	wa:1	平聲	wō	果	平	戈	影	合	一	全清	烏	禾
4524	豎	Thụ	t'u6	重聲	shù	遇	上	麌	禪	合	三	全濁	臣	庾
4525	筠	Quân	kwɤn1	平聲	yún	臻	平	眞	云	開	三	次濁	爲	贇
4526	筤	Lang	la:ŋ1	平聲	láng	宕	平	唐	來	開	一	次濁	魯	當
4527	筦	Quản	kwa:n3	問聲	guǎn	山	上	緩	見	合	一	全清	古	滿
4528	筧	Kiển	kien3	問聲	jiǎn	山	上	銑	見	開	四	全清	古	典
4529	筩	Đồng	doŋ2	弦聲	tóng	通	平	東	定	合	一	全濁	徒	紅
4530	筭	Toán	twa:n5	銳聲	suàn	山	去	換	心	合	一	全清	蘇	貫
4531	筮	Thệ	t'e6	重聲	shì	蟹	去	祭	禪	開	三	全濁	時	制
4532	筯	Trợ	tʂɤ:6	重聲	zhù	遇	去	御	澄	開	三	全濁	遲	倨
4533	筰	Tạc	ta:k8	重入	zuó	宕	入	鐸	從	開	一	全濁	在	各
4534	筱	Tiểu	tiew3	問聲	xiǎo	效	上	篠	心	開	四	全清	先	鳥
4535	筲	Sao	ʂa:w1	平聲	shāo	效	平	肴	生	開	二	全清	所	交
4536	筴	Sách	ʂa:tʃ7	銳入	cè	梗	入	麥	初	開	二	次清	楚	革
4537	筴	Giáp	ʐa:p7	銳入	jiá	咸	入	洽	見	開	二	全清	古	洽

4538	節	Tiết	tiet7	銳入	jié	山	入	屑	精	開	四	全清	子	結
4539	粮	Lương	lɯɤŋ1	平聲	liáng	宕	平	陽	來	開	三	次濁	呂	張
4540	粰	Phu	fu1	平聲	fú	流	平	尤	奉	開	三	全濁	縛	謀
4541	粱	Lương	lɯɤŋ1	平聲	liáng	宕	平	陽	來	開	三	次濁	呂	張
4542	粲	Xán	sa:n5	銳聲	càn	山	去	翰	清	開	一	次清	蒼	案
4543	粳	Canh	ka:ɲ1	平聲	gēng	梗	平	庚	見	開	二	全清	古	行
4544	粵	Việt	viet8	重入	yuè	山	入	月	云	合	三	次濁	王	伐
4545	絹	Quyên	kwien1	平聲	juàn	山	去	線	見	合	三	全清	吉	掾
4546	絺	Hi	hi1	平聲	chī	止	平	脂	徹	開	三	次清	丑	飢
4547	綃	Tiêu	tiew1	平聲	xiāo	效	平	宵	心	開	三	全清	相	邀
4548	綆	Cảnh	ka:ɲ3	問聲	gěng	梗	上	梗	見	開	二	全清	古	杏
4549	綈	Đề	de2	弦聲	tí	蟹	平	齊	定	開	四	全濁	杜	奚
4550	綌	Khích	xitʃ7	銳入	xì	梗	入	陌	溪	開	三	次清	綺	戟
4551	綍	Phất	fɤt7	銳入	fú	臻	入	物	非	合	三	全清	分	勿
4552	綏	Tuy	twi1	平聲	suī	止	平	脂	心	合	三	全清	息	遺
4553	經	Kinh	kiɲ1	平聲	jīng	梗	平	青	見	開	四	全清	古	靈
4554	罨	Yểm	iem3	問聲	yǎn	咸	上	琰	影	開	三	全清	衣	儉
4555	罩	Tráo	tʂa:w5	銳聲	zhào	效	去	效	知	開	二	全清	都	教
4556	罪	Tội	toj6	重聲	zuì	蟹	上	賄	從	合	一	全濁	徂	賄
4557	罭	Vực	vɯk8	重入	yù	曾	入	職	云	合	三	次濁	雨	逼
4558	置	Trí	tʂi5	銳聲	zhì	止	去	志	知	開	三	全清	陟	吏
4559	署	Thự	t'ɯ6	重聲	shǔ	遇	去	御	禪	開	三	全濁	常	恕
4560	羣	Quần	kwɤn2	弦聲	qún	臻	平	文	羣	合	三	全濁	渠	云
4561	羨	Tiện	tien6	重聲	xiàn	山	去	線	邪	開	三	全濁	似	面
4562	義	Nghĩa	ŋie4	跌聲	yì	止	去	寘	疑	開	三	次濁	宜	寄
4563	耡	Sừ	ʂɯ2	弦聲	chú	遇	平	魚	崇	開	三	全濁	士	魚
4564	聖	Thánh	t'a:ɲ5	銳聲	shèng	梗	去	勁	書	開	三	全清	式	正
4565	聘	Sính	ʂiɲ5	銳聲	pìn	梗	去	勁	滂	開	三	次清	匹	正
4566	肄	Dị	zi6	重聲	yì	止	去	至	以	開	三	次濁	羊	至
4567	肅	Túc	tuk7	銳入	sù	通	入	屋	心	合	三	全清	息	逐
4568	肆	Tứ	tɯ5	銳聲	sì	止	去	至	心	開	三	全清	息	利
4569	腠	Thấu	t'ɤw5	銳聲	còu	流	去	候	清	開	一	次清	倉	奏
4570	腥	Tinh	tiɲ1	平聲	xīng	梗	平	青	心	開	四	全清	桑	經
4571	腦	Não	na:w4	跌聲	nǎo	效	上	晧	泥	開	一	次濁	奴	晧
4572	腩	Nạm	na:m6	重聲	nǎn	咸	上	感	泥	開	一	次濁	奴	感
4573	腫	Thũng	t'uŋ4	跌聲	zhǒng	通	上	腫	章	合	三	全清	之	隴
4574	腮	Tai	ta:j1	平聲	sāi	蟹	平	咍	心	開	一	全清	蘇	來
4575	腯	Đột	dot8	重入	tú	臻	入	沒	定	合	一	全濁	陀	骨

4576	腰	Yêu	iew1	平聲	yāo	效	平	宵	影	開	三	全清	於	霄
4577	脚	Cước	kɯɤk7	銳入	jiǎo	宕	入	藥	見	開	三	全清	居	勺
4578	腷	Phức	fɯk7	銳入	bì	曾	入	職	並	開	三	全濁	符	逼
4579	腸	Tràng	tʂa:ŋ2	弦聲	cháng	宕	平	陽	澄	開	三	全濁	直	良
4580	腹	Phúc	fuk7	銳入	fù	通	入	屋	非	合	三	全清	方	六
4581	腿	Thối	t'oj5	銳聲	tuǐ	蟹	上	賄	透	合	一	次清	吐	猥
4582	舅	Cữu	kɯw4	跌聲	jiù	流	上	有	羣	開	三	全濁	其	九
4583	與	Dư	zɯ1	平聲	yú	遇	平	魚	以	開	三	次濁	以	諸
4584	與	Dữ	zɯ4	跌聲	yǔ	遇	上	語	以	開	三	次濁	余	呂
4585	與	Dự	zɯ6	重聲	yù	遇	去	御	以	開	三	次濁	羊	洳
4586	蒓	Thuần	t'wɤn2	弦聲	chún	臻	平	諄	禪	合	三	全濁	常	倫
4587	蒔	Thì	t'i2	弦聲	shí	止	平	之	禪	開	三	全濁	市	之
4588	蒙	Mông	moŋ1	平聲	méng	通	平	東	明	合	一	次濁	莫	紅
4589	蒜	Toán	twa:n5	銳聲	suàn	山	去	換	心	合	一	全清	蘇	貫
4590	蒞	Lị	li6	重聲	lì	止	去	至	來	開	三	次濁	力	至
4591	蒟	Củ	ku3	問聲	jǔ	遇	上	麌	見	合	三	全清	俱	雨
4592	蒡	Bàng	ba:ŋ2	弦聲	páng	梗	平	庚	並	開	二	全濁	薄	庚
4593	蒡	Báng	ba:ŋ5	銳聲	bàng	宕	上	蕩	幫	開	一	全清	北	朗
4594	蒨	Thiến	t'ien5	銳聲	qiàn	山	去	霰	清	開	四	次清	倉	甸
4595	蒯	Khoái	xwa:j5	銳聲	kuǎi	蟹	去	怪	溪	合	二	次清	苦	怪
4596	蒱	Bồ	bo2	弦聲	pú	遇	平	模	並	合	一	全濁	薄	胡
4597	蒲	Bồ	bo2	弦聲	pú	遇	平	模	並	合	一	全濁	薄	胡
4598	蒴	Sóc	ʂɔk7	銳入	shuò	江	入	覺	生	開	二	全清	所	角
4599	蒸	Chưng	tʂɯŋ1	平聲	zhēng	曾	平	蒸	章	開	三	全清	煮	仍
4600	蒹	Kiêm	kiem1	平聲	jiān	咸	平	添	見	開	四	全清	古	甜
4601	蒺	Tật	tɤt8	重入	jí	臻	入	質	從	開	三	全濁	秦	悉
4602	蒻	Nhược	ɲɯɤk8	重入	ruò	宕	入	藥	日	開	三	次濁	而	灼
4603	蒼	Thương	t'ɯɤŋ1	平聲	cāng	宕	平	唐	清	開	一	次清	七	岡
4604	蒿	Hao	ha:w1	平聲	hāo	效	平	豪	曉	開	一	次清	呼	毛
4605	蓀	Tôn	ton1	平聲	sūn	臻	平	魂	心	合	一	全清	思	渾
4606	蓁	Trăn	tʂan1	平聲	zhēn	臻	平	臻	莊	開	二	全清	側	詵
4607	蓂	Minh	miŋ1	平聲	míng	梗	平	青	明	開	四	次濁	莫	經
4608	蓄	Súc	ʂuk7	銳入	xù	通	入	屋	徹	合	三	次清	丑	六
4609	蓆	Tịch	titʃ8	重入	xí	梗	入	昔	邪	開	三	全濁	祥	易
4610	蓉	Dung	zuŋ1	平聲	róng	通	平	鍾	以	合	三	次濁	餘	封
4611	蓊	Ống	oŋ5	銳聲	wěng	通	上	董	影	合	一	全清	烏	孔
4612	蓋	Cái	ka:j5	銳聲	gài	蟹	去	泰	見	開	一	全清	古	太
4613	蓍	Thi	t'i1	平聲	shī	止	平	之	書	開	三	全清	式	之

4614	蓏	Lỏa	lwa:3	問聲	luǒ	果	上	果	來	合	一	次濁	郎	果
4615	蓐	Nhục	ɲuk8	重入	rù	通	入	燭	日	合	三	次濁	而	蜀
4616	蓑	Toa	twa:1	平聲	suō	果	平	戈	心	合	一	全清	蘇	禾
4617	蓓	Bội	boj6	重聲	bèi	蟹	上	海	並	開	一	全濁	薄	亥
4618	蓧	Điệu	diew6	重聲	diào	效	平	蕭	透	開	四	次清	吐	彫
4619	蓬	Bồng	boŋ2	弦聲	péng	通	平	東	並	合	一	全濁	薄	紅
4620	蓮	Liên	lien1	平聲	lián	山	平	先	來	開	四	次濁	落	賢
4621	蓽	Tất	tɤt7	銳入	bì	臻	入	質	幫	開	三	全清	卑	吉
4622	蔭	Ấm	ɤm5	銳聲	yìn	深	去	沁	影	開	三	全清	於	禁
4623	虜	Lỗ	lo4	跌聲	lǔ	遇	上	姥	來	合	一	次濁	郎	古
4624	虞	Ngu	ŋu1	平聲	yú	遇	平	虞	疑	合	三	次濁	遇	俱
4625	號	Hào	ha:w2	弦聲	háo	效	平	豪	匣	開	一	全濁	胡	刀
4626	號	Hiệu	hiew6	重聲	hào	效	去	號	匣	開	一	全濁	胡	到
4627	虡	Cự	kɯ6	重聲	jù	遇	上	語	羣	開	三	全濁	其	呂
4628	蛸	Sao	ʂa:w1	平聲	shāo	效	平	肴	生	開	二	全清	所	交
4629	蛹	Dũng	zuŋ4	跌聲	yǒng	通	上	腫	以	合	三	次濁	余	隴
4630	蛺	Kiệp	kiep8	重入	jiá	咸	入	帖	見	開	四	全清	古	協
4631	蛻	Thuế	t'we5	銳聲	shuì	蟹	去	祭	書	合	三	全清	舒	芮
4632	蛾	Nga	ŋa:1	平聲	é	果	平	歌	疑	開	一	次濁	五	何
4633	蜂	Phong	fɔŋ1	平聲	fēng	通	平	鍾	敷	合	三	次清	敷	容
4634	蜃	Thận	t'ɤn6	重聲	shèn	臻	去	震	禪	開	三	全濁	時	刃
4635	蜆	Hiện	hien6	重聲	xiàn	山	上	銑	匣	開	四	全濁	胡	典
4636	蜇	Triết	tʂiet7	銳入	zhé	山	入	薛	知	開	三	全清	陟	列
4637	蜈	Ngô	ŋo1	平聲	wú	遇	平	模	疑	合	一	次濁	五	乎
4638	蜉	Phù	fu2	弦聲	fú	流	平	尤	奉	開	三	全濁	縛	謀
4639	蜊	Lị	li6	重聲	lí	止	平	脂	來	開	三	次濁	力	脂
4640	蜍	Thừ	t'ɯ2	弦聲	chú	遇	平	魚	禪	開	三	全濁	署	魚
4641	蜎	Quyên	kwien1	平聲	yuān	山	平	仙	影	合	三	全清	於	緣
4642	蜣	Khương	xɯɤŋ1	平聲	qiāng	宕	平	陽	溪	開	三	次清	去	羊
4643	蜱	Dạng	za:ŋ6	重聲	yǎng	止	上	紙	明	開	三	次濁	綿	婢
4644	衙	Nha	ɲa:1	平聲	yá	假	平	麻	疑	開	二	次濁	五	加
4645	裏	Lí	li5	銳聲	lǐ	止	上	止	來	開	三	次濁	良	士
4646	裔	Duệ	zwe6	重聲	yì	蟹	去	祭	以	開	三	次濁	餘	制
4647	裘	Cừu	kɯw2	弦聲	qiú	流	平	尤	羣	開	三	全濁	巨	鳩
4648	裛	Ấp	ɤp7	銳入	yì	深	入	緝	影	開	三	全清	於	汲
4649	裝	Trang	tʂa:ŋ1	平聲	zhuāng	宕	平	陽	莊	開	三	全清	側	羊
4650	裟	Sa	ʂa:1	平聲	shā	假	平	麻	生	開	二	全清	所	加
4651	裨	Bì	bi2	弦聲	bì	止	平	支	並	開	三	全濁	符	支

4652	裨	Tì	ti2	弦聲	bì	止	平	支	並	開	三	全濁	符	支
4653	裯	Chù	tʂu2	弦聲	chóu	遇	平	虞	澄	合	三	全濁	直	誅
4654	裰	Xuyết	swiet7	銳入	duó	山	入	末	端	合	一	全清	丁	括
4655	裱	Phiếu	fiew5	銳聲	biǎo	效	去	笑	幫	開	三	全清	方	廟
4656	裸	Lõa	lwa:4	跌聲	luǒ	果	上	果	來	合	一	次濁	郎	果
4657	裼	Tích	titʃ7	銳入	xí	梗	入	錫	心	開	四	全清	先	擊
4658	裾	Cư	kɯ1	平聲	jū	遇	平	魚	見	開	三	全清	九	魚
4659	褂	Quái	kwa:j5	銳聲	guà	蟹	平	齊	見	合	四	全清	古	攜
4660	褚	Trử	tʂɯ3	問聲	chǔ	遇	上	語	徹	開	三	次清	丑	呂
4661	覜	Thiếu	t'iew5	銳聲	tiào	效	去	嘯	透	開	四	次清	他	弔
4662	觜	Tủy	twi3	問聲	zuǐ	止	上	紙	精	合	三	全清	即	委
4663	觜	Tuy	twi1	平聲	zī	止	平	支	精	開	三	全清	姊	宜
4664	解	Giải	ʑa:j3	問聲	jiě	蟹	上	蟹	見	開	二	全清	佳	買
4665	觥	Quang	kwa:ŋ1	平聲	gōng	梗	平	庚	見	合	二	全清	古	橫
4666	訾	Tí	ti5	銳聲	zǐ	止	上	紙	精	開	三	全清	將	此
4667	詡	Hủ	hu3	問聲	xǔ	遇	上	麌	曉	合	三	次清	況	羽
4668	詢	Tuân	twɤn1	平聲	xún	臻	平	諄	心	合	三	全清	相	倫
4669	詣	Nghệ	ŋe6	重聲	yì	蟹	去	霽	疑	開	四	次濁	五	計
4670	試	Thí	t'i5	銳聲	shì	止	去	志	書	開	三	全清	式	吏
4671	詩	Thi	t'i1	平聲	shī	止	平	之	書	開	三	全清	書	之
4672	詫	Sá	ʂa:5	銳聲	chà	假	去	禡	徹	開	二	次清	丑	亞
4673	詬	Cấu	kɤw5	銳聲	gòu	流	上	厚	見	開	一	全清	古	厚
4674	詭	Quỷ	kwi3	問聲	guǐ	止	上	紙	見	合	三	全清	過	委
4675	詮	Thuyên	t'wien1	平聲	quán	山	平	仙	清	合	三	次清	此	緣
4676	詰	Cật	kɤt8	重入	jié	臻	入	質	溪	開	三	次清	去	吉
4677	話	Thoại	t'wa:j6	重聲	huà	蟹	去	夬	匣	合	二	全濁	下	快
4678	該	Cai	ka:j1	平聲	gāi	蟹	平	咍	見	開	一	全清	古	哀
4679	詳	Tường	tɯɤŋ2	弦聲	xiáng	宕	平	陽	邪	開	三	全濁	似	羊
4680	詵	Sân	ʂɤn1	平聲	shēn	臻	平	臻	生	開	二	全清	所	臻
4681	詹	Chiêm	tʂiem1	平聲	zhān	咸	平	鹽	章	開	三	全清	職	廉
4682	詼	Khôi	xoj1	平聲	huī	蟹	平	灰	溪	合	一	次清	苦	回
4683	詾	Hung	huŋ1	平聲	xiōng	通	上	腫	曉	合	三	次清	許	拱
4684	詿	Quái	kwa:j5	銳聲	guà	蟹	去	卦	見	合	二	全清	古	賣
4685	誄	Lụy	lwi6	重聲	lěi	止	上	旨	來	合	三	次濁	力	軌
4686	誅	Tru	tʂu1	平聲	zhū	遇	平	虞	知	合	三	全清	陟	輸
4687	誆	Cuống	kuoŋ5	銳聲	kuāng	宕	去	漾	羣	合	三	全濁	渠	放
4688	誇	Khoa	xwa:1	平聲	kuā	假	平	麻	溪	合	二	次清	苦	瓜
4689	誕	Đản	da:n3	問聲	dàn	山	上	旱	定	開	一	全濁	徒	旱

4690	誠	Thành	t'a:ɲ2	弦聲	chéng	梗	平	清	禪	開	三	全濁	是	征
4691	豢	Hoạn	hwa:n6	重聲	huàn	山	去	諫	匣	合	二	全濁	胡	慣
4692	貅	Hưu	hɯw1	平聲	xiū	流	平	尤	曉	開	三	次清	許	尤
4693	貉	Hạc	ha:k8	重入	háo	宕	入	鐸	匣	開	一	全濁	下	各
4694	貉	Hạc	ha:k8	重入	hé	梗	入	陌	明	開	二	次濁	莫	白
4695	貲	Ti	ti1	平聲	zī	止	平	支	精	開	三	全清	即	移
4696	賂	Lộ	lo6	重聲	lù	遇	去	暮	來	合	一	次濁	洛	故
4697	賃	Nhẫm	ɲɤm4	跌聲	rèn	深	去	沁	娘	開	三	次濁	乃	禁
4698	賄	Hối	hoj5	銳聲	huì	蟹	上	賄	曉	合	一	次清	呼	罪
4699	賅	Cai	ka:j1	平聲	gāi	蟹	平	咍	見	開	一	全清	古	哀
4700	資	Tư	tɯ1	平聲	zī	止	平	脂	精	開	三	全清	即	夷
4701	賈	Cổ	ko3	問聲	gǔ	遇	上	姥	見	合	一	全清	公	戶
4702	賈	Giả	ʐa:3	問聲	jiǎ	假	上	馬	見	開	二	全清	古	疋
4703	賈	Giá	ʐa:5	銳聲	jià	假	去	禡	見	開	二	全清	古	訝
4704	賊	Tặc	tak8	重入	zéi	曾	入	德	從	開	一	全濁	昨	則
4705	赩	Hách	ha:ʧ7	銳入	xì	曾	入	職	曉	開	三	次清	許	極
4706	趍	Xu	su1	平聲	chí	遇	平	虞	清	合	三	次清	七	逾
4707	趑	Tư	tɯ1	平聲	cī	止	平	脂	清	開	三	次清	取	私
4708	跟	Căn	kan1	平聲	gēn	臻	平	痕	見	開	一	全清	古	痕
4709	跡	Tích	tiʧ7	銳入	jī	梗	入	昔	精	開	三	全清	資	昔
4710	跣	Tiển	tien3	問聲	xiǎn	山	上	銑	心	開	四	全清	蘇	典
4711	跤	Giao	ʐa:w1	平聲	jiāo	效	平	肴	溪	開	二	次清	口	交
4712	跦	Trù	tʂu2	弦聲	zhū	遇	平	虞	知	合	三	全清	陟	輸
4713	跧	Thuyên	t'wien1	平聲	zhuān	山	平	刪	莊	合	二	全清	阻	頑
4714	跨	Khóa	xwa:5	銳聲	kuà	假	去	禡	溪	合	二	次清	苦	化
4715	跪	Quỵ	kwi6	重聲	guì	止	上	紙	溪	合	三	次清	去	委
4716	跫	Cung	kuŋ1	平聲	qióng	江	平	江	溪	開	二	次清	苦	江
4717	跬	Khuể	xwe3	問聲	kuǐ	止	上	紙	溪	合	三	次清	丘	弭
4718	路	Lộ	lo6	重聲	lù	遇	去	暮	來	合	一	次濁	洛	故
4719	跰	Biền	bien2	弦聲	pián	山	平	先	並	開	四	全濁	部	田
4720	跲	Cấp	kɤp7	銳入	jiá	咸	入	洽	見	開	二	全清	古	洽
4721	跳	Khiêu	xiew1	平聲	tiào	效	平	蕭	定	開	四	全濁	徒	聊
4722	躳	Cung	kuŋ1	平聲	gōng	通	平	東	見	合	三	全清	居	戎
4723	軾	Thức	t'ɯk7	銳入	shì	曾	入	職	書	開	三	全清	賞	職
4724	輀	Nhi	ɲi1	平聲	ér	止	平	之	日	開	三	次濁	如	之
4725	較	Giảo	ʐa:w3	問聲	jiào	效	去	效	見	開	二	全清	古	孝
4726	輅	Lộ	lo6	重聲	lù	遇	去	暮	來	合	一	次濁	洛	故
4727	輇	Thuyên	t'wien1	平聲	quán	山	平	仙	禪	合	三	全濁	市	緣

4728	輈	Chu	tʂu1	平聲	zhōu	流	平	尤	知	開	三	全清	張	流
4729	載	Tái	ta:j5	鋭聲	zài	蟹	去	代	精	開	一	全清	作	代
4730	載	Tải	ta:j3	問聲	zǎi	蟹	上	海	精	開	一	全清	作	亥
4731	輊	Chí	tʂi5	鋭聲	zhì	止	去	至	知	開	三	全清	陟	利
4732	辟	Tịch	titʃ8	重入	bì	梗	入	昔	並	開	三	全濁	房	益
4733	辟	Bích	bitʃ7	鋭入	bì	梗	入	昔	幫	開	三	全清	必	益
4734	辟	Phích	fitʃ7	鋭入	pì	梗	入	昔	滂	開	三	次清	芳	辟
4735	辠	Tội	toj6	重聲	zuì	蟹	上	賄	從	合	一	全濁	徂	賄
4736	農	Nông	noŋ1	平聲	nóng	通	平	冬	泥	合	一	次濁	奴	冬
4737	遘	Cấu	kɤw5	鋭聲	gòu	流	去	候	見	開	一	全清	古	候
4738	遙	Dao	za:w1	平聲	yáo	效	平	宵	以	開	三	次濁	餘	昭
4739	遛	Lưu	lɯw1	平聲	liú	流	平	尤	來	開	三	次濁	力	求
4740	遜	Tốn	ton5	鋭聲	xùn	臻	去	慁	心	合	一	全清	蘇	困
4741	遝	Đạp	da:p8	重入	tà	咸	入	合	定	開	一	全濁	徒	合
4742	遞	Đệ	de6	重聲	dì	蟹	去	霽	定	開	四	全濁	特	計
4743	遠	Viễn	vien4	跌聲	yuǎn	山	上	阮	云	合	三	次濁	雲	阮
4744	遡	Tố	to5	鋭聲	sù	遇	去	暮	心	合	一	全清	桑	故
4745	遢	Tháp	t'a:p7	鋭入	tà	咸	入	盍	透	開	一	次清	吐	盍
4746	遣	Khiển	xien3	問聲	qiǎn	山	上	獮	溪	開	三	次清	去	演
4747	遨	Ngao	ŋa:w1	平聲	áo	效	平	豪	疑	開	一	次濁	五	勞
4748	鄘	Dong	zɔŋ1	平聲	yōng	通	平	鍾	以	合	三	次濁	餘	封
4749	鄙	Bỉ	bi3	問聲	bǐ	止	上	旨	幫	開	三	全清	方	美
4750	鄜	Phu	fu1	平聲	fū	遇	平	虞	敷	合	三	次清	芳	無
4751	鄞	Ngân	ŋɤn1	平聲	yín	臻	平	眞	疑	開	三	次濁	語	巾
4752	鄠	Hộ	ho6	重聲	hù	遇	上	姥	匣	合	一	全濁	侯	古
4753	鄢	Yên	ien1	平聲	yān	山	平	仙	影	開	三	全清	於	乾
4754	鄣	Chướng	tʂɯɤŋ5	鋭聲	zhāng	宕	平	陽	章	開	三	全清	諸	良
4755	酩	Mính	miɲ5	鋭聲	míng	梗	上	迥	明	開	四	次濁	莫	迥
4756	酪	Lạc	la:k8	重入	lào	宕	入	鐸	來	開	一	次濁	盧	各
4757	酬	Thù	t'u2	弦聲	chóu	流	平	尤	禪	開	三	全濁	市	流
4758	鈴	Linh	liɲ1	平聲	líng	梗	平	青	來	開	四	次濁	郎	丁
4759	鈸	Bạt	ba:t8	重入	bá	山	入	末	並	合	一	全濁	蒲	撥
4760	鈹	Phi	fi1	平聲	pī	止	平	支	滂	開	三	次清	敷	羈
4761	鈿	Điền	dien2	弦聲	tián	山	平	先	定	開	四	全濁	徒	年
4762	鉀	Giáp	ʐa:p7	鋭入	jiǎ	咸	入	狎	見	開	二	全清	古	狎
4763	鉆	Kiềm	kiem2	弦聲	zhān	咸	平	鹽	羣	開	三	全濁	巨	淹
4764	鉉	Huyễn	hwien4	跌聲	xuàn	山	上	銑	匣	合	四	全濁	胡	畎
4765	鉋	Bào	ba:w2	弦聲	bào	效	平	肴	並	開	二	全濁	薄	交

4766	鉏	Sừ	ʂɯ2	弦聲	chú	遇	平	魚	崇	開	三	全濁	士	魚
4767	鉏	Trở	tʂɤ:3	問聲	zǔ	遇	上	語	崇	開	三	全濁	牀	呂
4768	鉗	Kiềm	kiem2	弦聲	qián	咸	平	鹽	羣	開	三	全濁	巨	淹
4769	鉛	Duyên	zwien1	平聲	qiān	山	平	仙	以	合	三	次濁	與	專
4770	鉞	Việt	viet8	重入	yuè	山	入	月	云	合	三	次濁	王	伐
4771	鉢	Bát	ba:t7	銳入	bō	山	入	末	幫	合	一	全清	北	末
4772	鉤	Câu	kɤw1	平聲	gōu	流	平	侯	見	開	一	全清	古	侯
4773	鉦	Chinh	tʂiɲ1	平聲	zhēng	梗	平	清	章	開	三	全清	諸	盈
4774	閘	Áp	a:p7	銳入	zhá	咸	入	狎	影	開	二	全清	烏	甲
4775	閟	Bí	bi5	銳聲	bì	止	去	至	幫	開	三	全清	兵	媚
4776	際	Tế	te5	銳聲	jì	蟹	去	祭	精	開	三	全清	子	例
4777	障	Chướng	tʂɯɤŋ5	銳聲	zhàng	宕	去	漾	章	開	三	全清	之	亮
4778	雉	Trĩ	tʂi4	跌聲	zhì	止	上	旨	澄	開	三	全濁	直	几
4779	雊	Cẩu	kɤw3	問聲	gòu	流	去	候	見	開	一	全清	古	候
4780	雍	Ung	uŋ1	平聲	yōng	通	平	鍾	影	合	三	全清	於	容
4781	雎	Thư	t'ɯ1	平聲	jū	遇	平	魚	清	開	三	次清	七	余
4782	零	Linh	liɲ1	平聲	líng	梗	平	青	來	開	四	次濁	郎	丁
4783	雷	Lôi	loj1	平聲	léi	蟹	平	灰	來	合	一	次濁	魯	回
4784	雹	Bạc	ba:k8	重入	báo	江	入	覺	並	開	二	全濁	蒲	角
4785	電	Điện	dien6	重聲	diàn	山	去	霰	定	開	四	全濁	堂	練
4786	靖	Tĩnh	tiɲ4	跌聲	jìng	梗	上	靜	從	開	三	全濁	疾	郢
4787	靳	Cận	kɤn6	重聲	jìn	臻	去	焮	見	開	三	全清	居	焮
4788	靴	Ngoa	ŋwa:1	平聲	xuē	果	平	戈	曉	合	三	次清	許	肥
4789	靶	Bá	ba:5	銳聲	bǎ	假	去	禡	幫	開	二	全清	必	駕
4790	靷	Dẫn	zɤn4	跌聲	yǐn	臻	上	軫	以	開	三	次濁	余	忍
4791	頊	Húc	huk7	銳入	xù	通	入	燭	曉	合	三	次清	許	玉
4792	頌	Tụng	tuŋ6	重聲	sòng	通	去	用	邪	合	三	全濁	似	用
4793	頎	Kì	ki2	弦聲	qí	止	平	微	羣	開	三	全濁	渠	希
4794	頏	Hàng	ha:ŋ2	弦聲	háng	宕	平	唐	匣	開	一	全濁	胡	郎
4795	頏	Kháng	xa:ŋ5	銳聲	gāng	宕	去	宕	溪	開	一	次清	苦	浪
4796	預	Dự	zɯ6	重聲	yù	遇	去	御	以	開	三	次濁	羊	洳
4797	頑	Ngoan	ŋwa:n1	平聲	wán	山	平	刪	疑	合	二	次濁	五	還
4798	頒	Ban	ba:n1	平聲	bān	山	平	刪	幫	合	二	全清	布	還
4799	頓	Đốn	don5	銳聲	dùn	臻	去	慁	端	合	一	全清	都	困
4800	飴	Di	zi1	平聲	yí	止	平	之	以	開	三	次濁	與	之
4801	飼	Tự	tɯ6	重聲	sì	止	去	志	邪	開	三	全濁	祥	吏
4802	飽	Bão	ba:w4	跌聲	bǎo	效	上	巧	幫	開	二	全清	博	巧
4803	飭	Sức	ʂɯk7	銳入	shì	曾	入	職	書	開	三	全清	賞	職

4804	馱	Đà	da:2	弦聲	tuó	果	平	歌	定	開	一	全濁	徒	河
4805	馱	Đạ	da:6	重聲	duò	果	去	箇	定	開	一	全濁	唐	佐
4806	馳	Trì	tʂi2	弦聲	chí	止	平	支	澄	開	三	全濁	直	離
4807	馴	Thuần	t'wɤn2	弦聲	xún	臻	平	諄	邪	合	三	全濁	詳	遵
4808	骯	Khảng	xa:ŋ3	問聲	āng	宕	上	蕩	溪	開	一	次清	苦	朗
4809	骰	Đầu	dɤw2	弦聲	tóu	流	平	侯	定	開	一	全濁	度	侯
4810	骱	Giới	ʑɤ:j5	鋭聲	xiè	山	入	黠	見	開	二	全清	古	黠
4811	髡	Khôn	xon1	平聲	kūn	臻	平	魂	溪	合	一	次清	苦	昆
4812	髢	Thế	t'e5	鋭聲	tì	蟹	去	霽	定	開	四	全濁	特	計
4813	魁	Khôi	xoj1	平聲	kuí	蟹	平	灰	溪	合	一	次清	苦	回
4814	魂	Hồn	hon2	弦聲	hún	臻	平	魂	匣	合	一	全濁	戶	昆
4815	鳧	Phù	fu2	弦聲	fú	遇	平	虞	奉	合	三	全濁	防	無
4816	鳩	Cưu	kɯw1	平聲	jiū	流	平	尤	見	開	三	全清	居	求
4817	麀	Ưu	ɯw1	平聲	yōu	流	平	尤	影	開	三	全清	於	求
4818	麂	Kỉ	ki1	平聲	jǐ	止	上	旨	見	開	三	全清	居	履
4819	黽	Mẫn	mɤn4	跌聲	mǐn	臻	上	軫	明	開	三	次濁	武	盡
4820	黽	Mãnh	ma:ɲ4	跌聲	měng	山	上	獮	明	開	三	次濁	彌	兗
4821	鼓	Cổ	ko3	問聲	gǔ	遇	上	姥	見	合	一	全清	公	戶
4822	鼠	Thử	t'ɯ3	問聲	shǔ	遇	上	語	書	開	三	全清	舒	呂
4823	僊	Tiên	tien1	平聲	xiān	山	平	仙	心	開	三	全清	相	然
4824	僎	Soạn	ʂwa:n6	重聲	zhuàn	山	去	線	崇	合	三	全濁	七	戀
4825	僑	Kiều	kiew2	弦聲	qiáo	效	平	宵	羣	開	三	全濁	巨	嬌
4826	僕	Bộc	bok8	重入	pú	通	入	屋	並	合	一	全濁	蒲	木
4827	僖	Hi	hi1	平聲	xī	止	平	之	曉	開	三	次清	許	其
4828	僚	Liêu	liew1	平聲	liáo	效	平	蕭	來	開	四	次濁	落	蕭
4829	僝	Sàn	ʂa:n2	弦聲	chán	山	平	山	崇	開	二	全濁	士	山
4830	僞	Ngụy	ŋwi6	重聲	wěi	止	去	寘	疑	合	三	次濁	危	睡
4831	僣	Thiết	t'iet7	鋭入	jiàn	山	入	屑	透	開	四	次清	他	結
4832	僥	Nghiêu	ŋiew1	平聲	yáo	效	平	蕭	疑	開	四	次濁	五	聊
4833	僦	Tựu	tɯw6	重聲	jiù	流	去	宥	精	開	三	全清	即	就
4834	僧	Tăng	taŋ1	平聲	sēng	曾	平	登	心	開	一	全清	蘇	增
4835	僨	Phẫn	fɤn4	跌聲	fèn	臻	去	問	非	合	三	全清	方	問
4836	僩	Giản	ʑa:n3	問聲	xiàn	山	上	產	見	開	二	全清	古	限
4837	僬	Tiêu	tiew1	平聲	jiāo	效	平	宵	精	開	三	全清	即	消
4838	僭	Tiếm	tiem5	鋭聲	jiàn	咸	去	栝	精	開	四	全清	子	念
4839	僮	Đồng	doŋ2	弦聲	tóng	通	平	東	定	合	一	全濁	徒	紅
4840	儆	Cảnh	ka:ɲ3	問聲	jǐng	梗	上	梗	見	開	三	全清	居	影
4841	兢	Căng	kaŋ1	平聲	jīng	曾	平	蒸	見	開	三	全清	居	陵

4842	澌	Tư	tɯ1	平聲	sī	止	平	支	心	開	三	全清	息	移
4843	凳	Đắng	daŋ5	銳聲	dèng	曾	去	嶝	端	開	一	全清	都	鄧
4844	劂	Quyết	kwiet7	銳入	jué	山	入	月	見	合	三	全清	居	月
4845	劃	Hoạch	hwa:ʧ8	重入	huà	梗	入	麥	匣	合	二	全濁	胡	麥
4846	劄	Tráp	tʂa:p7	銳入	zhá	咸	入	洽	知	開	二	全清	竹	洽
4847	勩	Duệ	zwe6	重聲	yì	蟹	去	祭	以	開	三	次濁	餘	制
4848	匱	Quỹ	kwi4	跌聲	guì	止	去	至	羣	合	三	全濁	求	位
4849	厭	Yếm	iem5	銳聲	yàn	咸	去	豔	影	開	三	全清	於	豔
4850	厲	Lệ	le6	重聲	lì	蟹	去	祭	來	開	三	次濁	力	制
4851	嗽	Thấu	t'ɤw5	銳聲	sòu	流	去	候	心	開	一	全清	蘇	奏
4852	嗾	Thốc	t'ot7	銳入	sǒu	流	去	候	心	開	一	全清	蘇	奏
4853	嘆	Thán	t'a:n5	銳聲	tàn	山	去	翰	透	開	一	次清	他	旦
4854	嘈	Tào	ta:w2	弦聲	cáo	效	平	豪	從	開	一	全濁	昨	勞
4855	嘉	Gia	ʐa:1	平聲	jiā	假	平	麻	見	開	二	全清	古	牙
4856	嘍	Lâu	lɤw1	平聲	lóu	流	平	侯	來	開	一	次濁	落	侯
4857	嘏	Hỗ	ho4	跌聲	jiǎ	假	上	馬	見	開	二	全清	古	疋
4858	嘐	Hao	ha:w1	平聲	jiāo	效	平	肴	見	開	二	全清	古	肴
4859	嘐	Hao	ha:w1	平聲	xiāo	效	平	肴	曉	開	二	次清	許	交
4860	嘑	Hô	ho1	平聲	hū	遇	平	模	曉	合	一	次清	荒	烏
4861	嘒	Uế	we5	銳聲	huì	蟹	去	霽	曉	合	四	次清	呼	惠
4862	嘓	Quắc	kwak7	銳入	guō	梗	入	麥	見	合	二	全清	古	獲
4863	嘔	Ẩu	ɤw3	問聲	ōu	流	上	厚	影	開	一	全清	烏	后
4864	嘖	Sách	ʂa:ʧ7	銳入	zé	梗	入	麥	崇	開	二	全濁	士	革
4865	嘖	Trách	tʂa:ʧ7	銳入	zé	梗	入	麥	莊	開	二	全清	側	革
4866	嘗	Thường	t'ɯɤŋ2	弦聲	cháng	宕	平	陽	禪	開	三	全濁	市	羊
4867	嘛	Ma	ma:1	平聲	ma	江	入	覺	曉	開	二	次清	許	角
4868	噉	Đạm	da:m6	重聲	dàn	咸	上	敢	定	開	一	全濁	徒	敢
4869	圖	Đồ	do2	弦聲	tú	遇	平	模	定	合	一	全濁	同	都
4870	團	Đoàn	dwa:n2	弦聲	tuán	山	平	桓	定	合	一	全濁	度	官
4871	塵	Trần	tʂɤn2	弦聲	chén	臻	平	眞	澄	開	三	全濁	直	珍
4872	塹	Tiệm	tiem6	重聲	qiàn	咸	去	豔	清	開	三	次清	七	豔
4873	塾	Thục	t'uk8	重入	shú	通	入	屋	禪	合	三	全濁	殊	六
4874	塿	Lũ	lu4	跌聲	lǒu	流	上	厚	來	開	一	次濁	郎	斗
4875	墁	Mạn	ma:n6	重聲	màn	山	去	換	明	合	一	次濁	莫	半
4876	境	Cảnh	ka:ɲ3	問聲	jìng	梗	上	梗	見	開	三	全清	居	影
4877	墅	Thự	t'ɯ6	重聲	shù	遇	上	語	禪	開	三	全濁	承	與
4878	墉	Dong	zɔŋ1	平聲	yōng	通	平	鍾	以	合	三	次濁	餘	封
4879	墊	Điếm	diem5	銳聲	diàn	咸	去	桥	端	開	四	全清	都	念

4880	墐	Cận	kɤn6	重聲	jìn	臻	去	震	羣	開	三	全濁	渠	遴
4881	墜	Trụy	tʂwi6	重聲	zhuì	止	去	至	澄	合	三	全濁	直	類
4882	隓	Huy	hwi1	平聲	huī	止	平	支	曉	合	三	次清	許	規
4883	隓	Đọa	dwa:6	重聲	duò	果	上	果	定	合	一	全濁	徒	果
4884	壽	Thọ	t'ɔ6	重聲	shòu	流	去	宥	禪	開	三	全濁	承	呪
4885	夤	Dần	zɤn2	弦聲	yín	臻	平	眞	以	開	三	次濁	翼	真
4886	夥	Khỏa	xwa:3	問聲	huǒ	果	上	果	匣	合	一	全濁	胡	果
4887	奧	Áo	a:w5	銳聲	ào	效	去	號	影	開	一	全清	烏	到
4888	奪	Đoạt	dwa:t8	重入	duó	山	入	末	定	合	一	全濁	徒	活
4889	嫖	Phiêu	fiew1	平聲	piáo	效	平	宵	滂	開	三	次清	撫	招
4890	嫗	Ủ	u3	問聲	yù	遇	去	遇	影	合	三	全清	衣	遇
4891	嫚	Mạn	ma:n6	重聲	màn	山	去	諫	明	合	二	次濁	謨	晏
4892	嫠	Li	li1	平聲	lí	止	平	之	來	開	三	次濁	里	之
4893	嫡	Đích	ditʃ7	銳入	dí	梗	入	錫	端	開	四	全清	都	歷
4894	嫣	Yên	ien1	平聲	yān	山	平	仙	影	開	三	全清	於	乾
4895	嫩	Nộn	non6	重聲	nèn	臻	去	慁	泥	合	一	次濁	奴	困
4896	孵	Phu	fu1	平聲	fū	遇	平	虞	敷	合	三	次清	芳	無
4897	察	Sát	ʂa:t7	銳入	chá	山	入	黠	初	開	二	次清	初	八
4898	寡	Quả	qwa:3	問聲	guǎ	假	上	馬	見	合	二	全清	古	瓦
4899	寢	Tẩm	tɤm3	問聲	qǐn	深	上	寑	清	開	三	次清	七	稔
4900	寤	Ngụ	ŋu6	重聲	wù	遇	去	暮	疑	合	一	次濁	五	故
4901	寥	Liêu	liew1	平聲	liáo	效	平	蕭	來	開	四	次濁	落	蕭
4902	實	Thật	t'ɤt8	重入	shí	臻	入	質	禪	開	三	全濁	神	質
4903	寧	Ninh	niɲ1	平聲	níng	梗	平	青	泥	開	四	次濁	奴	丁
4904	寨	Trại	tʂa:j6	重聲	zhài	蟹	去	夬	崇	開	二	全濁	犲	夬
4905	寬	Khoan	xwa:n1	平聲	kuān	山	平	桓	溪	合	一	次清	苦	官
4906	對	Đối	doj5	銳聲	duì	蟹	去	隊	端	合	一	全清	都	隊
4907	屢	Lũ	lu4	跌聲	lǚ	遇	去	遇	來	合	三	次濁	良	遇
4908	屣	Tỉ	ti3	問聲	xǐ	止	上	紙	生	開	三	全清	所	綺
4909	嶁	Lũ	lu4	跌聲	lǒu	流	上	厚	來	開	一	次濁	郎	斗
4910	嶂	Chướng	tʂɯɤŋ5	銳聲	zhàng	宕	去	漾	章	開	三	全清	之	亮
4911	嶄	Tiệm	tiem6	重聲	zhǎn	咸	上	豏	崇	開	二	全濁	士	減
4912	嶇	Khu	xu1	平聲	qū	遇	平	虞	溪	合	三	次清	豈	俱
4913	幔	Mạn	ma:n6	重聲	màn	山	去	換	明	合	一	次濁	莫	半
4914	幗	Quắc	kwak7	銳入	guó	梗	入	麥	見	合	二	全清	古	獲
4915	幘	Trách	tʂa:tʃ7	銳入	zé	梗	入	麥	莊	開	二	全清	側	革
4916	幣	Tệ	te6	重聲	bì	蟹	去	祭	並	開	三	全濁	毗	祭
4917	廏	Cứu	kɯw5	銳聲	jiù	流	去	宥	見	開	三	全清	居	祐

4918	廑	Cận	kɤn6	重聲	jǐn	臻	去	震	羣	開	三	全濁	渠	遴
4919	廖	Liệu	liew6	重聲	liào	流	去	宥	來	開	三	次濁	力	救
4920	廣	Quảng	kwa:ŋ3	問聲	guǎng	宕	上	蕩	見	合	一	全清	古	晃
4921	弊	Tệ	te6	重聲	bì	蟹	去	祭	並	開	三	全濁	毗	祭
4922	彄	Khu	xu1	平聲	kōu	流	平	侯	溪	開	一	次清	恪	侯
4923	彯	Phiêu	fiew1	平聲	piāo	效	平	宵	滂	開	三	次清	撫	招
4924	彰	Chương	tʂɯɤŋ1	平聲	zhāng	宕	平	陽	章	開	三	全清	諸	良
4925	愨	Khác	xa:k7	銳入	què	江	入	覺	溪	開	二	次清	苦	角
4926	愬	Tố	to5	銳聲	sù	遇	去	暮	心	合	一	全清	桑	故
4927	愬	Sách	ʂa:ʧ7	銳入	sù	梗	入	麥	生	開	二	全清	山	責
4928	愿	Nguyện	ŋwien6	重聲	yuàn	山	去	願	疑	合	三	次濁	魚	怨
4929	慁	Hỗn	hon4	跌聲	hùn	臻	去	慁	匣	合	一	全濁	胡	困
4930	慂	Dũng	zuŋ4	跌聲	yǒng	通	上	腫	以	合	三	次濁	余	隴
4931	慇	Ân	ɤn1	平聲	yīn	臻	平	欣	影	開	三	全清	於	斤
4932	態	Thái	t'a:j5	銳聲	tài	蟹	去	代	透	開	一	次清	他	代
4933	慕	Mộ	mo6	重聲	mù	遇	去	暮	明	合	一	次濁	莫	故
4934	慘	Thảm	t'a:m3	問聲	cǎn	咸	上	感	清	開	一	次清	七	感
4935	慚	Tàm	ta:m2	弦聲	cán	咸	平	談	從	開	一	全濁	昨	甘
4936	慝	Thắc	t'ak7	銳入	tè	曾	入	德	透	開	一	次清	他	德
4937	慞	Chương	tʂɯɤŋ1	平聲	zhāng	宕	平	陽	章	開	三	全清	諸	良
4938	慟	Đỗng	doŋ4	跌聲	tòng	通	去	送	定	合	一	全濁	徒	弄
4939	慢	Mạn	ma:n6	重聲	màn	山	去	諫	明	合	二	次濁	謨	晏
4940	慣	Quán	kwa:n5	銳聲	guàn	山	去	諫	見	合	二	全清	古	患
4941	慳	Khan	xa:n1	平聲	qiān	山	平	山	溪	開	二	次清	苦	閑
4942	慴	Điệp	diep8	重入	shè	咸	入	帖	定	開	四	全濁	徒	協
4943	慵	Dung	zuŋ1	平聲	yōng	通	平	鍾	禪	合	三	全濁	蜀	庸
4944	慷	Khảng	xa:ŋ3	問聲	kāng	宕	上	蕩	溪	開	一	次清	苦	朗
4945	憁	Tổng	toŋ3	問聲	còng	通	去	送	清	合	一	次清	千	弄
4946	戩	Tiển	tien3	問聲	jiǎn	山	上	獮	精	開	三	全清	即	淺
4947	搴	Khiên	xien1	平聲	qiān	山	上	獮	見	開	三	全清	九	輦
4948	摑	Quặc	kwak8	重入	guó	梗	入	麥	見	合	二	全清	古	獲
4949	摑	Quách	kwa:ʧ7	銳入	guó	梗	入	麥	見	合	二	全清	古	獲
4950	摘	Trích	tʂiʧ7	銳入	zhāi	梗	入	麥	知	開	二	全清	陟	革
4951	摜	Quán	kwa:n5	銳聲	quàn	山	去	諫	見	合	二	全清	古	患
4952	摟	Lâu	lɤw1	平聲	lōu	流	平	侯	來	開	一	次濁	落	侯
4953	摠	Tổng	toŋ3	問聲	zǒng	通	上	董	精	合	一	全清	作	孔
4954	摧	Tồi	toj2	弦聲	cuī	蟹	平	灰	從	合	一	全濁	昨	回
4955	摭	Trích	tʂiʧ7	銳入	zhí	梗	入	昔	章	開	三	全清	之	石

4956	摳	Khu	xu1	平聲	kōu	遇	平	虞	溪	合	三	次清	豈	俱
4957	攄	Sư	ʂɯ1	平聲	shū	遇	平	魚	徹	開	三	次清	丑	居
4958	摶	Đoàn	dwa:n2	弦聲	tuán	山	平	桓	定	合	一	全濁	度	官
4959	摶	Chuyên	tʂwien1	平聲	zhuān	山	上	獮	澄	合	三	全濁	持	兗
4960	摺	Triệp	tʂiep8	重入	zhé	咸	入	葉	章	開	三	全清	之	涉
4961	摽	Phiêu	fiew1	平聲	biāo	效	平	宵	滂	開	三	次清	撫	招
4962	摽	Phiếu	fiew5	銳聲	piǎo	效	上	小	並	開	三	全濁	苻	少
4963	撇	Phiết	fiet7	銳入	piē	山	入	屑	滂	開	四	次清	普	蔑
4964	撇	Phiết	fiet7	銳入	piě	山	入	屑	滂	開	四	次清	普	蔑
4965	撦	Xả	sa:3	問聲	chě	假	上	馬	昌	開	三	次清	昌	者
4966	敲	Xao	sa:w1	平聲	qiāo	效	平	肴	溪	開	二	次清	口	交
4967	斠	Các	ka:k7	銳入	jiào	江	入	覺	見	開	二	全清	古	岳
4968	斡	Oát	wa:t7	銳入	wò	山	入	末	影	合	一	全清	烏	括
4969	斲	Trác	tʂa:k7	銳入	zhuó	江	入	覺	知	開	二	全清	竹	角
4970	旖	Y	i1	平聲	yǐ	止	平	支	影	開	三	全清	於	離
4971	旗	Kì	ki2	弦聲	qí	止	平	之	羣	開	三	全濁	渠	之
4972	暝	Minh	miɲ1	平聲	míng	梗	平	青	明	開	四	次濁	莫	經
4973	暝	Mính	miɲ5	銳聲	mìng	梗	去	徑	明	開	四	次濁	莫	定
4974	暢	Sướng	ʂɯɤŋ5	銳聲	chàng	宕	去	漾	徹	開	三	次清	丑	亮
4975	曄	Diệp	ziep8	重入	yè	咸	入	葉	云	開	三	次濁	筠	輒
4976	朅	Khiết	xiep7	銳入	qiè	山	入	薛	溪	開	三	次清	丘	竭
4977	榎	Giả	ʐa:3	問聲	jiǎ	假	上	馬	見	開	二	全清	古	疋
4978	榑	Phù	fu2	弦聲	fù	遇	平	虞	奉	合	三	全濁	防	無
4979	穀	Cốc	kok7	銳入	gǔ	通	入	屋	見	合	一	全清	古	祿
4980	榛	Trăn	tʂan1	平聲	zhēn	臻	平	臻	莊	開	二	全清	側	詵
4981	榜	Bảng	ba:ŋ3	問聲	bǎng	宕	上	蕩	幫	開	一	全清	北	朗
4982	榤	Kiệt	kiet8	重入	jié	山	入	薛	羣	開	三	全濁	渠	列
4983	榦	Cán	ka:n5	銳聲	gàn	山	去	翰	見	開	一	全清	古	案
4984	榧	Phỉ	fi3	問聲	fěi	止	上	尾	非	合	三	全清	府	尾
4985	榨	Trá	tʂa5	銳聲	zhà	假	去	禡	莊	開	二	全清	側	駕
4986	榭	Tạ	ta:6	重聲	xiè	假	去	禡	邪	開	三	全濁	辝	夜
4987	榮	Vinh	viɲ1	平聲	róng	梗	平	庚	云	合	三	次濁	永	兵
4988	榱	Suy	ʂwi1	平聲	cuī	止	平	脂	生	合	三	全清	所	追
4989	榲	Ốt	ot7	銳入	yún	臻	入	沒	影	合	一	全清	烏	沒
4990	榴	Lưu	lɯw1	平聲	liú	流	平	尤	來	開	三	次濁	力	求
4991	榷	Giác	ʐa:k7	銳入	què	江	入	覺	見	開	二	全清	古	岳
4992	榻	Tháp	t'a:p7	銳入	tà	咸	入	盍	透	開	一	次清	吐	盍
4993	榼	Khạp	xa:p8	重入	kè	咸	入	盍	溪	開	一	次清	苦	盍

4994	槀	Cảo	ka:w3	問聲	gǎo	效	上	晧	見	開	一	全清	古	老
4995	槁	Cảo	ka:w3	問聲	gǎo	效	上	晧	溪	開	一	次清	苦	浩
4996	槃	Bàn	ba:n2	弦聲	pán	山	平	桓	並	合	一	全濁	薄	官
4997	槅	Cách	ka:ʧ7	鋭入	gé	梗	入	麥	見	開	二	全清	古	核
4998	槊	Sóc	ʂɔk7	鋭入	shuò	江	入	覺	生	開	二	全清	所	角
4999	構	Cấu	kɤw5	鋭聲	gòu	流	去	候	見	開	一	全清	古	候
5000	槍	Thương	t'ɯɤŋ1	平聲	qiāng	宕	平	陽	清	開	三	次清	七	羊
5001	槍	Sanh	ʂa:ɲ1	平聲	chēng	梗	平	庚	初	開	二	次清	楚	庚
5002	槇	Điên	dien1	平聲	diān	山	平	先	端	開	四	全清	都	年
5003	槨	Quách	kwa:ʧ7	鋭入	guǒ	宕	入	鐸	見	合	一	全清	古	博
5004	槩	Khái	xa:j5	鋭聲	gài	蟹	去	代	見	開	一	全清	古	代
5005	槭	Túc	tuk7	鋭入	cù	通	入	屋	精	合	三	全清	子	六
5006	模	Mô	mo1	平聲	mú	遇	平	模	明	合	一	次濁	莫	胡
5007	樺	Hoa	hwa:1	平聲	huà	假	平	麻	匣	合	二	全濁	戶	花
5008	歉	Khiểm	xiem3	問聲	qiàn	咸	上	豏	溪	開	二	次清	苦	減
5009	歰	Sáp	ʂa:p7	鋭入	sè	深	入	緝	生	開	三	全清	色	立
5010	殞	Vẫn	vɤn4	跌聲	yǔn	臻	上	軫	云	開	三	次濁	于	敏
5011	毓	Dục	zuk8	重入	yù	通	入	屋	以	合	三	次濁	余	六
5012	氳	Uân	wɤn1	平聲	yūn	臻	平	文	影	合	三	全清	於	云
5013	滎	Huỳnh	hwiɲ2	弦聲	xíng	梗	平	青	匣	合	四	全濁	戶	扃
5014	滫	Tưu	tɯw1	平聲	sǒu	流	上	有	心	開	三	全清	息	有
5015	滬	Hỗ	ho4	跌聲	hù	遇	上	姥	匣	合	一	全濁	侯	古
5016	滯	Trệ	tʂe6	重聲	zhì	蟹	去	祭	澄	開	三	全濁	直	例
5017	滲	Sấm	ʂɤm5	鋭聲	shèn	深	去	沁	生	開	三	全清	所	禁
5018	滴	Đích	diʧ7	鋭入	dī	梗	入	錫	端	開	四	全清	都	歷
5019	滷	Lỗ	lo4	跌聲	lǔ	遇	上	姥	來	合	一	次濁	郎	古
5020	滸	Hử	hu3	問聲	hǔ	遇	上	姥	曉	合	一	次清	呼	古
5021	滹	Hô	ho1	平聲	hū	遇	平	模	曉	合	一	次清	荒	烏
5022	滿	Mãn	ma:n4	跌聲	mǎn	山	上	緩	明	合	一	次濁	莫	旱
5023	漁	Ngư	ŋɯ1	平聲	yú	遇	平	魚	疑	開	三	次濁	語	居
5024	漂	Phiêu	fiew1	平聲	piāo	效	平	宵	滂	開	三	次清	撫	招
5025	漂	Phiếu	fiew5	鋭聲	piào	效	去	笑	滂	開	三	次清	匹	妙
5026	漆	Tất	tɤt7	鋭入	qī	臻	入	質	清	開	三	次清	親	吉
5027	漉	Lộc	lok8	重入	lù	通	入	屋	來	合	一	次濁	盧	谷
5028	漊	Lâu	lɤw1	平聲	lóu	流	上	厚	來	開	一	次濁	郎	斗
5029	漏	Lậu	lɤw6	重聲	lòu	流	去	候	來	開	一	次濁	盧	候
5030	演	Diễn	zien4	跌聲	yǎn	山	上	獮	以	開	三	次濁	以	淺
5031	漕	Tào	ta:w2	弦聲	cáo	效	平	豪	從	開	一	全濁	昨	勞

5032	漘	Thần	t'ɤn2	弦聲	qún	臻	平	諄	船	合	三	全濁	食	倫
5033	漙	Đoàn	dwa:n2	弦聲	tuán	山	平	桓	定	合	一	全濁	度	官
5034	漚	Âu	ɤw1	平聲	ōu	流	平	侯	影	開	一	全清	烏	侯
5035	漚	Ẩu	ɤw3	問聲	òu	流	去	候	影	開	一	全清	烏	候
5036	漢	Hán	ha:n5	銳聲	hàn	山	去	翰	曉	開	一	次清	呼	旰
5037	漩	Tuyền	twien2	弦聲	xuán	山	平	仙	邪	合	三	全濁	似	宣
5038	漪	Y	i1	平聲	yī	止	平	支	影	開	三	全清	於	離
5039	漫	Mạn	ma:n6	重聲	màn	山	去	換	明	合	一	次濁	莫	半
5040	漬	Tí	ti5	銳聲	zì	止	去	寘	從	開	三	全濁	疾	智
5041	漯	Tháp	t'a:p7	銳入	lěi	咸	入	合	透	開	一	次清	他	合
5042	漱	Sấu	ʂɤw5	銳聲	shù	流	去	候	心	開	一	全清	蘇	奏
5043	漲	Trướng	tʂɯɤŋ5	銳聲	zhǎng	宕	平	陽	知	開	三	全清	陟	良
5044	漲	Trướng	tʂɯɤŋ5	銳聲	zhàng	宕	去	漾	知	開	三	全清	知	亮
5045	漳	Chương	tʂɯɤŋ1	平聲	zhāng	宕	平	陽	章	開	三	全清	諸	良
5046	漵	Tự	tɯ6	重聲	xù	遇	上	語	邪	開	三	全濁	徐	呂
5047	漶	Hoán	hwa:n5	銳聲	huàn	山	去	換	匣	合	一	全濁	胡	玩
5048	漸	Tiêm	tiem1	平聲	jiān	咸	平	鹽	精	開	三	全清	子	廉
5049	漸	Tiệm	tiem6	重聲	jiàn	咸	上	琰	從	開	三	全濁	慈	染
5050	漾	Dạng	za:ŋ6	重聲	yàng	宕	去	漾	以	開	三	次濁	餘	亮
5051	潢	Hoàng	hwan:ŋ2	弦聲	huáng	宕	平	唐	匣	合	一	全濁	胡	光
5052	煼	Sao	ʂa:w1	平聲	chǎo	效	上	巧	初	開	二	次清	初	爪
5053	煽	Phiến	fien5	銳聲	shān	山	去	線	書	開	三	全清	式	戰
5054	熄	Tức	tɯk7	銳入	xí	曾	入	職	心	開	三	全清	相	即
5055	熇	Hốc	hok7	銳入	hè	通	入	屋	曉	合	一	次清	呼	木
5056	熊	Hùng	huŋ2	弦聲	xióng	通	平	東	云	合	三	次濁	羽	弓
5057	熏	Huân	hwɤn1	平聲	xūn	臻	平	文	曉	合	三	次清	許	云
5058	熒	Huỳnh	hwiɲ2	弦聲	yíng	梗	平	青	匣	合	四	全濁	戶	扃
5059	熙	Hi	hi1	平聲	xī	止	平	之	曉	開	三	次清	許	其
5060	熬	Ngao	ŋa:w1	平聲	áo	效	平	豪	疑	開	一	次濁	五	勞
5061	燁	Diệp	ziep8	重入	yè	咸	入	葉	云	開	三	次濁	筠	輒
5062	爾	Nhĩ	ɲi4	跌聲	ěr	止	上	紙	日	開	三	次濁	兒	氏
5063	牓	Bảng	ba:ŋ3	問聲	bǎng	宕	上	蕩	幫	開	一	全清	北	朗
5064	犒	Khao	xa:w1	平聲	kào	效	去	號	溪	開	一	次清	苦	到
5065	犖	Lạc	la:k8	重入	luò	江	入	覺	來	開	二	次濁	呂	角
5066	獃	Ngai	ŋa:j1	平聲	ái	蟹	平	咍	疑	開	一	次濁	五	來
5067	獄	Ngục	ŋuk8	重入	yù	通	入	燭	疑	合	三	次濁	魚	欲
5068	獍	Kính	kiɲ5	銳聲	jìng	梗	去	映	見	開	三	全清	居	慶
5069	獐	Chương	tʂɯɤŋ1	平聲	zhāng	宕	平	陽	章	開	三	全清	諸	良

5070	瑣	Tỏa	twa:3	問聲	suǒ	果	上	果	心	合	一	全清	蘇	果
5071	瑤	Dao	za:w1	平聲	yáo	效	平	宵	以	開	三	次濁	餘	昭
5072	瑱	Chấn	tʂɤn5	銳聲	zhèn	臻	去	震	知	開	三	全清	陟	刃
5073	瑱	Thiến	t'ien5	銳聲	tiàn	山	去	霰	透	開	四	次清	他	甸
5074	瑲	Thương	t'ɯɤŋ1	平聲	qiāng	宕	平	陽	清	開	三	次清	七	羊
5075	璃	Li	li1	平聲	lí	止	平	支	來	開	三	次濁	呂	支
5076	璉	Liễn	lien4	跌聲	lián	山	上	獮	來	開	三	次濁	力	展
5077	甍	Manh	ma:ɲ1	平聲	méng	梗	平	耕	明	開	二	次濁	莫	耕
5078	畽	Thoản	t'wa:n3	問聲	tuǎn	臻	上	混	透	合	一	次清	他	衮
5079	疐	Chí	tʂi5	銳聲	zhì	止	去	至	知	開	三	全清	陟	利
5080	疑	Nghi	ŋi1	平聲	yí	止	平	之	疑	開	三	次濁	語	其
5081	瘉	Dũ	zu4	跌聲	yù	遇	上	麌	以	合	三	次濁	以	主
5082	瘊	Hầu	hɤw2	弦聲	hóu	流	平	侯	匣	開	一	全濁	戶	鉤
5083	瘌	Lạt	la:t8	重入	là	山	入	曷	來	開	一	次濁	盧	達
5084	瘍	Dương	zɯɤŋ1	平聲	yáng	宕	平	陽	以	開	三	次濁	與	章
5085	瘓	Hoán	hwa:n5	銳聲	huàn	山	上	緩	透	合	一	次清	吐	緩
5086	瘕	Hà	ha:2	弦聲	jiǎ	假	平	麻	見	開	二	全清	古	牙
5087	瘖	Âm	ɤm1	平聲	yīn	深	平	侵	影	開	三	全清	於	金
5088	瘞	É	e5	銳聲	yì	蟹	去	祭	影	開	三	全清	於	罽
5089	瘥	Ta	ta:1	平聲	cuó	假	平	麻	精	開	三	全清	子	邪
5090	瘦	Sấu	ʂɤw5	銳聲	shòu	流	去	宥	生	開	三	全清	所	祐
5091	瘧	Ngược	ŋɯɤk8	重入	nuè	宕	入	藥	疑	開	三	次濁	魚	約
5092	瘩	Đáp	da:p7	銳入	dā	咸	入	合	端	開	一	全清	都	合
5093	皸	Quân	kwɤn1	平聲	jūn	臻	平	文	見	合	三	全清	舉	云
5094	盡	Tận	tɤn6	重聲	jìn	臻	上	軫	從	開	三	全濁	慈	忍
5095	監	Giam	ʑa:m1	平聲	jiān	咸	平	銜	見	開	二	全清	古	銜
5096	監	Giám	ʑa:m5	銳聲	jiàn	咸	去	鑑	見	開	二	全清	格	懺
5097	睺	Hầu	hɤw2	弦聲	hóu	流	平	侯	匣	開	一	全濁	戶	鉤
5098	睽	Khuê	xwe1	平聲	kuí	蟹	平	齊	溪	合	四	次清	苦	圭
5099	睿	Duệ	zwe6	重聲	ruì	蟹	去	祭	以	合	三	次濁	以	芮
5100	瞀	Mậu	mɤw6	重聲	mòu	流	去	候	明	開	一	次濁	莫	候
5101	瞍	Tẩu	tɤw3	問聲	sǒu	流	上	厚	心	開	一	全清	蘇	后
5102	喦	Nham	ɲa:m1	平聲	yán	咸	平	咸	疑	開	二	次濁	五	咸
5103	碡	Độc	dok8	重入	dú	通	入	屋	定	合	一	全濁	徒	谷
5104	碣	Kiệt	kiet8	重入	jié	山	入	薛	羣	開	三	全濁	渠	列
5105	碧	Bích	bitʃ7	銳入	bì	梗	入	陌	幫	開	三	全清	彼	役
5106	碩	Thạc	t'a:k8	重入	shuò	梗	入	昔	禪	開	三	全濁	常	隻
5107	碪	Châm	tʂɤm1	平聲	zhēn	深	平	侵	知	開	三	全清	知	林

5108	碭	Nãng	na:ŋ4	跌聲	dàng	宕	去	宕	定	開	一	全濁	徒	浪
5109	碯	Não	na:w4	跌聲	nǎo	效	上	晧	泥	開	一	次濁	奴	晧
5110	磁	Từ	tɯ2	弦聲	cí	止	平	之	從	開	三	全濁	疾	之
5111	磋	Tha	t'a:1	平聲	cuō	果	平	歌	清	開	一	次清	七	何
5112	禡	Mã	ma:4	跌聲	mà	假	去	禡	明	開	二	次濁	莫	駕
5113	稭	Giai	ʐa:j1	平聲	jiē	蟹	平	皆	見	開	二	全清	古	諧
5114	稭	Kiết	kiet7	銳入	jiē	山	入	黠	見	開	二	全清	古	黠
5115	種	Chủng	tʂuŋ3	問聲	zhǒng	通	上	腫	章	合	三	全清	之	隴
5116	種	Chúng	tʂuŋ5	銳聲	zhòng	通	去	用	章	合	三	全清	之	用
5117	稱	Xưng	sɯŋ1	平聲	chēng	曾	平	蒸	昌	開	三	次清	處	陵
5118	稱	Xứng	sɯŋ5	銳聲	chèng	曾	去	證	昌	開	三	次清	昌	孕
5119	窨	Ấm	ɤm5	銳聲	yìn	深	去	沁	影	開	三	全清	於	禁
5120	窪	Oa	wa:1	平聲	wā	假	平	麻	影	合	二	全清	烏	瓜
5121	窬	Du	zu1	平聲	yú	遇	平	虞	以	合	三	次濁	羊	朱
5122	竭	Kiệt	kiet8	重入	jié	山	入	月	羣	開	三	全濁	其	謁
5123	箇	Cá	ka:5	銳聲	gè	果	去	箇	見	開	一	全清	古	賀
5124	箋	Tiên	tien1	平聲	jiān	山	平	先	精	開	四	全清	則	前
5125	箍	Cô	ko1	平聲	gū	遇	平	模	見	合	一	全清	古	胡
5126	箎	Trì	tʂi2	弦聲	chí	止	平	支	澄	開	三	全濁	直	離
5127	箏	Tranh	tʂa:ɲ1	平聲	zhēng	梗	平	耕	莊	開	二	全清	側	莖
5128	箑	Tiệp	tiep8	重入	jié	咸	入	洽	崇	開	二	全濁	士	洽
5129	箔	Bạc	ba:k8	重入	bó	宕	入	鐸	並	開	一	全濁	傍	各
5130	箕	Ki	ki1	平聲	jī	止	平	之	見	開	三	全清	居	之
5131	算	Toán	twa:n5	銳聲	suàn	山	上	緩	心	合	一	全清	蘇	管
5132	箜	Không	koŋ1	平聲	kōng	通	平	東	溪	合	一	次清	苦	紅
5133	箝	Kiềm	kiem2	弦聲	qián	咸	平	鹽	羣	開	三	全濁	巨	淹
5134	箠	Chủy	tʂwi3	問聲	chuí	止	上	紙	章	合	三	全清	之	累
5135	管	Quản	kwa:n3	問聲	guǎn	山	上	緩	見	合	一	全清	古	滿
5136	箬	Nhược	ɲɯɤk8	重入	ruò	宕	入	藥	日	開	三	次濁	而	灼
5137	箸	Trứ	tʂɯ5	銳聲	zhù	遇	去	御	知	開	三	全清	陟	慮
5138	箸	Trợ	tʂɤ:6	重聲	zhù	遇	去	御	澄	開	三	全濁	遲	倨
5139	粹	Túy	twi5	銳聲	cuì	止	去	至	心	合	三	全清	雖	遂
5140	粺	Bại	ba:j6	重聲	bài	蟹	去	卦	並	合	二	全濁	傍	卦
5141	粽	Tống	toŋ5	銳聲	zòng	通	去	送	精	合	一	全清	作	弄
5142	精	Tinh	tiɲ1	平聲	jīng	梗	平	清	精	開	三	全清	子	盈
5143	綜	Tống	toŋ5	銳聲	zòng	通	去	宋	精	合	一	全清	子	宋
5144	綠	Lục	luk8	重入	lǜ	通	入	燭	來	合	三	次濁	力	玉
5145	綢	Trù	tʂu2	弦聲	chóu	流	平	尤	澄	開	三	全濁	直	由

5146	綣	Quyển	kwien3	問聲	quǎn	山	上	阮	溪	合	三	次清	去	阮
5147	綦	Kì	ki2	弦聲	qí	止	平	之	羣	開	三	全濁	渠	之
5148	綫	Tuyến	twien5	銳聲	xiàn	山	去	線	心	開	三	全清	私	箭
5149	綬	Thụ	t'u6	重聲	shòu	流	去	宥	禪	開	三	全濁	承	呪
5150	維	Duy	zwi1	平聲	wéi	止	平	脂	以	合	三	次濁	以	追
5151	綮	Khể	xe3	問聲	qǐ	蟹	上	薺	溪	開	四	次清	康	禮
5152	綯	Đào	da:w2	弦聲	táo	效	平	豪	定	開	一	全濁	徒	刀
5153	綰	Oản	wa:n3	問聲	wǎn	山	上	潸	影	合	二	全清	烏	板
5154	綱	Cương	kɯɤŋ1	平聲	gāng	宕	平	唐	見	開	一	全清	古	郎
5155	網	Võng	vɔŋ4	跌聲	wǎng	宕	上	養	微	開	三	次濁	文	兩
5156	綴	Chuế	tʂwe5	銳聲	zhuì	蟹	去	祭	知	合	三	全清	陟	衛
5157	綴	Chuyết	tʂwiet7	銳入	zhuì	山	入	薛	知	合	三	全清	陟	劣
5158	綵	Thải	t'a:j3	問聲	cǎi	蟹	上	海	清	開	一	次清	倉	宰
5159	綷	Túy	twi5	銳聲	cuì	蟹	去	隊	精	合	一	全清	子	對
5160	綸	Luân	lwɤn1	平聲	lún	臻	平	諄	來	合	三	次濁	力	迍
5161	綹	Lữu	lɯw4	跌聲	liǔ	流	上	有	來	開	三	次濁	力	久
5162	綺	Khỉ	xi3	問聲	qǐ	止	上	紙	溪	開	三	次清	墟	彼
5163	綻	Trán	tʂa:n5	銳聲	zhàn	山	去	襉	澄	開	二	全濁	丈	莧
5164	綽	Xước	sɯɤk7	銳入	chuò	宕	入	藥	昌	開	三	次清	昌	約
5165	綾	Lăng	laŋ1	平聲	líng	曾	平	蒸	來	開	三	次濁	力	膺
5166	綿	Miên	mien1	平聲	mián	山	平	仙	明	開	三	次濁	武	延
5167	緄	Cổn	kon3	問聲	gǔn	臻	上	混	見	合	一	全清	古	本
5168	緅	Tưu	tɯw1	平聲	zōu	流	平	侯	精	開	一	全清	子	侯
5169	緇	Truy	tʂwi1	平聲	zī	止	平	之	莊	開	三	全清	側	持
5170	緉	Lưỡng	lɯɤŋ4	跌聲	liǎng	宕	上	養	來	開	三	次濁	良	𢍰(獎)
5171	緊	Khẩn	xɤn3	問聲	jǐn	臻	上	軫	見	開	三	全清	居	忍
5172	緋	Phi	fi1	平聲	fēi	止	平	微	非	合	三	全清	甫	微
5173	緌	Nhuy	ɲwi1	平聲	ruí	止	平	脂	日	合	三	次濁	儒	佳
5174	緐	Phồn	fon2	弦聲	fán	山	平	元	奉	合	三	全濁	附	袁
5175	緒	Tự	tɯ6	重聲	xù	遇	上	語	邪	開	三	全濁	徐	呂
5176	罰	Phạt	fa:t8	重入	fá	山	入	月	奉	合	三	全濁	房	越
5177	罱	Lãm	la:m4	跌聲	nǎn	咸	上	敢	來	開	一	次濁	盧	敢
5178	罳	Ti	ti1	平聲	sī	止	平	之	心	開	三	全清	息	茲
5179	翟	Địch	ditʃ8	重入	dí	梗	入	錫	定	開	四	全濁	徒	歷
5180	翟	Trạch	tʂa:tʃ8	重入	zhái	梗	入	陌	澄	開	二	全濁	場	伯
5181	翠	Thúy	t'wi5	銳聲	cuì	止	去	至	清	合	三	次清	七	醉
5182	翡	Phỉ	fi3	問聲	fěi	止	去	未	奉	合	三	全濁	扶	沸

5183	翣	Sáp	ʂa:p7	銳入	shà	咸	入	狎	生	開	二	全清	所	甲
5184	翥	Chứ	tʂɯ5	銳聲	zhù	遇	去	御	章	開	三	全清	章	恕
5185	聚	Tụ	tu6	重聲	jù	遇	去	遇	從	合	三	全濁	才	句
5186	聞	Văn	van1	平聲	wén	臻	平	文	微	合	三	次濁	無	分
5187	聞	Vặn	van6	重聲	wèn	臻	去	問	微	合	三	次濁	亡	運
5188	肇	Triệu	tʂiew6	重聲	zhào	效	上	小	澄	開	三	全濁	治	小
5189	腐	Hủ	hu3	問聲	fǔ	遇	上	麌	奉	合	三	全濁	扶	雨
5190	膀	Bàng	ba:ŋ2	弦聲	páng	宕	平	唐	並	開	一	全濁	步	光
5191	膂	Lữ	lɯ4	跌聲	lǚ	遇	上	語	來	開	三	次濁	力	舉
5192	膃	Ột	ot8	重入	wà	臻	入	沒	影	合	一	全清	烏	沒
5193	膆	Tố	to5	銳聲	sù	遇	去	暮	心	合	一	全清	桑	故
5194	膈	Cách	ka:ʧ7	銳入	gé	梗	入	麥	見	開	二	全清	古	核
5195	膊	Bác	ba:k7	銳入	bó	宕	入	鐸	滂	開	一	次清	匹	各
5196	膋	Liêu	liew1	平聲	liáo	效	平	蕭	來	開	四	次濁	落	蕭
5197	膏	Cao	ka:w1	平聲	gāo	效	平	豪	見	開	一	全清	古	勞
5198	膏	Cáo	ka:w5	銳聲	gào	效	去	號	見	開	一	全清	古	到
5199	膜	Mô	mo1	平聲	mó	遇	平	模	明	合	一	次濁	莫	胡
5200	膜	Mạc	ma:k8	重入	mò	宕	入	鐸	明	開	一	次濁	慕	各
5201	臧	Tang	ta:ŋ1	平聲	zāng	宕	平	唐	精	開	一	全清	則	郎
5202	臺	Thai	t'a:j1	平聲	tái	蟹	平	咍	定	開	一	全濁	徒	哀
5203	舝	Hạt	ha:t8	重入	xiá	山	入	鎋	匣	開	二	全濁	胡	瞎
5204	舞	Vũ	vu4	跌聲	wǔ	遇	上	麌	微	合	三	次濁	文	甫
5205	艋	Mãnh	ma:ɲ4	跌聲	měng	梗	上	耿	明	開	二	次濁	莫	幸
5206	蓯	Thung	t'uŋ1	平聲	cōng	通	上	董	精	合	一	全清	作	孔
5207	蓴	Thuần	t'wɤn2	弦聲	chún	臻	平	諄	禪	合	三	全濁	常	倫
5208	蓷	Thôi	t'oj1	平聲	tuī	蟹	平	灰	透	合	一	次清	他	回
5209	蓺	Nghệ	ŋe6	重聲	yì	蟹	去	祭	疑	開	三	次濁	魚	祭
5210	蓼	Liệu	liew6	重聲	liǎo	效	上	篠	來	開	四	次濁	盧	鳥
5211	蓼	Lục	luk8	重入	lù	通	入	屋	來	合	三	次濁	力	竹
5212	蓿	Túc	tuk7	銳入	sù	通	入	屋	心	合	三	全清	息	逐
5213	蔆	Lăng	laŋ1	平聲	líng	曾	平	蒸	來	開	三	次濁	力	膺
5214	蔌	Tốc	tok7	銳入	sù	通	入	屋	心	合	一	全清	桑	谷
5215	蔑	Miệt	miet8	重入	miè	山	入	屑	明	開	四	次濁	莫	結
5216	蔓	Mạn	ma:n6	重聲	màn	山	去	願	微	合	三	次濁	無	販
5217	蔔	Bặc	bak8	重入	bó	曾	入	德	並	開	一	全濁	蒲	北
5218	蔕	Đế	de5	銳聲	dì	蟹	去	霽	端	開	四	全清	都	計
5219	蔗	Giá	ʑa:5	銳聲	zhè	假	去	禡	章	開	三	全清	之	夜
5220	蔘	Sâm	ʂɤm1	平聲	sēn	深	平	侵	生	開	三	全清	所	今

5221	蔚	Úy	wi5	銳聲	wèi	止	去	未	影	合	三	全清	於	胃
5222	蔚	Uất	wɤt7	銳入	wèi	臻	入	物	影	合	三	全清	紆	物
5223	蔞	Lâu	lɤw1	平聲	lóu	流	平	侯	來	開	一	次濁	落	侯
5224	蔟	Thấu	t'ɤw5	銳聲	còu	流	去	候	清	開	一	次清	倉	奏
5225	蔟	Thốc	t'ot7	銳入	cù	通	入	屋	清	合	一	次清	千	木
5226	蔠	Chung	tʂuŋ1	平聲	zhōng	通	平	東	章	合	三	全清	職	戎
5227	蔡	Thái	t'a:j5	銳聲	cài	蟹	去	泰	清	開	一	次清	倉	大
5228	蔣	Tưởng	tɯɤŋ3	問聲	jiǎng	宕	上	養	精	開	三	全清	即	兩
5229	蔥	Thông	t'oŋ1	平聲	cōng	通	平	東	清	合	一	次清	倉	紅
5230	蔦	Điểu	diew3	問聲	niǎo	效	上	篠	端	開	四	全清	都	了
5231	蔪	Tiêm	tiem1	平聲	jiàn	咸	上	琰	從	開	三	全濁	慈	染
5232	蔻	Khấu	xɤw5	銳聲	kòu	流	去	候	曉	開	一	次清	呼	漏
5233	蔽	Tế	te5	銳聲	bì	蟹	去	祭	幫	開	三	全清	必	袂
5234	蕖	Cừ	kɯ2	弦聲	qú	遇	平	魚	羣	開	三	全濁	強	魚
5235	薌	Hương	hɯɤŋ1	平聲	xiāng	宕	平	陽	曉	開	三	次清	許	良
5236	蜀	Thục	t'uk8	重入	shǔ	通	入	燭	禪	合	三	全濁	市	玉
5237	蜘	Tri	tʂi1	平聲	zhī	止	平	支	知	開	三	全清	陟	離
5238	蜚	Phỉ	fi3	問聲	fěi	止	上	尾	非	合	三	全清	府	尾
5239	蜚	Phỉ	fi3	問聲	fěi	止	上	尾	非	合	三	全清	府	尾
5240	蜜	Mật	mɤt8	重入	mì	臻	入	質	明	開	三	次濁	彌	畢
5241	蜞	Kì	ki2	弦聲	qí	止	平	之	羣	開	三	全濁	渠	之
5242	蜢	Mãnh	ma:ɲ4	跌聲	měng	梗	上	耿	明	開	二	次濁	莫	幸
5243	蜥	Tích	titʃ7	銳入	xī	梗	入	錫	心	開	四	全清	先	擊
5244	蜨	Điệp	diep8	重入	dié	咸	入	帖	心	開	四	全清	蘇	協
5245	蜩	Điêu	diew1	平聲	tiáo	效	平	蕭	定	開	四	全濁	徒	聊
5246	蜮	Vực	vɯk8	重入	yù	曾	入	職	云	合	三	次濁	雨	逼
5247	蜰	Phì	fi2	弦聲	féi	止	平	微	奉	合	三	全濁	符	非
5248	蜴	Dịch	zitʃ8	重入	yì	梗	入	昔	以	開	三	次濁	羊	益
5249	蜷	Quyền	kwien2	弦聲	quán	山	平	仙	羣	合	三	全濁	巨	員
5250	蜺	Nghê	ŋe1	平聲	ní	蟹	平	齊	疑	開	四	次濁	五	稽
5251	蜻	Tinh	tiɲ1	平聲	qīng	梗	平	清	精	開	三	全清	子	盈
5252	蜼	Dữu	zɯw4	跌聲	wèi	流	去	宥	以	開	三	次濁	余	救
5253	蜾	Quả	qwa:3	問聲	guǒ	果	上	果	見	合	一	全清	古	火
5254	蜿	Uyển	wien3	問聲	wǎn	山	上	阮	影	合	三	全清	於	阮
5255	蝀	Đông	doŋ1	平聲	dōng	通	平	東	端	合	一	全清	德	紅
5256	蝃	Đế	de5	銳聲	dì	蟹	去	霽	端	開	四	全清	都	計
5257	蝕	Thực	t'ɯk8	重入	shí	曾	入	職	船	開	三	全濁	乘	力
5258	蝸	Oa	wa:1	平聲	guā	蟹	平	佳	見	合	二	全清	古	蛙

5259	螂	Lang	la:ŋ1	平聲	láng	宕	平	唐	來	開	一	次濁	魯	當
5260	裳	Thường	t'ɯɤŋ2	弦聲	cháng	宕	平	陽	禪	開	三	全濁	市	羊
5261	裴	Bùi	buj2	弦聲	péi	止	平	微	奉	合	三	全濁	符	非
5262	裹	Quả	qwa:3	問聲	guǒ	果	上	果	見	合	一	全清	古	火
5263	製	Chế	tʂe5	銳聲	zhì	蟹	去	祭	章	開	三	全清	征	例
5264	複	Phức	fɯk7	銳入	fù	通	入	屋	非	合	三	全清	方	六
5265	褊	Biển	bien3	問聲	biǎn	山	上	獮	幫	開	三	全清	方	緬
5266	褌	Côn	kon1	平聲	kūn	臻	平	魂	見	合	一	全清	古	渾
5267	褐	Hạt	ha:t8	重入	hé	山	入	曷	匣	開	一	全濁	胡	葛
5268	褓	Bảo	ba:w3	問聲	bǎo	效	上	晧	幫	開	一	全清	博	抱
5269	褘	Huy	hwi1	平聲	huī	止	平	微	曉	合	三	次清	許	歸
5270	褞	Ôn	on1	平聲	yǔn	臻	上	吻	影	合	三	全清	於	粉
5271	褡	Đáp	da:p7	銳入	dā	咸	入	盍	端	開	一	全清	都	榼
5272	覡	Hích	hitʃ7	銳入	xí	梗	入	錫	匣	開	四	全濁	胡	狄
5273	誋	Kị	ki6	重聲	jì	止	去	志	羣	開	三	全濁	渠	記
5274	誌	Chí	tʂi5	銳聲	zhì	止	去	志	章	開	三	全清	職	吏
5275	認	Nhận	ɲɤn6	重聲	rèn	臻	去	震	日	開	三	次濁	而	振
5276	誑	Cuống	kuoŋ5	銳聲	kuáng	宕	去	漾	見	合	三	全清	居	況
5277	誓	Thệ	t'e6	重聲	shì	蟹	去	祭	禪	開	三	全濁	時	制
5278	誖	Bội	boj6	重聲	bèi	蟹	去	隊	並	合	一	全濁	蒲	昧
5279	誘	Dụ	zu6	重聲	yòu	流	上	有	以	開	三	次濁	與	久
5280	誚	Tiếu	tiew5	銳聲	qiào	效	去	笑	從	開	三	全濁	才	笑
5281	語	Ngữ	ŋɯ4	跌聲	yǔ	遇	上	語	疑	開	三	次濁	魚	巨
5282	誡	Giới	ʑɤ:j5	銳聲	jiè	蟹	去	怪	見	開	二	全清	古	拜
5283	誣	Vu	vu1	平聲	wú	遇	平	虞	微	合	三	次濁	武	夫
5284	誤	Ngộ	ŋo6	重聲	wù	遇	去	暮	疑	合	一	次濁	五	故
5285	誥	Cáo	ka:w5	銳聲	gào	效	去	號	見	開	一	全清	古	到
5286	誦	Tụng	tuŋ6	重聲	sòng	通	去	用	邪	合	三	全濁	似	用
5287	誨	Hối	hoj5	銳聲	huì	蟹	去	隊	曉	合	一	次清	荒	內
5288	說	Thuế	t'we5	銳聲	shuì	蟹	去	祭	書	合	三	全清	舒	芮
5289	說	Duyệt	zwiet8	重入	yuè	山	入	薛	以	合	三	次濁	弋	雪
5290	說	Thuyết	t'wiet5	銳入	shuō	山	入	薛	書	合	三	全清	失	爇
5291	誾	Ngân	ŋɤn1	平聲	yín	臻	平	眞	疑	開	三	次濁	語	巾
5292	豨	Hi	hi1	平聲	xī	止	平	微	曉	開	三	次清	香	衣
5293	豪	Hào	ha:w2	弦聲	háo	效	平	豪	匣	開	一	全濁	胡	刀
5294	貌	Mạo	ma:w6	重聲	mào	效	去	效	明	開	二	次濁	莫	教
5295	貍	Li	li1	平聲	lí	止	平	之	來	開	三	次濁	里	之
5296	賑	Chẩn	tʂɤn3	問聲	zhèn	臻	上	軫	章	開	三	全清	章	忍

5297	賒	Xa	sa:1	平聲	shē	假	平	麻	書	開	三	全清	式	車
5298	賓	Tân	tɤn1	平聲	bīn	臻	平	眞	幫	開	三	全清	必	鄰
5299	賔	Tân	tɤn1	平聲	bīn	臻	平	眞	幫	開	三	全清	必	鄰
5300	賕	Cầu	kɤw2	弦聲	qiú	流	平	尤	羣	開	三	全濁	巨	鳩
5301	赫	Hách	ha:ʧ7	銳入	hè	梗	入	陌	曉	開	二	次清	呼	格
5302	赶	Cản	ka:n3	問聲	gǎn	山	平	元	羣	開	三	全濁	巨	言
5303	趙	Triệu	tʂiew6	重聲	zhào	效	上	小	澄	開	三	全濁	治	小
5304	跼	Cục	kuk8	重入	jú	通	入	燭	羣	合	三	全濁	渠	玉
5305	跽	Kị	ki6	重聲	jì	止	上	旨	羣	開	三	全濁	暨	几
5306	踁	Hĩnh	hiɲ4	跌聲	jìng	梗	去	徑	匣	開	四	全濁	胡	定
5307	踆	Thuân	t'wɤn1	平聲	cūn	臻	平	諄	清	合	三	次清	七	倫
5308	踈	Sơ	ʂɤ:1	平聲	shū	遇	平	魚	生	開	三	全清	所	葅
5309	踉	Lương	lɯɤŋ1	平聲	láng	宕	平	陽	來	開	三	次濁	呂	張
5310	踴	Dũng	zuŋ4	跌聲	yǒng	通	上	腫	以	合	三	次濁	余	隴
5311	輒	Triếp	tʂiep7	銳入	zhé	咸	入	葉	知	開	三	全清	陟	葉
5312	輓	Vãn	va:n4	跌聲	wǎn	山	上	阮	微	合	三	次濁	無	遠
5313	輔	Phụ	fu6	重聲	fǔ	遇	上	麌	奉	合	三	全濁	扶	雨
5314	輕	Khinh	xiɲ1	平聲	qīng	梗	平	清	溪	開	三	次清	去	盈
5315	辡	Biện	bien6	重聲	biàn	山	上	獮	並	開	三	全濁	符	蹇
5316	辣	Lạt	la:t8	重入	là	山	入	曷	來	開	一	次濁	盧	達
5317	適	Thích	t'iʧ7	銳入	shì	梗	入	昔	書	開	三	全清	施	隻
5318	適	Đích	diʧ7	銳入	dí	梗	入	錫	端	開	四	全清	都	歷
5319	遭	Tao	ta:w1	平聲	zāo	效	平	豪	精	開	一	全清	作	曹
5320	遮	Già	ʐa:2	弦聲	zhē	假	平	麻	章	開	三	全清	正	奢
5321	遯	Độn	don6	重聲	dùn	臻	去	慁	定	合	一	全濁	徒	困
5322	遰	Đệ	de6	重聲	dì	蟹	去	霽	定	開	四	全濁	特	計
5323	鄦	Hứa	hɯɤ5	銳聲	xǔ	遇	上	語	曉	開	三	次清	虛	呂
5324	鄧	Đặng	daŋ6	重聲	dèng	曾	去	嶝	定	開	一	全濁	徒	亘
5325	鄭	Trịnh	tʂiɲ6	重聲	zhèng	梗	去	勁	澄	開	三	全濁	直	正
5326	鄯	Thiện	t'ien6	重聲	shàn	山	去	線	禪	開	三	全濁	時	戰
5327	鄰	Lân	lɤn1	平聲	lín	臻	平	眞	來	開	三	次濁	力	珍
5328	鄱	Bà	ba:2	弦聲	pó	果	平	戈	並	合	一	全濁	薄	波
5329	鄲	Đan	da:n1	平聲	dān	山	平	寒	端	開	一	全清	都	寒
5330	酲	Trình	tʂiɲ2	弦聲	chéng	梗	平	清	澄	開	三	全濁	直	貞
5331	酴	Đồ	do2	弦聲	tú	遇	平	模	定	合	一	全濁	同	都
5332	酵	Diếu	ziew5	銳聲	xiào	效	去	效	見	開	二	全清	古	孝
5333	酷	Khốc	xok7	銳入	kù	通	入	沃	溪	合	一	次清	苦	沃
5334	酸	Toan	twa:n1	平聲	suān	山	平	桓	心	合	一	全清	素	官

5335	酹	Lỗi	loj4	跌聲	lèi	蟹	去	隊	來	合	一	次濁	盧	對
5336	酺	Bô	bo1	平聲	pú	遇	平	模	並	合	一	全濁	薄	胡
5337	鈃	Hình	hiŋ2	弦聲	xíng	梗	平	青	匣	開	四	全濁	戶	經
5338	鉸	Giảo	ʐa:w3	問聲	jiǎo	效	上	巧	見	開	二	全清	古	巧
5339	銀	Ngân	ŋɤn1	平聲	yín	臻	平	眞	疑	開	三	次濁	語	巾
5340	銃	Súng	ʂuŋ5	銳聲	chòng	通	去	送	昌	合	三	次清	充	仲
5341	銅	Đồng	doŋ2	弦聲	tóng	通	平	東	定	合	一	全濁	徒	紅
5342	銎	Khung	xuŋ1	平聲	qiōng	通	平	鍾	溪	合	三	次清	曲	恭
5343	銑	Tiển	tien3	問聲	xiǎn	山	上	銑	心	開	四	全清	蘇	典
5344	銓	Thuyên	t'wien1	平聲	quán	山	平	仙	清	合	三	次清	此	緣
5345	銖	Thù	t'u2	弦聲	zhū	遇	平	虞	禪	合	三	全濁	市	朱
5346	銘	Minh	miŋ1	平聲	míng	梗	平	青	明	開	四	次濁	莫	經
5347	銚	Diêu	ziew1	平聲	yáo	效	平	宵	以	開	三	次濁	餘	昭
5348	銚	Điều	diew2	弦聲	diào	效	去	嘯	定	開	四	全濁	徒	弔
5349	銛	Tiêm	tiem1	平聲	xiān	咸	平	鹽	心	開	三	全清	息	廉
5350	銜	Hàm	ha:m2	弦聲	xián	咸	平	銜	匣	開	二	全濁	戶	監
5351	鋌	Đĩnh	diŋ4	跌聲	tǐng	梗	上	迥	定	開	四	全濁	徒	鼎
5352	鋩	Mang	ma:ŋ1	平聲	máng	宕	平	陽	微	開	三	次濁	武	方
5353	閡	Ngại	ŋa:j6	重聲	hé	蟹	去	代	疑	開	一	次濁	五	溉
5354	閣	Các	ka:k7	銳入	gé	宕	入	鐸	見	開	一	全清	古	落
5355	閤	Cáp	ka:p7	銳入	gé	咸	入	合	見	開	一	全清	古	沓
5356	閥	Phiệt	fiet8	重入	fá	山	入	月	奉	合	三	全濁	房	越
5357	閧	Hống	hoŋ5	銳聲	hòng	通	去	送	匣	合	一	全濁	胡	貢
5358	閨	Khuê	xwe1	平聲	guī	蟹	平	齊	見	合	四	全清	古	攜
5359	閩	Mân	mɤn1	平聲	mǐn	臻	平	眞	明	開	三	次濁	武	巾
5360	閭	Lư	lɯ1	平聲	lǘ	遇	平	魚	來	開	三	次濁	力	居
5361	隤	Đồi	doj2	弦聲	tuí	蟹	平	灰	定	合	一	全濁	杜	回
5362	隧	Toại	twa:j6	重聲	suì	止	去	至	邪	合	三	全濁	徐	醉
5363	隨	Tùy	twi2	弦聲	suí	止	平	支	邪	合	三	全濁	旬	為
5364	隩	Úc	uk7	銳入	yù	通	入	屋	影	合	三	全清	於	六
5365	隩	Áo	a:w5	銳聲	ào	效	去	號	影	開	一	全清	烏	到
5366	雌	Thư	t'ɯ1	平聲	cí	止	平	支	清	開	三	次清	此	移
5367	雒	Lạc	la:k8	重入	luò	宕	入	鐸	來	開	一	次濁	盧	各
5368	需	Nhu	ɲu1	平聲	xū	遇	平	虞	心	合	三	全清	相	俞
5369	霆	Đình	diŋ2	弦聲	tíng	梗	平	青	定	開	四	全濁	特	丁
5370	靺	Mạt	ma:t8	重入	mò	山	入	末	明	合	一	次濁	莫	撥
5371	靼	Đát	da:t7	銳入	dá	山	入	曷	端	開	一	全清	當	割
5372	靿	Áo	a:w5	銳聲	yào	效	去	效	影	開	二	全清	於	教

5373	鞀	Đào	da:w2	弦聲	táo	效	平	豪	定	開	一	全濁	徒	刀
5374	鞄	Bào	ba:w2	弦聲	pāo	效	平	肴	並	開	二	全濁	薄	交
5375	鞄	Bạc	ba:k8	重入	páo	江	入	覺	滂	開	二	次清	匹	角
5376	鞅	Uởng	ɯɤŋ3	問聲	yǎng	宕	上	養	影	開	三	全清	於	兩
5377	韍	Phất	fɤt7	銳入	fú	臻	入	物	非	合	三	全清	分	勿
5378	韶	Thiều	t'iew2	弦聲	sháo	效	平	宵	禪	開	三	全濁	市	昭
5379	頖	Phán	fa:n5	銳聲	pàn	山	去	換	滂	合	一	次清	普	半
5380	頗	Pha	fa:1	平聲	pō	果	平	戈	滂	合	一	次清	滂	禾
5381	頗	Phả	fa:3	問聲	pǒ	果	上	果	滂	合	一	次清	普	火
5382	領	Lĩnh	liɲ4	跌聲	lǐng	梗	上	靜	來	開	三	次濁	良	郢
5383	颭	Triển	tʂien3	問聲	zhǎn	咸	上	琰	章	開	三	全清	占	琰
5384	颯	Táp	ta:p7	銳入	sà	咸	入	合	心	開	一	全清	蘇	合
5385	餅	Bính	biɲ5	銳聲	bǐng	梗	上	靜	幫	開	三	全清	必	郢
5386	餉	Hướng	hɯɤŋ5	銳聲	xiǎng	宕	去	漾	書	開	三	全清	式	亮
5387	餌	Nhị	ɲi6	重聲	ěr	止	去	志	日	開	三	次濁	仍	吏
5388	馹	Nhật	ɲɤt8	重入	rì	臻	入	質	日	開	三	次濁	人	質
5389	駁	Bác	ba:k7	銳入	bó	江	入	覺	幫	開	二	全清	北	角
5390	骳	Bí	bi5	銳聲	bì	止	上	紙	明	開	三	次濁	文	彼
5391	髣	Phảng	fa:ŋ3	問聲	fǎng	宕	上	養	敷	開	三	次清	妃	兩
5392	髹	Hưu	hɯw1	平聲	xiū	流	平	尤	曉	開	三	次清	許	尤
5393	髦	Mao	ma:w1	平聲	máo	效	平	豪	明	開	一	次濁	莫	袍
5394	魃	Bạt	ba:t8	重入	bá	山	入	末	並	合	一	全濁	蒲	撥
5395	魄	Thác	t'a:k7	銳入	tuò	宕	入	鐸	透	開	一	次清	他	各
5396	魄	Phách	fa:ʧ7	銳入	pò	梗	入	陌	滂	開	二	次清	普	伯
5397	魅	Mị	mi6	重聲	mèi	止	去	至	明	開	三	次濁	明	祕
5398	鳲	Thi	t'i1	平聲	shī	止	平	之	書	開	三	全清	式	之
5399	鳳	Phượng	fɯɤŋ6	重聲	fèng	通	去	送	奉	合	三	全濁	馮	貢
5400	鳴	Minh	miɲ1	平聲	míng	梗	平	庚	明	開	三	次濁	武	兵
5401	鳶	Diên	zien1	平聲	yuān	山	平	仙	以	合	三	次濁	與	專
5402	麼	Ma	ma:1	平聲	mā	果	上	果	明	合	一	次濁	亡	果
5403	鼏	Mịch	mitʃ8	重入	mì	梗	入	錫	明	開	四	次濁	莫	狄
5404	鼐	Nãi	na:j4	跌聲	nài	蟹	上	海	泥	開	一	次濁	奴	亥
5405	鼻	Tị	ti6	重聲	bí	止	去	至	並	開	三	全濁	毗	至
5406	齊	Tề	te2	弦聲	qí	蟹	平	齊	從	開	四	全濁	徂	奚
5407	齒	Xỉ	si3	問聲	chǐ	止	上	止	昌	開	三	次清	昌	里
5408	僵	Cương	kɯɤŋ1	平聲	jiāng	宕	平	陽	見	開	三	全清	居	良
5409	價	Giá	ʑa:5	銳聲	jià	假	去	禡	見	開	二	全清	古	訝
5410	僻	Tích	titʃ7	銳入	pì	梗	入	昔	滂	開	三	次清	芳	辟

5411	傲	Sậu	ʂɤw6	重聲	zhòu	流	去	宥	崇	開	三	全濁	鋤	祐
5412	僾	Ái	a:j5	銳聲	ài	蟹	去	代	影	開	一	全清	烏	代
5413	傸	Tái	ta:j5	銳聲	sài	止	去	志	書	開	三	全清	式	吏
5414	儀	Nghi	ŋi1	平聲	yí	止	平	支	疑	開	三	次濁	魚	羈
5415	儁	Tuấn	twɤn5	銳聲	jùn	臻	去	稕	精	合	三	全清	子	峻
5416	儂	Nông	noŋ1	平聲	nóng	通	平	冬	泥	合	一	次濁	奴	冬
5417	億	Ức	ɯk7	銳入	yì	曾	入	職	影	開	三	全清	於	力
5418	儈	Quái	kwa:j5	銳聲	kuài	蟹	去	泰	見	合	一	全清	古	外
5419	儉	Kiệm	kiem6	重聲	jiǎn	咸	上	琰	羣	開	三	全濁	巨	險
5420	儋	Đam	da:m1	平聲	dān	咸	平	談	端	開	一	全清	都	甘
5421	儌	Kiêu	kiew1	平聲	jiǎo	效	上	篠	見	開	四	全清	古	了
5422	冪	Mịch	mitʃ8	重入	mì	梗	入	錫	明	開	四	次濁	莫	狄
5423	澤	Đạc	da:k8	重入	duó	宕	入	鐸	定	開	一	全濁	徒	落
5424	凜	Lẫm	lɤm4	跌聲	lǐn	深	上	寑	來	開	三	次濁	力	稔
5425	劇	Kịch	kitʃ8	重入	jù	梗	入	陌	羣	開	三	全濁	奇	逆
5426	劈	Phách	fa:tʃ7	銳入	pī	梗	入	錫	滂	開	四	次清	普	擊
5427	劉	Lưu	lɯw1	平聲	liú	流	平	尤	來	開	三	次濁	力	求
5428	劊	Quái	kwa:j5	銳聲	guì	蟹	去	泰	見	合	一	全清	古	外
5429	劌	Quế	kwe5	銳聲	guì	蟹	去	祭	見	合	三	全清	居	衛
5430	劍	Kiếm	kiem5	銳聲	jiàn	咸	去	梵	見	合	三	全清	居	欠
5431	勰	Hiệp	hiep8	重入	xié	咸	入	帖	匣	開	四	全濁	胡	頰
5432	匳	Liêm	liem1	平聲	lián	咸	平	鹽	來	開	三	次濁	力	鹽
5433	嘬	Toát	twa:t7	銳入	chuài	蟹	去	夬	初	合	二	次清	楚	夬
5434	嘮	Lao	la:w1	平聲	láo	效	平	肴	徹	開	二	次清	敕	交
5435	嘰	Kỉ	ki3	問聲	jī	止	平	微	見	開	三	全清	居	依
5436	嘲	Trào	tʂa:w2	弦聲	cháo	效	平	肴	知	開	二	全清	陟	交
5437	嘵	Hiêu	hiew1	平聲	xiāo	效	平	蕭	曉	開	四	次清	許	幺
5438	嘶	Tê	te1	平聲	sī	蟹	平	齊	心	開	四	全清	先	稽
5439	嘷	Hào	ha:w2	弦聲	háo	效	平	豪	匣	開	一	全濁	胡	刀
5440	嘹	Liệu	liew6	重聲	liáo	效	去	嘯	來	開	四	次濁	力	弔
5441	嘻	Hi	hi1	平聲	xī	止	平	之	曉	開	三	次清	許	其
5442	噂	Tổn	ton3	問聲	zǔn	臻	上	混	精	合	一	全清	茲	損
5443	噍	Tiêu	tiew1	平聲	jiāo	效	平	宵	精	開	三	全清	即	消
5444	噍	Tưu	tɯw1	平聲	jiū	流	平	尤	精	開	三	全清	子	由
5445	噍	Tiếu	tiew5	銳聲	qiào	效	去	笑	從	開	三	全濁	才	笑
5446	噎	É	e5	銳聲	yē	山	入	屑	影	開	四	全清	烏	結
5447	噏	Hấp	hɤp7	銳入	xī	深	入	緝	曉	開	三	次清	許	及
5448	噓	Hư	hɯ1	平聲	xū	遇	平	魚	曉	開	三	次清	朽	居

5449	噢	Úc	uk7	銳入	ō	通	入	屋	影	合	三	全清	於	六
5450	噢	Ủ	u3	問聲	yǔ	遇	上	麌	影	合	三	全清	於	武
5451	噴	Phôn	fon1	平聲	pēn	臻	平	魂	滂	合	一	次清	普	魂
5452	噴	Phún	fun5	銳聲	pēn	臻	去	慁	滂	合	一	次清	普	悶
5453	墀	Trì	tʂi2	弦聲	chí	止	平	脂	澄	開	三	全濁	直	尼
5454	增	Tăng	taŋ1	平聲	zēng	曾	平	登	精	開	一	全清	作	滕
5455	墟	Khư	xɯ1	平聲	xū	遇	平	魚	溪	開	三	次清	去	魚
5456	墠	Thiện	t'ien6	重聲	shàn	山	上	獮	禪	開	三	全濁	常	演
5457	墡	Thiện	t'ien6	重聲	shàn	山	上	獮	禪	開	三	全濁	常	演
5458	墦	Phiền	fien2	弦聲	fán	山	平	元	奉	合	三	全濁	附	袁
5459	墨	Mặc	mak8	重入	mò	曾	入	德	明	開	一	次濁	莫	北
5460	墩	Đôn	don1	平聲	dūn	臻	平	魂	端	合	一	全清	都	昆
5461	墳	Phần	fɤn2	弦聲	fén	臻	平	文	奉	合	三	全濁	符	分
5462	墳	Phẫn	fɤn4	跌聲	fèn	臻	上	吻	奉	合	三	全濁	房	吻
5463	奭	Thích	t'itʃ7	銳入	shì	梗	入	昔	書	開	三	全清	施	隻
5464	嫵	Vũ	vu4	跌聲	wǔ	遇	上	麌	微	合	三	次濁	文	甫
5465	嫺	Nhàn	ɲa:n2	弦聲	xián	山	平	山	匣	開	二	全濁	戶	閒
5466	嫽	Liêu	liew1	平聲	liáo	效	平	蕭	來	開	四	次濁	落	蕭
5467	嬃	Tu	tu1	平聲	xū	遇	平	虞	心	合	三	全清	相	俞
5468	嬈	Nhiễu	ɲiew4	跌聲	rǎo	效	上	小	日	開	三	次濁	而	沼
5469	嬉	Hi	hi1	平聲	xī	止	平	之	曉	開	三	次清	許	其
5470	嬌	Kiều	kiew2	弦聲	jiāo	效	平	宵	羣	開	三	全濁	巨	嬌
5471	審	Thẩm	t'ɤm3	問聲	shěn	深	上	寑	書	開	三	全清	式	荏
5472	寫	Tả	ta:3	問聲	xiě	假	上	馬	心	開	三	全清	悉	姐
5473	寮	Liêu	liew1	平聲	liáo	效	平	蕭	來	開	四	次濁	落	蕭
5474	寯	Tuấn	twɤn5	銳聲	jùn	臻	去	稕	精	合	三	全清	子	峻
5475	導	Đạo	da:w6	重聲	dǎo	效	去	號	定	開	一	全濁	徒	到
5476	層	Tằng	taŋ2	弦聲	céng	曾	平	登	從	開	一	全濁	昨	棱
5477	履	Lí	li5	銳聲	lǚ	止	上	旨	來	開	三	次濁	力	几
5478	屧	Tiệp	tiep8	重入	xiè	咸	入	帖	心	開	四	全清	蘇	協
5479	嶒	Tằng	taŋ2	弦聲	céng	曾	平	蒸	從	開	三	全濁	疾	陵
5480	嶓	Ba	ba:1	平聲	bō	果	平	戈	幫	合	一	全清	博	禾
5481	嶙	Lân	lɤn1	平聲	lín	臻	平	眞	來	開	三	次濁	力	珍
5482	嶝	Đặng	daŋ6	重聲	dèng	曾	去	嶝	端	開	一	全清	都	鄧
5483	嶠	Kiệu	kiew6	重聲	jiào	效	去	笑	羣	開	三	全濁	渠	廟
5484	嶢	Nghiêu	ŋiew1	平聲	yáo	效	平	蕭	疑	開	四	次濁	五	聊
5485	幞	Phốc	fok7	銳入	fú	通	入	燭	奉	合	三	全濁	房	玉
5486	幟	Xí	si5	銳聲	zhì	止	去	志	章	開	三	全清	職	吏

5487	幡	Phiên	fien1	平聲	fān	山	平	元	敷	合	三	次清	孚	袁
5488	幢	Tràng	tʂa:ŋ2	弦聲	chuáng	江	平	江	澄	開	二	全濁	宅	江
5489	廚	Trù	tʂu2	弦聲	chú	遇	平	虞	澄	合	三	全濁	直	誅
5490	廛	Triền	tʂien2	弦聲	chán	山	平	仙	澄	開	三	全濁	直	連
5491	廝	Tư	tɯ1	平聲	sī	止	平	支	心	開	三	全清	息	移
5492	廟	Miếu	miew5	銳聲	miào	效	去	笑	明	開	三	次濁	眉	召
5493	廠	Xưởng	sɯɤŋ3	問聲	chăng	宕	上	養	昌	開	三	次清	昌	兩
5494	廡	Vũ	vu4	跌聲	wŭ	遇	上	麌	微	合	三	次濁	文	甫
5495	廢	Phế	fe5	銳聲	fèi	蟹	去	廢	非	合	三	全清	方	肺
5496	彈	Đạn	da:n6	重聲	dàn	山	去	翰	定	開	一	全濁	徒	案
5497	彈	Đàn	da:n2	弦聲	tán	山	平	寒	定	開	一	全濁	徒	干
5498	影	Ảnh	a:ɲ3	問聲	yĭng	梗	上	梗	影	開	三	全清	於	丙
5499	徵	Trưng	tʂɯŋ1	平聲	zhēng	曾	平	蒸	知	開	三	全清	陟	陵
5500	徵	Chủy	tʂwi3	問聲	zhĭ	止	上	止	知	開	三	全清	陟	里
5501	德	Đức	dɯk7	銳入	dé	曾	入	德	端	開	一	全清	多	則
5502	徹	Triệt	tʂiet8	重入	chè	山	入	薛	澄	開	三	全濁	直	列
5503	慙	Tàm	ta:m2	弦聲	cán	咸	平	談	從	開	一	全濁	昨	甘
5504	慧	Huệ	hwe6	重聲	huì	蟹	去	霽	匣	合	四	全濁	胡	桂
5505	慫	Túng	tuŋ5	銳聲	sŏng	通	上	腫	心	合	三	全清	息	拱
5506	慮	Lự	lɯ6	重聲	lǜ	遇	去	御	來	開	三	次濁	良	倨
5507	慰	Úy	wi5	銳聲	wèi	止	去	未	影	合	三	全清	於	胃
5508	慶	Khánh	xa:ɲ5	銳聲	qìng	梗	去	映	溪	開	三	次清	丘	敬
5509	慸	Đế	de5	銳聲	dì	蟹	去	霽	定	開	四	全濁	特	計
5510	慼	Thích	t'itʃ7	銳入	qī	梗	入	錫	清	開	四	次清	倉	歷
5511	慾	Dục	zuk8	重入	yù	通	入	燭	以	合	三	次濁	余	蜀
5512	憂	Ưu	ɯw1	平聲	yōu	流	平	尤	影	開	三	全清	於	求
5513	惷	Xuẩn	swɤn3	問聲	chōng	通	平	鍾	書	合	三	全清	書	容
5514	憍	Kiêu	kiew1	平聲	jiāo	效	平	宵	見	開	三	全清	舉	喬
5515	憎	Tăng	taŋ1	平聲	zēng	曾	平	登	精	開	一	全清	作	滕
5516	憐	Liên	lien1	平聲	lián	山	平	先	來	開	四	次濁	落	賢
5517	憒	Hội	hoj6	重聲	kuì	蟹	去	隊	見	合	一	全清	古	對
5518	憔	Tiều	tiew2	弦聲	qiáo	效	平	宵	從	開	三	全濁	昨	焦
5519	憚	Đạn	da:n6	重聲	dàn	山	去	翰	定	開	一	全濁	徒	案
5520	憛	Đàm	da:m2	弦聲	tán	咸	去	勘	透	開	一	次清	他	紺
5521	憤	Phẫn	fɤn4	跌聲	fèn	臻	上	吻	奉	合	三	全濁	房	吻
5522	憧	Sung	ʂuŋ1	平聲	chōng	通	平	鍾	昌	合	三	次清	尺	容
5523	憨	Hàm	ha:m2	弦聲	hān	咸	去	闞	匣	開	一	全濁	下	瞰
5524	憫	Mẫn	mɤn4	跌聲	mĭn	臻	上	軫	明	開	三	次濁	眉	殞

5525	憬	Cảnh	ka:ɲ3	問聲	jǐng	梗	上	梗	見	合	三	全清	俱	永
5526	憮	Vũ	vu4	跌聲	wǔ	遇	上	麌	微	合	三	次濁	文	甫
5527	憯	Thảm	t'a:m3	問聲	cǎn	咸	上	感	清	開	一	次清	七	感
5528	懂	Đổng	doŋ3	問聲	dǒng	通	上	董	端	合	一	全清	多	動
5529	戮	Lục	luk8	重入	lù	通	入	屋	來	合	三	次濁	力	竹
5530	摩	Ma	ma:1	平聲	mó	果	平	戈	明	合	一	次濁	莫	婆
5531	摯	Chí	tʂi5	銳聲	zhì	止	去	至	章	開	三	全清	脂	利
5532	撅	Quyết	kwiet7	銳入	juē	山	入	月	見	合	三	全清	居	月
5533	撅	Quyệt	kwiet8	重入	juē	山	入	月	羣	合	三	全濁	其	月
5534	撈	Lao	la:w1	平聲	lāo	效	平	豪	來	開	一	次濁	魯	刀
5535	撏	Tầm	tɤm2	弦聲	xún	深	平	侵	邪	開	三	全濁	徐	林
5536	撓	Nạo	na:w6	重聲	náo	效	上	巧	娘	開	二	次濁	奴	巧
5537	撕	Tê	te1	平聲	sī	蟹	平	齊	心	開	四	全清	先	稽
5538	搭	Tháp	t'a:p7	銳入	dā	咸	入	合	端	開	一	全清	都	合
5539	撙	Tổn	ton4	跌聲	zǔn	臻	上	混	精	合	一	全清	茲	損
5540	撚	Niễn	nien4	跌聲	niǎn	山	上	銑	泥	開	四	次濁	乃	殄
5541	撞	Chàng	tʂa:ŋ2	弦聲	zhuàng	江	平	江	澄	開	二	全濁	宅	江
5542	撟	Kiểu	kiew3	問聲	jiǎo	效	上	小	見	開	三	全清	居	夭
5543	撣	Đàn	da:n2	弦聲	shàn	山	平	仙	禪	開	三	全濁	市	連
5544	撣	Đạn	da:n6	重聲	dǎn	山	去	翰	定	開	一	全濁	徒	案
5545	撤	Triệt	tʂiet8	重入	chè	山	入	薛	澄	開	三	全濁	直	列
5546	撥	Bát	ba:t7	銳入	bō	山	入	末	幫	合	一	全清	北	末
5547	撩	Liêu	liew1	平聲	liáo	效	平	蕭	來	開	四	次濁	落	蕭
5548	撫	Phủ	fu3	問聲	fǔ	遇	上	麌	敷	合	三	次清	芳	武
5549	播	Bá	ba:5	銳聲	bò	果	去	過	幫	合	一	全清	補	過
5550	撮	Toát	twa:t7	銳入	cuō	山	入	末	精	合	一	全清	子	括
5551	撰	Soạn	ʂwa:n6	重聲	zhuàn	山	上	潸	崇	合	二	全濁	雛	鯇
5552	撲	Phốc	fok7	銳入	pū	通	入	屋	滂	合	一	次清	普	木
5553	撻	Thát	t'a:t7	銳入	tà	山	入	曷	透	開	一	次清	他	達
5554	擒	Cầm	kɤm2	弦聲	qín	深	平	侵	羣	開	三	全濁	巨	金
5555	敵	Địch	ditʃ8	重入	dí	梗	入	錫	定	開	四	全濁	徒	歷
5556	敷	Phu	fu1	平聲	fū	遇	平	虞	敷	合	三	次清	芳	無
5557	數	Sổ	ʂo3	問聲	shǔ	遇	上	麌	生	合	三	全清	所	矩
5558	數	Số	ʂo5	銳聲	shù	遇	去	遇	生	合	三	全清	色	句
5559	數	Sác	ʂa:k7	銳入	shù	江	入	覺	生	開	二	全清	所	角
5560	敺	Khu	xu1	平聲	qū	遇	平	虞	溪	合	三	次清	豈	俱
5561	敻	Huyến	hwien5	銳聲	xiòng	山	去	霰	曉	合	四	次清	許	縣
5562	暫	Tạm	ta:m6	重聲	zàn	咸	去	闞	從	開	一	全濁	藏	濫

5563	皞	Hạo	ha:w6	重聲	hào	效	上	晧	匣	開	一	全濁	胡	老
5564	暮	Mộ	mo6	重聲	mù	遇	去	暮	明	合	一	次濁	莫	故
5565	暱	Nật	nɤt8	重入	nì	臻	入	質	娘	開	三	次濁	尼	質
5566	暴	Bạo	ba:w6	重聲	bào	效	去	號	並	開	一	全濁	薄	報
5567	暴	Bộc	bok8	重入	bào	通	入	屋	並	合	一	全濁	蒲	木
5568	暵	Hán	ha:n5	銳聲	hàn	山	去	翰	曉	開	一	次清	呼	旰
5569	暹	Xiêm	siem1	平聲	xiān	咸	平	鹽	心	開	三	全清	息	廉
5570	曏	Hướng	hɯɤŋ5	銳聲	xiàng	宕	去	漾	曉	開	三	次清	許	亮
5571	槥	Tuệ	twe6	重聲	huì	蟹	去	祭	邪	合	三	全濁	祥	歲
5572	槧	Tạm	ta:m6	重聲	qiàn	咸	上	敢	從	開	一	全濁	才	敢
5573	槧	Thiễm	t'iem4	跌聲	qiàn	咸	上	琰	從	開	三	全濁	慈	染
5574	槱	Dửu	zɯw3	問聲	yǒu	流	上	有	以	開	三	次濁	與	久
5575	槲	Hộc	hok8	重入	hú	通	入	屋	匣	合	一	全濁	胡	谷
5576	槳	Tưởng	tɯɤŋ3	問聲	jiǎng	宕	上	養	精	開	三	全清	即	兩
5577	槔	Cao	ka:w1	平聲	gāo	效	平	豪	見	開	一	全清	古	勞
5578	槽	Tào	ta:w2	弦聲	cáo	效	平	豪	從	開	一	全濁	昨	勞
5579	槿	Cận	kɤn6	重聲	jǐn	臻	上	隱	見	開	三	全清	居	隱
5580	樁	Thung	t'uŋ1	平聲	zhuāng	江	平	江	知	開	二	全清	都	江
5581	樂	Nhạo	ɲa:w6	重聲	yào	效	去	效	疑	開	二	次濁	五	教
5582	樂	Nhạc	ɲa:k8	重入	yuè	江	入	覺	疑	開	二	次濁	五	角
5583	樂	Lạc	la:k8	重入	lè	宕	入	鐸	來	開	一	次濁	盧	各
5584	樅	Tung	tuŋ1	平聲	cōng	通	平	鍾	精	合	三	全清	即	容
5585	樊	Phiền	fien2	弦聲	fán	山	平	元	奉	合	三	全濁	附	袁
5586	樓	Lâu	lɤw1	平聲	lóu	流	平	侯	來	開	一	次濁	落	侯
5587	標	Tiêu	tiew1	平聲	biāo	效	平	宵	幫	開	三	全清	甫	遙
5588	樛	Cù	ku2	弦聲	jiū	流	平	幽	見	開	三	全清	居	虯
5589	樝	Tra	tʂa1	平聲	zhā	假	平	麻	莊	開	二	全清	側	加
5590	樞	Xu	su1	平聲	shū	遇	平	虞	昌	合	三	次清	昌	朱
5591	樟	Chương	tʂɯɤŋ1	平聲	zhāng	宕	平	陽	章	開	三	全清	諸	良
5592	樠	Man	ma:n1	平聲	mén	山	平	桓	明	合	一	次濁	母	官
5593	樣	Dạng	za:ŋ6	重聲	yàng	宕	平	陽	以	開	三	次濁	與	章
5594	橄	Cảm	ka:m3	問聲	gǎn	咸	上	敢	見	開	一	全清	古	覽
5595	橡	Tượng	tɯɤŋ6	重聲	xiàng	宕	上	養	邪	開	三	全濁	徐	兩
5596	橢	Thỏa	t'wa:3	問聲	tuǒ	果	上	果	透	合	一	次清	他	果
5597	歎	Thán	t'a:n5	銳聲	tàn	山	去	翰	透	開	一	次清	他	旦
5598	歐	Âu	ɤw1	平聲	ōu	流	平	侯	影	開	一	全清	烏	侯
5599	歔	Hư	hu1	平聲	xū	遇	平	魚	曉	開	三	次清	朽	居
5600	殢	Thế	t'e5	銳聲	tì	蟹	去	霽	透	開	四	次清	他	計

5601	殣	Cận	kɤn6	重聲	jǐn	臻	去	震	羣	開	三	全濁	渠	遴
5602	殤	Thương	t'ɯɤŋ1	平聲	shāng	宕	平	陽	書	開	三	全清	式	羊
5603	毅	Nghị	ŋi6	重聲	yì	止	去	未	疑	開	三	次濁	魚	既
5604	毆	Ẩu	ɤw3	問聲	ōu	流	上	厚	影	開	一	全清	烏	后
5605	毵	Tam	ta:m1	平聲	sān	咸	平	覃	心	開	一	全清	蘇	含
5606	氂	Li	li1	平聲	lí	止	平	之	來	開	三	次濁	里	之
5607	滕	Đằng	daŋ2	弦聲	téng	曾	平	登	定	開	一	全濁	徒	登
5608	漿	Tương	tɯɤŋ1	平聲	jiāng	宕	平	陽	精	開	三	全清	即	良
5609	潁	Dĩnh	ziɲ4	跌聲	yǐng	梗	上	靜	以	合	三	次濁	餘	頃
5610	潑	Bát	ba:t7	銳入	pō	山	入	末	滂	合	一	次清	普	活
5611	潔	Khiết	xiep7	銳入	jié	山	入	屑	見	開	四	全清	古	屑
5612	潘	Phan	fa:n1	平聲	pān	山	平	桓	滂	合	一	次清	普	官
5613	潛	Tiềm	tiem2	弦聲	qián	咸	平	鹽	從	開	三	全濁	昨	鹽
5614	潟	Tích	tiʧ7	銳入	xì	梗	入	昔	心	開	三	全清	思	積
5615	潤	Nhuận	ɲwɤn6	重聲	rùn	臻	去	稕	日	合	三	次濁	如	順
5616	潦	Lạo	la:w6	重聲	lào	效	去	號	來	開	一	次濁	郎	到
5617	潭	Đàm	da:m2	弦聲	tán	咸	平	覃	定	開	一	全濁	徒	含
5618	潮	Triều	tʂiew2	弦聲	cháo	效	平	宵	澄	開	三	全濁	直	遙
5619	潯	Tầm	tɤm2	弦聲	xún	深	平	侵	邪	開	三	全濁	徐	林
5620	潰	Hội	hoj6	重聲	kuì	蟹	去	隊	匣	合	一	全濁	胡	對
5621	潸	San	ʂa:n1	平聲	shān	山	平	刪	生	開	二	全清	所	姦
5622	潺	Sàn	ʂa:n1	平聲	chán	山	平	山	崇	開	二	全濁	士	山
5623	潼	Đồng	doŋ2	弦聲	tóng	通	平	東	定	合	一	全濁	徒	紅
5624	澁	Sáp	ʂa:p7	銳入	sè	深	入	緝	生	開	三	全清	色	立
5625	瀓	Trừng	tʂɯŋ2	弦聲	chéng	曾	平	蒸	澄	開	三	全濁	直	陵
5626	澄	Trừng	tʂɯŋ2	弦聲	chéng	曾	平	蒸	澄	開	三	全濁	直	陵
5627	澆	Kiêu	kiew1	平聲	jiāo	效	平	蕭	見	開	四	全清	古	堯
5628	澇	Lao	la:w1	平聲	láo	效	平	豪	來	開	一	次濁	魯	刀
5629	澇	Lão	la:w4	問聲	lào	效	上	晧	來	開	一	次濁	盧	晧
5630	澇	Lạo	la:w6	重聲	lào	效	去	號	來	開	一	次濁	郎	到
5631	澈	Triệt	tʂiet8	重入	chè	山	入	薛	澄	開	三	全濁	直	列
5632	澌	Ti	ti1	平聲	sī	止	去	寘	心	開	三	全清	斯	義
5633	澍	Chú	tʂu5	銳聲	zhù	遇	去	遇	章	合	三	全清	之	戍
5634	澎	Bành	ba:ɲ2	弦聲	péng	梗	平	庚	並	開	二	全濁	薄	庚
5635	澒	Hống	hoŋ5	銳聲	hòng	通	上	董	匣	合	一	全濁	胡	孔
5636	澗	Giản	ʐa:n3	問聲	jiàn	山	去	諫	見	開	二	全清	古	晏
5637	澳	Áo	a:w5	銳聲	ào	效	去	號	影	開	一	全清	烏	到
5638	澳	Úc	uk7	銳入	yù	通	入	屋	影	合	三	全清	於	六

5639	濆	Phần	fɤn2	弦聲	fén	臻	平	文	奉	合	三	全濁	符	分
5640	熟	Thục	t'uk8	重入	shóu	通	入	屋	禪	合	三	全濁	殊	六
5641	熠	Dập	zɤp8	重入	yì	深	入	緝	以	開	三	次濁	羊	入
5642	熨	Úy	wi5	銳聲	yùn	止	去	未	影	合	三	全清	於	胃
5643	熨	Uất	wɤt7	銳入	yù	臻	入	物	影	合	三	全清	紆	物
5644	熯	Hãn	ha:n4	跌聲	hàn	山	上	旱	曉	開	一	次清	呼	旱
5645	熯	Nhiễn	ɲien4	跌聲	hàn	山	上	獮	日	開	三	次濁	人	善
5646	熱	Nhiệt	ɲiet8	重入	rè	山	入	薛	日	開	三	次濁	如	列
5647	熲	Quýnh	kwiɲ5	銳聲	jiǒng	梗	上	迥	見	合	四	全清	古	迥
5648	牖	Dữu	zɯw4	跌聲	yǒu	流	上	有	以	開	三	次濁	與	久
5649	氂	Li	li1	平聲	lí	止	平	之	來	開	三	次濁	里	之
5650	氂	Mao	ma:w1	平聲	máo	效	平	肴	明	開	二	次濁	莫	交
5651	獎	Tưởng	tɯɤŋ3	問聲	jiǎng	宕	上	養	精	開	三	全清	即	兩
5652	獠	Liêu	liew1	平聲	liáo	效	平	蕭	來	開	四	次濁	落	蕭
5653	獦	Cát	ka:t7	銳入	gé	山	入	曷	見	開	一	全清	古	達
5654	瑩	Oánh	wa:ɲ5	銳聲	yíng	梗	去	徑	影	合	四	全清	烏	定
5655	瑽	Xung	suŋ1	平聲	cōng	通	平	鍾	清	合	三	次清	七	恭
5656	瑾	Cẩn	kɤn3	問聲	jǐn	臻	去	震	羣	開	三	全濁	渠	遴
5657	璀	Thôi	t'oj1	平聲	cuǐ	蟹	上	賄	清	合	一	次清	七	罪
5658	璅	Tỏa	twa:3	問聲	suǒ	效	上	晧	精	開	一	全清	子	晧
5659	璆	Cầu	kɤw2	弦聲	qiú	流	平	尤	羣	開	三	全濁	巨	鳩
5660	璇	Tuyền	twien2	弦聲	xuán	山	平	仙	邪	合	三	全濁	似	宣
5661	璋	Chương	tʂɯɤŋ1	平聲	zhāng	宕	平	陽	章	開	三	全清	諸	良
5662	璜	Hoàng	hwan:ŋ2	弦聲	huáng	宕	平	唐	匣	合	一	全濁	胡	光
5663	甌	Âu	ɤw1	平聲	ōu	流	平	侯	影	開	一	全清	烏	侯
5664	甎	Chuyên	tʂwien1	平聲	zhuān	山	平	仙	章	合	三	全清	職	緣
5665	畾	Lôi	loj1	平聲	léi	蟹	平	灰	來	合	一	次濁	魯	回
5666	畿	Kì	ki2	弦聲	jī	止	平	微	羣	開	三	全濁	渠	希
5667	瘛	Xiết	siet7	銳入	chì	山	入	薛	昌	開	三	次清	昌	列
5668	瘝	Quan	kwa:n1	平聲	guān	山	平	刪	見	合	二	全清	古	還
5669	瘞	Ế	e5	銳聲	yì	蟹	去	祭	影	開	三	全清	於	罽
5670	瘠	Tích	tiʧ7	銳入	jí	梗	入	昔	從	開	三	全濁	秦	昔
5671	瘡	Sang	ʂa:ŋ1	平聲	chuāng	宕	平	陽	初	開	三	次清	初	良
5672	瘢	Ban	ba:n1	平聲	bān	山	平	桓	並	合	一	全濁	薄	官
5673	瘤	Lựu	lɯw6	重聲	liú	流	去	宥	來	開	三	次濁	力	救
5674	瘨	Điên	dien1	平聲	diān	山	平	先	端	開	四	全清	都	年
5675	瘼	Mạc	ma:k8	重入	mò	宕	入	鐸	明	開	一	次濁	慕	各
5676	皚	Ngai	ŋa:j1	平聲	ái	蟹	平	咍	疑	開	一	次濁	五	來

5677	皺	Trứu	tʂɯw5	銳聲	zhòu	流	去	宥	莊	開	三	全清	側	救
5678	盤	Bàn	ba:n2	弦聲	pán	山	平	桓	並	合	一	全濁	薄	官
5679	瞋	Sân	ʂɤn1	平聲	chēn	臻	平	眞	昌	開	三	次清	昌	真
5680	瞎	Hạt	ha:t8	重入	xiā	山	入	鎋	曉	開	二	次清	許	鎋
5681	瞑	Minh	miɲ1	平聲	míng	梗	平	青	明	開	四	次濁	莫	經
5682	瞢	Măng	maŋ1	平聲	méng	曾	平	登	明	開	一	次濁	武	登
5683	碻	Xác	sa:k7	銳入	què	江	入	覺	溪	開	二	次清	苦	角
5684	碼	Mã	ma:4	跌聲	mǎ	假	上	馬	明	開	二	次濁	莫	下
5685	碾	Niễn	nien4	跌聲	niǎn	山	去	線	娘	開	三	次濁	女	箭
5686	磅	Bàng	ba:ŋ2	弦聲	bàng	宕	平	唐	滂	開	一	次清	普	郎
5687	磅	Bảng	ba:ŋ3	問聲	bàng	梗	平	庚	滂	開	二	次清	撫	庚
5688	磉	Tảng	ta:ŋ3	問聲	sǎng	宕	上	蕩	心	開	一	全清	蘇	朗
5689	磊	Lỗi	loj4	跌聲	lěi	蟹	上	賄	來	合	一	次濁	落	猥
5690	磐	Bàn	ba:n2	弦聲	pán	山	平	桓	並	合	一	全濁	薄	官
5691	磑	Ngại	ŋa:j6	重聲	wèi	蟹	去	隊	疑	合	一	次濁	五	對
5692	磔	Trách	tʂa:ʧ7	銳入	zhé	梗	入	陌	知	開	二	全清	陟	格
5693	磕	Khái	xa:j5	銳聲	kē	蟹	去	泰	溪	開	一	次清	苦	蓋
5694	禩	Tự	tɯ6	重聲	sì	止	上	止	邪	開	三	全濁	詳	里
5695	稷	Tắc	tak7	銳入	jì	曾	入	職	精	開	三	全清	子	力
5696	稹	Chẩn	tʂɤn3	問聲	zhěn	臻	上	軫	章	開	三	全清	章	忍
5697	稺	Trĩ	tʂi4	跌聲	zhì	止	去	至	澄	開	三	全濁	直	利
5698	稻	Đạo	da:w6	重聲	dào	效	上	晧	定	開	一	全濁	徒	晧
5699	稼	Giá	ʐa:5	銳聲	jià	假	去	禡	見	開	二	全清	古	訝
5700	稽	Kê	ke1	平聲	jī	蟹	平	齊	見	開	四	全清	古	奚
5701	稽	Khể	xe3	問聲	qǐ	蟹	上	薺	溪	開	四	次清	康	禮
5702	稿	Cảo	ka:w3	問聲	gǎo	效	上	晧	見	開	一	全清	古	老
5703	穀	Cốc	kok7	銳入	gǔ	通	入	屋	見	合	一	全清	古	祿
5704	窮	Cùng	kuŋ2	弦聲	qióng	通	平	東	羣	合	三	全濁	渠	弓
5705	窯	Diêu	ziew1	平聲	yáo	效	平	宵	以	開	三	次濁	餘	昭
5706	窰	Diêu	ziew1	平聲	yáo	效	平	宵	以	開	三	次濁	餘	昭
5707	窳	Dũ	zu4	跌聲	yǔ	遇	上	麌	以	合	三	次濁	以	主
5708	箭	Tiễn	tien4	跌聲	jiàn	山	去	線	精	開	三	全清	子	賤
5709	箯	Tiên	tien1	平聲	biān	山	平	仙	幫	開	三	全清	卑	連
5710	箱	Tương	tɯɤŋ1	平聲	xiāng	宕	平	陽	心	開	三	全清	息	良
5711	箲	Tiển	tien3	問聲	xiǎn	山	上	銑	心	開	四	全清	蘇	典
5712	箴	Châm	tʂɤm1	平聲	zhēn	深	平	侵	章	開	三	全清	職	深
5713	篁	Hoàng	hwan:ŋ2	弦聲	huáng	宕	平	唐	匣	合	一	全濁	胡	光
5714	範	Phạm	fa:m6	重聲	fàn	咸	上	范	奉	合	三	全濁	防	錽

5715	篆	Triện	tʂien6	重聲	zhuàn	山	上	獮	澄	合	三	全濁	持	兗
5716	篇	Thiên	t'ien1	平聲	piān	山	平	仙	滂	開	三	次清	芳	連
5717	篋	Khiếp	xiep7	銳入	qiè	咸	入	帖	溪	開	四	次清	苦	協
5718	篌	Hầu	hɤw2	弦聲	hóu	流	平	侯	匣	開	一	全濁	戶	鉤
5719	篨	Trừ	tʂɯ2	弦聲	chú	遇	平	魚	澄	開	三	全濁	直	魚
5720	糅	Nhữu	ɲɯw4	跌聲	rǒu	流	去	宥	娘	開	三	次濁	女	救
5721	糇	Hầu	hɤw2	弦聲	hóu	流	平	侯	匣	開	一	全濁	戶	鉤
5722	糈	Tư	tɯ1	平聲	xǔ	遇	上	語	心	開	三	全清	私	呂
5723	糉	Tống	toŋ5	銳聲	zòng	通	去	送	精	合	一	全清	作	弄
5724	糊	Hồ	ho2	弦聲	hú	遇	平	模	匣	合	一	全濁	戶	吳
5725	緗	Tương	tɯɤŋ1	平聲	xiāng	宕	平	陽	心	開	三	全清	息	良
5726	緘	Giam	ʑa:m1	平聲	jiān	咸	平	咸	見	開	二	全清	古	咸
5727	線	Tuyến	twien5	銳聲	xiàn	山	去	線	心	開	三	全清	私	箭
5728	緜	Miên	mien1	平聲	mián	山	平	仙	明	開	三	次濁	武	延
5729	緝	Tập	tɤp8	重入	qì	深	入	緝	清	開	三	次清	七	入
5730	緞	Đoạn	dwa:n6	重聲	duàn	山	上	緩	定	合	一	全濁	徒	管
5731	締	Đế	de5	銳聲	dì	蟹	去	霽	定	開	四	全濁	特	計
5732	緡	Mân	mɤn1	平聲	mín	臻	平	真	明	開	三	次濁	武	巾
5733	緣	Duyên	zwien1	平聲	yuán	山	平	仙	以	合	三	次濁	與	專
5734	緣	Duyến	zwien5	銳聲	yuàn	山	去	線	以	合	三	次濁	以	絹
5735	緤	Tiết	tiet7	銳入	xiè	山	入	薛	心	開	三	全清	私	列
5736	緥	Bảo	ba:w3	問聲	bǎo	效	上	晧	幫	開	一	全清	博	抱
5737	緦	Ti	ti1	平聲	sī	止	平	之	心	開	三	全清	息	茲
5738	編	Biên	bien1	平聲	biān	山	平	仙	幫	開	三	全清	卑	連
5739	緩	Hoãn	hwa:n4	跌聲	huǎn	山	上	緩	匣	合	一	全濁	胡	管
5740	緪	Căng	kaŋ1	平聲	gēng	曾	平	登	見	開	一	全清	古	恒
5741	緬	Miễn	mien4	跌聲	miǎn	山	上	獮	明	開	三	次濁	彌	兗
5742	緯	Vĩ	vi4	跌聲	wěi	止	去	未	云	合	三	次濁	于	貴
5743	練	Luyện	lwien6	重聲	liàn	山	去	霰	來	開	四	次濁	郎	甸
5744	緶	Biền	bien2	弦聲	biàn	山	平	仙	並	開	三	全濁	房	連
5745	緹	Đề	de2	弦聲	tí	蟹	平	齊	定	開	四	全濁	杜	奚
5746	縋	Trúy	tʂwi5	銳聲	zhuì	止	去	寘	澄	合	三	全濁	馳	偽
5747	罵	Mạ	ma:6	重聲	mà	假	去	禡	明	開	二	次濁	莫	駕
5748	罷	Bì	bi2	弦聲	pí	止	平	支	並	開	三	全濁	符	羈
5749	罷	Bãi	ba:j4	跌聲	bà	蟹	上	蟹	並	開	二	全濁	薄	蟹
5750	羯	Yết	iet7	銳入	jié	山	入	月	見	開	三	全清	居	竭
5751	翦	Tiễn	tien4	跌聲	jiǎn	山	上	獮	精	開	三	全清	即	淺
5752	翩	Phiên	fien1	平聲	piān	山	平	仙	滂	開	三	次清	芳	連

5753	翫	Ngoạn	ŋwa:n6	重聲	wàn	山	去	換	疑	合	一	次濁	五	換
5754	翬	Huy	hwi1	平聲	huī	止	平	微	曉	合	三	次清	許	歸
5755	耦	Ngẫu	ŋɤw4	跌聲	ǒu	流	上	厚	疑	開	一	次濁	五	口
5756	膘	Phiêu	fiew1	平聲	piǎo	效	上	小	滂	開	三	次清	敷	沼
5757	膚	Phu	fu1	平聲	fū	遇	平	虞	非	合	三	全清	甫	無
5758	膝	Tất	tɤt7	銳入	xī	臻	入	質	心	開	三	全清	息	七
5759	膞	Thuyền	t'wien2	弦聲	zhuān	山	上	獮	禪	合	三	全濁	市	兗
5760	膠	Giao	ʑa:w1	平聲	jiāo	效	平	肴	見	開	二	全清	古	肴
5761	艘	Sưu	ʂɯw1	平聲	sāo	效	平	蕭	心	開	四	全清	蘇	彫
5762	艘	Tao	ta:w1	平聲	sāo	效	平	豪	心	開	一	全清	蘇	遭
5763	蔬	Sơ	ʂɤ:1	平聲	shū	遇	平	魚	生	開	三	全清	所	葅
5764	蔾	Lê	le1	平聲	lí	蟹	平	齊	來	開	四	次濁	郎	奚
5765	蕁	Tầm	tɤm2	弦聲	xún	咸	平	覃	定	開	一	全濁	徒	含
5766	蕃	Phiền	fien2	弦聲	fán	山	平	元	奉	合	三	全濁	附	袁
5767	蕃	Phiên	fien1	平聲	fān	山	平	元	非	合	三	全清	甫	煩
5768	蕆	Siển	ʂien3	問聲	chǎn	山	上	獮	徹	開	三	次清	丑	善
5769	蕈	Khuẩn	xwɤn3	問聲	xùn	深	上	寑	從	開	三	全濁	慈	荏
5770	蕉	Tiêu	tiew1	平聲	jiāo	效	平	宵	精	開	三	全清	即	消
5771	蕊	Nhụy	ɲwi6	重聲	ruǐ	止	上	紙	日	合	三	次濁	如	累
5772	蕎	Kiều	kiew2	弦聲	qiáo	效	平	宵	羣	開	三	全濁	巨	嬌
5773	蕑	Gian	ʑa:n1	平聲	jiān	山	平	山	見	開	二	全清	古	閑
5774	蕓	Vân	vɤn1	平聲	yún	臻	平	文	云	合	三	次濁	王	分
5775	蕕	Du	zu1	平聲	yóu	流	平	尤	以	開	三	次濁	以	周
5776	蕘	Nhiêu	ɲiew1	平聲	ráo	效	平	宵	日	開	三	次濁	如	招
5777	蕙	Huệ	hwe6	重聲	huì	蟹	去	霽	匣	合	四	全濁	胡	桂
5778	蕝	Toát	twa:t7	銳入	jué	山	入	薛	精	合	三	全清	子	悅
5779	蕞	Tối	toj5	銳聲	zuì	蟹	去	泰	從	合	一	全濁	才	外
5780	蕡	Phần	fɤn2	弦聲	fén	臻	平	文	奉	合	三	全濁	符	分
5781	蕢	Quỹ	kwi4	跌聲	kuì	止	去	至	羣	合	三	全濁	求	位
5782	蕤	Nhuy	ɲwi1	平聲	ruí	止	平	脂	日	合	三	次濁	儒	隹
5783	蕨	Quyết	kwiet7	銳入	jué	山	入	月	見	合	三	全清	居	月
5784	蕩	Đãng	da:ŋ4	跌聲	dàng	宕	上	蕩	定	開	一	全濁	徒	朗
5785	蕪	Vu	vu1	平聲	wú	遇	平	虞	微	合	三	次濁	武	夫
5786	蓬	Đạt	da:t8	重入	dá	山	入	曷	定	開	一	全濁	唐	割
5787	虢	Quách	kwa:tʃ7	銳入	guó	梗	入	陌	見	合	二	全清	古	伯
5788	蝌	Khoa	xwa:1	平聲	kē	果	平	戈	溪	合	一	次清	苦	禾
5789	蝎	Hạt	ha:t8	重入	hé	山	入	曷	匣	開	一	全濁	胡	葛
5790	蝎	Hiết	hiet7	銳入	xiē	山	入	曷	匣	開	一	全濁	胡	葛

5791	蝓	Du	zu1	平聲	yú	遇	平	虞	以	合	三	次濁	羊	朱
5792	蝗	Hoàng	hwan:ŋ2	弦聲	huáng	宕	平	唐	匣	合	一	全濁	胡	光
5793	蝘	Yển	ien3	問聲	yǎn	山	上	阮	影	開	三	全清	於	幰
5794	蝙	Biên	bien1	平聲	biān	山	平	先	幫	開	四	全清	布	玄
5795	蝟	Vị	vi6	重聲	wèi	止	去	未	云	合	三	次濁	于	貴
5796	蝠	Bức	bɯk7	銳入	fú	通	入	屋	非	合	三	全清	方	六
5797	蝡	Nhuyễn	ɲwien4	跌聲	ruǎn	山	上	獮	日	合	三	次濁	而	兗
5798	蝣	Du	zu1	平聲	yóu	流	平	尤	以	開	三	次濁	以	周
5799	蝤	Tưu	tɯw1	平聲	jiū	流	平	尤	精	開	三	全清	即	由
5800	蝤	Tù	tu2	弦聲	qiú	流	平	尤	從	開	三	全濁	自	秋
5801	蝥	Mao	ma:w1	平聲	máo	效	平	肴	明	開	二	次濁	莫	交
5802	蝦	Hà	ha:2	弦聲	xiā	假	平	麻	匣	開	二	全濁	胡	加
5803	蝨	Sắt	ʂat5	銳入	shī	臻	入	櫛	生	開	二	全清	所	櫛
5804	蝮	Phúc	fuk7	銳入	fù	通	入	屋	敷	合	三	次清	芳	福
5805	蝯	Viên	vien1	平聲	yuán	山	平	元	云	合	三	次濁	雨	元
5806	蝱	Manh	ma:ɲ1	平聲	méng	梗	平	庚	明	開	二	次濁	武	庚
5807	蝶	Điệp	diep8	重入	dié	咸	入	帖	定	開	四	全濁	徒	協
5808	螋	Sưu	ʂɯw1	平聲	sōu	流	平	尤	生	開	三	全清	所	鳩
5809	衛	Vệ	ve6	重聲	wèi	蟹	去	祭	云	合	三	次濁	于	歲
5810	衝	Xung	suŋ1	平聲	chōng	通	平	鍾	昌	合	三	次清	尺	容
5811	褎	Hựu	hɯw6	重聲	yòu	流	去	宥	以	開	三	次濁	余	救
5812	褒	Bao	ba:w1	平聲	bāo	效	平	豪	幫	開	一	全清	博	毛
5813	褥	Nhục	ɲuk8	重入	rù	通	入	燭	日	合	三	次濁	而	蜀
5814	褫	Sỉ	ʂi3	問聲	chǐ	止	上	紙	徹	開	三	次清	敕	豸
5815	褵	Li	li1	平聲	lí	止	平	支	來	開	三	次濁	呂	支
5816	覩	Đổ	do3	問聲	dǔ	遇	上	姥	端	合	一	全清	當	古
5817	誰	Thùy	t'wi2	弦聲	shuí	止	平	脂	禪	合	三	全濁	視	隹
5818	課	Khóa	xwa:5	銳聲	kè	果	去	過	溪	合	一	次清	苦	臥
5819	誶	Tối	toj5	銳聲	suì	蟹	去	隊	心	合	一	全清	蘇	內
5820	誹	Phỉ	fi3	問聲	fěi	止	去	未	非	合	三	全清	方	味
5821	誼	Nghị	ŋi6	重聲	yí	止	去	寘	疑	開	三	次濁	宜	寄
5822	調	Điều	diew2	弦聲	tiáo	效	平	蕭	定	開	四	全濁	徒	聊
5823	調	Điệu	diew6	重聲	diào	效	去	嘯	定	開	四	全濁	徒	弔
5824	諂	Siểm	ʂiem3	問聲	chǎn	咸	上	琰	徹	開	三	次清	丑	琰
5825	諄	Truân	tʂwɤn1	平聲	zhūn	臻	平	諄	章	合	三	全清	章	倫
5826	談	Đàm	da:m2	弦聲	tán	咸	平	談	定	開	一	全濁	徒	甘
5827	諉	Ủy	wi3	問聲	wěi	止	去	寘	娘	合	三	次濁	女	恚
5828	請	Thỉnh	t'iɲ3	問聲	qǐng	梗	上	靜	清	開	三	次清	七	靜

5829	諍	Tránh	tʂa:ɲ5	銳聲	zhèng	梗	去	諍	莊	開	二	全清	側	迸
5830	諏	Tưu	tɯw1	平聲	zōu	流	平	侯	精	開	一	全清	子	侯
5831	諑	Trác	tʂa:k7	銳入	zhuó	江	入	覺	知	開	二	全清	竹	角
5832	諒	Lượng	lɯɤŋ6	重聲	liàng	宕	去	漾	來	開	三	次濁	力	讓
5833	論	Luân	lwɤn1	平聲	lún	臻	平	諄	來	合	三	次濁	力	迍
5834	論	Luận	lwɤn6	重聲	lùn	臻	去	慁	來	合	一	次濁	盧	困
5835	諗	Thẩm	t'ɤm3	問聲	shěn	深	上	寑	書	開	三	全清	式	荏
5836	諛	Du	zu1	平聲	yú	遇	平	虞	以	合	三	次濁	羊	朱
5837	諸	Chư	tʂɯ1	平聲	zhū	遇	平	魚	章	開	三	全清	章	魚
5838	諾	Nặc	nak8	重入	nuò	宕	入	鐸	泥	開	一	次濁	奴	各
5839	豌	Oản	wa:n3	問聲	wān	山	平	桓	影	合	一	全清	一	丸
5840	豎	Thụ	t'u6	重聲	shù	遇	上	麌	禪	合	三	全濁	臣	庾
5841	豫	Dự	zɯ6	重聲	yù	遇	去	御	以	開	三	次濁	羊	洳
5842	豬	Trư	tʂɯ1	平聲	zhū	遇	平	魚	知	開	三	全清	陟	魚
5843	貓	Miêu	miew1	平聲	māo	效	平	宵	明	開	三	次濁	武	瀌
5844	貓	Mao	ma:w1	平聲	māo	效	平	肴	明	開	二	次濁	莫	交
5845	賙	Chu	tʂu1	平聲	zhōu	流	平	尤	章	開	三	全清	職	流
5846	賚	Lãi	la:j4	跌聲	lài	蟹	去	代	來	開	一	次濁	洛	代
5847	賜	Tứ	tɯ5	銳聲	sì	止	去	寘	心	開	三	全清	斯	義
5848	賝	Sâm	ʂɤm1	平聲	chēn	深	平	侵	徹	開	三	次清	丑	林
5849	賞	Thưởng	t'ɯɤŋ3	問聲	shǎng	宕	上	養	書	開	三	全清	書	兩
5850	賡	Canh	ka:ɲ1	平聲	gēng	梗	平	庚	見	開	二	全清	古	行
5851	賢	Hiền	hien2	弦聲	xián	山	平	先	匣	開	四	全濁	胡	田
5852	賣	Mại	ma:j6	重聲	mài	蟹	去	卦	明	合	二	次濁	莫	懈
5853	賤	Tiện	tien6	重聲	jiàn	山	去	線	從	開	三	全濁	才	線
5854	賦	Phú	fu5	銳聲	fù	遇	去	遇	非	合	三	全清	方	遇
5855	賨	Tung	tuŋ1	平聲	cóng	通	平	冬	從	合	一	全濁	藏	宗
5856	質	Chất	tʂɤt7	銳入	zhí	臻	入	質	章	開	三	全清	之	日
5857	質	Chí	tʂi5	銳聲	zhì	止	去	至	知	開	三	全清	陟	利
5858	賭	Đổ	do3	問聲	dǔ	遇	上	姥	端	合	一	全清	當	古
5859	赭	Giả	ʐa:3	問聲	zhě	假	上	馬	章	開	三	全清	章	也
5860	趟	Tranh	tʂa:ɲ1	平聲	zhēng	梗	平	庚	知	開	二	全清	竹	盲
5861	趟	Thảng	t'a:ŋ3	問聲	tàng	梗	去	映	知	開	二	全清	豬	孟
5862	趣	Thú	t'u5	銳聲	qù	遇	去	遇	清	合	三	次清	七	句
5863	趣	Xúc	suk7	銳入	cù	通	入	燭	清	合	三	次清	親	足
5864	踏	Đạp	da:p8	重入	tà	咸	入	合	透	開	一	次清	他	合
5865	踐	Tiễn	tien4	跌聲	jiàn	山	上	獮	從	開	三	全濁	慈	演
5866	踖	Tích	titʃ7	銳入	jí	梗	入	昔	精	開	三	全清	資	昔

5867	踘	Cúc	kuk7	銳入	jú	通	入	屋	見	合	三	全清	居	六
5868	踝	Hõa	hwa:4	跌聲	huái	假	上	馬	匣	合	二	全濁	胡	瓦
5869	踞	Cứ	kɯ5	銳聲	jù	遇	去	御	見	開	三	全清	居	御
5870	踟	Trì	tʂi2	弦聲	chí	止	平	支	澄	開	三	全濁	直	離
5871	踡	Quyền	kwien2	弦聲	quán	山	平	仙	羣	合	三	全濁	巨	員
5872	踢	Thích	t'itʃ7	銳入	tī	梗	入	錫	透	開	四	次清	他	歷
5873	踣	Phẩu	fɤw5	銳聲	pòu	流	去	候	滂	開	一	次清	匹	候
5874	踣	Bặc	bak8	重入	bó	曾	入	德	並	開	一	全濁	蒲	北
5875	踥	Thiếp	t'iep7	銳入	qiè	咸	入	葉	清	開	三	次清	七	接
5876	踦	Khi	xi1	平聲	qí	止	平	支	溪	開	三	次清	去	奇
5877	踦	Kỉ	ki3	問聲	jǐ	止	上	紙	見	開	三	全清	居	綺
5878	踧	Địch	ditʃ8	重入	dí	梗	入	錫	定	開	四	全濁	徒	歷
5879	踧	Túc	tuk7	銳入	cù	通	入	屋	精	合	三	全清	子	六
5880	輗	Nghê	ŋe1	平聲	ní	蟹	平	齊	疑	開	四	次濁	五	稽
5881	輘	Lăng	laŋ1	平聲	líng	曾	平	登	來	開	一	次濁	魯	登
5882	輜	Truy	tʂwi1	平聲	zī	止	平	之	莊	開	三	全清	側	持
5883	輝	Huy	hwi1	平聲	huī	止	平	微	曉	合	三	次清	許	歸
5884	輞	Võng	vɔŋ4	跌聲	wǎng	宕	上	養	微	開	三	次濁	文	兩
5885	輟	Chuyết	tʂwiet7	銳入	chuò	山	入	薛	知	合	三	全清	陟	劣
5886	輠	Quả	qwa:3	問聲	guǒ	果	上	果	見	合	一	全清	古	火
5887	輦	Liễn	lien4	跌聲	niǎn	山	上	獮	來	開	三	次濁	力	展
5888	輧	Bình	biɲ2	弦聲	pián	梗	平	青	並	開	四	全濁	薄	經
5889	輩	Bối	boj5	銳聲	bèi	蟹	去	隊	幫	合	一	全清	補	妹
5890	輪	Luân	lwɤn1	平聲	lún	臻	平	諄	來	合	三	次濁	力	迍
5891	辤	Từ	tɯ2	弦聲	cí	止	平	之	邪	開	三	全濁	似	茲
5892	遲	Trì	tʂi2	弦聲	chí	止	平	脂	澄	開	三	全濁	直	尼
5893	遴	Lận	lɤn6	重聲	lìn	臻	去	震	來	開	三	次濁	良	刃
5894	遵	Tuân	twɤn1	平聲	zūn	臻	平	諄	精	合	三	全清	將	倫
5895	遶	Nhiễu	ɲiew4	跌聲	rào	效	上	小	日	開	三	次濁	而	沼
5896	遷	Thiên	t'ien1	平聲	qiān	山	平	仙	清	開	三	次清	七	然
5897	選	Tuyển	twien3	問聲	xuǎn	山	上	獮	心	合	三	全清	思	兗
5898	遹	Duật	zuɤt8	重入	yù	臻	入	術	以	合	三	次濁	餘	律
5899	遺	Di	zi1	平聲	yí	止	平	脂	以	合	三	次濁	以	追
5900	遺	Dị	zi6	重聲	wèi	止	去	至	以	合	三	次濁	以	醉
5901	遼	Liêu	liew1	平聲	liáo	效	平	蕭	來	開	四	次濁	落	蕭
5902	邁	Mại	ma:j6	重聲	mài	蟹	去	夬	明	合	二	次濁	莫	話
5903	鄴	Nghiệp	ŋiep8	重入	yè	咸	入	業	疑	開	三	次濁	魚	怯
5904	醁	Lục	luk8	重入	lù	通	入	燭	來	合	三	次濁	力	玉

5905	醃	Yêm	iem1	平聲	yān	咸	平	嚴	影	開	三	全清	於	嚴
5906	醅	Phôi	foj1	平聲	pēi	蟹	平	灰	滂	合	一	次清	芳	杯
5907	醆	Trản	tʂa:n3	問聲	zhǎn	山	上	產	莊	開	二	全清	阻	限
5908	醇	Thuần	t'wɤn2	弦聲	chún	臻	平	諄	禪	合	三	全濁	常	倫
5909	醉	Túy	twi5	銳聲	zuì	止	去	至	精	合	三	全清	將	遂
5910	醊	Chuyết	tʂwiet7	銳入	chuò	山	入	薛	知	合	三	全清	陟	劣
5911	醋	Thố	t'o5	銳聲	cù	遇	去	暮	清	合	一	次清	倉	故
5912	銳	Duệ	zwe6	重聲	ruì	蟹	去	祭	以	合	三	次濁	以	芮
5913	銷	Tiêu	tiew1	平聲	xiāo	效	平	宵	心	開	三	全清	相	邀
5914	銻	Đễ	de4	跌聲	tì	蟹	平	齊	定	開	四	全濁	杜	奚
5915	銼	Tỏa	twa:3	問聲	cuò	果	去	過	清	合	一	次清	麤	臥
5916	鋀	Đậu	dɤw6	重聲	dòu	流	平	侯	透	開	一	次清	託	侯
5917	鋃	Lang	la:ŋ1	平聲	láng	宕	平	唐	來	開	一	次濁	魯	當
5918	鋈	Ốc	ok7	銳入	wù	通	入	沃	影	合	一	全清	烏	酷
5919	鋏	Kiệp	kiep8	重入	jiá	咸	入	帖	見	開	四	全清	古	協
5920	鋒	Phong	fɔŋ1	平聲	fēng	通	平	鍾	敷	合	三	次清	敷	容
5921	鋙	Ngữ	ŋɯ4	跌聲	yǔ	遇	上	語	疑	開	三	次濁	魚	巨
5922	鋝	Luyệt	lwiet8	重入	luè	山	入	薛	來	合	三	次濁	力	輟
5923	鋟	Tẩm	tɤm3	問聲	qiān	深	上	寑	清	開	三	次清	七	稔
5924	鋟	Tiêm	tiem1	平聲	qiān	咸	平	鹽	精	開	三	全清	子	廉
5925	鋤	Sừ	ʂɯ2	弦聲	chú	遇	平	魚	崇	開	三	全濁	士	魚
5926	鋪	Phô	fo1	平聲	pū	遇	平	虞	敷	合	三	次清	芳	無
5927	鋪	Phố	fo5	銳聲	pū	遇	去	暮	滂	合	一	次清	普	故
5928	閫	Khổn	xon3	問聲	kǔn	臻	上	混	溪	合	一	次清	苦	本
5929	閬	Lãng	la:ŋ4	跌聲	lǎng	宕	去	宕	來	開	一	次濁	來	宕
5930	閬	Lang	la:ŋ1	平聲	làng	宕	平	唐	來	開	一	次濁	魯	當
5931	閱	Duyệt	zwiet8	重入	yuè	山	入	薛	以	合	三	次濁	弋	雪
5932	險	Hiểm	hiem3	問聲	xiǎn	咸	上	琰	曉	開	三	次清	虛	檢
5933	霂	Mộc	mok8	重入	mù	通	入	屋	明	合	一	次濁	莫	卜
5934	霄	Tiêu	tiew1	平聲	xiāo	效	平	宵	心	開	三	全清	相	邀
5935	霅	Tráp	tʂa:p7	銳入	zhà	咸	入	狎	澄	開	二	全濁	丈	甲
5936	震	Chấn	tʂɤn5	銳聲	zhèn	臻	去	震	章	開	三	全清	章	刃
5937	霈	Bái	ba:j5	銳聲	pèi	蟹	去	泰	滂	開	一	次清	普	蓋
5938	靚	Tịnh	tiɲ6	重聲	jìng	梗	去	勁	從	開	三	全濁	疾	政
5939	靠	Kháo	xa:w5	銳聲	kào	效	去	號	溪	開	一	次清	苦	到
5940	鞋	Hài	ha:j2	弦聲	xié	蟹	平	佳	匣	開	二	全濁	戶	佳
5941	鞍	Yên	ien1	平聲	ān	山	平	寒	影	開	一	全清	烏	寒
5942	鞏	Củng	kuŋ3	問聲	gǒng	通	上	腫	見	合	三	全清	居	悚

5943	頞	Át	a:t7	銳入	è	山	入	曷	影	開	一	全清	烏	葛
5944	頡	Hiệt	hiet8	重入	jié	山	入	屑	匣	開	四	全濁	胡	結
5945	頦	Hài	ha:j2	弦聲	hái	蟹	平	咍	匣	開	一	全濁	戶	來
5946	頫	Phủ	fu3	問聲	fŭ	遇	上	麌	非	合	三	全清	方	矩
5947	頫	Thiếu	t'iew5	銳聲	tiào	效	去	嘯	透	開	四	次清	他	弔
5948	餈	Tư	tɯ1	平聲	cí	止	平	脂	從	開	三	全濁	疾	資
5949	養	Dưỡng	zɯɤŋ4	跌聲	yăng	宕	上	養	以	開	三	次濁	餘	兩
5950	養	Dượng	zɯɤŋ6	重聲	yàng	宕	去	漾	以	開	三	次濁	餘	亮
5951	餑	Bột	bot8	重入	bō	臻	入	沒	並	合	一	全濁	蒲	沒
5952	餒	Nỗi	noj4	跌聲	něi	蟹	上	賄	泥	合	一	次濁	奴	罪
5953	餓	Ngạ	ŋa:6	重聲	è	果	去	箇	疑	開	一	次濁	五	个
5954	餔	Bô	bo1	平聲	bū	遇	平	模	幫	合	一	全清	博	孤
5955	餕	Tuấn	twɤn5	銳聲	jùn	臻	去	稕	精	合	三	全清	子	峻
5956	餖	Đậu	dɤw6	重聲	dòu	流	去	候	定	開	一	全濁	徒	候
5957	餗	Tốc	tok7	銳入	sù	通	入	屋	心	合	一	全清	桑	谷
5958	餘	Dư	zɯ1	平聲	yú	遇	平	魚	以	開	三	次濁	以	諸
5959	駉	Quynh	kwiɲ1	平聲	jiōng	梗	平	青	見	合	四	全清	古	螢
5960	駐	Trú	tʂu5	銳聲	zhù	遇	去	遇	知	合	三	全清	中	句
5961	駑	Nô	no1	平聲	nú	遇	平	模	泥	合	一	次濁	乃	都
5962	駒	Câu	kɤw1	平聲	jū	遇	平	虞	見	合	三	全清	舉	朱
5963	駔	Tảng	ta:ŋ3	問聲	zăng	宕	上	蕩	精	開	一	全清	子	朗
5964	駔	Tổ	to3	問聲	zŭ	遇	上	姥	從	合	一	全濁	徂	古
5965	駕	Giá	ʑa:5	銳聲	jià	假	去	禡	見	開	二	全清	古	訝
5966	駘	Đài	da:j2	弦聲	tái	蟹	平	咍	定	開	一	全濁	徒	哀
5967	駘	Đãi	da:j4	跌聲	dài	蟹	上	海	定	開	一	全濁	徒	亥
5968	駙	Phụ	fu6	重聲	fù	遇	去	遇	奉	合	三	全濁	符	遇
5969	駛	Sử	ʂɯ3	問聲	shǐ	止	上	止	生	開	三	全清	踈	士
5970	駝	Đà	da:2	弦聲	tuó	果	平	歌	定	開	一	全濁	徒	河
5971	駟	Tứ	tɯ5	銳聲	sì	止	去	至	心	開	三	全清	息	利
5972	骸	Hài	ha:j2	弦聲	hái	蟹	平	皆	匣	開	二	全濁	戶	皆
5973	骼	Cách	ka:tʃ7	銳入	gé	梗	入	陌	見	開	二	全清	古	伯
5974	髫	Thiều	t'iew2	弦聲	tiáo	效	平	蕭	定	開	四	全濁	徒	聊
5975	髮	Phát	fa:t7	銳入	fă	山	入	月	非	合	三	全清	方	伐
5976	髯	Nhiêm	ɲiem1	平聲	rán	咸	平	鹽	日	開	三	次濁	汝	鹽
5977	髴	Phất	fɤt7	銳入	fú	臻	入	物	敷	合	三	次清	敷	勿
5978	鬧	Náo	na:w5	銳聲	nào	效	去	效	娘	開	二	次濁	奴	教
5979	魯	Lỗ	lo4	跌聲	lŭ	遇	上	姥	來	合	一	次濁	郎	古
5980	魴	Phường	fɯɤŋ2	弦聲	fáng	宕	平	陽	奉	開	三	全濁	符	方

5981	鳸	Hỗ	ho4	跌聲	hù	遇	上	姥	匣	合	一	全濁	侯	古
5982	鴂	Quyết	kwiet7	銳入	jué	山	入	屑	見	合	四	全清	古	穴
5983	儐	Tân	tɤn1	平聲	bīn	臻	平	真	幫	開	三	全清	必	鄰
5984	儐	Tấn	tɤn5	銳聲	bìn	臻	去	震	幫	開	三	全清	必	刃
5985	儒	Nho	ɲɔ1	平聲	rú	遇	平	虞	日	合	三	次濁	人	朱
5986	儔	Trù	tʂu2	弦聲	chóu	流	平	尤	澄	開	三	全濁	直	由
5987	儕	Sài	ʂa:j2	弦聲	chái	蟹	平	皆	崇	開	二	全濁	士	皆
5988	儗	Nghĩ	ŋi4	跌聲	nǐ	止	上	止	疑	開	三	次濁	魚	紀
5989	冀	Kí	ki5	銳聲	jì	止	去	至	見	開	三	全清	几	利
5990	凝	Ngưng	ŋɯŋ1	平聲	níng	曾	平	蒸	疑	開	三	次濁	魚	陵
5991	劑	Tễ	te4	跌聲	jì	蟹	去	霽	從	開	四	全濁	在	詣
5992	劓	Nhị	ɲi6	重聲	yì	止	去	至	疑	開	三	次濁	魚	器
5993	勳	Huân	hwɤn1	平聲	xūn	臻	平	文	曉	合	三	次清	許	云
5994	勵	Lệ	le6	重聲	lì	蟹	去	祭	來	開	三	次濁	力	制
5995	叡	Duệ	zwe6	重聲	ruì	蟹	去	祭	以	合	三	次濁	以	芮
5996	嘯	Khiếu	xiew5	銳聲	xiào	效	去	嘯	心	開	四	全清	蘇	弔
5997	嘴	Chủy	tʂwi3	問聲	zuǐ	止	上	紙	精	合	三	全清	即	委
5998	噤	Cấm	kɤm5	銳聲	jìn	深	去	沁	羣	開	三	全濁	巨	禁
5999	噥	Nông	noŋ1	平聲	nóng	江	平	江	娘	開	二	次濁	女	江
6000	噦	Hối	hoj5	銳聲	huì	蟹	去	泰	曉	合	一	次清	呼	會
6001	噦	Uyết	wiet7	銳入	yuē	山	入	月	影	合	三	全清	於	月
6002	器	Khí	xi5	銳聲	qì	止	去	至	溪	開	三	次清	去	冀
6003	噩	Ngạc	ŋa:k8	重入	è	宕	入	鐸	疑	開	一	次濁	五	各
6004	噪	Táo	ta:w5	銳聲	zào	效	去	號	心	開	一	全清	蘇	到
6005	噫	Y	i1	平聲	yī	止	平	之	影	開	三	全清	於	其
6006	噬	Phệ	fe6	重聲	shì	蟹	去	祭	禪	開	三	全濁	時	制
6007	噭	Khiếu	xiew5	銳聲	jiào	效	去	嘯	見	開	四	全清	古	弔
6008	噱	Cược	kɯɤk8	重入	jué	宕	入	藥	羣	開	三	全濁	其	虐
6009	噲	Khoái	xwa:j5	銳聲	kuài	蟹	去	夬	溪	合	二	次清	苦	夬
6010	噸	Đốn	don5	銳聲	dùn	臻	上	混	透	合	一	次清	他	衮
6011	圜	Hoàn	hwa:n2	弦聲	huán	山	平	刪	匣	合	二	全濁	戶	關
6012	圜	Viên	vien1	平聲	yuán	山	平	仙	云	合	三	次濁	王	權
6013	墻	Tường	tɯɤŋ2	弦聲	qiáng	宕	平	陽	從	開	三	全濁	在	良
6014	墼	Kích	kitʃ7	銳入	jī	梗	入	錫	見	開	四	全清	古	歷
6015	墾	Khẩn	xɤn3	問聲	kěn	臻	上	很	溪	開	一	次清	康	很
6016	壁	Bích	bitʃ7	銳入	bì	梗	入	錫	幫	開	四	全清	北	激
6017	壅	Ung	uŋ1	平聲	yōng	通	平	鍾	影	合	三	全清	於	容
6018	壅	Ủng	uŋ3	問聲	yǒng	通	上	腫	影	合	三	全清	於	隴

6019	壇	Đàn	da:n2	弦聲	tán	山	平	寒	定	開	一	全濁	徒	干
6020	壈	Lẫm	lɤm4	跌聲	lǎn	咸	上	感	來	開	一	次濁	盧	感
6021	奮	Phấn	fɤn5	銳聲	fèn	臻	去	問	非	合	三	全清	方	問
6022	嬖	Bế	be5	銳聲	bì	蟹	去	霽	幫	開	四	全清	博	計
6023	嬗	Thiện	t'ien6	重聲	shàn	山	去	線	禪	開	三	全濁	時	戰
6024	嬙	Tường	tuɯɤŋ2	弦聲	qiáng	宕	平	陽	從	開	三	全濁	在	良
6025	嬛	Huyên	hwien1	平聲	xuān	山	平	仙	曉	合	三	次清	許	緣
6026	嬴	Doanh	zwa:ɲ1	平聲	yíng	梗	平	清	以	開	三	次濁	以	成
6027	學	Học	hɔk8	重入	xué	江	入	覺	匣	開	二	全濁	胡	覺
6028	寰	Hoàn	hwa:n2	弦聲	huán	山	平	刪	匣	合	二	全濁	戶	關
6029	嶧	Dịch	zitʃ8	重入	yì	梗	入	昔	以	開	三	次濁	羊	益
6030	嶮	Hiểm	hiem3	問聲	xiǎn	咸	上	琰	曉	開	三	次清	虛	檢
6031	嶰	Giải	ʑa:j3	問聲	xiè	蟹	上	蟹	匣	開	二	全濁	胡	買
6032	嶼	Tự	tɯ6	重聲	yǔ	遇	上	語	邪	開	三	全濁	徐	呂
6033	幧	Thiêu	t'iew1	平聲	qiāo	效	平	宵	清	開	三	次清	七	遙
6034	幨	Xiêm	siem1	平聲	chān	咸	平	鹽	昌	開	三	次清	處	占
6035	幪	Mông	moŋ1	平聲	méng	通	平	東	明	合	一	次濁	莫	紅
6036	廨	Giải	ʑa:j3	問聲	xiè	蟹	去	卦	見	開	二	全清	古	隘
6037	廩	Lẫm	lɤm4	跌聲	lǐn	深	上	寑	來	開	三	次濁	力	稔
6038	彊	Cường	kuɯɤŋ2	弦聲	qiáng	宕	平	陽	羣	開	三	全濁	巨	良
6039	彊	Cưỡng	kuɯɤŋ4	跌聲	qiǎng	宕	上	養	羣	開	三	全濁	其	兩
6040	徼	Kiêu	kiew1	平聲	jiāo	效	平	蕭	見	開	四	全清	古	堯
6041	徼	Kiếu	kiew5	銳聲	jiǎo	效	去	嘯	見	開	四	全清	古	弔
6042	憊	Bại	ba:j6	重聲	bèi	蟹	去	怪	並	合	二	全濁	蒲	拜
6043	憑	Bằng	baŋ2	弦聲	píng	曾	平	蒸	並	開	三	全濁	扶	冰
6044	憖	Ngận	ŋɤn6	重聲	yìn	臻	去	震	疑	開	三	次濁	魚	覲
6045	憙	Hí	hi1	銳聲	xǐ	止	去	志	曉	開	三	次清	許	記
6046	憝	Đỗi	doj4	跌聲	duì	蟹	去	隊	定	合	一	全濁	徒	對
6047	憩	Khế	xe5	銳聲	qì	蟹	去	祭	溪	開	三	次清	去	例
6048	憲	Hiến	hien5	銳聲	xiàn	山	去	願	曉	開	三	次清	許	建
6049	憶	Ức	ɯk7	銳入	yì	曾	入	職	影	開	三	全清	於	力
6050	憾	Hám	ha:m5	銳聲	hàn	咸	去	勘	匣	開	一	全濁	胡	紺
6051	懈	Giải	ʑa:j3	問聲	xiè	蟹	去	卦	見	開	二	全清	古	隘
6052	懊	Áo	a:w5	銳聲	ào	效	去	號	影	開	一	全清	烏	到
6053	懌	Dịch	zitʃ8	重入	yì	梗	入	昔	以	開	三	次濁	羊	益
6054	懍	Lẫm	lɤm4	跌聲	lǐn	深	上	寑	來	開	三	次濁	力	稔
6055	戰	Chiến	tʂien5	銳聲	zhàn	山	去	線	章	開	三	全清	之	膳
6056	撼	Hám	ha:m5	銳聲	hàn	咸	上	感	匣	開	一	全濁	胡	感

6057	擁	Ủng	uŋ3	問聲	yǒng	通	上	腫	影	合	三	全清	於	隴
6058	擂	Lôi	loj1	平聲	léi	蟹	去	隊	來	合	一	次濁	盧	對
6059	擄	Lỗ	lo4	跌聲	lǔ	遇	上	姥	來	合	一	次濁	郎	古
6060	擅	Thiện	t'ien6	重聲	shàn	山	去	線	禪	開	三	全濁	時	戰
6061	擇	Trạch	tʂa:ʧ8	重入	zé	梗	入	陌	澄	開	二	全濁	場	伯
6062	擋	Đảng	da:ŋ3	問聲	dǎng	宕	去	宕	端	開	一	全清	丁	浪
6063	操	Thao	t'a:w1	平聲	cāo	效	平	豪	清	開	一	次清	七	刀
6064	擎	Kình	kiɲ2	弦聲	qíng	梗	平	庚	羣	開	三	全濁	渠	京
6065	擔	Đam	da:m1	平聲	dān	咸	平	談	端	開	一	全清	都	甘
6066	擔	Đảm	da:m3	問聲	dàn	咸	去	闞	端	開	一	全清	都	濫
6067	擗	Bịch	biʧ8	重入	pì	梗	入	昔	並	開	三	全濁	房	益
6068	據	Cứ	kɯ5	銳聲	jù	遇	去	御	見	開	三	全清	居	御
6069	擭	Hoạch	hwa:ʧ8	重入	huò	宕	入	鐸	匣	合	一	全濁	胡	郭
6070	擭	Oách	wa:ʧ7	銳入	huò	梗	入	陌	影	合	二	全清	一	虢
6071	整	Chỉnh	tʂiɲ3	問聲	zhěng	梗	上	靜	章	開	三	全清	之	郢
6072	暾	Thôn	t'on1	平聲	tūn	臻	平	魂	透	合	一	次清	他	昆
6073	曀	Ê	e1	平聲	yì	蟹	去	霽	影	開	四	全清	於	計
6074	曆	Lịch	liʧ8	重入	lì	梗	入	錫	來	開	四	次濁	郎	擊
6075	曇	Đàm	da:m2	弦聲	tán	咸	平	覃	定	開	一	全濁	徒	含
6076	曈	Đồng	doŋ2	弦聲	tóng	通	平	東	定	合	一	全濁	徒	紅
6077	曉	Hiểu	hiew3	問聲	xiǎo	效	上	篠	曉	開	四	次清	馨	皛
6078	樲	Nhị	ɲi6	重聲	èr	止	去	至	日	開	三	次濁	而	至
6079	樵	Tiều	tiew2	弦聲	qiáo	效	平	宵	從	開	三	全濁	昨	焦
6080	樸	Bốc	bok7	銳入	pú	通	入	屋	幫	合	一	全清	博	木
6081	樸	Phác	fa:k7	銳入	pǔ	江	入	覺	滂	開	二	次清	匹	角
6082	樹	Thụ	t'u6	重聲	shù	遇	去	遇	禪	合	三	全濁	常	句
6083	樽	Tôn	ton1	平聲	zūn	臻	平	魂	精	合	一	全清	祖	昆
6084	樾	Việt	viet8	重入	yuè	山	入	月	云	合	三	次濁	王	伐
6085	橅	Mô	mo1	平聲	mó	遇	平	模	明	合	一	次濁	莫	胡
6086	橇	Khiêu	xiew1	平聲	qiāo	效	平	宵	溪	開	三	次清	起	囂
6087	橈	Nhiêu	ɲiew1	平聲	ráo	效	平	宵	日	開	三	次濁	如	招
6088	橈	Nạo	na:w6	重聲	náo	效	去	效	娘	開	二	次濁	奴	教
6089	橋	Kiều	kiew2	弦聲	qiáo	效	平	宵	羣	開	三	全濁	巨	嬌
6090	橐	Thác	t'a:k7	銳入	tuó	宕	入	鐸	透	開	一	次清	他	各
6091	橕	Xanh	sa:ɲ1	平聲	chēng	梗	平	庚	徹	開	二	次清	丑	庚
6092	橘	Quất	kwɤt7	銳入	jú	臻	入	術	見	合	三	全清	居	聿
6093	橙	Chanh	tʂa:ɲ1	平聲	chéng	梗	平	耕	澄	開	二	全濁	宅	耕
6094	橙	Đắng	daŋ5	銳聲	dèng	曾	去	嶝	端	開	一	全清	都	鄧

6095	橛	Quyết	kwiet7	銳入	jué	山	入	月	見	合	三	全清	居	月
6096	機	Ki	ki1	平聲	jī	止	平	微	見	開	三	全清	居	依
6097	橧	Tằng	taŋ2	弦聲	zēng	曾	平	蒸	從	開	三	全濁	疾	陵
6098	橧	Tăng	taŋ1	平聲	zēng	曾	平	登	精	開	一	全清	作	滕
6099	横	Hoành	hwa:ɲ2	弦聲	héng	梗	平	庚	匣	合	二	全濁	戶	盲
6100	横	Hoạnh	hwa:ɲ6	重聲	hèng	梗	去	映	匣	合	二	全濁	戶	孟
6101	檃	Ổn	on3	問聲	yǐn	臻	上	隱	影	開	三	全清	於	謹
6102	檇	Tuy	twi1	平聲	zuì	止	平	脂	精	合	三	全清	醉	綏
6103	檎	Cầm	kɤm2	弦聲	qín	深	平	侵	羣	開	三	全濁	巨	金
6104	檠	Kềnh	keɲ2	弦聲	qíng	梗	平	庚	羣	開	三	全濁	渠	京
6105	歕	Phun	fun1	平聲	pèn	臻	平	魂	滂	合	一	次清	普	魂
6106	歙	Thiệp	t'iep8	重入	shè	咸	入	葉	書	開	三	全清	書	涉
6107	歙	Hấp	hɤp7	銳入	xì	深	入	緝	曉	開	三	次清	許	及
6108	歷	Lịch	litʃ8	重入	lì	梗	入	錫	來	開	四	次濁	郎	擊
6109	殪	É	e5	銳聲	yì	蟹	去	霽	影	開	四	全清	於	計
6110	殫	Đàn	da:n2	弦聲	dān	山	平	寒	端	開	一	全清	都	寒
6111	毈	Đoạn	dwa:n6	重聲	duàn	山	去	換	定	合	一	全濁	徒	玩
6112	氄	Nhũng	ɲuŋ4	跌聲	rǒng	通	上	腫	日	合	三	次濁	而	隴
6113	氅	Sưởng	ʂɯɤŋ3	問聲	chǎng	宕	上	養	昌	開	三	次清	昌	兩
6114	潞	Lộ	lo6	重聲	lù	遇	去	暮	來	合	一	次濁	洛	故
6115	澠	Mẫn	mɤn4	跌聲	mǐn	臻	上	軫	明	開	三	次濁	武	盡
6116	澠	Thằng	t'aŋ2	弦聲	shéng	曾	平	蒸	船	開	三	全濁	食	陵
6117	澡	Táo	ta:w5	銳聲	zǎo	效	上	晧	精	開	一	全清	子	晧
6118	澣	Cán	ka:n5	銳聲	wǎn	山	上	緩	匣	合	一	全濁	胡	管
6119	澤	Trạch	tʂa:tʃ8	重入	zé	梗	入	陌	澄	開	二	全濁	場	伯
6120	澥	Hải	ha:j3	問聲	xiè	蟹	上	蟹	匣	開	二	全濁	胡	買
6121	澧	Lễ	le4	跌聲	lǐ	蟹	上	薺	來	開	四	次濁	盧	啟
6122	澨	Phệ	fe6	重聲	shì	蟹	去	祭	禪	開	三	全濁	時	制
6123	澮	Quái	kwa:j5	銳聲	kuài	蟹	去	泰	見	合	一	全清	古	外
6124	澱	Điến	dien5	銳聲	diàn	山	去	霰	定	開	四	全濁	堂	練
6125	澶	Thiền	t'ien2	弦聲	chán	山	平	仙	禪	開	三	全濁	市	連
6126	澹	Đam	da:m1	平聲	tán	咸	平	談	定	開	一	全濁	徒	甘
6127	澹	Đạm	da:m6	重聲	dàn	咸	去	闞	定	開	一	全濁	徒	濫
6128	澼	Phích	fitʃ7	銳入	pì	梗	入	錫	滂	開	四	次清	普	擊
6129	激	Kích	kitʃ7	銳入	jī	梗	入	錫	見	開	四	全清	古	歷
6130	濁	Trọc	tʂɔk8	重入	zhuó	江	入	覺	澄	開	二	全濁	直	角
6131	濂	Liêm	liem1	平聲	lián	咸	平	添	來	開	四	次濁	勒	兼
6132	濃	Nùng	nuŋ2	弦聲	nóng	通	平	鍾	娘	合	三	次濁	女	容

6133	濊	Uế	we5	銳聲	huì	蟹	去	廢	影	合	三	全清	於	廢
6134	濊	Khoát	xwa:t7	銳入	huì	山	入	末	曉	合	一	次清	呼	括
6135	濛	Mông	moŋ1	平聲	méng	通	平	東	明	合	一	次濁	莫	紅
6136	熹	Hi	hi1	平聲	xī	止	平	之	曉	開	三	次清	許	其
6137	熾	Sí	ʂi5	銳聲	chì	止	去	志	昌	開	三	次清	昌	志
6138	燃	Nhiên	ɲien1	平聲	rán	山	平	仙	日	開	三	次濁	如	延
6139	燄	Diễm	ziem4	跌聲	yàn	咸	上	琰	以	開	三	次濁	以	冉
6140	燈	Đăng	daŋ1	平聲	dēng	曾	平	登	端	開	一	全清	都	滕
6141	燉	Đôn	don1	平聲	dùn	臻	平	魂	定	合	一	全濁	徒	渾
6142	燎	Liệu	liew6	重聲	liào	效	去	笑	來	開	三	次濁	力	照
6143	燐	Lân	lɤn1	平聲	lín	臻	平	眞	來	開	三	次濁	力	珍
6144	燒	Thiêu	t'iew1	平聲	shāo	效	平	宵	書	開	三	全清	式	招
6145	燔	Phần	fɤn2	弦聲	fán	山	平	元	奉	合	三	全濁	附	袁
6146	燕	Yên	ien1	平聲	yān	山	平	先	影	開	四	全清	烏	前
6147	燕	Yến	ien5	銳聲	yàn	山	去	霰	影	開	四	全清	於	甸
6148	燖	Tầm	tɤm2	弦聲	xún	咸	平	鹽	邪	開	三	全濁	徐	鹽
6149	營	Dinh	ziɲ1	平聲	yíng	梗	平	清	以	合	三	次濁	余	傾
6150	燠	Úc	uk7	銳入	yù	通	入	屋	影	合	三	全清	於	六
6151	燧	Toại	twa:j6	重聲	suì	止	去	至	邪	合	三	全濁	徐	醉
6152	獧	Quyến	kwien5	銳聲	juàn	山	去	霰	見	合	四	全清	古	縣
6153	獨	Độc	dok8	重入	dú	通	入	屋	定	合	一	全濁	徒	谷
6154	獪	Quái	kwa:j5	銳聲	kuài	蟹	去	泰	見	合	一	全清	古	外
6155	獫	Hiểm	hiem3	問聲	xiǎn	咸	上	琰	曉	開	三	次清	虛	檢
6156	獬	Hải	ha:j3	問聲	xiè	蟹	上	蟹	匣	開	二	全濁	胡	買
6157	獲	Hoạch	hwa:ʧ8	重入	huò	梗	入	麥	匣	合	二	全濁	胡	麥
6158	璞	Phác	fa:k7	銳入	pú	江	入	覺	滂	開	二	次清	匹	角
6159	璠	Phan	fa:n1	平聲	fán	山	平	元	奉	合	三	全濁	附	袁
6160	璣	Ki	ki1	平聲	jī	止	平	微	見	開	三	全清	居	依
6161	瓢	Biều	biew2	弦聲	piáo	效	平	宵	並	開	三	全濁	符	霄
6162	甑	Tắng	taŋ5	銳聲	zèng	曾	去	證	精	開	三	全清	子	孕
6163	甒	Vũ	vu4	跌聲	wǔ	遇	上	虞	微	合	三	次濁	文	甫
6164	瘭	Tiêu	tiew1	平聲	biāo	效	平	宵	幫	開	三	全清	甫	遙
6165	瘯	Thốc	t'ot7	銳入	cù	通	入	屋	清	合	一	次清	千	木
6166	瘰	Lõa	lwa:4	跌聲	luǒ	果	上	果	來	合	一	次濁	郎	果
6167	瘲	Túng	tuŋ5	銳聲	zòng	通	去	用	精	合	三	全清	子	用
6168	瘳	Sưu	ʂɯw1	平聲	chōu	流	平	尤	徹	開	三	次清	丑	鳩
6169	瘴	Chướng	tʂɯɤŋ5	銳聲	zhàng	宕	去	漾	章	開	三	全清	之	亮
6170	瘵	Sái	ʂa:j5	銳聲	zhài	蟹	去	怪	莊	開	二	全清	側	界

6171	瘸	Qua	qwa:1	平聲	qué	果	平	戈	羣	合	三	全濁	巨	肥
6172	瘻	Lũ	lu4	跌聲	lǘ	遇	平	虞	來	合	三	次濁	力	朱
6173	癃	Lung	luŋ1	平聲	lóng	通	平	東	來	合	三	次濁	力	中
6174	皻	Cha	tʂa:1	平聲	zhā	假	平	麻	莊	開	二	全清	側	加
6175	盥	Quán	kwa:n5	銳聲	guàn	山	去	換	見	合	一	全清	古	玩
6176	盦	Am	a:m1	平聲	ān	咸	平	覃	影	開	一	全清	烏	含
6177	盧	Lô	lo1	平聲	lú	遇	平	模	來	合	一	次濁	落	胡
6178	瞖	Ế	e5	銳聲	yì	蟹	去	霽	影	開	四	全清	於	計
6179	瞞	Man	ma:n1	平聲	mán	山	平	桓	明	合	一	次濁	母	官
6180	瞠	Sanh	ʂa:ɲ1	平聲	chēng	梗	平	庚	徹	開	二	次清	丑	庚
6181	瞥	Miết	miet7	銳入	piē	山	入	薛	滂	開	三	次清	芳	滅
6182	瞰	Khám	xa:m5	銳聲	kàn	咸	去	闞	溪	開	一	次清	苦	濫
6183	磧	Thích	t'itʃ7	銳入	qì	梗	入	昔	清	開	三	次清	七	迹（跡）
6184	磨	Ma	ma:1	平聲	mó	果	平	戈	明	合	一	次濁	莫	婆
6185	磨	Má	ma:5	銳聲	mò	果	去	過	明	合	一	次濁	摸	臥
6186	磬	Khánh	xa:ɲ5	銳聲	qìng	梗	去	徑	溪	開	四	次清	苦	定
6187	磲	Cừ	kɯ2	弦聲	qú	遇	平	魚	羣	開	三	全濁	強	魚
6188	禧	Hi	hi1	平聲	xī	止	平	之	曉	開	三	次清	許	其
6189	禪	Thiền	t'ien2	弦聲	chán	山	平	仙	禪	開	三	全濁	市	連
6190	禪	Thiện	t'ien6	重聲	shàn	山	去	線	禪	開	三	全濁	時	戰
6191	禫	Đạm	da:m6	重聲	dàn	咸	上	感	定	開	一	全濁	徒	感
6192	穄	Tế	te5	銳聲	jì	蟹	去	祭	精	開	三	全清	子	例
6193	穅	Khang	xa:ŋ1	平聲	kāng	宕	平	唐	溪	開	一	次清	苦	岡
6194	穆	Mục	muk8	重入	mù	通	入	屋	明	合	三	次濁	莫	六
6195	穇	Sam	ʂa:m1	平聲	shān	咸	平	銜	生	開	二	全清	所	銜
6196	穌	Tô	to1	平聲	sū	遇	平	模	心	合	一	全清	素	姑
6197	積	Tích	titʃ7	銳入	jī	梗	入	昔	精	開	三	全清	資	昔
6198	穎	Dĩnh	ziɲ4	跌聲	yǐng	梗	上	靜	以	合	三	次濁	餘	頃
6199	窵	Điếu	diew5	銳聲	diào	效	去	嘯	端	開	四	全清	多	嘯
6200	窶	Cũ	ku4	跌聲	jù	遇	上	麌	羣	合	三	全濁	其	矩
6201	窸	Tất	tɤt7	銳入	xī	臻	入	質	心	開	三	全清	息	七
6202	窺	Khuy	xwi1	平聲	kuī	止	平	支	溪	合	三	次清	去	隨
6203	窿	Lung	luŋ1	平聲	lóng	通	平	東	來	合	三	次濁	力	中
6204	築	Trúc	tʂuk7	銳入	zhú	通	入	屋	知	合	三	全清	張	六
6205	篔	Vân	vɤn1	平聲	yún	臻	平	文	云	合	三	次濁	王	分
6206	篙	Cao	ka:w1	平聲	gāo	效	平	豪	見	開	一	全清	古	勞
6207	篚	Phỉ	fi3	問聲	fěi	止	上	尾	非	合	三	全清	府	尾

6208	篝	Câu	kɤw1	平聲	gōu	流	平	侯	見	開	一	全清	古	侯
6209	篠	Tiểu	tiew3	問聲	xiǎo	效	上	篠	心	開	四	全清	先	鳥
6210	篡	Soán	ʂwa:n5	銳聲	cuàn	山	去	諫	初	合	二	次清	初	患
6211	篤	Đốc	dok7	銳入	dǔ	通	入	沃	端	合	一	全清	冬	毒
6212	篥	Lật	lɤt8	重入	lì	臻	入	質	來	開	三	次濁	力	質
6213	篦	Bề	be2	弦聲	bì	蟹	平	齊	幫	開	四	全清	邊	兮
6214	篩	Si	ʂi1	平聲	shāi	止	平	脂	生	開	三	全清	踈	夷
6215	篪	Trì	tʂi2	弦聲	chí	止	平	支	澄	開	三	全濁	直	離
6216	篳	Tất	tɤt7	銳入	bì	臻	入	質	幫	開	三	全清	卑	吉
6217	篴	Địch	ditʃ8	重入	dí	梗	入	錫	定	開	四	全濁	徒	歷
6218	篷	Bồng	boŋ2	弦聲	péng	通	平	東	並	合	一	全濁	薄	紅
6219	簉	Sứu	ʂɯw5	銳聲	chòu	流	去	宥	初	開	三	次清	初	救
6220	糒	Bí	bi5	銳聲	bèi	止	去	至	並	開	三	全濁	平	祕
6221	糕	Cao	ka:w1	平聲	gāo	效	平	豪	見	開	一	全清	古	勞
6222	糖	Đường	dɯɤŋ2	弦聲	táng	宕	平	唐	定	開	一	全濁	徒	郎
6223	糗	Khứu	xɯw5	銳聲	qiǔ	流	上	有	溪	開	三	次清	去	久
6224	糙	Tháo	t'a:w5	銳聲	cāo	效	去	號	清	開	一	次清	七	到
6225	緻	Trí	tʂi5	銳聲	zhì	止	去	至	澄	開	三	全濁	直	利
6226	縈	Oanh	wa:ɲ1	平聲	yíng	梗	平	清	影	合	三	全清	於	營
6227	縉	Tấn	tɤn5	銳聲	jìn	臻	去	震	精	開	三	全清	即	刃
6228	縊	Ải	a:j3	問聲	yì	蟹	去	霽	影	開	四	全清	於	計
6229	縐	Trứu	tʂɯw5	銳聲	zhòu	流	去	宥	莊	開	三	全清	側	救
6230	縑	Kiêm	kiem1	平聲	jiān	咸	平	添	見	開	四	全清	古	甜
6231	縕	Uân	wɤn1	平聲	yūn	臻	平	文	影	合	三	全清	於	云
6232	縕	Ôn	on1	平聲	wēn	臻	平	魂	影	合	一	全清	烏	渾
6233	縕	Uẩn	wɤn3	問聲	yùn	臻	上	吻	影	合	三	全清	於	粉
6234	縚	Thao	t'a:w1	平聲	tāo	效	平	豪	透	開	一	次清	土	刀
6235	縛	Phọc	fɔk8	重入	fú	宕	入	藥	奉	開	三	全濁	符	钁
6236	縝	Chẩn	tʂɤn3	問聲	zhěn	臻	上	軫	章	開	三	全清	章	忍
6237	縞	Cảo	ka:w3	問聲	gǎo	效	上	晧	見	開	一	全清	古	老
6238	縟	Nhục	ɲuk8	重入	rù	通	入	燭	日	合	三	次濁	而	蜀
6239	縠	Hộc	hok8	重入	hú	通	入	屋	匣	合	一	全濁	胡	谷
6240	縢	Đằng	daŋ2	弦聲	téng	曾	平	登	定	開	一	全濁	徒	登
6241	縣	Huyền	hwien2	弦聲	xuán	山	平	先	匣	合	四	全濁	胡	涓
6242	縣	Huyện	hwien6	重聲	xiàn	山	去	霰	匣	合	四	全濁	黃	絢
6243	縫	Phùng	fuŋ2	弦聲	féng	通	平	鍾	奉	合	三	全濁	符	容
6244	縫	Phúng	fuŋ5	銳聲	fèng	通	去	用	奉	合	三	全濁	扶	用
6245	縭	Li	li1	平聲	lí	止	平	支	來	開	三	次濁	呂	支

6246	罃	Oanh	wa:ɲ1	平聲	yīng	梗	平	耕	影	開	二	全清	烏	莖
6247	罹	Li	li1	平聲	lí	止	平	支	來	開	三	次濁	呂	支
6248	羲	Hi	hi1	平聲	xī	止	平	支	曉	開	三	次清	許	羈
6249	翮	Cách	ka:ʧ7	銳入	hé	梗	入	麥	匣	開	二	全濁	下	革
6250	翰	Hàn	ha:n2	弦聲	hàn	山	平	寒	匣	開	一	全濁	胡	安
6251	翱	Cao	ka:w1	平聲	áo	效	平	豪	疑	開	一	次濁	五	勞
6252	耨	Nậu	nɤw6	重聲	nòu	流	去	候	泥	開	一	次濁	奴	豆
6253	聱	Ngao	ŋa:w1	平聲	áo	效	平	肴	疑	開	二	次濁	五	交
6254	膨	Bành	ba:ɲ2	弦聲	péng	梗	平	庚	並	開	二	全濁	薄	庚
6255	膩	Nị	ni6	重聲	nì	止	去	至	娘	開	三	次濁	女	利
6256	膰	Phiền	fien2	弦聲	fán	山	平	元	奉	合	三	全濁	附	袁
6257	膳	Thiện	t'ien6	重聲	shàn	山	去	線	禪	開	三	全濁	時	戰
6258	膴	Hô	ho1	平聲	hū	遇	平	模	曉	合	一	次清	荒	烏
6259	膴	Vũ	vu4	跌聲	wǔ	遇	上	麌	微	合	三	次濁	文	甫
6260	臘	Lạp	la:p8	重入	là	咸	入	盍	來	開	一	次濁	盧	盍
6261	臲	Niết	niet7	銳入	niè	山	入	屑	疑	開	四	次濁	五	結
6262	臻	Trăn	tʂan1	平聲	zhēn	臻	平	臻	莊	開	二	全清	側	詵
6263	興	Hưng	hɯŋ1	平聲	xīng	曾	平	蒸	曉	開	三	次清	虛	陵
6264	興	Hứng	hɯŋ5	銳聲	xìng	曾	去	證	曉	開	三	次清	許	應
6265	舉	Cử	kɯ3	問聲	jǔ	遇	上	語	見	開	三	全清	居	許
6266	艗	Dật	zɤt8	重入	yì	梗	入	錫	疑	開	四	次濁	五	歷
6267	蕭	Tiêu	tiew1	平聲	xiāo	效	平	蕭	心	開	四	全清	蘇	彫
6268	蕷	Dự	zɯ6	重聲	yù	遇	去	御	以	開	三	次濁	羊	洳
6269	蕻	Hống	hoŋ5	銳聲	hóng	通	去	送	匣	合	一	全濁	胡	貢
6270	蕾	Lôi	loj1	平聲	lěi	蟹	上	賄	來	合	一	次濁	落	猥
6271	薀	Ôn	on1	平聲	wēn	臻	平	魂	影	合	一	全清	烏	渾
6272	薀	Uẩn	wɤn3	問聲	yùn	臻	上	吻	影	合	三	全清	於	粉
6273	薄	Bạc	ba:k8	重入	bó	宕	入	鐸	並	開	一	全濁	傍	各
6274	薇	Vi	vi1	平聲	wéi	止	平	微	微	合	三	次濁	無	非
6275	薈	Oái	wa:j5	銳聲	huì	蟹	去	泰	影	合	一	全清	烏	外
6276	薊	Kế	ke5	銳聲	jì	蟹	去	霽	見	開	四	全清	古	詣
6277	薏	Ý	i5	銳聲	yì	曾	入	職	影	開	三	全清	於	力
6278	薑	Khương	xɯɤŋ1	平聲	jiāng	宕	平	陽	見	開	三	全清	居	良
6279	薓	Sâm	ʂɤm1	平聲	shēn	深	平	侵	生	開	三	全清	所	今
6280	薔	Tường	tɯɤŋ2	弦聲	qiáng	宕	平	陽	從	開	三	全濁	在	良
6281	薙	Thế	t'e5	銳聲	tì	蟹	去	霽	透	開	四	次清	他	計
6282	薛	Tiết	tiet7	銳入	xiē	山	入	薛	心	開	三	全清	私	列
6283	薜	Bệ	be6	重聲	bì	蟹	去	霽	並	開	四	全濁	蒲	計

6284	蘞	Liễm	liem4	跌聲	liăn	咸	上	琰	來	開	三	次濁	良	冉
6285	蘚	Giải	ʐa:j3	問聲	jiē	蟹	上	蟹	見	開	二	全清	佳	買
6286	薤	Giới	ʐɤ:j5	銳聲	xiè	蟹	去	怪	匣	開	二	全濁	胡	介
6287	薦	Tiến	tien5	銳聲	jiàn	山	去	霰	精	開	四	全清	作	甸
6288	藁	Khảo	xa:w3	問聲	kăo	效	上	晧	溪	開	一	次清	苦	浩
6289	蒿	Hao	ha:w1	平聲	hāo	效	平	豪	曉	開	一	次清	呼	毛
6290	薨	Hoăng	hwaŋ1	平聲	hōng	曾	平	登	曉	合	一	次清	呼	肱
6291	薩	Tát	ta:t7	銳入	sà	山	入	曷	心	開	一	全清	桑	割
6292	薪	Tân	tɤn1	平聲	xīn	臻	平	眞	心	開	三	全清	息	鄰
6293	薯	Thự	t'ɯ6	重聲	shŭ	遇	去	御	禪	開	三	全濁	常	恕
6294	螃	Bàng	ba:ŋ2	弦聲	páng	宕	平	唐	並	開	一	全濁	步	光
6295	螄	Si	ʂi1	平聲	sī	止	平	脂	生	開	三	全清	疎	夷
6296	螉	Ông	oŋ1	平聲	wēng	通	平	東	影	合	一	全清	烏	紅
6297	融	Dung	zuŋ1	平聲	róng	通	平	東	以	合	三	次濁	以	戎
6298	螓	Tần	tɤn2	弦聲	qín	臻	平	眞	從	開	三	全濁	匠	鄰
6299	螗	Đường	dɯɤŋ2	弦聲	táng	宕	平	唐	定	開	一	全濁	徒	郎
6300	螘	Nghĩ	ŋi4	跌聲	yĭ	止	上	紙	疑	開	三	次濁	魚	倚
6301	蠧	Đố	do5	銳聲	dù	遇	去	暮	端	合	一	全清	當	故
6302	螟	Minh	miɲ1	平聲	míng	梗	平	青	明	開	四	次濁	莫	經
6303	螢	Huỳnh	hwiɲ2	弦聲	yíng	梗	平	青	匣	合	四	全濁	戶	扃
6304	螣	Đằng	daŋ2	弦聲	téng	曾	平	登	定	開	一	全濁	徒	登
6305	螭	Li	li1	平聲	chī	止	平	支	徹	開	三	次清	丑	知
6306	螯	Ngao	ŋa:w1	平聲	áo	效	平	豪	疑	開	一	次濁	五	勞
6307	蟆	Mô	mo1	平聲	má	假	平	麻	明	開	二	次濁	莫	霞
6308	蟒	Mãng	ma:ŋ4	跌聲	măng	宕	上	蕩	明	開	一	次濁	模	朗
6309	衞	Vệ	ve6	重聲	wèi	蟹	去	祭	云	合	三	次濁	于	歲
6310	衡	Hành	ha:ɲ2	弦聲	héng	梗	平	庚	匣	開	二	全濁	戶	庚
6311	褧	Quýnh	kwiɲ5	銳聲	jiŏng	梗	上	迥	溪	合	四	次清	口	迥
6312	褰	Khiên	xien1	平聲	qiān	山	平	仙	溪	開	三	次清	去	乾
6313	褱	Hoài	hwa:j2	弦聲	huái	蟹	平	皆	匣	合	二	全濁	戶	乖
6314	褶	Triệp	tʂiep8	重入	zhé	深	入	緝	禪	開	三	全濁	是	執
6315	褶	Tập	tɤp8	重入	xí	深	入	緝	邪	開	三	全濁	似	入
6316	褶	Điệp	diep8	重入	dié	咸	入	帖	定	開	四	全濁	徒	協
6317	褸	Lũ	lu4	跌聲	lŭ	遇	上	麌	來	合	三	次濁	力	主
6318	襀	Tích	tiʧ7	銳入	jī	梗	入	昔	精	開	三	全清	資	昔
6319	覦	Du	zu1	平聲	yú	遇	平	虞	以	合	三	次濁	羊	朱
6320	親	Thân	t'ɤn1	平聲	qīn	臻	平	眞	清	開	三	次清	七	人
6321	親	Thấn	t'ɤn5	銳聲	qìng	臻	去	震	清	開	三	次清	七	遴

6322	觱	Tất	tɤt7	銳入	bì	臻	入	質	幫	開	三	全清	卑	吉
6323	諜	Điệp	diep8	重入	dié	咸	入	帖	定	開	四	全濁	徒	協
6324	諞	Biển	bien3	問聲	piǎn	山	上	獮	並	開	三	全濁	符	蹇
6325	諟	Thị	t'i6	重聲	shì	止	上	紙	禪	開	三	全濁	承	紙
6326	諠	Huyên	hwien1	平聲	xuān	山	平	元	曉	合	三	次清	況	袁
6327	諡	Thụy	t'wi6	重聲	shì	止	去	至	船	開	三	全濁	神	至
6328	諢	Ngộn	ŋon6	重聲	hùn	臻	去	慁	疑	合	一	次濁	五	困
6329	諤	Ngạc	ŋa:k8	重入	è	宕	入	鐸	疑	開	一	次濁	五	各
6330	諦	Để	de5	銳聲	dì	蟹	去	霽	端	開	四	全清	都	計
6331	諧	Hài	ha:j2	弦聲	xié	蟹	平	皆	匣	開	二	全濁	戶	皆
6332	諫	Gián	ʐa:n5	銳聲	jiàn	山	去	諫	見	開	二	全清	古	晏
6333	諭	Dụ	zu6	重聲	yù	遇	去	遇	以	合	三	次濁	羊	戍
6334	諮	Ti	ti1	平聲	zī	止	平	脂	精	開	三	全清	即	夷
6335	諱	Húy	hwi5	銳聲	huì	止	去	未	曉	合	三	次清	許	貴
6336	諳	Am	a:m1	平聲	ān	咸	平	覃	影	開	一	全清	烏	含
6337	諶	Kham	xa:m1	平聲	chén	深	平	侵	禪	開	三	全濁	氏	任
6338	諷	Phúng	fuŋ5	銳聲	fèng	通	去	送	非	合	三	全清	方	鳳
6339	諺	Ngạn	ŋa:n6	重聲	yàn	山	去	線	疑	開	三	次濁	魚	變
6340	諼	Huyên	hwien1	平聲	xuān	山	平	元	曉	合	三	次清	況	袁
6341	謀	Mưu	mɯw1	平聲	móu	流	平	尤	明	開	三	次濁	莫	浮
6342	謁	Yết	iet7	銳入	yè	山	入	月	影	開	三	全清	於	歇
6343	謂	Vị	vi6	重聲	wèi	止	去	未	云	合	三	次濁	于	貴
6344	謎	Mê	me1	平聲	mí	蟹	去	霽	明	開	四	次濁	莫	計
6345	謏	Tiểu	tiew3	問聲	xiǎo	效	上	篠	心	開	四	全清	先	鳥
6346	謔	Hước	hɯɤk7	銳入	nuè	宕	入	藥	曉	開	三	次清	虛	約
6347	賮	Tẫn	tɤn4	跌聲	jìn	臻	去	震	邪	開	三	全濁	徐	刃
6348	賴	Lại	la:j6	重聲	lài	蟹	去	泰	來	開	一	次濁	落	蓋
6349	賵	Phúng	fuŋ5	銳聲	fèng	通	去	送	敷	合	三	次清	撫	鳳
6350	赬	Xanh	sa:ɲ1	平聲	chēng	梗	平	清	徹	開	三	次清	丑	貞
6351	踰	Du	zu1	平聲	yú	遇	平	虞	以	合	三	次濁	羊	朱
6352	踱	Đạc	da:k8	重入	duò	宕	入	鐸	定	開	一	全濁	徒	落
6353	踵	Chủng	tʂuŋ3	問聲	zhǒng	通	上	腫	章	合	三	全清	之	隴
6354	踶	Đệ	de6	重聲	dì	蟹	去	霽	定	開	四	全濁	特	計
6355	踹	Đoán	dwa:n5	銳聲	chuài	山	去	換	端	合	一	全清	丁	貫
6356	踹	Sủy	ʂwi3	問聲	chuài	山	上	獮	禪	合	三	全濁	市	兗
6357	踽	Củ	ku3	問聲	jǔ	遇	上	麌	見	合	三	全清	俱	雨
6358	蹀	Điệp	diep8	重入	dié	咸	入	帖	定	開	四	全濁	徒	協
6359	蹁	Biên	bien1	平聲	pián	山	平	先	幫	開	四	全清	布	玄

6360	蹂	Nhu	ɲu1	平聲	róu	流	平	尤	日	開	三	次濁	耳	由
6361	蹂	Nhựu	ɲɯw6	重聲	róu	流	去	宥	日	開	三	次濁	人	又
6362	蹄	Đề	de2	弦聲	tí	蟹	平	齊	定	開	四	全濁	杜	奚
6363	蹉	Tha	t'a:1	平聲	cuō	果	平	歌	清	開	一	次清	七	何
6364	輭	Nhuyễn	ɲwien4	跌聲	ruǎn	山	上	獮	日	合	三	次濁	而	兗
6365	輮	Nhụ	ɲu6	重聲	róu	流	去	宥	日	開	三	次濁	人	又
6366	輯	Tập	tɤp8	重入	jí	深	入	緝	從	開	三	全濁	秦	入
6367	輳	Thấu	t'ɤw5	銳聲	còu	流	去	候	清	開	一	次清	倉	奏
6368	輶	Du	zu1	平聲	yóu	流	平	尤	以	開	三	次濁	以	周
6369	輸	Thu	t'u1	平聲	shū	遇	平	虞	書	合	三	全清	式	朱
6370	輹	Phúc	fuk7	銳入	fù	通	入	屋	非	合	三	全清	方	六
6371	輻	Phúc	fuk7	銳入	fú	通	入	屋	非	合	三	全清	方	六
6372	辥	Tiết	tiet7	銳入	xuē	山	入	薛	心	開	三	全清	私	列
6373	辦	Biện	bien6	重聲	bàn	山	去	襇	並	開	二	全濁	蒲	莧
6374	辨	Biện	bien6	重聲	biàn	山	去	襇	並	開	二	全濁	蒲	莧
6375	遽	Cự	kɯ6	重聲	jù	遇	去	御	羣	開	三	全濁	其	據
6376	避	Tị	ti6	重聲	bì	止	去	寘	並	開	三	全濁	毗	義
6377	邀	Yêu	iew1	平聲	yāo	效	平	宵	影	開	三	全清	於	霄
6378	邂	Giải	ʑa:j3	問聲	xiè	蟹	去	卦	匣	開	二	全濁	胡	懈
6379	還	Hoàn	hwa:n2	弦聲	huán	山	平	刪	匣	合	二	全濁	戶	關
6380	還	Toàn	twa:n2	弦聲	xuán	山	平	仙	邪	合	三	全濁	似	宣
6381	邅	Chiên	tʂien1	平聲	zhān	山	平	仙	知	開	三	全清	張	連
6382	鄹	Châu	tʂɤw1	平聲	zōu	流	平	尤	莊	開	三	全清	側	鳩
6383	鄺	Quảng	kwa:ŋ3	問聲	kuàng	宕	上	蕩	見	合	一	全清	古	晃
6384	醍	Đề	de2	弦聲	tí	蟹	平	齊	定	開	四	全濁	杜	奚
6385	醍	Thể	t'e3	問聲	tǐ	蟹	上	薺	透	開	四	次清	他	禮
6386	醐	Hồ	ho2	弦聲	hú	遇	平	模	匣	合	一	全濁	戶	吳
6387	醑	Tữ	tɯ4	跌聲	xǔ	遇	上	語	心	開	三	全清	私	呂
6388	醒	Tỉnh	tiɲ3	問聲	xǐng	梗	上	迥	心	開	四	全清	蘇	挺
6389	醜	Sửu	ʂɯw3	問聲	chǒu	流	上	有	昌	開	三	次清	昌	九
6390	醜	Xú	su5	銳聲	chǒu	流	上	有	昌	開	三	次清	昌	九
6391	醝	Ta	ta:1	平聲	cuó	果	平	歌	從	開	一	全濁	昨	何
6392	鋸	Cứ	kɯ5	銳聲	jù	遇	去	御	見	開	三	全清	居	御
6393	鋼	Cương	kɯɤŋ1	平聲	gāng	宕	平	唐	見	開	一	全清	古	郎
6394	錄	Lục	luk8	重入	lù	通	入	燭	來	合	三	次濁	力	玉
6395	錐	Trùy	tʂwi2	弦聲	zhuī	止	平	脂	章	合	三	全清	職	追
6396	錔	Thạp	t'a:p8	重入	tà	咸	入	合	透	開	一	次清	他	合
6397	錘	Chùy	tʂwi2	弦聲	chuí	止	平	支	澄	合	三	全濁	直	垂

6398	錙	Truy	tʂwi1	平聲	zī	止	平	之	莊	開	三	全清	側	持
6399	錚	Tranh	tʂa:ɲ1	平聲	zhēng	梗	平	耕	初	開	二	次清	楚	耕
6400	錞	Thuần	t'wɤn2	弦聲	chún	臻	平	諄	禪	合	三	全濁	常	倫
6401	錞	Đối	doj5	銳聲	duì	蟹	去	隊	定	合	一	全濁	徒	對
6402	錠	Đĩnh	diɲ4	跌聲	dìng	梗	去	徑	端	開	四	全清	丁	定
6403	錡	Ki	ki1	平聲	qí	止	平	支	羣	開	三	全濁	渠	羈
6404	錡	Kĩ	ki4	跌聲	qí	止	上	紙	羣	開	三	全濁	渠	綺
6405	錢	Tiền	tien2	弦聲	qián	山	平	仙	從	開	三	全濁	昨	仙
6406	錢	Tiễn	tien4	跌聲	jiǎn	山	上	獮	精	開	三	全清	即	淺
6407	錦	Cẩm	kɤm3	問聲	jǐn	深	上	寑	見	開	三	全清	居	飲
6408	錧	Quản	kwa:n3	問聲	guǎn	山	上	緩	見	合	一	全清	古	滿
6409	錫	Tích	titʃ7	銳入	xí	梗	入	錫	心	開	四	全清	先	擊
6410	錮	Cố	ko5	銳聲	gù	遇	去	暮	見	合	一	全清	古	暮
6411	錯	Thố	t'o5	銳聲	cuò	遇	去	暮	清	合	一	次清	倉	故
6412	錯	Thác	t'a:k7	銳入	cuò	宕	入	鐸	清	開	一	次清	倉	各
6413	鍋	Oa	wa:1	平聲	guō	果	平	戈	見	合	一	全清	古	禾
6414	鍵	Kiện	kien6	重聲	jiàn	山	上	阮	羣	開	三	全濁	其	偃
6415	閶	Xương	suɯɤŋ1	平聲	chāng	宕	平	陽	昌	開	三	次清	尺	良
6416	閹	Yêm	iem1	平聲	yān	咸	平	鹽	影	開	三	全清	央	炎
6417	閻	Diêm	ziem1	平聲	yán	咸	平	鹽	以	開	三	次濁	余	廉
6418	閼	Yên	ien1	平聲	yān	山	平	先	影	開	四	全清	烏	前
6419	閼	Át	a:t7	銳入	è	山	入	曷	影	開	一	全清	烏	葛
6420	閽	Hôn	hon1	平聲	hūn	臻	平	魂	曉	合	一	次清	呼	昆
6421	閾	Vực	vuɯk8	重入	yù	曾	入	職	曉	合	三	次清	況	逼
6422	闍	Đồ	do2	弦聲	dū	遇	平	模	端	合	一	全清	當	孤
6423	闍	Xà	sa:2	弦聲	shé	假	平	麻	禪	開	三	全濁	視	遮
6424	隰	Thấp	t'ɤp7	銳入	xí	深	入	緝	邪	開	三	全濁	似	入
6425	隱	Ẩn	ɤn3	問聲	yǐn	臻	上	隱	影	開	三	全清	於	謹
6426	隱	Ấn	ɤn5	銳聲	yìn	臻	去	焮	影	開	三	全清	於	靳
6427	隸	Lệ	le6	重聲	lì	蟹	去	霽	來	開	四	次濁	郎	計
6428	雕	Điêu	diew1	平聲	diāo	效	平	蕭	端	開	四	全清	都	聊
6429	霍	Hoắc	hwak7	銳入	huò	宕	入	鐸	曉	合	一	次清	虛	郭
6430	霎	Siếp	ʂiep7	銳入	shà	咸	入	葉	生	開	三	全清	山	輒
6431	霏	Phi	fi1	平聲	fēi	止	平	微	敷	合	三	次清	芳	非
6432	霑	Triêm	tʂiem1	平聲	zhān	咸	平	鹽	知	開	三	全清	張	廉
6433	霓	Nghê	ŋe1	平聲	ní	蟹	平	齊	疑	開	四	次濁	五	稽
6434	霖	Lâm	lɤm1	平聲	lín	深	平	侵	來	開	三	次濁	力	尋
6435	霙	Anh	a:ɲ1	平聲	yīng	梗	平	庚	影	開	三	全清	於	驚

6436	靜	Tĩnh	tiɲ4	跌聲	jìng	梗	上	靜	從	開	三	全濁	疾	郢
6437	靦	Điến	dien5	銳聲	tiǎn	山	上	銑	透	開	四	次清	他	典
6438	鞔	Man	ma:n1	平聲	wǎn	山	平	桓	明	合	一	次濁	母	官
6439	鞘	Sao	ʂa:w1	平聲	shāo	效	平	肴	生	開	二	全清	所	交
6440	頤	Di	zi1	平聲	yí	止	平	之	以	開	三	次濁	與	之
6441	頭	Đầu	dɤw2	弦聲	tóu	流	平	侯	定	開	一	全濁	度	侯
6442	頮	Hối	hoj5	銳聲	huì	蟹	去	隊	曉	合	一	次清	荒	內
6443	頰	Giáp	ʑa:p7	銳入	jiá	咸	入	帖	見	開	四	全清	古	協
6444	頷	Hạm	ha:m6	重聲	hàn	咸	上	感	匣	開	一	全濁	胡	感
6445	頸	Cảnh	ka:ɲ3	問聲	jǐng	梗	上	靜	見	開	三	全清	居	郢
6446	頹	Đồi	doj2	弦聲	tuí	蟹	平	灰	定	合	一	全濁	杜	回
6447	頻	Tần	tɤn2	弦聲	pín	臻	平	眞	並	開	三	全濁	符	真
6448	餐	Xan	sa:n1	平聲	cān	山	平	寒	清	開	一	次清	七	安
6449	餚	Hào	ha:w2	弦聲	yáo	效	平	肴	匣	開	二	全濁	胡	茅
6450	餛	Hồn	hon2	弦聲	hún	臻	平	魂	匣	合	一	全濁	戶	昆
6451	餞	Tiễn	tien4	跌聲	jiàn	山	上	獮	從	開	三	全濁	慈	演
6452	餧	Ủy	wi3	問聲	wèi	止	去	寘	影	合	三	全清	於	偽
6453	餧	Nỗi	noj4	跌聲	něi	蟹	上	賄	泥	合	一	次濁	奴	罪
6454	館	Quán	kwa:n5	銳聲	guǎn	山	去	換	見	合	一	全清	古	玩
6455	罵	Mạ	ma:6	重聲	mà	假	去	禡	明	開	二	次濁	莫	駕
6456	駢	Biền	bien2	弦聲	pián	山	平	先	並	開	四	全濁	部	田
6457	駭	Hãi	ha:j4	跌聲	hài	蟹	上	駭	匣	開	二	全濁	侯	楷
6458	駮	Bác	ba:k7	銳入	bó	江	入	覺	幫	開	二	全清	北	角
6459	駱	Lạc	la:k8	重入	luò	宕	入	鐸	來	開	一	次濁	盧	各
6460	骽	Thối	t'oj5	銳聲	tuǐ	蟹	上	賄	透	合	一	次清	吐	猥
6461	骾	Ngạnh	ŋa:ɲ6	重聲	gěng	梗	上	梗	見	開	二	全清	古	杏
6462	髭	Tì	ti2	弦聲	zī	止	平	支	精	開	三	全清	即	移
6463	髻	Kế	ke5	銳聲	jì	蟹	去	霽	見	開	四	全清	古	詣
6464	魈	Tiêu	tiew1	平聲	xiāo	效	平	宵	心	開	三	全清	相	邀
6465	鮀	Đà	da:2	弦聲	tuó	果	平	歌	定	開	一	全濁	徒	河
6466	鮎	Niêm	niem1	平聲	nián	咸	平	添	泥	開	四	次濁	奴	兼
6467	鮑	Bảo	ba:w3	問聲	bào	效	上	巧	並	開	二	全濁	薄	巧
6468	鮒	Phụ	fu6	重聲	fù	遇	去	遇	奉	合	三	全濁	符	遇
6469	鮓	Trả	tʂa3	問聲	zhǎ	假	上	馬	莊	開	二	全清	側	下
6470	鴒	Linh	liɲ1	平聲	líng	梗	平	青	來	開	四	次濁	郎	丁
6471	鴛	Uyên	wien1	平聲	yuān	山	平	元	影	合	三	全清	於	袁
6472	鴝	Cù	ku2	弦聲	qú	遇	平	虞	羣	合	三	全濁	其	俱
6473	鴞	Hào	ha:w2	弦聲	xiāo	效	平	宵	云	開	三	次濁	于	嬌

6474	鴟	Si	ʂi1	平聲	zhī	止	平	脂	昌	開	三	次清	處	脂
6475	鴣	Cô	ko1	平聲	gū	遇	平	模	見	合	一	全清	古	胡
6476	鴦	Ương	ɯɤŋ1	平聲	yāng	宕	平	陽	影	開	三	全清	於	良
6477	鴨	Áp	a:p7	銳入	yā	咸	入	狎	影	開	二	全清	烏	甲
6478	麃	Bào	ba:w2	弦聲	biāo	效	平	肴	並	開	二	全濁	薄	交
6479	麇	Quân	kwɤn1	平聲	jūn	臻	平	眞	見	開	三	全清	居	筠
6480	麈	Chủ	tʂu3	問聲	zhǔ	遇	上	麌	章	合	三	全清	之	庾
6481	黔	Kiềm	kiem2	弦聲	qián	咸	平	鹽	羣	開	三	全濁	巨	淹
6482	默	Mặc	mak8	重入	mò	曾	入	德	明	開	一	次濁	莫	北
6483	龍	Long	lɔŋ1	平聲	lóng	通	平	鍾	來	合	三	次濁	力	鍾
6484	償	Thường	t'ɯɤŋ2	弦聲	cháng	宕	平	陽	禪	開	三	全濁	市	羊
6485	儡	Lỗi	loj4	跌聲	lěi	蟹	上	賄	來	合	一	次濁	落	猥
6486	儤	Bạo	ba:w6	重聲	bào	效	去	效	幫	開	二	全清	北	教
6487	儩	Tứ	tɯ5	銳聲	sì	止	去	寘	心	開	三	全清	斯	義
6488	優	Ưu	ɯw1	平聲	yōu	流	平	尤	影	開	三	全清	於	求
6489	儲	Trữ	tʂɯ4	跌聲	chǔ	遇	平	魚	澄	開	三	全濁	直	魚
6490	匵	Độc	dok8	重入	dú	通	入	屋	定	合	一	全濁	徒	谷
6491	嚀	Ninh	niɲ1	平聲	níng	梗	平	青	泥	開	四	次濁	奴	丁
6492	嚅	Nhu	ɲu1	平聲	rú	遇	平	虞	日	合	三	次濁	人	朱
6493	嚇	Hách	ha:ʧ7	銳入	xià	梗	入	陌	曉	開	二	次清	呼	格
6494	嚌	Tễ	te4	跌聲	jì	蟹	去	霽	從	開	四	全濁	在	詣
6495	嚏	Đế	de5	銳聲	tì	蟹	去	霽	端	開	四	全清	都	計
6496	嚮	Hưởng	hɯɤŋ3	問聲	xiàng	宕	上	養	曉	開	三	次清	許	兩
6497	嚮	Hướng	hɯɤŋ5	銳聲	xiàng	宕	去	漾	曉	開	三	次清	許	亮
6498	壎	Huân	hwɤn1	平聲	xūn	山	平	元	曉	合	三	次清	況	袁
6499	壑	Hác	ha:k7	銳入	hè	宕	入	鐸	曉	開	一	次清	呵	各
6500	壓	Áp	a:p7	銳入	yā	咸	入	狎	影	開	二	全清	烏	甲
6501	壔	Đảo	da:w3	問聲	dǎo	效	上	晧	端	開	一	全清	都	晧
6502	壕	Hào	ha:w2	弦聲	háo	效	平	豪	匣	開	一	全濁	胡	刀
6503	壙	Khoáng	xwa:ŋ5	銳聲	kuàng	宕	去	宕	溪	合	一	次清	苦	謗
6504	嬪	Tần	tɤn2	弦聲	pín	臻	平	眞	並	開	三	全濁	符	真
6505	嬭	Nãi	na:j4	跌聲	nǎi	蟹	上	薺	泥	開	四	次濁	奴	禮
6506	嬭	Nễ	ne4	跌聲	nǐ	蟹	上	蟹	娘	開	二	次濁	奴	蟹
6507	嬰	Anh	a:ɲ1	平聲	yīng	梗	平	清	影	開	三	全清	於	盈
6508	嬲	Niễu	niew4	跌聲	niǎo	效	上	篠	泥	開	四	次濁	奴	鳥
6509	孺	Nhụ	ɲu6	重聲	rú	遇	去	遇	日	合	三	次濁	而	遇
6510	尷	Giam	ʑa:m1	平聲	gān	咸	平	咸	見	開	二	全清	古	咸
6511	屨	Lũ	lu4	跌聲	jù	遇	去	遇	見	合	三	全清	九	遇

6512	嶷	Nghi	ŋi1	平聲	yí	止	平	之	疑	開	三	次濁	語	其
6513	嶷	Ngực	ŋɯk8	重入	nì	曾	入	職	疑	開	三	次濁	魚	力
6514	嶸	Vanh	va:ɲ1	平聲	róng	梗	平	庚	云	合	三	次濁	永	兵
6515	嶺	Lĩnh	liɲ4	跌聲	lǐng	梗	上	靜	來	開	三	次濁	良	郢
6516	嶽	Nhạc	ɲa:k8	重入	yuè	江	入	覺	疑	開	二	次濁	五	角
6517	幫	Bang	ba:ŋ1	平聲	bāng	宕	平	唐	幫	開	一	全清	博	旁
6518	幬	Đào	da:w2	弦聲	dào	效	去	號	定	開	一	全濁	徒	到
6519	幬	Trù	tʂu2	弦聲	chóu	流	平	尤	澄	開	三	全濁	直	由
6520	彌	Di	zi1	平聲	mí	止	平	支	明	開	三	次濁	武	移
6521	彍	Khoắc	xwak7	銳入	kuò	宕	入	鐸	見	合	一	全清	古	博
6522	徽	Huy	hwi1	平聲	huī	止	平	微	曉	合	三	次清	許	歸
6523	懃	Cần	kɤn2	弦聲	qín	臻	平	欣	羣	開	三	全濁	巨	斤
6524	懇	Khẩn	xɤn3	問聲	kěn	臻	上	很	溪	開	一	次清	康	很
6525	應	Ưng	ɯŋ1	平聲	yīng	曾	平	蒸	影	開	三	全清	於	陵
6526	應	Ứng	ɯŋ5	銳聲	yìng	曾	去	證	影	開	三	全清	於	證
6527	懋	Mậu	mɤw6	重聲	mào	流	去	候	明	開	一	次濁	莫	候
6528	懥	Chí	tʂi5	銳聲	zhì	止	去	至	知	開	三	全清	陟	利
6529	懦	Nọa	nwa:6	重聲	nuò	遇	平	虞	日	合	三	次濁	人	朱
6530	戲	Hí	hi1	銳聲	xì	止	去	寘	曉	開	三	次清	香	義
6531	戴	Đái	da:j5	銳聲	dài	蟹	去	代	端	開	一	全清	都	代
6532	擊	Kích	kitʃ7	銳入	jí	梗	入	錫	見	開	四	全清	古	歷
6533	擘	Phách	fa:tʃ7	銳入	bò	梗	入	麥	幫	開	二	全清	博	厄
6534	擠	Tễ	te4	跌聲	jǐ	蟹	去	霽	精	開	四	全清	子	計
6535	擡	Đài	da:j2	弦聲	tái	蟹	平	咍	定	開	一	全濁	徒	哀
6536	擢	Trạc	tʂa:k8	重入	zhuó	江	入	覺	澄	開	二	全濁	直	角
6537	擣	Đảo	da:w3	問聲	dǎo	效	上	晧	端	開	一	全清	都	晧
6538	擩	Nhũ	ɲu4	跌聲	rǔ	遇	上	麌	日	合	三	次濁	而	主
6539	擬	Nghĩ	ŋi4	跌聲	nǐ	止	上	止	疑	開	三	次濁	魚	紀
6540	擯	Bấn	bɤn5	銳聲	bìn	臻	去	震	幫	開	三	全清	必	刃
6541	擲	Trịch	tʂitʃ8	重入	zhí	梗	入	昔	澄	開	三	全濁	直	炙
6542	擴	Khoáng	xwa:ŋ5	銳聲	kuò	宕	去	宕	匣	合	一	全濁	乎	曠
6543	擿	Trích	tʂitʃ7	銳入	zhí	梗	入	昔	澄	開	三	全濁	直	炙
6544	斁	Dịch	zitʃ8	重入	yì	梗	入	昔	以	開	三	次濁	羊	益
6545	斁	Đố	do5	銳聲	dù	遇	去	暮	端	合	一	全清	當	故
6546	斂	Liễm	liem4	跌聲	liǎn	咸	上	琰	來	開	三	次濁	良	冉
6547	斂	Liệm	liem6	重聲	liàn	咸	去	豔	來	開	三	次濁	力	驗
6548	斃	Tễ	te4	跌聲	bì	蟹	去	祭	並	開	三	全濁	毗	祭
6549	曖	Ái	a:j5	銳聲	ài	蟹	去	泰	影	開	一	全清	於	蓋

6550	曙	Thự	t'ɯ6	重聲	shù	遇	去	御	禪	開	三	全濁	常	恕
6551	矇	Mông	moŋ1	平聲	méng	通	上	董	明	合	一	次濁	莫	孔
6552	朦	Mông	moŋ1	平聲	méng	通	平	東	明	合	一	次濁	莫	紅
6553	檀	Đàn	da:n2	弦聲	tán	山	平	寒	定	開	一	全濁	徒	干
6554	檄	Hịch	hiʧ8	重入	xí	梗	入	錫	匣	開	四	全濁	胡	狄
6555	檉	Sanh	ʂa:ɲ1	平聲	chēng	梗	平	清	徹	開	三	次清	丑	貞
6556	檐	Diêm	ziem1	平聲	yán	咸	平	鹽	以	開	三	次濁	余	廉
6557	檐	Thiềm	t'iem2	弦聲	yán	咸	平	鹽	以	開	三	次濁	余	廉
6558	檔	Đáng	da:ŋ5	銳聲	dàng	宕	平	唐	端	開	一	全清	都	郎
6559	檜	Cối	kok7	銳聲	kuài	蟹	去	泰	見	合	一	全清	古	外
6560	檟	Giả	ʑa:3	問聲	jiǎ	假	上	馬	見	開	二	全清	古	疋
6561	檢	Kiểm	kiem3	問聲	jiǎn	咸	上	琰	見	開	三	全清	居	奄
6562	檣	Tường	tɯɤŋ2	弦聲	qiáng	宕	平	陽	從	開	三	全濁	在	良
6563	檥	Nghĩ	ŋi4	跌聲	yǐ	止	上	紙	疑	開	三	次濁	魚	倚
6564	檬	Mông	moŋ1	平聲	méng	通	平	東	明	合	一	次濁	莫	紅
6565	櫛	Trất	tʂɤt7	銳入	jié	臻	入	櫛	莊	開	二	全清	阻	瑟
6566	歗	Khiếu	xiew5	銳聲	xiào	效	去	嘯	心	開	四	全清	蘇	弔
6567	歟	Dư	zɯ1	平聲	yú	遇	平	魚	以	開	三	次濁	以	諸
6568	殭	Cương	kɯɤŋ1	平聲	jiāng	宕	平	陽	見	開	三	全清	居	良
6569	殮	Liễm	liem4	跌聲	liàn	咸	去	豔	來	開	三	次濁	力	驗
6570	氈	Chiên	tʂien1	平聲	zhān	山	平	仙	章	開	三	全清	諸	延
6571	澀	Sáp	ʂa:p7	銳入	sè	深	入	緝	生	開	三	全清	色	立
6572	濕	Thấp	t'ɤp7	銳入	shī	深	入	緝	書	開	三	全清	失	入
6573	濘	Nính	niɲ5	銳聲	nìng	梗	去	徑	泥	開	四	次濁	乃	定
6574	濞	Tị	ti6	重聲	bì	蟹	去	霽	滂	開	四	次清	匹	詣
6575	濟	Tể	te3	問聲	jǐ	蟹	上	薺	精	開	四	全清	子	禮
6576	濟	Tế	te5	銳聲	jì	蟹	去	霽	精	開	四	全清	子	計
6577	濠	Hào	ha:w2	弦聲	háo	效	平	豪	匣	開	一	全濁	胡	刀
6578	濡	Nhu	ɲu1	平聲	rú	遇	平	虞	日	合	三	次濁	人	朱
6579	濤	Đào	da:w2	弦聲	tāo	效	平	豪	定	開	一	全濁	徒	刀
6580	濫	Lạm	la:m6	重聲	làn	咸	去	闞	來	開	一	次濁	盧	瞰
6581	濬	Tuấn	twɤn5	銳聲	jùn	臻	去	稕	心	合	三	全清	私	閏
6582	濮	Bộc	bok8	重入	pū	通	入	屋	幫	合	一	全清	博	木
6583	濯	Trạc	tʂa:k8	重入	zhuó	江	入	覺	澄	開	二	全濁	直	角
6584	濰	Duy	zwi1	平聲	wéi	止	平	脂	以	合	三	次濁	以	追
6585	濱	Tân	tɤn1	平聲	bīn	臻	平	眞	幫	開	三	全清	必	鄰
6586	瀇	Oảng	wa:ŋ3	問聲	wǎng	宕	上	蕩	影	合	一	全清	烏	晃
6587	瀡	Tủy	twi3	問聲	suǐ	止	去	寘	心	合	三	全清	思	累

6588	燥	Táo	ta:w5	鋭聲	zào	效	上	晧	心	開	一	全清	蘇	老
6589	燦	Xán	sa:n5	鋭聲	càn	山	去	翰	清	開	一	次清	蒼	案
6590	燬	Hủy	hwi3	問聲	huǐ	止	上	紙	曉	合	三	次清	許	委
6591	燭	Chúc	tʂuk7	鋭入	zhú	通	入	燭	章	合	三	全清	之	欲
6592	燮	Tiếp	tiep7	鋭入	xiè	咸	入	帖	心	開	四	全清	蘇	協
6593	爵	Tước	tɯɤk7	鋭入	jué	宕	入	藥	精	開	三	全清	即	略
6594	牆	Tường	tɯɤŋ2	弦聲	qiáng	宕	平	陽	從	開	三	全濁	在	良
6595	獮	Tiển	tien3	問聲	xiǎn	山	上	獮	心	開	三	全清	息	淺
6596	獯	Huân	hwɤn1	平聲	xūn	臻	平	文	曉	合	三	次清	許	云
6597	獰	Nanh	na:ɲ1	平聲	níng	梗	平	庚	娘	開	二	次濁	乃	庚
6598	獷	Quánh	kwa:ɲ5	鋭聲	guǎng	梗	上	梗	見	合	二	全清	古	猛
6599	璐	Lộ	lo6	重聲	lù	遇	去	暮	來	合	一	次濁	洛	故
6600	璨	Xán	sa:n5	鋭聲	càn	山	去	翰	清	開	一	次清	蒼	案
6601	璩	Cừ	kɯ2	弦聲	qú	遇	平	魚	羣	開	三	全濁	強	魚
6602	璪	Tảo	ta:w3	問聲	zǎo	效	上	晧	精	開	一	全清	子	晧
6603	璫	Đang	da:ŋ1	平聲	dāng	宕	平	唐	端	開	一	全清	都	郎
6604	環	Hoàn	hwa:n2	弦聲	huán	山	平	删	匣	合	二	全濁	戶	關
6605	璵	Dư	zɯ1	平聲	yú	遇	平	魚	以	開	三	次濁	以	諸
6606	甓	Bích	bitʃ7	鋭入	pì	梗	入	錫	並	開	四	全濁	扶	歷
6607	甕	Úng	uŋ5	鋭聲	wèng	通	去	送	影	合	一	全清	烏	貢
6608	疄	Lân	lɤn1	平聲	lín	臻	平	眞	來	開	三	次濁	力	珍
6609	療	Liệu	liew6	重聲	liáo	效	去	笑	來	開	三	次濁	力	照
6610	癆	Lao	la:w1	平聲	láo	效	去	號	來	開	一	次濁	郎	到
6611	癉	Đan	da:n1	平聲	dān	山	平	寒	端	開	一	全清	都	寒
6612	癉	Đản	da:n3	問聲	dǎn	果	上	哿	端	開	一	全清	丁	可
6613	癘	Lệ	le6	重聲	lì	蟹	去	祭	來	開	三	次濁	力	制
6614	皤	Bà	ba:2	弦聲	pó	果	平	戈	並	合	一	全濁	薄	波
6615	盩	Chu	tʂu1	平聲	zhōu	流	平	尤	知	開	三	全清	張	流
6616	盪	Đãng	da:ŋ4	跌聲	dàng	宕	上	蕩	定	開	一	全濁	徒	朗
6617	矚	Chúc	tʂuk7	鋭入	zhǔ	通	入	燭	章	合	三	全清	之	欲
6618	瞪	Trừng	tʂɯŋ2	弦聲	dèng	曾	平	蒸	澄	開	三	全濁	直	陵
6619	瞬	Thuấn	t'wɤn5	鋭聲	shùn	臻	去	稕	書	合	三	全清	舒	閏
6620	瞭	Liệu	liew6	重聲	liǎo	效	上	篠	來	開	四	次濁	盧	鳥
6621	瞲	Huyết	hwiet7	鋭入	xù	山	入	屑	曉	合	四	次清	呼	決
6622	瞳	Đồng	doŋ2	弦聲	tóng	通	平	東	定	合	一	全濁	徒	紅
6623	瞶	Quý	kwi5	鋭聲	guì	止	去	未	見	合	三	全清	居	胃
6624	矯	Kiểu	kiew3	問聲	jiǎo	效	上	小	見	開	三	全清	居	夭
6625	矰	Tăng	taŋ1	平聲	zēng	曾	平	登	精	開	一	全清	作	滕

6626	磯	Ki	ki1	平聲	jī	止	平	微	見	開	三	全清	居	依
6627	磴	Đặng	daŋ6	重聲	dèng	曾	去	嶝	端	開	一	全清	都	鄧
6628	磷	Lân	lɤn1	平聲	lín	臻	平	眞	來	開	三	次濁	力	珍
6629	磷	Lấn	lɤn5	銳聲	lìn	臻	去	震	來	開	三	次濁	良	刃
6630	磻	Bàn	ba:n2	弦聲	pán	山	平	桓	並	合	一	全濁	薄	官
6631	磽	Khao	xa:w1	平聲	qiāo	效	平	肴	溪	開	二	次清	口	交
6632	禦	Ngự	ŋɯ6	重聲	yù	遇	上	語	疑	開	三	次濁	魚	巨
6633	禮	Lễ	le4	跌聲	lǐ	蟹	上	薺	來	開	四	次濁	盧	啟
6634	穗	Tuệ	twe6	重聲	suì	止	去	至	邪	合	三	全濁	徐	醉
6635	窾	Khoản	xwa:n3	問聲	kuǎn	山	上	緩	溪	合	一	次清	苦	管
6636	竁	Xuế	swe5	銳聲	cuì	蟹	去	祭	初	合	三	次清	楚	稅
6637	篲	Tuệ	twe6	重聲	huì	蟹	去	祭	邪	合	三	全濁	祥	歲
6638	篼	Đâu	dɤw1	平聲	dōu	流	平	侯	端	開	一	全清	當	侯
6639	篾	Miệt	miet8	重入	miè	山	入	屑	明	開	四	次濁	莫	結
6640	簀	Trách	tʂa:ʧ7	銳入	zé	梗	入	麥	莊	開	二	全清	側	革
6641	簇	Thốc	t'ot7	銳入	cù	通	入	屋	清	合	一	次清	千	木
6642	簋	Quỹ	kwi4	跌聲	guǐ	止	上	旨	見	合	三	全清	居	洧
6643	簍	Lâu	lɤw1	平聲	lǒu	流	平	侯	來	開	一	次濁	落	侯
6644	簍	Lũ	lu4	跌聲	lǒu	遇	上	麌	來	合	三	次濁	力	主
6645	簏	Lộc	lok8	重入	lù	通	入	屋	來	合	一	次濁	盧	谷
6646	簧	Hoàng	hwan:ŋ2	弦聲	huáng	宕	平	唐	匣	合	一	全濁	胡	光
6647	糜	Mi	mi1	平聲	mí	止	平	支	明	開	三	次濁	靡	為
6648	糝	Tảm	ta:m3	問聲	sǎn	咸	上	感	心	開	一	全清	桑	感
6649	糞	Phẩn	fɤn3	問聲	fèn	臻	去	問	非	合	三	全清	方	問
6650	糟	Tao	ta:w1	平聲	zāo	效	平	豪	精	開	一	全清	作	曹
6651	糠	Khang	xa:ŋ1	平聲	kāng	宕	平	唐	溪	開	一	次清	苦	岡
6652	縮	Súc	ʂuk7	銳入	suō	通	入	屋	生	合	三	全清	所	六
6653	縰	Sỉ	ʂi3	問聲	xǐ	止	上	紙	生	開	三	全清	所	綺
6654	縱	Tung	tuŋ1	平聲	zōng	通	平	鍾	精	合	三	全清	即	容
6655	縱	Túng	tuŋ5	銳聲	zòng	通	去	用	精	合	三	全清	子	用
6656	縲	Luy	lwi1	平聲	léi	止	平	脂	來	合	三	次濁	力	追
6657	縴	Khiên	xien1	平聲	qiān	山	平	先	溪	開	四	次清	苦	堅
6658	縵	Mạn	ma:n6	重聲	màn	山	去	換	明	合	一	次濁	莫	半
6659	縶	Trập	tʂɤp8	重入	zhí	深	入	緝	知	開	三	全清	陟	立
6660	縷	Lũ	lu4	跌聲	lǚ	遇	上	麌	來	合	三	次濁	力	主
6661	縹	Phiếu	fiew5	銳聲	piǎo	效	上	小	滂	開	三	次清	敷	沼
6662	縻	Mi	mi1	平聲	mí	止	平	支	明	開	三	次濁	靡	為
6663	總	Tổng	toŋ3	問聲	zǒng	通	上	董	精	合	一	全清	作	孔

6664	績	Tích	titʃ7	銳入	jī	梗	入	錫	精	開	四	全清	則	歷
6665	縿	Sam	ʂa:m1	平聲	shān	咸	平	銜	生	開	二	全清	所	銜
6666	繁	Phồn	fon2	弦聲	fán	山	平	元	奉	合	三	全濁	附	袁
6667	繁	Bàn	ba:n2	弦聲	fán	山	平	桓	並	合	一	全濁	薄	官
6668	繃	Banh	ba:ɲ1	平聲	bēng	梗	平	耕	幫	開	二	全清	北	萌
6669	繄	Ê	e1	平聲	yī	蟹	平	齊	影	開	四	全清	烏	奚
6670	繅	Sào	ʂa:w2	弦聲	sāo	效	平	豪	心	開	一	全清	蘇	遭
6671	繅	Tảo	ta:w3	問聲	sāo	效	上	晧	精	開	一	全清	子	晧
6672	繆	Mâu	mɤw1	平聲	móu	流	平	幽	明	開	三	次濁	武	彪
6673	繆	Mậu	mɤw6	重聲	miù	流	去	幼	明	開	三	次濁	靡	幼
6674	繆	Mục	muk8	重入	mù	通	入	屋	明	合	三	次濁	莫	六
6675	繇	Diêu	ziew1	平聲	yáo	效	平	宵	以	開	三	次濁	餘	昭
6676	繇	Do	zɔ1	平聲	yóu	流	平	尤	以	開	三	次濁	以	周
6677	繇	Chựu	tʂɯw6	重聲	zhòu	流	去	宥	澄	開	三	全濁	直	祐
6678	繈	Cưỡng	kɯɤŋ4	跌聲	qiǎng	宕	上	養	見	開	三	全清	居	兩
6679	罄	Khánh	xa:ɲ5	銳聲	qìng	梗	去	徑	溪	開	四	次清	苦	定
6680	罅	Há	ha:5	銳聲	xià	假	去	禡	曉	開	二	次清	呼	訝
6681	罽	Kế	ke5	銳聲	jì	蟹	去	祭	見	開	三	全清	居	例
6682	罾	Tăng	taŋ1	平聲	zēng	曾	平	登	精	開	一	全清	作	滕
6683	罿	Đồng	doŋ2	弦聲	tóng	通	平	東	定	合	一	全濁	徒	紅
6684	翳	É	e5	銳聲	yì	蟹	去	霽	影	開	四	全清	於	計
6685	翱	Cao	ka:w1	平聲	áo	效	平	豪	疑	開	一	次濁	五	勞
6686	翼	Dực	zɯk8	重入	yì	曾	入	職	以	開	三	次濁	與	職
6687	聯	Liên	lien1	平聲	lián	山	平	仙	來	開	三	次濁	力	延
6688	聰	Thông	t'oŋ1	平聲	cōng	通	平	東	清	合	一	次清	倉	紅
6689	聲	Thanh	t'a:ɲ1	平聲	shēng	梗	平	清	書	開	三	全清	書	盈
6690	聳	Tủng	tuŋ3	問聲	sǒng	通	上	腫	心	合	三	全清	息	拱
6691	膺	Ưng	ɯŋ1	平聲	yīng	曾	平	蒸	影	開	三	全清	於	陵
6692	膽	Đảm	da:m3	問聲	dǎn	咸	上	敢	端	開	一	全清	都	敢
6693	膾	Quái (Khoái)	kwa:j5	銳聲	kuài	蟹	去	泰	見	合	一	全清	古	外
6694	膿	Nùng	nuŋ2	弦聲	nóng	通	平	冬	泥	合	一	次濁	奴	冬
6695	臀	Đồn	don2	弦聲	tún	臻	平	魂	定	合	一	全濁	徒	渾
6696	臂	Tí	ti5	銳聲	bì	止	去	寘	幫	開	三	全清	卑	義
6697	臄	Cược	kɯɤk8	重入	jué	宕	入	藥	羣	開	三	全濁	其	虐
6698	臆	Ức	ɯk7	銳入	yì	曾	入	職	影	開	三	全清	於	力
6699	臉	Thiểm	t'iem3	問聲	liǎn	咸	平	鹽	清	開	三	次清	七	廉
6700	臉	Liễm	liem4	跌聲	liǎn	咸	上	豏	來	開	二	次濁	力	減

6701	臊	Tao	ta:w1	平聲	sāo	效	平	豪	心	開	一	全清	蘇	遭
6702	臨	Lâm	lɤm1	平聲	lín	深	平	侵	來	開	三	次濁	力	尋
6703	臨	Lấm	lɤm5	銳聲	lìn	深	去	沁	來	開	三	次濁	良	鴆
6704	舊	Cựu	kɯw6	重聲	jiù	流	去	宥	羣	開	三	全濁	巨	救
6705	艱	Gian	ʑa:n1	平聲	jiān	山	平	山	見	開	二	全清	古	閑
6706	薰	Huân	hwɤn1	平聲	xūn	臻	平	文	曉	合	三	次清	許	云
6707	薴	Trữ	tʂɯ4	跌聲	néng	梗	平	耕	娘	開	二	次濁	女	耕
6708	薶	Mai	ma:j1	平聲	mái	蟹	平	皆	明	開	二	次濁	莫	皆
6709	藨	Phiêu	fiew1	平聲	piāo	效	平	宵	並	開	三	全濁	符	霄
6710	薹	Đài	da:j2	弦聲	tái	蟹	平	咍	定	開	一	全濁	徒	哀
6711	薺	Tề	te2	弦聲	qí	止	平	脂	從	開	三	全濁	疾	資
6712	藻	Tảo	ta:w3	問聲	zǎo	效	上	晧	精	開	一	全清	子	晧
6713	藁	Cảo	ka:w3	問聲	gǎo	效	上	晧	見	開	一	全清	古	老
6714	藂	Tùng	tuŋ2	弦聲	còng	通	平	東	從	合	一	全濁	徂	紅
6715	藉	Tạ	ta:6	重聲	jiè	假	去	禡	從	開	三	全濁	慈	夜
6716	藉	Tịch	titʃ8	重入	jí	梗	入	昔	從	開	三	全濁	秦	昔
6717	藍	Lam	la:m1	平聲	lán	咸	平	談	來	開	一	次濁	魯	甘
6718	藎	Tẫn	tɤn4	跌聲	jìn	臻	去	震	邪	開	三	全濁	徐	刃
6719	藏	Tàng	ta:ŋ2	弦聲	cáng	宕	平	唐	從	開	一	全濁	昨	郎
6720	藏	Tạng	ta:ŋ6	重聲	zàng	宕	去	宕	從	開	一	全濁	徂	浪
6721	藐	Miểu	miew3	問聲	miǎo	效	上	小	明	開	三	次濁	亡	沼
6722	蘤	Hoa	hwa:1	平聲	wěi	止	上	紙	云	合	三	次濁	韋	委
6723	虧	Khuy	xwi1	平聲	kuī	止	平	支	溪	合	三	次清	去	為
6724	螫	Thích	t'itʃ7	銳入	zhē	梗	入	昔	書	開	三	全清	施	隻
6725	螬	Tào	ta:w2	弦聲	cáo	效	平	豪	從	開	一	全濁	昨	勞
6726	螮	Đế	de5	銳聲	dì	蟹	去	霽	端	開	四	全清	都	計
6727	螳	Đường	dɯɤŋ2	弦聲	táng	宕	平	唐	定	開	一	全濁	徒	郎
6728	螵	Phiêu	fiew1	平聲	piāo	效	平	宵	滂	開	三	次清	撫	招
6729	螺	Loa	lwa:1	平聲	luó	果	平	戈	來	合	一	次濁	落	戈
6730	螻	Lâu	lɤw1	平聲	lóu	流	平	侯	來	開	一	次濁	落	侯
6731	螽	Chung	tʂuŋ1	平聲	zhōng	通	平	東	章	合	三	全清	職	戎
6732	螿	Tương	tɯɤŋ1	平聲	jiāng	宕	平	陽	精	開	三	全清	即	良
6733	蟀	Xuất	swɤt7	銳入	shuài	臻	入	質	生	合	三	全清	所	律
6734	蟁	Văn	van1	平聲	wén	臻	平	文	微	合	三	次濁	無	分
6735	蟄	Trập	tʂɤp8	重入	zhí	深	入	緝	澄	開	三	全濁	直	立
6736	蟈	Quắc	kwak7	銳入	guō	梗	入	麥	見	合	二	全清	古	獲
6737	蟊	Mâu	mɤw1	平聲	móu	流	平	尤	明	開	三	次濁	莫	浮
6738	蟋	Tất	tɤt7	銳入	xī	臻	入	質	心	開	三	全清	息	七

6739	蟥	Hoàng	hwan:ŋ2	弦聲	huáng	宕	平	唐	匣	合	一	全濁	胡	光
6740	蠁	Hưởng	hɯɤŋ3	問聲	xiàng	宕	上	養	曉	開	三	次清	許	兩
6741	褻	Tiết	tiet7	銳入	xiè	山	入	薛	心	開	三	全清	私	列
6742	襁	Cưỡng	kɯɤŋ4	跌聲	jiǎng	宕	上	養	見	開	三	全清	居	兩
6743	褒	Bao	ba:w1	平聲	bāo	效	平	豪	幫	開	一	全清	博	毛
6744	襄	Tương	tɯɤŋ1	平聲	xiāng	宕	平	陽	心	開	三	全清	息	良
6745	襆	Bộc	bok8	重入	pú	通	入	屋	幫	合	一	全清	博	木
6746	襌	Đan	da:n1	平聲	dān	山	平	寒	端	開	一	全清	都	寒
6747	襏	Bát	ba:t7	銳入	bó	山	入	末	幫	合	一	全清	北	末
6748	襖	Áo	a:w5	銳聲	ǎo	效	上	晧	影	開	一	全清	烏	晧
6749	襚	Tùy	twi2	弦聲	suì	止	去	至	邪	合	三	全濁	徐	醉
6750	覬	Kí	ki5	銳聲	jì	止	去	至	見	開	三	全清	几	利
6751	覯	Cấu	kɤw5	銳聲	gòu	流	去	候	見	開	一	全清	古	候
6752	觳	Hộc	hok8	重入	hú	通	入	屋	匣	合	一	全濁	胡	谷
6753	觳	Giác	ʑa:k7	銳入	jué	江	入	覺	溪	開	二	次清	苦	角
6754	謄	Đằng	daŋ2	弦聲	téng	曾	平	登	定	開	一	全濁	徒	登
6755	謅	Sưu	ʂɯw1	平聲	zōu	流	平	尤	初	開	三	次清	楚	鳩
6756	謇	Kiển	kien3	問聲	jiǎn	山	上	獮	見	開	三	全清	九	輦
6757	謋	Hoạch	hwa:ʧ8	重入	huò	梗	入	陌	曉	合	二	次清	虎	伯
6758	謌	Ca	ka:1	平聲	gē	果	平	歌	見	開	一	全清	古	俄
6759	謐	Mịch	miʧ8	重入	mì	臻	入	質	明	開	三	次濁	彌	畢
6760	謖	Tắc	tak7	銳入	sù	通	入	屋	生	合	三	全清	所	六
6761	謗	Báng	ba:ŋ5	銳聲	bàng	宕	去	宕	幫	開	一	全清	補	曠
6762	謙	Khiêm	xiem1	平聲	qiān	咸	平	添	溪	開	四	次清	苦	兼
6763	講	Giảng	ʑa:ŋ3	問聲	jiǎng	江	上	講	見	開	二	全清	古	項
6764	謝	Tạ	ta:6	重聲	xiè	假	去	禡	邪	開	三	全濁	辝	夜
6765	謠	Dao	za:w1	平聲	yáo	效	平	宵	以	開	三	次濁	餘	昭
6766	謨	Mô	mo1	平聲	mó	遇	平	模	明	合	一	次濁	莫	胡
6767	謷	Ngao	ŋa:w1	平聲	áo	效	平	肴	疑	開	二	次濁	五	交
6768	谿	Khê	xe1	平聲	xī	蟹	平	齊	溪	開	四	次清	苦	奚
6769	豁	Khoát	xwa:t7	銳入	huò	山	入	末	曉	合	一	次清	呼	括
6770	豳	Bân	bɤn1	平聲	bīn	臻	平	眞	幫	開	三	全清	府	巾
6771	貔	Tì	ti2	弦聲	pí	止	平	脂	並	開	三	全濁	房	脂
6772	賺	Trám	tʂa:m5	銳聲	zhuàn	咸	去	陷	澄	開	二	全濁	佇	陷
6773	賻	Phụ	fu6	重聲	fù	遇	去	遇	奉	合	三	全濁	符	遇
6774	購	Cấu	kɤw5	銳聲	gòu	流	去	候	見	開	一	全清	古	候
6775	賽	Tái	ta:j5	銳聲	sài	蟹	去	代	心	開	一	全清	先	代
6776	贅	Chuế	tʂwe5	銳聲	zhuì	蟹	去	祭	章	合	三	全清	之	芮

6777	糖	Đường	dɯɤŋ2	弦聲	táng	宕	平	唐	定	開	一	全濁	徒	郎
6778	趨	Xu	su1	平聲	qū	遇	平	虞	清	合	三	次清	七	逾
6779	蹇	Kiển	kien3	問聲	jiǎn	山	上	阮	見	開	三	全清	居	偃
6780	蹈	Đạo	da:w6	重聲	dào	效	去	號	定	開	一	全濁	徒	到
6781	蹊	Hề	he2	弦聲	xī	蟹	平	齊	匣	開	四	全濁	胡	雞
6782	蹋	Đạp	da:p8	重入	tà	咸	入	盍	定	開	一	全濁	徒	盍
6783	蹌	Thương	t'ɯɤŋ1	平聲	qiāng	宕	平	陽	清	開	三	次清	七	羊
6784	蹎	Điên	dien1	平聲	diān	山	平	先	端	開	四	全清	都	年
6785	蹏	Đề	de2	弦聲	tí	蟹	平	齊	定	開	四	全濁	杜	奚
6786	蹐	Tích	titʃ7	銳入	jí	梗	入	昔	精	開	三	全清	資	昔
6787	蹕	Tất	tɤt7	銳入	bì	臻	入	質	幫	開	三	全清	卑	吉
6788	輾	Triển	tʂien3	問聲	zhǎn	山	上	獮	知	開	三	全清	知	演
6789	輾	Niễn	nien4	跌聲	niǎn	山	去	線	娘	開	三	次濁	女	箭
6790	輿	Dư	zɯ1	平聲	yú	遇	平	魚	以	開	三	次濁	以	諸
6791	轂	Cốc	kok7	銳入	gǔ	通	入	屋	見	合	一	全清	古	祿
6792	轄	Hạt	ha:t8	重入	xiá	山	入	鎋	匣	開	二	全濁	胡	瞎
6793	轅	Viên	vien1	平聲	yuán	山	平	元	云	合	三	次濁	雨	元
6794	邃	Thúy	t'wi5	銳聲	suì	止	去	至	心	合	三	全清	雖	遂
6795	邇	Nhĩ	ɲi4	跌聲	ěr	止	上	紙	日	開	三	次濁	兒	氏
6796	邈	Mạc	ma:k8	重入	miǎo	江	入	覺	明	開	二	次濁	莫	角
6797	醞	Uấn	wɤn5	銳聲	yùn	臻	去	問	影	合	三	全清	於	問
6798	醢	Hải	ha:j3	問聲	hǎi	蟹	上	海	曉	開	一	次清	呼	改
6799	醨	Li	li1	平聲	lí	止	平	支	來	開	三	次濁	呂	支
6800	鍇	Khải	xa:j3	問聲	kǎi	蟹	上	駭	溪	開	二	次清	苦	駭
6801	鍊	Luyện	lwien6	重聲	liàn	山	去	霰	來	開	四	次濁	郎	甸
6802	鍍	Độ	do6	重聲	dù	遇	去	暮	定	合	一	全濁	徒	故
6803	鍔	Ngạc	ŋa:k8	重入	è	宕	入	鐸	疑	開	一	次濁	五	各
6804	鍘	Trát	tʂa:t7	銳入	zhá	山	入	鎋	崇	開	二	全濁	查	鎋
6805	鍛	Đoán	dwa:n5	銳聲	duàn	山	去	換	端	合	一	全清	丁	貫
6806	鍤	Tráp	tʂa:p7	銳入	chá	咸	入	洽	初	開	二	次清	楚	洽
6807	鍥	Khiết	xiep7	銳入	qiè	山	入	屑	溪	開	四	次清	苦	結
6808	鍪	Mâu	mɤw1	平聲	móu	流	平	尤	明	開	三	次濁	莫	浮
6809	鍫	Thiêu	t'iew1	平聲	qiāo	效	平	宵	清	開	三	次清	七	遙
6810	鍬	Thiêu	t'iew1	平聲	qiāo	效	平	宵	清	開	三	次清	七	遙
6811	鍮	Thâu	t'ɤw1	平聲	tōu	流	平	侯	透	開	一	次清	託	侯
6812	鍰	Hoàn	hwa:n2	弦聲	huán	山	平	刪	匣	合	二	全濁	戶	關
6813	鍱	Diệp	ziep8	重入	yè	咸	入	葉	以	開	三	次濁	與	涉
6814	鍼	Châm	tʂɤm1	平聲	zhēn	深	平	侵	章	開	三	全清	職	深

6815	鍾	Chung	tʂuŋ1	平聲	zhōng	通	平	鍾	章	合	三	全清	職	容
6816	鎚	Chùy	tʂwi2	弦聲	chuí	止	平	脂	澄	合	三	全濁	直	追
6817	鎡	Tư	tɯ1	平聲	zī	止	平	之	精	開	三	全清	子	之
6818	鎪	Sưu	ʂɯw1	平聲	sōu	流	平	尤	生	開	三	全清	所	鳩
6819	闃	Khuých	xwitʃ5	銳入	qù	梗	入	錫	溪	合	四	次清	苦	鶪
6820	闇	Ám	a:m5	銳聲	àn	咸	去	勘	影	開	一	全清	烏	紺
6821	闈	Vi	vi1	平聲	wéi	止	平	微	云	合	三	次濁	雨	非
6822	闉	Nhân	ɲɤn1	平聲	yīn	臻	平	眞	影	開	三	全清	於	真
6823	闊	Khoát	xwa:t7	銳入	kuò	山	入	末	溪	合	一	次清	苦	栝
6824	闋	Khuyết	xwiet7	銳入	què	山	入	屑	溪	合	四	次清	苦	穴
6825	闌	Lan	la:n1	平聲	lán	山	平	寒	來	開	一	次濁	落	干
6826	隳	Huy	hwi1	平聲	huī	止	平	支	曉	合	三	次清	許	規
6827	隸	Lệ	le6	重聲	lì	蟹	去	霽	來	開	四	次濁	郎	計
6828	雖	Tuy	twi1	平聲	suī	止	平	脂	心	合	三	全清	息	遺
6829	雘	Hoạch	hwa:tʃ8	重入	huò	宕	入	鐸	影	合	一	全清	烏	郭
6830	霝	Linh	liŋ1	平聲	líng	梗	平	青	來	開	四	次濁	郎	丁
6831	霜	Sương	ʂɯɤŋ1	平聲	shuāng	宕	平	陽	生	開	三	全清	色	莊
6832	霞	Hà	ha:2	弦聲	xiá	假	平	麻	匣	開	二	全濁	胡	加
6833	鞚	Khống	koŋ5	銳聲	kòng	通	去	送	溪	合	一	次清	苦	貢
6834	鞞	Bỉ	bi3	問聲	bǐ	止	上	紙	幫	開	三	全清	并	弭
6835	鞠	Cúc	kuk7	銳入	jú	通	入	屋	見	合	三	全清	居	六
6836	鞬	Kiện	kien6	重聲	jiàn	山	平	元	見	開	三	全清	居	言
6837	韓	Hàn	ha:n2	弦聲	hán	山	平	寒	匣	開	一	全濁	胡	安
6838	韔	Sướng	ʂɯɤŋ5	銳聲	chàng	宕	去	漾	徹	開	三	次清	丑	亮
6839	顆	Khỏa	xwa:3	問聲	kē	果	上	果	溪	合	一	次清	苦	果
6840	顇	Tụy	twi6	重聲	cuì	止	去	至	從	合	三	全濁	秦	醉
6841	餬	Hồ	ho2	弦聲	hú	遇	平	模	匣	合	一	全濁	戶	吳
6842	餱	Hầu	hɤw2	弦聲	hóu	流	平	侯	匣	開	一	全濁	戶	鉤
6843	餲	Ế	e5	銳聲	hé	蟹	去	祭	影	開	三	全清	於	罽
6844	餲	Ái	a:j5	銳聲	hé	蟹	去	夬	影	開	二	全清	於	犗
6845	餲	Át	a:t7	銳入	ài	山	入	曷	影	開	一	全清	烏	葛
6846	餳	Đường	dɯɤŋ2	弦聲	táng	梗	平	清	邪	開	三	全濁	徐	盈
6847	餽	Quỹ	kwi4	跌聲	kuì	止	去	至	羣	合	三	全濁	求	位
6848	餿	Sưu	ʂɯw1	平聲	sōu	流	平	尤	生	開	三	全清	所	鳩
6849	馘	Quắc	kwak7	銳入	guó	梗	入	麥	見	合	二	全清	古	獲
6850	駸	Xâm	sɤm1	平聲	qīn	深	平	侵	初	開	三	次清	楚	簪
6851	駿	Tuấn	twɤn5	銳聲	jùn	臻	去	稕	精	合	三	全清	子	峻
6852	騁	Sính	ʂiŋ5	銳聲	chěng	梗	上	靜	徹	開	三	次清	丑	郢

6853	騂	Tinh	tiɲ1	平聲	xīng	梗	平	清	心	合	三	全清	息	營
6854	騃	Ngãi	ŋa:j4	跌聲	ái	蟹	上	駭	疑	開	二	次濁	五	駭
6855	髀	Bễ	be4	跌聲	bì	蟹	上	薺	並	開	四	全濁	傍	禮
6856	髁	Khỏa	xwa:3	問聲	kē	假	上	馬	溪	合	二	次清	苦	瓦
6857	髼	Bồng	boŋ2	弦聲	péng	通	平	東	並	合	一	全濁	薄	紅
6858	黼	Phũ	fu4	跌聲	fǔ	遇	上	麌	奉	合	三	全濁	扶	雨
6859	魊	Vực	vɯk8	重入	yù	曾	入	職	云	合	三	次濁	雨	逼
6860	魋	Đồi	doj2	弦聲	tuí	蟹	平	灰	定	合	一	全濁	杜	回
6861	魍	Võng	vɔŋ4	跌聲	wǎng	宕	上	養	微	開	三	次濁	文	兩
6862	魎	Lượng	lɯɤŋ6	重聲	liǎng	宕	上	養	來	開	三	次濁	良	獎
6863	魏	Ngụy	ŋwi6	重聲	wèi	止	去	未	疑	合	三	次濁	魚	貴
6864	鮆	Tễ	te4	跌聲	jì	止	平	支	精	開	三	全清	即	移
6865	鮝	Tưởng	tɯɤŋ3	問聲	xiǎng	宕	上	養	心	開	三	全清	息	兩
6866	鮠	Ngôi	ŋoj1	平聲	wéi	蟹	平	灰	疑	合	一	次濁	五	灰
6867	鮪	Vị	vi6	重聲	wěi	止	上	旨	云	合	三	次濁	榮	美
6868	鮫	Giao	ʐa:w1	平聲	jiǎo	效	平	肴	見	開	二	全清	古	肴
6869	鮭	Khuê	xwe1	平聲	guī	蟹	平	齊	溪	合	四	次清	苦	圭
6870	鮮	Tiên	tien1	平聲	xiān	山	平	仙	心	開	三	全清	相	然
6871	鮮	Tiển	tien3	問聲	xiǎn	山	上	獮	心	開	三	全清	息	淺
6872	鯈	Du	zu1	平聲	yóu	流	平	尤	澄	開	三	全濁	直	由
6873	鴯	Nhi	ɲi1	平聲	ér	止	平	之	日	開	三	次濁	如	之
6874	鴰	Quát	kwa:t7	銳入	guā	山	入	末	見	合	一	全清	古	活
6875	鴻	Hồng	hoŋ2	弦聲	hóng	通	平	東	匣	合	一	全濁	戶	公
6876	鴽	Như	ɲɯ1	平聲	rú	遇	平	魚	日	開	三	次濁	人	諸
6877	鴿	Cáp	ka:p7	銳入	gē	咸	入	合	見	開	一	全清	古	沓
6878	鵂	Hưu	hɯw1	平聲	xiū	流	平	尤	曉	開	三	次清	許	尤
6879	麋	Mi	mi1	平聲	mí	止	平	脂	明	開	三	次濁	武	悲
6880	麰	Mâu	mɤw1	平聲	móu	流	平	尤	明	開	三	次濁	莫	浮
6881	黏	Niêm	niem1	平聲	nián	咸	平	鹽	娘	開	三	次濁	女	廉
6882	黛	Đại	da:j6	重聲	dài	蟹	去	代	定	開	一	全濁	徒	耐
6883	黜	Truất	tʂwɤt7	銳入	chù	臻	入	術	徹	合	三	次清	丑	律
6884	點	Điểm	diem3	問聲	diǎn	咸	上	忝	端	開	四	全清	多	忝
6885	黻	Phất	fɤt7	銳入	fù	臻	入	物	非	合	三	全清	分	勿
6886	黿	Ngoan	ŋwa:n1	平聲	yuán	山	平	桓	疑	合	一	次濁	五	丸
6887	鼢	Phẫn	fɤn4	跌聲	fén	臻	上	吻	奉	合	三	全濁	房	吻
6888	鼾	Han	ha:n1	平聲	hān	山	平	寒	曉	開	一	次清	許	干
6889	齋	Trai	tʂa:j1	平聲	zhāi	蟹	平	皆	莊	開	二	全清	側	皆
6890	齔	Sấn	ʂɤn5	銳聲	chèn	臻	去	震	初	開	三	次清	初	覲

6891	齷	Ác	a:k7	銳入	wò	江	入	覺	影	開	二	全清	於	角
6892	龜	Quy	kwi1	平聲	guī	止	平	脂	見	合	三	全清	居	追
6893	龠	Dược	zuɯɤk8	重入	yuè	宕	入	藥	以	開	三	次濁	以	灼
6894	儱	Lung	luŋ1	平聲	lǒng	通	上	董	來	合	一	次濁	力	董
6895	叢	Tùng	tuŋ2	弦聲	cóng	通	平	東	從	合	一	全濁	徂	紅
6896	嚚	Ngân	ŋɤn1	平聲	yín	臻	平	眞	疑	開	三	次濁	語	巾
6897	壘	Lũy	lwi4	跌聲	lěi	止	上	旨	來	合	三	次濁	力	軌
6898	屩	Cược	kuɯɤk8	重入	juē	宕	入	藥	見	開	三	全清	居	勺
6899	懕	Yêm	iem1	平聲	yān	咸	平	鹽	影	開	三	全清	一	鹽
6900	懟	Đỗi	doj4	跌聲	duì	止	去	至	澄	合	三	全濁	直	類
6901	懣	Muộn	muon6	重聲	mèn	臻	去	慁	明	合	一	次濁	莫	困
6902	懵	Mộng	moŋ6	重聲	méng	曾	去	嶝	明	開	一	次濁	武	亘
6903	戳	Trạc	tʂa:k8	重入	chuō	江	入	覺	澄	開	二	全濁	直	角
6904	擥	Lãm	la:m4	跌聲	lǎn	咸	上	敢	來	開	一	次濁	盧	敢
6905	擪	Áp	a:p7	銳入	yè	咸	入	葉	影	開	三	全清	於	葉
6906	擷	Hiệt	hiet8	重入	xié	山	入	屑	匣	開	四	全濁	胡	結
6907	擺	Bãi	ba:j4	跌聲	bǎi	蟹	上	蟹	幫	開	二	全清	北	買
6908	擻	Tẩu	tɤw3	問聲	sǒu	流	上	厚	心	開	一	全清	蘇	后
6909	擾	Nhiễu	ɲiew4	跌聲	rǎo	效	上	小	日	開	三	次濁	而	沼
6910	攄	Sư	ʂɯ1	平聲	shū	遇	平	魚	徹	開	三	次清	丑	居
6911	斷	Đoạn	dwa:n6	重聲	duàn	山	上	緩	定	合	一	全濁	徒	管
6912	斷	Đoán	dwa:n5	銳聲	duàn	山	去	換	端	合	一	全清	丁	貫
6913	旛	Phan	fa:n1	平聲	fān	山	平	元	敷	合	三	次清	孚	袁
6914	曛	Huân	hwɤn1	平聲	xūn	臻	平	文	曉	合	三	次清	許	云
6915	曜	Diệu	ziew6	重聲	yào	效	去	笑	以	開	三	次濁	弋	照
6916	曠	Khoáng	xwa:ŋ5	銳聲	kuàng	宕	去	宕	溪	合	一	次清	苦	謗
6917	檮	Đào	da:w2	弦聲	táo	效	平	豪	定	開	一	全濁	徒	刀
6918	檯	Đài	da:j2	弦聲	tái	蟹	平	咍	定	開	一	全濁	徒	哀
6919	檳	Tân	tɤn1	平聲	bīn	臻	平	眞	幫	開	三	全清	必	鄰
6920	檸	Ninh	niɲ1	平聲	níng	梗	上	梗	娘	開	二	次濁	拏	梗
6921	檻	Hạm	ha:m6	重聲	jiàn	咸	上	檻	匣	開	二	全濁	胡	黤
6922	檿	Yểm	iem3	問聲	yǎn	咸	上	琰	影	開	三	全清	於	琰
6923	櫂	Trạo	tʂa:w6	重聲	zhào	效	去	效	澄	開	二	全濁	直	教
6924	櫃	Quỹ	kwi4	跌聲	guì	止	去	至	羣	合	三	全濁	求	位
6925	櫚	Lư	lɯ1	平聲	lǘ	遇	平	魚	來	開	三	次濁	力	居
6926	歸	Quy	kwi1	平聲	guī	止	平	微	見	合	三	全清	舉	韋
6927	殯	Tấn	tɤn5	銳聲	bìn	臻	去	震	幫	開	三	全清	必	刃
6928	濺	Tiên	tien1	平聲	jiān	山	平	先	精	開	四	全清	則	前

6929	濺	Tiễn	tien4	跌聲	jiàn	山	去	線	精	開	三	全清	子	賤
6930	濼	Lạc	la:k8	重入	luò	宕	入	鐸	來	開	一	次濁	盧	各
6931	濼	Bạc	ba:k8	重入	pò	宕	入	鐸	滂	開	一	次清	匹	各
6932	瀆	Độc	dok8	重入	dú	通	入	屋	定	合	一	全濁	徒	谷
6933	瀉	Tả	ta:3	問聲	xiè	假	上	馬	心	開	三	全清	悉	姐
6934	瀋	Thẩm	t'ɤm3	問聲	shěn	深	上	寑	昌	開	三	次清	昌	枕
6935	瀍	Triền	tʂien2	弦聲	chán	山	平	仙	澄	開	三	全濁	直	連
6936	瀏	Lưu	lɯw1	平聲	liú	流	平	尤	來	開	三	次濁	力	求
6937	瀑	Bộc	bok8	重入	pù	通	入	屋	並	合	一	全濁	蒲	木
6938	瀦	Trư	tʂɯ1	平聲	zhū	遇	平	魚	知	開	三	全清	陟	魚
6939	燹	Tiển	tien3	問聲	xiǎn	山	上	銑	心	開	四	全清	蘇	典
6940	燻	Huân	hwɤn1	平聲	xūn	臻	平	文	曉	合	三	次清	許	云
6941	燼	Tẫn	tɤn4	跌聲	jìn	臻	去	震	邪	開	三	全濁	徐	刃
6942	燾	Đảo	da:w3	問聲	dào	效	去	號	定	開	一	全濁	徒	到
6943	燿	Diệu	ziew6	重聲	yào	效	去	笑	以	開	三	次濁	弋	照
6944	爇	Nhiệt	ɲiet8	重入	rè	山	入	薛	日	合	三	次濁	如	劣
6945	爌	Hoảng	hwan:ŋ3	問聲	huǎng	宕	上	蕩	曉	合	一	次清	呼	晃
6946	獵	Liệp	liep8	重入	liè	咸	入	葉	來	開	三	次濁	良	涉
6947	璧	Bích	bitʃ7	銳入	bì	梗	入	昔	幫	開	三	全清	必	益
6948	璿	Tuyền	twien2	弦聲	xuán	山	平	仙	邪	合	三	全濁	似	宣
6949	瓊	Quỳnh	kwiɲ2	弦聲	qióng	梗	平	清	羣	合	三	全濁	渠	營
6950	甖	Anh	a:ɲ1	平聲	yīng	梗	平	耕	影	開	二	全清	烏	莖
6951	癖	Phích	fitʃ7	銳入	pǐ	梗	入	昔	滂	開	三	次清	芳	辟
6952	癗	Lũy	lwi4	跌聲	lěi	蟹	上	賄	來	合	一	次濁	落	猥
6953	癤	Tiết	tiet7	銳入	jié	山	入	屑	精	開	四	全清	子	結
6954	皦	Kiểu	kiew3	問聲	jiǎo	效	上	篠	見	開	四	全清	古	了
6955	盬	Cổ	ko3	問聲	gǔ	遇	上	姥	見	合	一	全清	公	戶
6956	瞻	Chiêm	tʂiem1	平聲	zhān	咸	平	鹽	章	開	三	全清	職	廉
6957	瞼	Kiểm	kiem3	問聲	jiǎn	咸	上	琰	見	開	三	全清	居	奄
6958	瞽	Cổ	ko3	問聲	gǔ	遇	上	姥	見	合	一	全清	公	戶
6959	瞿	Cù	ku2	弦聲	qú	遇	平	虞	羣	合	三	全濁	其	俱
6960	瞿	Cụ	ku6	重聲	jù	遇	去	遇	見	合	三	全清	九	遇
6961	矇	Mông	moŋ1	平聲	méng	通	平	東	明	合	一	次濁	莫	紅
6962	礎	Sở	ʂɤ:3	問聲	chǔ	遇	上	語	初	開	三	次清	創	舉
6963	礜	Dự	zɯ6	重聲	yù	遇	去	御	以	開	三	次濁	羊	洳
6964	禰	Nỉ	ni3	問聲	nǐ	蟹	上	薺	泥	開	四	次濁	奴	禮
6965	禱	Đảo	da:w3	問聲	dǎo	效	上	晧	端	開	一	全清	都	晧
6966	穠	Nùng	nuŋ2	弦聲	nóng	通	平	鍾	娘	合	三	次濁	女	容

6967	穡	Sắc	ʂak7	銳入	sè	曾	入	職	生	開	三	全清	所	力
6968	穢	Uế	we5	銳聲	huì	蟹	去	廢	影	合	三	全清	於	廢
6969	穫	Hoạch	hwa:ʧ8	重入	huò	宕	入	鐸	匣	合	一	全濁	胡	郭
6970	竄	Thoán	t'wa:n5	銳聲	cuàn	山	去	換	清	合	一	次清	七	亂
6971	竅	Khiếu	xiew5	銳聲	qiào	效	去	嘯	溪	開	四	次清	苦	弔
6972	簞	Đan	da:n1	平聲	dān	山	平	寒	端	開	一	全清	都	寒
6973	簟	Điệm	diem6	重聲	diàn	咸	上	忝	定	開	四	全濁	徒	玷
6974	簠	Phủ	fu3	問聲	fǔ	遇	上	麌	非	合	三	全清	方	矩
6975	簡	Giản	ʐa:n3	問聲	jiǎn	山	上	產	見	開	二	全清	古	限
6976	簣	Quỹ	kwi4	跌聲	kuì	止	去	至	羣	合	三	全濁	求	位
6977	簦	Đăng	daŋ1	平聲	dēng	曾	平	登	端	開	一	全清	都	滕
6978	簨	Tuẩn	twɤn3	問聲	sǔn	臻	上	準	心	合	三	全清	思	尹
6979	簩	Lao	la:w1	平聲	láo	效	平	豪	來	開	一	次濁	魯	刀
6980	簪	Trâm	tʂɤm1	平聲	zān	深	平	侵	莊	開	三	全清	側	吟
6981	糤	Tản	ta:n3	問聲	sǎn	山	上	旱	心	開	一	全清	蘇	旱
6982	糧	Lương	lɯɤŋ1	平聲	liáng	宕	平	陽	來	開	三	次濁	呂	張
6983	繐	Huệ	hwe6	重聲	huì	蟹	去	霽	匣	合	四	全濁	胡	桂
6984	繒	Tăng	taŋ1	平聲	zēng	曾	平	蒸	從	開	三	全濁	疾	陵
6985	織	Chức	tʂɯk7	銳入	zhī	曾	入	職	章	開	三	全清	之	翼
6986	繕	Thiện	t'ien6	重聲	shàn	山	去	線	禪	開	三	全濁	時	戰
6987	繖	Tản	ta:n3	問聲	sǎn	山	上	旱	心	開	一	全清	蘇	旱
6988	繙	Phiên	fien1	平聲	fān	山	平	元	敷	合	三	次清	孚	袁
6989	繚	Liễu	liew4	跌聲	liáo	效	上	小	來	開	三	次濁	力	小
6990	繞	Nhiễu	ɲiew4	跌聲	rào	效	上	小	日	開	三	次濁	而	沼
6991	繢	Hội	hoj6	重聲	huì	蟹	去	隊	匣	合	一	全濁	胡	對
6992	繣	Hoạch	hwa:ʧ8	重入	huà	梗	入	麥	曉	合	二	次清	呼	麥
6993	繭	Kiển	kien3	問聲	jiǎn	山	上	銑	見	開	四	全清	古	典
6994	罇	Tôn	ton1	平聲	zūn	臻	平	魂	精	合	一	全清	祖	昆
6995	羃	Mạc	ma:k8	重入	mì	梗	入	錫	明	開	四	次濁	莫	狄
6996	羵	Phần	fɤn2	弦聲	fěn	臻	平	文	奉	合	三	全濁	符	分
6997	翹	Kiều	kiew2	弦聲	qiáo	效	平	宵	羣	開	三	全濁	渠	遙
6998	翻	Phiên	fien1	平聲	fān	山	平	元	敷	合	三	次清	孚	袁
6999	聵	Hội	hoj6	重聲	kuì	蟹	去	怪	疑	合	二	次濁	五	怪
7000	聶	Niếp	niep7	銳入	niè	咸	入	葉	娘	開	三	次濁	尼	輒
7001	職	Chức	tʂɯk7	銳入	zhí	曾	入	職	章	開	三	全清	之	翼
7002	臍	Tề	te2	弦聲	qí	蟹	平	齊	從	開	四	全濁	徂	奚
7003	臏	Tẫn	tɤn4	跌聲	bìn	臻	上	軫	並	開	三	全濁	毗	忍
7004	臑	Nhu	ɲu1	平聲	rú	遇	平	虞	日	合	三	次濁	人	朱

7005	藕	Ngẫu	ŋɤw4	跌聲	ǒu	流	上	厚	疑	開	一	次濁	五	口
7006	藜	Lê	le1	平聲	lí	蟹	平	齊	來	開	四	次濁	郎	奚
7007	藝	Nghệ	ŋe6	重聲	yì	蟹	去	祭	疑	開	三	次濁	魚	祭
7008	藟	Lũy	lwi4	跌聲	lěi	止	上	旨	來	合	三	次濁	力	軌
7009	藤	Đằng	daŋ2	弦聲	téng	曾	平	登	定	開	一	全濁	徒	登
7010	藥	Dược	zuɯɤk8	重入	yào	宕	入	藥	以	開	三	次濁	以	灼
7011	藩	Phiên	fien1	平聲	fán	山	平	元	敷	合	三	次清	孚	袁
7012	藩	Phan	fa:n1	平聲	fān	山	平	元	非	合	三	全清	甫	煩
7013	藪	Tẩu	tɤw3	問聲	sǒu	流	上	厚	心	開	一	全清	蘇	后
7014	藭	Cùng	kuŋ2	弦聲	qióng	通	平	東	羣	合	三	全濁	渠	弓
7015	藁	Cảo	ka:w3	問聲	gǎo	效	上	晧	見	開	一	全清	古	老
7016	藷	Thự	t'ɯ6	重聲	shǔ	遇	去	御	禪	開	三	全濁	常	恕
7017	蟚	Bành	ba:ɲ2	弦聲	péng	梗	平	庚	並	開	二	全濁	薄	庚
7018	蟜	Kiểu	kiew3	問聲	jiǎo	效	上	小	見	開	三	全清	居	夭
7019	蟠	Phiền	fien2	弦聲	pán	山	平	元	奉	合	三	全濁	附	袁
7020	蟠	Bàn	ba:n2	弦聲	pán	山	平	桓	並	合	一	全濁	薄	官
7021	蟢	Hỉ	hi3	問聲	xǐ	止	上	止	曉	開	三	次清	虛	里
7022	蟣	Kì	ki2	弦聲	jǐ	止	平	微	羣	開	三	全濁	渠	希
7023	蟣	Kỉ	ki3	問聲	jǐ	止	上	尾	見	開	三	全清	居	狶
7024	蟪	Huệ	hwe6	重聲	huì	蟹	去	霽	匣	合	四	全濁	胡	桂
7025	蟫	Đàm	da:m2	弦聲	yín	深	平	侵	以	開	三	次濁	餘	針
7026	蟬	Thiền	t'ien2	弦聲	chán	山	平	仙	禪	開	三	全濁	市	連
7027	蟯	Nhiêu	ɲiew1	平聲	ráo	效	平	宵	日	開	三	次濁	如	招
7028	蟲	Trùng	tʂuŋ2	弦聲	chóng	通	平	東	澄	合	三	全濁	直	弓
7029	蠆	Sái	ʂa:j5	銳聲	chài	蟹	去	夬	徹	開	二	次清	丑	犗
7030	襛	Nùng	nuŋ2	弦聲	nóng	通	平	鍾	娘	合	三	次濁	女	容
7031	襜	Xiêm	siem1	平聲	chān	咸	平	鹽	昌	開	三	次清	處	占
7032	襟	Khâm	xɤm1	平聲	jīn	深	平	侵	見	開	三	全清	居	吟
7033	襠	Đang	da:ŋ1	平聲	dāng	宕	平	唐	端	開	一	全清	都	郎
7034	襢	Đản	da:n3	問聲	tǎn	山	上	獮	知	開	三	全清	知	演
7035	覆	Phú	fu5	銳聲	fù	流	去	宥	奉	開	三	全濁	扶	富
7036	覆	Phúc	fuk7	銳入	fù	通	入	屋	敷	合	三	次清	芳	福
7037	覷	Thứ	t'ɯ5	銳聲	qù	遇	去	御	清	開	三	次清	七	慮
7038	覲	Cận	kɤn6	重聲	jìn	臻	去	震	羣	開	三	全濁	渠	遴
7039	觴	Thương	t'ɯɤŋ1	平聲	shāng	宕	平	陽	書	開	三	全清	式	羊
7040	觵	Quang	kwa:ŋ1	平聲	gōng	梗	平	庚	見	合	二	全清	古	横
7041	謦	Khánh	xa:ɲ5	銳聲	qìng	梗	上	迥	溪	開	四	次清	去	挺
7042	謫	Trích	tʂitʃ7	銳入	zhé	梗	入	麥	知	開	二	全清	陟	革

7043	謬	Mậu	mɤw6	重聲	miù	流	去	幼	明	開	三	次濁	靡	幼
7044	謳	Âu	ɤw1	平聲	ōu	流	平	侯	影	開	一	全清	烏	侯
7045	謹	Cẩn	kɤn3	問聲	jǐn	臻	上	隱	見	開	三	全清	居	隱
7046	謻	Di	zi1	平聲	yí	止	平	支	以	開	三	次濁	弋	支
7047	謼	Hô	ho1	平聲	hū	遇	平	模	曉	合	一	次清	荒	烏
7048	謾	Man	ma:n1	平聲	mán	山	平	桓	明	合	一	次濁	母	官
7049	謾	Mạn	ma:n6	重聲	màn	山	去	諫	明	合	二	次濁	謨	晏
7050	譁	Hoa	hwa:1	平聲	huá	假	平	麻	曉	合	二	次清	呼	瓜
7051	豐	Phong	fɔŋ1	平聲	fēng	通	平	東	敷	合	三	次清	敷	隆
7052	賾	Trách	tʂa:tʃ7	銳入	zé	梗	入	麥	崇	開	二	全濁	士	革
7053	贄	Chí	tʂi5	銳聲	zhì	止	去	至	章	開	三	全清	脂	利
7054	蹙	Túc	tuk7	銳入	cù	通	入	屋	精	合	三	全清	子	六
7055	蹜	Súc	ʂuk7	銳入	sù	通	入	屋	生	合	三	全清	所	六
7056	蹟	Tích	titʃ7	銳入	jī	梗	入	昔	精	開	三	全清	資	昔
7057	蹠	Chích	tʂitʃ7	銳入	zhí	梗	入	昔	章	開	三	全清	之	石
7058	蹡	Thương	t'ɯɤŋ1	平聲	qiāng	宕	平	陽	清	開	三	次清	七	羊
7059	蹢	Trịch	tʂitʃ8	重入	zhí	梗	入	昔	澄	開	三	全濁	直	炙
7060	蹢	Đích	ditʃ7	銳入	dí	梗	入	錫	端	開	四	全清	都	歷
7061	蹣	Bàn	ba:n2	弦聲	pán	山	平	桓	並	合	一	全濁	薄	官
7062	蹣	Man	ma:n1	平聲	mán	山	平	桓	明	合	一	次濁	母	官
7063	蹤	Tung	tuŋ1	平聲	zōng	通	平	鍾	精	合	三	全清	即	容
7064	蹩	Biệt	biet8	重入	bié	山	入	屑	並	開	四	全濁	蒲	結
7065	躇	Trừ	tʂɯ2	弦聲	chú	遇	平	魚	澄	開	三	全濁	直	魚
7066	軀	Khu	xu1	平聲	qū	遇	平	虞	溪	合	三	次清	豈	俱
7067	轆	Lộc	lok8	重入	lù	通	入	屋	來	合	一	次濁	盧	谷
7068	轇	Giao	ʐa:w1	平聲	jiū	效	平	肴	見	開	二	全清	古	肴
7069	轉	Chuyển	tʂwien3	問聲	zhuǎn	山	上	獮	知	合	三	全清	陟	兗
7070	轉	Chuyến	tʂwien5	銳聲	zhuàn	山	去	線	知	合	三	全清	知	戀
7071	轊	Duệ	zwe6	重聲	wèi	蟹	去	祭	云	合	三	次濁	于	歲
7072	邊	Biên	bien1	平聲	biān	山	平	先	幫	開	四	全清	布	玄
7073	邋	Lạp	la:p8	重入	lá	咸	入	盍	來	開	一	次濁	盧	盍
7074	醪	Lao	la:w1	平聲	láo	效	平	豪	來	開	一	次濁	魯	刀
7075	醫	Y	i1	平聲	yī	止	平	之	影	開	三	全清	於	其
7076	醬	Tương	tɯɤŋ1	平聲	jiàng	宕	去	漾	精	開	三	全清	子	亮
7077	釐	Li	li1	平聲	lí	止	平	之	來	開	三	次濁	里	之
7078	鎊	Bàng	ba:ŋ2	弦聲	bàng	宕	平	唐	滂	開	一	次清	普	郎
7079	鎋	Hạt	ha:t8	重入	xiá	山	入	鎋	匣	開	二	全濁	胡	瞎
7080	鎌	Liêm	liem1	平聲	lián	咸	平	鹽	來	開	三	次濁	力	鹽

7081	鎔	Dung	zuŋ1	平聲	róng	通	平	鍾	以	合	三	次濁	餘	封
7082	鎖	Tỏa	twa:3	問聲	suǒ	果	上	果	心	合	一	全清	蘇	果
7083	鎗	Thương	t'ɯɤŋ1	平聲	qiāng	梗	平	庚	初	開	二	次清	楚	庚
7084	鎛	Bác	ba:k7	銳入	bó	宕	入	鐸	幫	開	一	全清	補	各
7085	鎞	Bề	be2	弦聲	pī	蟹	平	齊	幫	開	四	全清	邊	兮
7086	鎧	Khải	xa:j3	問聲	kǎi	蟹	上	海	溪	開	一	次清	苦	亥
7087	鎩	Sát	ʂa:t7	銳入	shā	山	入	黠	生	開	二	全清	所	八
7088	鎬	Cảo	ka:w3	問聲	gǎo	效	上	晧	匣	開	一	全濁	胡	老
7089	鎮	Trấn	tʂɤn5	銳聲	zhèn	臻	去	震	知	開	三	全清	陟	刃
7090	鎰	Dật	zɤt8	重入	yì	臻	入	質	以	開	三	次濁	夷	質
7091	鏈	Liên	lien1	平聲	liàn	山	平	仙	來	開	三	次濁	力	延
7092	鏊	Ngao	ŋa:w1	平聲	áo	效	去	號	疑	開	一	次濁	五	到
7093	闐	Điền	dien2	弦聲	tián	山	平	先	定	開	四	全濁	徒	年
7094	闑	Niết	niet7	銳入	niè	山	入	薛	疑	開	三	次濁	魚	列
7095	闒	Tháp	t'a:p7	銳入	tà	咸	入	盍	定	開	一	全濁	徒	盍
7096	闓	Khải	xa:j3	問聲	kǎi	蟹	上	海	溪	開	一	次清	苦	亥
7097	闔	Hạp	ha:p8	重入	hé	咸	入	盍	匣	開	一	全濁	胡	臘
7098	闕	Khuyết	xwiet7	銳入	què	山	入	月	溪	合	三	次清	去	月
7099	闖	Sấm	ʂɤm5	銳聲	chèn	深	去	沁	徹	開	三	次清	丑	禁
7100	隴	Lũng	luŋ4	跌聲	lǒng	通	上	腫	來	合	三	次濁	力	踵
7101	雙	Song	ʂɔŋ1	平聲	shuāng	江	平	江	生	開	二	全清	所	江
7102	雛	Sồ	ʂo2	弦聲	chú	遇	平	虞	崇	合	三	全濁	仕	于
7103	雜	Tạp	ta:p8	重入	zá	咸	入	合	從	開	一	全濁	徂	合
7104	雝	Ung	uŋ1	平聲	yōng	通	平	鍾	影	合	三	全清	於	容
7105	雞	Kê	ke1	平聲	jī	蟹	平	齊	見	開	四	全清	古	奚
7106	雔	Thù	t'u2	弦聲	chóu	流	平	尤	禪	開	三	全濁	市	流
7107	離	Li	li1	平聲	lí	止	平	支	來	開	三	次濁	呂	支
7108	霢	Mạch	ma:ʧ8	重入	mò	梗	入	麥	明	開	二	次濁	莫	獲
7109	霤	Lựu	lɯw6	重聲	liù	流	去	宥	來	開	三	次濁	力	救
7110	霧	Vụ	vu6	重聲	wù	遇	去	遇	微	合	三	次濁	亡	遇
7111	鞦	Thu	t'u1	平聲	qiū	流	平	尤	清	開	三	次清	七	由
7112	鞧	Thu	t'u1	平聲	qiū	流	平	尤	清	開	三	次清	七	由
7113	鞨	Hạt	ha:t8	重入	hé	山	入	曷	匣	開	一	全濁	胡	葛
7114	鞠	Cúc	kuk7	銳入	jú	通	入	屋	見	合	三	全清	居	六
7115	鞭	Tiên	tien1	平聲	biān	山	平	仙	幫	開	三	全清	卑	連
7116	韘	Thiếp	t'iep7	銳入	shè	咸	入	葉	書	開	三	全清	書	涉
7117	韙	Vĩ	vi4	跌聲	wěi	止	上	尾	云	合	三	次濁	于	鬼
7118	韞	Uẩn	wɤn3	問聲	yùn	臻	上	吻	影	合	三	全清	於	粉

7119	顋	Tai	ta:j1	平聲	sāi	蟹	平	咍	心	開	一	全清	蘇	來
7120	題	Đề	de2	弦聲	tí	蟹	平	齊	定	開	四	全濁	杜	奚
7121	額	Ngạch	ŋa:ʧ8	重入	é	梗	入	陌	疑	開	二	次濁	五	陌
7122	顎	Ngạc	ŋa:k8	重入	è	宕	入	鐸	疑	開	一	次濁	五	各
7123	顏	Nhan	ɲa:n1	平聲	yán	山	平	刪	疑	開	二	次濁	五	姦
7124	顒	Ngung	ŋuŋ1	平聲	yóng	通	平	鍾	疑	合	三	次濁	魚	容
7125	顓	Chuyên	tʂwien1	平聲	zhuān	山	平	仙	章	合	三	全清	職	緣
7126	颸	Ti	ti1	平聲	sī	止	平	之	初	開	三	次清	楚	持
7127	颺	Dương	zɯɤŋ1	平聲	yáng	宕	平	陽	以	開	三	次濁	與	章
7128	颼	Sưu	ʂɯw1	平聲	sōu	流	平	尤	生	開	三	全清	所	鳩
7129	餮	Thiết	t'iet7	銳入	tiè	山	入	屑	透	開	四	次清	他	結
7130	餺	Bác	ba:k7	銳入	bó	宕	入	鐸	幫	開	一	全清	補	各
7131	餻	Cao	ka:w1	平聲	gāo	效	平	豪	見	開	一	全清	古	勞
7132	餼	Hí	hi1	銳聲	xì	止	去	未	曉	開	三	次清	許	既
7133	餾	Lựu	lɯw6	重聲	liù	流	去	宥	來	開	三	次濁	力	救
7134	饁	Diệp	ziep8	重入	yè	咸	入	葉	云	開	三	次濁	筠	輒
7135	馥	Phức	fɯk7	銳入	fù	曾	入	職	並	開	三	全濁	符	逼
7136	騅	Chuy	tʂwi1	平聲	zhuī	止	平	脂	章	合	三	全清	職	追
7137	騎	Kị	ki6	重聲	qí	止	去	寘	羣	開	三	全濁	奇	寄
7138	騏	Kì	ki2	弦聲	qí	止	平	之	羣	開	三	全濁	渠	之
7139	騑	Phi	fi1	平聲	fēi	止	平	微	敷	合	三	次清	芳	非
7140	騧	Qua	qwa:1	平聲	guā	假	平	麻	見	合	二	全清	古	華
7141	鬃	Tông	toŋ1	平聲	zōng	通	平	冬	從	合	一	全濁	藏	宗
7142	鬄	Thế	t'e5	銳聲	tì	梗	入	昔	心	開	三	全清	思	積
7143	鬆	Tông	toŋ1	平聲	sōng	通	平	冬	心	合	一	全清	私	宗
7144	鬈	Quyền	kwien2	弦聲	quán	山	平	仙	羣	合	三	全濁	巨	員
7145	鬩	Huých	hwiʧ5	銳入	xì	梗	入	錫	曉	開	四	次清	許	激
7146	鬵	Tẩm	tɤm3	問聲	zèng	深	平	侵	邪	開	三	全濁	徐	林
7147	鮹	Sao	ʂa:w1	平聲	shāo	效	平	肴	生	開	二	全清	所	交
7148	鮿	Triếp	tʂiep7	銳入	zhé	咸	入	葉	知	開	三	全清	陟	葉
7149	鯀	Cổn	kon3	問聲	gǔn	臻	上	混	見	合	一	全清	古	本
7150	鯁	Ngạnh	ŋa:ɲ6	重聲	gěng	梗	上	梗	見	開	二	全清	古	杏
7151	鯉	Lí	li5	銳聲	lǐ	止	上	止	來	開	三	次濁	良	士
7152	鯊	Sa	ʂa:1	平聲	shā	假	平	麻	生	開	二	全清	所	加
7153	鯽	Tức	tɯk7	銳入	jì	曾	入	職	精	開	三	全清	子	力
7154	鵑	Quyên	kwien1	平聲	juān	山	平	先	見	合	四	全清	古	玄
7155	鵒	Dục	zuk8	重入	yù	通	入	燭	以	合	三	次濁	余	蜀
7156	鵓	Bột	bot8	重入	bó	臻	入	沒	並	合	一	全濁	蒲	沒

7157	鵜	Đề	de2	弦聲	tí	蟹	平	齊	定	開	四	全濁	杜	奚
7158	鵝	Nga	ŋa:1	平聲	é	果	平	歌	疑	開	一	次濁	五	何
7159	鵠	Hộc	hok8	重入	hú	通	入	沃	匣	合	一	全濁	胡	沃
7160	鵠	Cốc	kok7	銳入	gǔ	通	入	沃	匣	合	一	全濁	胡	沃
7161	麌	Ngu	ŋu1	平聲	wú	遇	平	模	疑	合	一	次濁	五	乎
7162	黝	Ửu	ɯw3	問聲	yǒu	流	上	黝	影	開	三	全清	於	糾
7163	黟	Y	i1	平聲	yī	止	平	脂	影	開	三	全清	於	脂
7164	黠	Hiệt	hiet8	重入	xiá	山	入	黠	匣	開	二	全濁	胡	八
7165	鼂	Trào	tʂa:w2	弦聲	cháo	效	平	宵	澄	開	三	全濁	直	遙
7166	鼕	Đông	doŋ1	平聲	dōng	通	平	冬	定	合	一	全濁	徒	冬
7167	鼧	Đà	da:2	弦聲	tuó	果	平	歌	定	開	一	全濁	徒	河
7168	鼪	Sinh	ʂiɲ1	平聲	shēng	梗	平	庚	生	開	二	全清	所	庚
7169	鼫	Thạch	t'a:ʧ8	重入	shí	梗	入	昔	禪	開	三	全濁	常	隻
7170	鼬	Dứu	zɯw5	銳聲	yòu	流	去	宥	以	開	三	次濁	余	救
7171	齁	Hầu	hɤw2	弦聲	hóu	流	平	侯	曉	開	一	次清	呼	侯
7172	齎	Tễ	te4	跌聲	jì	蟹	平	齊	心	開	四	全清	相	稽
7173	齕	Hột	hot8	重入	hé	臻	入	沒	匣	開	一	全濁	下	沒
7174	勷	Nhương	ɲɯɤŋ1	平聲	ráng	宕	平	陽	日	開	三	次濁	汝	陽
7175	勸	Khuyến	xwien5	銳聲	quàn	山	去	願	溪	合	三	次清	去	願
7176	厴	Áp	a:p7	銳入	yǎn	咸	上	琰	影	開	三	全清	於	琰
7177	嚥	Yến	ien5	銳聲	yàn	山	去	霰	影	開	四	全清	於	甸
7178	嚨	Lung	luŋ1	平聲	lóng	通	平	東	來	合	一	次濁	盧	紅
7179	嚬	Tần	tɤn2	弦聲	pín	臻	平	眞	並	開	三	全濁	符	真
7180	嚴	Nghiêm	ŋiem1	平聲	yán	咸	平	嚴	疑	開	三	次濁	語	驗
7181	壚	Lư	lɯ1	平聲	lú	遇	平	模	來	合	一	次濁	落	胡
7182	壜	Đàm	da:m2	弦聲	tán	咸	平	覃	定	開	一	全濁	徒	含
7183	壞	Hoại	hwa:j6	重聲	huài	蟹	去	怪	匣	合	二	全濁	胡	怪
7184	壟	Lũng	luŋ4	跌聲	lǒng	通	上	腫	來	合	三	次濁	力	踵
7185	孄	Lãn	la:n4	跌聲	lǎn	山	上	旱	來	開	一	次濁	落	旱
7186	嬿	Yến	ien5	銳聲	yàn	山	去	霰	影	開	四	全清	於	甸
7187	孼	Nghiệt	ŋiet8	重入	niè	山	入	薛	疑	開	三	次濁	魚	列
7188	孽	Nghiệt	ŋiet8	重入	niè	山	入	薛	疑	開	三	次濁	魚	列
7189	寵	Sủng	ʂuŋ3	問聲	chǒng	通	上	腫	徹	合	三	次清	丑	隴
7190	巘	Hiển	hien3	問聲	xiǎn	山	上	阮	曉	開	三	次清	虛	偃
7191	廬	Lư	lɯ1	平聲	lú	遇	平	魚	來	開	三	次濁	力	居
7192	懲	Trừng	tʂɯŋ2	弦聲	chéng	曾	平	蒸	澄	開	三	全濁	直	陵
7193	懶	Lãn	la:n4	跌聲	lǎn	山	上	旱	來	開	一	次濁	落	旱
7194	懷	Hoài	hwa:j2	弦聲	huái	蟹	平	皆	匣	合	二	全濁	戶	乖

7195	攀	Phan	fa:n1	平聲	pān	山	平	刪	滂	合	二	次清	普	班
7196	攈	Quấn	kwɤn5	銳聲	jùn	臻	去	問	見	合	三	全清	居	運
7197	攏	Long	lɔŋ1	平聲	lǒng	通	上	董	來	合	一	次濁	力	董
7198	旜	Chiên	tʂien1	平聲	zhān	山	平	仙	章	開	三	全清	諸	延
7199	旝	Quái	kwa:j5	銳聲	guài	蟹	去	泰	見	合	一	全清	古	外
7200	旟	Dư	zɯ1	平聲	yú	遇	平	魚	以	開	三	次濁	以	諸
7201	曝	Bộc	bok8	重入	pù	通	入	屋	並	合	一	全濁	蒲	木
7202	櫌	Ưu	ɯw1	平聲	yōu	流	平	尤	影	開	三	全清	於	求
7203	櫍	Chất	tʂɤt7	銳入	zhì	臻	入	質	章	開	三	全清	之	日
7204	櫓	Lỗ	lo4	跌聲	lǔ	遇	上	姥	來	合	一	次濁	郎	古
7205	櫜	Cao	ka:w1	平聲	gāo	效	平	豪	見	開	一	全清	古	勞
7206	櫝	Độc	dok8	重入	dú	通	入	屋	定	合	一	全濁	徒	谷
7207	櫞	Duyên	zwien1	平聲	yuán	山	平	仙	以	合	三	次濁	與	專
7208	櫟	Lịch	litʃ8	重入	lì	梗	入	錫	來	開	四	次濁	郎	擊
7209	櫫	Trư	tʂɯ1	平聲	zhū	遇	平	魚	知	開	三	全清	陟	魚
7210	歠	Xuyết	swiet7	銳入	chuò	山	入	薛	昌	合	三	次清	昌	悅
7211	瀘	Lô	lo1	平聲	lú	遇	平	模	來	合	一	次濁	落	胡
7212	瀚	Hãn	ha:n4	跌聲	hàn	山	去	翰	匣	開	一	全濁	侯	旰
7213	瀛	Doanh	zwa:ɲ1	平聲	yíng	梗	平	清	以	開	三	次濁	以	成
7214	瀜	Dung	zuŋ1	平聲	róng	通	平	東	以	合	三	次濁	以	戎
7215	瀝	Lịch	litʃ8	重入	lì	梗	入	錫	來	開	四	次濁	郎	擊
7216	瀣	Dới	zɤ:j5	銳聲	xiè	蟹	去	怪	匣	開	二	全濁	胡	介
7217	瀧	Lang	la:ŋ1	平聲	lóng	江	平	江	來	開	二	次濁	呂	江
7218	瀨	Lại	la:j6	重聲	lài	蟹	去	泰	來	開	一	次濁	落	蓋
7219	爆	Bạo	ba:w6	重聲	bào	效	去	效	幫	開	二	全清	北	教
7220	爆	Bộc	bok8	重入	bào	江	入	覺	幫	開	二	全清	北	角
7221	爍	Thước	t'ɯɤk7	銳入	shuò	宕	入	藥	書	開	三	全清	書	藥
7222	牘	Độc	dok8	重入	dú	通	入	屋	定	合	一	全濁	徒	谷
7223	犢	Độc	dok8	重入	dú	通	入	屋	定	合	一	全濁	徒	谷
7224	獸	Thú	t'u5	銳聲	shòu	流	去	宥	書	開	三	全清	舒	救
7225	獺	Thát	t'a:t7	銳入	tà	山	入	曷	透	開	一	次清	他	達
7226	璽	Tỉ	ti3	問聲	xǐ	止	上	紙	心	開	三	全清	斯	氏
7227	瓈	Lê	le1	平聲	lí	蟹	平	齊	來	開	四	次濁	郎	奚
7228	瓣	Biện	bien6	重聲	bàn	山	去	襉	並	開	二	全濁	蒲	莧
7229	疆	Cương	kɯɤŋ1	平聲	jiāng	宕	平	陽	見	開	三	全清	居	良
7230	疇	Trù	tʂu2	弦聲	chóu	流	平	尤	澄	開	三	全濁	直	由
7231	癟	Biết	biet7	銳入	biě	山	入	薛	滂	開	三	次清	芳	滅
7232	癡	Si	ʂi1	平聲	chī	止	平	之	徹	開	三	次清	丑	之

7233	癢	Dưỡng	zuɯɤŋ4	跌聲	yǎng	宕	上	養	以	開	三	次濁	餘	兩
7234	癬	Tiển	tien3	問聲	xiǎn	山	上	獮	心	開	三	全清	息	淺
7235	矉	Tần	tɤn2	弦聲	bīn	臻	平	眞	幫	開	三	全清	必	鄰
7236	礙	Ngại	ŋa:j6	重聲	ài	蟹	去	代	疑	開	一	次濁	五	溉
7237	礦	Khoáng	xwa:ŋ5	銳聲	kuàng	梗	上	梗	見	合	二	全清	古	猛
7238	礪	Lệ	le6	重聲	lì	蟹	去	祭	來	開	三	次濁	力	制
7239	穨	Đồi	doj2	弦聲	tuí	蟹	平	灰	定	合	一	全濁	杜	回
7240	穩	Ổn	on3	問聲	wěn	臻	上	混	影	合	一	全清	烏	本
7241	簫	Tiêu	tiew1	平聲	xiāo	效	平	蕭	心	開	四	全清	蘇	彫
7242	簷	Diêm	ziem1	平聲	yán	咸	平	鹽	以	開	三	次濁	余	廉
7243	簸	Bá	ba:5	銳聲	bò	果	去	過	幫	合	一	全清	補	過
7244	簹	Đương	dɯɤŋ1	平聲	dāng	宕	平	唐	端	開	一	全清	都	郎
7245	簾	Liêm	liem1	平聲	lián	咸	平	鹽	來	開	三	次濁	力	鹽
7246	簿	Bộ	bo6	重聲	bù	遇	上	姥	並	合	一	全濁	裴	古
7247	簿	Bạc	ba:k8	重入	bó	宕	入	鐸	並	開	一	全濁	傍	各
7248	籀	Trứu	tʂɯw5	銳聲	zhòu	流	去	宥	澄	開	三	全濁	直	祐
7249	籟	Lại	la:j6	重聲	lài	蟹	去	泰	來	開	一	次濁	落	蓋
7250	繡	Tú	tu5	銳聲	xiù	流	去	宥	心	開	三	全清	息	救
7251	繩	Thằng	t'aŋ2	弦聲	shéng	曾	平	蒸	船	開	三	全濁	食	陵
7252	繪	Hội	hoj6	重聲	huì	蟹	去	泰	匣	合	一	全濁	黃	外
7253	繫	Hệ	he6	重聲	xì	蟹	去	霽	匣	開	四	全濁	胡	計
7254	繮	Cương	kɯɤŋ1	平聲	jiāng	宕	平	陽	見	開	三	全清	居	良
7255	繯	Hoán	hwa:n5	銳聲	huán	山	去	諫	匣	合	二	全濁	胡	慣
7256	繳	Kiểu	kiew3	問聲	jiǎo	效	上	篠	見	開	四	全清	古	了
7257	繳	Chước	tʂɯɤk7	銳入	jiǎo	宕	入	藥	章	開	三	全清	之	若
7258	繹	Dịch	zitʃ8	重入	yì	梗	入	昔	以	開	三	次濁	羊	益
7259	繾	Khiển	xien3	問聲	qiǎn	山	上	獮	溪	開	三	次清	去	演
7260	罋	Úng	uŋ5	銳聲	wèng	通	去	送	影	合	一	全清	烏	貢
7261	羅	La	la:1	平聲	luó	果	平	歌	來	開	一	次濁	魯	何
7262	羆	Bi	bi1	平聲	pí	止	平	支	幫	開	三	全清	彼	為
7263	羶	Thiên	t'ien1	平聲	shān	山	平	仙	書	開	三	全清	式	連
7264	羸	Luy	lwi1	平聲	léi	止	平	支	來	合	三	次濁	力	為
7265	羹	Canh	ka:ɲ1	平聲	gēng	梗	平	庚	見	開	二	全清	古	行
7266	翽	Hối	hoj5	銳聲	huì	蟹	去	泰	曉	合	一	次清	呼	會
7267	翾	Huyên	hwien1	平聲	xuān	山	平	仙	曉	合	三	次清	許	緣
7268	臕	Phiêu	fiew1	平聲	biāo	效	平	宵	幫	開	三	全清	甫	嬌
7269	臘	Lạp	la:p8	重入	là	咸	入	盍	來	開	一	次濁	盧	盍
7270	舚	Thiêm	t'iem1	平聲	tān	咸	平	添	透	開	四	次清	他	兼

7271	艣	Lỗ	lo4	跌聲	lǔ	遇	上	姥	來	合	一	次濁	郎	古
7272	艤	Nghĩ	ŋi4	跌聲	yǐ	止	上	紙	疑	開	三	次濁	魚	倚
7273	艨	Mông	moŋ1	平聲	méng	通	平	東	明	合	一	次濁	莫	紅
7274	艷	Diễm	ziem4	跌聲	yàn	咸	去	豔	以	開	三	次濁	以	贍
7275	藶	Lịch	litʃ8	重入	lì	梗	入	錫	來	開	四	次濁	郎	擊
7276	藹	Ái	a:j5	銳聲	ǎi	蟹	去	泰	影	開	一	全清	於	蓋
7277	藺	Lận	lɤn6	重聲	lìn	臻	去	震	來	開	三	次濁	良	刃
7278	藻	Tảo	ta:w3	問聲	zǎo	效	上	晧	精	開	一	全清	子	晧
7279	藿	Hoắc	hwak7	銳入	huò	宕	入	鐸	曉	合	一	次清	虛	郭
7280	蘀	Thác	t'a:k7	銳入	tuò	宕	入	鐸	透	開	一	次清	他	各
7281	蘂	Nhị	ɲi6	重聲	ruǐ	止	上	紙	日	合	三	次濁	如	累
7282	蘄	Kì	ki2	弦聲	qí	止	平	之	羣	開	三	全濁	渠	之
7283	蘅	Hành	ha:ɲ2	弦聲	héng	梗	平	庚	匣	開	二	全濁	戶	庚
7284	蘆	Lô	lo1	平聲	lú	遇	平	模	來	合	一	次濁	落	胡
7285	蘇	Tô	to1	平聲	sū	遇	平	模	心	合	一	全清	素	姑
7286	蘊	Uẩn	wɤn3	問聲	yùn	臻	上	吻	影	合	三	全清	於	粉
7287	蘋	Tần	tɤn2	弦聲	pín	臻	平	真	並	開	三	全濁	符	真
7288	蘧	Cừ	kɯ2	弦聲	qú	遇	平	魚	羣	開	三	全濁	強	魚
7289	蟶	Sanh	ʂa:ɲ1	平聲	chēng	梗	平	清	徹	開	三	次清	丑	貞
7290	蟹	Giải	ʑa:j3	問聲	xiè	蟹	上	蟹	匣	開	二	全濁	胡	買
7291	蟺	Thiện	t'ien6	重聲	shàn	山	上	獮	禪	開	三	全濁	常	演
7292	蟻	Nghĩ	ŋi4	跌聲	yǐ	止	上	紙	疑	開	三	次濁	魚	倚
7293	蟾	Thiềm	t'iem2	弦聲	chán	咸	平	鹽	禪	開	三	全濁	視	占
7294	蠃	Loa	lwa:1	平聲	luó	果	平	戈	來	合	一	次濁	落	戈
7295	蠃	Lỏa	lwa:3	問聲	luǒ	果	上	果	來	合	一	次濁	郎	果
7296	蠅	Dăng	zaŋ1	平聲	yíng	曾	平	蒸	以	開	三	次濁	余	陵
7297	蠉	Huyên	hwien1	平聲	xuān	山	平	仙	曉	合	三	次清	許	緣
7298	蠊	Liêm	liem1	平聲	lián	咸	平	鹽	來	開	三	次濁	力	鹽
7299	蠋	Trục	tʂuk8	重入	zhú	通	入	燭	澄	合	三	全濁	直	錄
7300	蠍	Hiết	hiet7	銳入	xiē	山	入	月	曉	開	三	次清	許	竭
7301	蠓	Mông	moŋ1	平聲	méng	通	平	東	明	合	一	次濁	莫	紅
7302	蠖	Hoạch	hwa:tʃ8	重入	huò	宕	入	鐸	影	合	一	全清	烏	郭
7303	襞	Bích	bitʃ7	銳入	bì	梗	入	昔	幫	開	三	全清	必	益
7304	襤	Lam	la:m1	平聲	lán	咸	平	談	來	開	一	次濁	魯	甘
7305	襦	Nhu	ɲu1	平聲	rú	遇	平	虞	日	合	三	次濁	人	朱
7306	襪	Vạt	vɤt8	重入	wà	山	入	月	微	合	三	次濁	望	發
7307	覈	Hạch	ha:tʃ8	重入	hé	梗	入	麥	匣	開	二	全濁	下	革
7308	觶	Chí	tʂi5	銳聲	zhì	止	去	寘	章	開	三	全清	支	義

7309	譆	Hi	hi1	平聲	xī	止	平	之	曉	開	三	次清	許	其
7310	譈	Đỗi	doj4	跌聲	duì	蟹	去	隊	定	合	一	全濁	徒	對
7311	證	Chứng	tʂɯŋ5	銳聲	zhèng	曾	去	證	章	開	三	全清	諸	應
7312	譊	Nao	na:w1	平聲	náo	效	平	肴	娘	開	二	次濁	女	交
7313	譎	Quyệt	kwiet8	重入	jué	山	入	屑	見	合	四	全清	古	穴
7314	譏	Ki	ki1	平聲	jī	止	平	微	見	開	三	全清	居	依
7315	譔	Soạn	ʂwa:n6	重聲	zhuàn	山	去	線	崇	合	三	全濁	七	戀
7316	譖	Trấm	tʂɤm5	銳聲	zèn	深	去	沁	莊	開	三	全清	莊	蔭
7317	識	Chí	tʂi5	銳聲	zhì	止	去	志	章	開	三	全清	職	吏
7318	識	Thức	t'ɯk7	銳入	shì	曾	入	職	書	開	三	全清	賞	職
7319	譙	Tiều	tiew2	弦聲	qiáo	效	平	宵	從	開	三	全濁	昨	焦
7320	譚	Đàm	da:m2	弦聲	tán	咸	平	覃	定	開	一	全濁	徒	含
7321	譜	Phổ	fo3	問聲	pŭ	遇	上	姥	幫	合	一	全清	博	古
7322	警	Cảnh	ka:ɲ3	問聲	jĭng	梗	上	梗	見	開	三	全清	居	影
7323	豷	É	e5	銳聲	yì	蟹	去	霽	影	開	四	全清	於	計
7324	贈	Tặng	taŋ6	重聲	zèng	曾	去	嶝	從	開	一	全濁	昨	亘
7325	贉	Đảm	da:m3	問聲	tăn	咸	上	感	定	開	一	全濁	徒	感
7326	贊	Tán	ta:n5	銳聲	zàn	山	去	翰	精	開	一	全清	則	旰
7327	贋	Nhạn	ɲa:n6	重聲	yàn	山	去	諫	疑	開	二	次濁	五	晏
7328	蹬	Đặng	daŋ6	重聲	dèng	曾	去	嶝	定	開	一	全濁	徒	亘
7329	蹭	Thặng	t'aŋ6	重聲	cèng	曾	去	嶝	清	開	一	次清	千	鄧
7330	蹯	Phiền	fien2	弦聲	fán	山	平	元	奉	合	三	全濁	附	袁
7331	蹲	Tồn	ton2	弦聲	dūn	臻	平	魂	從	合	一	全濁	徂	尊
7332	蹴	Xúc	suk7	銳入	cù	通	入	屋	精	合	三	全清	子	六
7333	蹶	Quệ	kwe6	重聲	jué	蟹	去	祭	見	合	三	全清	居	衛
7334	蹶	Quyết	kwiet7	銳入	jué	山	入	月	見	合	三	全清	居	月
7335	蹺	Khiêu	xiew1	平聲	qiāo	效	平	宵	溪	開	三	次清	去	遙
7336	蹻	Khiêu	xiew1	平聲	qiāo	效	平	宵	溪	開	三	次清	去	遙
7337	蹻	Kiểu	kiew3	問聲	jiăo	效	上	小	見	開	三	全清	居	夭
7338	蹻	Cược	kɯɤk8	重入	jué	宕	入	藥	羣	開	三	全濁	其	虐
7339	蹼	Bốc	bok7	銳入	pú	通	入	屋	幫	合	一	全清	博	木
7340	轍	Triệt	tʂiet8	重入	chèn	山	入	薛	澄	開	三	全濁	直	列
7341	轎	Kiệu	kiew6	重聲	jiào	效	去	笑	羣	開	三	全濁	渠	廟
7342	轔	Lân	lɤn1	平聲	lín	臻	平	眞	來	開	三	次濁	力	珍
7343	辭	Từ	tɯ2	弦聲	cí	止	平	之	邪	開	三	全濁	似	茲
7344	醭	Phốc	fok7	銳入	pū	通	入	屋	滂	合	一	次清	普	木
7345	醮	Tiếu	tiew5	銳聲	zhàn	效	去	笑	精	開	三	全清	子	肖
7346	醮	Tiếu	tiew5	銳聲	jiào	效	去	笑	精	開	三	全清	子	肖

7347	醯	Ê	e1	平聲	xī	蟹	平	齊	曉	開	四	次清	呼	雞
7348	醰	Đàm	da:m2	弦聲	tán	咸	去	勘	定	開	一	全濁	徒	紺
7349	醱	Phát	fa:t7	銳入	pò	山	入	末	滂	合	一	次清	普	活
7350	鏃	Thốc	t'ot7	銳入	zú	通	入	屋	精	合	一	全清	作	木
7351	鏇	Tuyền	twien2	弦聲	xuàn	山	平	仙	邪	合	三	全濁	似	宣
7352	鏐	Lưu	lɯw1	平聲	liú	流	平	尤	來	開	三	次濁	力	求
7353	鏑	Đích	diʧ7	銳入	dí	梗	入	錫	端	開	四	全清	都	歷
7354	鏖	Ao	a:w1	平聲	áo	效	平	豪	影	開	一	全清	於	刀
7355	鏗	Khanh	xa:ɲ1	平聲	kēng	梗	平	耕	溪	開	二	次清	口	莖
7356	鏘	Thương	t'ɯɤŋ1	平聲	qiāng	宕	平	陽	清	開	三	次清	七	羊
7357	鏜	Thang	t'a:ŋ1	平聲	tāng	宕	平	唐	透	開	一	次清	吐	郎
7358	鏝	Man	ma:n1	平聲	màn	山	平	桓	明	合	一	次濁	母	官
7359	鏞	Dong	zɔŋ1	平聲	yōng	通	平	鍾	以	合	三	次濁	餘	封
7360	鏟	Sạn	ʂa:n6	重聲	chǎn	山	去	諫	初	開	二	次清	初	鴈
7361	鏡	Kính	kiɲ5	銳聲	jìng	梗	去	映	見	開	三	全清	居	慶
7362	鏢	Tiêu	tiew1	平聲	biāo	效	平	宵	滂	開	三	次清	撫	招
7363	鏤	Lũ	lu4	跌聲	lòu	流	去	候	來	開	一	次濁	盧	候
7364	鏨	Tạm	ta:m6	重聲	zàn	咸	去	闞	從	開	一	全濁	藏	濫
7365	鐄	Hoành	hwa:ɲ2	弦聲	héng	梗	平	庚	匣	合	二	全濁	戶	盲
7366	闚	Khuy	xwi1	平聲	kuī	止	平	支	溪	合	三	次清	去	隨
7367	關	Quan	kwa:n1	平聲	guān	山	平	刪	見	合	二	全清	古	還
7368	闞	Hám	ha:m5	銳聲	hǎn	咸	去	鑑	曉	開	二	次清	許	鑑
7369	闞	Giảm	ʐa:m3	問聲	kàn	咸	去	闞	溪	開	一	次清	苦	濫
7370	難	Nan	na:n1	平聲	nán	山	平	寒	泥	開	一	次濁	那	干
7371	難	Nạn	na:n6	重聲	nàn	山	去	翰	泥	開	一	次濁	奴	案
7372	霪	Dâm	zɤm1	平聲	yín	深	平	侵	以	開	三	次濁	餘	針
7373	靡	Mĩ	mi4	跌聲	mǐ	止	上	紙	明	開	三	次濁	文	彼
7374	鞳	Tháp	t'a:p7	銳入	tà	咸	入	合	透	開	一	次清	他	荅
7375	鞴	Bị	bi6	重聲	bèi	止	去	至	並	開	三	全濁	平	祕
7376	鞵	Hài	ha:j2	弦聲	xié	蟹	平	佳	匣	開	二	全濁	戶	佳
7377	鞶	Bàn	ba:n2	弦聲	pán	山	平	桓	並	合	一	全濁	薄	官
7378	鞹	Khoác	xwa:k7	銳入	kuò	宕	入	鐸	溪	合	一	次清	苦	郭
7379	韡	Ngoa	ŋwa:1	平聲	xuē	果	平	戈	曉	合	三	次清	許	肥
7380	韛	Bị	bi6	重聲	bèi	蟹	去	怪	並	合	二	全濁	蒲	拜
7381	韜	Thao	t'a:w1	平聲	tāo	效	平	豪	透	開	一	次清	土	刀
7382	韝	Câu	kɤw1	平聲	gōu	流	平	侯	見	開	一	全清	古	侯
7383	韠	Tất	tɤt7	銳入	bì	臻	入	質	幫	開	三	全清	卑	吉
7384	韡	Vĩ	vi4	跌聲	wěi	止	上	尾	云	合	三	次濁	于	鬼

7385	韻	Vận	vɤn6	重聲	yùn	臻	去	問	云	合	三	次濁	王	問
7386	顗	Nghĩ	ŋi4	跌聲	yǐ	止	上	尾	疑	開	三	次濁	魚	豈
7387	願	Nguyện	ŋwien6	重聲	yuàn	山	去	願	疑	合	三	次濁	魚	怨
7388	顙	Tảng	ta:ŋ3	問聲	sǎng	宕	上	蕩	心	開	一	全清	蘇	朗
7389	顛	Điên	dien1	平聲	diān	山	平	先	端	開	四	全清	都	年
7390	類	Loại	lwa:j6	重聲	lèi	止	去	至	來	合	三	次濁	力	遂
7391	颻	Diêu	ziew1	平聲	yáo	效	平	宵	以	開	三	次濁	餘	昭
7392	饅	Man	ma:n1	平聲	mán	山	平	桓	明	合	一	次濁	母	官
7393	饉	Cận	kɤn6	重聲	jǐn	臻	去	震	羣	開	三	全濁	渠	遴
7394	鶩	Vụ	vu6	重聲	wù	遇	去	遇	微	合	三	次濁	亡	遇
7395	騙	Phiến	fien5	銳聲	piàn	山	去	線	滂	開	三	次清	匹	戰
7396	騣	Tông	toŋ1	平聲	zōng	通	平	東	精	合	一	全清	子	紅
7397	騩	Quỷ	kwi3	問聲	guī	止	去	至	見	合	三	全清	俱	位
7398	騭	Chất	tʂɤt7	銳入	zhì	臻	入	質	章	開	三	全清	之	日
7399	騰	Đằng	daŋ2	弦聲	téng	曾	平	登	定	開	一	全濁	徒	登
7400	騷	Tao	ta:w1	平聲	sāo	效	平	豪	心	開	一	全清	蘇	遭
7401	鬉	Tông	toŋ1	平聲	zōng	通	平	東	精	合	一	全清	子	紅
7402	鬋	Tiên	tien1	平聲	jiān	山	平	仙	精	開	三	全清	子	仙
7403	鬌	Đỏa	dwa:3	問聲	duǒ	果	上	果	端	合	一	全清	丁	果
7404	魑	Si	ʂi1	平聲	chī	止	平	支	徹	開	三	次清	丑	知
7405	鯖	Chinh	tʂiɲ1	平聲	qīng	梗	平	清	章	開	三	全清	諸	盈
7406	鯖	Thinh	t'iɲ1	平聲	qīng	梗	平	青	清	開	四	次清	倉	經
7407	鯗	Tưởng	tɯɤŋ3	問聲	xiǎng	宕	上	養	心	開	三	全清	息	兩
7408	鯛	Điêu	diew1	平聲	diāo	效	平	蕭	端	開	四	全清	都	聊
7409	鯠	Lai	la:j1	平聲	lái	蟹	平	咍	來	開	一	次濁	落	哀
7410	鯢	Nghê	ŋe1	平聲	ní	蟹	平	齊	疑	開	四	次濁	五	稽
7411	鯤	Côn	kon1	平聲	kūn	臻	平	魂	見	合	一	全清	古	渾
7412	鯧	Xương	sɯɤŋ1	平聲	chāng	宕	平	陽	昌	開	三	次清	尺	良
7413	鯨	Kình	kiɲ2	弦聲	jīng	梗	平	庚	羣	開	三	全濁	渠	京
7414	鯪	Lăng	laŋ1	平聲	líng	曾	平	蒸	來	開	三	次濁	力	膺
7415	鯫	Tưu	tɯw1	平聲	zōu	遇	平	虞	清	合	三	次清	七	逾
7416	鯫	Tẩu	tɤw3	問聲	qū	流	上	厚	從	開	一	全濁	仕	垢
7417	鵡	Vũ	vu4	跌聲	wǔ	遇	上	麌	微	合	三	次濁	文	甫
7418	鵩	Phục	fuk8	重入	fú	通	入	屋	奉	合	三	全濁	房	六
7419	鵪	Am	a:m1	平聲	ān	咸	平	覃	影	開	一	全清	烏	含
7420	鵬	Bằng	baŋ2	弦聲	péng	曾	平	登	並	開	一	全濁	步	崩
7421	鵰	Điêu	diew1	平聲	diāo	效	平	蕭	端	開	四	全清	都	聊
7422	鵲	Thước	t'ɯɤk7	銳入	què	宕	入	藥	清	開	三	次清	七	雀

7423	鴉	Nha	ɲa:1	平聲	yā	假	平	麻	影	開	二	全清	於	加
7424	鵷	Uyên	wien1	平聲	yuān	山	平	元	影	合	三	全清	於	袁
7425	鵻	Giai	ʑa:j1	平聲	zhuī	止	平	脂	章	合	三	全清	職	追
7426	鶤	Côn	kon1	平聲	kūn	臻	平	魂	見	合	一	全清	古	渾
7427	鶉	Thuần	t'wɤn2	弦聲	chún	臻	平	諄	禪	合	三	全濁	常	倫
7428	鶊	Canh	ka:ɲ1	平聲	gēng	梗	平	庚	見	開	二	全清	古	行
7429	鹹	Hàm	ha:m2	弦聲	xián	咸	平	咸	匣	開	二	全濁	胡	讒
7430	麑	Nghê	ŋe1	平聲	ní	蟹	平	齊	疑	開	四	次濁	五	稽
7431	麒	Kì	ki2	弦聲	qí	止	平	之	羣	開	三	全濁	渠	之
7432	麓	Lộc	lok8	重入	lù	通	入	屋	來	合	一	次濁	盧	谷
7433	麕	Quân	kwɤn1	平聲	jūn	臻	平	眞	見	開	三	全清	居	筠
7434	麗	Lệ	le6	重聲	lì	蟹	去	霽	來	開	四	次濁	郎	計
7435	麗	Li	li1	平聲	lí	止	平	支	來	開	三	次濁	呂	支
7436	麴	Khúc	xuk7	銳入	qú	通	入	屋	溪	合	三	次清	驅	匊
7437	黼	Phủ	fu3	問聲	fǔ	遇	上	麌	非	合	三	全清	方	矩
7438	鼃	Oa	wa:1	平聲	wā	蟹	平	佳	影	合	二	全清	烏	媧
7439	鼗	Đào	da:w2	弦聲	táo	效	平	豪	定	開	一	全濁	徒	刀
7440	鼮	Đình	diɲ2	弦聲	tíng	梗	平	青	定	開	四	全濁	特	丁
7441	齗	Ngân	ŋɤn1	平聲	kěn	臻	平	欣	疑	開	三	次濁	語	斤
7442	齘	Giới	ʑɤ:j5	銳聲	xiè	蟹	去	怪	匣	開	二	全濁	胡	介
7443	龐	Bàng	ba:ŋ2	弦聲	páng	江	平	江	並	開	二	全濁	薄	江
7444	嚱	Hi	hi1	平聲	xì	止	平	支	曉	開	三	次清	許	羈
7445	彈	Đả	da:3	問聲	duǒ	果	上	哿	端	開	一	全清	丁	可
7446	嚳	Khốc	xok7	銳入	kù	通	入	沃	溪	合	一	次清	苦	沃
7447	嚶	Anh	a:ɲ1	平聲	yīng	梗	平	耕	影	開	二	全清	烏	莖
7448	嚼	Tước	tɯɤk7	銳入	jiáo	宕	入	藥	從	開	三	全濁	在	爵
7449	壤	Nhưỡng	ɲɯɤŋ4	跌聲	rǎng	宕	上	養	日	開	三	次濁	如	兩
7450	孀	Sương	ʂɯɤŋ1	平聲	shuāng	宕	平	陽	生	開	三	全清	色	莊
7451	孃	Nương	nɯɤŋ1	平聲	niáng	宕	平	陽	娘	開	三	次濁	女	良
7452	寶	Bảo	ba:w3	問聲	bǎo	效	上	晧	幫	開	一	全清	博	抱
7453	巇	Hi	hi1	平聲	xī	止	平	支	曉	開	三	次清	許	羈
7454	巉	Sàm	ʂa:m2	弦聲	chán	咸	平	銜	崇	開	二	全濁	鋤	銜
7455	巍	Nguy	ŋwi1	平聲	wēi	止	平	微	疑	合	三	次濁	語	韋
7456	懸	Huyền	hwien2	弦聲	xuán	山	平	先	匣	合	四	全濁	胡	涓
7457	懺	Sám	ʂa:m5	銳聲	chàn	咸	去	鑑	初	開	二	次清	楚	鑒
7458	懽	Hoàn	hwa:n2	弦聲	huān	山	平	桓	曉	合	一	次清	呼	官
7459	攔	Lan	la:n1	平聲	lán	山	平	寒	來	開	一	次濁	落	干
7460	攖	Anh	a:ɲ1	平聲	yīng	梗	平	清	影	開	三	全清	於	盈

7461	攘	Nhương	ɲɯɤŋ1	平聲	ráng	宕	平	陽	日	開	三	次濁	汝	陽
7462	攙	Sam	ʂa:m1	平聲	chān	咸	平	銜	初	開	二	次清	楚	銜
7463	斆	Hiệu	hiew6	重聲	xiào	效	去	效	匣	開	二	全濁	胡	教
7464	曦	Hi	hi1	平聲	xī	止	平	支	曉	開	三	次清	許	羈
7465	曨	Lông	loŋ1	平聲	lóng	通	平	東	來	合	一	次濁	盧	紅
7466	朧	Lông	loŋ1	平聲	lóng	通	平	東	來	合	一	次濁	盧	紅
7467	櫨	Lô	lo1	平聲	lú	遇	平	模	來	合	一	次濁	落	胡
7468	櫪	Lịch	litʃ8	重入	lì	梗	入	錫	來	開	四	次濁	郎	擊
7469	櫬	Sấn	ʂɤn5	銳聲	chèn	臻	去	震	初	開	三	次清	初	覲
7470	櫱	Nghiệt	ŋiet8	重入	niè	山	入	薛	疑	開	三	次濁	魚	列
7471	櫳	Long	lɔŋ1	平聲	lóng	通	平	東	來	合	一	次濁	盧	紅
7472	櫸	Cử	kɯ3	問聲	jǔ	遇	上	語	見	開	三	全清	居	許
7473	瀰	Di	zi1	平聲	mí	止	平	支	明	開	三	次濁	武	移
7474	瀲	Liễm	liem4	跌聲	liàn	咸	上	琰	來	開	三	次濁	良	冉
7475	瀹	Thược	t'ɯɤk8	重入	yuè	宕	入	藥	以	開	三	次濁	以	灼
7476	瀼	Nhương	ɲɯɤŋ1	平聲	ráng	宕	平	陽	日	開	三	次濁	汝	陽
7477	瀾	Lan	la:n1	平聲	lán	山	平	寒	來	開	一	次濁	落	干
7478	灌	Quán	kwa:n5	銳聲	guàn	山	去	換	見	合	一	全清	古	玩
7479	爐	Lô	lo1	平聲	lú	遇	平	模	來	合	一	次濁	落	胡
7480	犧	Hi	hi1	平聲	xī	止	平	支	曉	開	三	次清	許	羈
7481	獻	Hiến	hien5	銳聲	xiàn	山	去	願	曉	開	三	次清	許	建
7482	獼	Mi	mi1	平聲	mí	止	平	支	明	開	三	次濁	武	移
7483	獾	Hoan	hwa:n1	平聲	huān	山	平	桓	曉	合	一	次清	呼	官
7484	瓏	Lung	luŋ1	平聲	lóng	通	平	東	來	合	一	次濁	盧	紅
7485	甗	Nghiễn	ŋien4	跌聲	yǎn	山	上	獮	疑	開	三	次濁	魚	蹇
7486	癥	Trưng	tʂɯŋ1	平聲	zhēng	曾	平	蒸	知	開	三	全清	陟	陵
7487	矍	Quắc	kwak7	銳入	jué	宕	入	藥	見	合	三	全清	居	縛
7488	礌	Lôi	loj1	平聲	lèi	蟹	去	隊	來	合	一	次濁	盧	對
7489	礫	Lịch	litʃ8	重入	lì	梗	入	錫	來	開	四	次濁	郎	擊
7490	礬	Phàn	fa:n2	弦聲	fán	山	平	元	奉	合	三	全濁	附	袁
7491	竇	Đậu	dɤw6	重聲	dòu	流	去	候	定	開	一	全濁	徒	候
7492	競	Cạnh	ka:ɲ6	重聲	jìng	梗	去	映	羣	開	三	全濁	渠	敬
7493	籃	Lam	la:m1	平聲	lán	咸	平	談	來	開	一	次濁	魯	甘
7494	籌	Trù	tʂu2	弦聲	chóu	流	平	尤	澄	開	三	全濁	直	由
7495	籍	Tịch	titʃ8	重入	jí	梗	入	昔	從	開	三	全濁	秦	昔
7496	糯	Nọa	nwa:6	重聲	nuò	果	去	過	泥	合	一	次濁	乃	臥
7497	糲	Lệ	le6	重聲	lì	蟹	去	祭	來	開	三	次濁	力	制
7498	繻	Nhu	ɲu1	平聲	xū	遇	平	虞	日	合	三	次濁	人	朱

7499	繼	Kế	ke5	銳聲	jì	蟹	去	霽	見	開	四	全清	古	詣
7500	繽	Tân	tɤn1	平聲	bīn	臻	平	眞	滂	開	三	次清	匹	賓
7501	纁	Huân	hwɤn1	平聲	xūn	臻	平	文	曉	合	三	次清	許	云
7502	纂	Toản	twa:n3	問聲	zuǎn	山	上	緩	精	合	一	全清	作	管
7503	纊	Khoáng	xwa:ŋ5	銳聲	kuàng	宕	去	宕	溪	合	一	次清	苦	謗
7504	罌	Anh	a:ɲ1	平聲	yīng	梗	平	耕	影	開	二	全清	烏	莖
7505	翿	Đạo	da:w6	重聲	dào	效	去	號	定	開	一	全濁	徒	到
7506	耀	Diệu	ziew6	重聲	yào	效	去	笑	以	開	三	次濁	弋	照
7507	臚	Lư	lɯ1	平聲	lú	遇	平	魚	來	開	三	次濁	力	居
7508	臛	Hoắc	hwak7	銳入	huò	通	入	沃	曉	合	一	次清	火	酷
7509	艦	Hạm	ha:m6	重聲	jiàn	咸	上	檻	匣	開	二	全濁	胡	黤
7510	蘖	Nghiệt	ŋiet8	重入	niè	山	入	薛	疑	開	三	次濁	魚	列
7511	蘘	Nhương	ɲɯɤŋ1	平聲	ráng	宕	平	陽	日	開	三	次濁	汝	陽
7512	蘚	Tiển	tien3	問聲	xiǎn	山	上	獮	心	開	三	全清	息	淺
7513	蘞	Liêm	liem1	平聲	lián	咸	平	鹽	來	開	三	次濁	力	鹽
7514	蘞	Liễm	liem4	跌聲	liàn	咸	上	琰	來	開	三	次濁	良	冉
7515	蘩	Phiền	fien2	弦聲	fán	山	平	元	奉	合	三	全濁	附	袁
7516	蘭	Lan	la:n1	平聲	lán	山	平	寒	來	開	一	次濁	落	干
7517	蠐	Tề	te2	弦聲	qí	蟹	平	齊	從	開	四	全濁	徂	奚
7518	蠑	Vinh	viɲ1	平聲	róng	梗	平	庚	云	合	三	次濁	永	兵
7519	蠔	Hào	ha:w2	弦聲	háo	止	去	志	清	開	三	次清	七	吏
7520	蠕	Nhu	ɲu1	平聲	ruǎn	遇	平	虞	日	合	三	次濁	人	朱
7521	蠙	Tân	tɤn1	平聲	bīn	臻	平	眞	並	開	三	全濁	符	真
7522	蠛	Miệt	miet8	重入	miè	山	入	屑	明	開	四	次濁	莫	結
7523	蠣	Lệ	le6	重聲	lì	蟹	去	祭	來	開	三	次濁	力	制
7524	巙	Miệt	miet8	重入	miè	山	入	屑	明	開	四	次濁	莫	結
7525	襫	Thích	t'itʃ7	銳入	shì	梗	入	昔	書	開	三	全清	施	隻
7526	襬	Bi	bi1	平聲	bǎi	止	平	支	幫	開	三	全清	彼	為
7527	襭	Hiệt	hiet8	重入	xié	山	入	屑	匣	開	四	全濁	胡	結
7528	襮	Bộc	bok8	重入	bó	通	入	沃	幫	合	一	全清	博	沃
7529	覺	Giác	ʑa:k7	銳入	jué	江	入	覺	見	開	二	全清	古	岳
7530	覺	Giáo	ʑa:w5	銳聲	jiào	效	去	效	見	開	二	全清	古	孝
7531	觸	Xúc	suk7	銳入	chù	通	入	燭	昌	合	三	次清	尺	玉
7532	譍	Ứng	ɯŋ5	銳聲	yìng	曾	去	證	影	開	三	全清	於	證
7533	譟	Táo	ta:w5	銳聲	zào	效	去	號	心	開	一	全清	蘇	到
7534	譫	Chiêm	tʂiem1	平聲	zhān	咸	入	盍	章	開	一	全清	章	盍
7535	譬	Thí	t'i5	銳聲	pì	止	去	寘	滂	開	三	次清	匹	賜
7536	譭	Hủy	hwi3	問聲	huǐ	止	上	紙	曉	合	三	次清	許	委

7537	譯	Dịch	ziʧ8	重入	yì	梗	入	昔	以	開	三	次濁	羊	益
7538	議	Nghị	ŋi6	重聲	yì	止	去	寘	疑	開	三	次濁	宜	寄
7539	譱	Thiện	t'ien6	重聲	shàn	山	上	獮	禪	開	三	全濁	常	演
7540	譴	Khiển	xien3	問聲	qiǎn	山	去	線	溪	開	三	次清	去	戰
7541	護	Hộ	ho6	重聲	hù	遇	去	暮	匣	合	一	全濁	胡	誤
7542	譽	Dự	zɯ6	重聲	yù	遇	去	御	以	開	三	次濁	羊	洳
7543	賸	Thặng	t'aŋ6	重聲	shèng	曾	去	證	船	開	三	全濁	實	證
7544	贍	Thiệm	t'iem6	重聲	shàn	咸	去	豔	禪	開	三	全濁	時	豔
7545	躁	Táo	ta:w5	銳聲	zào	效	去	號	精	開	一	全清	則	到
7546	躃	Tích	tiʧ7	銳入	bì	梗	入	昔	並	開	三	全濁	房	益
7547	躄	Tích	tiʧ7	銳入	bì	梗	入	昔	幫	開	三	全清	必	益
7548	躅	Trục	tʂuk8	重入	zhú	通	入	燭	澄	合	三	全濁	直	錄
7549	轖	Sắc	ʂak7	銳入	sè	曾	入	職	生	開	三	全清	所	力
7550	轗	Khảm	xa:m3	問聲	kǎn	咸	上	感	溪	開	一	次清	苦	感
7551	轘	Hoàn	hwa:n2	弦聲	huàn	山	平	刪	匣	合	二	全濁	戶	關
7552	辮	Biện	bien6	重聲	biàn	山	上	銑	並	開	四	全濁	薄	泫
7553	酆	Phong	fɔŋ1	平聲	fēng	通	平	東	敷	合	三	次清	敷	隆
7554	醲	Nùng	nuŋ2	弦聲	nóng	通	平	鍾	娘	合	三	次濁	女	容
7555	醴	Lễ	le4	跌聲	lǐ	蟹	上	薺	來	開	四	次濁	盧	啟
7556	醵	Cự	kɯ6	重聲	jù	遇	去	御	羣	開	三	全濁	其	據
7557	釋	Thích	t'iʧ7	銳入	shì	梗	入	昔	書	開	三	全清	施	隻
7558	鏹	Cưỡng	kɯɤŋ4	跌聲	qiǎng	宕	上	養	見	開	三	全清	居	兩
7559	鐃	Nao	na:w1	平聲	náo	效	平	肴	娘	開	二	次濁	女	交
7560	鐋	Thảng	t'a:ŋ3	問聲	tàng	宕	去	宕	透	開	一	次清	他	浪
7561	鐍	Quyết	kwiet7	銳入	jué	山	入	屑	見	合	四	全清	古	穴
7562	鐎	Tiêu	tiew1	平聲	jiāo	效	平	宵	精	開	三	全清	即	消
7563	鐏	Tồn	ton4	跌聲	zūn	臻	去	慁	從	合	一	全濁	徂	悶
7564	鐐	Liêu	liew1	平聲	liáo	效	平	蕭	來	開	四	次濁	落	蕭
7565	鐓	Đối	doj5	銳聲	duì	蟹	去	隊	定	合	一	全濁	徒	對
7566	鐘	Chung	tʂuŋ1	平聲	zhōng	通	平	鍾	章	合	三	全清	職	容
7567	鐙	Đặng	daŋ6	重聲	dèng	曾	去	嶝	端	開	一	全清	都	鄧
7568	鐧	Giản	ʐa:n3	問聲	jiǎn	山	去	諫	見	開	二	全清	古	晏
7569	鐫	Tuyên	twien1	平聲	juān	山	平	仙	精	合	三	全清	子	泉
7570	闠	Hội	hoj6	重聲	huì	蟹	去	隊	匣	合	一	全濁	胡	對
7571	闡	Xiển	sien3	問聲	chǎn	山	上	獮	昌	開	三	次清	昌	善
7572	闢	Tịch	tiʧ8	重入	pì	梗	入	昔	並	開	三	全濁	房	益
7573	闤	Hoàn	hwa:n2	弦聲	huán	山	平	刪	匣	合	二	全濁	戶	關
7574	闥	Thát	t'a:t7	銳入	tà	山	入	曷	透	開	一	次清	他	達

7575	霰	Tản	ta:n3	問聲	xiàn	山	去	霰	心	開	四	全清	蘇	佃
7576	霱	Duật	zuɤt8	重入	yù	臻	入	術	以	合	三	次濁	餘	律
7577	韽	Am	a:m1	平聲	yīn	咸	平	覃	影	開	一	全清	烏	含
7578	響	Hưởng	hɯɤŋ3	問聲	xiǎng	宕	上	養	曉	開	三	次清	許	兩
7579	顢	Man	ma:n1	平聲	mán	山	平	桓	明	合	一	次濁	母	官
7580	顣	Túc	tuk7	銳入	cù	通	入	屋	精	合	三	全清	子	六
7581	飂	Liêu	liew1	平聲	liáo	流	平	尤	來	開	三	次濁	力	求
7582	飄	Phiêu	fiew1	平聲	piāo	效	平	宵	滂	開	三	次清	撫	招
7583	饊	Tản	ta:n3	問聲	sǎn	山	上	旱	心	開	一	全清	蘇	旱
7584	饋	Quỹ	kwi4	跌聲	kuì	止	去	至	羣	合	三	全濁	求	位
7585	饌	Soạn	ʂwa:n6	重聲	zhuàn	山	去	線	崇	合	三	全濁	七	戀
7586	饎	Sí	ʂi5	銳聲	chì	止	去	志	昌	開	三	次清	昌	志
7587	饐	Ý	i5	銳聲	yì	止	去	至	影	開	三	全清	乙	冀
7588	饑	Ki	ki1	平聲	jī	止	平	微	見	開	三	全清	居	依
7589	饒	Nhiêu	ɲiew1	平聲	ráo	效	平	宵	日	開	三	次濁	如	招
7590	饗	Hưởng	hɯɤŋ3	問聲	xiǎng	宕	上	養	曉	開	三	次清	許	兩
7591	馨	Hinh	hiɲ1	平聲	xīn	梗	平	青	曉	開	四	次清	呼	刑
7592	騫	Khiên	xien1	平聲	qiān	山	平	仙	溪	開	三	次清	去	乾
7593	騮	Lưu	lɯw1	平聲	liú	流	平	尤	來	開	三	次濁	力	求
7594	騶	Sô	ʂo1	平聲	zōu	流	平	尤	莊	開	三	全清	側	鳩
7595	驀	Mạch	ma:ʧ8	重入	mò	梗	入	陌	明	開	二	次濁	莫	白
7596	鷔	Ngao	ŋa:w1	平聲	áo	效	平	豪	疑	開	一	次濁	五	勞
7597	驁	Ngạo	ŋa:w6	重聲	ào	效	去	號	疑	開	一	次濁	五	到
7598	驊	Hoa	hwa:1	平聲	huá	假	平	麻	匣	合	二	全濁	戶	花
7599	髏	Lâu	lɤw1	平聲	lóu	流	平	侯	來	開	一	次濁	落	侯
7600	鬐	Kì	ki2	弦聲	qí	止	平	脂	羣	開	三	全濁	渠	脂
7601	鬒	Chẩn	tʂɤn3	問聲	zhěn	臻	上	軫	章	開	三	全清	章	忍
7602	魔	Ma	ma:1	平聲	mó	果	平	戈	明	合	一	次濁	莫	婆
7603	鯶	Hỗn	hon4	跌聲	hǔn	臻	上	混	匣	合	一	全濁	胡	本
7604	鯿	Biên	bien1	平聲	biān	山	平	仙	幫	開	三	全清	卑	連
7605	鰂	Tặc	tak8	重入	zé	曾	入	德	從	開	一	全濁	昨	則
7606	鰈	Điệp	diep8	重入	dié	咸	入	盍	透	開	一	次清	吐	盍
7607	鰉	Hoàng	hwan:ŋ2	弦聲	huáng	宕	平	唐	匣	合	一	全濁	胡	光
7608	鰋	Yển	ien3	問聲	yǎn	山	上	阮	影	開	三	全清	於	幰
7609	鰌	Thu	t'u1	平聲	qiú	流	平	尤	從	開	三	全濁	自	秋
7610	鰍	Thu	t'u1	平聲	qiū	流	平	尤	清	開	三	次清	七	由
7611	鰐	Ngạc	ŋa:k8	重入	è	宕	入	鐸	疑	開	一	次濁	五	各
7612	鰒	Phục	fuk8	重入	fù	通	入	屋	奉	合	三	全濁	房	六

7613	鰓	Tai	ta:j1	平聲	sāi	蟹	平	咍	心	開	一	全清	蘇	來
7614	鰕	Hà	ha:2	弦聲	xiá	假	平	麻	匣	開	二	全濁	胡	加
7615	鶒	Xích	sitʃ7	銳入	chì	曾	入	職	徹	開	三	次清	恥	力
7616	鶘	Hồ	ho2	弦聲	hú	遇	平	模	匣	合	一	全濁	戶	吳
7617	鶚	Ngạc	ŋa:k8	重入	è	宕	入	鐸	疑	開	一	次濁	五	各
7618	鶡	Hạt	ha:t8	重入	hé	山	入	曷	匣	開	一	全濁	胡	葛
7619	鶩	Vụ	vu6	重聲	mù	遇	去	遇	微	合	三	次濁	亡	遇
7620	鶻	Cốt	kot7	銳入	gǔ	臻	入	沒	見	合	一	全清	古	忽
7621	鶻	Hoạt	hwa:t8	重入	hú	山	入	黠	匣	合	二	全濁	戶	八
7622	鷀	Từ	tɯ2	弦聲	cí	止	平	之	從	開	三	全濁	疾	之
7623	鹺	Ta	ta:1	平聲	cuó	果	平	歌	從	開	一	全濁	昨	何
7624	麵	Miến	mien5	銳聲	miàn	山	去	霰	明	開	四	次濁	莫	甸
7625	黥	Kình	kiɲ2	弦聲	jīng	梗	平	庚	羣	開	三	全濁	渠	京
7626	黦	Uất	wɤt7	銳入	yù	臻	入	物	影	合	三	全清	紆	物
7627	黧	Lê	le1	平聲	lí	蟹	平	齊	來	開	四	次濁	郎	奚
7628	黨	Đảng	da:ŋ3	問聲	dǎng	宕	上	蕩	端	開	一	全清	多	朗
7629	鼯	Ngô	ŋo1	平聲	wú	遇	平	模	疑	合	一	次濁	五	乎
7630	齚	Trách	tʂa:tʃ7	銳入	cuò	梗	入	陌	崇	開	二	全濁	鋤	陌
7631	齟	Trở	tʂɤ:3	問聲	jǔ	遇	上	語	崇	開	三	全濁	牀	呂
7632	齡	Linh	liɲ1	平聲	líng	梗	平	青	來	開	四	次濁	郎	丁
7633	儷	Lệ	le6	重聲	lì	蟹	去	霽	來	開	四	次濁	郎	計
7634	儺	Na	na:1	平聲	nuó	果	平	歌	泥	開	一	次濁	諾	何
7635	儼	Nghiễm	ŋiem4	跌聲	yǎn	咸	上	儼	疑	開	三	次濁	魚	?
7636	劘	Mi	mi1	平聲	mó	果	平	戈	明	合	一	次濁	莫	婆
7637	囀	Chuyển	tʂwien3	問聲	zhuàn	山	去	線	知	合	三	全清	知	戀
7638	囁	Chiếp	tʂiep7	銳入	niè	咸	入	葉	章	開	三	全清	之	涉
7639	囂	Hiêu	hiew1	平聲	xiāo	效	平	宵	曉	開	三	次清	許	嬌
7640	囈	Nghệ	ŋe6	重聲	yì	蟹	去	祭	疑	開	三	次濁	魚	祭
7641	夔	Quỳ	kwi2	弦聲	kuí	止	平	脂	羣	合	三	全濁	渠	追
7642	屬	Thuộc	t'uok8	重入	shǔ	通	入	燭	禪	合	三	全濁	市	玉
7643	巋	Khuy	xwi1	平聲	kuī	止	平	脂	溪	合	三	次清	丘	追
7644	廱	Ung	uŋ1	平聲	yōng	通	平	鍾	影	合	三	全清	於	容
7645	懼	Cụ	ku6	重聲	jù	遇	去	遇	羣	合	三	全濁	其	遇
7646	懾	Nhiếp	ɲiep7	銳入	shè	咸	入	葉	章	開	三	全清	之	涉
7647	攜	Huề	hwe2	弦聲	xī	蟹	平	齊	匣	合	四	全濁	戶	圭
7648	攝	Nhiếp	ɲiep7	銳入	shè	咸	入	帖	泥	開	四	次濁	奴	協
7649	斕	Lan	la:n1	平聲	lán	山	平	山	來	開	二	次濁	力	閑
7650	曩	Nẵng	naŋ4	跌聲	nǎng	宕	上	蕩	泥	開	一	次濁	奴	朗

7651	櫺	Linh	liŋ1	平聲	líng	梗	平	青	來	開	四	次濁	郎	丁
7652	櫻	Anh	a:ɲ1	平聲	yīng	梗	平	耕	影	開	二	全清	烏	莖
7653	欃	Sàm	ʂa:m2	弦聲	chán	咸	平	咸	崇	開	二	全濁	士	咸
7654	欄	Lan	la:n1	平聲	lán	山	平	寒	來	開	一	次濁	落	干
7655	權	Quyền	kwien2	弦聲	quán	山	平	仙	羣	合	三	全濁	巨	員
7656	歡	Hoan	hwa:n1	平聲	huān	山	平	桓	曉	合	一	次清	呼	官
7657	殲	Tiêm	tiem1	平聲	jiān	咸	平	鹽	精	開	三	全清	子	廉
7658	灄	Nhiếp	ɲiep7	鋭入	shè	咸	入	葉	書	開	三	全清	書	涉
7659	灉	Ung	uŋ1	平聲	yōng	通	平	鍾	影	合	三	全清	於	容
7660	灊	Tiềm	tiem2	弦聲	qián	咸	平	鹽	從	開	三	全濁	昨	鹽
7661	灕	Li	li1	平聲	lí	止	平	支	來	開	三	次濁	呂	支
7662	爚	Dược	zɯɤk8	重入	yuè	宕	入	藥	以	開	三	次濁	以	灼
7663	爛	Lạn	la:n6	重聲	làn	山	去	翰	來	開	一	次濁	郎	旰
7664	爝	Tước	tɯɤk7	鋭入	jué	宕	入	藥	精	開	三	全清	即	略
7665	瓔	Anh	a:ɲ1	平聲	yīng	梗	平	清	影	開	三	全清	於	盈
7666	瓖	Tương	tɯɤŋ1	平聲	xiāng	宕	平	陽	心	開	三	全清	息	良
7667	癧	Lịch	litʃ8	重入	lì	梗	入	錫	來	開	四	次濁	郎	擊
7668	癩	Lại	la:j6	重聲	lài	蟹	去	泰	來	開	一	次濁	落	蓋
7669	癮	Ẩn	ɤn3	問聲	yǐn	臻	上	隱	影	開	三	全清	於	謹
7670	矐	Hoắc	hwak7	鋭入	huò	宕	入	鐸	曉	合	一	次清	虛	郭
7671	矑	Lô	lo1	平聲	lú	遇	平	模	來	合	一	次濁	落	胡
7672	礮	Pháo	fa:w5	鋭聲	pào	效	去	效	滂	開	二	次清	匹	皃
7673	礱	Lung	luŋ1	平聲	lóng	通	平	東	來	合	一	次濁	盧	紅
7674	礴	Bạc	ba:k8	重入	bó	宕	入	鐸	並	開	一	全濁	傍	各
7675	禳	Nhương	ɲɯɤŋ1	平聲	ráng	宕	平	陽	日	開	三	次濁	汝	陽
7676	禴	Dược	zɯɤk8	重入	yuè	宕	入	藥	以	開	三	次濁	以	灼
7677	竈	Táo	ta:w5	鋭聲	zào	效	去	號	精	開	一	全清	則	到
7678	籑	Soạn	ʂwa:n6	重聲	zhuàn	山	去	線	崇	合	三	全濁	七	戀
7679	纆	Mặc	mak8	重入	mò	曾	入	德	明	開	一	次濁	莫	北
7680	纇	Lỗi	loj4	跌聲	lèi	蟹	去	隊	來	合	一	次濁	盧	對
7681	續	Tục	tuk8	重入	xù	通	入	燭	邪	合	三	全濁	似	足
7682	纍	Luy	lwi1	平聲	léi	止	平	脂	來	合	三	次濁	力	追
7683	纍	Lụy	lwi6	重聲	lèi	止	去	至	來	合	三	次濁	力	遂
7684	纏	Triền	tʂien2	弦聲	chán	山	平	仙	澄	開	三	全濁	直	連
7685	罍	Lôi	loj1	平聲	léi	蟹	平	灰	來	合	一	次濁	魯	回
7686	羼	Sạn	ʂa:n6	重聲	chàn	山	去	諫	初	開	二	次清	初	鴈
7687	耰	Ưu	ɯw1	平聲	yōu	流	平	尤	影	開	三	全清	於	求
7688	臝	Lỏa	lwa:3	問聲	luǒ	果	上	果	來	合	一	次濁	郎	果

7689	蘺	Li	li1	平聲	lí	止	平	支	來	開	三	次濁	呂	支
7690	蠜	Phàn	fa:n2	弦聲	fán	山	平	元	奉	合	三	全濁	附	袁
7691	蠟	Lạp	la:p8	重入	là	咸	入	盍	來	開	一	次濁	盧	盍
7692	蠡	Lê	le1	平聲	lí	止	平	支	來	開	三	次濁	呂	支
7693	蠡	Lễ	le4	跌聲	lǐ	果	平	戈	來	合	一	次濁	落	戈
7694	蠡	Lãi	la:j4	跌聲	lǐ	蟹	上	薺	來	開	四	次濁	盧	啟
7695	蠢	Xuẩn	swɤn3	問聲	chǔn	臻	上	準	昌	合	三	次清	尺	尹
7696	櫬	Sấn	ʂɤn5	銳聲	chèn	臻	去	震	初	開	三	次清	初	覲
7697	覼	La	la:1	平聲	luó	果	平	戈	來	合	一	次濁	落	戈
7698	覽	Lãm	la:m4	跌聲	lǎn	咸	上	敢	來	開	一	次濁	盧	敢
7699	譸	Trù	tʂu2	弦聲	zhōu	流	平	尤	知	開	三	全清	張	流
7700	贛	Cống	koŋ5	銳聲	gǎn	咸	上	感	見	開	一	全清	古	禫
7701	贓	Tang	ta:ŋ1	平聲	zāng	宕	平	唐	精	開	一	全清	則	郎
7702	贔	Bí	bi5	銳聲	bì	止	去	至	並	開	三	全濁	平	祕
7703	趯	Địch	ditʃ8	重入	tì	梗	入	錫	透	開	四	次清	他	歷
7704	躊	Trù	tʂu2	弦聲	chóu	流	平	尤	澄	開	三	全濁	直	由
7705	躋	Tê	te1	平聲	jī	蟹	平	齊	心	開	四	全清	相	稽
7706	躋	Tễ	te4	跌聲	jī	蟹	去	霽	精	開	四	全清	子	計
7707	躍	Dược	zɯɤk8	重入	yuè	宕	入	藥	以	開	三	次濁	以	灼
7708	躑	Trịch	tʂitʃ8	重入	zhí	梗	入	昔	澄	開	三	全濁	直	炙
7709	艦	Hạm	ha:m6	重聲	xiàn	咸	上	檻	匣	開	二	全濁	胡	黤
7710	轟	Hoanh	hwa:ɲ1	平聲	hōng	梗	平	耕	曉	合	二	次清	呼	宏
7711	辯	Biện	bien6	重聲	biàn	山	上	獮	並	開	三	全濁	符	蹇
7712	酇	Tán	ta:n5	銳聲	zàn	山	去	翰	精	開	一	全清	則	旰
7713	酈	Li	li1	平聲	lì	止	平	支	來	開	三	次濁	呂	支
7714	酈	Lịch	litʃ8	重入	lì	梗	入	錫	來	開	四	次濁	郎	擊
7715	醺	Huân	hwɤn1	平聲	xūn	臻	平	文	曉	合	三	次清	許	云
7716	醻	Trù	tʂu2	弦聲	chóu	流	平	尤	禪	開	三	全濁	市	流
7717	鐮	Liêm	liem1	平聲	lián	咸	平	鹽	來	開	三	次濁	力	鹽
7718	鐲	Trạc	tʂa:k8	重入	zhuó	江	入	覺	澄	開	二	全濁	直	角
7719	鐳	Lôi	loj1	平聲	léi	蟹	平	灰	來	合	一	次濁	魯	回
7720	鐵	Thiết	t'iet7	銳入	tiě	山	入	屑	透	開	四	次清	他	結
7721	鐶	Hoàn	hwa:n2	弦聲	huán	山	平	刪	匣	合	二	全濁	戶	關
7722	鐸	Đạc	da:k8	重入	duó	宕	入	鐸	定	開	一	全濁	徒	落
7723	鐺	Đang	da:ŋ1	平聲	dāng	宕	平	唐	端	開	一	全清	都	郎
7724	鐺	Sanh	ʂa:ɲ1	平聲	chēng	梗	平	庚	初	開	二	次清	楚	庚
7725	鑊	Hoạch	hwa:tʃ8	重入	huò	宕	入	鐸	匣	合	一	全濁	胡	郭
7726	露	Lộ	lo6	重聲	lù	遇	去	暮	來	合	一	次濁	洛	故

7727	霶	Bàng	ba:ŋ2	弦聲	pāng	宕	平	唐	滂	開	一	次清	普	郎
7728	霸	Bá	ba:5	銳聲	bà	假	去	禡	幫	開	二	全清	必	駕
7729	霹	Phích	fitʃ7	銳入	pī	梗	入	錫	滂	開	四	次清	普	擊
7730	靧	Hối	hoj5	銳聲	huì	蟹	去	隊	曉	合	一	次清	荒	內
7731	顥	Hạo	ha:w6	重聲	hào	效	上	晧	匣	開	一	全濁	胡	老
7732	顦	Tiều	tiew2	弦聲	qiáo	效	平	宵	從	開	三	全濁	昨	焦
7733	顧	Cố	ko5	銳聲	gù	遇	去	暮	見	合	一	全清	古	暮
7734	飆	Tiêu	tiew1	平聲	biāo	效	平	宵	幫	開	三	全清	甫	遙
7735	飜	Phiên	fien1	平聲	fān	山	平	元	敷	合	三	次清	孚	袁
7736	饘	Chiên	tʂien1	平聲	zhān	山	平	仙	章	開	三	全清	諸	延
7737	騾	Loa	lwa:1	平聲	luó	果	平	戈	來	合	一	次濁	落	戈
7738	驂	Tham	t'a:m1	平聲	cān	咸	平	覃	清	開	一	次清	倉	含
7739	驃	Phiếu	fiew5	銳聲	piào	效	去	笑	滂	開	三	次清	匹	召
7740	驄	Thông	t'oŋ1	平聲	cōng	通	平	東	清	合	一	次清	倉	紅
7741	驅	Khu	xu1	平聲	qū	遇	平	虞	溪	合	三	次清	豈	俱
7742	髒	Tảng	ta:ŋ3	問聲	zāng	宕	上	蕩	精	開	一	全清	子	朗
7743	髓	Tủy	twi3	問聲	suǐ	止	上	紙	心	合	三	全清	息	委
7744	鬖	Tam	ta:m1	平聲	sān	咸	平	談	心	開	一	全清	蘇	甘
7745	鬘	Man	ma:n1	平聲	mán	山	平	刪	明	合	二	次濁	莫	還
7746	鬫	Hám	ha:m5	銳聲	hǎn	咸	去	鑑	曉	開	二	次清	許	鑑
7747	鰜	Kiêm	kiem1	平聲	jiān	咸	平	添	見	開	四	全清	古	甜
7748	鰣	Thì	t'i2	弦聲	shí	止	平	之	禪	開	三	全濁	市	之
7749	鰥	Quan	kwa:n1	平聲	yín	山	平	山	見	合	二	全清	古	頑
7750	鰨	Tháp	t'a:p7	銳入	tà	咸	入	盍	透	開	一	次清	吐	盍
7751	鰩	Diêu	ziew1	平聲	yáo	效	平	宵	以	開	三	次濁	餘	昭
7752	鰭	Kì	ki2	弦聲	qí	止	平	脂	羣	開	三	全濁	渠	脂
7753	鰱	Liên	lien1	平聲	lián	山	平	仙	來	開	三	次濁	力	延
7754	鰲	Ngao	ŋa:w1	平聲	áo	效	平	豪	疑	開	一	次濁	五	勞
7755	鰷	Điều	diew2	弦聲	tiáo	效	平	蕭	定	開	四	全濁	徒	聊
7756	鶬	Thương	t'ɯɤŋ1	平聲	cāng	宕	平	唐	清	開	一	次清	七	岡
7757	鶯	Oanh	wa:ɲ1	平聲	yīng	梗	平	耕	影	開	二	全清	烏	莖
7758	鶴	Hạc	ha:k8	重入	hè	宕	入	鐸	匣	開	一	全濁	下	各
7759	鶹	Lưu	lɯw1	平聲	liú	流	平	尤	來	開	三	次濁	力	求
7760	鶺	Tích	titʃ7	銳入	jí	梗	入	昔	精	開	三	全清	資	昔
7761	鶼	Kiêm	kiem1	平聲	jiān	咸	平	添	見	開	四	全清	古	甜
7762	鷁	Nghịch	ŋitʃ8	重入	yì	梗	入	錫	疑	開	四	次濁	五	歷
7763	鷂	Diêu	ziew1	平聲	yāo	效	平	宵	以	開	三	次濁	餘	昭
7764	鷃	Yến	ien5	銳聲	yàn	山	去	諫	影	開	二	全清	烏	澗

7765	鷄	Kê	ke1	平聲	jī	蟹	平	齊	見	開	四	全清	古	奚
7766	鷇	Cấu	kɤw5	銳聲	kòu	流	去	候	溪	開	一	次清	苦	候
7767	鹻	Dảm	za:m3	問聲	jiǎn	咸	上	豏	見	開	二	全清	古	斬
7768	麝	Xạ	sa:6	重聲	shè	假	去	禡	船	開	三	全濁	神	夜
7769	黮	Đạm	da:m6	重聲	dàn	咸	上	感	定	開	一	全濁	徒	感
7770	黮	Thảm	t'a:m3	問聲	tǎn	咸	上	感	透	開	一	次清	他	感
7771	黯	Ảm	a:m3	問聲	àn	咸	上	豏	影	開	二	全清	乙	減
7772	鼙	Bề	be2	弦聲	pí	蟹	平	齊	並	開	四	全濁	部	迷
7773	齎	Tê	te1	平聲	jī	蟹	平	齊	心	開	四	全清	相	稽
7774	齦	Ngân	ŋɤn1	平聲	yín	臻	平	欣	疑	開	三	次濁	語	斤
7775	齦	Khẩn	xɤn3	問聲	kěn	臻	上	很	溪	開	一	次清	康	很
7776	齧	Niết	niet7	銳入	niè	山	入	屑	疑	開	四	次濁	五	結
7777	齩	Giảo	ʑa:w3	問聲	yǎo	效	上	巧	疑	開	二	次濁	五	巧
7778	亹	Môn	mon1	平聲	mén	臻	平	魂	明	合	一	次濁	莫	奔
7779	亹	Vỉ	vi3	問聲	wěi	止	上	尾	微	合	三	次濁	無	匪
7780	儻	Thảng	t'a:ŋ3	問聲	tǎng	宕	上	蕩	透	開	一	次清	他	朗
7781	囉	La	la:1	平聲	luō	果	平	歌	來	開	一	次濁	魯	何
7782	囊	Nang	na:ŋ1	平聲	náng	宕	平	唐	泥	開	一	次濁	奴	當
7783	圞	Loan	lwa:n1	平聲	luán	山	平	桓	來	合	一	次濁	落	官
7784	孌	Luyến	lwien5	銳聲	luán	山	去	線	來	合	三	次濁	力	卷
7785	巒	Loan	lwa:n1	平聲	luán	山	平	桓	來	合	一	次濁	落	官
7786	巔	Điên	dien1	平聲	diān	山	平	先	端	開	四	全清	都	年
7787	巖	Nham	ɲa:m1	平聲	yán	咸	平	銜	疑	開	二	次濁	五	銜
7788	彎	Loan	lwa:n1	平聲	wān	山	平	刪	影	合	二	全清	烏	關
7789	懿	Ý	i5	銳聲	yì	止	去	至	影	開	三	全清	乙	冀
7790	攢	Toản	twa:n3	問聲	zǎn	山	去	翰	精	開	一	全清	則	旰
7791	攢	Toàn	twa:n2	弦聲	cuán	山	去	換	從	合	一	全濁	在	玩
7792	攤	Than	t'a:n1	平聲	tān	山	平	寒	透	開	一	次清	他	干
7793	氍	Cù	ku2	弦聲	qú	遇	平	虞	羣	合	三	全濁	其	俱
7794	灑	Sái	ʂa:j5	銳聲	sǎ	止	去	寘	生	開	三	全清	所	寄
7795	灘	Than	t'a:n1	平聲	tān	山	平	寒	透	開	一	次清	他	干
7796	玁	Hiểm	hiem3	問聲	xiǎn	咸	上	琰	曉	開	三	次清	虛	檢
7797	瓤	Nhương	ɲɯɤŋ1	平聲	ráng	宕	平	陽	日	開	三	次濁	汝	陽
7798	疊	Điệp	diep8	重入	dié	咸	入	帖	定	開	四	全濁	徒	協
7799	癬	Tiển	tien3	問聲	xiǎn	山	上	獮	心	開	三	全清	息	淺
7800	癭	Anh	a:ɲ1	平聲	yǐng	梗	上	靜	影	開	三	全清	於	郢
7801	皭	Tước	tɯɤk7	銳入	jiào	宕	入	藥	從	開	三	全濁	在	爵
7802	穰	Nhương	ɲɯɤŋ1	平聲	ráng	宕	平	陽	日	開	三	次濁	汝	陽

7803	穰	Nhưỡng	ɲɯɤŋ4	跌聲	rǎng	宕	上	養	日	開	三	次濁	如	兩
7804	竊	Thiết	t'iet7	銳入	qiè	山	入	屑	清	開	四	次清	千	結
7805	籙	Lục	luk8	重入	lù	通	入	燭	來	合	三	次濁	力	玉
7806	籛	Tiên	tien1	平聲	jiān	山	平	先	精	開	四	全清	則	前
7807	籜	Thác	t'a:k7	銳入	tuò	宕	入	鐸	透	開	一	次清	他	各
7808	籟	Lại	la:j6	重聲	lài	蟹	去	泰	來	開	一	次濁	落	蓋
7809	籠	Lung	luŋ1	平聲	lóng	通	平	鍾	來	合	三	次濁	力	鍾
7810	籧	Cừ	kɯ2	弦聲	qú	遇	平	魚	羣	開	三	全濁	強	魚
7811	糱	Nghiệt	ŋiet8	重入	niè	山	入	薛	疑	開	三	次濁	魚	列
7812	糴	Địch	ditʃ8	重入	dí	梗	入	錫	定	開	四	全濁	徒	歷
7813	纑	Lư	lɯ1	平聲	lú	遇	平	模	來	合	一	次濁	落	胡
7814	羇	Ki	ki1	平聲	jī	止	平	支	見	開	三	全清	居	宜
7815	聽	Thinh	t'iɲ1	平聲	tīng	梗	平	青	透	開	四	次清	他	丁
7816	聽	Thính	t'iɲ5	銳聲	tīng	梗	去	徑	透	開	四	次清	他	定
7817	聾	Lung	luŋ1	平聲	lóng	通	平	東	來	合	一	次濁	盧	紅
7818	臞	Cù	ku2	弦聲	qú	遇	平	虞	羣	合	三	全濁	其	俱
7819	艫	Lô	lo1	平聲	lú	遇	平	模	來	合	一	次濁	落	胡
7820	蘸	Trám	tʂa:m5	銳聲	zhàn	咸	去	陷	莊	開	二	全清	莊	陷
7821	蘼	Mi	mi1	平聲	mí	止	平	支	明	開	三	次濁	靡	為
7822	蘿	La	la:1	平聲	luó	果	平	歌	來	開	一	次濁	魯	何
7823	蠨	Tiêu	tiew1	平聲	xiāo	效	平	蕭	心	開	四	全清	蘇	彫
7824	蠭	Phong	fɔŋ1	平聲	fēng	通	平	鍾	敷	合	三	次清	敷	容
7825	襲	Tập	tɤp8	重入	xí	深	入	緝	邪	開	三	全濁	似	入
7826	覿	Địch	ditʃ8	重入	dí	梗	入	錫	定	開	四	全濁	徒	歷
7827	讀	Độc	dok8	重入	dú	通	入	屋	定	合	一	全濁	徒	谷
7828	讁	Trích	tʂitʃ7	銳入	zhé	梗	入	麥	知	開	二	全清	陟	革
7829	讎	Thù	t'u2	弦聲	chóu	流	平	尤	禪	開	三	全濁	市	流
7830	贖	Thục	t'uk8	重入	shú	通	入	燭	船	合	三	全濁	神	蜀
7831	贗	Nhạn	ɲa:n6	重聲	yàn	山	去	諫	疑	開	二	次濁	五	晏
7832	躐	Liệp	liep8	重入	liè	咸	入	葉	來	開	三	次濁	良	涉
7833	躒	Lạc	la:k8	重入	luò	宕	入	鐸	來	開	一	次濁	盧	各
7834	躒	Lịch	litʃ8	重入	lì	梗	入	錫	來	開	四	次濁	郎	擊
7835	躓	Chí	tʂi5	銳聲	zhì	止	去	至	知	開	三	全清	陟	利
7836	躔	Triền	tʂien2	弦聲	chán	山	平	仙	澄	開	三	全濁	直	連
7837	躕	Trù	tʂu2	弦聲	chú	遇	平	虞	澄	合	三	全濁	直	誅
7838	躛	Vệ	ve6	重聲	wèi	蟹	去	怪	曉	合	二	次清	火	怪
7839	躚	Tiên	tien1	平聲	xiān	山	平	先	心	開	四	全清	蘇	前
7840	轡	Bí	bi5	銳聲	pèi	止	去	至	幫	開	三	全清	兵	媚

7841	轢	Lịch	litʃ8	重入	lì	梗	入	錫	來	開	四	次濁	郎	擊
7842	邏	La	la:1	平聲	luó	果	去	箇	來	開	一	次濁	郎	佐
7843	邐	Lệ	le6	重聲	lǐ	止	上	紙	來	開	三	次濁	力	紙
7844	鑄	Chú	tʂu5	銳聲	zhù	遇	去	遇	章	合	三	全清	之	戍
7845	鑌	Tấn	tɤn5	銳聲	bīn	臻	平	眞	幫	開	三	全清	必	鄰
7846	鑑	Giám	ʑa:m5	銳聲	jiàn	咸	去	鑑	見	開	二	全清	格	懺
7847	鑒	Giám	ʑa:m5	銳聲	jiàn	咸	去	鑑	見	開	二	全清	格	懺
7848	鑛	Khoáng	xwa:ŋ5	銳聲	kuàng	梗	上	梗	見	合	二	全清	古	猛
7849	霽	Tễ	te4	跌聲	jì	蟹	去	霽	精	開	四	全清	子	計
7850	霾	Mai	ma:j1	平聲	mái	蟹	平	皆	明	開	二	次濁	莫	皆
7851	韁	Cương	kɯɤŋ1	平聲	jiāng	宕	平	陽	見	開	三	全清	居	良
7852	顫	Chiến	tʂien5	銳聲	zhàn	山	去	線	章	開	三	全清	之	膳
7853	饔	Ung	uŋ1	平聲	yōng	通	平	鍾	影	合	三	全清	於	容
7854	饕	Thao	t'a:w1	平聲	tāo	效	平	豪	透	開	一	次清	土	刀
7855	驍	Kiêu	kiew1	平聲	xiāo	效	平	蕭	見	開	四	全清	古	堯
7856	驕	Kiêu	kiew1	平聲	jiāo	效	平	宵	見	開	三	全清	舉	喬
7857	驚	Kinh	kiɲ1	平聲	jīng	梗	平	庚	見	開	三	全清	舉	卿
7858	髑	Độc	dok8	重入	dú	通	入	屋	定	合	一	全濁	徒	谷
7859	體	Thể	t'e3	問聲	tǐ	蟹	上	薺	透	開	四	次清	他	禮
7860	鬙	Man	ma:n1	平聲	sēng	曾	平	登	心	開	一	全清	蘇	增
7861	鬚	Tu	tu1	平聲	xū	遇	平	虞	心	合	三	全清	相	俞
7862	鬻	Dục	zuk8	重入	yù	通	入	屋	以	合	三	次濁	余	六
7863	鰵	Mẫn	mɤn4	跌聲	mǐn	臻	上	軫	明	開	三	次濁	眉	殞
7864	鰻	Man	ma:n1	平聲	mán	山	平	桓	明	合	一	次濁	母	官
7865	鰾	Phiêu	fiew1	平聲	biào	效	上	小	並	開	三	全濁	苻	少
7866	鱅	Dong	zɔŋ1	平聲	yōng	通	平	鍾	以	合	三	次濁	餘	封
7867	鱉	Miết	miet7	銳入	biē	山	入	薛	幫	開	三	全清	并	列
7868	鷓	Chá	tʂa:5	銳聲	zhè	假	去	禡	章	開	三	全清	之	夜
7869	鷖	Ê	e1	平聲	yī	蟹	平	齊	影	開	四	全清	烏	奚
7870	鷗	Âu	ɤw1	平聲	ōu	流	平	侯	影	開	一	全清	烏	侯
7871	鷙	Chí	tʂi5	銳聲	zhì	止	去	至	章	開	三	全清	脂	利
7872	鷞	Sương	ʂɯɤŋ1	平聲	shuāng	宕	平	陽	生	開	三	全清	色	莊
7873	鷟	Trạc	tʂa:k8	重入	zhuó	江	入	覺	崇	開	二	全濁	士	角
7874	鷩	Tế	te5	銳聲	bì	蟹	去	祭	幫	開	三	全清	必	袂
7875	麞	Chương	tʂɯɤŋ1	平聲	zhāng	宕	平	陽	章	開	三	全清	諸	良
7876	麟	Lân	lɤn1	平聲	lín	臻	平	眞	來	開	三	次濁	力	珍
7877	黐	Li	li1	平聲	lí	止	平	支	來	開	三	次濁	呂	支
7878	黰	Chẩn	tʂɤn3	問聲	zhěn	臻	上	軫	章	開	三	全清	章	忍

7879	鼴	Yển	ien3	問聲	yǎn	山	上	阮	影	開	三	全清	於	幰
7880	齪	Xúc	suk7	銳入	chuò	江	入	覺	初	開	二	次清	測	角
7881	齬	Ngữ	ŋɯ4	跌聲	yǔ	遇	上	語	疑	開	三	次濁	魚	巨
7882	龔	Cung	kuŋ1	平聲	gōng	通	平	鍾	見	合	三	全清	九	容
7883	龕	Kham	xa:m1	平聲	kān	咸	平	覃	溪	開	一	次清	口	含
7884	龢	Hòa	hwa:2	弦聲	hé	果	平	戈	匣	合	一	全濁	戶	戈
7885	巘	Nghiễn	ŋien4	跌聲	yǎn	山	上	阮	疑	開	三	次濁	語	偃
7886	戀	Luyến	lwien5	銳聲	liàn	山	去	線	來	合	三	次濁	力	卷
7887	戄	Quặc	kwak8	重入	jué	宕	入	藥	羣	合	三	全濁	具	钁
7888	攣	Luyên	lwien1	平聲	luán	山	平	仙	來	合	三	次濁	呂	員
7889	攩	Đảng	da:ŋ3	問聲	dǎng	宕	上	蕩	透	開	一	次清	他	朗
7890	攪	Giảo	ʑa:w3	問聲	jiǎo	效	上	巧	見	開	二	全清	古	巧
7891	攫	Quặc	kwak8	重入	jué	宕	入	藥	見	合	三	全清	居	縛
7892	曬	Sái	ʂa:j5	銳聲	shài	蟹	去	卦	生	開	二	全清	所	賣
7893	欏	La	la:1	平聲	luó	果	平	歌	來	開	一	次濁	魯	何
7894	欒	Loan	lwa:n1	平聲	luán	山	平	桓	來	合	一	次濁	落	官
7895	瓚	Toản	twa:n3	問聲	zàn	山	上	旱	從	開	一	全濁	藏	旱
7896	癯	Cù	ku2	弦聲	qú	遇	平	虞	羣	合	三	全濁	其	俱
7897	癰	Ung	uŋ1	平聲	yōng	通	平	鍾	影	合	三	全清	於	容
7898	籤	Thiêm	t'iem1	平聲	qiān	咸	平	鹽	清	開	三	次清	七	廉
7899	籥	Thược	t'ɯɤk8	重入	yuè	宕	入	藥	以	開	三	次濁	以	灼
7900	纓	Anh	a:ɲ1	平聲	yīng	梗	平	清	影	開	三	全清	於	盈
7901	纔	Tài	ta:j2	弦聲	cái	蟹	平	咍	從	開	一	全濁	昨	哉
7902	纕	Tương	tɯɤŋ1	平聲	xiāng	宕	平	陽	心	開	三	全清	息	良
7903	纕	Tương	tɯɤŋ1	平聲	rǎng	宕	平	陽	心	開	三	全清	息	良
7904	纖	Tiêm	tiem1	平聲	xiān	咸	平	鹽	心	開	三	全清	息	廉
7905	罐	Quán	kwa:n5	銳聲	guàn	山	去	換	見	合	一	全清	古	玩
7906	蠱	Cổ	ko3	問聲	gǔ	遇	上	姥	見	合	一	全清	公	戶
7907	變	Biến	bien5	銳聲	biàn	山	去	線	幫	合	三	全清	彼	眷
7908	讋	Triệp	tʂiep8	重入	zhé	咸	入	葉	章	開	三	全清	之	涉
7909	讌	Yên	ien1	平聲	yàn	山	去	霰	影	開	四	全清	於	甸
7910	贏	Doanh	zwa:ɲ1	平聲	yíng	梗	平	清	以	開	三	次濁	以	成
7911	轤	Lô	lo1	平聲	lú	遇	平	模	來	合	一	次濁	落	胡
7912	醼	Yến	ien5	銳聲	yàn	山	去	霰	影	開	四	全清	於	甸
7913	鑕	Chất	tʂɤt7	銳入	zhì	臻	入	質	章	開	三	全清	之	日
7914	鑞	Lạp	la:p8	重入	là	咸	入	盍	來	開	一	次濁	盧	盍
7915	鑠	Thước	t'ɯɤk7	銳入	shuò	宕	入	藥	書	開	三	全清	書	藥
7916	鑢	Lự	lɯ6	重聲	lǜ	遇	去	御	來	開	三	次濁	良	倨

7917	鑣	Tiêu	tiew1	平聲	biāo	效	平	宵	幫	開	三	全清	甫	嬌
7918	靆	Đãi	da:j4	跌聲	dài	蟹	去	代	定	開	一	全濁	徒	耐
7919	靨	Yếp	iep7	銳入	yè	咸	入	葉	影	開	三	全清	於	葉
7920	韤	Vạt	vɤt8	重入	wà	山	入	月	微	合	三	次濁	望	發
7921	韈	Vạt	vɤt8	重入	wà	山	入	月	微	合	三	次濁	望	發
7922	顬	Nhu	ɲu1	平聲	rú	遇	平	虞	日	合	三	次濁	人	朱
7923	顯	Hiển	hien3	問聲	xiǎn	山	上	銑	曉	開	四	次清	呼	典
7924	饜	Yếm	iem5	銳聲	yàn	咸	去	豔	影	開	三	全清	於	豔
7925	驗	Nghiệm	ŋiem6	重聲	yàn	咸	去	豔	疑	開	三	次濁	魚	窆
7926	驛	Dịch	zitʃ8	重入	yì	梗	入	昔	以	開	三	次濁	羊	益
7927	髕	Tẫn	tɤn4	跌聲	bìn	臻	上	軫	並	開	三	全濁	毗	忍
7928	鬟	Hoàn	hwa:n2	弦聲	huán	山	平	刪	匣	合	二	全濁	戶	關
7929	魘	Yểm	iem3	問聲	yǎn	咸	上	琰	影	開	三	全清	於	琰
7930	鱒	Tỗn	ton4	跌聲	zùn	臻	上	混	從	合	一	全濁	才	本
7931	鱔	Thiện	t'ien6	重聲	shàn	山	上	獮	禪	開	三	全濁	常	演
7932	鱖	Quyết	kwiet7	銳入	jué	山	入	月	見	合	三	全清	居	月
7933	鱗	Lân	lɤn1	平聲	lín	臻	平	眞	來	開	三	次濁	力	珍
7934	鷦	Tiêu	tiew1	平聲	jiāo	效	平	宵	精	開	三	全清	即	消
7935	鷯	Liêu	liew1	平聲	liáo	效	平	蕭	來	開	四	次濁	落	蕭
7936	鷲	Thứu	t'ɯw5	銳聲	jiù	流	去	宥	從	開	三	全濁	疾	僦
7937	鷳	Nhàn	ɲa:n2	弦聲	xián	山	平	山	匣	開	二	全濁	戶	閒
7938	鷸	Duật	zuɤt8	重入	yù	臻	入	術	以	合	三	次濁	餘	律
7939	鹼	Thiêm	t'iem1	平聲	jiǎn	咸	平	鹽	清	開	三	次清	七	廉
7940	鹼	Dảm	za:m3	問聲	jiǎn	咸	上	豏	見	開	二	全清	古	斬
7941	黴	Mi	mi1	平聲	méi	止	平	脂	明	開	三	次濁	武	悲
7942	鼇	Ngao	ŋa:w1	平聲	áo	效	平	豪	疑	開	一	次濁	五	勞
7943	鼷	Hề	he2	弦聲	xī	蟹	平	齊	匣	開	四	全濁	胡	雞
7944	齏	Tê	te1	平聲	jī	蟹	平	齊	心	開	四	全清	相	稽
7945	齮	Nghĩ	ŋi4	跌聲	yǐ	止	上	紙	疑	開	三	次濁	魚	倚
7946	囑	Chúc	tʂuk7	銳入	zhǔ	通	入	燭	章	合	三	全清	之	欲
7947	攬	Lãm	la:m4	跌聲	lǎn	咸	上	敢	來	開	一	次濁	盧	敢
7948	灞	Bá	ba:5	銳聲	bà	假	去	禡	幫	開	二	全清	必	駕
7949	癲	Điên	dien1	平聲	diān	山	平	先	端	開	四	全清	都	年
7950	矗	Súc	ʂuk7	銳入	chù	通	入	屋	初	合	三	次清	初	六
7951	籩	Biên	bien1	平聲	biān	山	平	先	幫	開	四	全清	布	玄
7952	籬	Li	li1	平聲	lí	止	平	支	來	開	三	次濁	呂	支
7953	羈	Ki	ki1	平聲	jī	止	平	支	見	開	三	全清	居	宜
7954	艷	Diễm	ziem4	跌聲	yàn	咸	去	豔	以	開	三	次濁	以	贍

7955	蘽	Luy	lwi1	平聲	léi	止	平	脂	來	合	三	次濁	力	追
7956	蠲	Quyên	kwien1	平聲	juān	山	平	先	見	合	四	全清	古	玄
7957	蠵	Huề	hwe2	弦聲	xī	蟹	平	齊	匣	合	四	全濁	戶	圭
7958	蠶	Tàm	ta:m2	弦聲	cán	咸	平	覃	從	開	一	全濁	昨	含
7959	蠹	Đố	do5	銳聲	dù	遇	去	暮	端	合	一	全清	當	故
7960	[illegible]	Hực	hɯk8	重入	xì	曾	入	職	曉	開	三	次清	許	極
7961	衢	Cù	ku2	弦聲	qú	遇	平	虞	羣	合	三	全濁	其	俱
7962	襻	Phán	fa:n5	銳聲	pàn	山	去	諫	滂	合	二	次清	普	患
7963	觀	Quan	kwa:n1	平聲	guān	山	平	桓	見	合	一	全清	古	丸
7964	觀	Quán	kwa:n5	銳聲	guàn	山	去	換	見	合	一	全清	古	玩
7965	讒	Sàm	ʂa:m2	弦聲	chán	咸	平	咸	崇	開	二	全濁	士	咸
7966	讓	Nhượng	ɲɯɤŋ6	重聲	ràng	宕	去	漾	日	開	三	次濁	人	㨾
7967	讕	Lan	la:n1	平聲	lán	山	平	寒	來	開	一	次濁	落	干
7968	讖	Sấm	ʂɤm5	銳聲	chèn	深	去	沁	初	開	三	次清	楚	譖
7969	貛	Hoan	hwa:n1	平聲	huān	山	平	桓	曉	合	一	次清	呼	官
7970	贛	Cống	koŋ5	銳聲	gòng	通	去	送	見	合	一	全清	古	送
7971	贛	Cám	ka:m5	銳聲	gàn	咸	去	勘	見	開	一	全清	古	暗
7972	躞	Tiệp	tiep8	重入	xiè	咸	入	帖	心	開	四	全清	蘇	協
7973	醽	Linh	liɲ1	平聲	líng	梗	平	青	來	開	四	次濁	郎	丁
7974	醾	Mi	mi1	平聲	mí	止	平	支	明	開	三	次濁	靡	為
7975	釀	Nhưỡng	ɲɯɤŋ4	跌聲	niàng	宕	去	漾	娘	開	三	次濁	女	亮
7976	釂	Tiếu	tiew5	銳聲	jiào	效	去	笑	精	開	三	全清	子	肖
7977	鑪	Lô	lo1	平聲	lú	遇	平	模	來	合	一	次濁	落	胡
7978	靂	Lịch	litʃ8	重入	lì	梗	入	錫	來	開	四	次濁	郎	擊
7979	靄	Ái	a:j5	銳聲	ǎi	蟹	去	泰	影	開	一	全清	於	蓋
7980	靈	Linh	liɲ1	平聲	líng	梗	平	青	來	開	四	次濁	郎	丁
7981	韆	Thiên	t'ien1	平聲	qiān	山	平	仙	清	開	三	次清	七	然
7982	顰	Tần	tɤn2	弦聲	pín	臻	平	眞	並	開	三	全濁	符	真
7983	驝	Thác	t'a:k7	銳入	tuō	宕	入	鐸	來	開	一	次濁	盧	各
7984	驟	Sậu	ʂɤw6	重聲	zòu	流	去	宥	崇	開	三	全濁	鋤	祐
7985	鬢	Tấn	tɤn5	銳聲	bìn	臻	去	震	幫	開	三	全清	必	刃
7986	黌	Hấu	hɤw5	銳聲	hòu	流	去	候	匣	開	一	全濁	胡	遘
7987	鱠	Khoái	xwa:j5	銳聲	kuài	蟹	去	泰	見	合	一	全清	古	外
7988	鱣	Chiên	tʂien1	平聲	zhān	山	平	仙	知	開	三	全清	張	連
7989	鱧	Lễ	le4	跌聲	lǐ	蟹	上	薺	來	開	四	次濁	盧	啟
7990	鱮	Tự	tɯ6	重聲	xù	遇	上	語	邪	開	三	全濁	徐	呂
7991	鷫	Túc	tuk7	銳入	sù	通	入	屋	心	合	三	全清	息	逐
7992	鷹	Ưng	ɯŋ1	平聲	yīng	曾	平	蒸	影	開	三	全清	於	陵

7993	鷺	Lộ	lo6	重聲	lù	遇	去	暮	來	合	一	次濁	洛	故
7994	鷽	Hạc	ha:k8	重入	xué	江	入	覺	匣	開	二	全濁	胡	覺
7995	鷾	Ý	i5	銳聲	yì	止	去	志	影	開	三	全清	於	記
7996	鸂	Khê	xe1	平聲	qī	蟹	平	齊	溪	開	四	次清	苦	奚
7997	鸇	Chiên	tʂien1	平聲	zhān	山	平	仙	章	開	三	全清	諸	延
7998	鹽	Diêm	ziem1	平聲	yán	咸	平	鹽	以	開	三	次濁	余	廉
7999	黌	Huỳnh	hwiɲ2	弦聲	hóng	梗	平	庚	匣	合	二	全濁	戶	盲
8000	齆	Úng	uŋ5	銳聲	wèng	通	去	送	影	合	一	全清	烏	貢
8001	齲	Khủ	xu3	問聲	qǔ	遇	上	麌	溪	合	三	次清	驅	雨
8002	齷	Ác	a:k7	銳入	wò	江	入	覺	影	開	二	全清	於	角
8003	廳	Thính	t'iɲ5	銳聲	tīng	梗	平	青	透	開	四	次清	他	丁
8004	彠	Hoạch	hwa:ʧ8	重入	huò	梗	入	麥	匣	合	二	全濁	胡	麥
8005	欖	Lãm	la:m4	跌聲	lǎn	咸	上	敢	來	開	一	次濁	盧	敢
8006	欛	Bá	ba:5	銳聲	bà	假	去	禡	幫	開	二	全清	必	駕
8007	欝	Uất	wɤt7	銳入	yù	臻	入	物	影	合	三	全清	紆	物
8008	灣	Loan	lwa:n1	平聲	wān	山	平	刪	影	合	二	全清	烏	關
8009	籮	La	la:1	平聲	luó	果	平	歌	來	開	一	次濁	魯	何
8010	糶	Thiếu	t'iew5	銳聲	tiào	效	去	嘯	透	開	四	次清	他	弔
8011	纘	Toản	twa:n3	問聲	zuǎn	山	上	緩	精	合	一	全清	作	管
8012	纚	Sỉ	ʂi3	問聲	xǐ	止	上	紙	生	開	三	全清	所	綺
8013	纛	Độc	dok8	重入	dú	通	入	沃	定	合	一	全濁	徒	沃
8014	纛	Đạo	da:w6	重聲	dào	效	去	號	定	開	一	全濁	徒	到
8015	臠	Luyến	lwien5	銳聲	luán	山	上	獮	來	合	三	次濁	力	兗
8016	臡	Nê	ne1	平聲	ní	蟹	平	齊	泥	開	四	次濁	奴	低
8017	蠻	Man	ma:n1	平聲	mán	山	平	刪	明	合	二	次濁	莫	還
8018	觿	Huề	hwe2	弦聲	xī	蟹	平	齊	匣	合	四	全濁	戶	圭
8019	讙	Hoan	hwa:n1	平聲	huān	山	平	桓	曉	合	一	次清	呼	官
8020	豒	Trật	tʂɤt8	重入	zhì	臻	入	質	澄	開	三	全濁	直	一
8021	躡	Niếp	niep7	銳入	niè	咸	入	葉	娘	開	三	次濁	尼	輒
8022	鑰	Thược	t'ɯɤk8	重入	yào	宕	入	藥	以	開	三	次濁	以	灼
8023	鑱	Sàm	ʂa:m2	弦聲	chán	咸	平	銜	崇	開	二	全濁	鋤	銜
8024	鑲	Tương	tɯɤŋ1	平聲	xiāng	宕	平	陽	心	開	三	全清	息	良
8025	鑵	Quán	kwa:n5	銳聲	guàn	山	去	換	見	合	一	全清	古	玩
8026	靉	Ái	a:j5	銳聲	ài	蟹	去	代	影	開	一	全清	烏	代
8027	韉	Tiên	tien1	平聲	jiān	山	平	先	精	開	四	全清	則	前
8028	顱	Lô	lo1	平聲	lú	遇	平	模	來	合	一	次濁	落	胡
8029	饞	Sàm	ʂa:m2	弦聲	chán	咸	平	咸	崇	開	二	全濁	士	咸
8030	鬣	Liệp	liep8	重入	liè	咸	入	葉	來	開	三	次濁	良	涉

8031	鱨	Thường	t'ɯɤŋ2	弦聲	cháng	宕	平	陽	禪	開	三	全濁	市	羊
8032	鱭	Tễ	te4	跌聲	jì	蟹	上	薺	從	開	四	全濁	徂	禮
8033	鸋	Ninh	niɲ1	平聲	níng	梗	平	青	泥	開	四	次濁	奴	丁
8034	鸎	Oanh	wa:ɲ1	平聲	yīng	梗	平	耕	影	開	二	全清	烏	莖
8035	鸑	Nhạc	ɲa:k8	重入	yuè	江	入	覺	疑	開	二	次濁	五	角
8036	鼈	Miết	miet7	銳入	biē	山	入	薛	幫	開	三	全清	并	列
8037	鼉	Đà	da:2	弦聲	tuó	果	平	歌	定	開	一	全濁	徒	河
8038	齇	Tra	tʂa1	平聲	zhā	假	平	麻	莊	開	二	全清	側	加
8039	灤	Loan	lwa:n1	平聲	luán	山	平	桓	來	合	一	次濁	落	官
8040	矚	Chúc	tʂuk7	銳入	zhǔ	通	入	燭	章	合	三	全清	之	欲
8041	籯	Doanh	zwa:ɲ1	平聲	yíng	梗	平	清	以	開	三	次濁	以	成
8042	籰	Dược	zɯɤk8	重入	yuè	宕	入	藥	云	合	三	次濁	王	縛
8043	讚	Tán	ta:n5	銳聲	zàn	山	去	翰	精	開	一	全清	則	旰
8044	趲	Toản	twa:n3	問聲	zǎn	山	上	旱	從	開	一	全濁	藏	旱
8045	躧	Sỉ	ʂi3	問聲	xǐ	止	上	紙	生	開	三	全清	所	綺
8046	釁	Hấn	hɤn5	銳聲	xìn	臻	去	震	曉	開	三	次清	許	覲
8047	釃	Si	ʂi1	平聲	shī	止	平	支	生	開	三	全清	所	宜
8048	釅	Nghiệm	ŋiem6	重聲	yàn	咸	去	釅	疑	開	三	次濁	魚	欠
8049	鑴	Huề	hwe2	弦聲	xī	蟹	平	齊	匣	合	四	全濁	戶	圭
8050	鑷	Nhiếp	ɲiep7	銳入	niè	咸	入	葉	娘	開	三	次濁	尼	輒
8051	顴	Quyền	kwien2	弦聲	quán	山	平	仙	羣	合	三	全濁	巨	員
8052	驢	Lư	lɯ1	平聲	lǘ	遇	平	魚	來	開	三	次濁	力	居
8053	驥	Kí	ki5	銳聲	jì	止	去	至	見	開	三	全清	几	利
8054	鱵	Châm	tʂɤm1	平聲	zhēn	深	平	侵	章	開	三	全清	職	深
8055	黶	Yểm	iem3	問聲	yǎn	咸	上	琰	影	開	三	全清	於	琰
8056	灨	Cám	ka:m5	銳聲	gàn	咸	去	勘	見	開	一	全清	古	暗
8057	纜	Lãm	la:m4	跌聲	lǎn	咸	去	闞	來	開	一	次濁	盧	瞰
8058	讜	Đảng	da:ŋ3	問聲	dǎng	宕	上	蕩	端	開	一	全清	多	朗
8059	讞	Nghiện	ŋien6	重聲	yàn	山	上	獮	疑	開	三	次濁	魚	蹇
8060	躩	Quặc	kwak8	重入	jué	宕	入	藥	見	合	三	全清	居	縛
8061	躩	Khước	xɯɤk7	銳入	jué	宕	入	藥	溪	合	三	次清	丘	縛
8062	鑼	La	la:1	平聲	luó	果	平	歌	來	開	一	次濁	魯	何
8063	鑽	Toàn	twa:n2	弦聲	zuān	山	平	桓	精	合	一	全清	借	官
8064	鑽	Toản	twa:n3	問聲	zuàn	山	去	換	精	合	一	全清	子	筭
8065	鑾	Loan	lwa:n1	平聲	luán	山	平	桓	來	合	一	次濁	落	官
8066	顳	Nhiếp	ɲiep7	銳入	niè	咸	入	葉	日	開	三	次濁	而	涉
8067	驤	Tương	tɯɤŋ1	平聲	xiāng	宕	平	陽	心	開	三	全清	息	良
8068	驩	Hoan	hwa:n1	平聲	huān	山	平	桓	曉	合	一	次清	呼	官

8069	鬮	Cưu	kɯw1	平聲	jiū	流	平	尤	見	開	三	全清	居	求
8070	鱸	Lư	lɯ1	平聲	lú	遇	平	模	來	合	一	次濁	落	胡
8071	鸕	Lô	lo1	平聲	lú	遇	平	模	來	合	一	次濁	落	胡
8072	黷	Độc	dok8	重入	dú	通	入	屋	定	合	一	全濁	徒	谷
8073	戇	Tráng	tʂa:ŋ5	銳聲	zhuàng	江	去	絳	知	開	二	全清	陟	降
8074	豔	Diễm	ziem4	跌聲	yàn	咸	去	豔	以	開	三	次濁	以	贍
8075	鑿	Tạc	ta:k8	重入	záo	宕	入	鐸	從	開	一	全濁	在	各
8076	钁	Quắc	kwak7	銳入	jué	宕	入	藥	見	合	三	全清	居	縛
8077	鸚	Anh	a:ɲ1	平聲	yīng	梗	平	耕	影	開	二	全清	烏	莖
8078	鸛	Quán	kwa:n5	銳聲	guàn	山	去	換	見	合	一	全清	古	玩
8079	爨	Thoán	t'wa:n5	銳聲	cuàn	山	去	換	清	合	一	次清	七	亂
8080	讟	Độc	dok8	重入	dú	通	入	屋	定	合	一	全濁	徒	谷
8081	蠃	Loa	lwa:1	平聲	luó	果	平	戈	來	合	一	次濁	落	戈
8082	驪	Li	li1	平聲	lí	止	平	支	來	開	三	次濁	呂	支
8083	鬱	Uất	wɤt7	銳入	yù	臻	入	物	影	合	三	全清	紆	物
8084	鸜	Cù	ku2	弦聲	qú	遇	平	虞	羣	合	三	全濁	其	俱
8085	鱺	Li	li1	平聲	lí	蟹	上	薺	來	開	四	次濁	盧	啟
8086	鸝	Li	li1	平聲	lí	止	平	支	來	開	三	次濁	呂	支
8087	鸞	Loan	lwa:n1	平聲	luán	山	平	桓	來	合	一	次濁	落	官
8088	灩	Diễm	ziem4	跌聲	yàn	咸	去	豔	以	開	三	次濁	以	贍
8089	籲	Dụ	zu6	重聲	yù	遇	去	遇	以	合	三	次濁	羊	戍
8090	鱻	Tiên	tien1	平聲	xiān	山	平	仙	心	開	三	全清	相	然
8091	麤	Thô	t'o1	平聲	cū	遇	平	模	清	合	一	次清	倉	胡

附錄二

No	漢字	古漢越音	漢越音	攝別	聲調	韻目	字母	開合	等第	清濁	上字	下字	擬音
1	几	Ghế	Kỉ	止	上	旨	見	開	三	全清	居	履	ki
2	刀	Dao	Đao	效	平	豪	端	開	一	全清	都	牢	tɑu
3	力	Sức	Lực	曾	入	職	來	開	三	次濁	林	直	lĭək
4	丸	Hòn	Hoàn	山	平	桓	匣	合	一	全濁	胡	官	ɣuɑn
5	土	Độ	Thổ	遇	上	姥	透	合	一	次清	他	魯	t^hu
6	土	Độ	Độ	遇	上	姥	定	合	一	全濁	徒	古	du
7	弓	Cong	Cung	通	平	東	見	合	三	全清	居	戎	kĭuŋ
8	中	Trong	Trung	通	平	東	知	合	三	全清	陟	弓	ȶĭuŋ
9	中	Đúng	Trúng	通	去	送	知	合	三	全清	陟	仲	ȶĭuŋ
10	之	Chưng	Chi	止	平	之	章	開	三	全清	止	而	tɕĭə
11	升	Thưng	Thăng	曾	平	蒸	書	開	三	全清	識	蒸	ɕĭəŋ
12	午	Ngọ	Ngọ	遇	上	姥	疑	合	一	次濁	疑	古	ŋu
13	及	Kịp	Cập	深	入	緝	羣	開	三	全濁	其	立	gĭĕp
14	尺	Thước	Xích	梗	入	昔	昌	開	三	次清	昌	石	tɕĭɛk
15	心	Tim	Tâm	深	平	侵	心	開	三	全清	息	林	sĭĕm
16	戶	Họ	Hộ	遇	上	姥	匣	合	一	全濁	侯	古	ɣu
17	支	Chia	Chi	止	平	支	章	開	三	全清	章	移	tɕĭe
18	方	Vuông	Phương	宕	平	陽	非	開	三	全清	府	良	pĭwaŋ
19	欠	Kém	Khiếm	咸	去	梵	溪	合	三	次清	去	劍	k^{h}ĭɐm
20	比	Bì	Tỉ	止	上	旨	幫	開	三	全清	卑	履	pi

21	父	Bố	Phụ	遇	上	麌	奉	合	三	全濁	扶	雨	bĭu
22	牙	Ngà	Nha	假	平	麻	疑	開	二	次濁	五	加	ŋa
23	牛	Ngâu	Ngưu	流	平	尤	疑	開	三	次濁	語	求	ŋĭəu
24	瓦	Ngói	Ngõa	假	上	馬	疑	合	二	次濁	五	寡	ŋwa
25	凍	Đọng	Đống	通	去	送	端	合	一	全清	多	貢	tuŋ
26	主	Chúa	Chủ	遇	上	麌	章	合	三	全清	之	庾	tɕĭu
27	乏	Bượp	Phạp	咸	入	乏	奉	合	三	全濁	房	法	bĭwɐp
28	代	Đời/ Đổi	Đại	蟹	去	代	定	開	一	全濁	徒	耐	dɒi
29	北	Bấc	Bắc	曾	入	德	幫	開	一	全清	博	墨	pək
30	卯	Mẹo	Mão	效	上	巧	明	開	二	次濁	莫	飽	mau
31	叫	Kêu	Khiếu	效	去	嘯	見	開	四	全清	古	弔	kieu
32	可	Khá	Khả	果	上	哿	溪	開	一	次清	枯	我	k^{h}ɑ
33	巧	Khéo	Xảo	效	上	巧	溪	開	二	次清	苦	絞	k^{h}au
34	市	Chợ	Thị	止	上	止	禪	開	三	全濁	時	止	ʑĭə
35	平	Bằng	Bình	梗	平	庚	並	開	三	全濁	符	兵	bĭɐŋ
36	打	Đánh	Đả	梗	上	梗	端	開	二	全清	德	冷	tɐŋ
37	末	Mút	Mạt	山	入	末	明	合	一	次濁	莫	撥	muɑt
38	本	Bổn	Bản	臻	上	混	幫	合	一	全清	布	忖	puən
39	正	Chiếng	Chính	梗	去	勁	章	開	三	全清	之	盛	tɕĭɛŋ
40	正	Giêng	Chinh	梗	平	清	章	開	三	全清	諸	盈	tɕĭɛŋ
41	母	Mợ	Mẫu	流	上	厚	明	開	一	次濁	莫	厚	məu
42	皮	Bìa	Bì	止	平	支	並	開	三	全濁	符	羈	bĭe
43	亦	Diệc	Diệc	梗	入	昔	以	開	三	次濁	羊	益	jĭɛk
44	囟	Tín	Tín	臻	去	震	心	開	三	全清	息	晉	sĭĕn
45	仰	Ngửa	Ngưỡng	宕	上	養	疑	開	三	次濁	魚	兩	ŋĭaŋ
46	共	Cùng	Cộng	通	去	用	羣	合	三	全濁	渠	用	gĭwoŋ
47	印	In	Ấn	臻	去	震	影	開	三	全清	於	刃	0ĭĕn
48	吉	Kiết	Cát	臻	入	質	見	開	三	全清	居	質	kĭĕt
49	地	Địa	Địa	止	去	至	定	開	三	全濁	徒	四	di
50	字	Chữ	Tự	止	去	志	從	開	三	全濁	疾	置	dzĭə
51	帆	Buồm	Phàm	咸	平	凡	奉	合	三	全濁	符	芝	bĭɐm
52	扛	Cõng	Giang	江	平	江	見	開	二	全清	古	雙	kɔŋ
53	池	Đìa	Trì	止	平	支	澄	開	三	全濁	直	離	ȡĭe
54	伯	Bác	Bá	梗	入	陌	幫	開	二	全清	博	陌	pɐk
55	似	Tựa	Tự	止	上	止	邪	開	三	全濁	詳	里	zĭə
56	佛	Bụt	Phật	臻	入	物	奉	合	三	全濁	符	弗	bĭuət
57	初	Xưa	Sơ	遇	平	魚	初	開	三	次清	楚	居	tʃ^{h}ĭo
58	吸	Hớp	Hấp	深	入	緝	曉	開	三	次清	許	及	hĭĕp

59	吹	Thổi	Xuy	止	平	支	昌	合	三	次清	昌	垂	tɕ^{h}ĭwe
60	呈	Chiềng	Trình	梗	平	清	澄	開	三	全濁	直	貞	ȡĭɛŋ
61	夾	Kép	Giáp	咸	入	洽	見	開	二	全清	古	洽	kɐp
62	妙	Mầu	Diệu	效	去	笑	明	開	三	次濁	彌	笑	mĭɛu
63	局	Cuộc	Cục	通	入	燭	羣	合	三	全濁	渠	玉	gĭwok
64	序	Tựa	Tự	遇	上	語	邪	開	三	全濁	徐	呂	zĭo
65	役	Việc	Dịch	梗	入	昔	以	合	三	次濁	營	隻	jĭwɛk
66	忍	Nhịn	Nhẫn	臻	上	軫	日	開	三	次濁	而	軫	ȵĭěn
67	戒	Cai	Giới	蟹	去	怪	見	開	二	全清	古	拜	kɐi
68	更	Càng	Cánh	梗	去	映	見	開	二	全清	古	孟	kɐŋ
69	杠	Gông	Giang	江	平	江	見	開	二	全清	古	雙	kɔŋ
70	步	Bước	Bộ	遇	去	暮	並	合	一	全濁	薄	故	bu
71	沉	Chìm	Trầm	深	平	侵	澄	開	三	全濁	直	深	ȡĭěm
72	芥	Cải	Giới	蟹	去	怪	見	開	二	全清	古	拜	kɐi
73	車	Xe	Xa	假	平	麻	昌	開	三	次清	尺	遮	tɕ^{h}ĭa
74	辰	Thìn	Thần	臻	平	眞	禪	開	三	全濁	植	鄰	ʑĭěn
75	兔	Thỏ	Thố	遇	去	暮	透	合	一	次清	湯	故	t^{h}u
76	其	Kia	Kì	止	平	之	羣	開	三	全濁	渠	之	gĭə
77	冽	Rét	Liệt	山	入	薛	來	開	三	次濁	良	辥	lĭɛt
78	函	Hòm	Hàm	咸	平	咸	匣	開	二	全濁	胡	讒	ɣɐm
79	制	Chay	Chế	蟹	去	祭	章	開	三	全清	征	例	tɕĭɛi
80	刺	Thứ	Thứ	止	去	寘	清	開	三	次清	七	賜	ts^{h}ĭe
81	刺	Thịch	Thích	梗	入	昔	清	開	三	次清	七	迹	ts^{h}ĭɛk
82	卦	Quẻ	Quái	蟹	去	卦	見	合	二	全清	古	賣	kwai
83	味	Mùi	Vị	止	去	未	微	合	三	次濁	無	沸	mĭwəi
84	命	Mạng	Mệnh	梗	去	映	明	開	三	次濁	眉	病	mĭɐŋ
85	巫	Mo	Vu	遇	平	虞	微	合	三	次濁	武	夫	mĭu
86	底	Đáy	Để	蟹	上	薺	端	開	四	全清	都	禮	tiei
87	弩	Nỏ	Nỗ	遇	上	姥	泥	合	一	次濁	奴	古	nu
88	房	Buồng	Phòng	宕	平	陽	奉	開	三	全濁	符	方	bĭwaŋ
89	所	Thủa	Sở	遇	上	語	生	開	三	全清	踈	舉	ʃĭo
90	抵	Tẩy	Để	蟹	上	薺	端	開	四	全清	都	禮	tiei
91	放	Buông	Phóng	宕	去	漾	非	開	三	全清	甫	妄	pĭwaŋ
92	斧	Búa	Phủ	遇	上	麌	非	合	三	全清	方	矩	pĭu
93	沫	Bọt	Mạt	山	入	末	明	合	一	次濁	莫	撥	muɑt
94	油	Dầu	Du	流	平	尤	以	開	三	次濁	以	周	jĭəu
95	信	Tín	Tín	臻	去	震	心	開	三	全清	息	晉	sĭěn
96	注	Chua	Chú	遇	去	遇	章	合	三	全清	之	戍	tɕĭu

97	炊	Thổi	Xuy	止	平	支	昌	合	三	次清	昌	垂	tɕʰĭwe
98	茄	Cà	Gia	假	平	麻	見	開	二	全清	古	牙	ka
99	迦	Cà	Ca	果	平	戈	見	開	三	全清	居	伽	kĭɑ
100	迦	Cà	Già	假	平	麻	見	開	二	全清	古	牙	ka
101	郎	Chàng	Lang	宕	平	唐	來	開	一	次濁	魯	當	lɑŋ
102	金	Kim	Kim	深	平	侵	見	開	三	全清	居	吟	kĭĕm
103	限	Hẹn	Hạn	山	上	產	匣	開	二	全濁	胡	簡	ɣæn
104	青	Xanh	Thanh	梗	平	青	清	開	四	次清	倉	經	tsʰieŋ
105	便	Bèn	Tiện	山	去	線	並	開	三	全濁	婢	面	bĭɛn
106	信	Tin	Tín	臻	去	震	心	開	三	全清	息	晉	sĭĕn
107	南	Nồm	Nam	咸	平	覃	泥	開	一	次濁	那	含	nɒm
108	姨	Dì	Di	止	平	脂	以	開	三	次濁	以	脂	ji
109	屍	Thây	Thi	止	平	之	書	開	三	全清	式	之	ɕĭe
110	度	Đò	Độ	遇	去	暮	定	合	一	全濁	徒	故	du
111	待	Đợi	Đãi	蟹	上	海	定	開	一	全濁	徒	亥	dɒi
112	急	Kíp	Cấp	深	入	緝	見	開	三	全清	居	立	kĭĕp
113	恰	Khớp	Kháp	咸	入	洽	溪	開	二	次清	苦	洽	kʰɐp
114	故	Cớ/Cũ	Cố	遇	去	暮	見	合	一	全清	古	暮	ku
115	毒	Nọc	Độc	通	入	沃	定	合	一	全濁	徒	沃	duok
116	玳	Đồi	Đại	蟹	去	代	定	開	一	全濁	徒	耐	dɒi
117	眉	Mày	Mi	止	平	脂	明	開	三	次濁	武	悲	mi
118	砌	Xây	Thế	蟹	去	霽	清	開	四	次清	七	計	tsʰiei
119	研	Nghiền	Nghiên	山	平	先	疑	開	四	次濁	五	堅	ŋien
120	笈	Kíp	Cấp	深	入	緝	羣	開	三	全濁	其	立	gĭĕp
121	茶	Chè	Trà	假	平	麻	澄	開	二	全濁	宅	加	ɖa
122	草	Tháu	Thảo	效	上	晧	清	開	一	次清	采	老	tsʰɑu
123	追	Đuổi	Truy	止	平	脂	知	合	三	全清	陟	隹	ȶwi
124	逆	Ngược	Nghịch	梗	入	陌	疑	開	三	次濁	宜	戟	ŋĭɐk
125	重	Chồng	Trùng	通	平	鍾	澄	合	三	全濁	直	容	ɖĭwoŋ
126	重	Chuộng	Trọng	通	去	用	澄	合	三	全濁	柱	用	ɖĭwoŋ
127	除	Chừa	Trừ	遇	平	魚	澄	開	三	全濁	直	魚	ɖĭo
128	飛	Bay	Phi	止	平	微	非	合	三	全清	甫	微	pĭwəi
129	兼	Kèm	Kiêm	咸	平	添	見	開	四	全清	古	甜	kiem
130	剝	Bóc	Bác	江	入	覺	幫	開	二	全清	北	角	pɔk
131	務	Mùa	Vụ	遇	去	遇	微	合	三	次濁	亡	遇	mĭu
132	哭	Khóc	Khốc	通	入	屋	溪	合	一	次清	空	谷	kʰuk
133	夏	Hè	Hạ	假	去	禡	匣	開	二	全濁	胡	駕	ɣa
134	娘	Nàng	Nương	宕	平	陽	娘	開	三	次濁	女	良	nĭaŋ

135	容	Duông/Dong	Dung	通	平	鍾	以	合	三	次濁	餘	封	ĭiwoŋ
136	師	Thầy	Sư	止	平	脂	生	開	三	全清	踈	夷	ʃi
137	席	Tiệc	Tịch	梗	入	昔	邪	開	三	全濁	祥	易	zĭɛk
138	庫	Kho	Khố	遇	去	暮	溪	合	一	次清	苦	故	k^{h}u
139	徒	Trò	Đồ	遇	平	模	定	合	一	全濁	同	都	du
140	時	Giờ>Thuở	Thời	止	平	之	禪	開	三	全濁	市	之	ʑĭə
141	晚	Muộn	Vãn	山	上	阮	微	合	三	次濁	無	遠	mĭwɐn
142	泰	Thới	Thái	蟹	去	泰	透	開	一	次清	他	蓋	t^{h}ɑi
143	烘	Hong	Hồng	通	平	東	曉	合	一	次清	呼	東	huŋ
144	狹	Hẹp	Hạp	咸	入	洽	匣	開	二	全濁	侯	夾	ɣɐp
145	笄	Kè	Kê	蟹	平	齊	見	開	四	全清	古	奚	kiei
146	納	Nộp	Nạp	咸	入	合	泥	開	一	次濁	奴	荅	nɒp
147	紗	The	Sa	假	平	麻	生	開	二	全清	所	加	ʃa
148	紙	Giấy	Chỉ	止	上	紙	章	開	三	全清	諸	氏	tɕĭe
149	蚊	Muỗi	Văn	臻	平	文	微	合	三	次濁	無	分	mĭuən
150	訊	Tin	Tấn	臻	去	震	心	開	三	全清	息	晉	sĭĕn
151	豹	Beo	Báo	效	去	效	幫	開	二	全清	北	教	pau
152	辱	Nhuốc	Nhục	通	入	燭	日	合	三	次濁	而	蜀	ɽĭwok
153	連	Liền	Liên	山	平	仙	來	開	三	次濁	力	延	lĭɛn
154	針	Kim	Châm	深	平	侵	章	開	三	全清	職	深	tɕĭĕm
155	隻	Chiếc	Chích	梗	入	昔	章	開	三	全清	之	石	tɕĭɛk
156	停	Dừng	Đình	梗	平	青	定	開	四	全濁	特	丁	dieŋ
157	匙	Dìa>Thìa	Thì	止	平	支	禪	開	三	全濁	是	支	ʑĭe
158	婦	Bụa	Phụ	流	上	有	奉	開	三	全濁	房	久	bĭəu
159	帶	Dải	Đái	蟹	去	泰	端	開	一	全清	當	蓋	tɑi
160	帷	Vây	Duy	止	平	脂	云	合	三	次濁	洧	悲	ɣwi
161	得	Được	Đắc	曾	入	德	端	開	一	全清	多	則	tək
162	從	Tuồng	Tùng	通	平	鍾	從	合	三	全濁	疾	容	dzĭwoŋ
163	惜	Tiếc	Tích	梗	入	昔	心	開	三	全清	思	積	sĭɛk
164	捧	Bưng	Phủng	通	上	腫	敷	合	三	次清	敷	奉	p^{h}ĭwoŋ
165	捨	Thả	Xả	假	上	馬	書	開	三	全清	書	冶	ɕĭa
166	斬	Chém	Trảm	咸	上	豏	莊	開	二	全清	側	減	tʃɐm
167	望	Màng>Mong	Vọng	宕	去	漾	微	開	三	次濁	巫	放	mĭwaŋ
168	梁	Rường	Lương	宕	平	陽	來	開	三	次濁	呂	張	lĭaŋ
169	梅	Mơ	Mai	蟹	平	灰	明	合	一	次濁	莫	杯	muɒi
170	梗	Cành	Ngạnh	梗	上	梗	見	開	二	全清	古	杏	kɐŋ
171	添	Thêm	Thiêm	咸	平	添	透	開	四	次清	他	兼	t^{h}iem
172	盒	Hộp	Hạp	咸	入	合	匣	開	一	全濁	侯	閤	ɣɒp

173	移	Dời	Di	止	平	支	以	開	三	次濁	弋	支	ĵĭe
174	符	Bùa	Phù	遇	平	虞	奉	合	三	全濁	防	無	bĭu
175	終	Đóng	Chung	通	平	東	章	合	三	全清	職	戎	tɕĭuŋ
176	袈	Cà	Ca	假	平	麻	見	開	二	全清	古	牙	ka
177	袋	Đãy	Đại	蟹	去	代	定	開	一	全濁	徒	耐	dɒi
178	規	Quay	Quy	止	平	支	見	合	三	全清	居	隋	kĭwe
179	許	Hứa	Hứa	遇	上	語	曉	開	三	次清	虛	呂	hĭo
180	販	Buôn	Phiến	山	去	願	非	合	三	全清	方	願	pĭwɐn
181	赦	Tha	Xá	假	去	禡	書	開	三	全清	始	夜	ɕĭa
182	距	Cựa	Cự	遇	上	語	羣	開	三	全濁	其	呂	gĭo
183	過	Qua	Quá	果	去	過	見	合	一	全清	古	臥	kuɑ
184	麻	Mè	Ma	假	平	麻	明	開	二	次濁	莫	霞	ma
185	喃	Nôm	Nam	咸	平	咸	娘	開	二	次濁	女	咸	nɐm
186	喬	Kều	Kiều	效	平	宵	羣	開	三	全濁	巨	嬌	gĭɛu
187	圍	Vây	Vi	止	平	微	云	合	三	次濁	雨	非	ɣĭwəi
188	媒	Mồi	Môi	蟹	平	灰	明	合	一	次濁	莫	杯	muɒi
189	尋	Tìm	Tầm	深	平	侵	邪	開	三	全濁	徐	林	zĭěm
190	帽	Mũ	Mạo	效	去	號	明	開	一	次濁	莫	報	mɑu
191	幅	Bức	Phúc	通	入	屋	非	合	三	全清	方	六	pĭuk
192	御	Ngừa	Ngự	遇	去	御	疑	開	三	次濁	牛	倨	ŋĭo
193	揀	Kén	Giản	山	上	產	見	開	二	全清	古	限	kæn
194	敬	Kiêng	Kính	梗	去	映	見	開	三	全清	居	慶	kĭɐŋ
195	景	Kiểng	Cảnh	梗	上	梗	見	開	三	全清	居	影	kĭɐŋ
196	曾	Từng	Tằng	曾	平	登	從	開	一	全濁	昨	棱	dzəŋ
197	替	Thay	Thế	蟹	去	霽	透	開	四	次清	他	計	t^{h}iei
198	期	Kia	Kì	止	平	之	羣	開	三	全濁	渠	之	gĭə
199	棉	Mền	Miên	山	平	仙	明	開	三	次濁	武	延	mĭɛn
200	棋	Cờ	Kì	止	平	之	羣	開	三	全濁	渠	之	gĭə
201	棹	Chèo	Trạo	效	去	效	澄	開	二	全濁	直	教	ɖau
202	椰	Dừa	Gia	假	平	麻	以	開	三	次濁	以	遮	ĵĭa
203	欺	Khịa	Khi	止	平	之	溪	開	三	次清	去	其	k^{h}ĭə
204	減	Kém	Giảm	咸	上	豏	見	開	二	全清	古	斬	kɐm
205	渡	Đò	Độ	遇	去	暮	定	合	一	全濁	徒	故	du
206	畫	Vẽ	Họa	蟹	去	卦	匣	合	二	全濁	胡	卦	ɣwai
207	疏	Thưa	Sơ	遇	平	魚	生	開	三	全清	所	菹	ʃĭo
208	程	Chừng	Trình	梗	平	清	澄	開	三	全濁	直	貞	ɖĭɛŋ
209	紫	Tía	Tử	止	上	紙	精	開	三	全清	將	此	tsĭe
210	絲	Tơ	Ti	止	平	之	心	開	三	全清	息	茲	sĭə

211	萬	Muôn	Vạn	山	去	願	微	合	三	次濁	無	販	mĭwɐn
212	補	Bù	Bổ	遇	上	姥	幫	合	一	全清	博	古	pu
213	註	Chua	Chú	遇	去	遇	章	合	三	全清	之	戍	tɕĭu
214	詖	Bịa	Bí	止	去	寘	幫	開	三	全清	彼	義	pĭe
215	貯	Chứa	Trữ	遇	上	語	知	開	三	全清	丁	呂	ȶĭo
216	跏	Cà	Già	假	平	麻	見	開	二	全清	古	牙	ka
217	量	Lường	Lượng	宕	去	漾	來	開	三	次濁	力	讓	lĭaŋ
218	間	Căn	Gian	山	去	襉	見	開	二	全清	古	莧	kæn
219	雁	Ngan	Nhạn	山	去	諫	疑	開	二	次濁	五	晏	ŋan
220	塡	Đền	Điền	山	平	先	定	開	四	全濁	徒	年	dien
221	墓	Mả	Mộ	遇	去	暮	明	合	一	次濁	莫	故	mu
222	嫁	Gả	Giá	假	去	禡	見	開	二	全清	古	訝	ka
223	摸	Mò	Mô	遇	平	模	明	合	一	次濁	莫	胡	mu
224	槐	Hòe	Hòe	蟹	平	皆	匣	合	二	全濁	戶	乖	ɣwɐi
225	歲	Tuổi	Tuế	蟹	去	祭	心	合	三	全清	相	銳	sĭwɛi
226	殿	Đền	Điện	山	去	霰	定	開	四	全濁	堂	練	dien
227	源	Nguồn	Nguyên	山	平	元	疑	合	三	次濁	愚	袁	ŋĭwɐn
228	煉	Rèn	Luyện	山	去	霰	來	開	四	次濁	郎	甸	lien
229	煩	Buồn	Phiền	山	平	元	奉	合	三	全濁	附	袁	bĭwɐn
230	瑁	Mồi	Mội	蟹	去	隊	明	合	一	次濁	莫	佩	muɒi
231	盞	Chén	Trản	山	上	產	莊	開	二	全清	阻	限	tʃæn
232	碑	Bia	Bi	止	平	支	幫	開	三	全清	彼	爲	pĭe
233	禁	Kìm	Cấm	深	去	沁	見	開	三	全清	居	蔭	kĭěm
234	稚	Trẻ	Trĩ	止	去	至	澄	開	三	全濁	直	利	ȡi
235	節	Tết	Tiết	山	入	屑	精	開	四	全清	子	結	tsiet
236	義	Nghĩa	Nghĩa	止	去	寘	疑	開	三	次濁	宜	寄	ŋĭe
237	聖	Thiêng	Thánh	梗	去	勁	書	開	三	全清	式	正	ɕĭɛŋ
238	舅	Cậu	Cữu	流	上	有	羣	開	三	全濁	其	九	gĭəu
239	蒔	Thìa	Thì	止	平	之	禪	開	三	全濁	市	之	ʑĭə
240	蒜	Tỏi	Toán	山	去	換	心	合	一	全清	蘇	貫	suɑn
241	蓉	Dong	Dung	通	平	鍾	以	合	三	次濁	餘	封	jĭwoŋ
242	蓮	Sen	Liên	山	平	先	來	開	四	次濁	落	賢	lien
243	蛾	Ngài	Nga	果	平	歌	疑	開	一	次濁	五	何	ŋɑ
244	解	Cởi	Giải	蟹	上	蟹	見	開	二	全清	佳	買	kai
245	詩	Thơ	Thi	止	平	之	書	開	三	全清	書	之	ɕĭə
246	誇	Khoe	Khoa	假	平	麻	溪	合	二	次清	苦	瓜	k^{h}wa
247	賊	Giặc	Tặc	曾	入	德	從	開	一	全濁	昨	則	dzək
248	跪	Khụy	Quỵ	止	上	紙	溪	合	三	次清	去	委	k^{h}ĭwe

249	農	Nùng	Nông	通	平	冬	泥	合	一	次濁	奴	冬	nuoŋ
250	鉗	Kìm/Kềm	Kiềm	咸	平	鹽	羣	開	三	全濁	巨	淹	gĭɛm
251	鉦	Chiêng	Chinh	梗	平	清	章	開	三	全清	諸	盈	tɕĭɛŋ
252	嘆	Than	Thán	山	去	翰	透	開	一	次清	他	旦	t^{h}ɑn
253	墊	Đệm	Điếm	咸	去	㮇	端	開	四	全清	都	念	tiem
254	嫩	Non	Nộn	臻	去	慁	泥	合	一	次濁	奴	困	nuən
255	察	Xét	Sát	山	入	黠	初	開	二	次清	初	八	$tʃ^{h}$æt
256	慣	Quen	Quán	山	去	諫	見	合	二	全清	古	患	kwan
257	旗	Cờ	Kì	止	平	之	羣	開	三	全濁	渠	之	gĭə
258	疑	Ngờ	Nghi	止	平	之	疑	開	三	次濁	語	其	ŋĭə
259	碧	Biếc	Bích	梗	入	昔	幫	開	三	全清	彼	役	pĭɐk
260	種	Giống	Chủng	通	上	腫	章	合	三	全清	之	隴	tɕĭwoŋ
261	種	Trồng	Chúng	通	去	用	章	合	三	全清	之	用	tɕĭwoŋ
262	箸	Đũa	Trợ/Trứ	遇	去	御	知	開	三	全清	陟	慮	ȶĭo
263	網	Mạng	Võng	宕	上	養	微	開	三	次濁	文	兩	mĭwaŋ
264	緊	Cần	Khẩn	臻	上	軫	見	開	三	全清	居	忍	kĭĕn
265	聚	Tủa	Tụ	遇	去	遇	從	合	三	全濁	才	句	dzĭu
266	舞	Múa	Vũ	遇	上	麌	微	合	三	次濁	文	甫	mĭu
267	葱	Thong	Thung	通	上	董	精	合	一	全清	作	孔	tsuŋ
268	蔗	Che	Giá	假	去	禡	章	開	三	全清	之	夜	tɕĭa
269	貌	Miều	Mạo	效	去	效	明	開	二	次濁	莫	教	mau
270	辣	Rát	Lạt	山	入	曷	來	開	一	次濁	盧	達	lɑt
271	遮	Che	Già	假	平	麻	章	開	三	全清	正	奢	tɕĭa
272	銀	Ngần	Ngân	臻	平	眞	疑	開	三	次濁	語	巾	ŋĭĕn
273	價	Cả	Giá	假	去	禡	見	開	二	全清	古	訝	ka
274	墨	Mực	Mặc	曾	入	德	明	開	一	次濁	莫	北	mək
275	寮	Lều	Liêu	效	平	蕭	來	開	四	次濁	落	蕭	lieu
276	慮	Lo	Lự	遇	去	御	來	開	三	次濁	良	倨	lĭo
277	慰	Ủi	Úy	止	去	未	影	合	三	全清	於	胃	0ĭwəi
278	樓	Lầu	Lâu	流	平	侯	來	開	一	次濁	落	侯	ləu
279	潭	Đầm	Đàm	咸	平	覃	定	開	一	全濁	徒	含	dɒm
280	熟	Thuộc	Thục	通	入	屋	禪	合	三	全濁	殊	六	ʑĭuk
281	箭	Tên	Tiễn	山	去	線	精	開	三	全清	子	賤	tsĭɛn
282	箱	Rương	Sương	宕	平	陽	心	開	三	全清	息	良	sĭaŋ
283	膠	Keo/Cao	Giao	效	平	肴	見	開	二	全清	古	肴	kau
284	衝	Xông	Xung	通	平	鍾	昌	合	三	次清	尺	容	$tɕ^{h}$ĭwoŋ
285	諛	Dua	Du	遇	平	虞	以	合	三	次濁	羊	朱	jĭu
286	貓	Mèo	Mao	效	平	肴	明	開	二	次濁	莫	交	mau

287	貓	Mèo	Miêu	效	平	宵	明	開	三	次濁	武	瀌	mĭɛu
288	賭	Đọ, Đố	Đổ	遇	上	姥	端	合	一	全清	當	古	tu
289	遲	Chầy	Trì	止	平	脂	澄	開	三	全濁	直	尼	ďiei
290	凝	Ngừng	Ngưng	曾	平	蒸	疑	開	三	次濁	魚	陵	ŋĭəŋ
291	檠	Kiềng	Kềnh	梗	平	庚	羣	開	三	全濁	渠	京	gĭɐŋ
292	濁	Đục	Trọc	江	入	覺	澄	開	二	全濁	直	角	ɖɔk
293	瓢	Bầu	Biều	效	平	宵	並	開	三	全濁	符	霄	bĭɛu
294	磨	Mài	Ma	果	平	戈	明	合	一	次濁	莫	婆	muɑ
295	禪	Chiền	Thiền	山	平	仙	禪	開	三	全濁	市	連	ʑĭɛn
296	篤	Dốc	Đốc	通	入	沃	端	合	一	全清	冬	毒	tuok
297	篩	Rây	Si/Sư	止	平	脂	生	開	三	全清	疎	夷	ʃi
298	縛	Buộc	Phọc	宕	入	藥	奉	開	三	全濁	符	钁	bĭwak
299	諫	Can	Gián	山	去	諫	見	開	二	全清	古	晏	kan
300	輸	Thua	Thu/Thâu	遇	平	虞	書	合	三	全清	式	朱	ɕĭu
301	鋸	Cưa	Cứ	遇	去	御	見	開	三	全清	居	御	kĭo
302	錐	Chày	Trùy	止	平	脂	章	合	三	全清	職	追	tɕwi
303	錫	Thiếc	Tích	梗	入	錫	心	開	四	全清	先	擊	siek
304	館	Quán	Quán	山	去	換	見	合	一	全清	古	玩	kuɑn
305	龍	Luồng>Rồng	Long	通	平	鍾	來	合	三	次濁	力	鍾	lĭwoŋ
306	壓	Ép	Áp	咸	入	狎	影	開	二	全清	烏	甲	0ap
307	戴	Đội	Đái	蟹	去	代	端	開	一	全清	都	代	tɒi
308	濱	Bến	Tân	臻	平	眞	幫	開	三	全清	必	鄰	pĭěn
309	燥	Ráo	Táo	效	上	晧	心	開	一	全清	蘇	老	sɑu
310	燭	Đuốc	Chúc	通	入	燭	章	合	三	全清	之	欲	tɕĭwok
311	禦	Ngừa	Ngự	遇	上	語	疑	開	三	次濁	魚	巨	ŋiŏ
312	禮	Lạy	Lễ	蟹	上	薺	來	開	四	次濁	盧	啓	liei
313	縱	Tuồng	Tung	通	平	鍾	精	合	三	全清	即	容	tsĭwoŋ
314	縱	Tuồng	Túng	通	去	用	精	合	三	全清	子	用	tsĭwoŋ
315	膾	Khoái	Quái	蟹	去	泰	見	合	一	全清	古	外	kuɑi
316	藍	Chàm	Lam	咸	平	談	來	開	一	次濁	魯	甘	lɑm
317	鍊	Rèn	Luyện	山	去	霰	來	開	四	次濁	郎	甸	lien
318	鮮	Tươi	Tiên	山	平	仙	心	開	三	全清	相	然	siɛ̆n
319	齋	Chay	Trai	蟹	平	皆	莊	開	二	全清	側	皆	tʃɐi
320	歸	Quay	Quy	止	平	微	見	合	三	全清	舉	韋	kĭwəi
321	瀉	Rửa	Tả	假	上	馬	心	開	三	全清	悉	姐	siă
322	璧	Biếc	Bích	梗	入	昔	幫	開	三	全清	必	益	piɛ̆k
323	穢	Ổi	Uế	蟹	去	廢	影	合	三	全清	於	廢	0ĭwɐi
324	繭	Kén	Kiển	山	上	銑	見	開	四	全清	古	典	kien

325	藕	Ngó	Ngẫu	流	上	厚	疑	開	一	次濁	五	口	ŋəu
326	謹	Ghín/Kín	Cẩn	臻	上	隱	見	開	三	全清	居	隱	kiə̆n
327	隴	Luống	Lũng	通	上	腫	來	合	三	次濁	力	踵	lĭwoŋ
328	離	Lìa	Li	止	平	支	來	開	三	次濁	呂	支	liĕ
329	霧	Mù	Vụ	遇	去	遇	微	合	三	次濁	亡	遇	miŭ
330	騎	Cỡi	Kị	止	去	寘	羣	開	三	全濁	奇	寄	giĕ
331	壟 壠	Luống	Lũng	通	上	腫	來	合	三	次濁	力	踵	lĭwoŋ
332	懶	Lười	Lãn	山	上	旱	來	開	一	次濁	落	旱	lɑn
333	癡	Say	Si	止	平	之	徹	開	三	次清	丑	之	ȶʰĭə
334	簾	Rèm	Liêm	咸	平	鹽	來	開	三	次濁	力	鹽	liɛ̆m
335	簿	Bạ	Bộ	遇	上	姥	並	合	一	全濁	裴	古	bu
336	簿	Bạ	Bạc	宕	入	鐸	並	開	一	全濁	傍	各	bɑk
337	繡	Thêu	Tú	流	去	宥	心	開	三	全清	息	救	sĭəu
338	繩	Thừng	Thằng	曾	平	蒸	船	開	三	全濁	食	陵	dʑĭəŋ
339	臘	Chạp	Lạp	咸	入	盍	來	開	一	次濁	盧	盍	lɑp
340	蹯	Bàn	Phiền	山	平	元	奉	合	三	全濁	附	袁	bĭwɐn
341	鏡	Kiếng	Kính	梗	去	映	見	開	三	全清	居	慶	kĭɐŋ
342	難	Nàn	Nạn	山	去	翰	泥	開	一	次濁	奴	案	nɑn
343	韻	Vần	Vận	臻	去	問	云	合	三	次濁	王	問	ɣĭuən
344	爐	Lò	Lô	遇	平	模	來	合	一	次濁	落	胡	lu
345	蘭	Làn	Lan	山	平	寒	來	開	一	次濁	落	干	lɑn
346	鐘	Chuông	Chung	通	平	鍾	章	合	三	全清	職	容	tɕĭwoŋ
347	饒	Nhiều	Nhiêu	效	平	宵	日	開	三	次濁	如	招	ȵĭɛu
348	蠟	Sáp	Lạp	咸	入	盍	來	開	一	次濁	盧	盍	lɑp
349	鐮	Liềm	Liêm	咸	平	鹽	來	開	三	次濁	力	鹽	lĭɛm
350	露	Ló	Lộ	遇	去	暮	來	合	一	次濁	洛	故	lu
351	驅	Khua/Xua	Khu	遇	平	虞	溪	合	三	次清	豈	俱	kʰĭu
352	灑	Rẩy	Sái	止	去	寘	生	開	三	全清	所	寄	ʃĭe
353	籠	Lồng	Lung	通	平	鍾	來	合	三	次濁	力	鍾	lĭwoŋ
354	蘿	Là	La	果	平	歌	來	開	一	次濁	魯	何	lɑ
355	讀	Đọc	Độc	通	入	屋	定	合	一	全濁	徒	谷	duk
356	贖	Chuộc	Thục	通	入	燭	船	合	三	全濁	神	蜀	dʑĭwok
357	驚	Kiềng	Kinh	梗	平	庚	見	開	三	全清	舉	卿	kĭɐŋ
358	鬚	Tua	Tu	遇	平	虞	心	合	三	全清	相	俞	sĭu
359	蠶	Tằm	Tàm	咸	平	覃	從	開	一	全濁	昨	含	dzɒm
360	靈	Liêng	Linh	梗	平	青	來	開	四	次濁	郎	丁	lieŋ
361	驢	Lừa	Lư	遇	平	魚	來	開	三	次濁	力	居	lĭo

362	鱻	Tươi	Tiên	山	平	仙	心	開	三	全清	相	然	sĭɛn
363	西	Tây	Tê	蟹	平	齊	心	開	四	全清	先	稽	siei
364	嬸	Thím	Thẩm	未明									
365	今	Kim	Kim	深	平	侵	見	開	三	全清	居	吟	kĭĕm
366	合	Hợp	Hạp	咸	入	合	匣	開	一	全濁	侯	閤	ɣɒp